La Sc

ELIF SHAFAK

I ricordi dell'acqua

Traduzione di
Daniele A. Gewurz e Isabella Zani

Rizzoli

Pubblicato per

Rizzoli

da Mondadori Libri S.p.A.

ISBN 978-88-17-18749-7

Titolo originale dell'opera:
THERE ARE RIVERS IN THE SKY

Prima edizione: agosto 2024

Realizzazione editoriale: Fabio Trevisiol
con Irene Artibani

I ricordi dell'acqua

A un'amata scrittrice che, quando le chiesero di parlare di «donne e narrativa», si sedette sulla sponda di un fiume a chiedersi cosa significasse quell'espressione.

La goccia scava la pietra,
non con la forza ma seguitando a cadere.

– frase attribuita a Ovidio

Vieni, fanciullo umano!
Vieni all'acque e nella landa
con una fata, mano nella mano,
perché nel mondo vi sono più lacrime
di quanto tu non potrai mai comprendere.

– W.B. Yeats

Ci sono diversi pozzi in noi.
Alcuni li riempie ogni pioggia buona,
altri sono troppo profondi, troppo
per riempirsi.

– Hafez

In quei giorni, in quei giorni remoti,
in quelle notti, in quelle notti lontane,
in quegli anni, in quegli anni remoti
nei tempi antichi…
«Hai visto i figli di Sumer e Akkad?»
«Li ho visti.»
«Come se la passano?»
«Bevono l'acqua dal sito di un massacro…»

– epopea di Gilgamesh, Tavoletta XII

I

UNA GOCCIA DI PIOGGIA

II

In riva al Tigri, nei tempi antichi

Dopo, passata la tempesta, tutti parleranno della devastazione che si è lasciata alle spalle ma nessuno, neppure il re, si ricorderà che è cominciata con un'unica goccia di pioggia.

≈

È un pomeriggio d'inizio estate a Ninive, con il cielo gonfio di pioggia imminente. Sulla città si è posato un silenzio strano, malevolo: gli uccelli non cantano dall'alba; farfalle e libellule sono andate a nascondersi; le rane hanno abbandonato i luoghi di riproduzione; le oche tacciono, intuendo il pericolo. Persino le pecore sono ammutolite e orinano di frequente, travolte dalla paura. L'aria ha cambiato odore: c'è un lezzo acre, salato. Per tutto il giorno l'orizzonte si è addensato di ombre scure, come un esercito nemico accampato a radunare le forze. Da lontano sembra tutto placido e immobile, ma è un'illusione ottica, un inganno della vista: le nubi non fanno che avvicinarsi, sospinte da un vento poderoso, decise a inzuppare il mondo e rifarlo da capo. In questa regione di estati lunghe e roventi, di fiumi incostanti e spietati, dove il ricordo dell'ultimo diluvio non si è ancora asciugato, l'acqua è insieme foriera di vita e messaggera di morte.

Nessun posto è come Ninive, la più grande e ricca città del mondo. Edificata in un'ampia pianura sulla riva orientale del Tigri, è talmente vicina al fiume che la sera i bimbi non vengono cullati dalle ninnenanne ma dallo sciabordio delle onde che lambiscono la sponda. È la capitale di un potente impero; una cittadella protetta da salde torri, grandiosi contrafforti, fossati difensivi, bastioni fortificati e mura colossali che si innalzano per quasi trenta metri. Con i suoi centosettantacinquemila abitanti, è una gemma al punto d'incontro tra le prospere alture del Nord e le fertilissime piane della Caldea e di Babilonia a sud. Siamo poco oltre il 650 avanti l'era volgare e quest'antica regione – rigogliosa di giardini profumati, fontane tintinnanti e canali irrigui, ma che sarà dimenticata e liquidata dalle future generazioni come un deserto arido e una miserabile terra di nessuno – si chiama Mesopotamia.

Tra le nuvole che oggi pomeriggio avanzano verso la città ce n'è una più grande, più scura e più impaziente delle altre. Corre per l'ampia volta del cielo verso la meta e, giunta là, rallenta fino a fermarsi; rimane sospesa centinaia di metri sopra una maestosa costruzione adorna di pilastri di cedro, portici colonnati e statue monumentali. È il Palazzo Settentrionale, in cui dimora il sovrano in tutta la sua gloria e potenza. La massa di vapore condensato si posa sulla residenza imperiale, gettandovi un'ombra. Perché, a differenza degli uomini, l'acqua non ha riguardo per ceto sociale e titoli regali.

Appesa all'orlo della nube di tempesta c'è un'unica goccia di pioggia: più piccola di un fagiolo, più leggera di un cece. Per un attimo tremola precaria, minuta, sferica e spaventata. Deve fare una gran paura, osservare la terra di sotto che si apre come un solitario fiore di loto. Non che sia la prima volta: ha già compiuto questo viaggio – salire al cielo, scendere sulla terraferma e risalire di nuovo – eppure la caduta è sempre terrificante.

Ricordiamoci di quella goccia, per quanto insignificante possa sembrare in confronto alla vastità dell'universo. Dentro la propria minuscola sfera custodisce il segreto dell'infinito, una storia tutta sua. Quando finalmente trova il coraggio, spicca il balzo nell'etere. Adesso cade veloce, sempre più veloce. La forza di gravità è un'alleata, e lei si slancia giù da un'altezza di novecentoquaranta metri: solo tre minuti per arrivare a terra.

≈

Di sotto, a Ninive, il re varca un'ampia soglia ed esce sulla terrazza. Allunga il collo oltre la balaustra decorata e contempla l'opulenza della città, che gli si stende davanti a perdita d'occhio. Tenute curatissime, splendidi acquedotti, templi imponenti, frutteti prosperi, parchi incantevoli, campi verdeggianti e un serraglio regale popolato da gazzelle, cervi, struzzi, leopardi, linci e leoni. La vista lo riempie d'orgoglio. Soprattutto è affezionato a orti e giardini, folti di alberi in fiore e piante aromatiche: abeti, cotogni, datteri, ebani, fichi, gelsi, mandorli, melograni, nespoli, noci, palissandri, peri, pioppi, pruni, salici, tamerici, terebinti, ulivi… Il sovrano non regna soltanto sulla terra e le genti che la abitano, ma anche sui corsi d'acqua e i loro affluenti. Dopo aver guidato il Tigri entro un complicato sistema di canali, chiuse e dighe, e aver riempito d'acqua cisterne e serbatoi, lui e i suoi avi hanno mutato la regione in un paradiso.

Il re si chiama Assurbanipal. Sfoggia una barbetta riccia e ben curata, una fronte ampia con sotto un paio di sopracciglia folte e due occhi scuri, allungati e bistrati di nero; in testa porta un copricapo a punta tempestato di gemme che scintillano come stelle lontane ogni volta che la luce le colpisce. La veste, blu scuro e intessuta con il lino più pregiato, è ricamata a fili d'oro e d'argento e abbellita da centinaia di perline lucenti, pietre dure e amuleti. Al polso sinistro il re indossa un braccialetto con un motivo di fiori, che gli porta fortuna e lo protegge. È sovrano di un impero così vasto che viene detto «imperatore dei quattro angoli del mondo», e un giorno sarà anche ricordato come «il re bibliotecario», «il monarca istruito», «l'erudito sovrano di Mesopotamia»: definizioni grazie a cui la gente dimenticherà che, per dotto e sapiente che possa esser stato, non fu da meno dei predecessori quanto a crudeltà.

Assurbanipal inclina il capo per passare in rassegna il panorama cittadino e inspira a fondo. Non si accorge subito della tempesta che si addensa, è assorto dal delizioso profumo dei giardini e delle piantagioni. Alza lentamente gli occhi al cielo di piombo, un brivido gli percorre la sagoma robusta, e i pensieri cadono preda di sinistri avvertimenti e foschi presagi. Secondo alcuni indovini, Ninive è destinata a essere attaccata, saccheggiata e rasa al suolo con il fuoco, e le verrà sottratta fino all'ultima pietra. Questa magnifica città sarà spazzata via dalla faccia della terra, hanno detto, e hanno implorato tutti di andarsene. Il re ha fatto sì che quei profeti di sventura venissero tacitati: ha ordinato di cucir loro le labbra con budello di gatto. Adesso, però, sente un brutto presentimento gonfiarsi nelle viscere, come una sottocorrente nel fiume. E se le profezie si avverassero?

Assurbanipal si scuote di dosso quella sensazione di minaccia. Benché i nemici non gli manchino, compreso il suo stesso fratello, non c'è motivo di preoccuparsi. Finché gli dèi sono dalla loro parte nulla può distruggere la capitale; e lui non ha dubbi che gli dèi, per quanto volubili e capricciosi nei loro negozi con i mortali, accorreranno sempre in difesa di Ninive.

Nel frattempo, la goccia di pioggia sta per giungere a terra. Nell'avvicinarsi al suolo, per un istante si sente così libera e leggera che potrebbe quasi posarsi dove le pare. Alla sua sinistra c'è un albero alto e privo di rami – una palma da datteri – e sarebbe bellissimo finire tra le sue fronde; alla sua destra c'è un canale d'irrigazione che attraversa il campo di un contadino, e lì sarebbe la benvenuta e contribuirebbe alla riuscita del raccolto di quest'anno. Ma potrebbe anche andare a posarsi sui gradoni di una ziggurat nei pressi, dedicata a Ishtar, dea dell'amore, del sesso, della bellezza, della passione e della guerra, nonché dei temporali. Quella sarebbe proprio una meta adatta. La goccia indugia, non ha ancora deciso dove cadere, ma non importa, perché tanto sarà il vento a decidere al posto suo: di colpo si alza una raffica che sospinge la sua minuscola massa dritta verso l'uomo fermo su una terrazza.

Un attimo dopo, il re sente un qualcosa di bagnato che gli tonfa leggero in testa e gli si ferma tra i capelli. Infastidito, prova a levarselo di dosso, ma l'elaborato copricapo lo impiccia. Aggrotta leggermente la fronte, alza di nuovo gli occhi al cielo e, appena comincia a piovere sul serio, volta le spalle alla vista e torna a rifugiarsi nel palazzo.

Percorre a grandi falcate le lunghe gallerie, ascoltando l'eco dei propri passi. I servitori gli si inchinano dinnanzi, senza osare incrociarne lo sguardo. Ai suoi lati, dall'alto dei sostegni in ferro battuto, guizza lo splendore delle torce. La loro luce misteriosa colpisce i bassorilievi montati sulle pareti: sono realizzati in gesso e dipinti a colori sgargianti. In alcune scene il sovrano tende un arco e scaglia frecce alate, a caccia di selvaggina o al massacro dei nemici; in altre conduce una biga cerimoniale e frusta cavalli bardati con drappi guarniti da tre giri di nappe; in altre ancora versa libagioni su leoni uccisi, per ripagare gli dèi di sostegno e protezione. Ogni scena raffigura lo splendore dell'impero assiro, la superiorità dei maschi e la grandezza dell'imperatore. Le donne sono praticamente assenti, eccezion fatta per un'immagine in cui lui e sua moglie bevono vino e si godono una colazione sull'erba in un giardino idilliaco, mentre dai rami di un albero nei pressi, tra i frutti maturi, penzola la testa mozzata del loro nemico, il re degli elamiti Te-Umman.

Ormai dimentico della goccia di pioggia ancora annidata tra i capelli, Assurbanipal prosegue. Attraversa a passi rapidi sale riccamente arredate e raggiunge una porta adorna di preziosi intagli. Si apre sul suo posto preferito in tutto il palazzo: la biblioteca. Non è una qualunque raccolta di scritti, bensì la creazione di cui va più fiero, la grande ambizione della sua vita, un successo senza precedenti per portata e dimensioni. Più importante di ogni altro risultato raggiunto, più significativa anche delle conquiste militari e delle vittorie politiche. Sarà il suo retaggio per le generazioni future: un monumento intellettuale che non ha paragoni al mondo.

L'ingresso della biblioteca è fiancheggiato dalle statue gigantesche di due creature ibride, per metà umane e per metà animali. Sbozzate da un unico blocco di pietra calcarea, queste sculture hanno testa d'uomo, ali d'aquila e mastodontico corpo di toro o di leone. I *lamassu*, spiriti protettori, sono dotati delle migliori qualità di ciascuna specie: l'intelligenza umana, l'intuito degli uccelli e la forza taurina o leonina; sono i guardiani di porte che si aprono su altri regni.

Molti *lamassu* del palazzo hanno cinque zampe: visti di fronte sembrano fermi sul posto, ma se li si guarda di lato danno l'impressione di avanzare, pronti a calpestare anche il nemico più temibile. Possono affrontare i visitatori indesiderati e tenere lontani gli spiriti maligni in agguato nell'ombra. Benché non lo abbia mai detto a nessuno, il re si sente più tranquillo con i *lamassu* intorno, ed è per questo che di recente ha commissionato a vari artisti un'altra decina di statue simili. La protezione non è mai troppa.

Con questi pensieri per la testa, Assurbanipal entra nella biblioteca. Una sala dopo l'altra, le pareti sono coperte dal pavimento al soffitto di scaffali che ospitano migliaia di tavolette d'argilla: disposte in perfetto ordine, organizzate per argomento, vengono da vicino e da lontano. Contengono ogni genere di informazioni, da accordi commerciali a rimedi medicinali, da contratti legali a carte del cielo… Alcune sono state salvate dall'oblio; altre sono state comprate dai precedenti proprietari per un tozzo di pane; ma un numero considerevole è stato preso con la forza. Il re sa bene che per dominare un'altra cultura bisogna sottrarle non solo le terre, i raccolti e gli altri beni, ma anche l'immaginazione collettiva, i ricordi condivisi.

Assurbanipal accelera il passo e salta le sezioni della biblioteca dedicate a presagi, incantesimi, rituali, cure, anatemi, litanie, querimonie, sortilegi, inni, favole, proverbi ed elegie provenienti dai quattro cantoni dell'impero, per poi continuare oltre un'ampia collezione dedicata all'uso delle interiora di animali sacrificali per vaticinare i destini degli uomini e gli intrighi degli dèi; benché riponga grande fiducia nella tradizione dell'aruspicina, e faccia regolarmente sventrare pecore e capre perché gli oracoli possano leggerne fegato e cistifellea, oggi non studierà la divinazione. Piuttosto si dirige verso una saletta appartata sul fondo, mezza nascosta da un pesante tendaggio; qui non entra nessuno salvo lui e il suo primo consigliere, un uomo coltissimo che lo segue e lo istruisce da quando era ragazzo ed è stato per lui come un secondo padre.

All'ingresso di questa zona privata ci sono delle nicchie con lampade di bronzo, che bruciano olio di sesamo e spargono volute di fumo nell'aria. Il re ne sceglie una e si tira la tenda alle spalle. All'interno c'è un silenzio morboso, come se gli scaffali lo stessero aspettando con il fiato sospeso.

La goccia di pioggia ha un tremito. La saletta, senza finestre né bracieri, è talmente fredda da farle temere di potersi trasformare in cristalli di ghiaccio; essendo appena passata dallo stato gassoso a quello liquido, non ha alcun desiderio di solidificarsi così presto, senza aver tratto il massimo da questa nuova fase della sua esistenza. Ma non è l'unico motivo per cui trema. Il luogo è inquietante: né di questo mondo né dell'altro, un vuoto tra il terreno e l'ultraterreno, una terra di mezzo tra quanto è visibile agli occhi e quanto non solo è invisibile, ma destinato a rimanere tale.

Con movimenti studiati, Assurbanipal si sistema nella stanza. Al centro c'è un tavolo, e sopra un cofanetto di legno di cedro. Il re si posa la lampada accanto e la luce gli scolpisce un gioco di ombre sul viso, sottolineando le rughe agli angoli degli occhi. Con la punta delle dita, come in sogno, sfiora il legno che ancora trasuda l'aroma del bosco dal quale proviene; conifere di un tale pregio sono rare in Mesopotamia, perciò bisogna farle abbattere sui monti del Tauro e, da lì, assicurarle a zattere e trasportarle lungo il corso del Tigri.

Il cofanetto contiene dei versi, un frammento di un poema epico talmente antico e noto che lo si è recitato migliaia e migliaia di volte in tutta la Mesopotamia, in Anatolia, in Persia e nel Levante, tramandato dalle nonne ai nipotini da molto prima che gli scribi lo trascrivessero. È la storia di un eroe di nome Gilgamesh.

Assurbanipal conosce quel poema come le linee della sua mano. Lo studia da quando era un giovane principe. In quanto figlio minore e terzo in linea di successione, non si pensava che sarebbe diventato re; perciò, mentre i suoi fratelli maggiori venivano istruiti nelle arti marziali, nella strategia bellica e nella tattica diplomatica, a lui è stata invece data la possibilità di studiare a fondo la filosofia, la storia, la divinazione con l'olio, le lingue straniere e la letteratura. È stata una sorpresa per tutti – lui compreso – quando il padre l'ha scelto come proprio successore; dunque Assurbanipal è salito al trono come il sovrano più colto ed erudito che l'impero abbia mai conosciuto. E tra le molte opere scritte che legge con attenzione da quando era un ragazzino, la sua preferita è sempre stata e continua a essere l'epopea di Gilgamesh.

Il re apre il cofanetto, che contiene un'unica tavoletta. Al contrario di tutte le altre conservate nella biblioteca, questa è riccamente colorata, dell'azzurro dei fiumi inquieti. Le parole non sono state incise sull'argilla rosso-bruna, bensì su una lastra di lapislazzuli: una pietra straordinaria che gli dèi hanno creato per sé. La calligrafia è ordinata e nitidissima, e lui sfiora i segni con un tocco così delicato che è quasi una carezza. Lentamente, si immerge nei versi che ha già letto mille volte ma che ancora gli smuovono il cuore come se fosse la prima.

Colui che vide il Profondo…
Vide ciò che era segreto, svelò ciò che era nascosto,
e riportò un racconto di prima del Diluvio.

Ci sono sovrani avidi d'oro e rubini, di sete e arazzi, di piaceri carnali: Assurbanipal adora le storie. È convinto che per guidare con successo gli uomini non si debba intraprendere un viaggio pericoloso come Gilgamesh, né diventare vittoriosi conquistatori pieni di muscoli e vigore. E tantomeno traversare montagne, deserti e foreste da cui pochi ritornano. Basta un racconto memorabile, con se stessi al centro come eroi.

Eppure, con tutta la passione che nutre per le storie, il re non si fida di chi le racconta. La fantasia dei cantastorie, incapace di fermarsi in un unico luogo come l'acqua del Tigri a primavera, cambia rotta nei modi più imprevedibili, serpeggia ad anse sempre più larghe e traccia svolte disordinate, selvaggia e indomita fino alla fine. Quando ha allestito questa biblioteca, Assurbanipal sapeva che esistevano altre versioni dell'epopea di Gilgamesh; che il poema, copiato e ricopiato dagli scribi per secoli, è riaffiorato in forme diverse. Perciò ha inviato emissari in lungo e in largo perché gli procurassero tutte le tavolette che trovavano, con l'intenzione di radunare sotto il proprio tetto ogni possibile variante del racconto. E adesso è ragionevolmente certo di aver completato l'immane compito. Però la tavoletta che conserva nello scrigno di cedro è diversa da tutte le altre della sua collezione; non solo perché è incisa su pietra preziosa anziché su argilla, ma anche perché è macchiata dalla blasfemia.

Il re la avvicina alla lampada ed esamina il testo che conosce così bene. Lo scriba che lo ha prodotto, chiunque fosse, ha svolto il suo lavoro come ci si attendeva... salvo per una nota finale.

Questa è l'opera di un apprendista scriba,
uno tra i molti bardi, menestrelli e cantastorie che percorrono la terra.
Intessiamo canti, poemi e racconti con ogni fiato:
ricordatevi di noi.

Già quest'aggiunta è parecchio insolita per uno scriba, ma è la dedica che segue a essere ancora più inquietante.

Ora e sempre,
sia lode a Nisaba.

L'espressione di Assurbanipal si irrigidisce mentre rilegge queste ultime parole; si acciglia, e le tempie gli pulsano per la rabbia.

Nisaba – dea del narrare – è un nume che appartiene a un'epoca passata, un nome consegnato all'oblio. I suoi giorni sono finiti, benché sia ancora venerata in remoti angoli dell'impero da un pugno di donnette ignoranti, aggrappate alle vecchie leggende. È stata soppiantata tempo addietro da un'altra divinità, e oggi tutte le tavolette del regno sono dedicate al potente e virile Nabu, piuttosto che all'eterea e femminea Nisaba: ed è così che dev'essere, ritiene il sovrano. La scrittura è un compito maschile, e richiede un maschio patrono, un dio e non una dea. Nabu è diventato il protettore ufficiale degli scribi e il guardiano di ogni sapienza che valga la pena preservare. Nelle scuole, agli alunni si insegna a completare le loro tavolette con una dedica opportuna:

Sia lode a Nabu.

Se la tavoletta azzurra fosse vecchia, un relitto del passato, il post scriptum non darebbe preoccupazioni. Ma il re è certo che si tratti di un pezzo contemporaneo, perché la calligrafia è fresca; insistendo nel riverire una dea dimenticata e vietata, e ignorando l'autorità di Nabu – e quindi gli ordini del re – lo scriba che ha copiato questa sezione dell'epopea ha scientemente violato le regole. Assurbanipal avrebbe potuto far distruggere la tavoletta, ma non ne ha trovato la forza: perciò l'oggetto incriminato va tenuto nascosto in questa saletta, isolato dal resto della biblioteca, perché mai le masse incolte possano anche solo scorgerlo. Non ogni parola scritta è destinata agli occhi di qualunque lettore, proprio come non ogni parola detta va per forza sentita da chiunque sia lì a origliare. Il popolo non dovrà mai sapere della tavoletta azzurra, perché potrebbe esserne sviato. La ribellione di uno, se lasciata senza controllo e senza castigo, può imbaldanzire molti dissidenti.

≈

La pioggia continua a cadere su Ninive, il sovrano resta in biblioteca, concentrato sulla tavoletta azzurra. Per qualche tempo si dimentica di tutto: le trame del fratello maggiore a Babilonia per usurpare il trono, gli intrighi di corte, le rivolte che infuriano dentro e fuori i confini dell'impero in Anatolia, in Media, nel regno di Urartu, in Egitto, in Siria, in Cilicia e fra gli elamiti... Possono aspettare. Niente può disturbarlo, una volta che si è immerso nelle avventure di Gilgamesh. Ma oggi qualcosa di inatteso ci riesce.

D'un tratto nella galleria si scatena un putiferio di suoni stridenti, allarmanti. Assurbanipal afferra il manico del pugnale con una mano e, con ancora la tavoletta nell'altra, si precipita fuori.

«Chi osa disturbare il re?»

«Mio signore, mio sole, perdonate l'intrusione.» Il comandante militare, un uomo di poche parole, china il capo.

Alle sue spalle, quattro soldati trascinano un uomo coperto solo da un cencio di tela grezza macchiato di vomito secco e sangue fresco. L'uomo singhiozza e geme sconnesso sotto il sacco che gli incappuccia la testa.

«Parlate, spiegate questa rozza ingerenza» ordina il re.

«Mio signore, abbiamo catturato il traditore che cercavamo da tanto. Ha confessato i propri atti malvagi.»

Un soldato toglie il cappuccio dalla testa dell'uomo.

Sul volto di Assurbanipal passa un'ombra di tristezza, che sparisce con la stessa rapidità con cui era comparsa; il re socchiude gli occhi puntati sul prigioniero, come se guardasse qualcosa che svanisce velocemente in lontananza. È il suo antico mentore, il suo maestro e confidente, che gli era più intimo di suo padre. L'uomo è stato picchiato e torturato al punto che il viso è deformato; al posto dei denti adesso c'è un'orrenda cavità incrostata di sangue e pus. A stento si regge in piedi.

«Mio nobile sovrano» prosegue il comandante, «per gli dèi Ashur, Ishtar, Shamash e Nabu, il primo consigliere è una spia. Era lui a passare segreti di vitale importanza a vostro fratello. All'inizio non voleva ammettere di essersi schierato con il nemico. Continuava a negare i propri crimini. Ma lo abbiamo messo di fronte a prove inconfutabili, e non ha più potuto spargere il veleno delle proprie menzogne.»

Il comandante fruga nella sacca che porta su una spalla, tira fuori una tavoletta e la mostra al re. È una lettera del primo consigliere indirizzata al fratello di Assurbanipal, in cui gli promette fedeltà e gli offre sostegno; una lettera che dimostra oltre ogni dubbio la vastità del tradimento.

«Dove l'avete trovata?» domanda il re, in tono asciutto come legna secca.

«Era tra gli effetti personali di un soldato nemico, catturato mentre passava il confine. Portava con sé il sigillo del primo consigliere e ha confessato di agire per suo conto.»

Lentamente, Assurbanipal si rivolge al prigioniero. «Come hai potuto?»

«Mio re...» ansima l'uomo incatenato, con il respiro che gli stride in petto. L'occhio sinistro è chiuso per quant'è gonfio, mentre il destro – iniettato di sangue e cerchiato di nero – tremola nell'orbita come un uccellino in trappola. «Ricordate, eravate un bambino quando vi portarono da me. Non vi ho forse insegnato a leggere, scrivere e far di conto? Non vi ho forse istruito su come apprezzare le ballate e comporre poesie...? Pietà, in nome dei vecchi tempi...»

«Ti ho chiesto come hai potuto!»

Il silenzio si addensa nell'aria.

«Acqua, l'acqua...» mormora il prigioniero. Per un istante pensano tutti che stia chiedendo da bere, ma lui prosegue: «È un dono degli dèi. Ci dà vita, gioia e grandi ricchezze.

Ma voi, mio signore, l'avete mutata in un'arma letale. Non ci sono più pesci nel fiume Ulai: lo avete soffocato con tanti cadaveri che ora scorre rosso come tinta per la lana. Prima la siccità, poi la carestia. Mio re, i vostri sudditi muoiono di fame. Le piane di Susa sono cosparse di morti e morenti. E ora, sento dire, farete lo stesso a Kefa...».

Kefa, il «forte della roccia». La grande città fortificata a nord di Ninive, sulle rive dell'alto corso del Tigri. Assurbanipal ha un fremito, gli torna in mente qualcosa. «Tuo padre non veniva da un villaggio da quelle parti?» chiede.

«La mia gente... Avete piazzato guardie a ogni fonte per negare loro l'acqua. Avete avvelenato i pozzi. Intere famiglie massacrano gli armenti e ne bevono il sangue per dissetarsi. Le madri non hanno latte da dare ai neonati. Mio re, la vostra crudeltà è senza limiti.»

Il comandante gli sferra un pugno nelle costole, lui si piega in due e tossisce sangue ma si raddrizza con velocità sorprendente. Con l'occhio aperto nota l'oggetto che il re tiene in mano.

«Ah, la tavoletta azzurra... con la sua piccola blasfemia» dice, e a un angolo della bocca gli passa l'ombra di un sorriso. «L'abbiamo studiata insieme per la prima volta quando il mio signore era un giovane principe. L'ha sempre affascinato. Le nostre letture di poesia non vi hanno forse lasciato ricordi indimenticabili?»

Se anche Assurbanipal ricorda i tranquilli pomeriggi della sua adolescenza, passati a recitare versi con il suo precettore, non lo dà a vedere.

«Gilgamesh...» continua il prigioniero. «Voleva sconfiggere la morte, e per questo viaggiò fino ai confini del mondo... ma fallì nell'impresa. Non si era reso conto che l'unica via per diventare immortali è essere ricordati quando non ci siamo più, e l'unica via per essere ricordati è lasciarsi dietro una bella storia. Perché mai, mio re, avete deciso di costruirvi una storia tanto spietata?»

Il comandante fa un passo avanti, in attesa dell'ordine di uccidere. Ma Assurbanipal alza una mano a fermarlo. Il militare china il capo e domanda: «Il mio signore desidera infliggere il colpo di grazia?».

Il prigioniero si mette a piangere, con un suono lieve e dignitoso che gli sale dal profondo del petto e che non può controllare. I soldati ai suoi fianchi strusciano i piedi, ansiosi di sentire cos'ha deciso il sovrano.

Ma Assurbanipal non ucciderà il suo antico maestro. Condurre l'assalto sul campo di battaglia non gli è mai piaciuto: preferisce decretare massacri, devastazioni, razzie e stupri dalla serenità del trono… oppure, come spesso accade, dal silenzio della sua biblioteca. Ha fatto saccheggiare capitali e condannato all'inedia intere popolazioni, lasciandole senza altra scelta che mangiare i cadaveri dei parenti; ha ordinato di radere al suolo città grandi e piccole, di ridurre in polvere templi, di cospargere di sale campi appena arati; di scorticare capi ribelli e impalare i loro seguaci, dandone le carni in pasto «agli uccelli del cielo e ai pesci del mare»; di straziare le mandibole dei rivali con catene per cani, per poi chiuderli in gabbia; di profanare le tombe avite dei suoi nemici in modo che neppure i fantasmi potessero riposare in pace… tutto questo e molto altro ha fatto compiere dalla sua saletta di lettura. Non si sporca le mani. È un sovrano erudito, alla fin fine, un intellettuale che ha studiato portenti terrestri e celesti. Diversamente dai suoi regali antenati, legge non solo l'accadico, ma anche oscuri testi sumerici che quasi chiunque troverebbe incomprensibili. È in grado di dibattere con oracoli, sacerdoti e filosofi. Non è un uomo di forza bruta e nuda rabbia: è un uomo di idee e ideali.

Intuendone le remore, il comandante si schiarisce la voce e propone: «Se il mio signore vorrà porgermi il suo nobile pugnale, o consentire a me di usare il mio, io infilzerò il cuore del traditore».

«Non ce n'è bisogno» dice Assurbanipal. «Non verseremo il suo sangue.»

A quelle parole, sui lineamenti martoriati del prigioniero guizza un fiochissimo lampo di speranza.

Assurbanipal non guarda il suo vecchio mentore. Tiene lo sguardo puntato sul bassorilievo alle sue spalle. Per un lungo momento esamina l'immagine, una battuta di caccia sulle piane di Ninive: il re conduce un cavallo al galoppo, stringendo in mano una lancia sul punto di impalare un leone che tenta di sfuggire al proprio destino. Come tirato da un filo, si avvia verso la scultura e quando l'ha raggiunta prende una torcia dal supporto e la avvicina alla parete. Nella luce mobile le figure del bassorilievo – il cacciatore, la lancia, la preda – prendono vita.

Poi il re si volta appena, sempre con la tavoletta azzurra nell'altra mano, passa la torcia al comandante e nel tono di chi sa che sarà obbedito dice una sola parola: «Brucialo».

Il militare si fa bianco come un cencio. Esita, ma solo per un istante.

≈

Lungo le gallerie del Palazzo Settentrionale di Ninive corre un uomo avvolto dalle fiamme. Il corpo rimbalza sulle pitture murali che ornano le pareti, e le urla lancinanti e acutissime riecheggiano per i corridoi, si riverberano sugli alti soffitti a volta e fanno rabbrividire i servitori. Le grida disperate trapassano i grandi portali e si sentono fin sui campi, dove l'orzo e il frumento crescono abbondanti, e nelle cale sabbiose dove le barche scaricano il pescato del giorno. Turbati da quei suoni terrificanti, i gabbiani che si erano acquietati prendono il volo tutti insieme, tracciando cerchi confusi sopra la città.

Se il prigioniero riuscisse a raggiungere le sponde del Khosr, l'affluente del Tigri che serpeggia per il centro della città, o arrivare fino alla vicina Porta di Mashki, dove stazionano molti portatori d'acqua, avrebbe forse una possibilità di salvarsi. Ma nel suo sbandare avanti e indietro nell'inferno che man mano lo consuma va a sbattere contro un *lamassu* che fa la guardia alla biblioteca reale, urtandone lo zoccolo anteriore destro, mentre il fuoco lo divora con furia sempre più intensa.

Una volta i poemi e i racconti portavano gioia alla sua vita, e la lettura era parte del suo essere quanto l'istinto a respirare. Niente gli dava più piacere che istruire il giovane principe, stare reclinato con lui su cuscini imbottiti a parlare di letteratura, a leggere l'epopea di Gilgamesh e a stupirsi delle meraviglie del mondo: è stato lui a trarre un mostro da quel giovane sorridente e affabile, oppure il mostro era celato nel ragazzo fin dall'inizio? Non lo saprà mai. Adesso il suo corpo è una fornace che muta ogni parola in tizzoni ardenti, che riduce ogni verso mai studiato in cenere.

Per tutto il pomeriggio, mentre re Assurbanipal – il capo del più ricco impero del mondo, l'ultimo dei grandi sovrani del regno d'Assiria, figlio terzogenito di Esarhaddon ma erede prescelto al trono e prediletto del padre, mecenate e fondatore di una sontuosa biblioteca che cambierà il corso della storia – fa ardere il suo ex maestro e brucia insieme a lui i ricordi della sua infanzia, la goccia di pioggia gli rimane celata tra i capelli. Piccola, sola e terrorizzata, non osa muoversi. Non dimenticherà mai ciò a cui ha assistito oggi. È cambiata: per sempre. Anche dopo secoli, una traccia di questo momento resterà confitta nella sua forma elementale.

Man mano che l'aria si increspa di calore, lentamente la goccia di pioggia evaporerà. Ma non sparirà: presto o tardi, la minuscola perla d'acqua trasparente tornerà nel cielo azzurro e, una volta lassù, attenderà con pazienza il momento di scendere su questa terra tormentata… ancora e ancora.

L'acqua ricorda.

Sono gli esseri umani che dimenticano.

H_2O

L'acqua… la sostanza chimica più strana, il grande mistero.

Con due atomi di idrogeno alle estremità, legati a un unico atomo di ossigeno al centro, è una molecola dalla struttura angolare, non lineare.

Se fosse lineare non ci sarebbe vita sulla terra… nessuna storia da raccontare.

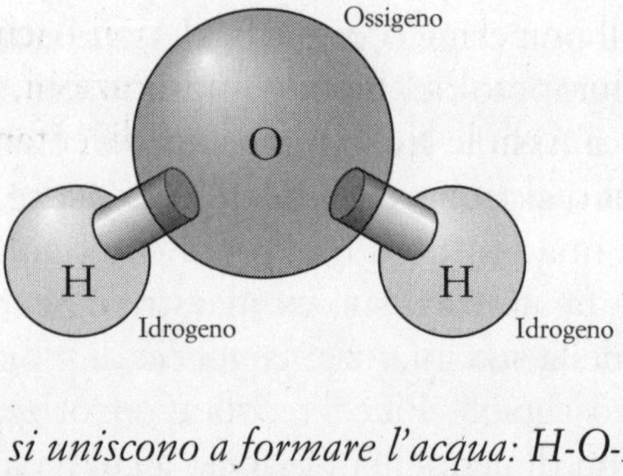

Tre atomi si uniscono a formare l'acqua: H-O-H.

Tre personaggi si legano oltre i confini dello spazio e del tempo, e insieme danno forma a questa storia…

—O—

ARTHUR

In riva al Tamigi, 1840

Quest'anno l'inverno cala presto su Londra, e una volta arrivato non vuole più andarsene. Le prime nevi cadono in ottobre, con le temperature che si abbassano di giorno in giorno. I licheni che crescono sui muri, il muschio che avvolge i sassi e le felci che sbucano dalle fessure sono tutti ricoperti di brina, luccicante come aghi d'argento. Pronti per la stagione fredda, bruchi e rane si lasciano andare con delicatezza al congelamento, paghi di non uscirne fino alla prossima primavera. Preghiere e imprecazioni, non appena uscite di bocca a chi le ha pronunciate, diventano ghiaccioli appesi ai rami spogli degli alberi, e a volte tintinnano al vento con un lieve scampanellio sconnesso. Eppure, nonostante il clima rigido, il Tamigi non ghiaccia come succedeva qualche decennio fa, quando la lastra sulla superficie era talmente spessa che ci si faceva marciare sopra un elefante per puro divertimento e tra una riva e l'altra si disputavano partite di hockey. Adesso si induriscono solo le linee di sponda, e l'acqua continua a scorrere fra tratti di cristalli bianchi da una parte e dall'altra.

Che l'aria sia gelida o tiepida, ventosa o calma, il puzzo che si alza dal fiume è sempre lo stesso: acre, pungente, nauseabondo. Un tanfo che filtra nei pori, si attacca alla pelle, si insinua nei polmoni. Il Tamigi – o Tamesis, o Temes, o Tamesa: «lo scuro» – benché un tempo celebre per le sue acque limpide e gli ottimi salmoni, oggi è di un marrone sporco e torbido. Inquinato da scarti industriali, rifiuti marcescenti, scarichi di fabbriche, carogne animali, cadaveri umani e liquami non trattati, nella sua lunga vita non è mai stato tanto solitario, trascurato e disamato.

Una cappa di polvere, cenere e fuliggine sta sospesa al di sopra dei campanili, delle guglie e dei tetti di Londra, la più popolosa città del mondo. Ogni settimana vi giunge un'ondata di nuovi arrivati, ciascuno con il suo fagotto di sogni, mentre le ciminiere riempiono il cielo di incubi. Come l'imbottitura che sfugge da un cuscino vecchio, man mano che la capitale cresce e supera i confini precedenti i suoi rifiuti, detriti ed escrementi fuoriescono dalle crepe. Tutto ciò che nessuno vuole viene buttato nel fiume. Granaglie esauste dai birrifici, pasta di legno dalle cartiere, interiora dai macelli, trucioli dalle concerie, residui dalle distillerie, scampoli dalle tintorie, sudiciume assortito dai pozzi neri e scarichi dai bagni a sciacquone (recente ritrovato di cui beneficiano ricchi e privilegiati): tutto finisce nel Tamigi e uccide i pesci, uccide le piante acquatiche, uccide l'acqua.

Eppure il fiume non fa che dare, e nessuno lo sa meglio di quelli noti come «ramazzini». Sono i cercatori, gli infaticabili raccoglitori delle rive: con pazienza e determinazione setacciano a guado chilometri di melma fetida. A volte percorrono il labirinto di fogne che si intersecano per la città, vagliando ogni rivolo d'acque reflue; altre volte frugano nei depositi fluviali, passando in rassegna le sponde del fiume. Battono così questo mondo liquido in cerca di oggetti di valore, sia sopra che sottoterra.

Di norma si mettono al lavoro con bassa marea e poco vento, quando la superficie dell'acqua è liscia e opaca come uno specchio ossidato. Tra i recessi più torbidi si nasconde sempre qualcosa di buono da raccattare: rottami di ferro, monete di rame, posate d'argento e, ogni tanto, una spilla di cristallo o un orecchino di perla… oggetti preziosi caduti per sbaglio lungo una via o in un parco londinese e poi spazzati nelle canalette di scolo, da dove hanno iniziato il loro puzzolente viaggio verso le piccole onde del Tamigi. Alcuni di questi oggetti arriveranno fino all'estuario e al mare, ma altri rimarranno incastrati nel fango, sepolti sotto la poltiglia spessa e scivolosa. Non si può mai dire che cosa regalerà il fiume, ma si può star certi che non lascerà nessuno a mani vuote, e un bravo ramazzino può arrivare a guadagnare sei scellini al giorno.

Come mestiere, non è solo lurido da far schifo ma è anche pericoloso, soprattutto dentro i tunnel delle fogne. È sempre consigliabile lavorare in gruppo, perché fra gli intricati sotterranei di Londra è facile perdersi e non risalire mai più. C'è anche il rischio che, mentre sei là sotto a frugare, senza preavviso una chiusa venga sollevata e scarichi un'improvvisa alluvione nei condotti, e se non hai niente a cui aggrapparti, o nessuno che ti afferri per la collottola, rischi di esser trascinato via e di annegare, con i polmoni pieni di escrementi. È anche possibile finire in mezzo a una sacca di gas che magari si è formata sotto strati di detriti: evenienza sfortunata che può provocare un'esplosione, come quando si accende la polvere da sparo, e ti consegna a una morte istantanea o, peggio ancora, a una vita di dolori lancinanti. Il fiume si prende sempre qualcosa: nessuno lo sa meglio dei ramazzini.

In questo gelido mattino di fine novembre, otto di loro avanzano a fatica lungo la riva a Chelsea, sulla sponda nord del Tamigi, con gli scarponi che sguazzano nel fango. Hanno con sé delle pertiche, che ogni tanto infilano nella mota per vedere se sotto c'è qualcosa di utile. Le lanterne legate al petto dipingono il cammino di nastri dorati e li fanno sembrare pallidi in volto come spettri. Intorno alla bocca portano delle sciarpe per tenere a bada i miasmi peggiori, benché l'espediente non serva a molto. Sono avvolti in ampi pastrani di fustagno dalle tasche capaci e indossano guanti spessi per proteggersi dalla sporcizia... e dagli attacchi delle pantegane, alcune grosse come gatti. Ma la persona che chiude la fila, una ragazza dal sorriso timido e le guance spolverate di efelidi, non è riuscita a coprirsi del tutto il pancione con la palandrana. Sebbene sia vistosamente incinta, ha comunque bisogno di lavorare, e in ogni caso la levatrice le ha assicurato che il bambino non arriverà prima di un altro mese.

Il gruppo si avvicina a un'ansa del fiume dove una quercia, quasi sdraiata a terra, tende i rami sopra l'acqua. Mentre gli altri cominciano a setacciare la melma, la ragazza si ferma a riprendere fiato e ad asciugarsi la fronte, madida di sudore nonostante il vento pungente.

Segue con lo sguardo i solchi profondi e le creste sulla corteccia dell'albero. Che strano che una pianta si sia ritorta in quel modo, come per farsi una chiacchierata intima con il Tamigi. Che avranno da spettegolare? Il pensiero la fa sorridere, ma proprio in quell'istante avverte una fitta lancinante. Acuta, inattesa. Il cuore accelera, ma lei non si sofferma sul dolore. Già la giornata non sta andando bene; finora ha trovato solo un anellino, del cui valore non può essere certa finché non l'avrà ripulito e portato al banco dei pegni. Ciò malgrado se l'è infilato al dito, timorosa di perdere il suo unico tesoro.

Un altro spasmo, stavolta così penetrante che quasi le mozza il fiato. La ragazza si allontana dall'acqua, prosegue a passi pesanti verso l'albero e con il fiato corto si appoggia al tronco, grata per quella forma inusuale. Il crampo si affievolisce fino a cessare, solo per tornare poco dopo ancora più intenso. La ragazza si mette una mano sulla pancia, senza riuscire a trattenere un sonoro lamento.

«Signore!»

Un'altra ramazzina – un'anziana bassa e robusta, con due borse d'azzurro traslucido sotto gli occhi – le corre accanto.

«Che c'è, Arabella? Non stai bene?»

«Il bambino… Che dici, sta già arrivando? Non è troppo presto?» Si guardano attorno, una in preda al panico, l'altra preoccupata ma senza darlo a vedere.

Pietà, non adesso, non qui, pensa Arabella.

Nessun bambino vorrebbe nascere in un luogo così umido e fetente, accanto a una corrente traboccante di rifiuti e liquami.

«Mando qualcuno a chiamare tuo marito, gioia?» chiede l'anziana a voce bassa, perché intuisce già la risposta.

Arabella vive in un caseggiato poverissimo non lontano da qui, in una parte di Chelsea che si chiama World's End, con un falegname così bravo che una volta Buckingham Palace gli ha commissionato una cassettiera per i reali… solo che adesso il vizio del bere gli fa tremare talmente le mani che ormai non lavora quasi più.

«Mio marito?» fa Arabella. «Sarà un mese che non lo vedo.»

«Va bene, allora ce la caveremo da sole» dice l'anziana, cercando di non lasciar trapelare la tristezza. «Prima di tutto andiamo a casa e vediamo di metterti comoda, bellina.»

La ragazza fa di sì con la testa, ma ha il respiro sempre più corto. Nel tentare di alzarsi vacilla e quasi perde l'equilibrio, poi i lineamenti si stravolgono – più di sorpresa che di dolore – e un fiotto di liquido caldo le scorre lungo le gambe. Lei rimane a guardare orripilata la pozza ai suoi piedi.

«Oddio, o stelle del cielo… è troppo presto!»

Gli altri ramazzini hanno tutti smesso di lavorare e guardano dal limitare del fiume. Uno grida, sopra il rumore della corrente: «Ohi, tutto bene lassù?».

Al che l'anziana risponde con un brusco cenno del capo. «No, siamo nei guai. Che il Signore ci aiuti.»

«Eh? Cosa blateri?»

«Che è meglio se uscite da lì e ci date una mano. Venite tutti, e fate presto! Le si sono rotte le acque!»

≈

I ramazzini che accorrono e stendono generosamente i pastrani sulle sponde fangose del Tamigi non possono sapere che proprio in quell'istante, a Londra, un'altra ragazza alla prima gravidanza è entrata in travaglio. La regina Vittoria, appena ventunenne, ha le doglie in un'accogliente camera di Buckingham Palace. Che Sua Maestà detesti essere in stato interessante non è un segreto per nessuno: risentita per l'obbligo di rinunciare al ballo e all'equitazione, non vede l'ora che questa delicata fase della sua vita si concluda. La giovane sovrana, che il marito ha soprannominato Brava Mogliettina, spera oggi di partorire un erede maschio in modo da potersi levare il pensiero una volta per sempre. Il principe Alberto rimane al suo fianco, a tenerle la mano e a sussurrarle parole di conforto, fino a quando raggiunge i ministri del governo che attendono fuori. In un angolo c'è la culla del nascituro, realizzata in mogano di altissima qualità e imbottita di seta verde smeraldo. È fatta in modo da assomigliare a una conchiglia: il tema navale è perfetto per il primogenito della Regina degli Oceani, a segnalare lo splendore e la gloria dell'Inghilterra il cui simbolo, la rosa bianca, è ricamato sul copriletto.

Quando, dopo ore atroci, il bebè reale arriva, il dottore sorride rammaricato. «Ahimè, Vostra Maestà, è una femminuccia.»

La regina, benché ugualmente delusa, leva una mano esausta. «Non preoccupatevi. Il prossimo sarà un principe.» Per fortuna, quanto a balie non ha che l'imbarazzo della scelta, tutte fornite di ottime credenziali.

Quando, dopo ore atroci, il bebè fluviale arriva, un ramazzino grida trionfante: «Perbacco, Arabella, è un maschietto!».

La giovane madre si puntella sui gomiti e allunga il collo per guardare il figlio. I rosei ditini delle mani e dei piedi, le guancette tonde… è bellissimo. Lei scoppia a piangere. Che fortuna avrà mai quest'esserino così dolce e innocente in questo mondo colmo di peccati, afflizioni e sofferenze?

«Su con la vita, bellina. Di che ti preoccupi, eh?» la rimprovera l'anziana. «Dovresti esser fiera di te: il piccoletto è vivo e sta bene.»

Ma Arabella piange così forte che non riesce a rispondere.

«Su, dai, si sistemerà tutto. Piuttosto, dicci, che nome vuoi mettergli?» domanda l'anziana.

Ancora niente.

È il momento per gli altri ramazzini di intervenire, zelanti.

«Chiamalo Tamigi, direi che è adatto all'occasione» propone uno.

«Sì, così da grande diventa Padre Tamigi.»

«E se ha la fortuna di arrivarci, pure Nonno Tamigi.»

«Tamigi… Temes… Che ne dici di Thomas? Ci assomiglia.»

«Naa, chiamalo Jack e basta» interviene un altro. «Io sono Jack da tutta la vita, e alla fin fine non è male.»

«Ah, se lo dici tu!»

«E Alberto, invece?» dice qualcun altro ancora. «Se va bene per il marito della regina, andrà bene anche per questo frugolo qui.»

«Ma basta! Le scemenze che dite, non ci si crede.» Stavolta è l'anziana a obiettare. «Il fegato di un coniglio e il cuore di una pecora… ecco che razza di uomo è, il principe Alberto, un ragazzetto senza nerbo! Neanche si è dichiarato, a Vittoria, ve lo ricordate o no? È stata lei a chiedergli di sposarla. Non va mica bene, come marito per la nostra regina. Manco per me andrebbe bene!»

Tutti sghignazzano, beffardi… finché la voce stridula di Arabella non squarcia le risa. «Buttatelo al fiume!»

Qualcuno ride ancora più forte, pensando che si tratti dell'ennesima battuta sui reali la cui esistenza non potrebbe essere più lontana dalla loro. Gli altri però sono ammutoliti, e l'aria si fa pesante d'imbarazzo man mano che si chiarisce il pensiero dietro quelle parole. I ramazzini si scambiano occhiate colpevoli, come se solo l'aver sentito l'indicibile li rendesse complici di qualcosa di corrotto e impenetrabile.

Nel silenzio che segue l'anziana domanda in un soffio: «Ma che dici, bellina?».

«Buttate il bambino in acqua. Io non posso occuparmene. Ci pensi il Tamigi, a badare a mio figlio.»

«Per carità! Basta dire così, è peccato.»

La giovane madre si copre la faccia con le mani ed emette un urlo strozzato. A malapena riesce a credere a quello che sta per dire, ma neanche riesce a fermare il torrente di parole. «Non posso permettermi di tenerlo, questo piccino. A stento riesco a rimediare due spiccioli per mangiare io. Ho sempre una fame da morire. Mio marito... è un buono a nulla, gira col peggio del peggio! Sempre arrabbiato, sempre ubriaco, non lavora mai. Grazie al cielo ogni tanto sviene... secondo voi, uno che picchia la moglie poi non le dà pure al figlio? Povero piccolo...»

L'anziana drizza la testa e fa segno di no. «Ora dammi retta, bellina.»

«Tu non capisci...»

«Io capisco benissimo, tutto quanto, e ti garantisco che questo pupo sarà la gioia della tua vita. Ascolta, me lo sento nelle ossa. Gli dai un boccone da mangiare e uno di bene e vedrai lui quanto te ne rende. Ti farà sentire più leggera e ti renderà orgogliosa. Andrà tutto bene, promesso.»

Arabella piange ancora più forte, le spalle scosse a ogni singhiozzo, i denti che battono per il freddo e la preoccupazione.

L'anziana sospira. Ha sentito qualche levatrice lagnarsi di una strana condizione detta «demenza da parto»: pare possa affliggere chi è da poco diventata mamma, facendole perdere il senno e precipitandola in una disperazione talmente profonda da cui potrebbe non riprendersi più. Sa che per curarla ci vogliono purghe, coppettazioni, salassi e molti oppiacei.

Rivolgendosi agli altri, domanda sottovoce: «Qualcuno ha qualcosa che la tiri un po' su? Povera, le son presi i morbi».

«Ma sì, dalle un po' di questo» dice uno tirando fuori una boccetta marrone torbido.

Laudano: calma i nervi e attenua il dolore, e poi si dice che giovi ai malesseri femminili. Una tintura dal sapore amarissimo, ma dal profumo dolce e forte perché è fatta con cannella, zafferano, alcol e oppio.

Insistono perché Arabella ne prenda un sorso, e poi un altro paio per buona misura. Lei obbedisce. Subito la testa le ricade sul petto, le braccia si afflosciano. Esausta e angosciata com'è, non ci vuole molto perché cada in un sonno profondo e senza sogni.

Adesso però i ramazzini si trovano davanti un problema imprevisto. Con il padre che è uccel di bosco e la madre mezza ammattita e mezza in letargo, chi darà un nome a questo bambino? La questione non si può rimandare: sono troppo vicini al fiume, e fin dalla notte dei tempi i mulinelli del Tamigi ospitano fantasmi, spiriti maligni e altre creature orrende. Entità demoniache, fluttuanti sull'acqua a caccia di anime vulnerabili: potrebbero calare su di loro da un momento all'altro e portarsi via il neonato; e se anche gli spiriti, una volta tanto, decidessero di adottare un approccio più morbido, c'è comunque la possibilità che dal nulla balzi fuori l'animaccia di William Kidd. Tutti sanno che il famigerato corsaro arde di rabbia dopo essere stato cosparso di pece, avvinto in catene e impiccato sul fiume, dove il suo corpo rimase a marcire per ben tre anni. Da quella pubblica esecuzione è passato più di un secolo eppure, con furia implacabile, il capitano seguita a infestare le sponde.

Data la gravità della situazione, i ramazzini concludono che il compito tocca a loro. L'anziana solleva il bambino in aria e lo guarda negli occhi grigiazzurri; lui, stranamente, le restituisce lo sguardo. In tutto questo tempo non ha mai pianto, neanche una volta.

«Strano soldino di cacio che sei!»

«Perché non lo chiamiamo così, allora?» azzarda qualcuno. «Mica male, eh: primo nome Strano, secondo nome Soldino. Ecco fatto!»

«Ma no, non va bene.»

È opinione dell'anziana che allo sventurato piccino, chiaramente privo di un padre premuroso e di una madre decisa, e per giunta così iellato da nascere accanto a un torrente di acque di scolo ed escrementi, serva una mano. Non possono esimersi dal dargli un nome di un certo peso, un contentino che lo aiuti a superare le avversità della vita anziché trascinarlo ancora più in basso. Perciò ci riflette su ancora un momento, dopodiché annuncia: «Secondo me, dev'essere un nome audace e grandioso. Sì, un nome degno di un nobiluomo».

«Ah, be', allora chiamiamolo Vostra Maestà...»

«O Altezza Serenissima?»

«O Eminenza Illustrissima?»

«O anche Re, direttamente...»

«Re mi piace» dice l'anziana. Poi si illumina, formulando un pensiero improvviso. «E Re Artù è pure meglio!»

«Sì, chiamiamolo Re Artù!»

«Sia lode al Signore!»

«Lode e gloria!»

«Ma proprio come re Artù della spada nella roccia?»

«Mah, più un re Artù delle cloache, direi, visto dov'è nato.»

«E delle catapecchie, visto dove sta sua madre.»

«È deciso, allora» dichiara quello che aveva tirato fuori il laudano. A mo' di brindisi, prende una sorsata dalla bottiglia di gin che ha sempre nel cappotto; poi si pulisce la bocca e la passa in giro.

«Re Artù di Cloache e Catapecchie!»

Ed è così che il bambino nato su un tratto appartato del lungofiume di Chelsea, sotto i rami bassi di una quercia reclinata sull'acqua, sarà un giorno noto a tutti. È un figlio del fiume, e tale rimarrà per il resto della vita.

≈

Lo posano sul petto della madre, benché lei dorma ancora della grossa. Sotto lo sguardo attento di tutti, il piccolo Artù poppa piano, quasi a far loro un favore. Sdraiato su un mucchio di paltò stesi sulla terra fredda e fangosa, senza una culla a ospitarlo né un tetto a ripararlo, il piccolo corruccia il visetto ma non piange. Rimane immobile, ad ascoltare i rumori che lo circondano. Da un lato della bocca gli scende un rivolo di latte.

Ricomincia a nevicare. Folate frenetiche scendono dal cielo a lunghe curve oblique, scintillano luminose contro l'atmosfera ovattata e nell'avvicinarsi a terra assumono una sfumatura azzurrastra, vorticando in cerchi che non si sovrappongono né cadono vertiginosamente: danzano giocose, come un'eco di spiriti erranti. Guardandole con gli occhi spalancati dal punto in cui si trova, il bebè prorompe in un sorriso, abbagliato dalla bellezza del mondo.

Poco dopo un fiocco di neve fa una piroetta nel vento e vira lesto verso il terreno. Acqua in forma solida. Una perla senza peso che si è formata nelle profondità di un ampio guscio celestiale. Da una presenza tanto piccola e fragile si può evocare tutto un universo?

Quel fiocco di neve una volta era una goccia di pioggia, in un Paese lontano. È passato per un palazzo sontuoso con una biblioteca magnifica e ha visto giardini stupendi, fontane dispendiose ed efferatezze indicibili. Porta con sé il ricordo delle sue vite precedenti, e l'alone di un re assiro addosso, come un'impronta digitale invisibile. Con delicatezza si posa sul viso del bimbo, gli casca tra le labbra dischiuse.

In quell'istante il piccolo si sente sulla lingua qualcosa di freddo, friabile, vagamente metallico e immensamente esaltante. Chiude le dita e si mette un pugnetto in bocca, cercando di afferrare quella meraviglia… ma senza riuscirci. Allora finalmente scoppia a piangere (per la prima volta). È la prima delusione della sua vita, il suo primo rammarico: non riuscire a trattenere una bellezza che lo ha appena sfiorato e poi, altrettanto repentina, è sparita sciogliendosi.

Una goccia di latte, un fiocco di neve: due cose che gli si mescolano in bocca, e negli anfratti reconditi della memoria. Un giorno, quando sarà molto più grande, una persona che non ha mai visto la neve gli chiederà di che cosa sa e lui, senza battere ciglio, risponderà: «Di latte materno».

≈

Re Artù di Cloache e Catapecchie ricorderà il momento della sua nascita. Lo ricorderà con incredibile nitidezza e mirabolante abbondanza di dettagli: il rombo delle acque di scolo che scorrono lì accanto, la corteccia di una quercia ritorta, il ruvido dei pastrani impilati sotto di lui, dagli orli sfilacciati e rosicchiati da topi e ratti, le ciocche di capelli biondi che ricadono sulle spalle della donna che lo ha messo al mondo ma voleva gettarlo nel Tamigi e, sopra ogni cosa, la sensazione dei cristalli ghiacciati che gli si scioglievano sulla lingua… Schegge di memoria che sarà sempre in grado di ricomporre, per quanti anni siano passati e per quanto sia doloroso il ricordo. Perché questo bimbetto, che condivide la data di nascita con la primogenita della regina Vittoria e porta il nome di un eroe leggendario, impostogli da una masnada di ramazzini di buon cuore, è un pupo del tutto eccezionale.

Arthur Smyth ha il dono di una memoria straordinaria: visiva, verbale e sensoriale. Proprio come una goccia di pioggia, un chicco di grandine o l'acqua sotto qualunque forma ricorda sempre tutto, anche lui non dimentica mai nulla. Se vede, o sente, o avverte qualcosa, sia pure una volta soltanto, la trattiene per sempre. Un talento unico, diranno in molti. Un dono di Dio, si affretterà ad aggiungere qualcun altro. Ma anche una disgrazia terribile, come lui scoprirà ben presto.

NARIN

In riva al Tigri, 2014

Sulle sponde del Tigri, nel Sudest della Turchia, sotto la volta di un cielo azzurrissimo, un pomeriggio di tarda primavera è radunato un gruppo di yazidi, perlopiù anziani. Sono disposti in semicerchio, davanti a una bambina in abito bianco. La stanno battezzando con l'acqua benedetta che viene dalla valle di Laliş in Iraq.

La bambina si chiama Narin. Ha nove anni compiuti questo mese e lineamenti delicati: fronte ampia, naso diritto, sopracciglia arcuate sopra grandi e accesissimi occhi verde salvia. Mentre ascolta il decano della comunità che recita le orazioni di rito per lei, nota un uccello nel cielo che si butta in picchiata in direzione dei cespugli, ma non sa di che specie sia. Lancia un'occhiata alla nonna che le sta accanto orgogliosa. La vecchia sa tutto sugli uccelli ed è in grado di riprodurre alla perfezione centinaia dei loro canti, ma questo non è il momento giusto per chiedere. Narin torna a concentrarsi sulla cerimonia e attende tranquilla, rispettosa. Rialza gli occhi solo quando le spruzzano l'acqua santa sulla fronte.

La prima goccia che cade scivola giù adagio, andando a posarsi sulle ciglia folte e dritte, le punte schiarite dal sole. Narin se la toglie di lì e sorride.

«Agnello di fede» dice il decano, «possa il tuo cammino esser sempre benedetto.»

Un'improvvisa folata di vento che sale dal fiume scuote i

ciuffi di asclepiade ai loro piedi. Nel silenzio che cala, Narin sente la voce della nonna che tintinna di un'eco amorevole.

«Agnello di fede, *dilê min.*»

Dilê min, «cuore mio». È così che la nonna esprime l'affetto, trasformando il proprio corpo in un'anatomia d'amore. Quando sente la mancanza di Narin le dice: «Vieni a sederti vicino a me, angolino del mio fegato»; quando vuole tirarla su di morale, le dice: «Allegra, battito del mio collo»; quando le prepara il suo piatto preferito, le dice: «Mangia tutto, luce dei miei occhi; se tu hai la pancia piena, la mia esulta»; e quando vuole ricordarle che c'è un dono nascosto in ogni difficoltà, le dice: «Non dimenticare, anima mia, che se Dio chiude una porta, ne apre un'altra. Perciò non devi mai disperare, aria dei miei polmoni». Cuore, fegato, stomaco, polmoni, collo, occhi, anima… È come se l'amore, per la sua natura liquida, la sua forza fluviale, fosse tutto un mescolarsi di margini, al punto tale che non si può più dire dove finiamo noi e dove comincia l'altro.

«Possa la vita essere gentile con te, piccina. E, quando non lo sarà, possa tu trarne maggior forza» salmodia il decano.

La seconda goccia le casca sul colletto; sulla stoffa bianca si forma una pallida ombra rotonda, come il centro di un fiore di luna.

Muovendosi appena, la bambina si guarda intorno, quasi si aspettasse di vedere il mondo diverso, ora che la cerimonia si avvia alla fine. Invece sembra tutto come prima: i rovi che si impigliano nell'orlo del vestito, le rocce frastagliate sulla riva, le chiazze d'erba riarsa che si fa strada a fatica tra i sassi, l'odore fangoso che sale dal limo del fiume e le indugia nelle narici… È tutto esattamente com'è sempre stato, comprese le facce degli adulti presenti, al tempo stesso felici e preoccupate per lei. I grandi non sono bravi a mascherare il timore, malgrado riescano a nascondere bene la gioia e la curiosità. Per i bambini invece è il contrario: tacitano accortamente l'ansia e dissimulano la tristezza, ma faticano a non manifestare l'euforia. Ecco cosa significa crescere, per dirla con semplicità: imparare a reprimere ogni espressione di autentica gioia e felicità.

Narin è brava a nascondere i crucci, e non ne ha pochi. Oggi è scombussolata perché suo padre non è riuscito a venire al battesimo. Lui è un celebre suonatore di *qanun*, molto richiesto, che presenzia a matrimoni e circoncisioni in tutta l'area e spesso deve rimanere fuori per parecchi giorni di seguito. Viaggia tanto, non solo in Turchia ma anche in Iraq, Libano e Siria, e ogni volta torna con aneddoti divertenti da raccontare. Dopodiché riparte. Narin capisce che, per quanto bene le voglia, il papà non può fermarsi a lungo in un posto. Dice la gente che è diventato così da quando ha perso l'amore della sua vita: alla stessa ora dello stesso pomeriggio, la porta della vita si è aperta per Narin e si è chiusa per sua madre. E da quel giorno in avanti, malgrado ogni tentativo di trovargli una compagna adatta, il papà non ha mai voluto risposarsi, e la bambina è stata cresciuta dalla nonna.

La nonna è tutto per lei.

«Possa quest'acqua consacrata portare gentilezza e bontà nella tua vita, proteggerti dalle afflizioni.» Il decano leva le dita, sul punto di spruzzare la terza e ultima goccia. «Possa...»

Un boato assordante, che pare levarsi dalle viscere della terra, sommerge le ultime formule rituali. Con un sussulto, tutti si girano dalla stessa parte.

Un bulldozer. Un mostro meccanico, giallo sporco, tutto inzaccherato. Il motore si è svegliato con un rombo e adesso il veicolo si avvia per la radura, eruttando sbuffi di fumo nero nell'aria chiara; geme e cigola a marcia avanti ingranata, si muove verso di loro facendo tremare la terra, con la pesante lama di ferro sospesa e pronta a colpire.

Di questi tempi li si vede ovunque. Da quando il governo turco ha destinato i terreni circostanti a un vasto programma di costruzione di dighe, le grandi pianure del Tigri rimbombano di un fracasso insopportabile: è tutto uno scavare, picchiare, martellare, sondare, perforare, rinforzare senza fine. L'operazione è molto discussa, e contestata allo stesso modo da ecologisti e agricoltori. Le imprese straniere, inizialmente attratte dai potenziali profitti, hanno fatto marcia indietro per i timori su diritti umani, retaggio culturale e distruzione ambientale. Eppure l'attività non si è fermata. Ogni mattina, lungo tutta la sponda del fiume, scavatrici, autocarri ribaltabili e apripista rombano senza sosta per trasportare cumuli di basalto, argilla e pietra calcarea che costituiscono le fondamenta di quella che un giorno sarà la più grande centrale idroelettrica della nazione.

Quando la diga di Ilısu sarà completata, più di ottantamila persone saranno state costrette a trasferirsi, più di duecento villaggi e quaranta piccoli insediamenti evacuati. All'inizio dei lavori i contadini, perlopiù curdi, sono stati cacciati dalle loro case dopo la confisca di campi e frutteti, e abbandonati nella disperazione. A compenso dei terreni espropriati il governo ha depositato cifre simboliche sui loro conti correnti. Molte famiglie, compresa quella di Narin, non hanno toccato quel denaro, come forma di rigetto per un indennizzo tanto irrisorio. Qualcuno intende denunciare le autorità, ma da queste parti la gente è povera e lo Stato troppo potente. Le cause legali durano anni e non c'è garanzia che si concludano a favore del querelante. Comunque vada, la costruzione procede.

Non appena il livello dell'acqua raggiungerà i sessanta metri, Hasankeyf, antica cittadina sulle sponde del Tigri – un tempo nota come Kefa, il «forte della roccia» – sarà inondata. Le sue rupi calcaree e le grotte scavate dall'uomo, i siti archeologici inesplorati e i segreti mai svelati scompariranno sotto un lago artificiale. Una storia di dodicimila anni verrà cancellata da una diga che durerà cinquant'anni: la vita di un mulo. Questa regione – ricca di chiese, cappelle, moschee, monasteri, sinagoghe e santuari – ha già perso molta della propria eredità storica. I suoi abitanti sono in gran parte già emigrati verso le città, dove sono stati inghiottiti dalle correnti della vita metropolitana, tagliati fuori dalle tradizioni che li avevano sempre sorretti. Di solito restavano i vecchi, che rimandavano la partenza il più possibile; per loro era più difficile separarsi dai ricordi.

≈

Il bulldozer si ferma davanti al gruppetto, a pochissimi centimetri da Narin. L'operatore, un uomo dai baffoni a manubrio, tira la leva del freno e si sporge dal finestrino.

«Perché state tutti qui? Muoversi! Ordini del governo.»

«Efendi, stavamo per finire» dice il decano. «Se potesse concederci ancora qualche minuto...»

«Finire cosa?» chiede l'altro, con un'ombra di sospetto in volto. «Che ci fate, qui, in effetti?»

Il decano serra le labbra, perché non vorrebbe dire a un estraneo che si trovavano nel bel mezzo di una cerimonia battesimale. Si limita a dire: «Ci abitiamo».

«Ma mica ancora per molto. Com'è che non ve ne siete già andati? Vi hanno ordinato di trasferirvi in città, e il progetto andrà avanti più in fretta se vi levate di mezzo. Ci state rallentando.»

La nonna fa un passo avanti e incrocia le braccia. «Non puoi andare a scavare un po' più in là, figliolo?»

«No che non posso! Oggi ho voglia di lavorare qui» risponde il tipo, irritato davanti a una donna che lo sfida.

«Ma che differenza fa, dove cominci?» insiste la nonna, con un'espressione rigida. «Tanto dovete scavare tutta la zona.»

«Io non mi muovo, donna. Meglio che ve ne andate, tutti quanti, sciò... altrimenti vi denuncio per aver impedito a un funzionario governativo di fare il suo lavoro, e allora sì che passate un guaio.»

Senza attendere una risposta, il tizio rientra nella cabina e, mentre sta per riaccendere il motore, borbotta qualcosa tra sé, a volume troppo basso perché possano sentirlo. Ma Narin, che è la più vicina, gli legge le labbra: «Cazzo di luridi adoratori del diavolo!».

Un secondo dopo il boato del macchinario riempie l'aria, ed è ancora più fragoroso dopo la pausa di silenzio.

Per un attimo il gruppetto rimane fermo dov'è, perplesso, a guardare il bulldozer che scucchiaia via la terra, solleva zolle di materiale alluvionale dalle rive del Tigri, disturba ossa di bestie antidiluviane e rocce dormienti che hanno visto passare migliaia di anni di storia mesopotamica. Il veicolo va avanti e indietro, cattura tuberi sotterranei che gli pendono dalle fauci come mostruosi denti estratti, strappa via le radici di alberi abbattuti molto tempo prima.

«Spostiamoci un po' più su» dice il decano a voce alta. «Meglio non rischiare.»

Lo seguono in silenzio, avviandosi verso il monte in fila per uno per cercare un punto in cui il rumore sia meno molesto.

«Che ne dite di qui?» propone il decano, indicando una radura sgombra. «Mi pare vada bene.»

Si ridispongono in semicerchio, continuando a sentirsi addosso lo sguardo dell'operatore del bulldozer che trapassa il finestrino e osserva ogni loro mossa.

«Facciamo presto» dice il decano, incapace di nascondere l'agitazione. Levando in alto l'ampolla contenente il residuo di acqua benedetta, riprende posto. «Bambina mia, possa tu...»

Ma il sant'uomo si interrompe subito, e sbianca. Il bulldozer viene verso di loro. Il potente macchinario si fa insopportabilmente vicino, porta a terra la lama e inizia a scavare, impedendo loro di sentirsi a vicenda.

Di nuovo, se ne vanno.

≈

«Temo che quell'uomo non ci lascerà in pace» dice il decano. «Lo sta facendo apposta, vuole intimidirci.»

«Era meglio non venire qui. È stata chiaramente una pessima idea» dice un vicino. Per quanto lo riguarda, il rito si poteva benissimo officiare al villaggio; non c'era nessun bisogno di trascinarsi fino in riva al Tigri, dato che a differenza dei mandei – i cristiani di san Giovanni Battista – la loro liturgia non prevede l'immersione completa nell'acqua, ma la nonna di Narin ha insistito perché si avvicinassero al fiume ed è, come chiunque confermerebbe, una signora caparbia.

Potendo, tutti lo riconoscono, la cerimonia del *mor kirin* andrebbe tenuta a Laliş, nel tempio più sacro della fede yazida, ben nascosto in una placida valle circondata da colline ondulate a nord di Mosul, in Iraq. Narin dovrebbe indossare una coroncina di fiori bianchi: narcisi, gardenie, pervinche candide. Dovrebbe bere alla fonte sacra di Zamzam e poi essere battezzata presso la Kaniya Spî, la «sorgente bianca» di Laliş, unico luogo della terra rimasto pulito e sicuro dopo che Dio aveva mandato il Diluvio universale: la sorgente formò miracolosamente un mulinello e non si mescolò mai alle acque alluvionali sporche e fangose, mantenendosi pura in eterno.

Solo che finora le circostanze hanno impedito alla famiglia di portare la piccola in Iraq. I soldi erano pochi; non era mai il momento giusto; e, tra l'altro, da qualche tempo Narin non è più in buona salute. Perciò quest'anno hanno portato da loro l'acqua della venerata valle di Laliş, in un'ampolla sigillata e affidata a un *qawwal*. Sarebbe bene ricevere il battesimo il più presto possibile, e le femmine prima ancora dei maschi, ma non è raro che i bambini vengano iniziati alla fede quando sono più grandicelli, se sono malati o impossibilitati a viaggiare.

«Possiamo tornare più tardi» dice il decano. «Oppure possiamo continuare al villaggio.»

«O magari è un segno» osserva la nonna. «Non doveva succedere.»

Il decano aggrotta la fronte. «Che stai dicendo?»

«Forse l'ultima goccia non doveva cadere.» La nonna scuote il capo. «Il luogo o il momento erano infausti.»

«Preferisci rimandare, Besma?»

«Sì, esimio decano» risponde lei con un lieve cenno del capo.

Il gruppetto è percorso da un brivido d'imbarazzo.

«Ma non lo vedi che tua nipote sta diventando grande?» interviene una vicina. «Andava battezzata tempo fa.»

Un'altra rincara: «Infatti. E poi, se rimandi anche solo di quindici giorni, potresti non trovarci più. Le cose vanno già abbastanza male così. Chi può dire quanti di noi saranno ancora qui domani?».

In tutta la regione la costruzione della diga ha colpito gente di ogni fazione, credo e tribù. Ma per i membri della minuscola comunità yazida, alla tristezza per la perdita del territorio ancestrale si accompagna il timore di diventare oggetto di discriminazione nei luoghi dove dovrebbero trasferirsi. Abbandonare la propria casa non è mai facile, ma diventa molto, molto più difficile quando non si ha un posto dove andare.

Negli ultimi decenni il loro villaggio si è seccato e raggrinzito, accartocciato sui bordi come una pergamena bruciata. Molti sono andati in Europa con la famiglia, per vivere da immigrati in Paesi dove il sole non leva il capo dorato per mesi e mesi. Alcuni tornano d'estate per dare una mano a riparare fonti e santuari, ma nessuno ha in programma di ristabilirsi lì definitivamente. Nei villaggi e negli insediamenti più piccoli, dove un tempo i loro antenati prosperavano a migliaia, non è rimasta che una manciata di yazidi. La nonna dice sempre che sarà tra gli ultimi ad andarsene. Non può abbandonare le sue piante di pistacchio. Ma soprattutto è dal fiume che non riesce a separarsi. Va a passeggiare sulle sponde a cadenza regolare; si duole che il terreno sotto i suoi piedi stia per essere inondato e migliaia d'anni di storia andranno perduti, sapendo che queste sono le sue ultime preghiere al Tigri.

Dentro e intorno a Hasankeyf esisteva un tempo una vasta e fiorente comunità yazida, legata tanto dagli usi e dalla fede quanto dai canti e dai racconti. I numeri sono andati calando con ogni decennio di privazioni, partenze e conversioni forzate; oggi nel loro villaggio non restano che dodici yazidi, e domani spariranno anche loro.

«Stavo solo pensando» dice la nonna con aria truce e amorevole insieme «che Narin è il battito del mio cuore, la luce dei miei occhi. Dio sa quanto conti per me. Ho sempre desiderato di farla battezzare nella santa valle di Laliş e non qui, dove stanno svuotando la terra e facendo soffrire il fiume...» Lo indica con uno svolazzo della mano, lasciando la frase sospesa in aria.

Il decano sospira. «Vuoi portarla in Iraq?»

«Sì, venerabile. Per tanti anni non abbiamo potuto viaggiare. Ma quest'estate mio genero è stato invitato a cantare a tre matrimoni importanti a Mosul, e magari può portarci con sé. Gliene parlerò, sento cosa ne pensa, e se è d'accordo con me possiamo organizzarci. In ogni caso, vi sono molto grata per essere venuti qui insieme a noi oggi.»

E così dicendo, la nonna apre una sacchetta. Dentro ci sono dolcetti avvolti in carta stagnola colorata, che lei distribuisce a tutti i presenti ringraziandoli nuovamente per aver partecipato al sacro ritrovo.

«Che Dio benedica i vostri piedi, amici. Che non inciampiate mai in un ciottolo.»

«Altrettanto, vecchia anima» sospira il decano. A turno tutti abbracciano Narin, e benché la cerimonia non si sia compiuta, le danno il loro regalo: una bustina di rosmarino essiccato, una fiala d'olio di chiodi di garofano, un vasetto di unguento di rosa, uno di marmellata di albicocche, una ghirlanda di fiori profumati… Da ultimo, il decano le porge l'ampolla della valle di Laliş. Consapevole del suo significato, la ragazzina la ripone con cura nella tasca dell'abito.

«Meglio che ci avviamo, allora» dice un vicino. Il villaggio non è lontano, ma il caldo del pomeriggio, ora decisamente più forte, potrebbe rallentarli.

«Andate avanti voi» dice la nonna. «Vi raggiungiamo.»

Stavolta nessuno si stupisce. Tutti sanno che Besma adora stare vicino al Tigri e non perde mai un'occasione di passare del tempo nei pressi del fiume, quasi fosse attratta dal corso d'acqua da una forza invisibile. E ogni volta che ci va, si porta dietro Narin. Le insegna i nomi delle piante autoctone, le loro proprietà medicamentose e il loro uso in cucina. Insieme raccolgono la resina degli alberi che poi applicano come smalto a vassoi e ciotole di legno, e cercano radici, foglie e cortecce da cui trarre delle tinture.

«I regali te li portiamo a casa noi, così avete le mani libere» dice il decano. «State attente, però, e non fate tardi.»

«Andrà tutto bene, onorato decano, non si preoccupi. Magari insegno a Narin a raccogliere le stiance, sono di stagione.»

Una vicina le si fa appresso, e le sussurra a voce bassissima: «Besma, cara, sei sicura di voler andare in Iraq? Tu sei anziana, Narin poverina non sta bene… e le strade non sono sicure, mi dicono».

«Sì, ma quando lo sono state? Mai, a memoria d'uomo. Quando sono finiti i guai, in Mesopotamia? Non c'è mai stato un buon momento per viaggiare» dice la nonna, assorta nei pensieri. «Non credi che la bambina dovrebbe vedere la santa Laliş finché è in tempo?»

Quando è nata, Narin era una pupa sana e tranquilla. Ancora ignara di non avere una madre, si accostava alla vita con infinita curiosità e una gran fame di scoperte. Cresciuta a latte di capra, minestra di yogurt acido e preparati erboristici, afferrava le perline sopra la culla, appese per scacciare il malocchio; rideva quando suo padre faceva le smorfie; e più tardi inseguiva le galline sull'aia o saltava allegra sui fossi. Tuttavia, quale che sia stato il malanno che l'ha colpita prima che iniziasse la scuola, è progredito rapidamente, e dall'anno scorso il suo mondo uditivo si è ritirato dietro a un intermittente ronzio e fischio nelle orecchie. Il senso dell'udito sta svanendo. La transizione dal suono al silenzio sarà lenta e graduale, ma irreversibile.

Il medico che l'ha visitata all'Università di Diyarbakir ha detto loro di prepararsi. Nel giro di appena otto mesi, Narin diventerà del tutto sorda. Una rara malattia genetica. Inizialmente perderà la capacità di captare i suoni ad alta frequenza; poco dopo, faticherà a capire quando molte persone parlano nello stesso momento. Non succederà tutto insieme, ma dolorosamente un po' per volta; lo spettro del suo udito si contrarrà a partire dalle estremità, come un sipario che si chiude sull'ultimo atto di un dramma. Un giorno di questi Narin si sveglierà e scoprirà che il coro mattutino dei codibugnoli, delle cappellacce, delle rondini e delle ballerine bianche si è ammutolito. Non sarà più in grado di cogliere lo strilletto gioioso di un lattante o il fischio di un treno che si allontana, né il belato degli agnellini appena nati; ne sentirà solo quel che resta nei suoi ricordi.

Prima che arrivi quel giorno, la nonna ne è convinta, la ragazzina dovrebbe sentire gli uccelli, i sussurri e le preghiere della santa valle di Laliş per la prima e ultima volta. Narin dovrebbe ammirare l'unico luogo sulla terra in cui la disperazione si fa speranza e persino le anime più derelitte trovano sollievo.

≈

Dopo che gli altri se ne sono andati, l'anziana e la bambina si avviano lungo il fiume, con le rispettive ombre a seguirle dappresso. Oltrepassano macchie di falaschi spinosi, e si fanno strada tra folti di canne e giunchi. Negli istanti di silenzio tra un passo regolare e l'altro sentono il gracidio delle rane, il ronzio degli insetti. Ogni tanto si fermano a osservare le piante: sul ricco suolo alluvionale del Tigri prospera una vegetazione molto varia. La nonna guida le dita di Narin, le insegna come riconoscere le piante al tatto; e la bambina apprende che le foglie sono oggetti complessi. Alcune sono coriacee, con venature profonde; altre lisce come cera; altre ancora ricoperte di peluria finissima, come i primi baffetti di un adolescente.

«Nonna, ascolta...»

«Sì?»

«Quando diventerò sorda, mi scorderò la tua voce?»

«Com'è possibile? L'orecchio non dimentica ciò che il cuore ha udito.»

«Non capisco cosa vuoi dire.»

«Voglio dire che la mia voce ti sarà sempre accanto... anche quando non ci sarò più. Perché sono impressa qui... e qui...» La nonna sfiora le tempie della nipotina. «Succede così quando vuoi bene a qualcuno: ti porti la sua faccia dietro le palpebre, e i suoi bisbigli nell'orecchio, al punto che anche quando dormi della grossa, e sono passati anni, riesci ancora a vederlo e a sentirlo nei sogni.»

Narin inclina il capo e riflette. Il pensiero è consolante, sebbene un po' misterioso, ma ormai non c'è dubbio che la nonna è sempre meravigliosamente piena di misteri. Per un pacifico istante, che non dura più di un fiato, dimentica tutto ciò che la angustia, sospesa nel tenero calore dell'anziana donna. Poi l'istante passa e Narin dice: «Quello là sulla ruspa... non era mica tanto simpatico».

«No, cuore mio.»

«Ci ha detto una brutta parola.»

La nonna la guarda in faccia, perplessa. Narin si mordicchia un labbro, come fa sempre quando è confusa o preoccupata.

«Cosa intendi, piccola?»

«Ha detto che siamo adoratori del diavolo.»

La nonna si scurisce in volto. «Non voglio che dici queste cose.»

«Ma lui perché l'ha detto?»

«Forse hai capito male...»

La ragazzina scuote la testa. «No, ho capito bene. E non è neanche la prima volta. È successo anche all'ospedale. Mentre *baba* parlava con il dottore mi hanno fatto aspettare in corridoio. A un certo punto è passato un inserviente e ha detto: "Che ci fanno qui questi disgraziati, luridi adoratori del diavolo?". E parlava di noi.»

Dal sottobosco arriva il richiamo di una quaglia, una solitaria sequenza di cinguettii stridenti. Quando l'uccello tace la nonna chiede: «L'hai detto al papà?».

«No, non volevo che fosse triste.» Narin si giunge le mani in grembo. «Perché ci dicono così?»

«Ascolta, anima mia, c'è gente che dice di noi delle cose sbagliate. Bugie dannose e calunnie che fanno male. Nessuno ha il diritto di farlo, ma lo fanno in tanti. Ci offendono perché non ci conoscono bene. Anzi: non ci conoscono per niente.»

«Ma è una cosa assurda. Io non vado in giro a dire cose tremende di gente che non conosco!»

«Certo che no, perché sei saggia.»

La risposta non soddisfa Narin, che non vuole essere saggia. Vuole capire perché la gente è fatta com'è fatta e se potrà mai cambiare.

La nonna intuisce il suo disappunto e apre un'altra sacchetta. Dentro, avvolte in un panno perché si mantengano calde, ci sono delle focaccine piatte, spalmate di burro di capra e con ripieno di formaggio alle erbe. Le prepara tutte le mattine all'alba, seduta su uno sgabello in cortile. Fa dei dischi con la pasta, li appiattisce sul forno d'argilla e li cuoce finché diventano gonfi e friabili. Sa quanto piacciono alla nipotina.

«Mangia, Narin. Con la pancia leggera, il cuore si fa pesante.»

La bambina dà un morso alla focaccina e i sapori di erbe e burro le si mischiano sulla lingua.

Mastica adagio e dice: «È solo che non capisco…».

«Be', questo mondo è una scuola e noi siamo gli alunni. Ognuno di noi, passandoci, studia qualcosa. Qualcuno impara l'amore e la comprensione. Altri, purtroppo, la cattiveria e la ferocia. Ma i più bravi sono quelli che traggono generosità e compassione dall'incontro con la durezza e la crudeltà. Quelli che scelgono di non infliggere le loro sofferenze agli altri. E quello che impari è ciò che ti porti dietro fino alla tomba.»

«Perché c'è tanto odio contro di noi?»

«L'odio è un veleno servito in tre bicchieri. Il primo è quello di quando si disprezza chi si desidera, perché lo si vuole possedere. È fatto di superbia. Il secondo: quando si detesta ciò che non si capisce. È fatto di paura. E poi c'è il terzo bicchiere, quando si odiano coloro a cui si è fatto del male.»

«Ma perché?»

«Perché l'albero ricorda ciò che l'ascia dimentica.»

«Cosa vuol dire?»

«Vuol dire che non è chi offende a portare le cicatrici, ma chi è stato offeso. Per noi la memoria è tutto; se vuoi sapere chi sei, devi imparare le storie dei tuoi antenati. Da tempo immemore gli yazidi sono stati fraintesi, calunniati, maltrattati. La nostra è una storia di dolore e persecuzione. Settantadue volte siamo stati massacrati: il Tigri era rosso del nostro sangue, la terra si è seccata per i nostri patimenti… e ancora non hanno smesso di odiarci.»

Narin infila una mano nella tasca del vestito e tira fuori l'ampolla portata dalla valle di Laliş. Guarda il vetro controsole, sente la carezza della luce che si riflette sulla superficie. Poi la ribalta, in attesa che cada l'ultima goccia. Acqua nella sua forma liquida. Lei non può saperlo, ma tanto tempo fa quella goccia era un fiocco di neve, in un Paese lontano. È passata per quella che una volta era la più grande e ricca città del mondo, i cui comignoli eruttavano nubi di fumo sulfureo. Ha visto la nascita di un altro bambino, la forza di un altro fiume. Per effimera che sia, porta con sé i ricordi delle sue vite precedenti. Con delicatezza, le si posa sulla mano, tremando.

Reggendo la goccia nel palmo come una perla preziosa, Narin si sente investire da un'ondata di tristezza. Ha la sensazione che tutto stia finendo. Hasankeyf sarà presto inondata a causa della nuova diga. Lei non potrà più andare in cerca di erbe e radici con la nonna. E un giorno anche il suo udito sparirà... proprio come le terre che sono sempre state la sua casa.

La bambina tace. Così l'anziana. Accanto a loro il fiume scorre, rapido e impetuoso, e fa girare i ciottoli come dadi.

—O—

ARTHUR

In riva al Tamigi, 1852

Re Artù di Cloache e Catapecchie è un bambinetto eccentrico, anche se ci vuole un po' prima che qualcuno se ne accorga. A cinque anni sa i nomi, le età e gli acciacchi di tutti quelli che abitano sulla sua stessa via, e sa imitarne accenti e vezzi con sconcertante precisione. L'autunno successivo lascia la madre sgomenta parlandole in yiddish, che ha imparato ascoltando i membri di una famiglia di ebrei russi che si è trasferita nel loro casamento. A sette anni gli basta un'occhiata al mazzo di carte mescolate sul banchetto per il gioco d'azzardo per ripeterne tutta la sequenza senza fermarsi un attimo. A otto anni disegna a occhi chiusi una riproduzione perfetta di tutto il quartiere, senza tralasciare le stradette anguste e i vicoli bui dove nel frattempo sono venuti a stare altri immigrati. Raggiunti i nove anni viene iscritto a scuola dalle rispettabili dame della Pia opera per i poveri illetterati, che hanno perlustrato i caseggiati più umili in cerca di piccoli bisognosi.

La scuola è uno scialbo fabbricato di mattoni rossi con un'alta torre dell'orologio, circondata da un imponente muro fitto di vegetazione e separata dal resto della città da un cancello di ferro battuto che cigola alla minima folata di vento. È stata fondata, solo pochi anni prima, per istruire gratuitamente i più poveri tra i poveri. Una targa d'ottone all'ingresso annuncia:

SCUOLA CENCIOSA PER FANCIULLI
E
CASA DELLE FANCIULLE LAVORATRICI

Tra gli alunni c'è un po' di tutto. Bambini così indigenti e svantaggiati che non hanno nessuna possibilità di ricevere un'istruzione altrove. Sono diversi per fascia d'età e stadio di sviluppo, ma vengono da ambienti simili: figli e figlie di poveri, detenuti, tossicomani vari, ladri, assassini, ricercati, mendicanti, falsari, truffatori, ruffiani, prostitute... Poi ci sono gli orfani, o comunque gli abbandonati. Alcuni sono talmente denutriti che il fisico si è deformato, impedito nella crescita; altri sfoggiano tagli e piaghe infette che lasceranno cicatrici permanenti. Mentre i loro omologhi nelle scuole private indossano eleganti uniformi – abiti e grembiuli per le femmine, polacchine e giacche di sartoria con gilet per i maschi – qui gli scolari portano roba di seconda mano, ridotta perlopiù in cenci.

Molti di questi bambini verranno a scuola per qualche giorno e poi mai più, ma qualcuno resiste. Tutto sommato è meglio che stare per strada. Le aule, benché spoglie e piene di spifferi, non sono gelate e pericolose come il mondo esterno. Inoltre, una volta al giorno gli danno da mangiare: studiare la Bibbia in cambio di un piatto di minestra non può certo far male. E poi gli insegnano la triade fondamentale: leggere, scrivere, far di conto. È questa solenne istituzione che Arthur frequenta sei giorni la settimana, insieme a quattrocentoventicinque altri compagni.

A prima vista, il ragazzino non ha niente di particolare. Somiglia a tutti gli altri alunni, solo più silenzioso e forse più timido, troppo trasognato e distratto per risultare simpatico a molti. Questo mese ha compiuto dodici anni, anche se tutti lo credono più piccolo. Magro e agile, ha la fronte ampia, le orecchie a sventola e le sopracciglia scure sopra un paio d'occhi celesti che in una certa luce sembrano verdi. Le labbra secche si screpolano come pittura vecchia. I capelli sono color del pan di Spagna al cioccolato, leccornia che ha sentito decantare da molti ma che non ha mai assaggiato.

In questa tetra giornata di fine novembre, mentre corre a scuola dopo aver già perso le lezioni del mattino, sfreccia davanti a piccole botteghe, ciascuna con la sua bella insegna. Non deve guardarle per sapere che sono lì. Anche con gli occhi chiusi è in grado di rivedere ogni strada che abbia mai percorso: ogni panettiere, macellaio, formaggiaio, vetraio, cappellaio, burraio, candelaio, giocattolaio e confettiere davanti al quale è passato senza mai potersi permettere di entrarci. Mentre attraversa la strada facendosi da parte per evitare una carrozzella di piazza, ha la mente colma di altri pensieri. È preoccupato per la mamma. Arabella non sta bene... di nuovo. La gente sostiene che ha qualcosa che non va nella testa, un eccesso di sentimentalismo che le logora i nervi, una malattia tutta femminile, dicono. Ma Arthur è convinto che se la mamma potesse mangiare meglio e non avere sempre freddo e bisogno di tutto, guarirebbe. Sarebbe felice. Ieri notte è stata ore a passeggiare su e giù, borbottando cose incomprensibili, perché non riusciva a dormire; e quindi non c'è riuscita neanche l'altra famiglia con cui dividono la stanza. Se va avanti così, teme Arthur, presto potrebbero ritrovarsi senza casa; lui, sua madre e i suoi fratellini gemelli. Quanto a suo padre, va e viene come gli pare, ma soprattutto va.

Il ragazzino moccica, si tira su il colletto e si sfrega le mani. Non serve a niente. Il vento gli trapassa gli abiti logori e gli gela le ossa. Ma il freddo non lo affligge come la fame. La fame è un alveare nella pancia, per giunta smosso con un rametto, che ronza giorno e notte e si agita frenetico e irritato. Le api hanno bisogno di una distrazione, pensa, di qualcosa che le tenga occupate e lontane dai guai. Quindi si fa aiutare dalla matematica. Ogni volta che è preoccupato, Arthur si mette a fare somme e moltiplicazioni a mente. Individua una signora che passeggia nel parco con un parasole, o un signore in cappello a cilindro che si affretta per la piazza, e si dà il compito di calcolare quante gale ha lei nella gonna, o quante righine ha lui sulla redingote. I numeri, con la loro austera affidabilità, lo consolano e gli fanno dimenticare i crampi allo stomaco.

Adesso sente lo schiocco di una frusta e rincula d'istinto. È arrivato su una via molto trafficata e deve stare attento. L'inverno scorso, proprio in questo punto, una carrozzella ha travolto e ucciso un uomo. Il cavallo è scivolato su un solco della strada e ha continuato a trascinare il veicolo a tutta birra, passando anche su carne e ossa umani. Il ragazzino ha appena iniziato a ripensare a quel giorno che subito gli si accende in testa la parola «incidente». Per lui, ogni parola ha un aroma, un sapore ben preciso. «Incidente» sa di frollo, come il grasso bruciato e le salsicce rancide, quei budelli misteriosi di cui nessuno conosce davvero gli ingredienti. «Scuola» ha un che di salato che resta sulla lingua, come leccare scarpe vecchie. E «mamma» è burroso, tiepido e dolce, però con una sfumatura acida, che ricorda la torta di mele rafferma. Per anni Arthur ha pensato che fosse così per tutti, che anche gli altri facessero le medesime associazioni, poi ha capito che succedeva solo a lui. E da allora è stato ben attento a non parlarne con nessuno. Silenzioso com'è per natura, non sono poche le cose che tiene per sé.

Quando arriva ai cancelli della scuola sono le undici passate. Spera che il maestro Hopkin non sia troppo arrabbiato, perché lui è uno bravo scolaro. Il migliore della classe, per dirla tutta. In un'aula che secondo la stagione accoglie tra i settanta e gli ottantotto alunni, è sempre il primo a finire ogni compito assegnato, per difficile che sia. Impara talmente in fretta che il maestro ne ha fatto il suo aiutante principale, e poi ci sono diversi altri ragazzi incaricati di assistere lui. Tutti insieme si chiamano «i capiclasse». Per facilitare l'insegnamento, in un ambiente così sovraffollato, spesso il maestro Hopkin chiama i capiclasse alla lavagna a studiare gli esercizi nuovi, poi li rimanda ai loro posti perché li spieghino agli altri. Ognuno di loro segue una decina di scolari. Arthur fa sempre del suo meglio per aiutare quelli che restano indietro, non solo per facilitare il lavoro al maestro ma perché aiutare la gente gli piace proprio. Più di una volta ha avuto la sensazione che Hopkin gli voglia bene, anche se lui non l'ha mai detto.

Attraversando il cortile il ragazzo rallenta. Correre a scuola è severamente vietato, come anche saltare, fischiare, cantare a voce bassa e alta, dire parolacce, tenere il broncio e sogghignare. Attento a non fare rumore, varca la soglia e imbocca le scale, le dita strette al corrimano tarlato, crepato e scolorito: in fondo a un corridoio lungo e semibuio c'è la sua aula. La porta è chiusa. Da dentro si sente una voce maschile: pastosa, gutturale, ignota.

Arthur bussa, attende un istante, poi entra. Vicino alla lavagna c'è un uomo ben piazzato, che si rivolge alle file di alunni dando le spalle larghe alla porta. Arthur ha un vuoto allo stomaco. Non è il maestro Hopkin. È uno che non ha mai visto prima.

A quel punto commette un errore. Anziché presentarsi al nuovo insegnante e scusarsi per il ritardo, prova a infilarsi di sbieco in un posto vuoto, cercando di non dare nell'occhio.

«Qualcuno fa il furbo!» L'uomo gira sui tacchi e lo guarda accigliato.

«Chiedo scusa, signor maestro» dice Arthur, avvampando.

«Perché sei in ritardo? Illuminaci.»

«Mia madre non sta bene, signore. Sono dovuto rimanere a casa ad assisterla.»

«Per favore, risparmiami le bugie! Non penserai davvero che creda a questa pietosa frottola.»

Arthur spalanca gli occhi. «Non è una bugia, signore.»

«Va bene, basta, per stavolta voglio essere indulgente. Ma ti avviso: che non si ripeta.»

Con un ronzio acuto nelle orecchie, Arthur va a sedersi, senza capire. Sa che le sue parole, che ha pronunciato in tono serio e convinto, corrispondono alla verità, e quindi perché il maestro non gli crede?

Nell'ora che segue gli scolari ripetono a pappagallo le formule alla lavagna, cantilenando all'unisono sempre le stesse frasi, come un carillon che ripropone la stessa melodia finché non si scarica del tutto.

«Quattro farthing fanno un penny. Dodici penny fanno uno scellino. Venti scellini fanno una sterlina...»

Gli si chiede anche di scrivere – con l'aiuto di uno stecchino, su un vassoio riempito di sabbia – ciò che ripetono ad alta voce. Arthur attende il suo turno. Gli piacerebbe avere una penna d'oca anziché uno stecco di legno. Ne ha vista una nella vetrina di un negozio del corso, la penna così morbida e lucente che ancora cantava come l'uccello che aveva adornato. Sorridendo al pensiero svolge l'esercizio, spiana la sabbia e passa il vassoio al compagno accanto.

«D'accordo, attenzione!» Il maestro batte le mani. «Adesso ascoltatemi bene perché non ripeterò. Un signore lascia ai quattro figlioli una sostanziosa eredità. Destina al maggiore quattrocentottantotto sterline e cinque scellini più che al minore; i due mediani ricevono trecento sterline e dieci scellini; al terzo figlio toccano sessanta sterline più che al minore, che riceve un quarto di quanto lasciato al fratello maggiore. Calcolate l'importo totale legato ai figlioli dal benevolo genitore.»

Gli alunni, molti dei quali sono talmente poveri che rischiano i geloni per quanto sono freddi i loro alloggi, si accingono con un gemito a calcolare ricchezze di cui mai hanno avuto né avranno contezza.

«A quanto pare fate fatica. È chiaro che il vostro precedente maestro non ha fatto grandi progressi con voi, eh?» L'uomo scarabocchia un numero sulla lavagna, che poi cerchia con uno svolazzo. «Questa è la cifra che dovreste ottenere, e direi che vi ho aiutato abbastanza. Adesso forza, all'opera!»

I ragazzini si agitano sulle sedie. Quelli che hanno davanti il vassoio fanno segni sulla sabbia, fingendo di elaborare i calcoli, mentre altri si limitano a guardare il soffitto sperando di non essere chiamati. Nel frattempo Arthur siede immobile, gli occhi fissi sul totale alla lavagna: i numeri gli si scuotono davanti, dimenano i corpicini come pesci presi nella rete. Sono tristissimi, costretti là insieme. Il ragazzo si accorge con orrore che il maestro ha sbagliato i conti.

Sa che deve tenere a freno la lingua. Ma è assonnato, stanco. L'alito gli puzza di fame e le mani del laudano che sua madre prende ogni giorno, immancabilmente, da quando lui è nato. Cerca di distrarsi guardandosi attorno, anche se non c'è molto da esplorare: appesa a un chiodo storto c'è una carta del mondo dai bordi laceri. Accanto a quella penzola un abaco dalle sferette unte per essere state toccate da troppe dita. Nell'angolo opposto c'è un cappello a punta con le orecchie d'asino, sporco e sbrindellato: lo piazzano in testa ai più lenti di comprendonio, per metterli in ridicolo e farli vergognare. Sempre più a disagio, Arthur lancia un'occhiata alla finestra da cui filtra qualche raggio di sole. Le finestre sono state collocate apposta tanto in alto per impedire ai passanti di vedere cosa succede nelle aule, ma soprattutto agli studenti di guardare fuori.

«Bene, tempo scaduto. Avete trovato tutti il risultato che vi ho scritto?»

I capiclasse, in cerca di elogi, fanno di sì con la testa… tutti tranne uno.

Arthur la abbassa, la testa. Se riesce a stare zitto e lasciar passare il momento, nel pomeriggio verrà un altro maestro a fare lezione. Impareranno un po' di falegnameria. Lui è capace di intagliare un uccellino da un ramo sottile, e adora il modo che ha il legno di prendere una forma nuova sotto le sue mani, benché non abbia alcun desiderio di seguire le orme del padre. No, non farà il falegname: vuole diventare qualcosa di diverso, malgrado non sappia ancora cosa.

Quanto gli piacerebbe trovarsi nella sezione femminile. Gli sembra che alle ragazze insegnino delle cose più utili: come si accomoda un vestito che è stato già rammendato troppe volte, come si prepara un pasto con pochi soldi, come far sì che il latte non cagli, come si pesano lo zucchero e la farina e quali surrogati usare se mancano questi ingredienti. Sarebbe stato felice di imparare tutte queste cose. E invece è qui a mordersi un labbro per non uscirsene con la soluzione di un problema di aritmetica assegnato da un uomo senza cuore.

«Forza, capiclasse, in piedi» intima il maestro. «Adesso dovete far vedere a questi somari come si arriva alla risposta che ho fornito.»

«Ma non si può» borbotta Arthur tra sé.

La classe si volta a guardarlo. Lui impallidisce, sconvolto perché ha pensato a voce alta e tutti l'hanno sentito.

«Chi ha parlato?»

Sull'aula cala il silenzio, repentino e irrimediabile. Un sasso gettato in un pozzo. I compagni in prima fila segnano Arthur a dito. Figurarsi se perdono un'occasione di fare la spia.

Il maestro fa un passo avanti. «Come hai detto?»

Arthur si alza, tremante. «Stavo facendo il conto a mente, signore.»

«Be', non solo a mente, no? Altrimenti non ti avremmo sentito.»

«Ha ragione, signore.»

Ora può rimettersi a sedere; con uno sfoggio di contrizione e un pizzico di fortuna il pericolo si può scongiurare. C'è ancora una possibilità. Ma lo sguardo torna sulla lavagna.

I numeri, chiusi nel cerchio, intrappolati nell'errore, sono disperati, implorano un rimedio.

«A ogni modo, la cifra scritta alla lavagna è sbagliata, signore.»

L'espressione che si dipinge in volto all'uomo è di pura sorpresa; non contiene rabbia né irritazione… finora. Per quello che sembra un attimo lunghissimo resta immobile, con gli occhi strabuzzati.

«Hai deciso di farmi fare brutta figura, ragazzetto?»

I compagni nelle prime file si coprono la bocca per soffocare le risa. Quelli più indietro sogghignano.

«Nossignore. Non mi permetterei mai» dice Arthur, con il cuore a mille. «Ho solo corretto l'errore.»

L'aula è tutta increspata di risate nervose.

«Razza di sfacciato, spudorato mascalzone! Tu vieni con me dal preside» dice il maestro, socchiudendo gli occhi sull'ultima parola. «Immediatamente!»

Arthur rabbrividisce, come investito da una raffica di vento gelido. Le ha sentite tutte, ovviamente: le storie dei ragazzi infilati dentro ceste appese al soffitto e picchiati talmente forte che ci hanno messo giorni a riprendere a camminare. Da quando l'hanno iscritto a questa scuola la sua parte di schiaffi e vergate se l'è presa, di solito a causa di malefatte altrui, ma non si è mai dovuto presentare nell'ufficio del preside, luogo dove nessuno vorrebbe mai mettere piede.

«Muoviti!»

Gli occhi puntati a terra, il ragazzo segue il maestro nel corridoio. Non appena la porta gli si chiude alle spalle, dentro l'aula si scatena il finimondo: un turbine di chiasso e oscenità in deciso contrasto con il silenzio del corridoio. I due si avviano di buona lena, il maestro davanti e l'alunno subito dietro. I passi riecheggiano lungo i muri anneriti da anni di fuochi di legna, muffa e tedio. Persino in fondo al corridoio si sente ancora la baraonda in classe. Arthur non è mai uscito da Londra, ma ha letto qualcosa su altri Paesi, sponde lontane, e adesso gli viene in mente che probabilmente è questo l'effetto di quando ti metti una conchiglia vicino all'orecchio e senti il boato dell'oceano.

≈

Il preside è un uomo corpulento con le palpebre pesanti e un paio di baffi rossi e incerati che gli piace rigirarsi tra le dita alle estremità. Arthur deve stare fermo in un angolo mentre il maestro riassume la propria versione degli eventi. Nessuno chiede al ragazzo di dire la sua.

«Un comportamento tanto irrispettoso è assai preoccupante, e contrario ai nostri valori e principi» dice il preside. «Lasciatelo a me.»

Il maestro, che non vorrebbe essere escluso dallo spettacolo a cui ha dato unilateralmente il via, aspetta. Di certo sperava di poter assistere alla somministrazione del castigo. «Non mi costa nulla trattenermi, se posso essere d'aiuto.»

«Non ce n'è bisogno. Torni pure dai suoi alunni.»

Il maestro se ne va senza degnare il ragazzo di uno sguardo, e uscendo chiude la porta con forza considerevole.

Solo con il preside, Arthur si impaurisce ancora di più. Nel tentativo di calmarsi i nervi si guarda intorno, in cerca di qualcosa – una sequenza qualsiasi – che si possa contare o calcolare. Il contrasto fra questo studio e la sua aula non potrebbe essere più stridente: la stanza è sontuosa, ricolma di oggetti e ninnoli costosi. Una massiccia scrivania in mogano dalle gambe intagliate a mano; un mobiletto con i ripiani in vetro pieni di statuine di porcellana e tabacchiere; un vassoio d'argento con sopra bicchieri e caraffe; poltrone dallo schienale alto imbottite di velluto e dotate di centrini sui braccioli, tra cui una drappeggiata con una coperta in stile orientale; un mappamondo girevole che splende alla luce di una lampada d'ottone a gas; ritratti di illustri personaggi che osservano truci da dentro le cornici dorate… I muri sono coperti fino al soffitto di carta da parati giallo calendula e rosso acceso. Arthur ci mette un secondo a distinguere i motivi: rose, spine, rampicanti. Gli sembra strano che in una scuola per allievi così poveri il preside sia circondato da un lusso smaccato.

«Mettiti vicino alla finestra» dice l'uomo. Apre un cassetto e ne trae una canna di malacca con il manico di cuoio. «Calati i pantaloni e chinati con i palmi aperti sulla scrivania.»

«Signore, la prego, stavo solo…»

«Taci e obbedisci, subito!»

Lentamente, come in un sogno dal quale non può destarsi, Arthur si trascina verso la finestra, slega lo spago che gli tiene su i calzoni e aspetta. Il silenzio si allarga in tutte le direzioni.

Cambiando espressione solo per un lieve rilassamento della mascella, il preside sbircia le natiche nude del ragazzo. La mano che regge la canna è ferma. L'uomo solleva in aria l'altra e fa come per togliere un fiocco di lanugine immaginaria da un rovo. Poi si china in avanti furtivo e tasta il pube del ragazzo. Arthur sussulta e balza da una parte. L'uomo tenta di palparlo di nuovo ma il ragazzo, più agile, si divincola. Stavolta il preside si immobilizza, come se riflettesse su cosa fare. Dopodiché, con una mossa brusca, rispinge il ragazzo contro il bordo della scrivania, e un secondo dopo gli sferra il primo colpo sulle cosce. Il dolore è lancinante.

«Conta!»

Per una volta nella vita, Arthur non ci riesce. I numeri lo hanno abbandonato.

«Conta!» ordina l'uomo mentre fa un passo avanti, solleva di nuovo la canna e lo picchia ancora, con più impeto.

«Due…» biascica Arthur.

«Più forte!»

«Tre… quattro… cinque…»

Sopra la scrivania – a cui il ragazzo si afferra finché le nocche non sbiancano – c'è un libro. Rilegato in tela verde dai bordi dorati, sulla copertina ha delle scritte goffrate in un bel corsivo delicato, e dal centro sbuca un segnalibro a nastro di seta rossa. Per Arthur è un oggetto di squisita bellezza che riluce in una nebbia di dolore. Malgrado lo strazio nelle carni, non stacca gli occhi da lì.

«Sei… sette…»

Il libro l'ha scritto un tizio che si chiama A.H. Layard. Il ragazzo riesce a leggere il titolo: *Delle scoperte di Ninive.*

«Continua!»

«Otto… nove…»

Sotto il titolo c'è una lunga descrizione. Arthur legge la prima riga proprio mentre prende un altro colpo: *Indagine sui costumi e le arti degli antichi assiri…*

«Non ti sento!»

«Dieci… undici…» Arthur incassa la testa nelle spalle, gli manca il fiato. «Dodici… tredici…»

Imponendosi di concentrarsi sul volume che ha davanti, dà un'occhiata alla riga successiva: *Con un resoconto del soggiorno tra i cristiani caldei del Kurdistan…* Parole bizzarre, ma più bizzarre sono meglio è, perché lui deve tirarsi fuori da lì, trovare il modo di lasciare il corpo in quella stanza ma far fuggire la mente, e quindi si aggrappa a quello strano libro, come un naufrago in cerca di un pezzo di legno a galla.

«Vai avanti a contare, Smyth!»

«Quattordici… quindici… sedici…»

Ci vuole lo sforzo di ogni muscolo per non crollare. Eppure il ragazzo riesce a leggere le ultime parole del sottotitolo: *e gli jezidi, ovvero gli adoratori del diavolo.*

E la canna di malacca seguita a colpire.

≈

Il preside si ferma a trentacinque, ansante. Getta la canna da parte come se non ne sopportasse più la vista.

«Questo t'insegnerà a portare rispetto ai più anziani. E bada bene che io sono stato clemente con te: altri si sarebbero fatti meno scrupoli. Un autentico sostenitore della disciplina ti avrebbe inflitto cinquanta, se non sessanta colpi! Io sono troppo buono con gli incensurati, è una mia debolezza incorreggibile. Quando guarisci torna a trovarmi; avrai bisogno della mia guida per rimanere sulla retta via. Ci penserò io a te. Adesso alzati.»

Arthur prova a fare come gli è stato detto, ma gli cedono le ginocchia e scivola di lato; sarebbe ruzzolato a terra se non si reggesse ancora alla scrivania. Con il fiato corto, riesce a tirarsi su i calzoni. Si sente le gambe pesanti, come se al loro posto ci fossero due sacchi di sabbia bagnata.

«Ora ti do un consiglio prezioso» continua il preside. Guarda fuori dalla finestra, di spalle rispetto alla stanza. Non sembra più furibondo. La collera che lo ha indotto a pestare così un dodicenne è scomparsa, sostituita da qualcosa che somiglia alla noia. «Mi ascolti?»

Arthur non risponde.

«Sarà meglio che ci vai d'accordo, con il nuovo maestro. Hopkin ha lasciato questo istituto, e non lavorerà più qui.»

Arthur continua a tacere.

«Prima di andare via, però, mi ha chiesto un colloquio privato per parlarmi di te.»

«Di me?» mormora Arthur, incredulo all'idea che un adulto possa aver mostrato interesse nei suoi confronti.

«Proprio così. Ti piacerebbe sapere che cosa mi ha detto su di te il tuo maestro, Smyth?» L'uomo lo sbircia con la coda dell'occhio. «O forse dovrei chiamarti Re Artù di Cloache e Catapecchie, che mi pare sia il ridicolo nome che ti fu imposto.»

Il ragazzino serra le labbra. Non avrebbe mai immaginato che il preside fosse conscio della sua presenza, e tantomeno delle circostanze della sua nascita.

«Secondo il maestro Hopkin sei oltremodo intelligente, portato per i numeri, gli schemi, le lingue straniere... Sostiene che possiedi un'abilità non comune, per non dire un vero talento.» L'uomo gli rivolge un'occhiata dubbiosa. «È così?»

«Non saprei, signore.»

«Be', il tuo ex insegnante ne sembra convinto. Afferma che tu abbia una memoria straordinaria e possa ricordare anche i minimi dettagli del passato con chiarezza miracolosa.»

Ad Arthur trema il mento, e una lacrima gli cola lungo una guancia. La crudeltà non l'ha spezzato, ma questo inatteso complimento, per quanto indiretto, lo scombussola.

Il preside si cava di tasca un fazzoletto: bianco e ben stirato, con gli angoli ricamati e i bordi all'uncinetto. Glielo porge.

«Prendilo.»

Arthur fissa il prezioso oggetto. Può venderlo per un penny e comprare da mangiare per la mamma.

«Puoi tenerlo» dice l'uomo, come se gli avesse letto nel pensiero. Ma il ragazzo distoglie lo sguardo.

«Oh, capisco, sei arrabbiato. Atteggiamento meschino, da zoticone.» Il preside si riprende il fazzoletto e consulta l'orologio da tasca. «Non ho più molto tempo… vediamo se la tua memoria è così infallibile come diceva il maestro Hopkin. Dimmi, due anni fa… il 10 giugno, facciamo. Che giorno della settimana era e dove ti trovavi?»

Arthur chiude gli occhi. Il decimo giorno del sesto mese dell'anno prima dello scorso, che era un lunedì, era con la madre. C'era anche suo padre. Come in mezzo a una nebbia che si dirada, la giornata gli appare davanti, vivida e distinta. Si rammenta che suo padre, poiché un commerciante gli aveva commissionato un comò e gli aveva versato una caparra proprio quel mattino, sembrava un altro uomo, meno arrabbiato e rancoroso. Anche sua madre pareva più felice, con un tocco di colore nelle guance ceree mentre se lo tirava contro il pancione e gli faceva ascoltare il mistero che le cresceva dentro. Nel tardo pomeriggio erano andati tutti e tre allo zoo per vedere la creatura di cui si dicevano meraviglie, una bestia esotica di nome Obaysch: un ippopotamo, il primo presente in Gran Bretagna dai tempi preistorici, regalo di un pascià ottomano in cambio di alcuni levrieri inglesi. Catturato sul Nilo, l'animale era stato poi caricato su un battello fino al Cairo, e di lì inviato in piroscafo in Inghilterra.

Arthur, sempre ansioso di imparare cose nuove, non aveva fatto che parlare dell'ippopotamo per settimane e i suoi genitori non gli avevano detto di no, anche se l'uscita costava più di quanto potessero permettersi. Mesi dopo suo padre aveva terminato il comò e ci aveva inciso sopra il proprio marchio, il martello e l'incudine che significavano «artigiano». Il giorno previsto per la consegna del mobile il mercante era deceduto all'improvviso, e il pagamento non si era mai materializzato; ma in quella giornata insolitamente allegra loro avevano tutti motivo di credere che i soldi sarebbero arrivati e, avvolti nel calore di quella promessa, erano andati allo zoo. I suoi si erano divertiti molto, ma Arthur era venuto via in preda alla tristezza per l'animale catturato, con quelle sue orecchiette, gli occhi profondi e la pelle lucida che sudava di rosso sangue.

Adesso, nel ricacciare indietro il ricordo, Arthur si morde le labbra. Non ha nessuna intenzione di raccontare al preside alcunché di tutto questo.

«Non rispondi?» dice quello, con un sospiro. «Non mi sorprende. È impossibile che te lo possa ricordare; è chiaro che Hopkin si sbagliava. Adesso vai, chiedi perdono al tuo nuovo maestro e di qui in poi comportati bene. La prossima volta non sarò così indulgente.»

Arthur alza la testa, continuando a tacere.

«Ed eccoti un altro consiglio, Smyth. Sarai anche sveglio, ma la vanità è un peccato mortale. Se riuscirai a non diventare un ladro, un assassino o un perdigiorno come gran parte dei tuoi simili, e Dio sa se questa città non ne ospiti già in sovrannumero, un giorno anche tu potresti insegnare in questo istituto e condurre ragazzi come te sul giusto cammino. Sono stato chiaro? E adesso ringraziami e vai.»

«Grazie… signore.» Arthur deglutisce, perché quelle parole gli hanno lasciato l'amaro in bocca, come grumi di bile.

Strascicando i piedi, si avvia malfermo alla porta. Il dolore si è fatto più intenso, brucia come ferri roventi premuti contro la carne. Ma proprio mentre sta per aprire e uscire, sente il preside alle sue spalle: «Quello sciocco di Hopkin, ma che si credeva? Dai bassifondi non è mai uscito nessun genio».

Arthur si ferma. Fissa il pomello della porta, il respiro accelera. «Signore, una cosa vorrei dirvela.»

«Forza, Smyth, sbrigati!»

«Avete ricevuto l'incarico di preside» dice il ragazzo senza voltarsi «tre anni, un mese e quattro giorni fa esatti. Doveva essere il 25 ottobre, un giovedì. Arrivaste con vostra moglie. Lei si era drappeggiata uno scialle di pizzo sopra l'abito, verdazzurro con cappellino coordinato. Portava i capelli con la riga in mezzo e boccoli a entrambi i lati del viso. Voi indossavate una cravatta a motivi cachemire e sul colletto della vostra camicia c'era una gocciolina di sangue, da un taglietto sulla guancia sinistra; forse vi eravate fatto la barba di fretta. Vostra moglie notò un ragazzino che aveva una caviglia gonfia e zoppicava. "Uh, poverino" disse, e avrebbe voluto rivolgergli la parola, ma voi la rimproveraste. "Meglio non avvicinarli, mia cara. Sono tutti pieni di pulci come i cani randagi." Così diceste. Prendeste vostra moglie per un braccio e insieme ve ne andaste poco dopo, quando l'orologio batté le undici. Eravate perfido allora, e perfido siete rimasto.»

Dopodiché Arthur esce, chiudendosi la porta alle spalle. Percorre il corridoio vuoto, supera le aule da cui sente provenire centinaia di voci che recitano le tabelline a memoria. Rimane ad ascoltare, assorbendo ogni rumorino, ogni sospiro. Quando raggiunge la sua aula si ferma per un istante, e indugia con gli occhi sulla soglia che, lo sa, non varcherà mai più.

≈

Fuori la nebbia si è ridotta a un velo. Il cielo è percorso da strie di luce ambrata, e da dietro le nuvole appare la gradita sorpresa del sole che fa capolino. Al ragazzo sfugge un gemito di dolore quando prova a mettersi al passo con gli altri pedoni. Non ci riesce. Gli brontola lo stomaco. E solo allora si rende conto, con una fitta di terrore, che offendendo il preside e lasciando la scuola ha rinunciato all'unico pasto che gli sarebbe toccato oggi.

Prosegue con le poche energie che riesce a chiamare a raccolta, e intanto getta sguardi alle vetrine che espongono tesori al di là della sua portata. Sente gli avventori che giocano a *skittles* in un pub d'angolo; un arrotino che canta tra il ronzio e le scintille che la sua mola fa sprizzare in aria; un calderaio che grida per attirare i clienti: «Pentole, padelle, cuccume da riparare?». I marciapiedi sono gremiti di ambulanti dotati di carretti che vendono frutta e ortaggi, ma anche ogni altro genere di squisitezza: anguilla in gelatina, zampetti di pecora, piselli caldi, cozze al vapore, ostriche in salamoia, patate in camicia, lesso, focaccine tostate, mele candite, pasticci di rognone... L'odore del cibo gli si attacca ai capelli e gli solletica le narici. Si allontana zoppicando, ancora deciso ad affrettarsi. Quando il vento gira, coglie una folata di tanfo che sale dal Tamigi; in un qualche punto dietro queste vie, il fiume si raggomitola come un serpente malato, dall'alito putrido e stantio.

Con una smorfia a ogni passo, Arthur supera un cumulo di spazzatura nel quale frugano due ragazzini non più grandi di lui, mentre un terzo, che rovista a mani nude in un mucchio di letame, fa una risatina soddisfatta. In mezzo al sudiciume c'è qualcosa che luccica: ha trovato un bottone, che leva trionfante tra le dita lerce come fosse un bottino di guerra. Arthur si volta dall'altra parte, nauseato. Detesta girare per strada. Dipendesse da lui, sarebbe rimasto volentieri nell'ufficio del preside, circondato da tutti quei begli oggetti e libri curiosi.

Dovrebbe tornare a casa prima che si accendano i lampioni a gas, ma non è ancora pronto. Perciò continua a camminare e promette a se stesso che non arriverà oltre la fine della strada dove si comincia a vedere il British Museum, che si staglia sobrio e imponente contro il cielo del crepuscolo. Non ci è mai entrato, e da sempre si domanda quali misteri custodisca.

Nell'avvicinarsi al museo si meraviglia di scorgere una folla radunata davanti all'ingresso principale. Benché sia guardingo per natura, la curiosità ha il sopravvento, perciò si fa dappresso per vedere meglio. La gente si accalca per cogliere uno scorcio di qualcosa che sta oltre la recinzione di ferro battuto, e il ragazzo si accosta tentando di infilarsi nel mucchio. All'inizio non vede niente, se non le spalle dei grandi che gli oscurano la vista. Sul davanti c'è uno che grida entusiasta, ma non si riesce proprio a capire cosa dica, e nella ressa che segue un anziano signore sviene e devono portarlo via a braccia.

«Spostatevi! Fate spazio!»

La folla preme, spinge e sgomita per occupare ogni centimetro vuoto. Arthur non tocca più con i piedi e si ritrova sollevato in alto, quasi come in volo, senza peso. Gli gira la testa, e i fianchi malmenati gli fanno male. Quando riesce a rimettere i piedi al suolo si ritrova davanti al cancello principale ed è allora che vede, a pochi metri di distanza, nel cortile del British Museum, qualcosa di diverso da tutto ciò che ha mai incontrato in vita sua.

È una colossale bestia di pietra. Una creatura strappata a un altro mondo. Spettacolare, terrificante, da mozzare il fiato. Ha la testa d'uomo, il corpo di un toro e le ali di un uccello possente. L'hanno legato a un'enorme intelaiatura di legno posta su una piattaforma a ruote, e ci sono venti o venticinque operai che si dannano per trascinarlo lungo la scalinata e portarlo dentro il museo.

Arthur spalanca la bocca. Quando è andato allo zoo con i genitori a vedere l'ippopotamo non c'era alcun dubbio che l'animale, per quanto esotico, fosse parte del Creato. Invece questa statua, benché inanimata e priva di vita, trasuda un tale vigore e mistero che senz'altro proviene da tutto un altro universo.

Il ragazzo sta ancora riflettendo su questo quando si accorge che a una decina di metri di distanza, dal lato sinistro del cortile, c'è un'altra bestia delle stesse dimensioni in attesa di essere trasportata. Sono due! Una coppia di giganti!

In preda alla gioia e allo stupore, è incapace di contenere l'esaltazione e si rivolge alla persona che gli è più vicina. Pieno di entusiasmo sfiora il braccio di un uomo con la barba d'argento che gli arriva al panciotto – un signore molto agiato, si direbbe – benché la mossa sia pericolosa: Arthur rischia di essere scambiato per un mendicante, se non per un borseggiatore.

«Scusi, signore!»

L'uomo abbassa gli occhi sul ragazzino, e sul viso largo gli si dipinge una miscela di sorpresa e sospetto.

«Per cortesia, signore, può dirmi che sono questi cosi?»

Le labbra serrate dell'estraneo si aprono in un sorriso divertito. «Ti piacciono, giovanotto? Sono delle importanti scoperte archeologiche.»

Arthur, pur non avendo idea di che cosa questo possa significare, non si dà per vinto. «Ma sono... sono dei mostri?»

«Dei mostri?» L'uomo ride di gusto. «Niente affatto. Sono spiriti protettori, o così pensavano gli antichi che li mettevano a guardia dei palazzi. Si chiamano *lamassu*.»

«*La-mas-su*» ripete Arthur.

«Bravo. La coppia che vedi custodiva la biblioteca reale creata da un grande sovrano di nome Assurbanipal.»

Che nome curioso! Il ragazzo strizza la faccia per il sapore asprigno della parola.

L'uomo, incuriosito da tanto entusiasmo, prosegue. «Queste statue monumentali sono rimaste sepolte sottoterra per migliaia di anni.»

«Di grazia, signore, perché gli antichi le avevano seppellite?»

L'uomo ride di nuovo. «No, non è andata così. L'intera città venne distrutta dai suoi nemici. Un evento tragico: tutto ciò che Assurbanipal aveva costruito fu ridotto in macerie. Non ne rimase nulla, solo rovine. Preziosi manufatti vennero ricoperti da colline di sabbia. Finché non siamo arrivati noi inglesi e li abbiamo salvati dall'oblio. Be', c'erano anche dei francesi sugli scavi, ma lasciamo stare. Questa scoperta è tutta nostra!»

Arthur ascolta con la massima attenzione.

«Ciascuno dei due *lamassu* che vedi qui è alto quasi cinque metri e pesa oltre trecento quintali. Sono oggetti difficilissimi da trasportare: come farli passare da un continente a un altro? Questa sì che è stata un'impresa straordinaria, ragazzo mio. Siamo riusciti a portarli qui tutti interi. Non c'è dubbio che Austen Henry Layard e la sua squadra abbiano portato a termine un compito magistrale.»

Al sentire queste parole il ragazzino sussulta. Gli torna in mente il libro nello studio del preside ed esclama: «Lo conosco, il nome di quel signore! Ha scritto *Delle scoperte di Ninive*».

Sul volto dell'uomo appare un lampo di sorpresa. «E tu come lo sai?»

«Ho visto la copertina del libro, ma non ho ancora avuto la possibilità di leggerlo» dice sinceramente Arthur. E aggiunge: «*Indagine sui costumi e le arti degli antichi assiri, con un resoconto del soggiorno tra i cristiani caldei del Kurdistan e gli jezidi, ovvero gli adoratori del diavolo*».

Si ferma, pensando che forse sarebbe stato meglio non dire anche queste ultime parole. Non sa assolutamente che genere di persone siano questi jezidi, se davvero adorino Satana e, se non è vero, perché siano stati descritti in modo tanto offensivo, però teme che la menzione dell'angelo delle tenebre in una conversazione ammodo possa essere irrispettosa.

L'uomo lo squadra di nuovo da capo a piedi. «Hai visto la copertina una volta, ma ricordi perfettamente il titolo? Per un ragazzino sei ben strano, devo dire.»

Arthur fa spallucce, non sapendo come reagire. «Quindi queste statue, allora… vengono dalla biblioteca di Assurbanipal?» azzarda.

«Proprio così, figliolo.»

«E questa biblioteca sta in un posto che si chiama Ninive?»

«Proprio così, figliolo.»

Ninive… Arthur si lascia rotolare le tre morbide sillabe sulla lingua, come una caramella. Chissà dove sarà di preciso quest'arcana capitale, si domanda. Sul planisfero appeso in classe non c'era, questo è certo.

«Di grazia, signore, sa dirmi dove si trova Ninive rispetto al Tamigi?»

L'uomo sorride di tanta ingenuità. «La Mesopotamia è molto lontana. Questi *lamassu* sono stati consumati dalle acque di un altro fiume, di nome Tigri.»

Arthur spalanca gli occhi e poi li socchiude. Un'intuizione che cova da tempo gli si presenta ora con sconcertante chiarezza: che il mondo, troppo immenso e impercorribile da qualunque mente umana, è pieno di luoghi emozionanti.

«In quella regione non c'è rimasto più molto che abbia valore, temo. Tribù arretrate, primitive. Ci abitano semplici villani.» L'uomo si cava di tasca un orologio e guarda l'ora. «A ogni modo, è bello vedere i giovani interessarsi di archeologia biblica. Come ti chiami, ragazzo?»

«Arthur, signore.»

«Lieto di conoscerti. Io lavoro al museo. Vieni a trovarci, una volta o l'altra. Potrai vedere le statue da vicino.»

«Davvero? Potrei?»

«Ma certo, saranno esposte al pubblico. E se qualcuno ti chiede dove vai, digli che ti ho invitato io. Sono il dottor Samuel Birch, e sono il curatore delle antichità orientali.»

«Me ne ricorderò, signore.»

«Ne sono certo. Bene, ora devo andare. Buona giornata, figliolo.»

Arthur sa che anche lui dovrebbe andare, ma non riesce a staccare gli occhi dalle antiche statue. Vorrebbe aver chiesto all'uomo perché gli scultori dei tempi andati li abbiano fatti con cinque zampe. Ma anche, se è per quello, perché li immaginassero come uomo, toro e uccello contemporaneamente. Non si contano, le domande che gli premono sulle creature di Ninive e sulle persone che una volta le rispettavano e insieme le temevano.

Di lì a poco il crepuscolo dipinge l'orizzonte d'arancio acceso, finché lo smog, per pura ripicca, cancella ogni colore con le sue pennellate opache. Passa il lampionaio, fischiettando un motivetto; ha con sé una lunga pertica con lo stoppino acceso, e uno dopo l'altro i lampioni lungo la via prendono vita, gettando un ardito bagliore nella tenebra che si addensa; domani mattina lo stesso uomo passerà a spegnerli tutti. Un pendolo risoluto oscilla tra il giorno e la notte: luce e ombra, buono e cattivo. E forse lo stesso accade per passato e presente… non sono del tutto distinti. Filtrano l'uno nell'altro.

La campana di una chiesa, poco lontano, batte le ore. Arthur pensa alla mamma: le mezzelune pallide sotto gli occhi, la pelle screpolata e arrossata delle mani. Ormai avrà iniziato a preoccuparsi per lui, penserà che gli sia successo qualcosa, magari che sia finito sotto una carrozza o sia stato aggredito da un borsaiolo. Il ragazzo proprio non vorrebbe contribuire alle sue ansie, ma gli è davvero difficile allontanarsi. Solo, affamato e dolorante tra la folla che pian piano si assottiglia, rimane aggrappato alla ringhiera, il viso schiacciato tra le sbarre a guardare gli spiriti protettori di re Assurbanipal.

A quel punto succede una cosa singolare. Le sculture giganti delle rive del Tigri, benché sempre imponenti, cominciano a sembrare meno minacciose, vagamente indifese, quasi vulnerabili; il ragazzo avverte un moto di solidarietà verso i bestioni di pietra mentre li guarda impastoiati nei canapi varcare a forza la nobile soglia del British Museum, dove spariranno in un esilio eterno. Creature di fiume che tentano di adattarsi alla terraferma; soli e smarriti in questa città opprimente, proprio come lui da quand'è nato.

—H

ZALEEKHAH

In riva al Tamigi, 2018

Una giovane donna percorre a piedi il Chelsea Embankment, guardando il Tamigi che taglia in due Londra da ovest a est. Ha in mano una scatola di cartone dal fondo un po' umido. Dentro ci ha messo libri, una teiera con qualche tazza scompagnata, vestiti scelti a caso e una lampada da tavolo in stile Tiffany con il paralume convesso che le spunta da sotto un braccio.

Pioviggina dal mattino presto; le nuvole sospese sopra la città sono del colore di un acquario casalingo trascurato. La donna è senza ombrello, ma l'aria assente dà l'idea che non si accorga di bagnarsi. Le gocce di pioggia le si posano sui capelli, ricci, folti e di un castano talmente scuro che sembra nero. Sia la chioma, sia i grandi occhi tondi e scuri sono doni dei suoi antenati, che venivano da un villaggio in riva a un altro fiume.

Con la scatola stretta al petto, dà le spalle alle case e agli appartamenti in cui risiedono alcuni tra i londinesi più ricchi. Si ricorda di aver letto in un libro che una volta alcune parti di questo quartiere esclusivo erano fatte di casamenti e tuguri degradati anche se ora, a giudicare dai giardini curatissimi e dai condomini di lusso, è difficile anche solo immaginarlo. Il fiume, un tempo così inquinato da meritarsi il nomignolo di Zuppa di mostri, oggi costituisce una vista ambitissima per cui molti sono felici di pagare enormi sovrapprezzi. Ma a lei non interessano i costosi palazzi e le dimore che le si ergono tutto intorno. Punta verso le case galleggianti ormeggiate sulla sponda.

Oscillano su e giù ancorate lungo lo storico Cheyne Pier, diverse per dimensioni e colori, ognuna con un suo nome. Da questo lato del fiume ce ne sono ventiquattro, anche se gli ormeggi arrivano fin giù al Battersea Bridge, per tre chilometri e mezzo di lungofiume in totale. L'insediamento è totalmente acquatico, un villaggio sospeso a mollo. Alcune di queste case galleggianti non sono più grandi di una rimessa per biciclette, altre sono incredibilmente spaziose, dotate di scale a chiocciola e salottini in cima al tetto. Tutte sfoggiano vasi di fiori sulla coperta di prua, e in qualche caso si è trovato lo spazio per un paio di sedie a sdraio, dovesse mai spuntare il sole. Allineate in perfetto ordine, hanno un'aria tranquilla e sorprendentemente solida che contrasta con il corso d'acqua ondeggiante che hanno davanti e la corrente del traffico alle loro spalle. Questo, d'ora in avanti, sarà il suo indirizzo: benché non riesca ancora a crederci, oggi si trasferisce in una casa galleggiante.

La donna si chiama Zaleekhah – o dottoressa Z. Clarke, com'è nota a colleghi e allievi – e dire che ha passato gran parte della vita a compitare il proprio nome non è un'esagerazione: a beneficio di qualunque insegnante facesse l'appello a scuola, dei baristi confusi al momento di prendere un'ordinazione, fissando un appuntamento al telefono. Dall'asilo all'università, e nel corso di tutta la sua carriera scientifica, si è sentita obbligata a chiarire e correggere la grafia del suo nome a ogni piè sospinto, scandendolo bene lettera per lettera, pur sapendo che alla fine glielo sbaglieranno comunque. Giusto il mese scorso si è sentita dire dal nuovo direttore del laboratorio, con un'alzata di spalle e un sorriso noncurante: «Mi sa che io ti chiamerò Zika e basta. Hai un nome troppo difficile da ricordare». In quell'istante Zaleekhah ha sentito che avrebbe dovuto obiettare con forza, invece ha lasciato correre e poi ha cercato di tenere il soggetto il più possibile a distanza, anche se non quanto basta a non sentirsi chiamare in pubblico con il nome di qualcuno che non è lei.

Le cose non vanno meglio quando le chiedono il significato del nome, e c'è sempre qualcuno che glielo chiede. A quel punto deve tirare fuori la storia di Zuleika, subdola diavolessa raccontata da tutte le religioni abramitiche. Dissoluta moglie di Putifarre, ardente e tempestosa; miscela unica di virago, strega e puttana; seduttrice che brama il corpo del prestante e virtuoso Giuseppe, mossa da astuzie femminili e lascivi desideri tenta di attirarlo nel proprio letto. Per punirla dei suoi peccati Dio ne fa un'orrida megera nonché una vedova avvizzita, e la tiene in quello stato finché non si pente; una volta diventata docile e obbediente come si conviene, viene premiata con la restituzione di bellezza e gioventù perdute e autorizzata a sposare Giuseppe, dopodiché non peccherà più.

A Zaleekhah questa storia non è mai piaciuta e continua a non piacerle. Nel pensiero sfiora con un dito le rughe di Zuleika, ciascuna incisa sul volto a mo' di castigo, a diramarsi come gli affluenti di antichi fiumi, e la immagina sempre come una donna liquida: spavalda, sicura di sé, impaziente, desiderosa di qualcosa di diverso, qualcosa di meglio... finché, sminuita e sconfitta, non riesce più a desiderare.

A complicare ancora di più la situazione c'è la sovrabbondanza di varianti regionali, etniche e culturali: Suleika, Zalikha, Zoleikha, Zoulikha, Zulaikha, Zulaikhaa, Zuleica, Zuleikha, Zuleikhah, Zulekha, Zulekhah, Züleyha, Zuleyka, Zuleykha... C'è da sforzarsi, per trovare due Zaleekhah nate in diverse parti del mondo che scrivano il proprio nome allo stesso modo. A volte la faccenda si fa pesante. A volte vorrebbe essere solo Z.

È stata un'idea di sua madre, questa intricata combinazione di lettere. È stata la mamma a volerle dare un nome che rendesse evidente che, sebbene il loro albero genealogico sia cresciuto e fiorito nella piovosa Inghilterra, le loro radici ancestrali sono altrove, nella terra dell'assolata Mesopotamia, rintanate sotto le palme da datteri di Ninive, e le tengono legate a una patria in cui non tornano da decenni ma che ancora esercita su di loro un'influenza. E suo padre – un animo gentile, orgoglio del proprio retaggio irlandese – ha assecondato, come sempre, i desideri della moglie. Perciò hanno dato all'unica figlia il nome di una femme fatale biblica, tutta fascino e passione indomabile.

Il paradosso non la abbandona mai. Ogni volta che si guarda allo specchio, Zaleekhah ci vede dentro l'opposto della seducente Zuleika. Tra i cardigan lunghi e larghi, i mocassini piatti, le camicette ampie, i pantaloni comodi, l'assenza di trucco e gli occhiali incrinati che non trova mai il tempo di far aggiustare o rifare, non potrebbe somigliare di meno alla sua omonima. I suoi genitori si sono mai accorti dell'incongruenza? Lei però non li biasima. È difficile biasimare i morti.

Zaleekhah accelera e si avvicina all'argine, il terreno umido e sdrucciolevole sotto le suole. Raggiunto il molo, spinge un cancellino malmesso che immette sull'angusto pontile di legno che si sviluppa lungo tutta la banchina. La passerella trema a ogni passo, e le tazze nella scatola tintinnano come se volessero dire qualcosa. Superando via via le case galleggianti che tirano appena gli ormeggi, lancia occhiate furtive nella speranza di cogliere scorci di vite altrui, ma poi abbassa la testa, non ancora pronta a fare la conoscenza dei vicini. Meno male che fuori non c'è nessuno.

La sua barca è ormeggiata accanto a una vecchia quercia il cui tronco deforme proietta le fronde sull'acqua. Zaleekhah sa che gli alberi così storti molto spesso si spezzano o si staccano dalle radici, ma questo è riuscito a sopravvivere malgrado la forma sbilenca e la collocazione inospitale. Si chiede quanti anni abbia, e quante strane cose possa aver visto nel corso della sua lunga esistenza… ma d'altro canto, è abituata a fare domande che non hanno risposte evidenti.

Leva gli occhi dalla quercia ritorta e scruta la casa galleggiante, visibilmente più piccola di tutte le altre e dipinta con una sfumatura di azzurro talmente saturo da far impallidire il Tamigi. Ai due lati dello scafo di legno, a enormi caratteri bianchi e arrotondati si legge:

COLEI CHE VIDE IL PROFONDO

È stato quel nome insolito a catturarla, la prima volta che ha visitato l'abitazione insieme a un agente immobiliare. Zaleekhah non ha idea di cosa significhi, e non ha cercato di scoprirlo; le è solo piaciuto come suona. Ha suscitato in lei la fantasia che la casa galleggiante sia femmina e abbia visto un bel po' di tempeste e bonacce, alle quali è sopravvissuta con danni considerevoli ma, forse, un guadagno in resilienza. E le ha fatto venire voglia di trasferircisi. Deduzione assai poco logica, ma dopo essersi comportata in maniera invariabilmente razionale e prevedibile per tutta la vita adulta, per una volta si è sentita in diritto di deviare dalla ragione.

Non avendo mai avuto un alloggio galleggiante in vita sua, Zaleekhah si è sorpresa di quanto siano cari gli affitti di queste abitazioni a Londra. All'inizio della settimana ha firmato un contratto e versato una sostanziosa cauzione, che le ha aperto un buco nel conto corrente. Rimasta orfana in giovane età, ha imparato a vivere frugalmente, ma adesso sta attingendo ai risparmi, sbalordita da quanto è facile spendere quel che ci sono voluti anni ad accumulare.

A Londra ci sono più di tremila case galleggianti ormeggiate sul Tamigi, le ha riferito l'agente. È stata fortunata ad averne trovata una libera, perché la domanda supera di molto l'offerta, si è affrettato ad aggiungere. Negli ultimi anni il numero di persone che si informano sulla possibilità di affittare o comprare case sull'acqua ha visto un brusco rialzo.

Migliaia di londinesi sono andati a stabilirsi sul confine tra il fiume e la terra, hanno messo radici in spazi liminali. D'ora in avanti lei sarà una di loro, ha commentato allegro. Dovrà imparare il moto delle correnti, le abitudini dei venti e altre variabili meteorologiche. Dovrà fissare tutti gli elettrodomestici, televisore compreso. Gli ormeggi flottanti vanno soggetti alle fluttuazioni di marea e la sua casa potrebbe ballare un po' quando passano grandi imbarcazioni, anche in lontananza, scossa dalle onde che si lasciano dietro. Zaleekhah si è limitata ad ascoltare in silenzio tutto il discorso. Non ha avuto cuore di dirgli che non possiede un televisore e non intende acquistarlo. E quanto al camminare su terreni instabili, ci è abituata.

«Forse tutto sommato è un bene che non abbiamo avuto figli. Dio sa come sarebbero venuti su.»

Questo le ha detto il marito la settimana scorsa, poche ore prima che lei buttasse quelle quattro cose nella scatola di cartone, lasciasse le chiavi di casa sul tavolo della cucina e se ne andasse.

«Cioè, pensi che come madre sarei tremenda?»

«Sinceramente? Non fare quella faccia offesa. Neanche hai mai voluto diventarlo!»

«Sì, ma se avessi… se *avessimo*… ti spiacerebbe dirmi perché secondo te sarei una mamma tremenda?»

«Vuoi davvero che te lo spieghi?»

«Sì, grazie.»

«Perché… l'allegria non è esattamente il tuo forte. Ti manca proprio la capacità di essere felice.»

È stata una rottura lunga e ingarbugliata, che si è trascinata per mesi. E forse non è neanche finita… forse stanno ancora rompendo. Quando chiude gli occhi, sente come un rumore di ghiaccio che si spezza, di ossa fratturate. Gli ultimi mesi sono trascorsi in un silenzio lancinante o in un chiasso imbarazzante: le parole crudeli che una volta dette non si possono ritirare, le porte e le antine sbattute nel mutismo della collera, lo schianto di un calice che viene scaraventato contro il muro e lascia schegge talmente sottili che anche dopo aver passato l'aspirapolvere trovano il modo di tagliarti.

Colleghi prima di cominciare una relazione e molto prima di sposarsi, entrambi hanno dedicato la vita alla ricerca. Non era solo una professione, ma una passione che condividevano. Lei aveva sempre creduto che nulla – né il sesso pazzesco né l'amore folle – potesse avvicinare una coppia più del fatto di avere un ideale comune per cui lottare, e loro ce l'avevano: erano tutti e due dediti allo studio e alla conservazione delle acque terrestri. Ad altri può sembrare poca cosa, ma per loro non c'era legame più forte. Come ha fatto il loro rapporto a deteriorarsi fino a questo punto, Zaleekhah proprio non lo sa. Sa solo che a un certo punto del loro matrimonio si è guardata alle spalle e si è resa conto che già da tempo avevano abbandonato il binario imboccato all'inizio, come un tram che deraglia su una curva a gomito. E benché avessero cercato e trovato casa insieme e avessero sempre diviso equamente affitto e spese, quando si è capito che le loro strade si erano divise nessuno dei due ha avuto il minimo dubbio su chi sarebbe rimasto dov'era e chi se ne sarebbe andato. Negli ultimi giorni lei ha dormito in ufficio.

≈

Con aria assorta, percorre l'ultimo tratto che la separa dalla sua nuova casa. Si piazza il cartone in equilibrio su un fianco e cerca la chiave in tasca. La pioggia è diventata acquerugiola, e si sente un rimescolio nell'aria man mano che la marea si alza e il fiume si gonfia. Le viene in mente, e non è la prima volta, che suo zio non sarà contento quando scoprirà cos'ha fatto. Mica per i soldi: lo zio Malek è sempre di una generosità imbarazzante e Dio sa che roccia è stato per lei da quando i suoi sono morti. È il suo unico parente in Inghilterra, e non avendo lei mai conosciuto altri parenti più lontani, sparpagliati come sono tra il Medio Oriente, il subcontinente indiano e il Nordamerica in una diaspora globale, per quanto la riguarda lo zio è il suo unico famigliare al mondo. Quando saprà la notizia si preoccuperà per quella scelta abitativa, dirà che non è sicura per una donna sola, cosa che adesso Zaleekhah è. Lo zio non ha mai apprezzato suo marito, desideroso com'era che lei sposasse un uomo più ricco, più celebre e in generale più brillante, ma gli dispiacerà sapere che il matrimonio, per quanto scialbo ai suoi occhi, è andato in fumo.

Il telefono si mette a ronzare proprio mentre Zaleekhah posa il piede sul ponte di prua. Lei si irrigidisce. Non ha la minima voglia di sentire il marito. Magari più tardi, ma adesso no. Che cosa possono dirsi che non sia già stato detto? A che può servire parlare quando ormai da molto tempo le loro parole, come onde che lambiscono un castello di sabbia, hanno eroso le fondamenta della loro unione, lasciandosi dietro un mucchietto di rovine? Poi però le viene in mente che magari è lo zio. Ha già provato varie volte a chiamarla all'inizio della settimana, lasciando ansiosi messaggi in segreteria. Zaleekhah potrebbe richiamarlo dopo aver avuto la possibilità di ambientarsi un momento, ma si sente già in colpa per non aver risposto ai tentativi precedenti.

Appoggia la scatola con attenzione, sentendo la teiera che sbatacchia contro la lampada. Una rapida occhiata al telefono. E infatti è proprio lo zio Malek.

«Sì?»

«Uh, grazie al cielo e alle schiere degli angeli, eccoti!»

«Ciao, zio.»

«Io e la zia cominciavamo a preoccuparci. Ti ho cercata varie volte in laboratorio, stavo per chiamare la polizia. Non hai ricevuto i messaggi?»

«Sì, scusa, volevo richiamarti, ma sono stata presa da altre cose.»

«Ho provato anche al fisso» continua lui. «Sono riuscito a parlare con tuo marito. Pareva insonnolito, ma a quest'ora? Ragazzi, dovete andare a dormire più presto, non vi fa bene lavorare sempre fino a tardi.»

Lei stringe i denti. «Che… che cosa ti ha detto Brian?»

«Che non eri in casa. Gli ho chiesto quando tornavi, e lui ha detto che non ne aveva la minima idea. Un bell'aiuto, eh?» Lo zio si interrompe, e nel tono si inserisce una vena di sospetto. «Perché, che cosa avrebbe dovuto dirmi?»

«No, niente. Mi fa piacere che vi siate fatti una chiacchierata.»

«Ah, be', se vuoi definirla "chiacchierata"… Bisogna cavargli le parole con le pinze, a quello.»

Passa un battello di giri turistici sul Tamigi, pieno zeppo di gente, e dà un gran colpo di sirena. Zaleekhah copre il telefono con la mano per bloccare il suono, ma è troppo tardi.

«Dove sei, tesoro?»

Zaleekhah fa un respiro profondo. «A Chelsea. Sul fiume.»

Lo zio ridacchia. «Passeggiatina con questo splendido tempo inglese?»

«A dire la verità stavo… Mi sto trasferendo in una casa galleggiante.»

«Una *che*?»

«Hai presente quelle barche bellissime sull'Embankment? Ne ho presa una in affitto.»

Cala il silenzio, pesante come una coperta fradicia.

«Volevo dirtelo» continua Zaleekhah. «Solo che è stata una cosa velocissima, non ho trovato un momento per parlartene prima.»

«Una casa galleggiante, santo cielo! Pensavo che foste innamorati di casa vostra. Cos'è successo? Sono i vicini di sopra…?»

«No, no… niente del genere» interviene Zaleekhah in tono mite, come se dovesse spiegare una faccenda complicata a un bambino. «Sono venuta via solo io. Ho preso in affitto la barca per conto mio.»

«Come ufficio di riserva?»

«Come casa.»

All'altro capo della conversazione si sente un fiato mozzo, poi un sospiro. «Mi stai dicendo che vi siete lasciati, dopo tre anni di matrimonio?»

«Tre e mezzo» precisa Zaleekhah. «Mi dispiace.»

Non sa con chi si sta scusando: con lo zio, per non avergli detto nulla fino a oggi; con il marito, per non essersi sforzata di più per salvare il matrimonio; o con se stessa, per non averlo lasciato prima.

Quando riprende, Malek è intenerito. «Senti, *habibti*, parliamo un po'. Vieni a cena?»

«Non posso, zio.»

«Su, non dire di no. Vieni a mangiare un boccone da noi. Facciamo domani alle sette, va bene?»

«D'accordo» acconsente lei, cedendo all'affettuosa richiesta.

Si porta dentro un senso di gratitudine come un respiro trattenuto a lungo, che non riesce a espellere tutto insieme, ma solo a brevi ansiti intermittenti.

«Magnifico!» dice lo zio. «Ci vediamo presto, tesoro.»

Zaleekhah rimette il telefono nella borsa, e di colpo ha la sensazione di essere osservata. Alza gli occhi e incrocia quelli di una coppia di anziani ritti sul ponte della barca accanto, in impermeabili gialli coordinati. Alzano una mano in tandem per salutarla e lei, non sapendo che altro fare, restituisce il cenno.

«Lei dev'essere la nostra nuova vicina» grida la donna.

«Sì, salve.»

«Caspita, è giovane» dice l'uomo. «Ci aspettavamo una persona più grande, quando abbiamo sentito che alla nostra comunità fluviale si sarebbe aggiunta una scienziata.»

«Maleducato» ribatte la donna, poi sventola le dita inanellate all'indirizzo di Zaleekhah. «La raggiungerà presto anche un marito o un compagno, cara?»

«E poi sono io il maleducato» dice l'uomo.

«No, sono soltanto io» risponde Zaleekhah. Dopodiché, ansiosa di cambiare argomento, si affretta a chiedere: «Abitate qui da molto?».

«Ventidue anni» dice lui, raddrizzando la schiena. «La gente va e viene, come la marea, ma noi resistiamo. Abbiamo gettato l'ancora!»

Zaleekhah annuisce, profondamente conscia di non poter dire la stessa cosa della propria vita.

«Non esiti a chiedere: conosciamo praticamente tutti, qua intorno» dice lei. «Compresa la persona a cui paga l'affitto… alquanto bizzarra! Gestisce uno studio di tatuaggi.»

Zaleekhah sgrana gli occhi. «Davvero? Non lo sapevo, ho fatto tutto tramite agenzia.»

Interviene l'uomo: «A quanto pare, ci fa dei bei soldi. Lo studio dovrebbe essere proprio di fronte al British Museum. Zona che sinceramente non frequentiamo. Troppi turisti! Non sembra neanche più Londra».

Zaleekhah intuisce che sta per arrivare un'invettiva e si china per riprendere le sue cose. Ma non appena solleva lo scatolone, il fondo ormai completamente fradicio cede, e tutto il contenuto ruzzola di fuori.

«Tranquilli, nessun problema!» dice lei, a voce molto più alta di quanto intendesse.

Poi osserva il guaio ai propri piedi. Per fortuna la teiera e le tazze sono intatte, ma ai libri non è andata altrettanto bene. Alcuni giacciono aperti a faccia in giù, con le pagine già zuppe; ad altri si è bagnata la copertina. *La scienza dell'acqua*; *Ecosistemi acquatici e futuro incerto*; *Idrogeologia e corsi d'acqua terrestri: nuove concezioni*; *Idrologia chimica e isotopica delle acque freatiche*; *Ciclo globale dell'ac-*

qua e cambiamento climatico; *La fine dell'acqua: distruzione dell'ambiente e implicazioni sul ciclo idrogeologico*... Si accorge che anche i due della barca accanto stanno sbirciando il mucchietto fradicio.

«Ah, è quello il suo settore?» chiede la donna, accennando ai libri con il mento. «È una scienziata dell'acqua?»

«Si dice idrologa» rettifica l'uomo.

Zaleekhah annuisce. «Sì... infatti... scusate, sarà meglio che porti tutto dentro.»

Afferra la lampada e i libri che riesce a tenere sottobraccio. Sotto l'ultimo, in mezzo a una pozzanghera, c'è una statuetta di porcellana. Un'antica creatura mesopotamica, con testa umana, corpo di toro e ali d'uccello, una delle quali si è spezzata. È un *lamassu*, uno spirito custode, regalo di compleanno d'infanzia da parte dello zio. Le è sempre piaciuto; raccoglie rapidamente i due pezzi e, con un ultimo breve cenno ai vicini, arranca verso la sua nuova casa.

«Usi l'asciugacapelli per staccare le pagine» le urla dietro l'uomo.

Il chiavistello, rigido per l'umidità, non scorre subito. Zaleekhah apre la porta con uno strattone al secondo tentativo e si precipita dentro. Sa che dovrebbe uscire di nuovo a prendere il resto della roba, ma non ha intenzione di farlo sotto due paia d'occhi indagatori.

Entra nel piccolo ambiente che d'ora in poi le farà da cucina, sala da pranzo e soggiorno. La zona notte è al ponte inferiore: un letto singolo e un bagnetto con microdoccia. Niente mobilio, a eccezione di uno sgabello di legno e di un'unica poltrona ricoperta in velluto turchese, lasciati da chi c'era prima. Zaleekhah molla i libri dove capita e posa la lampada.

Appoggia con la massima cura il *lamassu* sul piano di lavoro della cucina, insieme all'ala spezzata. Forse si può rincollare. Forse la frattura non si vedrà.

Il rubinetto della cucina perde, cosa che nelle precedenti visite non aveva notato. Nel lavabo ci sono delle macchie di ruggine, e non aveva visto neanche quelle. In un angolo languisce del rosmarino in vaso, con accanto una tazza senza manico. Lava la tazza, la riempie d'acqua e beve tutto d'un fiato, rendendosi conto solo ora di quanta sete aveva. L'acqua sa di terra e di metallo; anzi, il retrogusto è proprio ferroso. Il sapore non dipende tanto da qualità intrinseche quanto dall'ambiente biofisico, dal complesso di circostanze che l'hanno prodotto. Nelle avversità l'acqua si indurisce, un po' come il cuore umano.

Dal nulla riaffiora un ricordo, le parole che le disse lo zio Malek il giorno della sua laurea con il massimo dei voti e lode: «Sono molto fiero di te, *habibti*. Voglio che tu vada di successo in successo. Ricordati, quelli come noi non possono permettersi di fallire».

«Quelli come noi»... immigrati, esuli, profughi, ultimi arrivati, intrusi... Troppe parole per un sentimento riconosciuto e condiviso che però, per quanto spesso lo si possa definire, rimane ampiamente indistinto.

I figli di genitori sradicati nascono dentro la tribù della memoria. Sia il loro presente sia il loro futuro sono plasmati in eterno dal loro passato ancestrale, che lo conoscano o meno. Se crescono e prosperano, le loro conquiste saranno attribuite alla comunità; e allo stesso modo, i loro fallimenti verranno ascritti a qualcosa di più grande e più antico di loro: la famiglia, la religione o l'etnia.

Il viaggio della vita può essere pieno di rovesci di fortuna, ma i figli di rifugiati non potranno mai permettersi di scendere al di sotto del livello da cui sono partiti i loro genitori: eppure a lei sta capitando proprio questo. Cade. Fallisce. Non riesce a scacciare la sensazione che, nel deludere se stessa, sta deludendo i suoi antenati.

Zaleekhah sprofonda nella poltrona solitaria. Si passa le mani tra i capelli che adesso, umidi come sono, si sono gonfiati di ricci scuri e crespi. Per un attimo rimane immobile a guardare il Tamigi. Passa una nave all'orizzonte, rosso acceso come in un disegno infantile, e manda la scia verso di lei; mentre aspetta che le onde colpiscano lo scafo della sua barca, della sua nuova casa, si mette a piangere.

Una lacrima le cade sul dorso della mano. Liquido lacrimale, acqua e cristalli di sale invisibili a occhio nudo. Questa goccia, quest'acqua che viene dal suo corpo e contiene una traccia del suo dna, una volta era un fiocco di neve o uno sbuffo di vapore, forse qui o forse a molti chilometri di distanza; è passata tante volte dallo stato liquido a quello solido, a quello gassoso e viceversa, eppure ha mantenuto la propria essenza molecolare. È rimasta nascosta sotto il terreno pieno di fossili per decine se non migliaia di anni, è salita fino in cielo ed è tornata a terra come foschia, nebbia, monsone o grandinata, continuamente scacciata e ricollocata. L'acqua è una veterana della migrazione, intrappolata nel transito, che non si stabilisce mai.

La lacrima è scomparsa, ma troverà il modo di riemergere, sotto qualche altra forma. Ci vorrà del tempo, però. Le goccioline più piccole evaporano più lentamente di quelle più grandi. Zaleekhah la studia da moltissimi anni, eppure l'acqua non cessa mai di stupirla: resiliente da non credersi ma anche vulnerabilissima, una forza in via di essiccazione, di estinzione.

Ha un nodo in gola che le impedisce il respiro; il petto contratto, una pressione dietro le costole che vorrebbe liberarsi e non può. Si è sforzata davvero di essere un'altra, una versione più lieta e leggera di sé, ma non ha funzionato. La malinconia, un cappio invisibile che ogni tanto si allenta ma non molla mai del tutto la presa, le si stringe ancora una volta intorno al collo.

Non lo aveva espressamente progettato, ma più ci pensa e più le quadra; e ultimamente non ha quasi fatto altro che pensarci. Le quadra che una persona come lei voglia morire per acqua. Una parte di lei è stanca, ed è questa a insinuare continuamente che non dev'esserlo per forza, che non è obbligatorio sentirsi così esaurita. Può rimanere nella casa galleggiante per circa un mese: un giorno per ciascun anno della sua vita. Poi farà quello che deve, con calma e senza polveroni. Si stordirà con le pasticche. Si riempirà le tasche di sassi, come l'autrice preferita di sua madre. Siccome nuota molto bene, dovrà trovare un modo per non risalire in superficie; confida che le correnti del Tamigi la aiuteranno nell'impresa, come già hanno aiutato molti altri.

Non si è ancora decisa e forse non è necessario farlo ora. La certezza non è obbligatoria né per forza affidabile. Un mese basta per prepararsi. Sarà una morte semplice e modesta: terminerà l'articolo a cui lavora in segreto da molto tempo, uno scritto sulla «memoria dell'acqua» di cui aveva troppa paura di parlare per timore di attirarsi le critiche aspre e il ridicolo della comunità scientifica. Adesso non importa più. Salderà alcuni debiti in sospeso, cenerà nel suo ristorante preferito e probabilmente berrà un po' più del solito; spenderà ancora un po' di risparmi e quel che resta lo darà in beneficenza... Sarà molto difficile lasciare lo zio e la zia Malek, le persone che l'hanno cresciuta, e la loro figlia, Helen, che per lei è stata come una sorella. Spera solo non pensino che è stata colpa loro.

La dottoressa Zaleekhah Clarke non ha più voglia di vivere. Vuole accomiatarsi da un mondo dove troppo spesso si sente un'intrusa, una goffa e confusa ritardataria, un'ospite casuale che ha imboccato la porta sbagliata al momento sbagliato. A differenza della sua omonima coranica, Zuleika, lei non è e non è mai stata sicura di sé. Non è combattiva. Non le va neanche di discutere: né con il marito, né con se stessa, né con colleghi, amici o estranei, e di certo non con un Dio che da bambina le hanno ripetutamente intimato di temere e amare, malgrado Lui non si sia mai degnato di spiegarle perché si fosse portato via i suoi genitori; un Dio che punisce le donne con la vecchiaia e la bruttezza e le premia con bell'aspetto e bei mariti quando si dimostrano sottomesse a sufficienza; un Dio con il quale potrebbe facilmente infuriarsi, ma alla cui esistenza di fatto non crede. Lei, adesso, vuole solo ritrarsi, fare la muta ammissione di sconfitta di chi è troppo stanco di provare a sopravvivere… non tanto una partenza quanto un ritorno a casa, un ritorno all'acqua.

—O—

ARTHUR

In riva al Tamigi, 1853

Stamattina Londra è ricoperta da una coltre di nebbia. Sulle vie e nei parchi regna una calma inusuale, un silenzio inquieto che si chiude su se stesso, come una sacchetta dai lacci ben tirati. Anche se le campane della chiesa più vicina hanno appena battuto le dieci, pare che sia già calata la sera: né grigia né bianca, l'aria è di un ocra opaco con qualche bagliore verde qua e là. In cielo vola un pulviscolo di cenere e fuliggine che sbocca insieme al fumo solforoso dai caminetti delle case e dalle ciminiere delle fabbriche e, un respiro dopo l'altro, intasa i polmoni dei londinesi.

Arthur – tredici anni, pallido e allampanato dopo un recente scatto di crescita, con un'ombra di peluria sul labbro superiore – gira l'angolo e imbocca un angusto vicolo acciottolato. La bruma è così densa che il ragazzo non vede più in là di qualche passo, e sta attento a non pestare qualche schifezza senza perdere di vista il padre che procede energico avanti a lui.

«Piantala di ciondolare!»

«Ci sto provando.»

«Be', non ci provi abbastanza, lì a strascicare i piedi come un cavolo di bambinetto. Datti una mossa.»

Il ragazzo affretta il passo. Dopo mesi di assenza il padre si è ripresentato a casa: ha perso peso, e anche la poca tenerezza che gli restava. Il lavoro scarseggia, le rare commissioni che era riuscito a raccattare da sobrio non sono state pagate, e lui non fa che lamentarsi perché non ci sono soldi. Stamattina ha trascinato Arthur fuori dal letto, dicendo che ormai ha scroccato anche troppo alle spalle dei genitori, e che è ora che si trovi un posto da apprendista e impari un mestiere.

Non che Arthur si sia impigrito, anzi. Da quando ha lasciato la scuola ha fatto ogni sorta di lavoretti. Va a frugare nelle fogne con i ramazzini che gli hanno dato il nome, raccoglie letame di cavallo che vende ai conciatori, recupera abiti vecchi da scambiare con i cenciai, aiuta un venditore di pulcini a nutrirli e, qualche volta, insieme a una squadra di donne si infila dentro stagni luridi e cattura sanguisughe facendosele attaccare alle gambe nude. Sua madre deve badare a due bambini piccoli e non può più lavorare tutto il giorno come prima. Suo padre fa finta che non sia così, ma il ragazzo è già diventato il sostegno della famiglia.

La scuola un po' gli manca. La prevedibilità delle giornate, la gioia di risolvere un problema di matematica o di perdersi in un passaggio di storia, la prospettiva di imparare qualcosa di nuovo ed entusiasmante: sono queste le cose che desidera più ardentemente. Ma c'è anche parecchio che è contento di essersi lasciato alle spalle, e in particolare la paura di rimettere piede nell'ufficio del preside. A ogni modo, nulla di tutto questo conta. I suoi giorni di scuola sono finiti, e lui si è unito alla schiera dei lavoratori adolescenti della capitale. In tutto il Paese c'è un gran numero di bambini, molti più piccoli di lui, che faticano nei cantieri navali, nei cotonifici, nelle fabbriche di chiodi e nelle miniere di carbone; oppure per strada a catturare topi, a spazzar via escrementi o ad arrampicarsi su per comignoli troppo stretti per un adulto. Arthur vede quanto sono stanchi, gli occhi spenti e incassati nelle orbite. Si è imbattuto nelle giovanissime che sgobbano nelle fabbriche di fiammiferi, con le mandibole sfigurate dal fosforo bianco che trattano ogni giorno. Ha sentito storie terrificanti di ragazzini finiti sotto un treno merci mentre lavoravano sulla strada ferrata e di sartine che inalano particelle di fibre tessili talmente sottili che non si rendono conto di quanto stanno male finché non è troppo tardi. Arthur sa tutte queste cose. Quello che non sa è dove suo padre lo stia portando ora, e ogni volta che glielo chiede riceve una risposta brusca. Ci prova un'altra volta.

«Che lavoro è?»

«Già te l'ho detto» ribatte l'uomo, la voce smorzata dalla nebbia. «Sono tipografi. Hanno delle grosse macchine che stampano roba. Roba di tutti i tipi. È un lavoro serio, fisso e rispettabile.»

«Se è così importante, perché dovrebbero prendere me?»

«Perché gli serve un fattorino. Come a tutte le ditte. Perché fai queste domande imbecilli?»

«Un fattorino per fare che?»

L'uomo si gira di colpo, afferra il ragazzo per la collottola e lo sbatte contro il muro.

«Razza di bastardo, pensi di potermi succhiare il sangue per il resto della vita? Fino all'ultima goccia?»

Arthur cerca di divincolarsi dalla stretta, ma anche con lo stomaco annodato per la paura risponde: «È stata la mamma a badare a me. È lei che mi ha tirato su, non tu».

Uno schiaffo in faccia. La forza del colpo lo scaraventa a terra, su un fianco. Arthur si rialza in un silenzio intenso.

Si riavviano senza scambiarsi un'altra parola. Nella nebbia, chissà dove, un cane abbaia, un neonato frigna, le voci si moltiplicano.

Di lì a poco imboccano un altro vicolo non lontano da New Oxford Street. Qui la nebbia è anche più densa e oppressiva. Le mani tese avanti a sé, il ragazzo procede cauto nell'oscurità che si estende da ogni parte. A stento vede al di là dei propri polsi. L'aria è gelata.

«Stammi vicino.»

Arthur intuisce perché il padre di colpo sembri preoccupato. Poco più avanti c'è St Giles, uno dei bassifondi più malfamati della città, noto covo di falsari, borsaioli e prostitute. Da qualche tempo le autorità hanno deciso di sgomberare l'agglomerato di tuguri collegando Oxford Street a Holborn, ma per la gente che vive qui è cambiato ben poco.

Padre e figlio avanzano faticosamente, a passi cauti nel labirinto di vicoli. Sono immersi nel tanfo di ortaggi marci, rifiuti in disfacimento e urina rancida. Ogni tanto, quando la cortina di foschia si dirada, Arthur intravede qualche abitante del luogo: bambini macilenti, coperti di stracci che gli penzolano di dosso; uomini dall'aria desolata e le guance incavate; e donne troppo prese dalle loro incombenze per far caso a chicchessia, mentre altre si offrono per due spiccioli, persino a un ragazzetto giovane come lui.

«Ah, allora ce l'accompagni te il figliolo per la sua prima volta, ve'?»

Arthur si volta e vede una figura mezza nascosta in un andito buio, quasi mimetizzata contro i mattoni neri di fuliggine. Ha la pelle butterata dal vaiolo, i capelli spettinati e incrostati, la faccia pallida ed emaciata. Da un lato della bocca le parte una vecchia cicatrice: dà l'idea che stia sorridendo anche se lo sguardo rimane colmo di angoscia. Il ragazzino prova un gran senso d'imbarazzo, non per le parole della donna ma per la disperazione del tono, e assorto in quel pensiero non nota l'aria perplessa che si dipinge in volto al padre finché non lo sente dire: «Ma ti pare che lo porto da una bagascia brutta come te?».

La donna cerca di prendere l'offesa sul ridere. «Be', certo, se mi compri un vestito nuovo divento più carina.»

«Sì, figurati. Trovalo, quello che spende mezzo penny per una puttana così disgraziata. Con l'orecchio di una maiala non ci si fa un borsellino di seta.»

Arthur guarda il padre, sgomento: non riesce a credere che abbia potuto dire una cosa tanto orribile. È strozzato da una vergogna profondissima, piantata nella gola come una spina di pesce. Vorrebbe scusarsi con la donna per la volgarità del padre, ma cosa potrebbe mai dirle senza farla sentire ridicola e offenderla ancora di più?

«E tu, sbrigati.»

Il viso in fiamme, gli occhi bassi, il ragazzo si riavvia dietro l'uomo, sentendosi sempre più piccolo. E anche quando girano l'angolo in fondo alla via, sente ancora la prostituta che borbotta tra sé, e li maledice entrambi.

≈

Dopo essersi allontanati da St Giles proseguono per un pezzo verso est in direzione del fiume, fino a fermarsi davanti a una costruzione a due piani. Sopra la porta è appesa una targa d'ottone:

BRADBURY & EVANS
EDITORI *EXTRAORDINAIRE* PER LA REAL CASA
INCISIONE E STAMPA DI FRANCOBOLLI POSTALI,
CERTIFICATI, QUOTIDIANI, PERIODICI, OPUSCOLI
E VOLUMI IN EDIZIONE LIMITATA

La targa cigola sui ganci, con un rumore che ricorda quello di un ramo sul punto di spezzarsi al vento. Arthur ascolta, gli occhi fissi sulle parole, e forse rimarrebbe inchiodato lì per sempre se suo padre non ricominciasse a urlare.

«Datti una mossa, ragazzo! Mica abbiamo tutto il giorno.»

≈

Qualche minuto dopo Arthur si ritrova in un'ampia stanza con delle stampe incorniciate alle pareti. Il fuoco acceso crepita in un caminetto, fiancheggiato da due grandi scrivanie di mogano dietro le quali siedono i titolari dell'attività: il signor Evans, socio giovane, e il signor Bradbury, socio anziano.

Accanto alla finestra, appesa a un sostegno ornamentale, c'è una gabbietta che ospita due pappagallini canori, dal petto azzurro vivido. Questi uccellini godono di grande popolarità da quando la regina Vittoria ne ha ricevuta una coppia in dono. La mania – perché la sensazione è quella – si è diffusa molto rapidamente. Ne arriva un nuovo carico ogni settimana dal Sud dell'Australia, e dal porto i parrocchetti vengono trasferiti nelle case e nelle voliere di tutto il Paese. Il ragazzo rimane talmente stregato da questi due che gli ci vuole un momento per concentrarsi sulla conversazione che gli si svolge intorno.

A frasi rapide il padre sta spiegando che un suo cliente, un farmacista, molto soddisfatto della qualità di un armadietto che gli ha costruito, aveva promesso di aiutarlo a trovare un lavoro per il figlio, e gli ha suggerito di far visita alla Bradbury & Evans, ditta che conosce bene perché è lì che si fa stampare le pubblicità, aggiungendo che avrebbe messo una parola buona per il ragazzo. Dall'espressione vacua sia di Evans sia di Bradbury si evince chiaramente che non si è neppure sognato di farlo.

«Temo ci sia stato un malinteso» dice quindi il signor Evans, con un'aria sospettosa che non si cura di nascondere. «Non attendevamo la vostra visita.»

«Egregio signore, non so perché il mio cliente non abbia mantenuto la promessa. Mi aveva assicurato che vi avrebbe avvisati.»

Il signor Bradbury scuote la testa. «Se anche fosse, non sarebbe servito a nulla, dato che al momento non abbiamo necessità di assumere.»

Arthur guarda il padre sbiancare. L'uomo che rimbrotta costantemente la moglie, che ricopre i figli di botte e insulti e che ha appena offeso malignamente una povera prostituta sul tragitto per arrivare lì, adesso ha un'aria che più servile non si potrebbe. Persino la voce sembra diversa.

«Vi prego, signori… perché non gli fate fare almeno una prova?»

Arthur si rende conto che suo padre non ha la minima possibilità, per quanto lecchi i piedi a questi due signori eleganti in panciotto di broccato e cravatta di seta. Lo guardano con evidente disprezzo e nient'altro. Assistere alla scena lo intristisce. Mai si vorrebbe che il prossimo vedesse le debolezze dei nostri genitori; i loro difetti sono questioni private, segreti che preferiamo tenere per noi, e quando diventano pubblici, e tutti li notano, non siamo più i bambini che eravamo un tempo.

«Temo siate venuto fin qui per nulla» dice il signor Evans, il mento poggiato alle punte delle dita congiunte. «Non stiamo cercando un fattorino.»

«Forza, papà, andiamo» dice Arthur riavviandosi alla porta senza guardare nessuno.

Il padre però non si schioda. «Signori, voi non capite. Ho le mie buone ragioni per insistere. Il mio ragazzo è un genio!»

Arthur si ferma, sbigottito. Suo padre non ha mai niente di bello da dire sui figli… come pure su nessun altro, se è per quello.

«Vieni qui, figliolo. Fagli vedere cosa intendo.»

Arthur rimane dov'è, troppo mortificato per fare un passo. Allora il padre lo afferra per le spalle e lo sospinge davanti ai due titolari.

«Voi altri stampate anche calendari, non è vero, signori? Chiedete a mio figlio una data lontana, quella che vi pare.»

«Non capisco che cosa sta cercando di fare» dice il signor Bradbury.

«Il mio ragazzo è molto singolare. Ha una memoria straordinaria. Infallibile, anzi, ve l'assicuro. Dategli un'occasione e ve lo dimostrerà. Scegliete una data qualunque di anni passati e chiedetegli che giorno era.»

I due tipografi si guardano, scambiandosi un'identica occhiata nervosa. Poi Bradbury fa di sì con la testa, meditabondo. «E va bene, per assecondarvi. Diciamo, la data di oggi un anno fa?»

Ora lo fissano tutti e tre, e così sotto scrutinio Arthur avvampa. Non ha la minima intenzione di raccontargli questo stesso giorno di un anno fa, che era un martedì. Arrivando a casa aveva trovato la madre stesa a terra, perché si era bevuta una boccetta intera di laudano e poi se l'era vomitato tutto addosso. Il tanfo spaventoso, che intride tutto quello che tocca, ci aveva messo una settimana a sparire. Il ragazzo serra le labbra e si gira dall'altra parte.

Negli occhi di suo padre si accende una scintilla d'apprensione. «Forza, su... insomma, che giorno era? Dillo a questi bravi signori. Non mettermi in imbarazzo.»

Arthur continua a tacere, sempre più emotivo e distante.

«Lo fai apposta per farmi arrabbiare! Come ti permetti?»

Interviene il signor Evans: «Forse è meglio non fargli troppe pressioni».

«Ma no, no! Non capisco perché fa così. Fategli un'altra domanda, un'altra data, vi imploro.»

«D'accordo» fa ancora Bradbury. «Che mi dici del 12 ottobre 1849?»

Arthur prende fiato e poi attacca, in tono lento e fermo. «Era un venerdì, signore. Piovve tutto il pomeriggio. Portavano via i corpi di cinque operai; a Pimlico, l'incidente era successo là. Li avevano avvelenati i gas di fogna. Ho visto i cadaveri, c'ero. Venne la polizia, e c'erano anche dei giornalisti.»

Chiude gli occhi per un attimo, rievocando i visi dei morti, vacui come se fossero fatti di bronzo, e le mani sporche, striate di fango e chiuse a pugno, benché private di qualunque forza.

Il signor Bradbury si schiarisce la gola. «Ragazzo, saprai bene che qui stampiamo anche giornali. Se ti sei inventato tutto, sarà facile per noi confutare quel che ci hai appena raccontato. Ora dimmi, ricordi davvero l'accaduto?»

Arthur alza la testa. «Io non dico bugie, signore.»

«D'accordo, lo vedremo.» Bradbury si rivolge al socio giovane. «Vi dispiacerebbe controllare i fatti che il ragazzo ha appena esposto?»

Evans esce dalla stanza, sulla quale cala un silenzio imbarazzato. Mentre aspettano che torni rimangono ad ascoltare i rumori della strada: una carrozza che passa, troppo veloce, pericolosa. Zoccoli che riecheggiano sul lastrico, soffocando il grido di un ambulante che smercia dolci allo zenzero.

Finalmente rientra a grandi passi il signor Evans, sventolando un quotidiano. Sorride. «È esattamente come ha detto il ragazzo!»

«Che strano» borbotta il signor Bradbury, ora con una scintilla d'interesse negli occhi. «Proviamo con un'altra data. Il 13 giugno del 1851?»

Arthur inclina un poco il capo di lato, accendendosi in volto al ricordo. «Quello è stato il giorno del ballo in maschera a Buckingham Palace. Aspettavo fuori dai cancelli del palazzo, sperando di intravedere qualcosa dei costumi. Avevo sentito che gli invitati si sarebbero vestiti da personaggi storici, ma c'era troppa folla per vedere alcunché. Il tempo era bello, nonostante il vento. Anche allora era venerdì.»

«Vado a controllare?» chiede Evans, che chiaramente si sta divertendo.

«Non ce n'è bisogno» dice Bradbury. Osserva il ragazzo da sopra le lenti. «Hai davvero un talento peculiare, giovanotto. Devo dire che sono colpito.»

Arthur nota il padre che raddrizza la schiena, con qualcosa che sembra sollievo in faccia, per poi dire: «Ve l'avevo detto, no?».

Il signor Bradbury non commenta. «D'accordo, facciamo una prova. Ma solo per una settimana. Se alla fine non siamo soddisfatti, quale che sia il motivo, ci separeremo in maniera civile. E in quel caso, non voglio più vedere nessuno dei due. Siamo intesi?»

«Senz'altro, signore. Avete la mia parola. Impara in fretta, mio figlio.»

Il signor Evans, ancora con un'espressione divertita, batte le mani. «Bene, bene! Giovane Smyth, benvenuto nel mondo di incisori e stampatori.»

Arthur sorride timido. «Grazie, signore.»

«Quando desiderate che cominci?» interviene il padre, deciso a non farsi scavalcare.

«A dire il vero, può iniziare subito» risponde Bradbury. «Dunque voi, buon uomo, potete anche prendere congedo. Sono certo che il ragazzo ritroverà la strada di casa.»

«Ah, in questo caso… voglio sperare, egregissimi signori, che capirete che ho dovuto sacrificare il salario della giornata per portare qui mio figlio. Sono certo che galantuomini della vostra fatta non vorranno lasciarmi con le tasche vuote… e che magari vorrete trovare il modo di anticiparmi un poco della sua paga?»

«Ci sta chiedendo del danaro?» lo rimprovera Evans. «Per il bene del ragazzo fingeremo di non aver sentito. Buona giornata.»

Arthur osserva il padre, la fronte corrugata in un cipiglio e la mascella rigida, uscire senza guardare in faccia nessuno.

Un attimo dopo si sente dare una pacca amichevole sulla spalla. È il signor Bradbury.

«Si chiamano Lapis e Lazuli.»

«Chiedo scusa, signore?»

«Gli uccellini. Ho visto che li guardavi, prima. Li abbiamo chiamati così. Insieme fanno una pietra preziosa.»

Il ragazzo sgrana gli occhi.

«Ah, non conosci la roccia azzurro acceso? *Lapis*, dal latino, significa "pietra", mentre *lazuli* è una parola araba e persiana che vuol dire "cielo, volta, azzurro scuro"… Una bellissima gemma molto apprezzata da diverse civiltà: antichi egizi, greci, romani, cinesi… ma specialmente in Mesopotamia.»

Arthur ascolta incantato.

«Hai molto da imparare, giovane Smyth. Spero che imparare ti piaccia.»

«Uh, moltissimo, signore» dice Arthur con le lacrime agli occhi.

«Bene. In tal caso, vieni a darmi una mano.» Il tipografo apre la porta e imbocca il vestibolo.

Arthur segue il signor Bradbury fino a una stanza nel seminterrato, dove lo accoglie una visione straordinaria. Davanti a lui si staglia una caterva di libri, opuscoli e riviste, impilati sul pavimento e accatastati come capita sugli scaffali. Al centro di questo regno di carta si erge un macchinario: basso, nero come la pece, azionato a vapore e immenso. È dotato di rulli, cilindri e lastre metalliche.

Il signor Bradbury sorride. «Gran bell'esemplare di ingegneria, non credi? Che te ne pare, ti piace?»

«Che… che cos'è questo, signore?»

«È un torchio tipografico. Tutto ciò che vedi in questa stanza è uscito da quest'invenzione.» Bradbury indica un vassoio di legno con decine di scomparti, ciascuno dei quali contiene lettere, numeri e simboli vari. «Componiamo i caratteri a mano su una lastra metallica. Ce li facciamo fare dalle migliori fonderie e usiamo le serie più belle ed eleganti. Se t'impegni a fondo, ti insegneremo come si fa.»

Cauto, Arthur si avvicina al macchinario, ma senza azzardarsi a toccarlo. All'altra estremità c'è una pagina, appena stampata. Il signor Bradbury la prende e ne legge una riga: «*Che il mondo possa per sempre correre lungo i binari squillanti del cambiamento*». Poi guarda il ragazzo. «Riconosci queste parole?»

Arthur scuote il capo.

«Poesia, caro ragazzo. Tennyson. Conosci qualche opera in versi?»

«Non so bene di che si tratti, signore. A scuola cantavamo inni sacri, imparavamo a memoria formule matematiche e studiavamo la Bibbia. Nessuno ci ha mai parlato di poesia.»

«Che peccato.» Bradbury prende un altro foglio.

Bellezza mia, ricolma oggi i nostri bicchieri,
e tacciano i rimpianti del passato, i pensieri
dell'avvenir.... Domani? Io sarò cenere,
forse, coi settemila anni finiti ieri.

Arthur spalanca gli occhi. «Anche questa è poesia?»

«Altroché. Questa, ancora poco nota, è di Omar Khayyam. Il mio amico Edward FitzGerald, lui pure poeta e scrittore, lo sta traducendo dal persiano. Ci vuole del tempo, però. Se tutto andrà bene, lo pubblicheremo presto.»

Tennyson... Khayyam... FitzGerald... Il ragazzo riflette. Sono parecchie le cose che non sa. E che spavento, ma al tempo stesso che sprone, rendersi conto che il mondo che conosce è solo uno di tanti possibili.

Bradbury lo guarda e gli fa un sorriso incoraggiante. «Non preoccuparti, hai molto tempo per imparare. Ricordati, Arthur, la vita è piena di sorprese. E, chi lo sa, magari anche tu sarai sedotto dalle gioie dei versi. Un giorno potresti addirittura esser noto come cultore di poesie e amante della parola scritta.»

È in quell'istante che il ragazzo, che sta passando in rassegna la stanza con sguardo indagatore, nota la copertina di un libro e riconosce le parole che lo assillano da quando ci ha posato sopra gli occhi per la prima volta: *Delle scoperte di Ninive*. Lo stesso titolo in cui si è imbattuto nello studio del preside, che torna nella sua vita come un fiume tortuoso che gli serpeggia accanto e ricompare proprio quando lui pensa si sia seccato.

«Signore» domanda, «voi stampate anche quel libro?»

L'uomo si volta per vedere che cosa sta indicando il ragazzo. «Ah, sì. È piaciuto molto... ha venduto più di ventimila copie! Siamo incaricati della seconda edizione, che sarà ridotta e più economica per ampliarne la diffusione, e azzarderei che faticheremo a tener dietro alla richiesta. Il pubblico è ansioso di apprendere più cose sull'archeologia biblica... e anche di saperne di più sugli adoratori del diavolo, ti dirò.»

«Ma chi sono, signore? Me lo sono chiesto anch'io.»

Bradbury gli fa l'occhiolino come se fossero vecchi amici. «Be', per scoprirlo dovrai leggere il libro, ragazzo mio.»

«Uh, grazie, ne sarei felice. Se voi e il signor Evans sarete soddisfatti del mio lavoro, potreste concedermi di prenderne una copia in prestito quando sarà stampato?»

Colto di sorpresa per esser stato preso alla lettera, l'uomo guarda il ragazzino. «Davvero sei intenzionato a leggere il resoconto di uno studioso del suo viaggio in Mesopotamia e della scoperta di un'antica città assira? Questa proprio non me l'aspettavo. Forse potresti spiegarmi l'origine di tanto interesse?»

«È solo che... a me Ninive dà l'impressione di un luogo di sogno, diverso da qualunque altra cosa abbia mai visto o conosciuto» dice Arthur, dopo un istante. «È da lì che sono venuti gli immensi tori alati, i *lamassu*. Li ho visti fuori dal British Museum. E da allora non faccio che ripensarci.»

Senza cambiare espressione, il signor Bradbury lo ascolta.

«E penso anche a tutti quei popoli menzionati nel titolo... specialmente gli jezidi» prosegue il ragazzo, infervorato. «Adorano davvero il demonio, o sono stati forse scambiati per qualcosa che non sono, accusati di cose che non hanno fatto? Perché vede, signore, io... io credo forse di...» A quel punto Arthur si impappina un poco, ma poi riesce a completare il pensiero: «Io so che cosa si prova a essere fraintesi e trattati ingiustamente».

II
NARIN

In riva al Tigri, 2014

«Nonna, quelli che dicono le cose brutte su di noi…»
«Sì, cuore mio, dimmi.»
«Vorrei solo che ti avessero conosciuta. Perché se ti conoscessero, ti vorrebbero tanto bene! Come si fa a non volerti bene?»
«Narin, gioia della mia vita.»
Il vento che sale dal Tigri scompiglia i capelli della ragazzina e i lembi del foulard della donna, annodato lasco intorno al collo. Si sono spinte su per una stretta pista che risale la collina, per raccogliere acetoselle, agli selvatici, farfare e false ortiche macchiate. La temperatura sale di un'altra tacca e loro si fermano a prendere fiato. Si siedono all'ombra di una sporgenza di roccia, da dove si vedono i bulldozer gialli e i ribaltabili che rombano di sotto.
«Nonna, mi racconti una storia?»
«Che storia vuoi sentire, anima mia?»
«Quella di Dio che crea il mondo.»
«Ancora? Te l'ho già raccontata mille volte.»
Narin teme che, quando diventerà sorda, non le mancherà solo la musica di suo padre, ma anche i racconti dell'infanzia. Sua nonna non sa leggere, né scrivere, né far di conto. È capace di scarabocchiare il proprio nome su un pezzo di carta, ma non può scrivere le parole che porta con sé. Perciò, prima di perdere l'udito, Narin vuole ascoltare tutte le storie che la nonna conosce, così da poterle risentire quando

tutto il resto ammutolirà. Perciò adesso supplica: «Ancora una volta, ti prego».

«Va bene, d'accordo. In quei giorni, in quei giorni remoti...»

Le storie della nonna cominciano tutte allo stesso modo, con parole che vengono recitate da millenni come un incantesimo.

Narin non può fare a meno di intervenire: «In quegli anni, in quegli anni remoti, nei tempi antichi...».

«Tempi antichissimi, davvero» riprende placidamente la nonna. «Ben prima che esistesse la terra, c'era solo Dio – Xwedê – e nient'altro. Allora tutto era calmo e pacifico. C'era puro silenzio ovunque, perché i suoni non erano ancora stati inventati. Neppure un bisbiglio. Poi, un mattino, Dio decise di dare forma a una perla della Sua preziosa essenza e riempirla di luce divina. Una perla così lucente che Lui poteva ammirarvi il Suo stesso riflesso.»

Narin serra le ginocchia, in ansiosa attesa di quello che arriva adesso.

«Dio affidò la perla a un uccello magico di nome Anfar, e l'uccello la ripose nel proprio nido come se fosse un uovo. Lì la gemma rimase, invisibile, intatta, indenne. Quello stato di beatitudine durò per quaranta giorni... o forse per quarantamila anni. Non avrebbe fatto differenza, perché anche il tempo era dentro la perla. Non era ancora nato. Non era diviso in anni, mesi, settimane, ore. Il tempo era intero, e la perla era parte dell'intero, come tutto il resto.»

Narin trattiene il fiato. Questo è il suo pezzo preferito della storia, quando Dio comincia a fare delle stranezze.

«Ma poi, per motivi che non conosceremo mai, Dio calpestò la perla con tutta la sua forza, mandandola in frantumi. Ed è così che Xwedê diede vita alle montagne, ai boschi e alle valli. Dalle schegge sparse cesellò il sole e la luna. Appese le stelle nel firmamento come decorazioni. Trasse l'acqua dal centro della perla e riempì le sorgenti, i ruscelli e gli oceani, e creò i sette angeli dalla Sua stessa luce divina, la *sur*. Perciò li chiamiamo Sette luci, *heft sur*. Li fece come se accendesse sette candele dalla prima. Il primo giorno, domenica, creò l'angelo Azrail; il lunedì, Dardail; il martedì, Israfil; il mercoledì, Mikail; il giovedì, Gibrail; il venerdì, Shimnail; e il sabato, Nurail. Poi Dio scelse il benevolo Melek Ta'us, l'angelo pavone, come capo degli arcangeli. Quindi fece i sette cieli e…»

«Aspetta, che lingua parlavano gli angeli?»

«La lingua del silenzio.»

«Che vuol dire?»

«Vuol dire che non gli servivano le parole per capirsi. Comunicavano con la luce splendente.» La nonna sorride nostalgica, come se volesse trovarsi fra loro. «Dopodiché Dio fece gli esseri umani, Adamo ed Eva. Cristiani, ebrei, musulmani e tutti gli altri abitanti del mondo discendono da questa coppia, ma noi yazidi, amor mio, siamo venuti dal solo Adamo. Senza Eva.»

«Com'è possibile?»

«Be', un giorno Adamo ed Eva ebbero un litigio. Ognuno dei due pensava di essere più importante dell'altro. Per trovare la risposta posero ciascuno il proprio seme in un vaso e attesero un mese. Quando Eva aprì il suo vaso, non ci trovò nulla. Ma quando Adamo aprì il suo, dentro ci trovò un bambino e una bambina. Questi sono i nostri antenati. Siamo l'unico popolo che discende dal solo Adamo.»

«Eva ci rimase male?»

«No, non troppo, in seguito ebbe molti figli suoi. Era una donna molto impegnata.»

Con un palmo la nonna si sfiora le ciglia, e il tatuaggio che ha sulla fronte. L'inchiostro è fatto con cenere, fuliggine e latte materno. Il *deq*, l'usanza di farsi disegni sul viso, una volta era comune tra le donne della regione, ma ora si va perdendo. Alcune hanno stelle o lune sul mento; altre, diamanti per attrarre la forza e tenere lontano il malocchio.

Altre ancora, nidi d'ape perché le loro parole siano sempre dolci. Il tatuaggio della nonna, che ha ereditato dalla propria nonna, sono tre segni verticali a forma di cuneo:

Anche Narin vuole farsi lo stesso tatuaggio, un giorno. Non è giusto che non glielo permettano, visto che la nonna se l'è fatto quando era piccola. Ma i tempi sono cambiati, e a Narin hanno consigliato di non avere fretta. Un tatuaggio è come un giuramento, dicono, una promessa scritta sulla pelle, e bisogna essere certe di poterla mantenere prima di impegnarsi.

Assorta nei pensieri, a capo chino, la ragazzina sospira. «Proprio non lo capisco, perché Dio ha fracassato la perla meravigliosa.»

«Be', io penso che Xwedê l'abbia fatto per noi. Altrimenti gli esseri umani non esisterebbero. Nessuno di noi. Non ci sarebbero raggi di sole da salutare ogni mattina, né uova da dipingere a colori accesi per il Mercoledì Rosso; niente colombe che tubano sotto le gronde, niente innamorati che si tengono per mano di nascosto…»

Narin ridacchia.

«Pensa, non ci sarebbero storie da raccontare» continua la nonna. «Dio ha distrutto la sua amata perla per noi. E forse anche… perché voleva un po' di compagnia.»

«Stai dicendo che Dio si sente solo?»

«Ora non più, cuore mio… ora che ci siamo tutti noi sulla terra. Ogni volta che pronunciamo il Suo santo nome, Lui ci sente. Ogni giorno dobbiamo pregare Dio, che è misericordioso, pieno d'amore e di compassione. È il giudice di re e mendicanti; sovrano della luna, del sole, del fuoco e dell'acqua. La preghiera non serve a chiedere cose; è una conversazione. Quando Dio è meno solo, noi siamo meno soli.»

Narin serra le labbra e riflette. Non intende certo mettere in discussione le vie del Signore, ma non può fare a meno di chiedersi come sarebbe andata se Lui non avesse fatto quello che ha fatto. Se solo Xwedê non avesse mandato in frantumi la bellissima perla, l'universo sarebbe rimasto com'era: integro, pago. E non ci sarebbero né dolore, né tristezza, né paura.

≈

La nonna viene da un lungo lignaggio di guaritrici, più qualche guaritore. Per generazioni, le donne dal lato materno della sua famiglia hanno alleviato le sofferenze dei malati e dei moribondi. Operare guarigioni, dice spesso, è un po' come far volare gli aquiloni: la vela magari vorrebbe vagare libera in cielo, spingersi contemporaneamente in tutte le direzioni, ma i fili devono rimanere ben attaccati a un punto fisso. Per questo si può arrivare a padroneggiare solo un particolare àmbito, due al massimo. Alcune guaritrici assistono esclusivamente le vittime dei morsi di serpi e scorpioni, che di questi tempi si sono fatti più frequenti, man mano che accelera la costruzione della diga e a valle il livello dell'acqua cala. Nei periodi di siccità e carestia gli animali velenosi si straniscono e iniziano ad attaccare l'uomo a frotte. La scarsità d'acqua, dice la nonna, gli confonde il cervello e li fa impazzire, e come biasimarli?

Altre guaritrici, come le discendenti di Sora-Soran, danno sollievo alle giunture scricchiolanti e riparano le anche fratturate. Ma la specialità della nonna è del tutto diversa: lei cura gli afflitti dall'ansia, dalla depressione e altri malanni della mente. Si affida alla potenza delle piante, e prepara tinture concentrate che sono molto richieste in tutta la regione. Ma per lei il rimedio principe è, ed è sempre stato, l'acqua. Dice che lava via i disturbi, purifica la mente, calma il cuore, ed è la miglior cura per la malinconia.

Ogni volta che c'è un lungo periodo asciutto o un'invasione di locuste che distruggono i raccolti, gli abitanti del villaggio si radunano per un rito di preghiera che serve a evocare la pioggia. Si avviano in silenziosa processione fino a raggiungere la cima di un'altura, dove si mettono in fila e chiamano le nubi nere. A volte funziona. Ma se non succede, vanno da Besma. Lei indovina la posizione di fiumi perduti, canali nascosti e ruscelli dimenticati, fonti d'acqua rintanate nei luoghi più improbabili, perfino sotto colline aride.

Certe volte usa delle bacchette di ottone a forma di L che si attirano a vicenda quando lei si avvicina a una vena d'acqua. Altre volte regge delicatamente un rametto e gira qua e là finché non sente lo strappo. Ogni tanto sceglie un pendolino e attende che si metta a oscillare. Ma alla fine, dice la nonna, gli strumenti – bacchette, rametto o pendolino – sono solo un tramite; è il corpo umano a reagire alle fonti naturali. L'acqua dentro di noi entra in comunione con quella fuori di noi: un bravo cercatore è in grado di discernere a che profondità scorre un rivolo d'acqua sotterranea, e persino se è pulita o contaminata.

La nonna è una rabdomante, una scopritrice d'acqua.

≈

Un uccello piomba verso di loro e si posa su un masso vicino. È un luì piccolo, dalle penne olivastre, un passeraceo migratore dal canto dolcissimo. Aspettano un istante, sperando che intoni un gorgheggio; ma lui non lo fa, e allora la bambina chiede, a bassa voce: «Quando la diga sarà finita, che cosa succederà alle tue piante di pistacchio?».

«Annegheranno, temo.»

«Non sapevo che gli alberi potessero annegare.»

«È come per gli uomini, se rimangono senz'aria. Non potremo salvare i nostri filari, ma prima che ce ne andiamo prenderò una talea. Farò in modo che almeno una pianta venga con noi, ovunque andremo. Ti piacerebbe?»

«Sì, molto» dice Narin, consolata dal pensiero di un albero viaggiante. «E gli uccelli? Loro staranno tranquilli, no?»

«Staranno più tranquilli di altre creature, ma non sapranno più dove fare il nido, perciò dovranno partire.»

«L'anatra marmorizzata...»

«Andrà a deporre le uova da un'altra parte. Il luì grosso, la pavoncella indiana, il pettazzurro, il gheppio, l'aquila che si libra altissima... non torneranno più a Hasankeyf.»

«Vorrei che avessimo una nave grandissima» dice Narin. «Così potremmo prendere tutti gli animali e le piante con noi e andarcene via.»

«Come *baba* Noè» dice la nonna. «Costruì un'arca e invitò a bordo i famigliari e gli amici. Si portò anche una coppia di tutti gli animali, e non dimenticò di prendere anche dei pistacchi, perché un giorno potessero diventare alberi. E quando venne l'inondazione, l'arca cominciò a galleggiare. Andarono alla deriva per tanto tempo, finché il legno dell'arca non toccò la terraferma: con un urto da slogare le ossa si ritrovarono in cima a una montagna, il Sinjar.»

«Dov'è il monte Sinjar?»

«In Iraq. Quando andiamo a Ninive con tuo padre, prima del tuo battesimo nella santa valle di Laliş, ti dirò di più.»

Narin sorride felice.

«Ascolta, la storia non è finita» prosegue la nonna. «Quando la nave andò a sbattere contro la cima della montagna, nello scafo si aprì una falla. L'acqua si riversò dentro. Rischiavano di morire tutti: uomini, animali e piante. Ma a quel punto, dal nulla, comparve un serpente nero! Cominciò ad attorcigliarsi come una fune spessa, e turò lo squarcio. Grazie al serpente si salvarono tutti. Per questo motivo noi yazidi rispettiamo i serpenti e li raffiguriamo all'ingresso degli edifici sacri. E nel nostro Paese ricordiamo la grande

Shahmaran, la Regina dei serpenti, con la testa di donna e il corpo di biscia.»

«Come fa una cosa a essere umana e animale contemporaneamente?»

«Ah, non è impossibile. Noi non siamo molto diverse. Una volta c'erano creature ibride in tutta la Mesopotamia. Anzi, mia nonna Leila una volta ne ha vista una, da giovane. Era un gigante con la testa d'uomo, il tronco di toro e le ali di un possente uccello. E aveva cinque zampe! Lei sapeva come si chiamava: era un *lamassu*.»

«Un *lamassu*» ripete Narin. «Che nome buffo. Leila si è spaventata?»

«No, cuore mio. Sapeva che sono creature innocue.»

Narin sospira, pensierosa. La sua trisavola Leila doveva essere una donna incredibile. Che peccato, non averla conosciuta. Il mondo sarebbe un posto molto più interessante se tutti avessero la possibilità di incontrare i propri antenati almeno per un'ora nella vita.

Alla loro destra, su un pendio, c'è un cimitero: molte lapidi sono spezzate e si stanno sbriciolando. Benché all'inizio le sepolture fossero suddivise secondo le varie religioni, nel corso del tempo i confini interni si sono perduti, finendo per mescolare le tombe di curdi, turchi, armeni, arabi, yazidi, aramei, zoroastriani… Adesso, svoltando in quella direzione, la bambina dice: «Nonna, quando finiscono la diga e arriva l'acqua a coprire tutto, le tombe verranno sommerse. Neppure *baba* Noè avrebbe potuto salvare i cimiteri dall'inondazione».

Il commento è inatteso, e l'anziana donna si affloscia un poco. «Be', il governo dice che ricollocherà le sepolture.»

«E tu ci credi?»

«In effetti no.»

«Che succederà alla mia mamma e…» Narin lascia la domanda sospesa a mezz'aria.

La nonna stringe la nipotina a sé e le dà un bacio sulla testa. «Ti prometto, luce dei miei occhi, che faremo tutto il possibile perché tutte le nostre tombe di famiglia vengano trasportate in un posto sicuro e asciutto.»

La nonna sostiene che, proprio come gli sbuffi di vapore salgono in cielo per poi tornare sotto forma di pioggia, grandine o nevischio, ogni yazida tornerà sulla terra almeno sette volte. È vero che il corpo è mortale, ma l'anima è un'eterna viaggiatrice… come ogni goccia d'acqua.

«Non te lo scordare, per noi la morte è più una pausa che una fine.»

Narin ascolta, lo sguardo puntato sul dorso delle mani dell'anziana, come se cercasse di impararle a memoria: erose dal tempo e solcate di vene in rilievo. Le piace sfiorare quelle vene, verdi e azzurrine, che scorrono sotto la pelle della nonna come torrenti sotterranei. Mentre ne traccia il percorso con un dito, domanda: «E l'inglese?».

«In che senso?» fa la nonna, e di colpo cambia atteggiamento. Non parlano quasi mai dello straniero sepolto lì.

«Be', lui è di un'altra religione. Che succederà alla sua tomba quando finiscono la diga e questa zona viene inondata?»

«Scomparirà sott'acqua» dice la nonna, impassibile. «Da che mi ricordo, è sempre stata trascurata. Mai un famigliare o un amico a visitarla. Forse non sanno neanche che lui sta qui… i suoi, intendo.»

Narin si meraviglia di quel tono così brusco. «Tu l'hai conosciuto?» chiede alla nonna.

«No, è morto molto prima che nascessi. Mia nonna Leila sì, però.»

«Che ci faceva qui? Non me l'hai mai raccontato.»

«Non c'è molto da dire» risponde la nonna. «Certa gente è inquieta come un fiume.»

«Ma ci sarà stato un motivo, se è arrivato.»

«Be', dicono che cercasse una poesia.»

«Una poesia?» fa eco Narin.

La nonna distoglie lo sguardo. «L'inglese aveva girato mezzo mondo per trovare i versi mancanti di un antico poema e per prendersi cose che non aveva il diritto di prendere. Però dicono anche che lasciò qui qualcosa: il cuore. Per questo tornò e perì quaggiù. Morì di sete sulle sponde del Tigri. Non c'è altro da sapere.»

«Com'è che morì di sete, se...»

«Per oggi abbiamo chiacchierato abbastanza.» L'anziana donna si alza in piedi, troppo in fretta per la sua età. Le scricchiolano le ginocchia. «Si sta facendo tardi, rientriamo. Sennò gli altri si preoccupano.»

Lentamente si alza anche Narin. Non è da nonna, interrompere così una conversazione.

Si riavviano in silenzio, ciascuna con la sua ombra che le cammina accanto. Dall'erba che calpestano si alza un aroma antico. Un altro bulldozer sbuffa una voluta di fumo nero in aria. Un'altra pianta di pistacchi sospira prima che arrivi l'acqua di piena. La terra intorno all'antica Kefa è una ragnatela di cicatrici.

Quando arrivano al vecchio villaggio yazida, con la sua popolazione in declino, Narin si è quasi scordata dell'inglese sepolto in riva al Tigri.

—O—

ARTHUR

In riva al Tamigi, 1853-1854

Se, come dicono i poeti, il viaggio della vita somiglia alla marcia di un fiume verso il mare, talora inutilmente tortuosa e talora costante e diritta alla meta, allora l'ansa nel suo fluire è il punto in cui la vicenda fa una svolta repentina e si allontana dal corso previsto per imboccare una direzione nuova e inattesa. Diventare apprendista in una delle più importanti stamperie e case editrici d'Inghilterra è la sterzata che cambia il destino di Arthur per sempre.

All'inizio gli affidano a casaccio compiti di scarsa importanza: lavare i pavimenti, spolverare gli scaffali, togliere le ragnatele, bloccare i pertugi da cui passano i topi, sfregare via la morchia appiccicata ai davanzali... L'aria esterna è talmente sporca che quando finisce di ripulire i vetri delle finestre dalla fuliggine, già se li ritrova coperti da una patina di lerciume. I suoi datori di lavoro ne sorvegliano ogni mossa, prendendo nota di come reagisce a ogni richiesta e ogni difficoltà, e poco a poco gli consentono di avvicinarsi ai macchinari. La stampa è un mestiere pericoloso, apprende Arthur. La rotativa a vapore a dieci cilindri – solida e ben costruita, ma anche ingombrante – non è facile da azionare. Se non si sta attenti, perdere un arto è un attimo.

Pericoloso, certo, ma così affascinante! Il ragazzo osserva incantato il modo in cui una sola macchina può non solo trasferire lettere e immagini sulla carta bianca, ma anche produrne migliaia di copie identiche. La ditta sforna tutto un assortimento di libri, gazzettini e periodici – compreso il «Punch», che vende più di quarantamila copie a settimana prendendosi gioco dei boriosi e dei potenti – e nell'officina si riverbera per tutto il giorno un frastuono ininterrotto, come di decine di pietre grezze strusciate l'una contro l'altra.

Questo posto non assomiglia per niente alla scuola. Niente schiaffi né bacchettate, niente cappelli con le orecchie d'asino né ceste di punizione dove gli alunni sono costretti a sedere appesi al soffitto. Sebbene alcuni operai gli diano il tormento senza motivo – una volta gli legano insieme le stringhe delle scarpe mentre lui sta controllando le pagine che escono, e così lo fanno cadere – nessuno è crudele come il vecchio preside. Il lavoro è gravoso e il ritmo snervante, ma ad Arthur non importa. Deciso a non deludere i capi, lavora indefessamente. Neppure il rimbombo meccanico, benché sia continuo e fragoroso abbastanza da scuotere il cervello, lo infastidisce, e tantomeno l'aroma dell'inchiostro umido, talmente pervasivo che la sera quando si mette a letto se lo sente ancora tra i capelli. Ha le dita sempre macchiate, le orecchie piene del baccano dei motori, ma è colmo di una tenacia fin lì estranea: per la prima volta nella vita, ha la sensazione di far parte di qualcosa di essenziale.

Di recente la Bradbury & Evans ha aperto altre sedi in tutta Londra, per specializzarsi in diversi settori; all'apprendista viene chiesto di trascorrere del tempo in ciascuna, prima di decidere dove sarà più utile.

Come primo incarico deve dare una mano nella produzione di francobolli. Il punzone metallico con l'immagine incisa sopra è molto carino da vedere, ma a ipnotizzare Arthur è il fatto che un pezzetto di carta così piccolo possa contenere in sé una tale quantità di maestria artistica, valore e significato. In seguito impara la tecnica della stampa a sbalzo e a incavo. La realizzazione di un disegno in alto o basso rilievo rispetto alla superficie, che per tanto tempo è stata riservata a pochi privilegiati, ultimamente si è fatta meno costosa, e oggigiorno a Londra qualunque impresa che si rispetti ci tiene ad avere la sua carta da lettere personalizzata. La domanda non fa che crescere.

Arthur si appassiona anche alla litografia. Le matrici in pietra calcarea sono pesanti, l'acqua acida gli brucia la pelle e l'inchiostro è talmente grasso e viscoso che gli lascia delle brutte macchie sui vestiti, ma il risultato è stupefacente: lo esalta vedere un'immagine disegnata prendere vita, riflesso dell'originale eppure unica, come un vivido seguito a un sogno che svanisce. Grazie ai nuovi metodi di produzione in serie, adesso in tutto il Paese chi lo desidera può abbellire la propria casa con stampe in bianco e nero tratte da celebri opere d'arte, mentre libri e giornali si possono stampare più velocemente e su scala molto più vasta.

«Le parole sono come uccelli» dice il signor Bradbury. «Pubblicare libri significa liberare uccelli in gabbia. Possono andare dove gli pare. Possono superare in volo muri altissimi e grandissime distanze, per posarsi in ricche dimore, case coloniche e alloggi operai. Non si può mai sapere chi raggiungeranno, quali cuori cederanno al dolce canto delle parole.»

Gli insegnano anche a incidere l'acciaio per intagliare disegni su lastre metalliche. Arthur scopre gli schizzi a olio del pittore francese Eugène Delacroix e studia le stampe prodotte qualche decennio prima per il *Faust*, il dramma scritto dal tedesco Goethe. Contempla le incisioni del pittore spagnolo Francisco Goya, che lo impressionano molto. Impara a conoscere l'abilità dello scultore e vignettista francese Honoré Daumier, che usò il proprio immenso talento per mettere alla berlina i potenti, sovrano compreso: un atto di lesa maestà che gli è costato la prigione. Passa in rassegna i dipinti miniati di William Blake, stregato dal loro potere immaginifico e dall'intensità mistica. Ad attrarlo più di tutto sono le scene bibliche e i miti greci, che siano xilografie, incisioni, acqueforti, acquetinte o semplici stampe. Più impara, più si rende conto che la gente si divide in tre categorie: quelli che proprio non vedono il bello, nemmeno se glielo si piazza davanti al naso; quelli che lo riconoscono solo se gli viene segnalato; e quegli animi rari che trovano il bello ovunque guardino, anche nei luoghi più inaspettati.

≈

Il giorno in cui riscuote la prima paga, Re Artù di Cloache e Catapecchie esce dall'ufficio con un tranquillo senso di conquista. Siccome è sabato, molti locali e negozi rimangono aperti fino a tardi: le rivendite di gin e quelle di ostriche, i tabaccai e i confettieri, i trippai… È il giorno in cui operai e operaie ricevono il salario, e perciò stasera passano di mano più soldi che in tutto il resto della settimana.

Arthur cammina rapido, voltandosi indietro ogni tre passi per controllare che nessuno lo segua. La città, ricoperta da una nebbia che è come il fumo di mille incendi, nasconde tagliaborse e scippatori ovunque. Ma questa non è una novità: quel che è cambiato è che adesso ha anche lui qualcosa da perdere. Strano, che avere qualche soldo in tasca faccia sentire meno sicuri.

Gira un angolo e vede uno spazzino che raccoglie cenere e tizzoni. Sa che la cenere si può vendere ai fabbricanti di mattoni, e che i tizzoni sono ancora utili come combustibile. Le strade sono piene di rifiuti che si possono radunare e scambiare per qualche centesimo: persino i gatti morti, che i pellicciai acquistano senza batter ciglio. Quelli bianchi sono particolarmente ricercati, e possono valere fino a mezzo scellino l'uno. Arthur però non ha mai trovato il coraggio di commerciare in felini morti.

Nota una carrozzella con cocchiere in livrea, ferma davanti a una calzoleria; nell'oltrepassarla butta l'occhio all'interno, dallo sportello aperto. C'è seduta una ragazza, non molto più grande di lui, con la gonna ben drappeggiata intorno e un ventaglio di seta posato accanto sul sedile di velluto, in attesa che le commesse le portino a vedere dei campioni di scarpe di ottima fattura. Per un attimo gli sguardi si incrociano, e in quell'istante Arthur si vede con gli occhi di lei: la bombetta frusta e la giacca logora, macchiata di fango e della misura sbagliata. La percezione della disparità tra loro gli dà una grande amarezza, mentre la ricca signorina lo guarda senza vederlo, come se fosse trasparente.

Se la povertà fosse un luogo, un paesaggio ostile nel quale si viene sospinti apposta o in cui ci si ritrova per caso, sarebbe una foresta maledetta, un bosco selvatico, umido e tetro sospeso nel tempo. I rami ti agguantano, i tronchi ti ostacolano, i rovi ti attirano e non vogliono più lasciarti andare. E anche quando riesci a liberarti da un impiccio, ecco che subito ne spunta un altro. Ti spelli le mani per tentare di spianarti il cammino altrove, ma non appena volti le spalle gli alberi ti si addossano di nuovo. Il bisogno fiacca la volontà, poco a poco. Ma in questo preciso momento, con le monete che gli tintinnano in tasca, Arthur nutre un filo di speranza. Un giorno se ne andrà da questa città e farà un lungo viaggio, fino alla fine del mondo se necessario, dove l'orlo dell'acqua e della terra si congiungono alla perfezione e nessuno saprà mai da quale nera miseria è venuto.

Da un ambulante nei pressi compra due tortini ripieni di carne, uno da dividere con la mamma e l'altro per i gemelli. Si tiene l'involto stretto al petto, e il profumo gli solletica le narici come una piuma.

Nella vetrina di una merceria di Broad Street vede un paio di guanti bianchi di capretto, foderati di raso azzurro scuro e rifiniti in pizzo. Si ferma a lungo a guardarli, ammirato dallo splendido modello e dalla fattura delicata.

Arthur ha sentito dire che per le strade di Londra si parla tutta una lingua dei guanti. Lisciarli delicatamente significa: «Vorrei stare con te»; farli cadere vuol dire: «Ti amo»;

rivoltarli è un modo di far intendere: «Ti odio, stammi lontano». Ma per quanto gli interessino i particolari di questa lingua, quel che vorrebbe davvero sarebbe sfiorare quella pelle morbida, sentirne la consistenza sottile tra le dita. Si chiede che cosa farebbe la mamma se glieli regalasse, e quasi riesce a vederne il sorriso che le fiorisce in viso, puro e incredulo. Promette a se stesso che un giorno glieli comprerà, quei guanti.

≈

Quando arriva a casa è suo padre ad aprirgli la porta. «T'hanno pagato, oggi, ragazzo?»

Arthur annuisce appena, temendo il seguito.

«Passa qua, allora.»

«Tornando a casa ho comprato due tortini di carne.»

«Ma cosa dici? Come t'è venuta quest'idea balzana?»

Arthur non lo guarda in faccia. «Per i piccolini.»

«Razza di deficiente! Che diritto hai di fare una cosa del genere?»

Il ragazzo arretra, ma la voce no. «Sono soldi miei.»

«Soldi tuoi? Le cretinate che dici! Sono io che ti ho trovato il lavoro. Un po' di riconoscenza, scimunito!»

Arthur sussulta davanti alla palese cattiveria del tono paterno. Come fa un uomo a provare tanta malevolenza per il sangue del suo sangue? Si chiede, e non è la prima volta, che cosa veda il padre quando lo guarda. Lo detesta perché sono così diversi? Oppure è proprio il contrario, è perché non sopporta di rivedersi nel figlio?

«Allora, parli o che?»

Arthur si chiazza di rosso in faccia. Non vorrebbe mai litigare, mai. Se solo potesse vivere senza far del male a nessuno e senza che nessuno gli facesse del male. Continua a non guardare il padre in faccia, ma è troppo orgoglioso per ammettere la sconfitta.

«Lavoro sodo» dice. «Fatico ogni giorno come un somaro mentre tu stai in qualche bettola dimenticata da Dio a bere fino a stordirti, e io non ti devo niente. Niente di niente.»

Rapido come una freccia scoccata da un arco, il padre gli dà un pugno nello stomaco. Il ragazzo si piega in due ma subito, preso per i capelli, è costretto a rialzarsi, ed è allora che si becca il secondo pugno, stavolta in faccia.

Quella sera Arthur giace supino su un materasso che la madre gli ha srotolato in un angolo della stanza. Non parla con nessuno, la testa gli pulsa. Per distrarsi dal dolore, cerca di pensare ai libri nell'ufficio. A ritmo uniforme ne recita i titoli, i nomi degli autori e le date di pubblicazione, nella precisa sequenza con cui sono sistemati sugli scaffali. E benché ci metta parecchio a prendere sonno, mettere le cose in ordine lo conforta, come sempre. Poi si raggomitola e riesce a riposare un po' prima dell'alba, trovando una fenditura di sollievo tra il buio della notte e la promessa di un nuovo giorno.

Il lunedì mattina è il primo ad arrivare in tipografia. Si accovaccia sul ciglio del marciapiede in attesa che venga qualcuno ad aprire. Intorno e sopra di lui Londra si sveglia: le sguattere, gli spazzini che chiedono uno spicciolo per ripulire la strada prima che qualcuno attraversi, gli ammazzacani, i venditori di pesce sotto sale, di carne di cavallo e di qualunque altra cosa, i cassamortai, gli acchiapparatti, gli ambulanti che smerciano partiture di canzoni al metro… Il rumore cresce, il movimento si moltiplica; la città zampilla, come una fontana che non si secca mai. La gente gli passa accanto senza degnarlo di uno sguardo, anche se si vede che sta piangendo. È solo l'ennesimo ragazzino povero e triste, uno fra i tanti nella grande capitale.

≈

In ufficio il signor Bradbury è l'unico che se ne accorge. «Che ti è successo alla faccia, figliolo?»

Arthur abbassa gli occhi. «Un incidente, signore.»

Bradbury aggrotta la fronte. «Di' a quell'Incidente che, se ti tocca un'altra volta, non potremo più pagarti. Che se torni al lavoro anche solo con un graffio, i soldi spariranno subito. E il signor Incidente preferirebbe evitarlo, o mi sbaglio?»

Arthur guarda il principale con gli occhi sgranati. È davvero tanto ovvio che è stato suo padre a conciarlo così? Dissimulando la sorpresa, risponde: «Non posso dirgli così, signore».

«No, certo che no» ammette Bradbury. «Mi dispiace, non volevo scombussolarti ancora di più. Forse dovrei scambiare io due parole con tuo padre.»

«Vi sono grato per la premura, signore, ma preferirei di no.»

«E perché mai, figliolo?»

«Perché lavorare qui mi piace, e non voglio guai.»

L'uomo mantiene un'aria grave, anche se lo sguardo si ammorbidisce. Qualunque cosa pensi della situazione, non torna più sull'argomento.

≈

Tutto quello che stampano, Re Artù di Cloache e Catapecchie lo legge avidamente. Ogni volta che gli concedono una pausa va a sedersi da solo su uno sgabello nell'angolo, sbocconcella una crosta di pane spalmata di lardo e si immerge in una pubblicazione. È così che scopre, da un articolo di giornale, che in Inghilterra è arrivato un secondo ippopotamo, dono del medesimo pascià ottomano che aveva già inviato Obaysch in cambio dei levrieri. Una femmina, stavolta, di nome Adhela. Ha fatto lo stesso estenuante viaggio in battello a vapore lungo il corso del Nilo e ha raggiunto

Londra. I due animali si sono già incontrati, ma a quanto pare non si sono piaciuti granché. Si spera che si affezionino l'uno all'altra e che presto si possa cominciare ad attendere un cucciolo.

Dalla «Rivista per la massaia inglese» al «Giornalino dei ragazzi», dai settimanali per signori ai libelli socialisti, Arthur assimila qualunque testo con attenzione indivisa. È smanioso, prova un desiderio intensissimo di conoscenze: l'unico tesoro che in questa vita, benché non sia esattamente gratuito, non ha il cartellino del prezzo attaccato.

Per parte sua, il signor Bradbury non manca mai di notare quanto il ragazzo sia ansioso di ampliare il proprio sapere in ogni direzione, e quanto lunghi siano i tentacoli della sua curiosità.

«Ti piacerebbe portare a casa un libro, ogni tanto, giovane Smyth?»

«Potrei, signore?»

«Be', non è una cosa che concediamo d'abitudine ai dipendenti, ma nel tuo caso potremmo fare un'eccezione... sempre che lo riporti senza danni il giorno dopo. Che mi dici?»

«Grazie, signore!»

Il ragazzo non ha cuore di dire al principale che leggere a casa sarà praticamente impossibile, non solo per le incombenze che deve sbrigare ogni sera ma perché i suoi non possono permettersi né una lampada a gas né una candela. Troverà un modo per cavarsela.

Le sere in cui la luna splende e le stelle brillano, Arthur si siede a gambe incrociate davanti al vetro della finestra, una coperta sulle spalle magre, assorto in infiniti mondi al di là del suo. Mentre legge si gusta le parole, i sapori gli ballano sulla punta della lingua: burrosi, legnosi, briosi, piccanti, erbacei... La lettura è un banchetto al quale non si sazia mai, e si getta famelico su ogni pagina. Ma quando il cielo è coperto da strati di smog e la luce non basta, come accade spesso, allora deve immaginare il resto del libro con la fantasia.

Ancora una volta, il signor Bradbury capisce più di quanto dica ad alta voce. Una mattina porge al ragazzo due grosse candele di sego da portare a casa. Arthur rimane senza parole. Nessuno gli ha mai fatto un regalo prima d'ora.

Ed è così che inizia a leggere sul serio: non solo tutto quello che pubblica la ditta, ma anche i volumi affastellati nella biblioteca personale del signor Bradbury. Divora i romanzi di Charles Dickens, William Thackeray, Jane Austen e Charlotte Brontë; fiabe e storie della buonanotte di Hans Christian Andersen; i libri di cucina che decantano prestigiosi ingredienti e ricette esotiche; i trattati filosofici di John Locke, David Hume, John Stuart Mill, Jeremy Bentham e di un geniale olandese che si chiama Baruch Spinoza; i resoconti geologici di Charles Darwin nel suo *Viaggio di un naturalista intorno al mondo*; il *Manifesto del Partito Comunista* di Karl Marx e Friedrich Engels; la poesia di Lord Byron, Elizabeth Barrett Browning, Samuel Taylor Coleridge, Alfred de Musset, Friedrich von Schiller e Omar Khayyam, l'erudito persiano che eccelle allo stesso modo nella matematica e nei versi. Scopre uno scrittore francese in esilio di nome Victor Hugo, un romanziere russo esordiente che si chiama Tolstoj e un gigantesco capodoglio bianco noto come Moby Dick. Viene stregato dalle memorie di Frederick Douglass, un ex schiavo americano fuggiasco e abolizionista.

Non c'è limite agli interessi della sua mente avida di sapere, perciò legge anche testi destinati al gentil sesso: il *Galateo completo per signore*, che insegna alle donne come ci si comporta; *L'errore materno*, che consiglia alle neomamme come non allevare i figli; le *Lettere di una donna perduta*, sui vizi e i mali della prostituzione; *Focolare e felicità domestica*, manuale per casalinghe che vogliano eccellere come padrone di casa; e *Consigli ai genitori sull'educazione morale dei figlioli in relazione al sesso*, volume che fornisce esattamente le informazioni che promette.

Ogni sera, mentre la fiamma della candela del signor Bradbury getta bagliori sulle pareti e i gemelli sospirano nel sonno, sua madre parla con ombre che solo lei vede per l'effetto del laudano, oppure suo padre approfitta di lei sotto una misera copertina, il ragazzo volta le spalle alla famiglia e legge. E ogni volta che alza gli occhi, il viso che scorge riflesso nel vetro della finestra gli sembra al tempo stesso familiare e profondamente cambiato.

≈

«Ti ho tenuto d'occhio» dice il signor Bradbury. «Sei diligente e capace, impari in fretta, ma in particolare apprezzo la tua attenzione al minimo dettaglio e la tua premura verso il prossimo. Ne ho parlato con il signor Evans, ed entrambi avremmo piacere che rimanessi a lavorare fisso da noi.»

Arthur sgrana gli occhi, attonito, poi fa un gran sorriso. Il primo da un bel po' di tempo.

«Ora non fare il timido e dimmi: a quale settore dell'impresa pensi di essere più adatto?»

«Sarei ugualmente felice di stampare la carta in rilievo o i francobolli, signore. Ma le sarei oltremodo riconoscente se mi mettesse a pubblicare libri.»

«Come mai?»

«Perché le altre cose – i francobolli o le belle carte intestate – si usano un paio di volte e poi svaniscono, mentre i libri, mi sembra, non finiscono mai, anche quando noi abbiamo terminato di leggerli.»

«Risposta brillante, e cade pure a fagiolo. Sai perché?»

Arthur non lo sa.

«Be', il mondo cambia più rapidamente di quanto riusciamo ad afferrare. Acquista velocità come una locomotiva a vapore. Tutta questa gente messa in ghingheri, con le scarpe lucide e le arie che si dà, tu la guardi e pensi: Questi sanno tutto, colti e istruiti come sono; e invece ti svelo un segreto: in tempi frastornanti, siamo tutti un po' smarriti. Nessuno è tanto sicuro di sé quanto appare. È questo il motivo per cui si deve leggere, ragazzo mio. I libri, come le lanterne di carta, ci fanno luce nella nebbia. Ed ecco perché questo è il momento giusto per mettersi a fare gli editori!»

≈

Una settimana più tardi Arthur esce dall'ufficio con un pacchetto sottobraccio, un titolo che la ditta ha terminato di stampare quel giorno: *Delle scoperte di Ninive.*

Che gran libro si rivela! Austen Henry Layard – viaggiatore, collezionista, diplomatico, archeologo e scopritore di Ninive – racconta i propri vagabondaggi, tanto numerosi quanto spericolati, per tutta la Mesopotamia, dove incontra arabi, caldei, curdi, turchi, persiani, ebrei, palestinesi, armeni, rom, mandei... Scrive molto degli appartenenti a un popolo perseguitato, gli yazidi, spesso ed erroneamente etichettati come «adoratori del diavolo». Benché dapprincipio cauto nei loro confronti, pare che nel corso del suo soggiorno Layard vi si affezioni sempre di più.

Arthur è completamente avvinto. Mai prima d'ora ha sentito parlare di qualcuno che abbia lasciato l'Inghilterra per avventurarsi in lande tanto remote. Si esalta all'idea che la vasta regione detta Mesopotamia sia abitata da persone così diverse per usi e costumi, eppure unite dai segreti del luogo. E in un qualche punto, nelle profondità del terreno, c'è un'antica città – una capitale leggendaria, un tempo invidiata da tutti, e ora solo polvere e ossa – con una biblioteca reale custodita dai maestosi *lamassu.*

Il fascino che Ninive esercita sul ragazzo è tale che, ispirato dalla lettura, comincia a schizzare fantastiche figure con artigli di leone e zoccoli di toro. Disegna palazzi d'improbabile grandiosità, giardini con fontane profumate e, soprattutto, il Tigri. Nella sua fantasia il fiume non è fetido e inquinato come il Tamigi, bensì un paradiso di limpidezza le cui acque scintillano azzurre scivolando per canali e acquedotti.

E nel frattempo il signor Bradbury lo sprona a continuare a leggere, a non smettere di immaginare. Prende l'adolescente sotto la propria ala e ne diventa il mentore, e tra l'altro un mentore eccellente, benché di suo possieda un'indole malinconica che di tanto in tanto si acutizza senza preavviso. Eppure il suo sostegno è autentico e ininterrotto. Dice a tutti che questo insolito ragazzino dei quartieri poveri, che non ha mai avuto la possibilità d'istruirsi come si deve ma è senza alcun dubbio dotato di un'intelligenza fuori del comune, è destinato a diventare uno dei più grandi editori inglesi.

Questi sono i giorni più felici della vita di Re Artù di Cloache e Catapecchie, anche se lui se ne renderà conto solo quando saranno finiti.

—H

ZALEEKHAH

In riva al Tamigi, 2018

Poco prima dell'alba apre la porta ed esce sul ponte. Senza volerlo lancia un'occhiata alla casa galleggiante accanto, quasi temendo di vedere i suoi nuovi vicini appostati lì ad aspettarla. Ma a quest'ora dormono tutti, fiume compreso. Scuro e setoso, il Tamigi si è richiuso a piegoline e sogna le sue vite precedenti.

Avvolta in un pile, scarpe sportive ai piedi e capelli legati in una stretta coda di cavallo, percorre in silenzio la passerella. Andare a correre è un bisogno, come respirare. Lo fa da sempre. Suo marito ci scherzava su, nei momenti di tenerezza; diceva che più che correre, correva via. «Da cosa stai cercando di scappare, amore?»

Parte con passo regolare, e lì per lì le narici fanno resistenza all'aria fredda e i muscoli delle cosce protestano. I primi minuti sono sempre i più duri, è come se dovesse convincere gli arti. Ma il corpo umano è bravo a adattarsi, più liquido che solido, e ben presto eccola che sfreccia sul Chelsea Embankment.

Salta sopra foglie secche, mozziconi di sigaretta, cacche di cani, vetri rotti. La città scivola veloce da entrambi i lati, mattone dopo mattone, stucco dopo stucco, cemento dopo cemento, sempre bellissima. Passa lento un autobus a due piani, facce chiuse dietro i finestrini. È l'ora del giorno in cui vite diverse si sovrappongono, storie improbabili si intersecano, tipi mattinieri e festaioli notturni, in cui si sfiorano le esistenze di gente che ha poco in comune.

Zaleekhah non è l'unica fuori a correre a quest'ora. Dalla direzione opposta avanza rapido un uomo alto e massiccio. Nell'incrociarla, tra rumorose boccate d'aria e macchie di sudore sulla maglia, le passa sgradevolmente vicino. Non la guarda. Non gli viene in mente che potrebbe spaventarla con la sua prossimità, non avendo mai avuto motivo di provare una paura analoga.

Pochi metri più avanti Zaleekhah nota un signore di una certa età armato di secchio e vanga, in cerca di granchi cinesi. Lungo la riva di Chelsea ce ne sono tanti, lo sa, in numero sempre crescente negli ultimi decenni. Scavano tane nel fango e ostruiscono le bocchette dell'acqua, minacciano le specie autoctone, provocano erosione e danni agli argini e così aumentano il rischio di inondazioni. Lei e i colleghi hanno esaminato decine di esemplari di granchio cinese e granchio ripario che abitano sul Tamigi e in tutti, nessuno escluso, hanno riscontrato la presenza di plastiche dannose, stomaci e intestini intasati di agenti inquinanti. Spessissimo Zaleekhah gli ha trovato tracce di assorbenti femminili nel tratto gastrico. Se consumano sostanze contaminanti, i granchi non sono in grado di eliminarle facilmente dall'organismo, e perciò queste risaliranno la catena alimentare. Nessuno sa dire quanti ne muoiano ogni anno come conseguenza di questa dieta velenosa, e non sono l'unica specie acquatica a soffrirne. Proprio come i delfini in altre parti del mondo trattengono i residui di sostanze chimiche vietate da tempo, le anguille del Tamigi sono ricettacoli di alte concentrazioni di caffè e cocaina.

Il Tamigi è uno zombi. Il fiume tornato dal regno dei morti. Un tempo dichiarato non più capace di sostentare la vita, un cadavere acqueo in via di decomposizione nel proprio letto, oggi ospita oltre centoventicinque specie di pesci e non meno di quattrocento diversi invertebrati, nonché cavallucci marini, foche e persino squali. Considerato ora tra i più maestosi e puliti corsi d'acqua naturali al mondo, continua però a ingerire i rifiuti di una metropoli abitata da milioni di persone.

Negli ultimi dieci anni l'équipe di Zaleekhah ha collaborato con diversi istituti in molti Paesi. In una vasta area che va dall'Artide al Mediterraneo e all'Africa subsahariana, hanno osservato il modo in cui l'acqua reagisce alle pressioni fisiche, ai rialzi di temperatura e ad altri fattori di stress, ognuno dei quali ha un impatto nocivo sulle catene alimentari e i livelli trofici. Nel corso di esperimenti congiunti hanno esaminato ecosistemi d'acqua dolce e salata: corsi d'acqua islandesi a riscaldamento geotermico; acque freatiche prelevate da sorgenti e carotaggi in Italia; canali e dighe olandesi; salinizzazione di terre coltivate in Bangladesh; laghi formati da acque di disgelo in Siberia... Situazioni che sembravano distinte e invece erano profondamente connesse. I ricercatori erano attivi in discipline diverse, ma si sono trovati tutti concordi su un punto: la crisi climatica è essenzialmente una crisi dell'acqua.

Zaleekhah non cessa di meravigliarsi di quanto sia scarsa l'attenzione – per tacere della ricerca – che l'umanità ha dedicato all'acqua, la più antica e più comune sostanza conosciuta. Più antica della terra, più antica del sole. E milioni di anni più antica dello stesso sistema solare. Dati i progressi della tecnologia, la gente dà per scontato che la scienza conosca l'acqua, ma in verità sono pochissimi gli scienziati che si specializzano in questo campo, e c'è ancora molto da scoprire. L'acqua è ancora un enorme mistero. Lo studio di come reagisce alle minacce crescenti – sovrappopolazione, inquinamento chimico, alterazione degli habitat, acidificazione e perdita di biodiversità – ha portato Zaleekhah a concludere che ogni goccia di pioggia che emerge dal ciclo acquatico è, a modo suo, una minuscola superstite; se possedesse una vena di spiritualità, direbbe che è *sacra*.

≈

Zaleekhah respira a fondo, con il vento alle spalle, e si spinge lungo la pista che serpeggia accanto al fiume. Prosegue per un po' senza fatica, contro la gradevole resilienza del terreno sotto i piedi. Non le piace ascoltare musica mentre corre, solo il ritmo del cuore contro le costole e i rumori della città che cambiano con le stagioni: smorzati in inverno, esuberanti in questo periodo dell'anno. Sente che i muscoli delle gambe sono messi a dura prova, ma va avanti.

Una stilettata dolorosa le trafigge di colpo l'addome, poi per fortuna si attenua, ma solo per tornare a ondate. La milza protesta, ma anziché rallentare lei accelera, decisa a sopportare il malessere il più a lungo possibile. Davanti a lei si stende il lungofiume. Sente il sudore che le inumidisce la maglia man mano che si sprona a continuare, ansante. La mente si offusca, fino a una condizione di vuoto che le permette di racchiudere ogni paura e tristezza senza soffrirne. In quello stato liminale dove il confine tra il presente e il passato sparisce, i ricordi, non più trattenuti dalla forza di gravità, fluttuano come piume nell'aria intorno e sopra di lei. Ricorda cose che voleva credere di aver dimenticato, e prima che se ne renda conto le piume la stanno soffocando, le coprono la bocca, le bloccano le narici. Ansima, il petto scosso. Sa che se non corre abbastanza in fretta, annegherà nel proprio passato.

Zaleekhah chiude gli occhi. Nell'oscurità dietro le palpebre ha di nuovo sette anni. Un pomeriggio d'estate in Turchia, quando l'ultima luce del giorno sfiora le cime degli alberi. Le cicale friniscono tra i cespugli, e quel suono ipnotico si fonde con il calpestio degli scarponcini da trekking.

Fa caldo, caldissimo. Da entrambi i lati del sentiero polveroso ci sono formazioni rocciose a colori e striature affascinanti, dalle forme tanto insolite che potrebbe averle scolpite una mano invisibile. Qualcuno cammina avanti a lei, con un grosso zaino sulle spalle. Suo padre. Ogni tanto si volta indietro a guardare. Quando sorride gli viene una fossetta a una guancia. Più oltre c'è la madre di Zaleekhah, la testa avvolta in una bandana rosso mattone. I due si muovono in sintonia, le loro ombre si mescolano come molecole d'acqua aggrappate l'una all'altra. In aria, nugoli di mosche salgono e scendono sopra il sentiero come fosse un cadavere.

Zaleekhah si ferma, boccheggia. Non appena apre gli occhi fa una smorfia, sconvolta nell'accorgersi che si trova solo a pochi centimetri dal termine del lungofiume; un altro paio di secondi e sarebbe andata a sbattere contro il muro.

Dopo corre più piano, più cauta. Non permetterà ai pensieri di tornare fin là. Deve ricomporsi in vista della cena a casa dello zio, visto che non è riuscita a inventarsi una scusa per rifiutare l'invito.

«Normalmente» borbotta tra sé, senza rendersi conto che sta parlando ad alta voce. «Comportati normalmente.»

≈

Alle sette precise Zaleekhah raggiunge casa dello zio nei Boltons, una parte molto ben conservata di South Kensington e tra le più ricche di Londra. Tra gli abitanti di questa enclave esclusiva ci sono famiglie britanniche di antico patrimonio insieme ad agiatissimi immigrati di origine mediorientale, indiana e russa. Alcuni pagano sovrattasse annuali per far sì che la proprietà di queste case, spesso vuote, rimanga segreta.

Casa dello zio è un palazzetto di cinque piani e armoniose proporzioni, con la facciata in stucco bianco, che dà su un piccolo parco di quartiere con una chiesa anglicana al centro. Dietro un muro basso a colonnine color avorio c'è un giardino con siepi ben curate, cespugli fioriti e un ciliegio piangente giapponese; alcuni scalini in pietra di Portland conducono a un maestoso portico fiancheggiato da colonne toscane che sorreggono il balcone del primo piano. Con le sue dieci camere da letto, i nove bagni, la palestra, la sauna, il cinema, la piscina coperta e il secondo ampio giardino rivolto a sud, la casa dello zio è un trionfo di opulenza; e Zaleekhah ne conosce ogni centimetro quadrato, essendo venuta ad abitare qui dopo che i genitori sono morti.

Digita il codice sul tastierino e aspetta che i battenti del cancello si aprano. Il profumo delle mimose e l'aroma di erba appena tagliata riempiono l'aria mentre lei si avvia per il giardino curatissimo. In un angolo tintinna una fontana andalusa, commissionata a un artigiano spagnolo, tra gli ultimi esponenti di un mestiere morente. Alla luce dei faretti abilmente collocati, la dimora sembra progettata per comparire sulle pagine di una rivista di architettura: raffinatissima, perfetta.

Zaleekhah avverte una stretta allo stomaco. Negli anni che ha trascorso qui si è sempre sentita inadeguata all'ambiente, con un senso di colpevole impaccio a seguirla ovunque andasse, come se stesse lasciando orme di fango su un tappeto costoso: un antico imbarazzo, che pensava di essersi lasciata alle spalle da tempo, la invade a velocità sorprendente. Il polso accelera, e per un attimo è sul punto di voltarsi e andare via. L'ultima volta in cui si è sentita tanto nervosa all'idea di parlare con lo zio aveva diciott'anni e stava per trasferirsi in uno studentato di Londra Est. Ci aveva messo dei mesi a decidersi, e ancora di più a trovare un modo di comunicare la notizia che, anziché studiare Economia e finanza internazionale, come lui sperava, si era iscritta al corso di laurea in Scienze ambientali.

«La scienza, tesoro, davvero? Cioè, la scelta è ammirevole, ma che futuro assicura?»

La giovane Zaleekhah di allora non sapeva se la scienza assicurasse un futuro, specialmente se «futuro» significava soldi. Sapeva solo che adorava la vastità del campo di studi, le sue infinite possibilità, le scoperte in attesa di essere fatte. Partita da Biologia conservativa, in seguito era passata a

Gestione delle risorse acquatiche e Idrogeologia; e malgrado siano passati anni, ha la sensazione che le sue scelte professionali siano ancora un motivo di perplessità per lo zio, benché lui abbia fatto del proprio meglio per nascondere la delusione.

Il tempo è fatto di cerchi dentro altri cerchi. Non muore né declina, bensì vortica in epicicli. Come una ruota che continua a girare anche quando le si toglie energia, i conflitti famigliari sopravvivono ben dopo che i loro protagonisti sono morti. Anche se lui non lo direbbe mai, Zaleekhah intuisce che sotto sotto lo zio teme che lei diventerà uguale a sua madre: un'insegnante di provincia sposata con un insegnante di provincia nei dintorni di Manchester, indifferente agli orpelli di ricchezza e di ceto, estremamente critica verso il mondo e le sue disuguaglianze ma soddisfatta del proprio umile posto nell'universo.

Lo zio ripete spesso che, se altri possono decidere di condurre una vita semplice e modesta, quelli che vengono da luoghi tormentati e retroterra difficili non possono permettersi il medesimo lusso; perché ogni persona sradicata capisce che l'incertezza non è tangenziale rispetto all'esistenza umana, ma ne costituisce l'essenza. Dato che non si può mai essere sicuri del domani, non ci si può affidare alla dea Fortuna, signora del destino e della buona sorte, neppure quando sembra che ci veda di buon occhio. Bisogna sempre essere preparati all'emergenza, al disastro, all'esodo improvviso. L'estraneità è tutta questione di sopravvivenza, e nessuno sopravvive senza ambizione; nessuno si fa strada arretrando. Gli immigrati non muoiono di tedio esistenziale o di nausea nichilista; muoiono di troppo lavoro.

Adesso Zaleekhah è davanti alla casa e suona il campanello. La porta si apre immediatamente, e sulla soglia appare lo storico maggiordomo di famiglia.

«Zaleekhah! Che gioia vederti! Ci hai trascurati.»

«È una gioia anche vedere te, Kareem. Disturbo?»

«Tu non disturbi mai.» Le prende la giacca e la borsa, valutandole e liquidandole rapidamente come non firmate.

«Loro sono in casa… lo zio e la zia?» chiede lei, e subito si rende conto di aver detto un'assurdità: l'hanno invitata a cena, dove altro potrebbero essere?

Ma Kareem è imperturbato. «Lord Malek è di sopra, nel suo studio, e Lady Malek si sta cambiando. Scenderà tra pochissimo.»

«Allora vado a salutare lo zio.»

Si avvia lentamente per l'atrio in marmo a scacchi bianchi e neri, con le suole che cigolano sul pavimento lustro come per protesta. Le fischiano le orecchie, con una vibrazione bassa, una frequenza che sente solo lei. Afferra il corrimano e imbocca lo scalone ricurvo. Proprio di fronte all'ingresso c'è uno specchio cinese a pittura inversa: donne in vesti di seta che prendono acqua da un pozzo e guerrieri in armatura con la spada sguainata. Ritratti di uomini illustri la osservano dalle elaborate cornici lungo le pareti rivestite di legno. Alcuni hanno posato a cavallo, altri in compagnia di cani, uno ha un falcone con il cappuccio appollaiato sulla spalla. Non sono antenati; nessuno di costoro è neppure vagamente imparentato con la famiglia Malek. Lo zio ha comprato i quadri semplicemente perché gli piacevano… e magari perché pensa che gli conferiscano una qualche raffinata rispettabilità. Gli piacciono molto anche i dipinti di uccelli, specie quelli dell'olandese Melchior d'Hondecoeter, ed è un accanito collezionista di xilografie giapponesi e di *netsuke*, i finissimi bottoni-fermaglio di legno o d'avorio, che adora per il loro intaglio delicato e spiritoso. Lo zio colleziona oggetti d'arte e d'antiquariato da tutto il mondo. «Sotto questo tetto» ama ripetere «l'Oriente incontra l'Occidente, e i due non vogliono separarsi mai più.»

Al primo piano, Zaleekhah si ferma davanti alla prima porta sulla sinistra. La sua ex cameretta. Quella di fronte è di Helen, l'unica figlia della zia e dello zio. Le due ragazze – che hanno solo dieci mesi di differenza – sono cresciute insieme in questa casa. All'epoca erano molto unite, si confidavano i segreti, si scambiavano i vestiti e si coprivano sempre a vicenda. La sera avevano l'abitudine di tenere le rispettive porte aperte, in modo da poter chiacchierare prima di addormentarsi. Se le prendevano per sorelle, non rettificavano mai. Una volta si vedevano così: non come cugine, non come amiche, ma come sorelle.

Dopo che Zaleekhah se n'è andata per cominciare l'università, qualcosa è cambiato. Nessuna rottura improvvisa, ma un allontanamento graduale, così lento e sottile da essere quasi impercettibile. Continuavano a sentirsi regolarmente, ogni tanto prendevano un caffè insieme, ma non era più come prima. E da quando Helen si è sposata e ha avuto tre figli uno dopo l'altro, il divario tra le rispettive vite si è fatto troppo ampio per poterlo ignorare. L'affetto reciproco non è diminuito, ma il tempo per stare insieme non si trovava. Zaleekhah avverte ancora la perdita di quella sorellanza come un arto fantasma.

Apre la porta e si infila nella sua vecchia camera. Ogni oggetto che contiene è al tempo stesso familiare ed estraneo: il letto a baldacchino con la testata rosa pesca, la libreria dove teneva diplomi scolastici e bastoncini d'incenso, il tappeto persiano dove sedeva a sfogliare riviste scientifiche... È tutto perlopiù intatto, è sparito solo il disordine. Quand'è di buonumore, la commuove il fatto che la sua esistenza infantile sia stata conservata con tanta cura, come se il flusso del tempo si fosse arrestato e lei potesse sempre riprenderlo da dove l'aveva lasciato; nelle giornate più tetre, però, si domanda se la zia e lo zio tengano la stanza pronta per il suo inevitabile ritorno, quando il mondo esterno l'avrà sconfitta.

Si siede sul letto. La camera è stranamente inodore, del tutto sanificata, come dopo un incidente. Su uno scaffale siede una Barbie, con una mano alzata a porgere un saluto di plastica. Sfoggia un diadema scintillante, un abito da sera argentato e una lunga chioma bionda che non potrebbe essere più diversa dai suoi riccioli scuri e ribelli. Da ragazzina Zaleekhah ne aveva tantissime, benché non gliene importasse quasi niente; era Helen quella che adorava le Barbie, ma siccome lo zio e la zia stavano molto attenti a trattare le bambine allo stesso modo, qualunque regalo era scrupolosamente duplicato. Solo che le Barbie di Helen erano sempre pettinate e vestite con la massima cura, per poi essere esposte con tutti gli onori, mentre quelle di Zaleekhah finivano mezze nascoste sotto il letto o dimenticate in una scatola da scarpe, risentite per i maltrattamenti subiti.

Si rialza e le casca l'occhio su un altro scaffale, dove langue un'arca di Noè giocattolo. Le coppie di animali attendono con pazienza sul pontile mentre il patriarca le scruta dal ponte con aria cupa, come se il diluvio fosse già cominciato.

≈

Lo studio dello zio Malek si trova in fondo al corridoio. La porta è dischiusa. Zaleekhah bussa e attende. Proprio quando sta per bussare un'altra volta si accorge che dall'interno viene un debole russare.

Entra adagio, in punta di piedi. Quand'era piccola, questa era la sua stanza preferita in tutta la casa. Una vera e propria camera delle meraviglie, intrisa dell'aroma allettante degli oggetti che conteneva: libri rilegati in pelle, candele galleggianti in ciotole di cristallo, vassoi di tartufi al cioccolato e dolcetti di marzapane, pipe d'antiquariato, diffusori di profumo in ceramica… Ora si guarda intorno e prende nota delle lenti d'ingrandimento d'epoca, degli spegnitoi d'argento, delle carte geografiche incorniciate alle pareti, dei mappamondi, delle rose attentamente dispose in vasi di porcellana. Sfiora con le dita la superficie liscissima di un fermacarte di vetro con dentro un'anguilla fossile. Resti pietrificati, cristallizzati nel tempo.

Lo zio si è addormentato in poltrona, la testa reclinata all'indietro e gli occhiali da lettura a metà naso. Dalla bocca gli sfugge a intervalli regolari un lieve sibilo, e le labbra gli tremano a ogni respiro corto. Ha un libro aperto in grembo, che pian piano gli sfugge di mano. Attenta a non fare rumore, Zaleekhah va a salvarlo. Lo rigira e guarda il titolo: *Delle scoperte di Ninive.*

La copertina è illustrata: un enorme *lamassu* – uomo, toro e uccello – viene estratto da uno scavo da operai arabi intenti a tirare delle funi, mentre un uomo in abiti europei ne dirige il lavoro ritto in cima a una piattaforma di pietra. Che brutta immagine. Zaleekhah non apprezza il fatto che l'occidentale è posto sopra gli abitanti del luogo, e che la creatura di pietra è stata risvegliata dal suo sonno. Ciò nonostante, incuriosita, apre il libro. È un'edizione antica. Una seconda ristampa, pubblicata nel 1854 a Londra da una società di nome Bradbury & Evans.

Lo sfoglia finché lo sguardo non si sofferma su un passaggio: «Va deplorato il fatto che non si siano prese le giuste misure per il trasporto in Inghilterra delle statue scoperte a Ninive… Molti tra gli esemplari più preziosi mancano… Una volta distrutti, non potranno mai essere ripristinati, e va ricordato che si tratta degli unici resti di una grande città e di una grande nazione».

«Oh, ciao, tesoro, non ti ho sentita entrare!»

Colta di sorpresa, Zaleekhah chiude di colpo il libro. «Scusa, zio. Ti ho svegliato?»

«Ma che dici, non stavo dormendo, mi stavo solo riposando gli occhi. Quando sei arrivata? Non ho sentito il campanello.» Lo zio Malek si risistema gli occhiali e sorride.

«Davvero ti sei trasferita in una casa galleggiante, tesoro? Dimmi che è stato solo un momento di follia e che hai già cambiato idea.»

Zaleekhah posa il libro su un tavolino, poi alza lo sguardo a incrociare quello inquisitorio dello zio e dice adagio: «È una bella barca».

«Sei troppo giovane per una crisi di mezz'età, lo sai, vero?»

«Ho quasi trentun anni.»

«A trentun anni si è poco più che ragazzi! Trentun anni vuol dire ancora ginocchia sbucciate, gomiti graffiati e moccio al naso. E poi, anche quando ne avrai sessanta per me sarai sempre una ragazzina scarmigliata.»

Zaleekhah fa un respiro profondo, sente il petto che si incassa. Aveva sette anni quando morirono i suoi genitori, e ricorda bene l'estate in cui lo zio, divenuto il suo unico tutore, l'accolse in casa sua… l'estate in cui non faceva che grattarsi le gambe, in cerca di punture di zanzara invisibili, fino a farsi uscire il sangue; e ricorda un mattino davanti allo specchio del bagno, quando si mozzò via le trecce talmente male che in certi punti si vedeva il cuoio capelluto, e ci vollero mesi perché i capelli le ricrescessero. In questa casa è stata amata, sostenuta e fornita di ogni possibile occasione per migliorarsi. Se fosse capace di provare un senso di appartenenza, sarebbe legato a questo posto; invece ha lasciato questo rifugio appena compiuti i diciott'anni, e non è mai riuscita a stabilirsi neppure altrove.

«Zio, non darti pensiero per me» dice, e il tono sembra distante persino a lei.

Lo zio fa un sospirone. «Allora, quant'è grande questa casa galleggiante?»

«Grande abbastanza per me.»

«Non capisco.» Lo zio alza le mani. «Cos'è, una specie di ribellione in ritardo? La tua personale Primavera araba? Perché, scusa se te lo dico, non sei più così giovane.»

«Un secondo fa mi stavi dicendo che non sono ancora così vecchia» fa lei con un sorriso, nel flebile tentativo di alleggerire la conversazione.

«Appunto. Sei in quella fase in cui sei troppo vecchia per ribellarti e troppo giovane per ammettere la sconfitta.»

Lei si sente correre un brivido lungo la schiena, come se fosse stata smascherata. Le parole pungono come spilli. Ha un nodo in gola che non riesce a mandare giù.

Ignaro di tutto, lo zio prosegue con il consueto slancio. «Questa è sicuramente l'ultima cosa che ti va di sentire, ma in ogni matrimonio ci sono due versioni, quella di lui e quella di lei, e non corrispondono mai. La mia ricetta per la felicità coniugale? Cecità volontaria! Copriti gli occhi, mettiti una mascherina per dormire. Sordità volontaria! Tappi di cera. Lei ha detto così? Non ho sentito niente! Lei ha fatto cosà? Non ho visto niente! Cuore in pace. A meno, certo, che lui non abbia fatto qualcosa di grave che non mi stai dicendo.»

Zaleekhah ci mette qualche secondo a capire cosa intende. «Cioè, tipo mettermi le mani addosso? Ma no, niente del genere!»

«Grazie a Dio. E… ehm, non voglio impicciarmi, ma c'è un'altra?»

«No, no. O meglio, non che io sappia.»

«Bene. Se non è neanche quello il problema, perché mai non dovreste risolvere? Mi dispiace veder fallire il tuo matrimonio.»

Lei vorrebbe dirgli che non vede la fine del matrimonio per forza come un fallimento: ha amato ed è stata amata, che altro si può chiedere? Sarebbe ingenuo dare per scontato che l'amore possa durare per sempre… prima o poi finirà con l'appassire. Vorrebbe spiegare questo punto di vista, che nella sua testa appare saggio o, se non proprio saggio, almeno ragionevole, ma fatica a esprimerlo a parole, finché di bocca le esce una cosa totalmente diversa.

«Non capisco perché noi non possiamo fallire come chiunque altro.»

«Perché non possiamo e basta» risponde secco lo zio. «Ci teniamo le nostre ferite per noi e non le facciamo vedere a nessuno, neanche ai nostri cari.»

«E perché?» insiste Zaleekhah, cosa che non fa quasi mai.

Lo zio Malek la soppesa con gli occhi dall'alto in basso. «Perché affliggerli con cose che non possono capire?»

Zaleekhah avverte una fitta di tristezza. Non le è mai venuto in mente che lo zio possa essersi sentito solo, di quando in quando, pur da uomo sposato. Sa che adora la figlia, e non dubita minimamente, malgrado tutte le sue lagne, che voglia molto bene alla moglie. Ma un elemento essenziale lo separa da loro: lo zio è di un'altra parte. Nato in un'altra cultura, plasmato da un altro fiume. Sarà anche diventato cittadino britannico, e avrà fatto della propria vita un successo, ma c'è in lui qualcosa che sfugge anche a coloro che gli sono più prossimi.

Unico figlio maschio di una famiglia del Medio Oriente levantino, lo zio Malek è arrivato in Inghilterra da ragazzo, e in nessun'altra parte del mondo ha messo radici tanto forti. Si è fatto amici inglesi e soci in affari inglesi; ha sposato un'inglese; parla inglese ogni giorno e sogna in inglese la notte; tifa per una squadra di calcio inglese con una passione che ha dell'ossessivo; accumula denaro inglese e dona a enti benefici inglesi; è membro di diversi circoli per signori inglesi ed è stato insignito di un'onorificenza dalla regina; ha persino fatto delle vacanze in località di mare inglesi… Eppure è, e resterà sempre, un forestiero. La sua alterità sta ancora lì, sotto l'immagine rifinita, come una scheggia che non si riesce a estrarre da dentro la carne.

«Devi smetterla di preoccuparti per me» gli dice. «Hai già fatto moltissimo, e io te ne sarò sempre grata.»

Lo zio la guarda da sopra l'orlo delle lenti e il sorriso, quando arriva, si ferma sotto gli occhi. «Perché dici così, tesoro? Non penserai di salpare, a bordo di quella barca, spero. È ammobiliata, almeno?»

«Qualcosa c'è» risponde Zaleekhah.

«Be', allora devi comprare qualche mobile… e un allarme, per i ladri!»

«La zona è tranquilla.»

«C'è rimasta qualche zona tranquilla a Londra?» Lo zio accenna a un mobile. «Ti spiace aprirmi il primo cassetto?»

Zaleekhah esegue. Dentro ci sono un elegante tagliacarte in argento e una busta di carta intestata con le iniziali dello zio. Non c'è bisogno di aprirla per sapere che contiene un assegno.

«Prendila, tesoro.»

«Non c'è bisogno, zio, grazie lo stesso.»

Se rimane deluso, lo zio non lo dà a vedere e ci riprova in tono allegro: «Consideralo un aiuto per mettere su casa… galleggiante».

Zaleekhah chiude delicatamente il cassetto, senza toccare la busta. Poi torna con lo sguardo sul libro che aveva messo sul tavolino.

«Che cosa leggevi?»

«Ah, quello… Ho finito.» Lo zio si irrigidisce in volto. «Solo alcune ricerche per una prossima asta. Forse farò un'offerta. È saltata fuori una cosa eccezionale… un oggetto proveniente da Ninive.»

«Non ricordo che tu abbia mai comprato niente di iracheno prima d'ora.»

«Be', qui si parla di una cosa molto speciale. Una tavoletta della biblioteca di Assurbanipal, ha migliaia di anni.» Lo zio alza la testa, guarda fuori dalla finestra. «Azzurra, in lapislazzuli. Una straordinaria viaggiatrice nel tempo.»

Zaleekhah attende che aggiunga qualcos'altro, ma lui non lo fa, allora gli dice: «Ho rotto il piccolo *lamassu* che mi avevi regalato».

«Hai rotto uno spirito protettore? Non va bene. Bisogna procurartene un altro.»

«Penso di poterlo rincollare.»

«Ah, giusto, adesso si fa così, no?» dice lo zio. «Il *kintsugi* dei giapponesi, esibire i difetti e svelare le magagne al mondo. Nobilissima pratica… che non approvo.»

Per lo zio, Zaleekhah lo sa, è sempre stato così. Una volta ha descritto se stesso come un «tappezziere di imperfezioni»: coprire le macchie, imbottire le superfici dure, ammorbidire gli spigoli, nascondere crepe e buchi. Quasi che ogni errore fosse correggibile, ogni perdita rimpiazzabile, e tutto ciò che rimane scabro, grezzo o rotto andasse sempre nascosto allo sguardo altrui.

Lo zio riprende in mano *Delle scoperte di Ninive*, ma anziché rimetterlo sullo scaffale, lo ripone nel primo cassetto, vicino alla busta.

«Adesso spero che tu abbia fame, perché la zia ha fatto il salmone in bianco con salsa *mousseline* appositamente per te… O si dice *messaline*? Comunque, una ricetta presa dal menu del *Titanic*. A quanto pare è di gran moda, riprodurre ultimi pasti celebri. Se andiamo avanti così, una di queste cene sarà l'ultima anche per me.»

«Ma tu detesti il pesce» dice Zaleekhah con un sorriso raccolto.

«Infatti! Grazie per averlo notato… e resti l'unica. L'ultima volta che ho mangiato volentieri qualcosa che aveva pinne e branchie ero bambino, quando mio padre mi portava nei ristoranti in riva al Tigri. Ah, la *masgouf*… la carpa alla griglia. Quella sì che era divina, credimi. Ma da allora non sopporto più le creature marine prive di zampe… solo che tua zia si rifiuta di accettarlo. Pensa che se lo cuoce al vapore, lo fa marinare e lo annega in qualche salsa dal nome francese che non so pronunciare, non mi rendo conto di cosa sto mangiando.»

Zaleekhah tace. Quel che sa del passato dello zio l'ha spigolato qua e là da commenti indiretti e dialoghi origliati, raccattando briciole di notizie lasciate cadere inavvertitamente nel corso degli anni. È in momenti come questi che si rende conto di quanto poco, in effetti, abbia appreso.

A quel punto la luce nella stanza cambia, perché lo zio si è parato davanti alla lampada da tavolo in ottone: vittoriana, appena restaurata, con il paralume di vetro color lampone a forma di tulipano rovesciato. Quando si volta, l'espressione è ancora più tirata.

«A ogni modo, se non ti va quel che ti trovi nel piatto» conclude, «fai buon viso a cattivo gioco. Come me. Ho imparato a non scombussolare tua zia.»

Dopodiché, lo zio Malek apre la porta e accompagna Zaleekhah in corridoio e giù per le scale.

ARTHUR

In riva al Tamigi, 1854

L'anno in cui compie quattordici anni Arthur riesce a vedere la Grande esposizione delle opere dell'industria di tutte le nazioni. Il colosso di vetro e ferro, noto a tutti come Crystal Palace, è stato inaugurato nel 1851 a Hyde Park dalla regina Vittoria, accompagnata dal principe Alberto e da una falange di reali, diplomatici e politici assortiti; da allora l'hanno visitato oltre sei milioni di persone. Benché morisse dalla voglia di vedere la meraviglia di cui tutti parlano in toni esaltati, finora il ragazzo non si era potuto permettere il prezzo del biglietto.

Da qualche tempo la mostra è stata smontata e rimontata a Sydenham Hill, che guarda Londra da sud. La tariffa d'ingresso è stata ridotta prima da una sterlina a cinque scellini, e poi a uno scellino soltanto. Adesso che i ricchi hanno soddisfatto la propria curiosità e si sono goduti lo spettacolo, e che pure il ceto medio ha avuto la sua chance, è finalmente venuto il momento di lasciar entrare i poveri; e oggi, dopo una lunga attesa, è il turno di Arthur.

In una calda giornata d'inizio estate il ragazzo si mette in viaggio verso sud. Il cielo è lustro d'azzurro e il sole getta ombre a chiazze intricate sui marciapiedi. Arthur si tiene ben stretto lo scellino, timoroso che uno scippatore possa strapparglielo di mano. Nell'avvicinarsi alla meta viene superato da un ininterrotto convoglio di carrozze, in un persistente clangore di ruote e zoccoli. Intorno a lui tutti si affrettano nella medesima direzione, lasciandosi dietro una scia di chiacchiere.

Arthur non ama gli assembramenti, e ora che si trova in mezzo a una folla ha le mani sudate e il fiato corto. Per calmare l'agitazione comincia a recitarsi in testa la tabellina del dodici. A scuola gli hanno insegnato a svolgere le moltiplicazioni alla lavagna da destra verso sinistra, e solo con due cifre per volta, ma lui ha sviluppato un suo metodo di calcolo da sinistra verso destra, che gli permette di arrivare facilmente a numeri più alti; e, se si mette a moltiplicare molto in fretta, quei numeri gli vorticano davanti agli occhi, emettendo bagliori luminosi come scintille da una mola.

Finalmente, tra i platani, scorge il Crystal Palace, immenso e maestoso: una mole torreggiante di lastre di vetro, ferro battuto e spavalda ambizione. Da entrambi i lati della costruzione vi sono fontane che si innalzano per sessanta metri. Il ragazzo guarda in su, socchiude gli occhi, spalanca la bocca. Mai in vita sua aveva immaginato qualcosa di simile. Acqua che scorre sfidando la gravità, così abbondante da assumere ogni forma e colore, e senza sforzo apparente, come alberi possenti che spuntino dalla terra!

Senza aver tempo di riordinare le idee, Arthur viene sospinto verso l'ingresso principale insieme a centinaia d'altri. Gli ci vuole un po' per districarsi dalla fila, pagare e oltrepassare i cancelletti. A ogni passo sente una vibrazione fragorosa, sempre crescente, come il frullo di migliaia d'ali che si avvicinano a ritmo regolare. La sua perplessità aumenta man mano che osserva l'immenso ambiente, che è pieno da scoppiare: non c'è galleria e corridoio che non brulichi di visitatori. Stordito, Arthur scruta la vasta schiera di uomini, donne e bambini. Tutta questa gente vive nella sua stessa città, guarda ogni mattina la stessa chiazza di cielo?

All'interno, il fabbricato è spettacolare. Disposti su due piani assai ampi ci sono centomila diversi oggetti, sparsi sotto l'altissima volta trasparente; una cornucopia di articoli industriali, manufatti artigianali e macchinari provenienti dalla Gran Bretagna e dal resto del mondo in un miscuglio di pompa imperiale, orgoglio nazionale, rapacità coloniale, conquiste scientifiche, progresso tecnologico e scoperta culturale. La natura eclettica dell'impresa la rende allettante agli occhi di individui che diversamente avrebbero ben poco in comune. Qui ce n'è per tutti i gusti: quelli del devoto e dell'ateo, del reazionario e del progressista, dell'utilitarista e del libero pensatore.

«Signore e signori, ecco a voi una pianta dell'esposizione! Non rischiate di perdervi!» strilla un venditore.

«È gratis?» chiede Arthur, chiudendo la mano dove fino a un istante fa riposava il suo scellino.

«Gratis?» ripete l'uomo come se non avesse mai sentito la parola prima d'ora. «Cosa sei, scemo? Tutto quel che vale la pena di possedere ha un prezzo, caro mio.»

Avvampando fino alle orecchie, Arthur si allontana: senza una piantina da consultare dovrà affidarsi all'istinto. Davanti a lui, come se sorgesse da un sogno, si materializza una fontana di cristallo. Scintilla ammaliante di fronte ad alti olmi, e la sua acqua effervescente, aromatizzata alla colonia, emana un profumo inebriante.

Con una specie di sprone incalzante nelle membra, il ragazzo percorre i corridoi. A sinistra e a destra compaiono padiglioni in rappresentanza di luoghi che ha conosciuto solo nei libri: la Cina, l'India, la Spagna, la Francia, il Portogallo, l'Unione doganale tedesca, la Russia, la Svezia, il Canada, gli Stati Uniti d'America, l'impero Ottomano… In ciascuno è esposta una profusione di oggetti: spezie, minerali, stoffe, gioielleria, pistole, arazzi, prodotti agricoli, strumenti chirurgici e animali impagliati dagli occhi che brillano come biglie… Un luccicante caleidoscopio di forme e colori. C'è un pianoforte pieghevole dalla tastiera richiudibile; una macchina che produce sigarette, novità del momento, una identica all'altra; un martello a vapore in grado di rompere delicatamente le uova. Ci sono dentiere fabbricate con zanne di ippopotamo.

Nel padiglione statunitense, tutto drappeggiato a stelle e strisce, ci sono ritratti di presidenti, attrezzi agricoli, macchine sgranatrici per il cotone provenienti dal Connecticut, sapone da Filadelfia, tela olona da New York e un assortimento di armi da fuoco. Ma il posto d'onore è occupato da una scultura straordinariamente bella e raffinata dal titolo *La schiava greca*: la figura, una giovane prigioniera venduta dagli ottomani, si erge nuda e incatenata su un piedistallo girevole, sotto un baldacchino di velluto rosso. Nell'avvicinarsi, Arthur nota un capannello di persone radunate intorno alla statua: i più la osservano pieni di ammirazione, mentre altri – un gruppetto di abolizionisti – agitano cartelli e protestano. Un tizio sventola una copia del «Punch» e indica un feroce editoriale di recente pubblicazione in cui ci si chiede come mai si è scelta, per rappresentare gli orrori della schiavitù, una donna bianca di un Paese straniero anziché una nera della Virginia.

Nell'area dedicata alla Tunisia Arthur vede pelli di leopardo e di leone, e nella sezione persiana sfiora tappeti talmente soffici che gli viene il dubbio che li abbiano tessuti gli angeli. Nella galleria indiana ammira bellissime stuoie, sete e mattonelle. Ci sono esemplari di piume di struzzo, zanne d'elefante, corna di bue, gusci di tartaruga… Si accoda alla schiera di quanti sono fermi in contemplazione del diamante Koh-i-Noor e anche del Daria-i-Noor dalla tenue sfumatura rosa. Sgrana gli occhi davanti a un enorme vaso svedese; a un'armatura cosacca; a un'urna russa in malachite; a una giara di ceramica portoghese; a strumenti ottici provenienti dalla Francia; a complicati macchinari tedeschi; a una sedia d'avorio intagliato, donata alla regina; a una macchina Singer con un ago che cuce al posto della sarta; a un letto che raddrizza il dormiente quand'è ora di alzarsi; a una pressa idraulica che permette a un uomo solo di spostare quintali di ferro. E arrossisce davanti a statue di marmo con i genitali ben in vista.

In ciascuna sala viene accolto dalle ultimissime invenzioni e dalla tecnologia più recente: locomotive, telegrafi, macchine fotografiche, pompe pneumatiche, giocattoli meccanici, martinetti idraulici, macchinari per l'orticoltura; telescopi che ti portano la Via Lattea in braccio e microscopi che rivelano organismi invisibili a occhio nudo. Arthur si guarda negli specchi in cornice dorata disposti lungo tutto il padiglione, e a restituirgli lo sguardo è un adolescente smilzo e tremendamente timido.

Non riesce a stabilire con precisione che cosa lo entusiasmi di più: se la presenza di così tanti splendidi oggetti raccolti sotto il medesimo tetto, o il trovarcisi in mezzo di persona. Per un ragazzo che non ha conosciuto altro che penuria da quand'è nato, l'esperienza è inebriante e destabilizzante al tempo stesso. Sente che gli si gonfia qualcosa in petto… un desiderio nuovo. Il mondo è sterminato, e la vita che lui ha assaporato non è che una minuscola frazione nella gamma di possibilità e destini alla portata di un essere umano. Oltre le sponde del Tamigi sorgono altre capitali, antiche e moderne, ciascuna con il suo serpeggiare e scorrere di tempeste e maree. Viene colto, e non è la prima volta, dallo stimolo a viaggiare in lungo e in largo; un impulso terrificante, per un introverso come lui. Brama di vedere regni lontanissimi e province di lingua straniera e costumi diversi, non solo di leggerne sui libri.

La sezione successiva ospita sale da tè dove i visitatori possono rifocillarsi con bevande e dolci, ma il ragazzo se ne tiene alla larga, non potendo concedersi nulla del genere. Né può permettersi di utilizzare uno dei moderni e stravaganti bagni pubblici, per quanto sia curioso di vederli: l'ingresso costa un penny.

In un'altra sala che scroscia di luce scopre lucerne sferiche, candelabri dorati e lampadari che grondano pendagli di cristallo. Resta per un bel pezzo a guardare una lampada d'ottone con il paralume in vetro color lampone che si incurva aggraziato verso il basso come i petali di un tulipano capovolto: emana un riflesso talmente morbido che varcarne i confini è come entrare in un bagno caldo.

Poi spalanca la bocca davanti a un lampadario decorato con gigli bianchi e foglie verdi, da cui si dipartono viticci talmente fragili che il più lieve alito di vento potrebbe spezzarli. Quanto è fortunato, l'uomo che può permettersi di adornare casa propria con tutte queste belle cose, e mutare la notte in giorno; lui, se avesse un lume o un lampadario del genere, leggerebbe dal tramonto all'alba senza dormire mai.

≈

Nel tardo pomeriggio, con un bisogno disperato di andare al bagno e ormai incapace di tollerare l'affollamento, Arthur si fa strada verso un ultimo vestibolo, all'ansiosa ricerca dell'uscita più vicina. Ed è questo il momento in cui si ritrova in un'area delimitata da blocchi di pietra intagliata, e si ferma di colpo. Lì, davanti a lui, a torreggiare su tutto e tutti, con gli occhi che trapassano come frecce infuocate, ci sono i *lamassu*. A quanto pare sono in prestito dal British Museum. Intorno a loro è raccolto un grappolo di visitatori che bisbigliano sottovoce, quasi temessero di svegliare i giganti mesopotamici. Tra le due statue si incurva un arco in muratura, con sopra un cartello che dice:

CORTE DI NINIVE
VENITE E STUPITE DELLA FAMIGERATA CITTÀ BIBLICA,
SENTINA DI PECCATO, CUPIDIGIA E ANNIENTAMENTO!

Lo sguardo di Arthur diventa un concentrato grigiazzurro di dispiacere. Peccato, cupidigia e annientamento non sono ciò che vede quando guarda le due creature ibride:

hanno un'aria triste, inquietante e inconcepibilmente vecchia, ma anche tranquilla e pacifica, come se nulla potesse più sorprenderle.

Il ragazzo ignora il tono censorio del cartello e si avvicina a un *lamassu*. Esamina la splendida fattura artigianale delle ali piumate, della lunga barba arricciata, delle unghie fesse, delle zampe abilmente scolpite in modo da evidenziare muscoli e vene. Nota che lo zoccolo anteriore destro è sfregiato da un segno marrone scuro, come strinato da una lingua di fiamma; lo sfiora delicatamente, interrogandosi sulla possibile causa. Quale tremenda vampa può aver macchiato così l'alabastro? Il gigante è forse sopravvissuto a un incendio nel palazzo di Assurbanipal…? Eppure, in quel caso, come ha fatto il resto a rimanere intatto?

Arthur guarda a destra e a sinistra, per accertarsi che nessuno badi a lui. Dopodiché sussurra: «Che ti è successo? Ti hanno fatto del male?».

Il ragazzo aspetta. La statua aspetta.

«Un giorno visiterò il palazzo dal quale provieni. Dicono che facevi la guardia a una biblioteca reale, che era di dimensioni grandiose. Che esperienza affascinante! Hai conosciuto re Assurbanipal? Era una brava persona?»

Il ragazzo aspetta. La statua aspetta.

«Ora devo andare» conclude Arthur con un sospiro. «So che sei uno spirito protettore. Ti scongiuro, custodisci mia madre e i miei fratellini quando io mi metterò in viaggio per Ninive.»

Mentre si allontana dal *lamassu*, minuscolo accanto alla statua colossale, Arthur alza gli occhi per guardarlo un'ultima volta, e gli viene la pelle d'oca. La sensazione è stranissima, ma non può impedirsi di provarla: in quel preciso istante, giurerebbe che la creatura gli ha restituito lo sguardo.

≈

Il giorno seguente, dopo che tutti sono andati a casa, in ufficio rimangono solo lui e il signor Bradbury. Il principale è stato insolitamente silenzioso per tutto il pomeriggio, e ha due mezzelune scure sotto gli occhi.

«Giovane Smyth, vieni a dare un'occhiata qui.»

Gli mostra una stampa del Tamigi, riprodotta da un acquerello originale dipinto oltre un secolo prima. Ma nell'illustrazione il fiume non somiglia per niente a com'è adesso: è di un azzurro vivido, gioioso, pulito. Sullo sfondo ci sono delle imbarcazioni ormeggiate a un molo. Su tutto, un senso di calma.

«Ti piace?»

«È bellissima» risponde Arthur. «Difficile credere che sia lo stesso fiume.»

«Già.» Bradbury sospira. «Troppo spesso, noi esseri umani distruggiamo la natura e diciamo che è progresso.»

Il ragazzo si sorprende per il tono mesto del principale. Ma quale che sia la causa della malinconia che l'ha preso, è chiaro che non ha voglia di parlarne, e dice piuttosto, con un sorriso tirato: «Hai imparato così tanto in così poco tempo. Sembra ieri che sei capitato qui con tuo padre e ci hai lasciati di stucco con la potenza della tua memoria. Sei stato un ottimo apprendista: onesto, assiduo, affidabile. Farai grandi cose nella vita».

Non sapendo come rispondere a osservazioni tanto lusinghiere, Arthur arrossisce. «Grazie, signore.»

«Ho sempre avuto grande fiducia in te» prosegue Bradbury, con gli occhi pieni di compassione. «Dimmi, ti è piaciuta la Grande esposizione?»

Arthur si illumina in volto. «Ah, immensamente! Non riesco a smettere di pensarci. Nella sezione dedicata a Ninive ho visto un *lamassu*. Gli ho persino toccato uno zoccolo!»

«Ninive» ripete l'uomo, trasognato. «Ma certo, mi ero dimenticato della tua passione per le civiltà antiche. Devi andare al British Museum a vedere anche le tavolette.»

Le uniche tavolette che Arthur conosce sono pezzi d'ardesia su cui scrivono gli scolari con il gesso, però intuisce che il principale si sta riferendo a qualcosa di molto diverso, e se ha a che vedere con Ninive non vede l'ora di saperne di più. C'è però un ostacolo di cui preferisce non parlare: prima deve risparmiare qualche soldo per comprarsi una giacca decente. Teme che non lo lasceranno entrare, nell'elegante museo, con la robaccia frusta che indossa.

Neanche gli avesse letto nel pensiero, il signor Bradbury chiede: «Riesci a tenerti qualcosina della tua paga?».

Il ragazzo abbassa gli occhi. Inutile dire che il padre si intasca tutto fino all'ultimo centesimo, e Arthur si ritiene già fortunato nelle rare occasioni in cui riesce a passare un paio di scellini alla madre, senza tenere nulla per sé.

«Sei un bravo ragazzo» dice Bradbury. Poi si cava di tasca due mezze corone e le posa sul tavolo. «Mi fai un favore, figliolo? Comprati qualcosa. Un piccolo regalo da parte mia.»

«Ah, signore, lei è generosissimo, ma non potrei mai accettare.»

«Insisto, comprati qualcosa per te. Quand'è il tuo compleanno, lo sai?»

Arthur ha sentito dire che negli ultimi tempi certe famiglie hanno preso la bizzarra abitudine di festeggiare il giorno della nascita dei figli con torte e bibite a base di frutta, benché non capisca il motivo né conosca nessuno che segua questa pratica.

«Sono nato d'inverno, signore. Nevicava. Ricordo i fiocchi di neve che danzavano in aria, e uno che mi è caduto sulla lingua.»

L'uomo sospira e annuisce. Ha smesso da tempo di sorprendersi per le stranezze di Arthur.

«In inverno, eh? Pazienza, facciamo finta che *sia* il tuo compleanno, d'accordo? Ora vai e trova un regalino da farti.»

Poco dopo Re Artù di Cloache e Catapecchie esce dalla ditta. Ma non corre a vedere se ci sono negozi ancora aperti:

decide invece di tenere da parte i soldi finché non gli verrà in mente il regalo perfetto. Malgrado l'entusiasmo si sente un rovello in cuore, e per un istante quasi si ferma e torna indietro, ma poi riprende a camminare. Si pentirà di questa decisione per il resto della vita; rimpiangerà di non essere rimasto con il principale, ad aiutare l'unico uomo che si fosse mai preso cura di lui, anziché avviarsi nell'umido della notte.

≈

La mattina dopo Arthur prende la chiave da sotto un pietrone vicino all'ingresso e apre la porta della ditta. Ormai è abituato a essere il primo che arriva ogni giorno, e i titolari gli danno fiducia.

Varca la soglia e subito viene aggredito da un odore putrido e pungente, come se durante la notte l'umido del fiume fosse filtrato dalle pareti. Ci sono stampe e disegni sparsi per tutto il pavimento. Qualcuno ha rovesciato una sedia, e accanto a quella c'è un candelabro di bronzo, con le candele ridotte a mozziconi, che giace in una pozza di cera. Il suo primo pensiero è che siano venuti i ladri, ma a uno sguardo rapido si nota che non manca niente. Il ragazzo inizia velocemente a rassettare: impila per bene libri e riviste, riordina le matrici di legno, raduna le stampe disseminate qua e là.

Poi si accorge della gabbietta vuota.

«Lapis! Lazuli! Dove siete?» chiama, guardandosi intorno.

Si sente un frullo smorzato dalla saletta in fondo, dove i tipografi tengono le riunioni con i clienti: non appena Arthur entra nella stanza, i due uccelli passano in volo dalla porta aperta.

«Ohi, ma che v'è preso?»

Su un tavolo accanto alla finestra c'è una brocca di vino e del formaggio avanzato. Il signor Bradbury sarà rimasto fino a tardi, pensa il ragazzo.

Apre le persiane. Con il variare della luce distingue un'ombra vicino alla libreria e si metterebbe a urlare, se non fosse per la familiarità della sagoma. Bradbury si dev'essere addormentato in poltrona, da come sta lì tutto storto.

«Signore...»

Arthur si avvicina... e poi capisce. Non è il silenzio, ma il pallore dell'uomo a fargli comprendere quel che è troppo brutto da dire. La carnagione del signor Bradbury è diventata grigia, colore del Tamigi nei giorni di temporale. Da un angolo della bocca gli cola un rivolo di saliva, che in parte è gocciolata sul colletto e si è seccata. Accanto a lui c'è una boccetta vuota di acido prussico.

Il ragazzo prende a tremare. Non che finora non si sia mai trovato davanti un morto: nella sua breve vita ne ha già visti anche troppi. Ma quest'uomo non è stato ucciso da un assassino senza scrupoli o da una malattia terribile: ha deciso di togliersi la vita. L'unico che sia mai stato buono con lui, non è stato buono con se stesso.

Quando smette di tremare, Arthur va a prendere un catino. Asciuga il mento al signor Bradbury e gli strofina il colletto. Nasconde il vino e gli spazzola via le briciole dal grembo. Vuole dargli un aspetto pulito e dignitoso, elegante in morte come le incisioni che ha immortalato. Dà da mangiare ai pappagallini e fa in modo di farli rientrare in gabbia. Quando non rimane più nulla da fare, si siede accanto al morto e attende che arrivino gli altri.

≈

Non cambia nulla, e tutto cambia. Arthur non smette di venire al lavoro né trascura i propri doveri, ma imparare nuove tecniche di stampa non gli dà più nessuna gioia. Continua a badare agli uccellini e gli tiene in ordine la gabbietta, ma ha smesso di chiacchierarci. Già contemplativo per carattere, si richiude completamente in sé. L'espressione solitamente pensosa si irrigidisce di rughe preoccupate che lo fanno sembrare più vecchio dei suoi anni. È la totale insensatezza degli eventi ad angosciarlo. Il signor Bradbury aveva tutto: una moglie che lo adorava, dei bambini bellissimi, una casa splendida e persino una carrozza tutta sua, un mestiere che gli procurava un buon reddito e una posizione rispettabile in società. Perché mai dovrebbe, una persona tanto favorita dalla sorte, benestante e affermata, voler mettere fine alla propria vita? Arthur capisce la povertà; capisce addirittura il crimine e la delinquenza; ma il malessere della mente, l'afflizione che tormenta anche sua madre, lo confonde più di qualunque altra cosa.

Il signor Evans, commosso dal dolore del ragazzo, lo tiene d'occhio, e gli altri operai, compresi quelli che una volta si divertivano a sue spese, ci vanno piano con lui. Ma Arthur se ne accorge a malapena; a meno che non sia assolutamente necessario non parla con nessuno, e svolge i suoi compiti in silenzio. L'ottimo apprendista di sempre.

H—

NARIN

In riva al Tigri, 2014

«Mia nonna è una guaritrice. Cura le persone che non riescono a scacciare la tristezza.»

Sono arrivati in Turchia i parenti che abitano in Germania. Un ramo della famiglia si è trasferito a Hannover poco dopo il 2000, e in questo periodo dell'anno tornano sempre a trovarli. Narin è felicissima di vedere i cugini, che sono più grandi di lei e parlano benissimo il tedesco. Vorrebbe fare colpo su di loro, almeno un po'.

«E come fa?» chiede il cugino, a braccia conserte.

«Di preciso non lo so, però li cura con l'acqua. È una rabdomante.»

«Che vuol dire?» chiede la cugina.

«È un talento particolare, di famiglia» risponde Narin tutta fiera. «La nonna è capace di trovare i ruscelli sottoterra, anche quando sono nascosti. Io l'ho vista. Quando si avvicina a una fonte le tremano le dita, e si piegano. A volte usa dei bastoncini. Deve tagliarli all'alba, in modo che prendano i primi raggi del sole. Gliel'ha insegnato sua nonna Leila. Un giorno lo insegnerà a me, e poi, quando divento grande, posso tramandare il segreto ai miei nipoti!»

«Com'è che non l'ho mai vista trovare l'acqua?» chiede il ragazzo.

«Perché sta diventando vecchia e non lo fa più molto spesso, e comunque voi due siete lontani.»

Qualche volta bisticciano, ma Narin è comunque felicissima di stare con i cugini. Essendo figlia unica, di tanto in tanto si chiede come sarebbe stata la sua vita se avesse avuto sorelle o fratelli, e questi sono i momenti in cui riesce ad avvicinarsi a una risposta. Quando parlano in curdo, i suoi cugini lo costellano di parole turche, e quando parlano turco passano quasi subito al tedesco, che è la lingua che sanno meglio. Narin sa che lo zio e la zia non sono ricchi, e che lavorano sodo per guadagnarsi da vivere, ma non mancano mai di portarle dei regali pazzeschi: uno zainetto con i pannelli anteriori tempestati di brillantini, matite che profumano di fragola, barrette di cioccolato e wafer alla nocciola dal sapore delizioso... Fosse per lei li mangerebbe tutti in una volta, da quanto sono buoni, ma la nonna glieli raziona.

In onore degli ospiti, oggi la prima colazione è un banchetto: peperoni verdi fritti in salsa di yogurt, marmellata di amarene, composta di peperoncini dolci, *halloumi* glassato e fichi secchi, melanzane ripiene di bulgur con tamarindo, pinoli e uvetta, *halva* di *tahini* al pistacchio, focaccine con l'hummus, uova strapazzate con i peperoni rossi, formaggio all'aglio selvatico e il primo raccolto di miele dei favi, guarnito di panna rappresa... In un angolo il samovar fischia su un letto di carbonella che scintilla di rosso rubino. La nonna adora il tè nero russo, che beve con una zolletta di zucchero stretta fra i denti. Dice che se si prende il tè in questo modo, poi si dicono parole più dolci.

Dopo accompagnano gli ospiti al cimitero alla periferia del villaggio. È importante omaggiare gli antenati come si deve. Non si può semplicemente vagare di tomba in tomba: prima bisogna lavarsi, lucidarsi le scarpe, pettinarsi. Non importa se si indossano abiti vecchi o nuovi, economici o costosi. I morti se ne infischiano di queste frivolezze, ma è importante essere puliti, dentro e fuori.

Entrano nel cimitero, tra lapidi in rovina, erbacce troppo cresciute e tumuli ricoperti d'erba, con la nonna alla testa del gruppetto. Le donne e i bambini si dispongono in cerchio, mentre gli uomini rimangono lì vicino a osservare in silenzio. Narin sa che in ogni raduno commemorativo è la donna più anziana a guidare la liturgia; il lutto è un lavoro da donne, e così il ricordo.

≈

Dopo gli adulti camminano più avanti, chiacchierando tra loro, e i ragazzini indugiano più indietro.

La cugina lancia un'occhiata a Narin. «Ho sentito che tuo padre ti porta in Iraq… vai nella valle di Laliş?»

«Sì» risponde lei con un gran sorriso. «Sarà bellissimo. Viene anche la nonna, ovviamente. Andiamo tutti insieme.»

Il cugino interviene: «È vero quello che dicono di te?».

«Che cosa dicono?» ribatte Narin, anche se sa già la risposta.

«Che presto diventerai sorda.»

Narin butta fuori il respiro che non si era accorta di trattenere. «Non succederà subito. Mi restano ancora diversi mesi, credo… forse un anno.»

«Che brutto» dice lui. «Non vorrei essere al tuo posto.»

«Basta!» intima la cugina al fratello. «Sei maleducato.»

«Eh? Ma guarda che lo sa anche lei che deve succedere!»

«Ho detto basta!»

Narin li lascia al loro litigio e svolta verso il margine del cimitero, diretta verso la quercia sotto cui è sepolto l'inglese. La lapide è battuta da anni di sole e di vento, e coperta da chiazze di muschio che scintilla come velluto verde sullo sfondo opaco. Un attimo dopo i cugini la raggiungono.

«Questo chi è?» chiede lei.

«L'inglese» risponde Narin. «Non ne avete mai sentito parlare?»

I due scuotono la testa.

«Dice la nonna che cercava una poesia. Veniva dall'Inghilterra, ed è morto di sete.»

Il ragazzino ridacchia. «È morto di sete in riva al Tigri? Che razza di fine!»

«Non so com'è andata. Tu capisci cosa c'è scritto sulla lapide?» chiede Narin.

Lui fa spallucce. «Non è tedesco.»

La sorella si avvicina. «È inglese. Aspetta, ci provo. L'ho studiato un po' a scuola.» Traccia dei segni in aria con un dito mentre legge ad alta voce: «*King… Arthur… of…*». Batte le mani. «Uh, pazzesco! Il tipo era un re!»

Per un attimo i tre si immobilizzano, gli occhi sull'iscrizione sbiadita. «Riesci a tradurre anche il resto?» chiede poi Narin.

«Non lo so. Ci sono delle parole che non conosco.» La ragazzina socchiude gli occhi, come se vedere più nitidamente potesse risolvere il problema. «Re Artù di qualcosa e qualcos'altro… Il luogo e la data di nascita, e poi il luogo e la data di morte.»

«Tutto qui?» chiede Narin.

«Tutto qui» risponde decisa la cugina.

«Ma non ha senso» dice il ragazzo. «Un re inglese non dovrebbe avere una tomba imponente… con marmi e ori?»

«Forse fu rovesciato» azzarda la sorella. «Come il re francese durante la rivoluzione.» Alza e abbassa la mano, imitando la lama della ghigliottina che cade.

«Ma che ci faceva qui, però?» insiste il ragazzo.

«Forse era un colonizzatore» gli risponde la sorella. «Per cosa vengono, se no?»

Narin serra le labbra. Non sa che cosa vuol dire «colonizzatore», ma non le va di ammetterlo.

«Forza, mi annoio, vieni!» esclama il ragazzo.

E così i due fratelli partono di corsa verso gli adulti ormai lontani. Rimasta sola, Narin sfiora la lapide, tracciando le lettere con la punta del dito.

RE ARTÙ DI CLOACHE E CATAPECCHIE
NATO IN RIVA AL TAMIGI NEL 1840
MORTO IN RIVA AL TIGRI NEL 1876

«Ciao, Artù...» dice. «Mi dispiace che quando finiscono la diga sarai sommerso dall'acqua. Annegheranno anche le nostre case, le vigne e i fichi, persino le piante di pistacchio della nonna... Hasankeyf scomparirà. È una cosa tristissima, ma non possiamo farci niente. Il governo vuole che ce ne andiamo. Non vedrai più la nostra comunità.»

«Narin!»

La ragazzina non sente che la stanno chiamando finché la nonna, che è tornata indietro, non le entra nella visuale.

«Arrivo, nonna!»

Lancia un'altra occhiata alla tomba, abbassa la voce. «Ho anche delle belle notizie, però. Andiamo in Iraq. Sarò battezzata nella santa valle di Laliş. E quando torniamo a Hasankeyf vengo di nuovo a trovarti, promesso.» Il vento, che ha rinforzato, le scioglie la treccia. Lei si scosta i capelli dal viso. «Dopo dovremo trasferirci in una grande città. Mi fa un po' paura. Anche tu avevi paura quando hai lasciato casa tua?»

«Narin, sbrigati!»

La ragazzina risponde con un cenno alla nonna.

«Ciao, Artù. Torno presto.»

Eppure, proprio mentre sta per andarsene, qualcosa la distrae; un impulso che non saprebbe descrivere le dirige lo sguardo verso la tomba di famiglia dal lato opposto, dove riposano sua madre e molti altri parenti, e nota un particolare mai visto in tutte le sue precedenti visite al cimitero.

La tomba della sua trisavola Leila, collocata in diagonale, punta a est verso l'alba come d'uso, ma in modo tale da guardare direttamente al luogo di sepoltura dell'inglese. È come se, nell'aldilà, lei lo tenesse d'occhio. E anche accanto alla sua tomba c'è una vecchia quercia.

≈

Dopo cenano in giardino, parenti e vicini di casa seduti attorno a grandi vassoi di rame colmi di piatti succulenti. Non è una cena normale, bensì un banchetto funebre organizzato per i morti quanto per i vivi. Tre sono i gruppi invitati a questo raduno: gli anfitrioni, gli ospiti e i trapassati. Il cibo è la lingua che li riunisce oltre ogni confine di spazio e di tempo.

Foglie di vite ripiene, palline di *kibbeh* fritte, kebab di pollo alla brace, agnello arrosto con le spezie e un gran piatto di *tahdig* di riso. Tutti mangiano non solo per sé, ma anche per i *miriyan*, coloro che non sono più di questo mondo. Narin mastica il pane dei morti, il *nanê miriyan*, e riflette sulle anime degli antenati, continuando a soffermarsi su una in particolare: Leila. È vero che era una guaritrice di livello superiore a tutti gli altri, una veggente che leggeva nel pensiero e parlava la lingua degli uccelli?

Narin mangia di gusto perché il *tahdig* – il «fondo della padella» – e la sua crosticina dorata alla base dello sformato di riso le piacciono moltissimo. Nel trambusto delle chiacchiere si perde qualche suono ma non la risata della nonna, che la bagna come acqua fresca.

≈

Quella sera Narin va a letto presto, però non dorme bene. Si sveglia con un senso di nausea alla bocca dello stomaco, come se stesse precipitando dall'alto. L'orecchio destro le fischia di nuovo, e la sensazione le fa paura, la scuote, ma lei decide di non dirlo a nessuno, casomai pensassero di annullare il viaggio in Iraq.

Pian pianino, scende dal letto per andare a bere un po' d'acqua. Non ha bisogno di accendere la luce; tende le braccia avanti a sé e procede a tastoni nel buio. La guidano le mani, come se avessero una loro memoria. Appena apre la porta entra un fascio di luce; dalla stanza accanto sale una miscela di suoni ma lei non capisce che cosa viene detto. Solo avvicinandosi molto di più si rende conto che i grandi sono ancora alzati, a bere tè, fumare e chiacchierare.

«Tu non capisci» sta dicendo lo zio Elias al papà. «Dammi retta, tutta la zona è in guai grossi. I jihadisti guadagnano consensi, e nessuno sa cos'abbiano in mente.»

«Sì, ma stanno in Siria… Noi non c'entriamo niente.»

Narin alza la testa, felice di cogliere il timbro della voce di suo padre. Fa un passo avanti perché ha tanta voglia di abbracciarlo, ma la successiva frase dello zio la blocca.

«Secondo me dovete raggiungerci in Germania, e di corsa. Qui non siete più al sicuro, e le cose vanno di male in peggio. Hasankeyf finirà inondata, con tutti i nostri ricordi, e dall'altra parte del confine c'è un esercito di integralisti fanatici. Un esercito, ti dico! Sono pericolosi.»

«Ha ragione» rincara la zia Mona. «È spaventoso. Non sappiamo neanche chi fornisce armi all'Isis: non c'è da stare tranquilli.»

«Calmatevi, tutti e due. A preoccuparvi così, finisce che vi ammalate.»

Narin si avvicina ancora. Le note alte sono difficili da sentire, ma per fortuna il papà usa un tono basso e misurato, e prosegue con una forza piena di garbo nelle parole. «Vorreste che lasciassimo tutto e venissimo con voi a Hannover. Ma se pure decidessimo di farlo, in Germania ci accoglierebbero? Come facciamo a ottenere il visto? E ammettiamo anche di superare quell'ostacolo, poi come lo trovo, io, un lavoro?»

«Tanti ci riescono.»

«Sì, vero, e altrettanti non ci riescono. E quelli che ci riescono… a che prezzo? Sappiamo tutti cos'avete sacrificato voi.»

«La vita in Germania non è facile» dice lo zio Elias. «Quando ci siamo trasferiti noi, i tedeschi non avevano neanche mai sentito parlare della fede yazida. Per loro eravamo tutti turchi, e fine. Poi hanno imparato qualcosa di più su queste zone, ma a quel punto hanno iniziato a darci dei curdi, e fine. Allora abbiamo provato a rispiegare. Mi ci sono voluti anni per poter dire apertamente e senza paura: "Sono un êzidî, e preferirei che mi chiamaste êzidî e non yazida, perché questo nome è causa di tremendi equivoci". Molti pensano che siamo discendenti di Yazīd I, il tiranno della battaglia di Kerbela che uccise il nipote del profeta Maometto, e ci odiano. Ma il nostro nome significa soltanto "discendenti di Dio", e le nostre radici risalgono all'antica Mesopotamia.» Lo zio si ferma, con un groppo in gola. «Anche lavorare in fabbrica non è facile. Ci sono volte che il mal di schiena mi paralizza, e non passa settimana senza che un estraneo qualunque mi dica di tornarmene a casa mia. Ma casa mia è la Germania, ormai... è l'unica patria dei miei figli! Lì almeno non devo preoccuparmi che mi si presenti la polizia a casa nel cuore della notte. Non devo aver paura di essere arrestato e torturato.»

«Ti capisco, Elias, ma la nostra patria è la Mesopotamia. Il nostro Paese avito. Secondo te dovrebbero tutti fare i bagagli ed emigrare? Guardati intorno, quanti yazidi ci sono rimasti? A me piange il cuore. Una volta eravamo centinaia di migliaia... e oggi siamo una manciata. Qui al villaggio ne sono rimasti dodici, e la maggior parte non vivrà ancora a lungo. Quando anche loro se ne saranno andati, chi ci ricorderà? Che cosa resterà di noi?»

«Ma cosa vuoi fare, se non c'è speranza che le cose migliorino? Sii pratico, ti prego.»

«La speranza c'è. Il Medio Oriente sta cambiando. Io ho fiducia nelle nuove generazioni. I giovani non si adeguano alle vecchie usanze. Vogliono libertà, dignità, democrazia. E pretendono le stesse occasioni dei loro coetanei occidentali. Quanto ai fanatici, sì, è gente spregevole, ma oggi ci sono e domani non ci sono più. Non possono tenerci tutti sotto scacco. Perché dovremmo essere noi ad andarcene, e non i nostri aguzzini?»

«Khaled, sei molto ingenuo. Non capisci» ribatte lo zio Elias. «Non ci lasceranno mai vivere in pace. Non c'è futuro, per noi, qui.»

«Sarò anche ingenuo. Ma sono un musicista. Ero un bambino quando ho scoperto il *qanun* dentro casa. Tutti dicevano: "I bambini non devono toccarlo, ha più di cent'anni". Ma io non ho smesso di piangere finché non me l'hanno lasciato prendere in mano, e non ho dormito bene finché non ho imparato a suonarlo. E adesso mi chiamano dappertutto. Perché? Perché la gente ha bisogno di canti come del pane e dell'acqua. La gente ha bisogno di poesia, bellezza, amore! Finché il sole sorge e i fiumi scorrono, ci saranno sempre matrimoni, feste e musica. Neanche i fanatici possono cambiare questo stato di cose.»

Sulla stanza cala il silenzio, si raggomitola sulla stufa come un gatto abulico che non ha voglia di muoversi. Cauta, Narin si avvicina ancora di più.

«È vero che pensi di portare la bambina in Iraq?» chiede la zia Mona.

«Sì, mi hanno invitato a cantare ad alcuni matrimoni a Mosul e a Baghdad. Devo anche vedere degli amici. Mia suocera e Narin vengono con me, e alloggeranno in città, a Ninive. Gli antenati della mia defunta moglie venivano da lì, come sai.»

«Possa la sua anima volare altissima.»

«Poi andremo tutti insieme nella santa valle di Laliş. La bambina avrebbe dovuto ricevere il battesimo tanto tempo fa, ma le circostanze non l'hanno permesso. L'orecchio sinistro è già quasi andato, e vorremmo partire prima che perda l'udito completamente. Il dottore ha detto che l'orecchio destro potrebbe reggere ancora un anno…»

«Ma non potrebbe mettere un apparecchio acustico?»

«No, a quanto pare non vanno bene per tutti. Esistono anche altri strumenti, mi dicono, e mi sto informando, ma sono molto costosi e...»

Khaled si interrompe, perché si è accorto di Narin ferma sulla soglia.

«Papà» esclama lei correndogli incontro, «quando sei tornato? Perché non mi hai svegliata?»

Lui la abbraccia e le dà un bacio sulla testa. «Amore, dormivi, non volevo disturbarti.»

«Papà, cosa sono i fanatici?»

Khaled le scosta una ciocca di capelli dalla fronte. «Stavi lì a origliare?»

«Scusami.» Le parole le precipitano fuori di bocca. «Se i fanatici arrivano qui, vengono inondati. L'acqua ci proteggerà.»

«Non ti preoccupare per queste cose. Non ti riempire la testolina di pensieri spaventosi. Promesso? Ora torna a letto.»

Lei fa di sì con la testa, riluttante. Va a prendersi un bicchier d'acqua e poi torna in camera sua, consapevole che i grandi sono rimasti ad ascoltare i suoi passi e aspettano.

Si rimette a letto ma non riesce ad addormentarsi, e nota un particolare che fin qui le era sfuggito; nel corso di tutta la conversazione, la nonna non ha proferito parola. E la nonna è la persona più ciarliera del mondo, e ha sempre qualcosa di sensato da dire, e quando parla la gente la ascolta. Di tutto ciò a cui ha assistito stasera, è il silenzio di sua nonna a turbare più di tutto la bambina.

II

MISTERI D'ACQUA

—o—

ARTHUR

In riva al Tamigi, 1854

È l'ultimo giorno di agosto, un pomeriggio rovente. Londra è un calderone unto, fumante e fetido. Da ogni angolo della città si levano odori nauseabondi: da concerie, pelletterie, porcili, fornaci, fabbriche, macelli, pozzi neri… Nei miasmi nocivi si nasconde ogni genere di malattia. All'inizio dell'estate la Commissione sanitaria ha emesso un'ordinanza, imponendo che ogni cosa da cui emani un odore forte e spiacevole venga bruciata o altrimenti smaltita… e questo significa, invariabilmente, scaricata nel Tamigi. Ormai il fiume, appesantito da ogni sorta di rifiuto, scorre a malapena; né barbagliante di luce né increspato d'azzurro, si limita a strisciare, grigio e indolente come un rettile.

Arthur fa del proprio meglio per proteggere sé e la famiglia dai pericoli dell'aria malsana: percorre in fretta il tragitto da e per la ditta, nella speranza di respirarne meno, e nonostante il caldo insopportabile si copre naso e bocca con una pezza umida, ma non appena rincasa chiede alla madre di spalancare le finestre in modo che nel seminterrato circoli un po' di corrente, perché una stanza immobile e opprimente è una minaccia ancora più grande. La ventilazione dell'alloggio che condividono con un'altra famiglia è pessima, e a dire il vero non va molto meglio neanche alla tipografia. Dover lavorare in ambienti chiusi e soffocanti lo rende nervoso: teme che l'aria gli faccia venire qualche malanno sia all'aperto che tra quattro mura.

È giovedì pomeriggio, la calura ha raggiunto un livello intollerabile e alla tipografia il lavoro è finito presto. Arthur esce cautamente dall'ufficio, attento a non calpestare escrementi equini. Su una qualche rivista ha letto che in tutta la capitale ci sono trecentomila cavalli: se ciascuno defeca da quattro a tredici volte al giorno, calcola rapidamente, si tratta di dodicimila tonnellate di sterco. Insomma, ogni giorno in città si forma una massiccia collina di merda, e a spazzarla via sono perlopiù ragazzetti come lui.

Non sa più quante volte ha visto dei cavalli slittare e annaspare sulla patina che ricopre le strade. Ci scivolano come sul ghiaccio, e ogni volta che una carrozza si rovescia subito si raduna una folla di curiosi. Il cocchiere si arrabatta come può per tenere lontani i ladri, ma spesso può fare ben poco per fermarli, e in un batter d'occhio il mezzo viene spogliato di tutto, le tappezzerie asportate e le parti metalliche imboscate. E mica solo gli animali cascano nella mota; anche gli uomini perdono spesso l'equilibrio. La gente si storce le caviglie, si spezza le anche. Arthur sa di dover stare attentissimo, perché se gli succedesse qualcosa la sua famiglia non mangerebbe più.

Si tasta le monete in tasca, quelle che gli ha regalato il defunto signor Bradbury. Ha preso l'abitudine di fare dei regalucci ai famigliari ogni volta che può: pasticcio d'anguilla e ostriche in salamoia per i fratelli, e per la mamma, un bottone d'avorio, una forcina per capelli, un nastro di velluto… Quant'è felice di queste piccole sorprese! Oggi però ha deciso di farle un regalo come si deve. L'afa sarà insopportabile, ma la mamma ha sempre le mani fredde, e lui le comprerà i guanti che aveva visto in vetrina su Broad Street.

Avrebbe potuto scordarsi di quei guanti, per graziosi che fossero, ma non è successo. Arthur non dimentica nulla.

≈

Broad Street è fiancheggiata di bei negozi su entrambi i lati, da cui escono ed entrano clienti con il passo leggero e i mormorii di una vita comoda sulle labbra. Arthur oltrepassa la casa dove nacque il poeta e disegnatore William Blake, e la calzetteria di famiglia dove l'artista lavorò un tempo come fattorino. Blake – che vedeva alberi con sinuose radici nel cielo, discorreva con angeli e spiriti che gli fluttuavano nella mente e udiva il richiamo delle allodole d'Arcadia – fu ampiamente considerato un bizzarro, quando non un delirante estremista, e morì nell'anonimato, ma Arthur ne ha divorato le opere complete e studiato le incisioni, e gli piacerebbe che gli fosse stato coevo, così avrebbero potuto conoscersi.

Con questi pensieri in testa entra dal merciaio all'angolo. Dopo aver ammirato a lungo la sovrabbondanza di nastri in seta, bottoni ricoperti di velluto, foulard, ciniglie drappeggiate e bobine di rasi, amoerri e taffetà di tutti i colori, esce dalla bottega con un pacchetto sottobraccio. È incredibile quanto costi un paio di guanti! Non gli è rimasto un soldo per comprare qualcosa ai fratelli. Ma nell'attraversare la strada gli viene un'altra idea: gli porterà dell'acqua, fresca e limpida. Fortunatamente ha con sé una fiasca. Così sua madre, almeno per oggi, non dovrà fare la fila davanti all'unica fontanella del caseggiato, talmente intasata che ne esce giusto un filo di liquido.

Appena svoltato l'angolo c'è una pompa di ferro battuto. A Londra non ci si può fidare di qualunque fonte: alcune sono così lerce che nessuno osa avvicinarvisi, neppure i cani randagi. Ma questa è una delle migliori della zona est, sempre affidabile e molto frequentata. Armato di pazienza, Arthur si accoda a quanti sono già in attesa e poi riempie il suo recipiente, con la mente chiara e sgombra come il cielo del pomeriggio.

Una volta rientrato posa l'acqua sul tavolo. Quelli della famiglia con cui vivono sono inclini a servirsi anche della roba altrui, cosa che fa infuriare sua madre, ma ad Arthur non importa. Ha in borsa un libro che non vede l'ora di cominciare; era lì quando è uscito dal torchio: *L'opera poetica di John Keats*.

...immaginiamo per i morti illustri;
tutti i racconti belli uditi o letti –
una fonte infinita di bevanda immortale,
cola per noi dall'orlo del cielo.

Le parole gli scorrono sulla lingua come miele caldo ma, esausto per le fatiche della giornata, sente le palpebre calare. Forse è meglio se dorme un poco; non c'è niente di male a farsi un pisolino.

Pochi minuti dopo i gemelli entrano in punta di piedi nella stanza, tenendo d'occhio il fratello maggiore che russa sul materasso. Il rumore, come di un tuono basso, li fa ridacchiare. Gli si avvicinano e gli scompigliano i capelli per vedere se si sveglia. Lui continua a dormire.

A quel punto i bambini notano il pacchetto. Strappano il bell'incarto e si entusiasmano nello scoprire un paio di guanti per signora! Ciascuno dei due se ne infila uno, con un gran sorriso.

Dopodiché, non ci vuole molto perché scoprano la fiasca d'acqua sul tavolo. Uno dei due ne butta giù subito un bicchiere mentre l'altro attende il suo turno. Fuori, in strada, un ubriacone sputa bestemmie, furibondo per qualche torto, vero o immaginario che sia: adopera parole talmente oscene che il primo bambino, quello che ha già bevuto, scoppia a ridere, sputacchiando acqua dappertutto e bagnandosi i vestiti.

Arthur, disturbato dal rumore, si scuote dalla sonnolenza. I bambini corrono fuori, ridendo.

≈

Il mattino dopo, all'alba, un gemello si sveglia con il mal di pancia. Inizia a vomitare. La diarrea che segue non dà tregua, e non cessa neanche con il passare delle ore. Lasciano spalancata l'unica finestra della stanza, temendo che le particelle di malattia, volando per aria, abbiano invaso il seminterrato. Questo però non spiega come mai uno solo dei famigliari si sia ammalato. Man mano che trascorre il giorno, su tutto cala un silenzio atterrito. Si sente solo il respiro lento e affannoso del bimbo che sta male, come il battito d'ali di una falena che sbatacchia invano contro un paralume.

Quel giorno Arthur non va al lavoro. Non restituisce il libro che ha preso in prestito. Il tanfo della morte è così penetrante che gli invade le narici e gli lascia un retrogusto acre in gola, gli ricopre le parole ogni volta che apre bocca per dire qualcosa. Infaticabile, aiuta la madre con le pulizie e il bucato, e verso mezzogiorno riesce a convincere un dottore a fare una visita a domicilio in cambio di una piccola somma, anche se quando l'uomo si presenta è chiaro che non c'è più niente da fare.

Nel frattempo l'altro gemello, muto come un sasso, osserva da un angolino, con un misto di tristezza e confusione negli occhi. Dal giorno che sono nati i due sono identici al punto che nessuno è mai riuscito a distinguerli, compresi i vicini di casa, i bottegai e, talvolta, la madre. Adesso quello sano tace, la mente presa al laccio di un tormentoso sospetto contro il quale continuerà a lottare nei momenti più solitari, ben dopo che si sarà fatto uomo: si domanda se era lui quello destinato a prendere questa malattia e a soffrire anziché il fratello, e se anche la morte li abbia scambiati l'uno per l'altro.

Verso sera portano fuori il bimbo malato e lo adagiano sopra un giaciglio di fortuna sul marciapiede. In questo modo, sperano, non dovrà respirare i miasmi tossici che hanno assalito gli ambienti in cui vivono. Non serve. Il piccolo perde le forze, perde liquidi. La forte disidratazione gli trasforma il viso in una maschera orrenda: gli occhi infossati, i denti sporgenti, le guance scavate, e la pelle di una spaventosa sfumatura bluastra, il colore di un livido.

È colera, la «morte azzurra».

≈

Solo poche vie più in là rispetto a dove vive Arthur con la sua famiglia, un medico di nome John Snow è chino sulla scrivania: prende appunti a lume di candela e segna, sulla pianta della città spianata sotto gli occhi, tutti gli isolati in cui infuria l'epidemia. Ha cerchiato una per una le collocazioni delle vittime e si è accorto che ne risultava un dato preciso: avevano tutti bevuto l'acqua presa dalla stessa pompa di Broad Street. Persone che vivono nella stessa zona ma, per un motivo o per l'altro, non sono entrate in contatto con la stessa fonte non sono state colpite. Se queste osservazioni si potranno verificare, sarà la prova che il colera non ha niente a che vedere con la qualità dell'aria.

C'entra solo l'acqua.

Il dottor Snow ha già scritto alle autorità cittadine richiedendo la chiusura urgente della pompa, mediante asportazione o blocco del manico. È certo che il pozzo sia stato contaminato, probabilmente a causa di una perdita fognaria sotterranea. Ma alle sue lettere la Commissione sanitaria ha reagito con disprezzo e ricoprendole di ridicolo, e così la pompa su Broad Street è ancora in funzione.

Il medico anticonformista non voleva arrendersi e ha architettato modi per disattivare la pompa, ma non è riuscito a indursi a danneggiare il patrimonio pubblico, e con i pazienti che attendevano di essere visitati non poteva passare le giornate a fare la guardia e a tentare di convincere la gente a non usarla; così a un certo punto ci ha appeso vicino un cartello per avvisare i passanti del pericolo e se ne è andato.

Il cartello non c'era più quando Arthur ha imboccato Broad Street. Forse portato via dal vento, o rubato da qualche monello analfabeta che ha creduto potesse valere qualcosa. Non importa. Per quanti hanno già ingerito l'acqua è troppo tardi: dentro una goccia, invisibile agli occhi, nuota un batterio a forma di virgola, con una lunga coda che gli permette di muoversi con straordinaria agilità.

Si muore a velocità tale che per le strade cominciano a girare squadre di becchini in cerca di cadaveri da ritirare. I corpi, orrendamente sfigurati, vengono impilati su carretti e portati via, anche se qualcuno respira ancora. Quasi tutte le vittime abitano nel raggio di duecento metri o poco più dall'incrocio tra Broad Street e Cambridge Street; il piccolo numero fuori da queste coordinate si trova in luoghi dove è stata portata dell'acqua da questa stessa pompa.

Agosto cede il passo a settembre, e in tutta Londra si contano centinaia di nuovi casi. Ancora convinti che le infezioni siano causate da miasmi e cattivi odori, i funzionari cittadini spargono tonnellate di calce vicino alle bocche fognarie per ridurre il volume di gas tossici rilasciati in aria. La regina Vittoria rimostra contro il «malvagio odore». In parlamento, deputati e funzionari girano coprendosi il naso con il fazzoletto e lagnandosi della fetida pozza stigia che è diventato il Tamigi, e nelle sue viscide acque si continua a riversare sempre più calcina e acido fenico. Persino i cimiteri vengono avvolti dal sospetto, e alcuni saranno spostati per il timore che siano le emissioni cadaveriche a causare malattie di tutti i generi, ma nessuna di queste contromisure avrà il minimo impatto nel rallentare la pestilenza.

A lungo andare, via via che emergono sempre più prove, la Commissione sanitaria dovrà ammettere che il medico dissenziente – insieme ad altri che erano giunti alle medesime conclusioni – aveva ragione fin dall'inizio. Il colera non si trasmette attraverso l'aria, bensì dall'acqua, e tentare di eliminare il tanfo delle acque nere scaricandole nel Tamigi, che è la primaria fonte di acqua potabile per migliaia di famiglie, non ha fatto che aumentare la diffusione dell'epidemia.

Mentre le autorità sono alle prese con queste scomode rivelazioni Arthur, che segue le notizie in preda all'orrore e legge ogni relazione scientifica che si pubblica, viene travolto da un'intuizione tutta sua. Sospetta, con un orrendo nodo allo stomaco, che il batterio letale fosse nella fiasca che lui ha portato a casa. Impiegherà del tempo per ricostruire la verità, ma una volta che ci sarà arrivato non potrà non prenderne atto: è stata l'acqua a causare il lutto in famiglia, ed è stato lui a portare quell'acqua. È stato lui a uccidere suo fratello.

≈

Quello che chiamano fiume è, in realtà, una moltitudine di fiumi che scorrono dentro uno solo. Nelle profondità del medesimo corso d'acqua ci sono diverse correnti, come strati di pelle che non si vedono a occhio nudo ma sono offesi dalla stessa ferita.

Tra il 1853 e gli ultimi mesi del 1854, quasi undicimila londinesi cedono alla morte azzurra che infuria per i vicoli; il suo alito terroso filtra come una nebbia bassa dalle crepe nei muri e si infila sotto le porte, facendosi sempre più vicino. Per sopravvivere e guarire la città deve riformarsi, e non c'è cambiamento significativo che possa prescindere dal Tamigi. Adesso che più persone riconoscono le conseguenze dello sversamento di ogni sporcizia nell'acqua che beve, è urgente costruire un sistema fognario con tutti i crismi. Da troppo tempo i londinesi vanno dicendo che il fiume è un assassino silenzioso: ma Arthur ha capito che in realtà è tutto il contrario. Sono gli uomini che stanno uccidendo l'acqua.

—H

ZALEEKHAH

In riva al Tamigi, 2018

Entrando in sala da pranzo dietro allo zio, Zaleekhah trova la zia Malek seduta a un capo del tavolo laccato, con la nipotina mediana accanto. Circondate da pezzetti di cartoncino sparsi ovunque, le due sono immerse nella costruzione di una casa di bambola in stile vittoriano con mobiletti animati e porticine a linguetta.

«Tesoro! Che ci fai ferma lì?» le dice la zia, sporgendosi per farsi dare un bacio finto sulla guancia. «Oggi pomeriggio Helen ha portato i ragazzi a tennis e mi ha lasciato tenere Lily, sono fortunata o no? Stava giusto per andare a farsi il bagnetto.»

«Ciao, splendore.» Zaleekhah dà un bacio alla bambina.

«Ciao, zia.»

«Cos'è questa cosa bellissima che state facendo, voi due?»

La piccola sorride. Ha una lieve sfumatura giallastra nella carnagione che si fa notare sotto la frangia ben pettinata. «Una casa per le mie bambole… con una stanza segreta!»

Ma non c'è tempo per farsi dire di più: arriva la bambinaia, che raccatta tutto e porta la bambina di sopra.

«Forza, vieni qui vicino a me» dice la zia a Zaleekhah, dando un colpetto affettuoso alla sedia ora vuota.

«Sarebbe meglio se venisse vicino a me» interviene lo zio Malek. «Abbiamo delle cose da discutere.»

La zia gli lancia un'occhiata. «Mi hai promesso che stavi calmo.»

«Sono calmissimo» ribatte lui. «Se ha deciso di mettere fine al matrimonio senza una buona ragione, fatti suoi. Viviamo in tempi moderni.»

In silenzio, Zaleekhah scosta una sedia a metà tavolo, equidistante da entrambi. Poi dà un'occhiata circolare alla stanza, reduce dall'ennesimo rifacimento. La sala da pranzo è l'ambiente più ristrutturato di casa Malek: a intervalli di pochi mesi viene trasformata da cima a fondo, secondo un diverso tema cromatico. Dal soffitto pende un lampadario decorato a gigli bianchi e foglioline verdi di vetro trasparente.

«Questo non l'ho mai visto, è nuovo? È bellissimo.»

«Nuovo e vecchissimo» risponde lo zio. «Partecipò alla Grande esposizione universale, quindi lo vide la regina Vittoria in persona… oltre a milioni di altri visitatori, naturalmente.»

Il lampadario non è l'unico pezzo d'antiquariato presente. Di fronte all'ingresso c'è una vetrinetta art déco che ospita bicchieri di cristallo, whisky di malto stravecchi e decanter di porto d'annata; in un angolo sta una cassettiera intarsiata con il marchio del mastro falegname – incudine e martello – inciso sul telaio. Ciascun pezzo è stato scelto con cura certosina dallo zio, appassionato collezionista di *objets d'art* e buongustaio. È in questa stanza che le sue due inclinazioni si uniscono e trovano la più alta espressione.

«Tesoro, ci sei mancata» dice la zia Malek a Zaleekhah. «Perché non vieni mai a trovarci?»

«Scusami, ultimamente faccio una vita un po' frenetica.»

I coniugi Malek si scambiano un'occhiata ma non commentano, e proprio in quella entra una cameriera con un cestino di pane. Tutti attendono in silenzio che finisca di disporre un panino per persona sull'apposito piattino laterale.

«Be', ora potrei avere bisogno delle tue competenze» dice la zia Malek, sistemandosi il tovagliolo in grembo. «Ho deciso di installare un giardino zen. Un ottimo modo di ridurre lo stress.»

Lo zio fa una risata di naso. «O di passarlo a me.»

Zaleekhah trattiene un sorriso. «Sarei felice di aiutarti, ma non so niente di giardini zen.»

«Tranquilla, ho già trovato un paesaggista. A te chiederei aiuto solo sull'acqua.»

«In che senso?»

«Be', nel giardino scorrerà un ruscello, con un ponticello di pietra grezza… o forse di legno, e cascate in miniatura, totalmente naturali e rilassanti. È come avere un centro benessere tutto tuo.»

«Un centro benessere salatissimo» interviene lo zio. «Mi costerà un patrimonio.»

«Dici così, ma quando sarà finito starai sempre là, giorno e notte. Te ne innamorerai.» La zia Malek guarda il marito di sbieco. «Quanto alla spesa, non mi far parlare. I tuoi hobby sono molto più dispendiosi dei miei, e non so proprio dove troveremo lo spazio per quel pezzo antico che stai facendo portare qui.»

«Uh, eccola che riattacca. Ma quante volte te lo devo dire? È una tavoletta mesopotamica, sta nel palmo di una mano.»

«Vero, continuo a dimenticarmelo» borbotta la zia. «Sarà per via del prezzo.»

Tacciono mentre la cameriera serve il primo piatto, una vellutata di asparagi guarnita con un uovo in camicia e crostini di brie.

Con gli occhi fissi sul piatto, Zaleekhah rompe il tuorlo con il cucchiaio e rimane a guardare il liquido ambrato che cola fuori. Il rapporto dello zio con i soldi l'ha sempre lasciata perplessa. Spende mille sterline per una bottiglia di vino senza battere ciglio, ma ha da ridire su quella che definisce la «dipendenza» della moglie dalle creme antietà. Non esita a fare offerte sconvolgenti per un whisky raro, è sempre felice di pagare vacanze di lusso a tutta la famiglia o il conto se esce la sera con gli amici, e poi contesta le spese mensili di cucina. È generosissimo quando si tratta di fare regali ai suoi cari ma non, o così Zaleekhah sospetta, quando i dipendenti gli chiedono un aumento di paga.

«È la tavoletta di cui parlavi prima?» gli chiede quindi.

«Proprio quella!» risponde lo zio. «Un frammento dell'epopea di Gilgamesh. Parliamo del poema più antico del mondo. Già di per sé è notevole, ma questa tavoletta è proprio eccezionale, è azzurra e proviene dalla biblioteca di Assurbanipal.»

«Credevo che oggetti del genere si conservassero nei musei» dice la zia.

«Molti sì... ma alcuni finiscono in mano a privati.» Lo zio imburra il panino e se ne infila un pezzo in bocca. «Ho fatto le mie verifiche, ovviamente, perché oggi come oggi non ci si può fidare di nessuno. Londra, Parigi, New York e Tokyo sono invase da pezzi sottratti all'Iraq e alla Siria... In Europa ci sono botteghe antiquarie dove trovi cimeli delle rovine di Palmira. Ma state pur certe, care mie, che ho avuto questa tavoletta tramite un mercante affidabile.»

«Se è così preziosa, perché il proprietario la vende?» chiede la zia.

«Succede. La gente di là è povera e ignorante. Possiede cose di cui non capisce realmente il valore, e quando i vecchi muoiono, i giovani provano a fare cassa in tutti i modi possibili. Come fai a dargli torto?»

Zaleekhah riporta lo sguardo sul piatto. Ecco l'eterno casus belli tra i due: il denaro. Ne possiedono molto entrambi, solo che una l'ha ereditato, mentre l'altro l'ha conquistato al termine di un viaggio lungo e difficile.

La zia Malek, nata in una famiglia inglese che già nell'Ottocento aveva fatto la propria fortuna nel settore tessile, trova che cianciare continuamente di patrimoni, investimenti e ricavi sia il massimo del cattivo gusto. Per parte sua, lo zio Malek non manca mai di irritarsi con quelli tanto privilegiati per nascita da non avere idea di cosa significa far fatica per arrivare a fine mese. Perciò, quando si parla di queste cose, ciascuno dei due disprezza l'altro in maniera neanche troppo dissimulata.

≈

«Come sei silenziosa, tesoro. Dicci qualcosa di te» riprende la zia Malek dopo che è stato servito il pesce.

«Infatti, raccontaci come vanno le cose!»

Zaleekhah fa un respiro profondo. Sa che vogliono sapere del suo matrimonio, ma parlare di lavoro è più facile che parlare della sua vita privata, perciò dice: «Forse vi ricorderete che partecipo a un progetto… una collaborazione fra scienziati di tutto il mondo per il recupero di fiumi perduti».

«Sta svicolando» borbotta lo zio.

«Se ha voglia di parlare di fiumi perduti, parliamo di fiumi perduti» ribatte la zia, accigliandosi, prima di tornare a Zaleekhah. «Scusa, come fa un fiume a perdersi?»

«Be', da sempre l'uomo costruisce città sulle sponde dei fiumi. Ma con l'espansione di quelle stesse città, i fiumi e i loro affluenti sono stati allontanati: indesiderati, sono finiti sottoterra. Al momento stiamo lavorando insieme a una squadra francese che sta cercando di rianimare il corso d'acqua storico di Parigi.»

«La Senna!» dice la zia Malek con un sorriso trasognato. «Ah, il panorama più romantico del mondo… Io e tuo zio ci abbiamo passato un'estate, a Parigi, appena sposati. Che ricordi meravigliosi.»

«In realtà parlavo di un altro fiume» precisa Zaleekhah. «La Bièvre.»

«La che?» chiede la zia.

«La Bièvre... è sepolta sotto la capitale francese da moltissimo tempo. È stata un importante corso d'acqua navigabile fino al diciannovesimo secolo, quando è diventata inquinatissima. Allora l'hanno ricoperta e di fatto se ne sono dimenticati. I turisti che girano per Parigi oggi ammirano la Senna, ma non sanno che sotto i piedi gli scorre un altro fiume.»

«Ce ne sono parecchi anche qui a Londra» dice lo zio.

«Infatti» conferma Zaleekhah. «E a New York, Vienna, San Paolo, Sydney, Pechino, Mosca, Toronto... Ci sono fiumi perduti quasi dappertutto, nel mondo. Pochi stranieri sanno che un tempo Tokyo era una città d'acqua. Rimane meravigliosa, ovviamente, ma possedeva più di cento torrenti e canali che poi sono stati riempiti e usati per le fondamenta delle strade o semplicemente nascosti sotto i marciapiedi. O prendiamo Atene: ci siete stati quest'estate. Una città che oggi, malgrado tutto il suo splendore, non è attraversata da un corso d'acqua. Ma nel corso della sua storia ha potuto vantare non uno, non due, ma ben tre fiumi.»

«Uh, non ne avevo idea» dice la zia Malek. «Che è successo?»

«Li hanno seppelliti.»

«Come, seppelliti?»

«Sì, sotto strati di asfalto. Come in molti altri posti del mondo. Le strade sono più redditizie dei fiumi; fanno vendere più automobili. E anche il mercato immobiliare preferisce il cemento. Ma nell'antica Grecia i fiumi erano sacri, e l'uomo non ha sempre trattato l'acqua così male.»

«Sì, d'accordo, adesso però calma, non c'è bisogno di partire in quarta con la critica del capitalismo» dice lo zio Malek. «Se quei fiumi sono morti, un motivo ci sarà. Tu per prima hai detto che erano sporchi, e quindi pericolosi per la salute pubblica, direi. Chissà che razza di malattie portavano. Forse nasconderli non è stata un'idea brillantissima, ma magari ai tempi era la scelta migliore. I vittoriani non ne avevano molte a disposizione, non giudichiamoli troppo severamente.»

«Non sto giudicando i vittoriani, zio» ribatte Zaleekhah. Non le va di discutere con lui, ma neanche riesce a tacere su una questione che le sta molto a cuore. «Critico noi contemporanei. Ci ritroviamo qui, oltre un secolo dopo, e ci serve una strategia diversa. I canali sotterranei sono stati costruiti in un'epoca in cui le città erano molto meno estese: ma adesso, in piena emergenza climatica, la loro capacità di contenere un'inondazione è messa pesantemente alla prova.»

«E che vogliamo fare, tesoro?» Lo zio appoggia il mento alla punta delle dita. «Ci mettiamo a demolire abitazioni private per salvare i tuoi fiumi perduti? Tra l'altro, ora che ci penso, sopra uno di quegli affluenti non sorgono anche porzioni di Buckingham Palace? Spero tu non pensi di buttare giù i muri della regina.»

«Io dico solo che se non ci facciamo venire in mente qualcosa, le alluvioni urbane saranno più devastanti ogni anno che passa. Non è un'impresa impossibile. A Seul ci sono riusciti, e l'hanno chiamato *daylighting*: riportare i corsi d'acqua interrati alla luce del giorno.»

«Che bel nome» interviene la zia Malek.

«Un bel nome non serve a niente, se non ci sono le risorse» dice lo zio. «Ora, non so cos'hanno fatto a Seul, ma so che ci sono dei limiti a quel che si può fare a Londra, e in generale sarebbe meglio lasciare in pace i fantasmi. Perché mai tentare di resuscitarli?»

«Perché esistono ancora.» Zaleekhah abbassa gli occhi e allontana il piatto. «Le cose non scompaiono solo perché noi lo desideriamo. Possiamo anche coprirli d'asfalto, costruirci altra roba sopra e fingere che non ci siano mai stati, ma tutti quei fantasmi che pensavamo di aver seppellito a fondo sono ancora parte di noi, e se non li affrontiamo continueranno a tormentarci.»

Quando alza gli occhi scopre che gli zii la stanno fissando con tutt'altra espressione.

«Tesoro, non agitarti così. Evitiamo le pesantezze.» La zia Malek le dà un buffetto su una mano. «Dimmi, com'era il pesce?»

≈

Per dessert c'è una mousse di cioccolato fondente con mirtilli rossi glassati. La zia rifiuta la propria porzione e guarda l'orologio. «Dovete scusarmi, l'autista ci aspetta per riportare Lily a casa. Anzi, può darsi che io rimanga là a dormire. Il marito di Helen è a Singapore, un'altra volta, un viaggio di lavoro.»

«Ti prego, salutameli tutti» dice Zaleekhah. «Non vedo Helen da un pezzo.»

La zia si ferma, e incrocia lo sguardo del marito per un secondo di troppo. Poi dice: «Be', se fossi in te cercherei di farlo».

Il commento, nonostante il tono disinvolto, provoca un silenzio che perdura anche dopo che la zia se n'è andata.

«Dovrei andare anch'io» dice poi Zaleekhah. «Grazie per l'invito, era tutto buonissimo.»

«Fermati ancora un momento, tesoro. Non siamo riusciti a farci una chiacchierata come si deve.»

Lo zio si appoggia al bastone, si alza e fa un cenno al maggiordomo appena comparso al suo fianco. «Prendiamo il caffè in biblioteca, Kareem.»

Di sopra c'è il fuoco acceso anche se non fa freddo. Sulla caminiera c'è un orologio che ticchetta piano. L'atmosfera è placida, con il profumo inebriante dei fiori che si mischia all'aroma di libri e vecchi manoscritti.

«È successo qualcosa a Helen?» chiede Zaleekhah dopo che è stato servito il caffè.

«Ultimamente è parecchio fuori fase, c'è Lily che non sta bene.»

«Lily, davvero? L'ho trovata così allegra.» Ma già mentre lo dice, torna con il pensiero all'insolito pallore della bambina. «Che c'è che non va?»

«Non lo sappiamo ancora, stanno facendo delle analisi.»

Zaleekhah spalanca gli occhi, e lo sconcerto viene immediatamente sostituito dal senso di colpa. Di recente è stata talmente presa dai suoi problemi che ha perso i contatti con la cugina. «Non sai quante volte mi dico che dovrei sentire Helen e vederla, e poi rimando.»

«Fallo, tesoro! È tua sorella. Non c'è bisogno che la chiami prima, passaci e basta. Se non a casa, puoi sempre fare un salto in galleria, negli orari di apertura la trovi. Lo sai quanto ti vuole bene.»

«Anch'io le voglio bene.»

Lo zio mescola lo zucchero nel caffè, il cucchiaino tintinna contro la porcellana. «Sicura che starai bene, su quella gondola?»

«La casa galleggiante? Sì, zio, sicura. Non preoccuparti per me.»

Lui scuote la testa. «Quando mi hai detto cos'avevi deciso, sinceramente ci sono rimasto di stucco. Pensavo che ti saresti tenuta alla larga dalle abitazioni acquatiche.»

Zaleekhah sente un groppo in gola e raddrizza le spalle. Non parlano quasi mai di quello che è successo ai suoi genitori.

«Sarà l'età» prosegue lo zio Malek. «Ultimamente ci penso molto.»

Zaleekhah nota l'espressione che si incupisce, un riflesso negli occhi che ha imparato a riconoscere. Non gli dice che anche lei, di questi tempi, ripensa spesso a loro.

«È l'età, sicuramente» insiste lo zio. «Ripenso anche a mia madre.»

Lo zio aveva otto anni quando lo hanno mandato da convittore in una scuola privata inglese, primo della sua famiglia a potersi istruire all'estero. A quell'età non aveva idea di quanto i suoi avessero sacrificato per dargli un'occasione che lui vedeva come una penitenza. Dopo tre estati, quando finalmente gli era stato permesso di tornare a casa, aveva appreso che sua madre aveva lasciato il padre per un altro uomo, precipitando la famiglia nel disonore. Le sue continue domande su dove fosse la mamma venivano accolte da un silenzio gelido. Al termine delle vacanze era tornato in collegio per cominciare a prepararsi agli esami di ammissione al Winchester College, e della madre non aveva più chiesto niente.

Nel Paese d'adozione aveva brillato. A scuola era noto per la sua abilità nel dibattito, lo spirito sagace e l'umorismo beffardo. Finita l'università aveva aperto un fast food che presto era diventato una catena, e aveva iniziato ad accumulare profitti enormi; non solo perché era scaltro e pieno d'inventiva, ma anche perché all'epoca il peso politico e la promozione sociale si compravano senza difficoltà: grazie a generose donazioni a partiti e campagne elettorali era diventato amico di politici e personaggi pubblici. Il suo nome finiva spesso sui giornali; era consulente di ministri, scriveva editoriali per la stampa finanziaria, e da poco ha coronato il sogno di entrare alla Camera dei Lord.

Allo zio piace ripetere di essersi «fatto da sé». Cosa che sarà anche vera, ma Zaleekhah sospetta che la fabbricazione di un nuovo sé implichi il disfacimento di quello vecchio, e ha la sensazione che lo zio Malek abbia lasciato una parte di sé in Iraq: la parte più tenera, fiduciosa e ottimista. E pensa che dopo tutti questi anni non abbia ancora perdonato sua madre.

La madre di Zaleekhah – sorella maggiore dello zio, più grande di quattro anni – era una donna garbata e compassionevole, dallo sguardo caloroso e facile al sorriso. Era arrivata in Inghilterra molto più tardi e aveva sempre portato con sé l'ombra di un altro Paese. Non le importava nulla di titoli o guadagni: la sua passione era la natura.

Entrambi i suoi genitori apprezzavano moltissimo la vita all'aria aperta, e gran parte dei suoi ricordi infantili ha grandi panorami come sfondo. Suo padre, sua madre e i loro campeggi nel bel mezzo del nulla, le passeggiate nei boschi, la contemplazione di un arcobaleno che si protende su una serie di cateratte… lo scricchiolio degli aghi di pino sotto gli scarponi, le efflorescenze farinose sulle rocce, le prugnole selvatiche che raccoglievano dopo le gelate, la borraccetta d'argento che il papà si appendeva alla cintura e da cui la faceva bere quando aveva sete… Nessun'altra acqua ha mai avuto quel sapore. Eppure, alla fine, è stata l'acqua a ucciderli, e a lasciare Zaleekhah tutta sola.

≈

«Prima di andare, tesoro, ti spiace rimettermi via gli occhiali da lettura?»

Vorrebbe che lei ci ripensasse: ha trovato un modo non proprio sottile di ricordarle la busta. Ma quando riapre il cassetto, Zaleekhah vede il libro: *Delle scoperte di Ninive.*

Stavolta legge anche il sottotitolo: *Indagine sui costumi e le arti degli antichi assiri, con un resoconto del soggiorno tra i cristiani caldei del Kurdistan e gli jezidi, ovvero gli adoratori del diavolo.*

Queste ultime parole la incuriosiscono. Ha sentito parlare dai telegiornali delle disgrazie degli yazidi, che l'Isis ha aggredito e cacciato dalle loro case, ma non ne sa praticamente nient'altro.

«Me lo presti?» chiede allo zio, spinta da un impulso.

«Che cosa?»

«Questo libro. Te lo rendo appena lo finisco.»

Lo zio sospira. «Certo, tesoro, prendilo.»

«Buonanotte, zio.»

≈

Di sotto la attende Kareem, con in mano la sua giacca. Poi le apre la porta. Si fermano fianco a fianco, a respirare l'aria fresca.

«Grazie di tutto» si affretta dire Zaleekhah. Tutt'a un tratto vuol lasciare quella casa e l'influenza che esercita su di lei. «Mi sa che ho mangiato troppo. Meglio se faccio due passi.»

«Ma tuo zio ti ha chiamato un taxi.»

Quasi non ha finito di dirlo, che sentono una macchina accostare davanti al cancello.

Zaleekhah espira. «Vorrà dire che rinuncio ai due passi, allora.»

In silenzio, come per non disturbare le belle piante e l'ordinatissimo prato del giardino, si avvia verso il cancello. Quando passa davanti alla fontana andalusa si dice che lo zio la starà guardando dalla finestra, un profilo sgranato contro le pesanti tende di broccato. Si volta appena, sul punto di salutare con la mano, ma con sua grande sorpresa non vede nessuno, solo l'ombra della lampada vittoriana.

—O—

ARTHUR

In riva al Tamigi, 1856

L'anno prima che Arthur compia sedici anni, i suoi restano indietro con l'affitto e lui deve fare gli straordinari. Si alza prima che i piccioni comincino a tubare, con il sonno che gli cola dagli occhi. Sempre pignolo in questioni di igiene, si preoccupa di lavarsi meglio che può: si sfrega con una pezza di flanella lasciata in ammollo nell'aceto diluito oppure si sciacqua con acqua talmente fredda che lo punge come spilli. Si serve anche, frugalmente, di un flacone di disinfettante o di una saponetta distribuiti da un ente benefico. Il sapone però è di qualità così scarsa che quasi non fa schiuma, per quanto lui strofini. In ogni caso, non manca mai di osservare questi rituali giornalieri.

Certe mattine, quando esce di casa, vede il raggio argenteo di una falce di luna che rimbalza sull'acciottolato. A quell'ora antelucana nell'aria di Londra c'è un aroma particolare, come di rame sulla lingua. Arthur cammina attento, scartando mendicanti, vagabondi e oppiomani che sonnecchiano sui marciapiedi: tutta gente che non può permettersi neanche le cuccette da due penny, dette «bare», che sono le più economiche sistemazioni al coperto a disposizione dei senzatetto. Una volta inciampa in un uomo che è morto congelato: la barba è incrostata di ghiaccio, i lineamenti si sono ammorbiditi per un ultimo sogno piacevole e il corpo emaciato, come di albero avvizzito, è esposto perché gli hanno portato via i vestiti.

La fame è una costante nella sua vita, talvolta brevemente placata ma mai lontana. Quasi ogni giorno fa colazione con un semplice panino che, se possibile, integra con una passata di burro. A volte si compra una birra o un caffè da un chiosco ben illuminato con un braciere di carbonella. La birra è annacquata e il caffè non sa di niente, ma almeno è caldo. Continua a portare a casa qualcosa di buono per la mamma e il fratellino ogni volta che può; anguilla affumicata, buccini in salamoia, pasticcio di rognone. Anche questo fa parte dei rituali che gli sono cari.

Quando rientra, a tarda sera, è talmente stanco che fa fatica a tenere gli occhi aperti, e figurarsi a leggere qualcosa. Ormai non sogna più Ninive: troppa sofferenza arbitraria gli ha sottratto qualunque speranza per il futuro. Il rimorso che prova per la morte del fratellino non si attenua mai. Gli manca il suo mentore e paladino, il signor Bradbury. Non è certo che sopravviverà a un altro inverno. Qualche istante effimero riesce ancora a farlo sorridere: uno strido di gabbiani che passa sui tetti, la vista delle primule nel cesto di una fioraia, il profumo delle caldarroste sul braciere... Solo le piccole cose lo rincuorano a sufficienza da tenerlo aggrappato a un filo sottilissimo di esistenza.

≈

Una mattina Arthur è ritto in ufficio davanti a un leggio, a rivedere un volume che la ditta sta valutando di ristampare in inglese: *Le opere di Rabelais*. L'originale è stato illustrato dall'artista francese Gustave Doré. I suoi disegni sono colmi di uno slancio feroce, e il ragazzo li contempla ammirato. È sua ferma convinzione che tutti i libri, che siano di finzione o meno, dovrebbero essere illustrati; il lettore dovrebbe essere guidato nel regno della narrazione dalle immagini come da lanterne che illuminano il percorso di un viaggiatore notturno. Lui però non disegna più. Sa di non avere il talento dell'illustratore francese. È in grado di osservare le sfacciate cortigiane al braccio dei ricchi signori che escono dall'operetta su Drury Lane, o gli squallidi negozietti di Holywell Street che vendono libri pornografici, o i passeggeri della ferrovia a Waterloo Station, o i pedoni che percorrono avanti e indietro Fleet Street, detta «la via dell'inchiostro» perché è diventata il cuore dell'industria dei quotidiani, e poi riprodurli tutti su carta con raffinato vigore, ma non è capace di leggere una storia e poi inventarsi schizzi che eccedono la fantasia dello scrittore.

È talmente immerso in questi pensieri che ha un soprassalto quando la porta si spalanca e nell'ufficio irrompe un visitatore. Di altezza e corporatura media, sfoggia una barba a punta ben curata; sotto le sopracciglia, su un viso spigoloso brillano due occhi accesi e vigili.

«Il signor Evans, dov'è? Devo parlargli urgentemente.»

«Non è ancora arrivato» dice Arthur.

«Maledizione! La cosa non può attendere!»

«Sono certo che sarà qui tra poco, signore.»

«Ma io non ho tempo» mormora l'uomo controllando l'orologio, che poi ripone nella tasca del panciotto. Ha qualcosa di bizzarramente familiare, benché Arthur sia certo di non averlo mai visto prima.

Ancora un po' ansante, il visitatore si piazza nella poltrona più vicina; ad Arthur non è chiaro se parli tra sé o con lui.

«Dopo molte riflessioni, ho deciso che questa è l'azienda giusta per me. I miei romanzi vanno stampati qui!»

Quando capisce chi ha davanti, Arthur socchiude gli occhi.

«Prima devo sbarazzarmi di quel mascalzone di editore che per somma sventura mi sta addosso da troppi anni. Sono convinti che non possa svincolarmi da loro, ma lo vedranno. Ormai ho deciso. Di qui in poi mi pubblicherà la Bradbury & Evans.»

Arthur si gira da un'altra parte. «Bradbury non c'è più, signore.»

L'uomo ha uno scatto, punta lo sguardo acuto sul ragazzo. Non si sa cosa veda in lui, ma l'espressione si ammorbidisce, e quando riprende la parola anche il tono è più conciliante. «Sì, lo so, una perdita terribile. Tu devi essere l'apprendista. Avevo sentito che faceva da mentore a un ragazzo dei quartieri poveri.»

«Sì, sono io, signore.»

«Ho sentito anche che sei molto intelligente. Un genio, si dice.»

«Questo non lo so, signore.»

Segue un breve silenzio, poi l'uomo domanda lentamente: «Tu sai chi sono?».

«Sissignore. Siete lo scrittore Charles Dickens.»

L'altro conferma con un cenno del capo. Gli occhi mobili, accesi di curiosità, passano in rassegna il tavolo. «Ti piacciono i disegni, vedo. Vorresti diventare un artista?»

«L'arte mi piace molto, ma non credo sia la mia vocazione.»

«E qual è il tuo talento, allora?»

Arthur riflette. «Il signor Bradbury mi diceva sempre che ero bravo a vedere ciò che gli altri non vedevano... ma non so se vale, come talento.»

L'autore sorride. «A me sembra una dote non da poco. Forse hai bisogno di tempo per capire come impiegarla. Il sole è debole al suo levarsi, e raduna forza e coraggio con il trascorrere del giorno.»

Pare che stia per aggiungere qualcosa, ma proprio allora la voce del signor Evans trapassa l'aria, seguita pochi secondi dopo dal titolare in persona.

«Dickens, carissimo, che bella sorpresa!»

Lo scrittore si alza rapidamente e tende la mano, come fosse lui il padrone di casa e l'editore il suo ospite.

«Avessi saputo che eravate qui, mi sarei precipitato» dice Evans. «A cosa dobbiamo l'onore di questa visita?»

I due si avviano a grandi passi verso la saletta in fondo, le voci che guadagnano volume. Arthur sente tutto… specialmente dopo che hanno aperto l'armadietto dei liquori e si sono goduti più di un bicchierino dell'ottimo brandy invecchiato del signor Evans.

Dickens si lagna dei suoi editori. Si approfittano di lui da troppo tempo, sostiene. Una masnada di avidi sfruttatori e nient'altro! Volgari sanguisughe che si celano sotto una scintillante patina di erudizione! Da lunga pezza, tutto solo, fatica come una sguattera a cui abbiano affidato un'intera residenza. È stato lui a inventarsi tutte quelle storie, lui che ha faticato alla luce della lampada a gas per ore e ore fino a ingobbirsi e a perdere la vista, ma i frutti li raccolgono solo loro. Ha imparato la dolorosa lezione che vendere i diritti d'autore a un editore non è nell'interesse dello scrittore: così gli autori diventano operai di fabbrica. Ma ora ne ha avuto abbastanza, e non tollererà più quest'ingiustizia. Inchioderà i propri princìpi all'albero maestro della letteratura e, da bravo marinaio qual è, anziché abbandonare la nave è pronto ad affondare con lei.

«Per questo vi faccio un'offerta.»

Dickens propone a Evans di entrare in società con lui. Terrà per sé la proprietà letteraria, ma cederà alla ditta il diritto di stampare e mettere in commercio le sue opere in cambio di un quarto delle royalty. Lui terrà per sé il resto, oltre a un sostanzioso anticipo in contanti.

«Mio caro, imponete condizioni onerose!» dice il signor Evans, asciugandosi la fronte. «Ma come posso dire di no al padre di *Oliver Twist*? Siamo d'accordo.»

Arthur coglie lo sciabordio di altro brandy versato, il tintinnio dei bicchieri, il segreto nervosismo delle risa che si allenta in un'armonia allegra.

Pubblicano quattro libri di Dickens: *Dombey e figlio*, *David Copperfield*, *Casa desolata* e *La piccola Dorrit*. Arthur li legge tutti e, quando ristampano i romanzi precedenti, rilegge anche quelli.

La collaborazione si rivela così proficua che decidono anche di lanciare un quotidiano nazionale, il «Daily News». Dickens, traboccante di idee, convince la ditta ad appoggiare riforme sociali. È loro dovere aiutare poveri e sfortunati, il cui numero non fa che crescere man mano che sempre più famiglie disperate migrano dalle campagne alla città in cerca di sostentamento. Londra deve diventare «un esempio di umanità e giustizia per tutto l'impero», non di crudeltà e disuguaglianza. Dickens è guidato dalla passione, e tutti gli altri sono guidati da lui. In otto pagine, al prezzo di cinque penny, nel primissimo numero del giornale annunciano ad amici e nemici: «I princìpi sostenuti dal "Daily News" sono quelli del miglioramento e del progresso; dell'istruzione, della libertà religiosa e civile, della legislazione equa».

Perdono un sacco di soldi.

Dickens torna ai suoi romanzi.

≈

Arthur non vede l'autore per diversi mesi ma poi, un giorno d'autunno, eccolo che ricompare. È mattina prestissimo, il cielo è ancora nero come la pece. Nell'avvicinarsi all'ufficio, il ragazzo nota una sagoma indistinta vicino alla porta, che si sposta sotto la luce di un lampione quando lui si avvicina. È Dickens. Ha l'aria angosciata di chi non dorme abbastanza, la barba malfatta e ombre nere sotto gli occhi.

Come molti altri in città, Arthur ha sentito le voci che girano senza controllo. Si dice che l'autore si sia innamorato di una donna molto giovane e le abbia comprato un braccialetto, tutte cose che non si sarebbero venute a sapere se il regalo non fosse stato recapitato per sbaglio a casa sua e non fosse finito nelle mani della moglie.

«Buongiorno, signore.»

«Giovane Arthur» fa Dickens, con un sorriso che non riesce a raggiungere gli occhi. «Lietissimo di vederti.»

«Non sapevo vi alzaste così presto.»

«Non sempre, ragazzo mio. È solo che di questi tempi ho qualche guaio domestico.»

Appena entrano in ufficio Dickens sprofonda in una poltrona, stringendo i braccioli così forte da sbiancarsi le nocche. Poi borbotta sottovoce: «La verità è che non riuscivo a dormire».

Arthur nota che ha più capelli grigi, adesso, e le rughe intorno agli occhi si sono fatte più profonde.

Sotto lo sguardo attento del ragazzo, Dickens raddrizza la schiena. «Guarda, ho portato una cosa buona… che può rallegrare anche i più derelitti.»

Così dicendo, si cava di tasca una bella scatola di latta e la apre. Dentro, sistemati in file perfette, ci sono dei cubetti gelatinosi, rosa, spolverati di zucchero a velo.

Arthur sgrana gli occhi. «Cosa sono, signore?»

«Sono zollette di gioia» risponde Dickens con una leggerezza che contraddice la sua espressione. «Vengono dalle terre ottomane… una squisitezza ugualmente amata da ricchi e meno ricchi. Vieni, assaggiane una.»

Arthur si china e prende un cubetto. Ha un sapore insolito, gommoso, tenero e profumato.

«Allora, che ne pensi?» domanda Dickens.

«Strana… molto gustosa. Laggiù le mangiano tutti i giorni?»

«Credo di sì. Ho sentito che il sultano ha l'abitudine di distribuirle a tutto il suo harem.»

«Cos'è un harem?»

«Ah, una cosa tremenda» risponde Dickens alzando la voce. «Un istituto orribile e degradante di cui non vale la pena parlare. Benché la defunta signorina Brontë, chiaramente, amasse soffermarvisi con il pensiero. Che scena disdicevole ha immaginato per la povera Jane Eyre! Ricordi che cosa dice Rochester? Che non scambierebbe mai "questa inglesina per tutto il serraglio del Gran Turco, e nemmeno per le urì dagli occhi di gazzella"! E poi, con quale intenzione la scrittrice, vien da chiedersi, induce la cara, scialba Jane a immaginarsi nella "villa di vacanza" di Rochester, succintamente coperta di sete e fiori, in attesa di una notte di piaceri dei sensi… Che razza di fantasia, da collocare nella mente di una riservata signorina inglese.» Dickens si interrompe. «Però alquanto stuzzicante, questo va detto.»

Arthur ha letto *Jane Eyre* e, sebbene non abbia indugiato proprio su questo particolare, adesso ne afferra quanto basta a farlo avvampare.

Senza accorgersi dell'imbarazzo dell'apprendista, Dickens prosegue. «Anche se sono cresciute nello Yorkshire, non dimentichiamo che le radici delle sorelle Brontë erano nel cuore della Cornovaglia. Avendo vissuto vicino al mare, per generazioni tra i loro famigliari si sono certamente tramandate storie di corsari ottomani che facevano irruzione nelle case e rapivano donne inglesi per portarle nei loro harem e questo, secondo me, infiamma la fantasia letteraria. A ogni modo, lasciamo perdere l'interessante dettaglio, per quanto un po' sensazionale.» Lo scrittore prende un'altra zolletta di gioia e la regge tra le dita. «Devi sapere che molte culture in tutto il mondo sono palesemente inferiori alla nostra, specie tra le razze orientali. Impiegheranno molto tempo a raggiungere il nostro livello di civilizzazione, se mai ci arriveranno.»

Arthur drizza le spalle, colpito a un tratto da una forte consapevolezza: per quanto sia un appassionato difensore di poveri e reietti, un fervido paladino di oppressi e calpestati, Dickens non tiene in grande considerazione società diverse dalla sua.

Come se avesse intuito il dissenso del ragazzo, l'autore gli restituisce lo sguardo. «A quanto pare tu la pensi diversamente. Hai forse in animo di valicare un giorno le nostre coste…? Sei tentato di recarti in terre lontane?»

Arthur annuisce con decisione.

«E dove?»

Per tutta risposta, il ragazzo apre un cassetto e tira fuori il ritaglio di giornale che conserva sotto una pila di incisioni.

Dickens avvicina il pezzo di carta al lume e legge a voce alta: «Una gran folla di visitatori ha accolto questo pomeriggio, al British Museum, l'arrivo di statue colossali e altri manufatti provenienti da Ninive». Si ferma e sbircia Arthur da sopra il foglio. «È lì che vorresti andare? A Ninive? Davvero singolare, questo tuo interesse. Dimmi, sei mai stato al British Museum?»

«Nossignore… Un paio di volte sono arrivato fino ai piedi della scalinata, ma poi non ho osato entrare.»

«E perché mai?»

«Non ho l'abbigliamento adatto.»

L'espressione dello scrittore si ammorbidisce. «Ma ragazzo mio, non c'è bisogno di farne un ostacolo.»

«Di solito lo è» ribatte Arthur, risoluto. «E con tutto il rispetto, signore, lei potrebbe non essere in condizione di saperlo.»

In queste parole l'autore percepisce un altro velato rimprovero. Avrà anche lavorato in una fabbrica di lucido da scarpe, divenendo da allora un ardente campione della classe operaia e un aspro critico della «nuova legge sui poveri» del 1834 con la rappresentazione nei suoi romanzi delle condizioni di vita degli indigenti, e chiarendo senza mezzi termini che la colpa della povertà non può ricadere su coloro che la sopportano; ma qui, in questa stanza, accanto a questo ragazzo, è senz'altro un privilegiato.

Per un momento, Dickens riflette. «È vero quel che si dice di te… che non dimentichi mai nulla?»

«A quanto pare trascorro molto tempo dentro la mia stessa memoria» ammette Arthur. «Un'abitudine inutile.»

L'altro si gratta la barba. «Nulla è inutile a questo mondo, se alleggerisce il fardello di un altro.»

«Non credo di aver mai alleggerito alcun fardello. Di certo non quello di mio padre.»

«Tutti i padri vogliono bene ai figli, a modo loro. Forse il tuo non sa bene come dimostrarti la sua stima.»

Arthur si morde la lingua. Non intende contraddire ancora il celebre romanziere, ma come si può definire affetto quello che si manifesta come profonda e violenta freddezza, e fa solo del male?

≈

Quella stessa settimana in ufficio viene recapitato un pacco per Re Artù di Cloache e Catapecchie. Dentro, Arthur ci trova giacca, panciotto e calzoni di tweed, fatti su misura e della taglia perfetta, insieme a un paio di stivaletti di cuoio marrone proprio del suo numero. Dickens lo ha osservato molto bene. Il tutto è accompagnato da una lettera:

Mio caro Arthur,

ho molto apprezzato il nostro scambio di idee, e ho riflettuto a lungo sulle tue parole. Sei un giovanotto di grande talento ed encomiabile intelligenza. Sono convinto che dovrai recarti a Ninive e vedere il Tigri con i tuoi occhi. Per motivi al di là del tuo potere, Londra ti ha spezzato il cuore: forse, quando giungerai in Oriente, troverai dentro di te la forza di perdonare la tua città natale e il suo temibile fiume, il Tamigi. Si comincia sempre a perdonare un luogo una volta lasciatolo alle spalle.

Il tuo sempre affezionato amico,

Charles Dickens

Dopodiché l'autore sparisce un'altra volta, per gettarsi a capofitto nella storia d'amore e nello scandalo coniugale che nei mesi a venire gli consumeranno la forza e la reputazione. Arthur gli scriverà ma non avrà la possibilità di ringraziarlo di persona. Né potrà raccontargli che alla fine è riuscito nell'intento di visitare le creature alate di Ninive al British Museum, dove lo attende una sorpresa che gli cambierà la vita per sempre.

Ḫ

NARIN

In riva al Tigri, 2014

«Nonna, quei giganti alati che hai detto che Leila aveva visto da giovane, cosa gli è successo?»

«I *lamassu*? Se ne sono andati.»

«Dove?»

«Chi lo sa? In Europa, in America… Ora li tengono in grandi palazzi che si chiamano musei, e non si trovano più sul loro suolo natio. Un paio potrebbero essere ancora in giro, quindi tieni gli occhi aperti. Ma tutti gli altri li hanno portati via, legati a zattere e barche e trasferiti in Paesi ricchi. Così mi disse mia nonna, e ora io lo dico a te.»

La ragazzina spalanca gli occhi, incredula. A volte è difficile giudicare i racconti della nonna. Le vuole tantissimo bene, e adora starla ad ascoltare, ma l'idea che le immense creature ibride abbiano preso il mare dalla Mesopotamia verso l'America non la convince.

«Lo so che non mi credi, Narin, ma ogni storia è un flauto da cui soffia la verità. E queste sono le tue storie di famiglia.»

«Ho capito, nonna.»

«Ricorda, piccina, non disdegnare mai nessuno. Tratta sempre tutti e tutto con rispetto. Noi crediamo che la terra è sacra; sii cauta nel calpestarla. La nostra gente non si sposa mai in aprile, perché quello è il momento in cui la terra è incinta, e non ci si può ballare, saltare e pestare sopra. Va trattata con delicatezza. Non inquinare mai il suolo, né l'aria né il fiume. Per quello non sputo mai per terra, e non dovresti farlo neanche tu.»

«E se mi viene da tossire?»

«Be', ti copri la bocca con il fazzoletto e poi lo metti via. La terra non è il ricettacolo dei nostri rifiuti.»

La nonna racconta di un'anziana yazida, una sua cara vicina di casa, che negli anni Novanta emigrò e si stabilì in Germania con i figli e il resto della famiglia: l'amica fu sconcertata e rattristata quando venne a sapere che la gente di lassù riempiva d'acqua la vasca da bagno e poi ci entrava per insaponarsi. Non riusciva a credere che si potesse essere tanto sconsiderati da infilarsi dentro l'acqua pulita senza prima essersi lavati.

La nonna le dice spesso che si dovrebbe rendere omaggio anche al sole e alla luna, fratelli celesti. Ogni mattina sale sul tetto per salutare la prima luce, prega sempre rivolta verso il sole, e quando fa buio rivolge una preghiera alla sfera della notte. Dice che bisogna sempre percorrere la terra con meraviglia, perché è piena di miracoli che ancora dobbiamo vedere. E che agli alberi bisogna pensare non solo per ciò che si vede sopra la terra, ma anche per ciò che rimane invisibile al di sotto. Uccelli, sassi, ciuffi d'erba e cespugli di ginestrone, e persino i più minuscoli insetti vanno tenuti cari. Ma da rabdomante, è il Tigri a godere della sua massima stima.

Narin guarda la nonna che parla e intanto pulisce e svuota la stufa, radunando attenta con le dita sottili la cenere che si è raccolta nel contenitore sul fondo. La cenere è preziosa, essenziale per molte cure. Certe volte intinge uno spicchio d'aglio nel residuo polveroso e traccia simboli sulla fronte di un paziente indisposto, e dopo nessuno può più toccarlo finché il marchio non è del tutto svanito. Altre volte prende una moneta e la piega a mezzaluna; poi la lascia cadere in una ciotolina d'acqua trasparente e la mette sotto il letto di una persona malata.

I numeri sono importanti, e il preferito della nonna è il sette. Per poter elaborare un'emozione, che sia bella o brutta, bisogna lasciar passare sette giorni. Perciò se ci si innamora, con una leggerezza nei movimenti come un granello di polline sull'ala di una farfalla, bisogna far passare sette giorni, e se dopo proviamo ancora gli stessi sentimenti, allora e solo allora ci si può fidare del cuore. Mai prendere decisioni importanti senza aver passato sette giorni a rifletterci su.

Se si è arrabbiati, o sul punto di recidere i legami con qualcuno, ancora una volta bisogna attendere, prima di reagire, sette tramonti: è l'unico modo per far sì che la rabbia e il desiderio di vendetta non ci portino fuori strada. Qualunque accordo dovrebbe fermentare sette giorni prima di essere stipulato; le case vanno benedette in sette angoli prima di traslocarci dentro. Non si può infornare un filone di pane se il lievito non ha riposato per sette cicli. I neonati vanno protetti dagli spiriti maligni per sette albe. Sette giorni in una settimana, sette giusti a percorrere la terra, sette zone nel corpo umano, sette dormienti nascosti nella grotta per sfuggire alla persecuzione, sette peccati capitali a cui sono riservate sette porte dell'inferno.

Tra i sette giorni, il più fausto è il mercoledì. È allora che la nonna prepara i suoi balsami, gli unguenti e le tinture. Perché, come tutti sanno, è in questo giorno venerato che Melek Ta'us discese sulla terra, rendendolo il più propizio a fare il bene. Se si ha un desiderio segreto, troppo intimo per confidarlo a chicchessia, si può bisbigliarlo alle acque di un ruscello, preferibilmente di mercoledì. Ci penserà la corrente. Allo stesso modo, se ci si desta da un incubo nel cuore della notte, si può aprire il rubinetto e raccontarlo all'acqua: il battito del cuore si calmerà, la paura scivolerà via.

La nonna le dice che bisogna usare gentilezza a qualsiasi essere vivente, per quanto piccolo o insignificante in apparenza, perché non si sa mai sotto quali spoglie noi, o un nostro caro, rinasceremo.

«Ieri ero un fiume. Domani potrei tornare come goccia di pioggia.»

Ogni fiume ha la sua personalità. Nell'invecchiare alcuni si calmano, e prendono a scorrere ponderosi per campi e pianure fertili; altri si risentono, si impennano di rabbia, precipitano per gole ripidissime; altri ancora restano agitati e confusi fino alla fine. Non c'è un fiume uguale a un altro. Il Tigri è, ed è sempre stato, «il matto», «lo svelto». Non somiglia al suo gemello, l'Eufrate, che essendo più dolce di carattere scorre a un ritmo più lento, fa con calma, contempla i propri dintorni nel passare. Questi due possenti corsi d'acqua – benché entrambi sgorghino dal ventre del Tauro in Turchia, e procedano paralleli per gran parte del loro lungo vagabondaggio, fino a perire insieme nel Golfo Persico – sono incredibilmente diversi: proprio come sono diversi certi fratelli, benché abbiano gli stessi genitori.

«Si parlano, sai, il Tigri e l'Eufrate. Quando il vento soffia da questa parte, si riesce a sentirli.»

Narin sbuffa, incredula. «Veramente? Adesso li senti?»

«A dire la verità, sì» dice l'anziana allungando il collo. «Ma pensa, stanno di nuovo spettegolando. Sono proprio due chiacchieroni. L'Eufrate si lamenta. "Perché sei così inquieto, mio Tigri?" dice. "Così sfinisci tutti… e ti stanchi tu. Perché sei sempre così pieno di rabbia?".»

Narin si avvicina. «E cosa dice il Tigri?»

«Dice: "Perché me lo chiedi, Eufrate mio? Se anche te lo spiegassi, non capiresti mai. Tu hai il dono della calma interiore, ma io non sono come te. Non è facile essere me, non è facile dover sempre lottare".»

«E allora l'Eufrate cosa risponde?»

«Vediamo…» dice la nonna, assorta a capo chino. Per un po' rimane ad ascoltare, annuendo. «Mmh, mmm.»

«Dimmelo!»

«Ah, l'Eufrate dice: "Guarda che su di me ti sbagli. Se solo sapessi quant'è difficile restare calmi e sereni. Se solo sapessi che atroce lotta si combatte di dentro, per rimanere placidi di fuori".»

«Che vuol dire?»

«Che la tranquillità non si raggiunge facilmente.»

Per un istante la bambina tace, le labbra serrate. «Quale dei due è più saggio, secondo te, nonna?»

«Be', se mi prometti di non dirlo al nostro Tigri...»

«Promesso» dice subito Narin.

«Bene, allora te lo dico. Ecco, io la penso come l'Eufrate. Meglio essere un'anima gentile che una logorata dalla rabbia, dal rancore e dalla vendetta. A fare la guerra sono capaci tutti, il difficile è mantenere la pace. Per questo motivo ho più rispetto per l'Eufrate. Ma non diciamolo a quel vecchio bisbetico del Tigri, d'accordo? Non c'è bisogno di farlo arrabbiare di più.»

Senza volere, la ragazzina lancia un'occhiata rapida verso il fiume che sciaborda in sottofondo, tra onde che si infrangono sui massi e increspature e rapide che segnano il letto. Per contrasto, quando riprende a parlare, la voce della nonna è un mormorio talmente basso che lei quasi non la sente.

«Torbidi o placidi che siano, in questa terra di pietre antiche e di storie raccontate ma di rado scritte, sono i fiumi a governare la nostra vita. Molti re sono venuti e molti re sono andati, e Dio sa se erano feroci, ma non dimenticare che qui in Mesopotamia, amor mio, la sola vera sovrana è l'acqua.»

≈

La stanza in cui dormono l'anziana e la bambina contiene il minimo indispensabile. La sera posano i materassi a terra, a meno che non faccia caldissimo, nel qual caso vanno sul tetto. Ci sono due divani bassi, uno di fronte all'altro, coperti di cuscini imbottiti di setole di capra: arancioni, rossi, viola. Un'edera in vaso si inerpica accanto alla finestra, arriva fino al soffitto e prosegue lungo il cornicione.

Ogni sera Narin si siede a terra e la nonna le spazzola e intreccia i capelli. Mentre le applica l'olio di mandorle sulla chioma castana le racconta fiabe di magia; a sentir lei non si dovrebbe mai affermare che si *conosce* una storia, ma solo che la si porta con sé. Perché le *chirok* vanno conservate nel tepore del petto, annidate vicino al cuore che batte.

«Nonna… c'è una cura per ogni malattia del mondo?»

«Sì, amore, c'è.»

«Come fai a esserne sicura?»

«Perché ho fiducia in Dio; non ci darebbe il mal di pancia senza far crescere la menta nelle vicinanze.»

«E allora perché non puoi guarirmi?»

La nonna aggrotta la fronte solcata di rughe. «Solo perché io non lo conosco, non vuol dire che non ci sia un rimedio.»

«Ma tu sai tutto.»

«Sono saggia la metà e sciocca il doppio di tutti gli altri.»

«Non è vero!» esclama Narin, sconvolta all'idea che qualcuno possa dire una cosa del genere di sua nonna, compresa la nonna stessa.

«La sapienza è una montagna incappucciata di neve, e non ho ancora conosciuto nessuno che l'abbia abbracciata tutta.»

«Che vuol dire?»

«Vuol dire che, per quanto sappiamo, c'è sempre molto di più che non sappiamo. Quindi bisogna sforzarsi sempre di imparare. Te l'ho mai raccontata la storia dell'angelo Gibrail?»

Narin scuote la testa dai capelli ben oliati e intrecciati. «Raccontamela adesso.»

«Va bene, d'accordo. In quei giorni, in quei giorni remoti, nei tempi antichi… c'era un illustre decano. Un mattino si svegliò e disse che aveva studiato tutto quello che valeva la pena di sapere. Non aveva più niente da imparare! Quello stesso pomeriggio gli apparve l'angelo Gibrail travestito da derviscio.»

«Cos'è un derviscio?»

«Un umile cercatore della verità» risponde la nonna. «Ora, il derviscio e il decano si recarono sulle sponde del Tigri. Giunti al fiume, videro una rondine che si tuffava, beveva dell'acqua e volava via. Il derviscio chiese al compagno: "Dimmi, il fiume è forse calato quando l'uccello ne ha bevuto? La conoscenza è un'ampia distesa d'acqua, e tu ne hai assorbita non più di quanta ve ne stia nel becco d'una rondine". Il decano vide il proprio errore e comprese che, per quante cose uno sappia, ce ne sono molte altre che non sa.»

Nelle storie della nonna c'è quasi sempre l'acqua: sale, scava. Dice che, così come due gocce di pioggia si uniscono sul vetro di una finestra, lente e sicure sul loro cammino, c'è un filo invisibile che lega quanti sono destinati a incontrarsi.

—O—

ARTHUR

In riva al Tamigi, 1857

La prima volta che Re Artù di Cloache e Catapecchie attraversa il grandioso porticato del British Museum, si sente così piccolo e fuori posto che gli ci vuole tutta la forza che ha in corpo per impedirsi di girare sui tacchi e scappare via. Visto da vicino l'edificio è ben più maestoso e imponente di quanto avesse potuto immaginare: con le sue enormi scalinate, i pavimenti di calcestruzzo, le quattro vaste ali e le colonne ioniche, si erge al di sopra dei tetti a terrazza che lo circondano come un tempio laico. All'arrivo i visitatori sono accolti da un fregio scolpito sul frontone che raffigura il progresso dell'umanità: un percorso lineare, si direbbe, dallo stato primitivo a quello di una fulgida civilizzazione.

Il ragazzo varca la soglia, lento e risoluto malgrado il batticuore. Stamattina, abbigliato con i vestiti nuovi, è uscito di casa come una falena dal bozzolo ma adesso, mentre si sforza di camminare a testa alta, si sente goffo e insicuro. Ripassa tutte le risposte che si è preparato casomai qualcuno gli chiedesse dove sta andando; si domanda se il curatore delle antichità orientali lavori ancora qui e, se sì, se ricorderà della breve conversazione di tanti anni prima e, magari, sarà così gentile da accompagnarlo in giro. Eppure non trova il coraggio di chiedere notizie dello studioso, e spera invece che appaia come per magia da dietro un'altissima colonna.

Per fortuna, proprio allora Arthur nota un manipolo di studenti che hanno più o meno la sua età, anche se è chiaro che appartengono a uno strato sociale del tutto diverso. Si accoda al gruppo. Loro non sembrano notare la sua presenza; immersi in un silenzio scontroso, sono guidati da un insegnante che quasi mai si guarda alle spalle per controllare chi lo segue. Per qualche tempo Arthur procede alle loro calcagna mentre passano per le sale più note del museo: antica Grecia, antica Roma, antico Egitto.

Dopo un po', rinfrancato nello spirito, si allontana e comincia a girare per conto suo, e nella sala accanto si imbatte in un custode.

«Mi scusi, sto cercando i *lamassu* di Ninive: sono ancora qui?»

«E dove dovrebbero stare?» risponde l'uomo. «Che pensavi, ragazzo, che essendo creature alate fossero volati via?»

Arthur balbetta qualcosa. Le nobili istituzioni non sono posto per lui, e teme che il prossimo lo intuisca. Gli viene da pensare, in quell'attimo, che la povertà abbia un odore tutto suo, un olezzo che gli esce dai pori e si fiuta con facilità. È un'idea orrenda, invalidante. Fa un respiro profondo, si volta e si precipita nella direzione che secondo lui porta all'uscita. L'uomo prova a trattenerlo, forse con una punta di comprensione, ma il ragazzo non si ferma.

Le divisioni tra classi sociali sono come linee su una carta geografica. Chi nasce ricco e privilegiato eredita una mappa che tratteggia i vari percorsi possibili, consiglia passaggi e scorciatoie tramite cui raggiungere la meta, segnala le valli lussureggianti in cui riposarsi e i terreni accidentati da evitare. Ma chi viene al mondo privo di queste indicazioni arranca senza una guida sicura e si perde più facilmente, quando tenta di attraversare quelli che credeva prati e giardini e invece si rivelano paludi e torbiere.

Ansioso di uscire dal fabbricato, il ragazzo accelera il passo. Ma la stanza in cui svolta non porta all'uscita, bensì affaccia su un lungo corridoio. Arthur sgattaiola da un andito all'altro, e ciascuno lo risucchia più a fondo nelle viscere del museo, dove ogni sala è più sconcertante di quella prima. Ha il terrore di essere finito in zone precluse ai visitatori ma, non sapendo che altro fare, prosegue… fino a trovarsi in un camerone rivestito di casse e bauli di legno impilati fino al soffitto.

Qui dentro regna una strana calma, non tanto un'assenza di rumore quanto un'immobilità che assorbe tutto e se ne appropria. Riposte dentro vetrinette e sistemate su scaffali ci sono migliaia di piastre d'argilla. Crepate, rotte. Alcune hanno ancora addosso le tracce della terra da cui sono state estratte. Avvicinandosi, Arthur nota che sulla superficie recano tutte le medesime incisioni sottili, a forma di cuneo. Allunga il collo di qua e di là per esaminare i misteriosi segni, diversi da qualunque altra cosa abbia mai visto sin qui.

«Cercavi qualcosa?»

Scosso dalle sue fantasticherie, Arthur si volta. È un altro impiegato del museo che lo guarda con aria curiosa, ma non ostile.

«Sono desolato, signore. Stavo solo…»

«Sei con la scuola, vero? Ti sei perso?»

Arthur tace per un istante. «Ehm, temo di sì.»

«Eh, mi sembrava. I tuoi compagni sono al primo piano, dalle antichità romane, ragazzo; tu sei nella sezione dedicata a Ninive.»

«Allora vado da loro» dice Arthur, ma non può fare a meno di chiedere: «Ma quindi, questi pezzetti di argilla sono arrivati insieme ai *lamassu*?».

«Be', le tavolette sotto questo tetto sono migliaia. Non provengono tutte da un unico scavo, però sì, vengono dalla stessa regione dei *lamassu*, se è quello che volevi sapere.»

Arthur annuisce, pensoso. Sospesa sopra una cassa c'è una ragnatela, e lui la guarda riflettere la luce, abbagliato dalla sua geometria. Poi dice: «I segni che ci sono sopra… è un qualche testo antico?».

L'uomo fa spallucce. «Antiche orme di uccello o raschi di galline, per quanto ne sappiamo. Sono pochissimi, quelli che li sanno leggere.»

«Ma ci sono delle ricorrenze…» borbotta Arthur.

«Tu credi? Forse, ma molte tavolette sono a pezzi, come vedi. Impossibile decifrare un simile guazzabuglio.»

La conversazione è interrotta da un rumore di passi che viene dall'altro capo del corridoio. Gli studenti tornano dal loro giro, con le facce annoiate.

«Allora, non torni dai tuoi amici?» dice l'impiegato.

«Uh, sì, grazie, signore.»

Con un'ultima occhiata ai tesori di Ninive, il ragazzo si affretta a uscire dalla stanza. Non potrebbe spiegarlo all'uomo, e neppure a se stesso, ma gli è sorta in cuore una strana esaltazione. I segni sulle tavolette non sono «orme di uccello» o «raschi di galline», né scarabocchi a casaccio né motivi ornamentali. È certissimo che quello che ha visto sia un sistema di scrittura.

≈

Arthur torna al British Museum il giorno dopo, e quello dopo ancora. Ha fatto dei rapidi conti a mente. La sua pausa pranzo dura cinquanta minuti, e comincia e finisce ogni pomeriggio alla stessa ora. Dagli uffici della tipografia ai tesori di Ninive ci vogliono duemila e centotré passi – comprese le scale del museo – che lui impiega diciotto minuti a percorrere all'andata e diciotto minuti al ritorno. Questo gli lascia quattordici minuti a disposizione. Non è molto, ma neppure niente. In questo modo, purché cammini abbastanza spedito e riesca a consumare il pranzo in movimento, può studiare i segni sulle tavolette per quattordici minuti tutti i giorni e tornare al lavoro prima che si accorgano della sua assenza.

E così inizia tutto. Che venga pioggia, neve o grandine, Arthur segue il programma alla lettera. Ha acquisito familiarità con l'ambiente, è molto meno nervoso e si affretta per le sale del museo con un'eccitazione spontanea che gli nasce dall'intimo. Attraversa gallerie piene di antichi manufatti esposti su piedistalli di marmo, sotto teche di vetro o in comuni armadietti ma, avendo tempi strettissimi, gli riserva solo un'occhiata rapida, un silenzioso saluto. E poi, come un innamorato che stia tardando a un appuntamento con la sua diletta, si precipita dalle tavolette mesopotamiche.

Dato che possiede un solo completo elegante, non ha altra scelta se non indossarlo ogni giorno, benché si accerti di spazzolarlo regolarmente e fargli prendere aria. È convinto di dover essere sempre ben vestito, con gli stivaletti lustri come quelli di un soldato. La sua ossessione per la pulizia complica la vita a lui e alla madre. Una volta la settimana le chiede di aiutarlo a preparare un bagno: insieme radunano scarti di legna e carbone abbandonati per strada, accendono un braciere e scaldano l'acqua. Di norma, Arthur dovrebbe aspettare che suo padre si immerga per primo, sua madre per seconda, e solo dopo verrebbe il suo turno, dopodiché anche il fratello userebbe la stessa acqua. Ma di questi tempi suo padre non torna quasi più a casa e sua madre lascia sempre che Arthur si lavi prima di tutti. Per risparmiarle la fatica, una volta il ragazzo si reca ai bagni pubblici di zona, ma sono talmente squallidi che si rimangia la decisione.

Per una persona a cui stia molto a cuore l'igiene personale, Londra è disseminata di trappole. Per quanto sodo lavorino i trovasterco che raccolgono le feci dei cani per venderle ai conciai, i netturbini che recuperano braci e cenere da scambiare come fertilizzanti, gli scopini che spazzano gli incroci con le granate di saggina... le pile di fango e letame si accumulano ovunque, e affrettarsi a piedi da un luogo a un altro è veramente difficile. Una volta, nell'avvicinarsi a Great Russell Street, Arthur vede una carrozza che gli viene incontro a gran velocità, alzando schizzi di mota, e pur ritraendosi non riesce a evitare di macchiarsi il vestito. Un'altra volta, distratto da un gruppo di musicanti che suonano la ghironda e l'organetto, scivola su una buccia e casca di lato su un mucchio di pattume. In entrambe le occasioni spreca tempo prezioso nel tentativo di ripulirsi con l'acqua che goccia dalla pompa più vicina, ma si presenta comunque al museo per i pochi minuti che gli restano.

Anche le regole dell'etichetta si aggiungono alle sue difficoltà. Proprio come le signore dovrebbero alzarsi leggermente l'abito con la mano destra quando attraversano la strada, avendo cura di non mostrare nulla oltre le caviglie, così i signori devono cedere il passo alle donne, e i giovani agli anziani. Tutti questi codici di comportamento, inevitabilmente, lo rallentano.

Nel frattempo, il personale del British Museum è perplesso davanti a quest'uccelletto spaurito di ragazzino che arriva di corsa tutti i giorni, sempre con il fiatone e i capelli scompigliati dal vento. Lo guardano fare un timido cenno del capo all'impiegato all'ingresso e poi fiondarsi fino alla galleria degli assiri, dove si pianta di fronte alle tavolette, immobile come fosse una statua pure lui, il viso talmente appiccicato alle vetrinette da appannarle con il respiro e infine, dopo quattordici minuti precisi, schizzare fuori con una fretta indecente. Si chiedono se non sia un po' debole di cervello, poverino, e se sì, come fare a dissuaderlo gentilmente da questa sua pratica bizzarra e sempre più irritante. Dibattono tra loro sull'opportunità di informare la polizia e mettere fine a questo indecoroso spettacolo; alla fine decidono di riferire ai superiori. La questione viene demandata al curatore delle antichità orientali.

≈

Giovedì pomeriggio, alla solita ora, quando fa irruzione nella galleria assira il ragazzo trova ad attenderlo il dottor Samuel Birch, con gli occhi che brillano scuri contro il bianco argenteo della capigliatura.

«Buon pomeriggio, giovanotto.»

Arthur si illumina in volto, pur capendo che lo studioso non l'ha riconosciuto. Restituisce il saluto con un incerto cenno di assenso, lacerato tra la voglia di ricordargli la conversazione avvenuta anni prima e, più concretamente, di non perdere altro tempo. Gli restano a malapena tredici minuti e, per quanto piacere avrebbe a discorrere con il noto antichista, una chiacchierata è una distrazione che non può permettersi.

«Il personale mi ha parlato di te. Dicono che sembri molto preso dal cuneiforme... i segni sulle tavolette d'argilla della Mesopotamia.»

«Sono ipnotici, signore.»

L'uomo socchiude gli occhi, ai cui angoli si formano delle grinze, come se tentasse di sondare la buonafede di queste parole. «La profondità del tuo interesse mi incuriosisce: è davvero straordinaria, in specie per un giovane... ma temo che tu stia suscitando del nervosismo tra i miei colleghi. Forse vorrai essere così gentile da spiegarmi le tue intenzioni.»

«E perché mai?» domanda Arthur senza staccare gli occhi dalle tavolette.

«Chiedo scusa?»

«Perché li rendo nervosi?»

«Oh, be'... ehm, perché, in generale, la gente ha paura di quanti sono, o sembrano, *diversi*. E tu, ragazzo mio, ricadi proprio in quella descrizione.»

Lentamente, Arthur distoglie a forza lo sguardo dalle vetrinette e lancia un'occhiata indagatrice all'uomo. «Siete stato voi a invitarmi a vedere i bestioni di pietra di Ninive.»

«Sono stato io?»

«Sissignore, quattro anni e quattordici settimane fa, più un giorno... il pomeriggio che una coppia di *lamassu* veniva portata davanti al museo e trascinata su per le scale... fu allora che parlammo. Era il 26 di novembre, un venerdì.»

L'uomo tace per quella che sembra un'eternità. «Mi era sfuggito, ma ora mi rammento del ragazzetto curioso.» Osserva il giovanottino, notando i lanuginosi baffetti incipienti e le basette morbide. «Sei cresciuto molto.»

Arthur sposta il peso da un piede all'altro. «Desolato, non voglio essere scortese, ma mi restano solo nove minuti.»

Senza attendere la risposta dell'uomo, torna a concentrarsi sulle tavolette. Riportano tutte le stesse incisioni a forma di cuneo: alcune orizzontali, altre verticali, altre ancora messe in diagonale. Arthur è ormai certo che questo sia un modo di scrivere molto diverso da un alfabeto. Non è fatto di lettere che rappresentano specifici suoni o fonemi; è piuttosto un insieme di caratteri composti da svariati segni che dividono il testo in sillabe ma, poiché non vi sono spazi visibili tra le parole, è difficile stabilire dove finisca una e cominci la successiva. Alcuni segni, tuttavia, sembrano raffigurare parole intere, e questo lo aiuta a scoprirne il significato. Chino sulla vetrinetta, Arthur riflette sui manufatti, con tutti i sensi all'erta.

Il curatore delle antichità orientali guarda il ragazzo, sbalordito nel rendersi conto che è così profondamente concentrato da essersi scordato di lui. Le labbra di Arthur cominciano a muoversi, e così fa un dito, che segue le righe sulle tavolette al di qua della barriera di vetro: con grande sorpresa dello studioso, non sta solo osservando le tavolette, le sta *leggendo*. Questo giovanottino allampanato, in giacca e pantaloni lisi che ormai gli vanno corti, sta decifrando ciò che solo un pugno di eruditi è stato in grado di comprendere sin qui. Il tempo si ferma. È come se nulla si muovesse né respirasse... o forse ogni cosa lo fa in perfetta armonia, gli uomini e gli oggetti nella sala, tutto legato in una sincronia rara.

Arthur esce dal suo stato di trance, raddrizza la schiena e sospira. Per oggi il dovere è compiuto, perciò si avvia alla porta.

«Te ne vai?» gli chiede il curatore.

«Ah, mi dispiace moltissimo» dice lui, trasalendo nel vederlo ancora lì quando si volta. «Devo tornare al lavoro.»

«Aspetta, ti prego. Stavi... davvero stavi...» L'uomo si interrompe, ci riprova. «Tu riesci a leggere le tavolette, giovanotto?»

«Solo qualche parola qua e là» risponde sinceramente Arthur.

«E saresti così gentile da mostrarmi come fai?»

Il ragazzo guarda l'orologio a parete. Dovrà correre per tornare in ufficio in tempo, ma non vuol essere scortese. Inoltre, nutre anche un certo desiderio di condividere la propria scoperta, perciò fa di sì con la testa.

Comincia con un elenco degli esperti che ha studiato nel tempo libero: Edward Hincks, il religioso irlandese; Jules Oppert, lo studioso franco-tedesco-ebreo; G.F. Grotefend, maestro e grammatico; ma sopra a tutti ha imparato dalle opere di Sir Henry Rawlinson. Spiega che, mettendo insieme vari indizi presi dalle loro scoperte, è stato in grado di trarre una sua conclusione: il cuneiforme non è precisamente un alfabeto, bensì una raccolta di sillabe.

Arthur fa un respiro profondo, poi riprende. «Sono arrivato a capire che ciascun gruppo di segni sull'argilla è un simbolo, e ciascun simbolo rappresenta un certo suono o, per essere precisi, un suono sillabico. Il quale potrebbe essere puramente fonetico, oppure rappresentare un oggetto. Ho capito, per esempio, come si scrive "re Assurbanipal"; di qui il mio interesse per questa tavoletta qui, che secondo me era una lettera.»

Si chinano insieme sulla teca di vetro e scrutano all'interno.

«Una lettera scritta dal re in persona?»

«No, signore. Più facilmente da qualcuno che gli era molto vicino. Guardate quel gruppo di segni. La mia ipotesi è che si pronunci *ub*, il che, insieme a ciò che segue, *lugal*, si potrebbe leggere come "funzionario reale". Per questo ho motivo di credere che la lettera sia stata composta dal primo consigliere del palazzo di Ninive.»

L'anziano consigliere spalanca gli occhi e annaspa in cerca delle parole. «E, uhm, a chi potrebbe averla inviata?»

«Be', è proprio questo che mi lascia perplesso. Sembra essere stata indirizzata al fratello di Assurbanipal, ma non sono riuscito ad andare oltre. I due fratelli avevano interessi opposti? Erano forse nemici? Il primo consigliere aveva da ridire sul re? Dovrei stare più tempo sulle tavolette per esserne sicuro.»

Interpretando il silenzio che segue come un segno d'incredulità da parte dell'interlocutore, il ragazzo abbassa gli occhi, e l'orgoglio che provava lascia il posto a un senso di panico incipiente. Con la fronte lustra di sudore, si riavvia all'uscita.

«Devo tornare in ufficio. Buona giornata, dottor Birch.»

«No, aspetta... per favore.» Il curatore delle antichità orientali abbandona ogni formalismo e lo insegue. «Hai appena fatto una cosa notevolissima.»

Arthur fa un respiro profondo.

«Già da qualche tempo cerchiamo qualcuno che ci aiuti a sistemare le tavolette. Come avrai senz'altro notato, sono qui in ordine sparso, per non dire alla rinfusa. Vanno smistate e catalogate... anche se non abbiamo ancora idea di come. Perciò mi chiedevo... dato il tuo interesse e le tue insolite capacità, ti piacerebbe darci una mano? In cambio potremmo darti una piccola retribuzione.»

Pian piano, il cipiglio sulla fronte di Arthur scompare. Guarda in faccia lo studioso, a bocca aperta, cercando di capire se dice sul serio o lo sta prendendo in giro e, quando si convince che l'uomo non scherza affatto, gli sorride apertamente.

«Sissignore, mi piacerebbe moltissimo.»

≈

In preda all'entusiasmo, Arthur ha accettato la proposta senza riflettere a fondo, e solo dopo essere uscito dal museo afferra tutte le implicazioni del proprio assenso. Come farà a svolgere i due lavori contemporaneamente? Non ha il minimo dubbio sul fatto che non può permettersi di perdere il posto da apprendista alla Bradbury & Evans; a parte la paga regolare, la ditta è un ottimo posto per ampliare la sua cultura. Ma con la medesima certezza sa che non può declinare l'offerta del British Museum e la possibilità di mettere le mani sulle tavolette di Ninive. L'unica soluzione che gli viene in mente è rinunciare alle pause caffè – una a metà mattina e una nel tardo pomeriggio – e chiedere che quel tempo venga aggiunto alla sua pausa pranzo. Dopodiché dovrà rinunciare del tutto a mangiare e, all'ora designata, fare di corsa il tragitto tra l'ufficio e il museo. Non c'è altro modo di espletare entrambi i doveri: dovrà correre come il vento. Per verificare la fattibilità della cosa, si prende i tempi. Gli ci vogliono otto minuti e venti secondi per raggiungere i cancelli del museo e altri otto minuti e ventiquattro secondi per tornare alla tipografia… sempre che riesca a evitare ostacoli vari lungo la strada.

Quella primavera, pedoni e mercanti al Covent Garden si meravigliano di vedere un giovanotto che li oltrepassa di fretta, che schizza per strade trafficate e vicoli sordidi, supera d'un balzo mucchi di pattume, serpeggia tra gli ambulanti che commerciano sui marciapiedi, i signori che camminano con passo elastico in calzoni eleganti e cappello a cilindro e le signore in ampie crinoline, corsetti attillati e cappellini sfiziosi… profondendosi in scuse a tutti quelli che ha involontariamente urtato mentre si precipita per via.

—H

ZALEEKHAH

In riva al Tamigi, 2018

A bordo del taxi che le ha chiamato lo zio Malek, Zaleekhah guarda fuori dal finestrino i pedoni, i ciclisti, i ristoranti che passano come lampi di luce sfocata. Per lei Londra non è mai stata una capitale di salde, robuste architetture, monumenti storici e frondosi giardini pubblici, bensì una città scolpita dall'acqua, levigata da flussi e maree, un serbatoio di ricordi fluviali in continua espansione: alcuni cancellati, altri repressi e altri che ancora sgorgano a fiotti, come i suoi molti fiumi e i loro affluenti.

Sono ovunque, i fiumi fantasma.

Per esempio c'è il misterioso Fleet, il più grande e importante tra i corsi d'acqua sotterranei di Londra, il «torrente cavo». Un tempo ampio bacino di marea e importante arteria di trasporto per merci e affari nella capitale, subì ogni genere di abusi per mano dell'uomo, soffocato e inquinato da carcasse scartate e interiora in via di putrefazione provenienti dai mercati della carne e dalle concerie che ne occupavano le sponde… e poi, tutt'a un tratto, lo si giudicò troppo lercio, maleodorante e sgradevole da guardare, e quindi non più utile. Si trovò una soluzione per nasconderlo alla vista, coprirne le bruttezze sotto cataste di mattoni, e così giacque sepolto per duecentocinquant'anni, più o meno, finché non venne riscoperto e riaperto… solo per finire nuovamente sepolto. Fu un fiume leggendario, poi una fogna a cielo aperto, poi un canale senza scopo, poi di nuovo una fogna a cielo aperto e, alla fine, venne dimenticato da quasi tutti. Ancora vivo, però. Uno spettro d'acqua che non vuole morire.

Poi c'è il fiume Effra a Londra Sud, occultato, incanalato, oggi condotta di drenaggio e materiali di scarto, che scorre silenzioso non solo sotto case e uffici ma anche cimiteri, dove ogni tanto strappa dalla terra e si porta dietro qualche bara. C'è anche il Tyburn, nel passato remoto fonte di salmoni deliziosi ma oggigiorno a malapena ricordato, mentre fluisce invisibile e inaudito sotto venerati monumenti urbani; o il Walbrook, un tempo fiume blu zaffiro che attraversava il forte romano di Londinium per gettarsi nel Tamigi, scintillante come ali di libellule. Oggi si getta solo in una fogna maleodorante. E il caratteristico e incantevole fiume Westbourne, il «torrente reale»: non riuscendo a trovare il modo di costruirci sopra una stazione della metropolitana, gli ingegneri vittoriani decisero invece di infilarcelo dentro. Oggi, inosservato dalle migliaia di pendolari, nascosto in piena vista, scorre attraverso una tubatura sopra i binari della stazione di Sloane Square, dopo essere stato tumulato sotto l'argilla londinese per lasciare spazio alle sontuose ville dei quartieri di Chelsea e Belgravia. È sopravvissuto a molte tempeste, e persino ai bombardamenti della Seconda guerra mondiale.

Sono tutti lì, torbidi sotto i marciapiedi di cemento e le strade asfaltate, che brontolano e corrono coperti da strati di calcestruzzo e mattoni, sepolti dal sedimento della storia e dal peso dell'amnesia.

Zaleekhah si appoggia allo schienale e chiude gli occhi per un istante, quasi sperasse di poter sentire l'acqua sotto il rumore del traffico. Poi, d'impulso, si china in avanti e dice al conducente: «Mi scusi».

L'uomo, tutto preso a chiacchierare al telefono, non risponde subito.

«Chiedo scusa!» fa lei, più forte. «Ho cambiato idea. Può portarmi da un'altra parte?»

Lui ora le presta attenzione, la guarda dallo specchietto retrovisore. «Il codice postale era per una casa galleggiante. Quindi non va a Cheyne Walk?»

«Era lì, ma non ci vado subito.» Gli fornisce invece un altro indirizzo nel Sudest di Londra, una via di magazzini ristrutturati.

Lui fa di sì con la testa, ma dal retrovisore lei gli nota una punta di sospetto negli occhi.

≈

La luce del crepuscolo si è ormai sciolta nel buio quando Zaleekhah raggiunge uno scialbo fabbricato a Bermondsey, due piani di mattoni ocra. Una targa di metallo sulla porta dice: ISTITUTO DI ECOLOGIA E IDROLOGIA. Un centro di ricerca indipendente, senza scopo di lucro, in biogeochimica, studi idrici e biodiversità. Il tetto piatto, l'anodina funzionalità e l'assenza di qualunque ornamento creano un forte contrasto con la lussuosa eleganza della casa di suo zio.

Zaleekhah apre la porta, imbocca il corridoio e respira l'odore familiare dei pavimenti disinfettati. Per economia di spazio l'interno è tutto suddiviso in stanzette e piccoli scompartimenti, con l'eccezione di qualche sala comune riservata a riunioni di più persone. Qua e là si notano articoli di varia natura: Post-it, citazioni motivazionali, cartoline appuntate su lavagne di sughero; tazze con frasi spiritose, piante grasse in vasetti di ceramica... l'universale semplicità degli oggetti da ufficio. A Zaleekhah non dispiace l'obliterazione dell'individualità, se di questo si tratta; il posto è pensato per lo sforzo collettivo, non per la gratificazione personale.

Cammina piano, i passi riecheggiano nell'edificio vuoto. Sull'ultima porta a destra c'è il suo nome: DR. ZALEEKHAH

CLARKE. Per un attimo rimane a guardare la targa. Quando si è sposata ha preso il cognome del marito; ora probabilmente dovrà cambiarlo di nuovo. Alle donne si chiede di essere come i fiumi, di riadattarsi, di mutare forma.

È forse più facile giustificare la fine di un rapporto – sia a se stessi che agli altri – quando c'è una causa definita, tangibile, per quanto dolorosa. Ma è più difficile comprendere la graduale evaporazione dell'amore, una perdita così lenta e sottile da essere quasi impercettibile, finché non si è completata. Ora si sente come la passeggera di un treno notturno che si sveglia e scosta la tendina, trovandosi davanti un paesaggio alieno che era lì fin dall'inizio. Richiudere la tendina è impossibile.

Ha quasi trentun anni. Non ha figli e non ha genitori. Un anno fa di questi tempi era certa che suo marito fosse la sua famiglia. I colleghi dicevano sempre che erano molto ben assortiti; voleva essere un complimento, e anche un modo alquanto cortese di dire che nessuno dei due avrebbe potuto trovare di meglio. Però era vero: sembravano una bella coppia, e in alcuni momenti lo sono stati. Se solo lei avesse avuto la capacità di essere felice… Ma sa anche che il tessuto del loro matrimonio si era liso in diversi punti, e che uno strappo deciso è bastato a lacerarlo.

Entra nel suo ufficio, piccolo e spartano ma pulito. Sulla parete di fronte c'è un poster, una foto in bianco e nero di un'unica goccia d'acqua. A prima vista sembra che si stia tuffando da una quota altissima dentro un lago o un estuario, ma potrebbe tranquillamente essere affiorata dagli abissi dell'oceano, in ascesa verso il cielo.

A parte quest'immagine, le pareti sono spoglie. I suoi articoli scientifici sono organizzati in raccoglitori sulla scrivania, accanto a un vasetto di matite, tutte ben appuntite. Un ficus lyrata ciondola fiacco davanti alla finestra; ha mantenuto la sua nativa forma stentata malgrado lei abbia fatto il massimo per prendersene cura. Sulla sinistra c'è un divano antracite, anche lui pieno di raccoglitori e fogli sparsi. Meno male che lo zio non è mai venuto a trovarla qui in ufficio: lo avrebbe trovato sciatto ai limiti del deprimente. Ma lei adora il suo lavoro, e questo spazio che può considerare tutto suo le è molto caro.

Sposta un po' di oggetti ammassati sul divano. Sotto un blocco per appunti, attaccato con una graffetta come fosse un ripensamento, c'è un foglietto di carta.

Come seppellire un fiume

1. Erigere argini di cemento da ambo i lati del letto
2. Posare un tetto sugli argini
3. Racchiudere il fiume completamente da tre lati, trasformandolo in una lunga bara serpeggiante
4. Ricoprire il tetto di terra, accertandosi che non se ne veda più traccia
5. Costruirci sopra una città
6. Dimenticare che sia mai esistito

Zaleekhah non ricorda quando ha scritto questa cosa; forse l'ha buttata giù in un momento di distrazione. Appallottola il foglietto e lo getta verso il cestino, mancandolo per un pelo.

Su una scaffalatura dietro la scrivania, tra mucchi di libri impilati come capita, c'è un assortimento di fotografie in cornici d'argento. Nella prima c'è lei con il marito, in viaggio di nozze a Marrakech. Seduti sotto un melograno i cui frutti pendono rubizzi e maturi sulle loro teste, dopo una passeggiata per i suk della medina, sembrano tutti e due felicemente spensierati, stanchi e scottati dal sole. Nella foto accanto, scattata alla sua festa di laurea, c'è una versione più magra e più giovane di lei. Lo sguardo fiero, è china su un tavolo sontuosamente apparecchiato in compagnia dello zio, della zia e di Helen, tutti con i bicchieri levati in un brindisi. Vicino a questa c'è una foto dei suoi genitori. Suo padre sfoggia il tipico sorriso fascinoso, con qualche ruga agli angoli degli occhi; seduta al suo fianco, la mamma sorride all'obiettivo, i capelli drappeggiati su una spalla in una lunga treccia scura. Porta un abito verde stretto in vita, e la curva morbida della pancia segnala i primi mesi di gravidanza. Così le apparirebbe sua madre, pensa Zaleekhah, se mai spuntasse nei suoi sogni.

La quarta cornice, più piccola, è collocata a fondo sullo scaffale e non è facile vederla. Dentro c'è una foto di Zaleekhah a un congresso a Dublino, con un uomo alto e snello sui cinquant'anni. Il suo mentore, il suo collega, il suo amico. Il professor Berenberg era un eminente idrologo, biochimico e climatologo. Assai rispettato nel suo campo, era noto non solo per l'intelletto fulgido e per i contributi dati al settore, ma anche per la bontà d'animo e la generosità nei confronti di assistenti e studenti. I due hanno collaborato a lungo su vari progetti... finché lui non ha lasciato il laboratorio, solo ed esposto al pubblico ludibrio.

Negli ultimi anni della sua vita, il professore aveva iniziato a occuparsi di un'ipotesi che nei propri appunti definiva «memoria acquea». Asseriva che in talune circostanze l'acqua – solvente universale – conservava la traccia, o «memoria», delle particelle che le si erano sciolte dentro, indipendentemente dalle successive diluizioni o purificazioni. Potevano trascorrere anni, o secoli, e poteva non essere rimasta alcuna molecola originale, ma ciascuna goccia d'acqua manteneva una struttura unica, distinguibile da un'altra, segnata per sempre da ciò che aveva un tempo contenuto. L'acqua, in altre parole, *ricordava.*

Consumato dalla sua teoria, Berenberg aveva abbandonato qualunque altra ricerca. Aveva allargato e diversificato la sua squadra e assunto biologi, chimici e immunologi da mettere al lavoro accanto agli idrologi. Si era convinto che se avessero potuto dimostrare che l'acqua possedeva una qualche forma di memoria, la cosa avrebbe avuto conseguenze rivoluzionarie, non solo per l'idrologia e la biologia ma anche per la medicina, l'omeopatia e le convinzioni diffuse riguardo a malattia e guarigione. Soddisfatto dei dati ottenuti, aveva inviato i risultati a diverse riviste scientifiche *peer-reviewed*... e una aveva accettato di pubblicarli.

La reazione era stata praticamente istantanea: un'ondata di scetticismo. Le argomentazioni erano deboli, i dati a sostegno delle conclusioni insufficienti. Alla posizione del professore non aveva giovato il fatto che altri ricercatori indipendenti non riuscissero a verificare i suoi risultati ripetendo gli esperimenti in condizioni di laboratorio analoghe. Dallo scetticismo si passò all'incredulità, dall'incredulità al rigetto, e dal rigetto al ridicolo. Berenberg non si arrese, anzi insistette sulla validità del proprio metodo. Ma più teneva il punto, più lo massacravano. Con la reputazione ormai a pezzi, si ritrovò presto in caduta libera. I vecchi amici smisero di chiamarlo. I giovani ricercatori presero le distanze. Scansato da tutti, perse il laboratorio e i finanziamenti. Eppure proseguì ostinato, spostando le ricerche nel seminterrato di casa, e quando esaurì gli ultimi fondi a disposizione cominciò a coprire i costi di tasca sua. Là dentro continuò a lavorare con pochi mezzi e praticamente senza assistenza finché un mattino, due anni fa, lo avevano trovato riverso a terra, stroncato da un infarto.

Da allora il professor Berenberg è un fiume fantasma nella vita di Zaleekhah, sospinto nei recessi più oscuri del suo passato. Lo nomina di rado, se non mai, ma pensa spesso a lui. La memoria acquea è sempre stata un argomento controverso per lei, sul piano professionale e su quello personale. Suo marito era convinto che il defunto professore, anche se in buona fede, si fosse inconsciamente fatto sviare dal suo stesso pregiudizio di conferma e avesse visto nei dati soltanto quello che voleva vederci. Mentre Zaleekhah pensa che servano più studi per comprendere l'acqua e le sue molte anomalie e che, fino ad allora, concludere che Berenberg era un illuso sarebbe assurdo come dire che ha trionfato.

Dopo la sua morte, senza dirlo a nessuno per un po' aveva portato avanti lei i suoi esperimenti. I risultati non erano mai chiari né stabili, anzi confondevano le idee. Certe volte le era sembrato di essere sul punto di dimostrare l'ipotesi del professore; altre volte i dati erano talmente deboli che aveva dubitato della teoria nel suo insieme. Con una variabilità così ampia non era possibile sottoporre nulla di definitivo a nessuna rivista di prestigio. Malgrado la delusione, aveva continuato a fare prove e a registrarne tenacemente gli esiti… finché suo marito non se n'era accorto.

«Sei diventata matta? Perché perdi tempo con un'ipotesi fallimentare?»

«Voglio solo vedere dove mi portano le ricerche.»

«Non ti sembra evidente? Da nessuna parte. È poetica insensatezza, non scienza.»

«Magari non sono così lontane… la poesia e la scienza, intendo.»

Il lampo truce negli occhi, l'improvvisa scomparsa di ogni pazienza. «Non so che cosa stai cercando di fare, ma ti pregherei di smetterla, per il tuo bene. A meno che tu non voglia rischiare il posto di lavoro… Non ho mai capito perché lo prendessi tanto sul serio, quello. Scusami, ma faceva pena. Stava chiaramente perdendo il senno.»

A quel punto Zaleekhah gliel'aveva detto. Con calma, gli aveva spiegato che lo scienziato scomparso per lei contava molto, e che non era pronta ad abbandonare la teoria della memoria acquea. Gli aveva detto che il lavoro con Berenberg le mancava. E poi aveva aggiunto qualcosa che mai avrebbe creduto di poter dire a voce alta: all'inizio Berenberg era stato il suo mentore, poi un collega stretto e un caro amico; ma in un qualche momento tra queste fasi, per un brevissimo periodo, ne era anche stata innamorata.

«Innamorata?»

«Sì, ma è stato prima di conoscere te. Prima che ci sposassimo. Lo conoscevo da tantissimo.»

Poche cose induriscono il cuore umano con la rapidità della gelosia. Fredda e perentoria, si piazza nell'angolino caldo che prima era occupato dall'affetto e lo congela con il suo tocco amaro.

«In tutti questi anni collaboravi con il tuo ex fidanzato, e non ti ha sfiorata l'idea di dirmelo?»

«Non siamo mai stati fidanzati!»

«E allora cos'era per te?»

«Niente. Era solo...»

«Speciale?»

«No, non in quel senso. Era diverso, va bene?»

«Diverso da me, intendi.»

«No, senti, non ho detto quello...»

Il silenzio che era seguito non l'aveva sorpresa. Ma non era preparata alla rabbia di Brian, che le sembrava troppo simile all'odio.

«Non riesco a credere che mi abbia tenuto nascosta questa cosa, quando sai a che cosa ho rinunciato per te.»

Ed eccola là, un'altra volta, la loro unica e irriducibile disputa, sempre pronta a rialzare la testa.

«Perché tiri in ballo questa cosa, adesso? Quando ci siamo sposati sapevi benissimo che non volevo figli.»

«Tu non hai mai neanche *voluto* volerli!»

Lei lo aveva guardato, sperando che cogliesse la goffaggine delle sue stesse parole. Invece lui aveva alzato la testa e aveva detto: «Un figlio con me non l'avresti fatto, ma con lui scommetto di sì».

Qualche minuto dopo Zaleekhah aveva radunato tre o quattro cose, le aveva messe nella scatola di cartone e se n'era andata.

≈

Stasera dormirà di nuovo al laboratorio. Finché ha con sé i sonniferi, non le dà fastidio. Butta giù due compresse con l'acqua della borraccia, poi fruga nell'armadietto per prendere la coperta che tiene lì apposta per momenti come questo, e alla fine tira fuori il libro che si è fatta prestare dallo zio Malek. Pensava di cominciare a leggerlo stasera, ma già le si chiudono gli occhi, perciò lo avvolge nel cardigan: *Delle scoperte di Ninive* le farà da cuscino. Magari sognerà i *lamassu* con la testa d'uomo e le ali d'uccello che dalle nubi cariche planano verso la terra.

Spegne le luci, e nel buio cade nell'imboscata di un ricordo, indesiderato e inatteso.

Stavano imballando la roba del professore, loro due, il giorno che lui se n'è andato. Quel mattino la temperatura era calata, e tutti e due sbuffavano nuvolette di fiato. Lei gli aveva chiesto se avesse mai rimpianto di essersi dedicato alla memoria acquea, dato il prezzo che stava pagando per aver scelto un oggetto di studio tanto controverso.

«Nemmeno per un istante. Volevo fare ricerche su una proprietà sconosciuta dell'acqua, e ho fatto tesoro di ogni momento.»

«Però ti è costato tanto.»

«Vero… ma sia io che te amiamo il lavoro che facciamo, e quell'amore va oltre ogni successo o fallimento personale. Riprenderai dove io mi sono interrotto, e se tu dovessi vacillare, qualcun altro continuerà le tue ricerche. Facciamo ciò che facciamo perché l'indagine scientifica prosegua, con o senza di noi.»

Ripensando ora a queste parole, Zaleekhah si raggomitola su se stessa e si abbraccia le ginocchia. Il divano è più corto di lei, ma non è questa la causa del suo disagio. Si sente in colpa per non aver mai detto a Berenberg che cosa ha rappresentato per lei, e si sente in colpa per aver detto a suo marito che cosa Berenberg ha rappresentato per lei. Ha taciuto quando avrebbe dovuto parlare, e ha parlato quando avrebbe dovuto tacere. Per un verso o per l'altro, il senso di colpa è la sua compagnia più fidata. E anche il rimpianto: non tanto per le sue azioni, quanto per la sua incapacità di agire. Era attratta da Berenberg proprio per la sua dedizione, la sua perseveranza; un impegno così dimentico di sé da cercare solo il bene del proprio oggetto, una devozione irragionevole che si ritrova forse più tra gli antichi mistici e asceti che nei luoghi di lavoro contemporanei.

Mentre chiude gli occhi, in attesa di sprofondare in un sonno farmacologico, sente un lieve e distante sciabordio. Ci sono tutti. I fiumi perduti del tempo, lontani dagli occhi e lontani dal cuore ma notevoli per la loro assenza, come arti fantasma che riescono ancora a provocare dolore. Sono qui, ovunque, a erodere le salde strutture su cui abbiamo fondato carriere, matrimoni, reputazioni e rapporti affettivi, e non fanno che scorrere in avanti… *con o senza di noi.* Zaleekhah sa di non essere così, ma sarà sempre attratta da quanti sono trascinati da qualcosa di più bello e più grande di loro, dalla passione che dura una vita, anche se alla fine li consumerà.

—O—

ARTHUR

In riva al Tamigi, 1857-1858

Il giorno che Re Artù di Cloache e Catapecchie arriva al British Museum non da visitatore ma da membro del personale, per quanto nuovo e precario, varca la soglia del sontuoso edificio con tutto un altro animo. Il curatore delle antichità orientali lo attende all'ingresso dell'area che ospita la Collezione Ninive, con accanto un altro giovanotto.

«Buongiorno, Arthur. Ti presento il mio assistente, Edward.»

«Che piacere, conoscere finalmente il giovane genio!» dice quest'ultimo, tendendogli la mano.

Arthur avvampa. Non riesce mai a capire se la gente dice sul serio oppure no. Sarà bravissimo a decifrare le parole, ma il sarcasmo non lo coglie proprio.

Tra Edward e Arthur ci sono pochi anni di differenza, ma il contrasto fra loro non potrebbe essere più netto. Di corporatura atletica, snello e alla moda, Edward viene da una famiglia agiata dal nome illustre e si è laureato da poco in Lettere classiche a Oxford. Accanto a lui, con il sudore che gli imperla visibilmente la fronte, lo scheletrico Arthur fa del suo meglio per ignorare gli schizzi di fango e sterco che gli si sono attaccati all'orlo dei pantaloni, la cadenza da popolano e la mancanza di una vera istruzione.

«Vieni, ti facciamo vedere dove lavorerai.»

L'anziano studioso e il giovane assistente lo accompagnano nei più intimi recessi del British Museum. I passi dei tre riecheggiano lungo i corridoi marmorei via via che passano da portali decorati, gallerie imponenti e grandi depositi ricoperti fino al soffitto da scaffali e armadi colmi di manufatti, tutti numerati, catalogati e schedati. Finiscono in una sala traboccante di casse di legno; contengono, apprende Arthur, oltre trentacinquemila tavolette, venute alla luce durante gli scavi in Mesopotamia e spedite in Inghilterra. Molte sono sbeccate o rotte; e alcune sono talmente piccole, frantumate e confuse che ricomporle è un rompicapo di difficoltà inconcepibile.

A lui non lo diranno mai, ma sia il curatore sia il suo assistente prevedono che Arthur non resisterà più di qualche giorno, lo spirito distrutto e l'entusiasmo eroso dalle dimensioni della sfida. L'impresa che gli chiedono non è solo onerosa e insoddisfacente, oltre che malpagata, ma è del tutto impossibile: l'idea che si possa mettere ordine in questo caos sfiora la follia.

Eppure il ragazzo dei bassifondi li sorprende continuando a tornare, giorno dopo giorno.

≈

Dove gli altri vedono il caos, Arthur vede delle regolarità. Quel che per loro è così alieno da intimidirli, per lui è un entusiasmante enigma da risolvere. Ogni settimana prende una scatola da uno scaffale e ci trova dentro un'altra pila di tavolette danneggiate. Si sforza di censire una moltitudine di frammenti incisi con segni ignoti, in cerca di narrazioni sottintese, di una storia che lo avvicinerà al mondo antico. Se sarà capace di scovare una finestra affacciata sull'epoca di re Assurbanipal, riuscirà a sentire il vento che soffia tra i giunchi cavi delle paludi mesopotamiche, lo zampillo dell'acqua sulle palme da dattero, i sospiri di un altro fiume lontanissimo?

Più si cimenta con i misteri della scrittura cuneiforme, più lo incuriosiscono le persone che hanno inciso quei segni.

Com'erano? Gli apprendisti scribi si limitavano a registrare ciò che gli veniva chiesto, senza altro desiderio che fare il loro dovere e obbedire alle regole, oppure osavano aggiungere qui o lì la propria voce, un tocco personale... e se sì, quale fu il loro destino?

Immagina gli allievi delle scuole di scrittura sgridati e castigati da maestri non meno severi di quelli che ha conosciuto lui. Una volta si imbatte in un appunto su un pezzo d'argilla così piccolo e levigato che sembra un ciottolo preso dal letto di un torrente, una di quelle cose che creano i fiumi. Dice:

Svegliami presto la mattina.
Non devo tardare o il maestro mi bacchetterà.

Un'altra volta scopre una tavoletta con un'impronta di denti in un angolo: uno studente esasperato dell'antica Mesopotamia, stravolto dal problema matematico che deve risolvere, ha dato un morso alla superficie argillosa. Eccola lì, palpabile anche dopo migliaia di anni, la sua rabbia, la sua frustrazione, la sua ribellione silenziosa.

Arthur nota anche che gran parte delle iscrizioni termina con la stessa dedica, sempre identica, al medesimo dio.

Sia lode a Nabu.

≈

A Re Artù di Cloache e Catapecchie viene assegnata una stanzetta sul retro del museo, affacciata su Russell Square. Le finestre tremano alla prima brezza, e da qualche parte entra un brutto spiffero, ma lui non si lamenta mai. Gli piace stare lì da solo. A ogni tavoletta in pezzi che riesce a ricomporre incontra nuovi personaggi che sorpassano ogni sua più vivida fantasia: sovrani, dee e dèi mesopotamici...

sacerdoti, bibliotecari e musicisti... coppieri, osti di taverne e costruttori di canali... indovini, negromanti e interpreti di sogni... Le loro storie si accumulano l'una sull'altra, come sassolini che si ritrovano sul fondo di un ruscello, strapazzati dalle correnti più forti. Arthur sta molto più volentieri nascosto tra le pieghe di una storia lontanissima, ovunque ma non nel qui e ora. Si sente più vicino ai protagonisti del passato che a quelli del presente, più in pace con i fantasmi che con i viventi.

Non gli viene in mente che siamo tutti attratti dal tipo di storie che sono già presenti dentro di noi, che germinano e si fanno strada per bucare la superficie, come semi pronti a spuntare al primo accenno di sole. I suoi progressi sono dolorosamente lenti, impiega settimane a peregrinare lungo un segmento minuscolo, benché sia fiducioso di poter accelerare il ritmo se si impegna di più. Per ora, gran parte delle tavolette che ha decifrato riguardano compravendite. Quella su cui sta lavorando oggi registra la richiesta di un mercante di Ninive che pretende l'immediato pagamento per un elenco di derrate: trentatré giare d'olio, quaranta botti di vino, venticinque sacchi d'orzo. Non c'è altro; Arthur non ha modo di sapere se il conto è stato saldato. A ogni modo, per prosaica che sia, non c'è iscrizione cuneiforme che non gli appaia straordinaria. Gli sembra incredibile che malgrado i lettori siano periti – tutti quegli alti ufficiali, ricchi commercianti e potenti oracoli – queste semplici piastre d'argilla, fatte di terra e acqua, siano invece sopravvissute. Questo, secondo lui, è niente meno che un miracolo.

Il personale del British Museum, gli studiosi che popolano le sue ampie stanze, si sono ormai abituati alla sua presenza, ma lo trattano come l'estraneo che è. Ciò nonostante, Arthur intuisce che gli si potrebbero presentare occasioni inedite. In ciascun dipartimento del museo e specialmente in quello delle Antichità classiche – le civiltà strettamente connesse di antica Grecia e antica Roma – esiste una gerarchia radicata, un preciso ordinamento di potere. Ma non è così per gli studi mesopotamici: il settore, relativamente nuovo e inesplorato, è ancora amorfo, come metallo liquido che attende di essere versato nello stampo, e questo può essergli di vantaggio. Capisce benissimo che uno come lui, senza le prerogative conferite dai contatti sociali e da un'istruzione di rango, non può farsi strada in altre discipline, dove le porte sono già chiuse e i posti perlopiù occupati. Ma quando si tratta di leggere il cuneiforme, anche il maggior luminare è solo un principiante. Entro i confini della galleria assira non fa differenza se puoi vantare titoli conferiti da una prestigiosa università o se hai lasciato la scuola da bambino: davanti a una tavoletta d'argilla sono tutti nella stessa barca di ignoranza. Questa presa di coscienza non fa che rafforzare la sua dedizione al compito: per la prima volta nella vita si trova alla pari con quanti lo circondano, e gioisce tra sé di questo delizioso senso di sicurezza che gli scorre nelle vene, gli circola nel sangue, in bilico sulla soglia di una vocazione in cui non avrebbe mai osato sperare.

Se Arthur attraversa una trasformazione silenziosa, lo stesso vale per il British Museum. A partire dalla fondazione, l'istituto non è stato che un ricettacolo di curiosità, un'arbitraria collezione di oggetti eccentrici, esotici o esteticamente gradevoli, alcuni esposti ma perlopiù in deposito. Manufatti acquistati o ricevuti in donazione, cavati dalla terra o visti per caso, fatti sparire come per magia o rubati senza mezzi termini; un inventario che non sempre è stato catalogato con sistematicità. Quando, oltre dieci anni fa, è venuto a vederlo il direttore del Museo nazionale di Danimarca, Christian Jürgensen Thomsen, si è molto amareggiato per il caos che regnava tra gallerie e depositi; e il suo connazionale J.J.A. Worsaae, eminente archeologo, ha espresso il proprio sgomento in termini più vividi, denunciando pubblicamente il British Museum come «un vero e proprio macello».

Di questi tempi, però, l'istituzione sta cambiando. Si evolve nella direzione di un centro di pensiero, decisa a diventare un fulcro dello studio scientifico delle civiltà. Non è più un semplice magazzino, bensì parte attiva nel determinare che cosa vale la pena di conservare per la posterità. Tra le sue mura la storia non viene solo protetta e messa in mostra, ma anche riscritta. Tuttavia Arthur è troppo giovane per capire che nel decidere che cosa sarà ricordato, un museo, qualunque museo, sta anche decidendo, in parte, che cosa sarà dimenticato.

≈

Le settimane diventano mesi. Il curatore delle antichità orientali continua ad appoggiarlo. Lui e il suo assistente hanno combattuto così a lungo con le tavolette, senza fare progressi degni di nota, che l'anziano antiquario è sollevato all'idea che un altro soggetto, per quanto improbabile, se ne sia assunto il peso. A questo scopo ottiene per Arthur l'autorizzazione a entrare nel museo fuori dei normali orari di apertura.

Sul cammino del ragazzo, però, ci sono più impedimenti che alleati. Un grosso ostacolo, specie nelle cupe giornate invernali, è la mancanza di luce. Poiché il museo è pieno di oggetti e manoscritti preziosi, le candele costituiscono un pericolo, e le più sicure lampade a gas sono riservate agli addetti di maggior grado. Arthur non ha diritto a usarne una. Con questi vincoli, può studiare il cuneiforme solo ai pochi fili di sole che bucano la penombra dell'edificio. Con la vista che man mano si deteriora, e consapevole di quanto poco tempo di lavoro gli resta al passare di ogni ora, siede il più vicino possibile alla finestra, chino su una tavoletta, finché non è circondato da una tetraggine così profonda che lo avvolge come uno spettro randagio venuto da un altro mondo.

Dopo qualche settimana in queste condizioni, escogita una soluzione pratica al problema. Premendo della carta umida sulla superficie delle tavolette, ne crea una riproduzione precisa che poi si porta a casa per lavorarci su fino a tarda sera. Però deve stare attento perché i suoi calchi, fragili e friabili, spesso vengono smangiucchiati dai topi.

Ma l'intoppo più grosso si crea quando i suoi genitori ricevono una notifica di sfratto. In tutta Londra si vanno costruendo nuove ferrovie, e alcuni binari passeranno per zone densamente popolate, compreso il suo quartiere. Nel giro di pochi giorni centinaia di persone si ritrovano senza casa, e adesso la sua famiglia condivide un'unica stanzetta con altre tre; le pareti sono macchiate da anni di sporcizia e le finestre rattoppate con scampoli di tela per tenere fuori il freddo. Arthur comincia a dormire vestito, per paura che gli rubino gli indumenti nel cuore della notte. Fa ancora del suo meglio per tenersi pulito, ma il sapone scarseggia e l'acqua pure. Sua madre cerca di aiutarlo, almeno quando se la sente, ma questo capita sempre meno, tra il dolore per la perdita del suo piccolo, la frustrazione causata dal marito che beve e scialacqua soldi e il cruccio incessante di come mettere insieme il pranzo con la cena.

Il declino nell'aspetto di Arthur non passa inosservato. Correre dalla tipografia al British Museum e viceversa tutti i pomeriggi non gli lascia il tempo di pettinarsi né sistemarsi la giacca, che ormai è stinta e lisa ai polsini. E non è solo il modo in cui si presenta a disturbare il prossimo. Anche i suoi borbottii enigmatici e i modi eccentrici suscitano nervosismo, e i consiglieri d'amministrazione hanno cominciato a chiedersi se è il caso di continuare a farlo lavorare lì. Il curatore delle antichità orientali si sente obbligato a dire al giovanotto, al più presto e con la massima delicatezza, che non hanno più bisogno di lui.

≈

Quella settimana piove senza requie. Il Tamigi si gonfia, sale. Il confine che separa la terra dal cielo si confonde in un grigio interminabile che ricopre tutto, come una garza avvolge una ferita. All'imbrunire le guglie della città incombono come forche. Il rovescio è così intenso che tra i londinesi si risveglia un timore primordiale, un'intima paura: forse hanno provocato l'ira di Dio, o di qualche ninfa o naiade fluviale. L'acqua corre per le canalette, picchia contro i vetri, pretende di essere vista e sentita. Londra rabbrividisce e si raggrinza, si accartoccia su se stessa come una rosa avvizzita dalla mancanza di sole.

La terza mattina lo scantinato in cui vive ora la famiglia si allaga, e tutti si ritrovano con un'acquaccia torbida e puzzolente che arriva alle ginocchia. Il poco che possiedono lo trasportano in strada. Mentre il padre sposta il materasso, la mamma gli sgabelli e il fratellino pentole e padelle, Arthur corre a salvare i calchi delle tavolette mesopotamiche.

«Ma guardalo, a preoccuparsi di un mucchio di scarabocchi» borbotta suo padre sottovoce.

Ore dopo, quando la pioggia finalmente dà tregua al terreno saturo, sul quartiere cala un silenzio sconfitto. In cielo è apparsa la luna piena, così luminosa che Arthur riesce a distinguerne i mari sulla superficie. Una composizione di luci e ombre. Ci sono così tante cose, nella vita, fatte di motivi ricorrenti: le linee a zigzag dei fulmini, gli anelli nei tronchi degli alberi abbattuti, i fili delle ragnatele, le tassellature dei nidi d'ape, le spire delle conchiglie, i petali dei crisantemi… E anche le città brulicano di geometrie frattali. Le catacombe sotto il mercato di Camden, gli archi della stazione di Paddington; gli ornamenti neogotici del Palazzo del parlamento… Persino la gente vive di abitudini e convenzioni ripetitive. E le tavolette della Mesopotamia rappresentano una serie di motivi il cui significato Arthur è deciso a scoprire.

Avvolto in una vecchia coperta per scaldarsi, posa un dito su una riga di cuneiforme e pronuncia un nome misterioso in cui non si è mai imbattuto prima.

Gil-ga-mesh.

≈

Il pomeriggio seguente il dottor Samuel Birch entra nella stanzetta dove lavora Arthur, pronto per una conversazione difficile. Si aspetta di vedere il giovanotto chino su una tavoletta davanti alla finestra, come al solito. Invece lo trova che cammina avanti e indietro, i capelli scarmigliati, il colletto tutto storto, la cravatta allentata, i lembi della camicia fuori dai pantaloni e gli occhi accesi di eccitazione.

«Ah, signore, sono contentissimo di vedervi!» esclama.

«È tutto a posto, Smyth?»

«Grandi notizie!» dice Arthur, con la voce che trema. «Credo di aver scoperto una cosa importante. Anzi, di più, affascinante!»

Così dicendo, prende una tavoletta e traduce queste righe:

Colui che vide il Profondo…
Vide ciò che era segreto, svelò ciò che era nascosto,
e riportò un racconto di prima del Diluvio.

Arthur rialza gli occhi e vede lo studioso che lo fissa in preda a un limpido sbalordimento. Gli sguardi si incrociano e i due sorridono spontaneamente, consapevoli di essersi imbattuti in qualcosa di misterioso e del tutto inatteso. Questa tavoletta non somiglia a nulla di ciò che il ragazzo ha letto sin qui. Questo non è l'inventario di un mercante di granaglie, né un codice legale o un promemoria. È poesia.

«Che meraviglia» dice il curatore. «I consiglieri saranno lietissimi. Pensi di poter andare avanti con la traduzione… se riesci a trovare altri brani di testo in mezzo alla baraonda?»

Arthur fa un respiro profondo. È da tanto che aspetta questo momento. «Se mi fosse consentito di proseguire nel lavoro, il che farei molto volentieri, dovrei però avanzare una condizione. Anzi, due, con il vostro permesso.»

«Dimmi.»

«Mi serve una lampada a gas per leggere quando c'è poca luce.»

«Possiamo fartela avere.»

«E anche una giacca nuova, signore. La mia è vecchissima.»

Con una punta di affetto nello sguardo, il curatore delle antichità orientali annuisce. «Siamo senz'altro in grado di procurartele entrambe.»

E dunque Arthur comincia a ricomporre, un frammento dopo l'altro, una storia antichissima. Potente e spietato, all'inizio dell'epopea Gilgamesh è un bruto senza scrupoli. Deflora giovani spose la prima notte di nozze, ne aggredisce i mariti vilipesi, tiranneggia su intere comunità. Illuso dalla superbia, infatuato dal desiderio, accecato dall'ambizione, egli è infine ridimensionato e reso umile dal fallimento. Questo lascia Arthur alquanto perplesso. In tutti i libri che ha letto gli eroi sono evidenti, ben delineati; che superino chiunque altro in abilità, coraggio o intelligenza è fuor di dubbio. Nella fantasia mesopotamica, invece, nulla è definito. Divino e mondano, bene e male, mondo di sopra e mondo di sotto… tutto vortica in un'eterna danza. E anche il *Gilgamesh*, primo racconto scritto nella storia del genere umano e più antico poema giunto alla modernità, sconcerta per la fluidità con cui il suo protagonista oscilla tra opinioni e posizioni, e fallisce più volte nelle prove che affronta: l'«eroe che non è un eroe» matura solo dopo molte sconfitte e la narrazione si spezza per poi tornare integra, come il mare che si infrange contro il molo, si distrugge e si rinnova.

≈

Nel dicembre di quell'anno, al ragazzo che è nato sulle sponde del Tamigi viene offerto un impiego a tempo pieno nella Collezione mediorientale del British Museum, e lui lascia la casa editrice per dedicarsi completamente ai manufatti mesopotamici. Ha appena compiuto diciott'anni.

Lo stipendio è molto più basso della paga alla Bradbury & Evans e l'orario di lavoro più lungo. Il signor Evans lo avvisa che sta facendo un grave sbaglio a dimettersi; nel giro di un paio d'anni poteva diventare un mastro tipografo. Si è innalzato fino a questo punto, ma adesso abbandona scioccamente la buona sorte, e per cosa? La carestia del cotone è stata un brutto colpo, i lavoratori tessili del Lancashire sono disoccupati e la marea di scontento e disperazione lambisce le coste londinesi. Intere famiglie sono rimaste senza cibo né alloggio. Sono tutti circondati da fame, penuria e sofferenza, e lui lascia un impiego ben pagato per mettersi a trafficare con un mucchio di tavolette che si vanno sbriciolando.

Suo padre è furibondo per il calo nei suoi guadagni; sgrana bestemmie e maledizioni, ma non può fare molto per cambiare lo stato delle cose. Arthur è diventato alto e, benché non sia mai stato robusto, è forte abbastanza da parare i colpi. I figli dei padri maneschi devono crescere in fretta.

All'incirca in questo periodo Arthur comincia a tenere un diario. La sua prima annotazione dice:

Ed è così che nell'inverno del 1858 io, Re Artù Smyth di Cloache e Catapecchie, sono ufficialmente entrato nella vita del British Museum per proseguire con regolarità lo studio delle tavolette cuneiformi della biblioteca di Assurbanipal a Ninive e, in particolare, per allestire la traduzione di un poema epico che a quanto pare era largamente conosciuto e profondamente amato dagli antichi. Credo di aver finalmente trovato la mia vocazione: è mio dovere ricomporre ciò che fu spezzato, aiutare il prossimo a ricordare ciò che per secoli fu consegnato all'oblio, e recuperare ciò che andò perduto lungo il cammino.

Voglio diventare come il Tamigi; voglio prendermi cura di ciò che è stato scartato, danneggiato e dimenticato.

H—

NARIN

In riva al Tigri, 2014

«Raccontami la storia del Diluvio…»

«Che cosa vuoi sapere, cuore mio?»

«Com'è cominciato?»

«Con una sola goccia d'acqua.»

La nonna allunga il collo come se volesse guardare meglio un altro spazio dal buco di una serratura. «Cadde dal cielo, messaggera di ciò che stava per succedere. Nessuno le prestò la minima attenzione, ovviamente. Poi iniziò a piovere sul serio, e non smise per giorni e notti. I fiumi si alzarono, la terra scomparve. Molti morirono, ma noi yazidi fummo salvati grazie a una donna coraggiosa che si chiamava Pira-Fat.»

«Aspetta un attimo! Che ne è stato di *baba* Noè e dell'arca?»

«Quello fu il primo Diluvio, il Tofanê Nebî Noh, che riguardò i figli di Adamo ed Eva. Come ti ho già spiegato, noi discendiamo dal solo Adamo; Eva non c'entra con la nostra creazione. Fu il secondo Diluvio a colpire gli yazidi, ma siamo sopravvissuti.»

«Come?»

«Grazie alla Madre Pira-Fat. Sapeva alzarsi in volo sulle acque come un uccello, una farfalla. O un angelo, se vogliamo. Teneva fra le mani un vaso di vetro. Dentro ci aveva messo i semi del nostro popolo, e quando le acque si ritirarono li piantò, così noi ricrescemmo come piante e ripopolammo la terra.»

«Quindi ci sono stati due Diluvi?»

«Di certo almeno due. Ma quando ero piccola ho sentito dire tra i vecchi della comunità che in realtà ce ne sono stati tre… se non di più.»

Narin sospira. «Però non capisco perché Dio continua a fare così.»

«Così come?»

«Voglio dire, ad affliggerci coi temporali e i torrenti.»

«Be', qualcuno direbbe che è il Suo modo per castigarci perché abbandoniamo la retta via. Le onde vengono mandate giù a ripulire i peccati degli uomini. Io però non credo che Dio, nella sua benevolenza e misericordia, voglia farci del male. Credo che il Diluvio sia una calamità inevitabile. Possiamo anche chiamarlo Destino. Inoltre, non dimenticare che ci vuole un po' perché le cose si sistemino. Questo mondo, come lo yogurt di latte di capra, ci metterà un bel pezzo a rapprendersi.»

Narin sorride. «Secondo te la terra è un vaso di yogurt?»

«Uh, altroché… Fermenta, si addensa, e anche se adesso è solida, non riesce a scordare che un tempo era liquida.»

«Che vuol dire?»

«Che dentro ribolle ancora. Noi non la sentiamo, ma sotto c'è tanta acqua che vortica. Ci sono cicli nella natura e cicli nella storia, noi li chiamiamo *dewr*. Tra la fine di un'epoca e l'inizio della successiva c'è sempre un periodo di confusione, e quelli sono i tempi peggiori, che Dio ci aiuti.»

«Adesso siamo in uno di quelli?»

«Credo di sì, per quello dobbiamo studiare con attenzione il passato. Le storie dei nostri antenati sono le radici che ci tengono in piedi nelle tempeste e nei venti impetuosi.»

Narin si sfiora l'orecchio destro; dentro c'è un ronzio, e questo la preoccupa, ma non ne vuole parlare, come se dirlo ad alta voce potesse dargli più forza, più vita. Invece domanda: «Ma quindi cos'è successo dopo ciascun Diluvio?».

«Che cosa succede dopo le catastrofi? I superstiti si prendono cura del loro cuore infranto e ricominciano da capo, come sempre si fa, come sempre va fatto.»

≈

In tutta la casa l'unico pezzo di mobilio di qualche valore è un baule di quercia dipinto di arancione e verde. La nonna ci tiene il suo corredo, e tutte le loro cose belle: centrini all'uncinetto, asciugamani ricamati, foulard di seta, i braccialetti d'oro che le hanno regalato per le nozze, moltissimo tempo fa... Narin ci ha frugato dentro tante volte da quando era piccola. Tra i vari articoli custoditi nel baule c'è un *qanun*, perfettamente conservato. È intagliato a motivi geometrici e ricoperto d'avorio, e poi ci sono i plettri di tartaruga per pizzicarne le corde. Si dice che sia stato portato da Istanbul più di cent'anni fa, ed è lo strumento che ha suscitato in suo padre, da bambino, l'interesse per la musica.

Il *qanun* è molto vecchio, ma non quanto l'oggetto preferito di Narin, che è fasciato come un bebè, tutto avvolto nel lino bianco fermato da un nastro rosso. Un curioso regalo del passato. Narin, con le mani nel baule, lo tira fuori. Nel fagotto c'è una tavoletta d'argilla con dei simboli a forma di cuneo da entrambi i lati. Fu regalato alla sua trisnonna Leila, che lo portò con sé quando lasciò Ninive e risalì il Tigri per stabilirsi a Kefa, e da allora viene tramandato alla generazione successiva come cimelio di famiglia. Narin sa che questa cosa, pure se è fatta solo di terra, è molto importante. Nessun altro al villaggio possiede nulla di simile. Benché non sappia leggere bene né l'alfabeto turco né quello curdo la nonna, grazie a sua nonna, ha imparato a memoria parecchi dei misteriosi segni che ricoprono la tavoletta, e li ha insegnati a Narin. Per questo la bambina intuisce il significato di alcune forme, ma non ha idea della storia che raccontano.

«Raccontami di tua nonna Leila.»

«La mia *dapir*...» dice la nonna con un sorriso, e poi si ferma come se avesse detto tutto. «Era bellissima. Aveva gli occhi di un somaro...»

«Ah ah!»

«Non ridere, piccola. Gli asini hanno degli occhi bellissimi. Poi aveva i capelli lunghi, neri, setosi... una chiazza di cielo notturno. Ma soprattutto, era una guaritrice molto abile.»

Narin si appoggia con il mento su un palmo. «Come te!»

«No, no. Il mio dono, che come il suo viene solo da Dio, è una bazzecola in confronto a quello di mia nonna. La tua ava Leila era una *faqra*, una divinatrice.»

«E cioè?»

«Una veggente che sa cose che gli altri ignorano. Ricordati, però: in tanti al mondo si professano indovini, ma sono solo ciarlatani. Mia nonna era di quelli veri.»

Narin si sporge in avanti per sentire meglio. Ormai fatica a cogliere molti suoni acuti, anche se riesce ancora a distinguere le frequenze più basse; la voce della nonna, per fortuna, è tra quelle.

«Fa parte della nostra tradizione. Le donne si chiamano *faqra* o *koçek*; *chavron* invece va bene per maschi e femmine. Sono tutte persone rispettabili e virtuose. Ricordo ancora i più famosi della mia infanzia: la *koçek* Shamo, la *koçek* Silo, la *koçek* Hajo... Oggigiorno ce ne sono meno. Da tempo immemore il nostro popolo comprende e rispetta questo dono, e Leila lo possedeva senz'altro.»

Narin serra le labbra, concentrata. Ma le parole con cui prosegue la nonna la colgono di sorpresa.

«Può essere doloroso, però, il dono. I veggenti cadono in trance. Alcuni finiscono a terra, e tremano come foglie catturate dalla bufera. Hanno convulsioni talmente forti che non li si può toccare. Altri si mettono a parlare in lingue straniere che nessuno comprende. Sono davvero persone notevoli: vedono ciò che sta per succedere, ma è un fardello non da poco.»

«Come fanno a parlare altre lingue?»

La nonna fa un sospirone. «Quando si trovano in quello stato semicosciente, cambiano. In quei momenti, anche un'esile *faqra* può sollevare un sacco pesantissimo come se fosse una piuma. Si sono viste cose anche più strane.»

Narin, per quanto si sforzi, non riesce a immaginarsi la trisnonna che tiene sacchi pesanti in equilibrio sulle dita.

«Forse fai fatica a credermi. Però ricordati che a sfidare la comprensione non sono tanto i misteri del mondo, bensì le atrocità che gli esseri umani sono capaci di infliggersi a vicenda.»

Il silenzio dura parecchi secondi.

«Nonna, tu hai mai visto Leila fare predizioni?»

«No, non mi è successo. Quando sono nata io aveva smesso da tempo.»

«E perché?»

La nonna si sfiora il tatuaggio sul viso, come per accertarsi che sia ancora lì.

«Perché la *faqra* Leila aveva visto qualcosa... qualcosa di terribile... che poi successe esattamente come lei lo aveva predetto. Accadde in un luogo di nome Ninive. Dopo quella volta, non trovò più la forza.»

La risposta fa rabbrividire Narin. «Che cos'era... questa cosa terribile?»

La nonna si gira da un'altra parte, forse perché la domanda le sembra irrilevante, o perché rispondere è impossibile, ma poi riprende a parlare, con una vena affilata nella voce calda.

«Dicono che quando si ha una visione troppo straziante per esprimerla a parole, si resta segnati per sempre. Leila smise di predire il futuro e chiese anche alle sue discendenti di abbandonare la pratica... per risparmiarci il dolore. Da allora, siamo diventate rabdomanti. Troviamo ruscelli e fiumi sott'acqua e possiamo anche curare certi malanni, ma le donne della nostra famiglia non fanno e non faranno più divinazioni.»

—O—

ARTHUR

In riva al Tamigi, 1871

In una tiepida giornata di giugno Arthur svolta su Piccadilly. Procede svelto, vigile come non può fare a meno di essere, gli occhi sul marciapiede. In lontananza sente un organetto che suona il popolare motivo *In the Sweet By and By*. Ultimamente ha iniziato a farsi crescere la barba, ma le dita non fanno che sfiorare i peli ispidi cui non si è ancora abituato. In tasca ha un fazzoletto di seta impregnato di profumo; di questi tempi vanno di moda il muschio e l'ambra grigia, una mescolanza di aromi che lui adora malgrado il prezzo esorbitante. Ormai legge ostinatamente le tavolette mesopotamiche da molti anni, e lavora senza tregua, ma non è ancora stato promosso.

Il profumo che porta oggi, ha contribuito di persona a comporlo. Su una tavoletta vecchia di migliaia di anni si è imbattuto nella formula di una profumiera di nome Tapputi. Senza farne parola con nessuno del museo ha chiesto a un imbalsamatore di Regent Street di ricreare l'antica pozione, con olio di calamo aromatico, mirra, mandorle tritate, barbaforte e vari altri aromi e fiori. Gli appunti di Tapputi non specificavano esattamente quali, perciò lui ha scelto le viole mammole, il patchouli e i boccioli di mandorlo. Il risultato è inebriante, ed è questa fragranza che ha applicato con giudizio al fazzoletto.

In questi ultimi anni nella sua vita sono cambiate tante cose, ma l'elemento che rimane costante è l'acuta solitudine che si porta dietro ovunque, una solitudine che non lo abbandona mai, unica compagnia che allontana tutte le altre. Gli manca il fratello minore, che dopo essere stato mandato in campagna a vivere con una vecchia zia si è stabilito nello Yorkshire e non intende tornare a Londra mai più. Gli manca sua madre, che non vede da quattro anni, e cioè da quando l'hanno rinchiusa in un sanatorio dopo che aveva passato tutta una notte a piangere e inveire per la strada. La gente si lamentava che era toccata; sia i vicini di casa sia suo padre hanno testimoniato che Arabella era squilibrata, isterica, e poco tempo dopo se la sono portata via. Sebbene Arthur abbia scritto più volte ai responsabili dell'istituto chiedendo il permesso di andare a trovarla, le richieste sono sempre state respinte, con la scusa che una visita sarebbe un evento troppo gravoso per la paziente. Quanto a suo padre, non lo vede da parecchio. Gli è chiaro che la sua famiglia si è sfilacciata, come succede con il tempo ai trefoli delle funi. L'unico punto fermo è il suo lavoro... le tavolette della Mesopotamia.

Mentre passa davanti alla chiesa di St James gli si affianca una marea di rumore: sono le ruote di centinaia di carrozzelle, landò, calessi, barrocci e carri da trasporto che girano tutte insieme, di ambulanti che imboniscono a voce alta dai carretti e bambini che spingono carriole grosse il doppio di loro... Tra la folla e il frastuono, coglie l'annuncio di uno strillone.

«È morto lo scrittore! Il signor Dickens è tornato al Creatore!»

Ad Arthur si mozza il fiato. Compra il giornale e rimane a fissare la fotografia del romanziere, quegli occhi per lui così familiari, acuti e pensosi ma anche vagamente divertiti nel prendere atto della totale assurdità del mondo. Poi legge e rilegge l'articolo. Ad accompagnare il pezzo c'è un disegno dello studio dell'autore a Gads Hill Place, con una sedia vuota, leggermente storta, come se lui si fosse appena alzato, il cuoio ancora caldo del corpo che nel suo abbraccio ha concepito tante storie.

Arthur viene travolto dalla tristezza. Ci sono persone straordinarie che compaiono d'un tratto sul nostro cammino e con la stessa repentinità scompaiono, lasciando un marchio indelebile e un senso di rimpianto. In un attimo acceso, come quando si sfrega un fiammifero nel buio, scaldano con la loro fiamma i ramoscelli umidi nel nostro cuore e poi spariscono.

Nel piegare il giornale, gli cade l'occhio su un trafiletto in fondo alla pagina. Nello zoo di Londra si è verificato un lieto evento: Obaysch e Adhela, gli ippopotami spediti in Inghilterra dal pascià ottomano, hanno finalmente avuto un piccolo, che è stato chiamato Guy Fawkes. Eccole lì, dentro la stessa cornice: una vita che finisce e un'altra appena iniziata.

Quel giorno, appena arrivato al British Museum, Arthur prende dagli scaffali una cassetta a caso di tavolette rotte, trova un recipiente da usare come vaso da notte e chiude la porta a chiave in modo che nessuno entri e che lui non possa uscire; e in questo stato si getta a capofitto nel lavoro, perché sa che se non si applica al massimo, l'abbattimento che ha in cuore lo inghiottirà del tutto.

≈

Il pomeriggio seguente, la testa tutta arruffata, Arthur apre la porta con gli occhi umidi come il cielo azzurro dopo una gran pioggia. Con i movimenti rapidi di chi si è appena svegliato da un sonno delirante manda a dire che ha urgente bisogno di parlare con tutti, consiglieri d'amministrazione compresi. Anzi, con loro soprattutto! Un comportamento sconcertante. In tutti questi anni si è fatto in quattro per evitare anche le conversazioni meno impegnative, e adesso non vede l'ora di riunire tutti quanti. Perciò loro sciamano nel suo ufficio – consiglieri, curatori, impiegati e qualche studente di Belle arti – impazienti di sapere che cos'ha da dire. E rimangono di stucco nel trovarlo con le guance accese, la cravatta allentata, lo sguardo incendiato e un'aria da matto.

«Signori, grazie per essere venuti subito» esclama, spalancando le braccia. «Sono lietissimo di vedervi!»

I convenuti si scambiano delle occhiate, e qualcuno alza gli occhi al cielo. Arthur non se ne accorge neanche.

«È successa una cosa straordinaria, e non vedo l'ora di raccontarvela!» Il cuore gli fa un balzo in petto quando aggiunge: «Ho motivo di credere che ci troviamo sull'orlo di una scoperta sensazionale».

A quel punto, con il viso che è una tavolozza di emozioni, traduce una sezione dell'epopea di Gilgamesh, leggendo ad alta voce le righe che ha decifrato.

Sempre il fiume si è gonfiato e ci ha portato l'alluvione,
e l'efemera si libra sull'acqua…

Riferisce agli astanti che ha scoperto per caso una tavoletta interessantissima: narra il resoconto di un diluvio così catastrofico da aver consumato regni, e di una barca arenata in cima a una montagna, che custodisce animali di tutti i tipi. Dopo giorni di navigazione alla deriva su acque tempestose, i passeggeri a bordo inviano un uccello a vedere se nei pressi ci siano terre asciutte. La storia è assai familiare.

«State cercando di dirci che avete trovato un'antica descrizione dell'arca di Noè?» domanda un consigliere d'amministrazione.

Arthur si ravvia i capelli con le dita e si liscia i baffi, consapevole dell'enormità di quanto sta per annunciare. «Signori, l'epopea di Gilgamesh è anteriore alla Bibbia. Tenete presente che il poema è stato tramandato oralmente per secoli prima di essere trascritto dagli scribi e inserito nella biblioteca di re Assurbanipal. Questo significa che il racconto mesopotamico del Diluvio è in realtà molto più antico dell'arca di Noè delle Sacre Scritture. Lascio valutare a voi le conseguenze di questa scoperta.»

Il silenzio che segue, pur se breve, è colmo di tensione… finché lo stesso consigliere di prima si schiarisce la voce e dichiara: «Devo ammettere, caro collega, che avete fatto una scoperta davvero notevole».

«Invero, eccezionale!» aggiunge un altro.

Uno dopo l'altro gli si avvicinano e gli stringono la mano, elogiandolo per quel risultato stupefacente. L'ultimo della fila è il curatore delle antichità orientali, l'unico che all'interno dell'istituzione lo ha appoggiato fin dall'inizio. E quando Arthur, anima timida e introversa che è, si vede davanti il dottor Birch che sorride orgoglioso, fa una cosa del tutto inattesa. Gli corre incontro e lo stringe in un abbraccio profumato di patchouli.

Il suo entusiasmo, benché poco signorile, si rivela contagioso. Rifluisce nei corridoi di marmo come un'onda, zampilla dalle pareti rivestite di legno e dalle soglie ad arco, sommerge anfore dell'età del Ferro, bronzi cinesi, mummie egizie e resti umani scheletriti, fregi greci, reliquie romane, monete bizantine, incisioni rinascimentali; inzuppa i manoscritti di Galileo, Michelangelo, Newton, Washington, Cromwell… finché raggiunge la sezione assira, dove stazionano i *lamassu*, risale zoccoli e ali di pietra, e di lì si riversa per le vie di Londra.

Il momento non potrebbe essere più propizio. Darwin ha appena pubblicato *L'origine dell'uomo*, fatto tesoro dell'enorme successo del libro precedente, *L'origine delle specie.* I progressi nei campi della geologia, della biologia, della chimica e della botanica hanno esacerbato il divario tra scienza e religione, tra l'accademia e la Chiesa. Le ultime scoperte della paleontologia e dell'archeologia hanno tutta l'aria di sovvertire il tradizionale insegnamento teologico per cui la data della Creazione risalirebbe al 4004 a.C.; crescono i sospetti che la Terra sia in realtà molto, molto più vecchia di così.

Di questi tempi si argomenta che l'uomo, lungi dall'essere unico e superiore a tutte le altre creature, sia solo una delle diverse specie che abitano il pianeta; il mondo, non più preordinato, sembra altamente instabile. È sullo sfondo di queste opinioni mobili che Arthur ha decifrato la tavoletta del Diluvio. Qualcuno interpreta la scoperta come la dimostrazione perfetta della natura mitica della religione: l'arca di Noè, chiaramente, non è che una favola tramandata per generazioni. Tutte le somiglianze tra il racconto mesopotamico e quello biblico – un rovescio che avvolge il mondo intero, la costruzione di un natante che aiuti l'umanità e il regno animale a sopravvivere all'innalzamento delle acque, l'uccello inviato a cercare il terreno asciutto – indicano che il racconto biblico è solo una riproposizione di storie inventate non si sa quanto tempo prima.

Per altri invece vale l'opposto: la scoperta di Arthur conferma la veridicità del Libro. La Mesopotamia, dicono, è la culla della verità teologica. Laggiù sbocciò e prese vita il giardino dell'Eden; là nacque Abramo, padre dei fedeli; là si innalzò fino al cielo la torre di Babele che poi fu ridotta in polvere, sicché il genere umano si divise in tribù che non poterono più capirsi a vicenda. Laggiù Daniele, interprete di sogni, fu gettato nella fossa dei leoni, e i suoi tre amici passarono indenni per la fornace. È il luogo dove tutto inizia, da cui scaturisce la storia dell'umanità, e in un'epoca di vivaci discussioni sull'origine delle specie quella terra remota sembra racchiudere la risposta alle più lancinanti domande sul significato della vita e l'esistenza di Dio.

Il dibattito, tutt'altro che confinato in Inghilterra, si riverbera in tutto il continente europeo e si accende anche sull'altra sponda dell'Atlantico. Il «New York Times» pubblica un articolo che riepiloga le due narrazioni del Diluvio una accanto all'altra, e propone l'ipotesi che anche quella biblica sia forse «leggendaria come le altre». Un poema epico di cui fino a ieri non si conosceva l'esistenza – frutto di scavi a Ninive, portato via mare in Inghilterra e ora parzialmente tradotto da un giovane dei bassifondi di Chelsea – oggi è sulla bocca di milioni di persone in tutto il mondo.

≈

Di tutte le cose nuove e inaspettate che capitano ad Arthur nei postumi della scoperta della tavoletta del Diluvio, quella che lo meraviglia di più è la fascinazione del pubblico per l'argomento. Per anni ha dato per scontato che nessuno, fuori dal campo circoscritto degli studi assiri, si sarebbe mai neanche lontanamente interessato al suo lavoro. Ma la rivelazione che su un manufatto mesopotamico è rappresentata una storia assai simile a quella dell'arca di Noè ha subito catturato l'immaginario collettivo, e suscitato furibonde contese sia tra conservatori che tra progressisti.

Tutt'a un tratto – e con suo profondo orrore – Arthur scopre di essere diventato una curiosità, come la tavoletta del Diluvio. Ogni giorno al museo vengono degli estranei a chiedere di lui. Per andare e tornare dal lavoro prende vie secondarie, a testa china, sperando di mantenere un profilo basso. Ma, a quanto pare, non potrà farlo ancora per molto.

«Hai ricevuto un invito» gli dice un pomeriggio il curatore delle antichità orientali, sventolando una lettera con un emblema dorato in rilievo.

«Io?»

«Congratulazioni, ti hanno invitato a tenere una conferenza alla Società di archeologia biblica.»

Arthur sbianca in volto. «Ma io non le so fare, queste cose. Non potreste andarci voi?»

L'anziano studioso sorride. «Ah, i membri della stimata società non vogliono me, te l'assicuro. Vogliono *te*: il prodigio di umili origini! Ti troverai davanti un pubblico sceltissimo: studiosi, diplomatici, giornalisti, alti prelati… E non è tutto: ci sarà anche il primo ministro in persona! Credo non sia mai successo che un primo ministro partecipasse a una conferenza sulla Mesopotamia. Non sei contento?»

Arthur, però, stravolto e in preda alla nausea al pensiero di salire su un palco pubblico, è già uscito dall'ufficio.

≈

Il giorno prima della conferenza, temendo di non svegliarsi per tempo, Arthur Smyth richiede i servizi di un bussatore. Ma avrebbe potuto evitare, perché dormire si rivela impossibile. Si gira di qua e di là per tutta la notte, attento al minimo rumore. Quando, poco dopo le sei, l'uomo gli batte contro il vetro della finestra con una pertica, Arthur è già in piedi e vestito.

Malgrado il batticuore, cerca di mantenere un certo contegno. Si lucida le scarpe, si pettina i baffi, si impomata i capelli e si mette una goccia di colonia sui polsini. Una miscela costosa, data l'occasione: bergamotto, lavanda e olio di limone. Gesti che di solito lo calmano. Ciò nonostante, quando arriva alla sede della Società di archeologia biblica fa gli scalini a due a due.

Il primo ministro, William Ewart Gladstone, un uomo di vedute assai progressiste ma anche di profondo senso religioso, uno statista di notevole erudizione di cui si dice che abbia letto migliaia di libri in lingue classiche e moderne, siede in prima fila, con un'espressione imperscrutabile.

Arthur gli fa un inchino e ringrazia i membri della Società per l'occasione che gli danno di presentare le sue scoperte. Ma non appena pronunciate queste parole, la voce gli viene meno. Tutte queste persone, privilegiate nell'istruzione, sono qui per ascoltare lui: un novizio che a malapena è andato a scuola. Il pensiero lo taglia come un bisturi incide la carne. Per un istante gli si chiude la gola. Che ci fa in mezzo a quella gente, quando si vede benissimo che non è il posto suo? Tutta questa faccenda è un grave errore. Colto dall'impulso repentino di andarsene, quasi si scosta da dietro il leggio. Cerca di calmare il respiro, e lancia un'occhiata alla tavoletta del Diluvio che ha portato con sé. La sa a memoria, riga per riga. È crepata e consunta, come le mani di sua madre. La madre che vorrebbe rendere fiera di lui.

«Egregissimi signori, la storia dell'umanità non si può scrivere senza la storia dell'acqua.» Arthur si afferra al bordo del leggio per smettere di tremare. «Eppure non facciamo quasi caso a questo rimarchevole composto, da cui dipende la nostra vita e il nostro futuro. Le scoperte che oggi intendo presentarvi riguardano fiumi e temporali, e il ricordo di un'antica alluvione. Quel ricordo, così tragico, non ha mai abbandonato i popoli della terra di cui vi parlerò: la Mesopotamia. Come molti qui tra voi già sanno, questa parola in greco significa "tra due fiumi".»

Arthur comincia descrivendo la regione perché ha notato che, pur stregati dall'idea delle «terre bibliche», in Inghilterra molti non sono in grado di individuare la Mesopotamia sulla carta geografica. Nell'opinione pubblica rimane ambigua: lontana, forestiera e largamente fittizia. Prosegue dicendo che ha ospitato miriadi di civiltà, e riferisce delle città e dei templi straordinari che i suoi popoli hanno costruito, dei loro enormi progressi in fatto di architettura, poesia, matematica, arte della guerra e, in particolare, di irrigazione.

Con la voce che sale di volume per l'eccitazione, racconta che migliaia di anni prima, a Ninive, è vissuto un grande re di nome Assurbanipal il quale, diversamente da ogni altro sovrano che l'abbia preceduto e seguito, era dedito alla ricerca della conoscenza. A questo scopo accumulò una biblioteca monumentale, dopo aver ordinato ai propri emissari di radunare tavolette in ogni dove. Quella di Gilgamesh è solo una delle numerose storie contenute nella biblioteca, benché sia molto importante. Era una parte essenziale della tradizione orale, centrale nell'immaginario collettivo ben prima che fosse trascritta su argilla intorno al 1800 a.C., il che consente di datare la narrazione epica circa dieci secoli prima del racconto biblico dell'arca di Noè, quasi un millennio prima del libro della Genesi.

Adesso Arthur ha la fronte velata di sudore, ma continua spiegando che la biblioteca di Assurbanipal venne data alle fiamme quando la città venne attaccata dai suoi nemici. La distruzione fu totale, templi e palazzi ridotti a nulla; gli abitanti massacrati, i tesori razziati, ogni edificio raso al suolo. Tuttavia, essendo fatte d'acqua e fango fluviale, le tavolette hanno rivelato una resilienza incredibile: le fiamme possono facilmente consumare papiri e pergamene, divorare rotoli di carta, ma non possono nulla contro l'argilla. Al contrario, anzi: il fuoco le ha ulteriormente cotte e rinforzate. È così che sono sopravvissute per centinaia e centinaia d'anni sottoterra.

Arthur termina il discorso spiegando nei particolari da quanti anni ormai si dedica con passione alla traduzione dell'epopea di Gilgamesh. Al momento è impegnato nella resa della tavoletta del Diluvio, l'undicesima di una serie di dodici. Ma va assolutamente ricordato che la narrazione che ha decifrato sin qui è lungi dall'essere completa. Lui va ricomponendo schegge di parole, nella piena consapevolezza che nel poema persistono delle lacune: diciassette righe continuano a mancare, e il suo più vivo desiderio, conclude, è quello di poterle un giorno ritrovare.

L'applauso che segue è caloroso e autentico. Arthur si inchina, avvampando, e passa in rassegna il pubblico. Scorge il curatore delle antichità orientali seduto in pizzo alla poltrona, intento ad applaudire come il padre orgoglioso che lui non ha mai avuto. Si sorprende nel vedere che è venuto anche il signor Evans; il suo precedente datore di lavoro dev'essere arrivato tardi alla conferenza, e ha occupato un posto vuoto in fondo. Ora lo guarda, e nei suoi occhi non c'è altro che affetto. Arthur vorrebbe tanto che ci fosse anche il signor Bradbury, e vorrebbe aver potuto evocare la madre e il fratello e il fratellino morto e i ramazzini a cui deve il proprio nome. Che soddisfazione sarebbe stata, poterli accogliere tra questa folla eminente… tutti coloro, vivi o morti, che ha imparato ad amare da quando era un bambinetto, quelli che lo hanno formato, cambiato, reso l'uomo che è oggi.

≈

Il primo ministro si alza in piedi e raggiunge il leggio, dopodiché si lancia in una lunga allocuzione. Si congratula con Arthur, ne elogia il lavoro indefesso e sottolinea l'importanza della sua scoperta. Evitando la controversia quanto al fatto che essa onori o contraddica la Bibbia, si mette invece a cantare le lodi di Omero, che definisce amico di gioventù e compagno della sua mezz'età, «dal quale spero di non essere mai diviso finché il mio corpo avrà facoltà di respiro». Il discorso ha ben poco a che vedere con la Mesopotamia e meno ancora con l'epopea di Gilgamesh, ma a quanto pare nessuno se ne preoccupa, perché il pubblico fermenta di domande per Arthur. Ci sono già moltissime mani alzate.

«Signor Smyth» grida un giornalista, «vi piacerebbe recarvi a Ninive a cercare i versi mancanti della tavoletta del Diluvio?»

«Ah, quello è il mio sogno» dice Arthur dopo un secondo di esitazione. «Desidero andare a Ninive da quando ero un ragazzino.»

«Intendete dire che siete pronto a condurre scavi in territorio ottomano, signore, sotto il dominio del sultano?» domanda un altro giornalista.

Arthur è colto di sorpresa. Non ha mai pensato al lato logistico della questione. Poi risponde: «Se potessi raccogliere il necessario sostegno all'impresa, sarei felice di tentarla».

«Dobbiamo desumere che vorreste fosse il governo a fornirvi i mezzi per una spedizione?» chiede un terzo cronista.

Prima che Arthur possa replicare, il primo ministro interviene di persona. «Signori, se posso permettermi, preferirei non dare adito all'imprudente nozione che spetti ai pubblici poteri assumersi il patrocinio di iniziative archeologiche. L'ottenimento di grandi risultati grazie allo sforzo individuale è sempre stato il tratto distintivo e l'orgoglio di questa nobile nazione. Qualunque spedizione a Ninive dovrebbe scaturire come esito dell'impresa privata e non, mi sia consentito il dire, di uno sforzo governativo.»

Seguono altre domande sulla politica e sui politici, nessuna delle quali riveste per Arthur il minimo interesse. Ricomincia a sudare. Ha la bocca asciutta. Non è più così certo che la conferenza sia andata bene. A questo punto vorrebbe solo andarsene e tornare al lavoro. Ma proprio mentre comincia a cercare una via di fuga, un cronista in prima fila alza la mano.

«Signor Smyth! Questa sera festeggerete il vostro successo con una persona speciale?»

«No, signore» risponde lui.

«Potreste dirci come mai non vi siete ancora sposato? I nostri lettori vorrebbero saperlo.»

Arthur rimane di stucco. La domanda è talmente inattesa che non sa proprio che cosa rispondere, e a nessuno sfugge il rossore che gli risale dal collo alla fronte.

«Io... proprio... non ho tempo per queste cose.»

«State dicendo che l'amore è futile?» chiede l'ennesimo giornalista.

«Non sono venuto qui per p-pa-parlare d'amore» balbetta lui, con la voce decisamente strozzata.

Il giorno dopo è su tutti i giornali, descritto, fotografato e disegnato in prima pagina. Ha un'espressione seria e tranquilla, ma a guardar bene si nota un senso di disagio negli occhi, incapaci di dissimulare la sua incredulità di fronte a ciò che gli sta capitando. Alcune sue parole sono state modificate e travisate, mentre alcuni dettagli della sua vita sono stati ingigantiti e romanzati. Un quotidiano lo definisce «scassinatore della conoscenza», affermando che i suoi modi eccentrici non sono meno noti del suo fulgido intelletto. Un altro accenna all'imbarazzante episodio di lui che si spoglia per l'esaltazione quando scopre i primi frammenti dell'epopea di Gilgamesh. In un editoriale ci si sorprende della sua timidezza e modestia, dato il contributo sensazionale che ha dato al vorticoso dibattito in cui ci si chiede se l'Antico Testamento abbia le sue origini nel folclore babilonese... e se la Terra sia stata creata da Dio o sia il frutto di un caso fortuito. Nel frattempo, una rivista per signore lo inserisce tra gli «scapoli più desiderabili di Londra», invitando le giovani lettrici a non trascurare quest'astro nascente dell'archeologia. Non deve solo trovare l'ultimo frammento della tavoletta del Diluvio, proclama l'articolo, ma anche ciò che chiaramente gli è mancato nella vita: l'amore.

Nel suo ufficetto al British Museum Arthur legge tutto, ugualmente sconcertato dai complimenti e dalle critiche. Un giornale lo descrive con la frase «il genio dei bassifondi», e su questa si sofferma. Non ha dimenticato le parole del suo vecchio preside: «Dai bassifondi non è mai uscito nessun genio». Però non prova né soddisfazione né orgoglio, solo un gran nervosismo.

Esce dalla stanza e si avvicina a una finestra che dà sull'ingresso sud di Great Russell Street. Davanti ai suoi occhi scorre la città, un boato di rumori, orde di estranei che spettegolano su di lui, e dicono cose che non vorrebbe sentire.

—H

ZALEEKHAH

In riva al Tamigi, 2018

Gira l'angolo e imbocca Great Russell Street, l'orecchio teso al brusio lontano del traffico dell'ora di punta. Stamattina è passata a trovare Helen alla galleria d'arte che i Malek sovvenzionano per la figlia. L'attività si trova su una delle traverse che circondano il British Museum e ospita una gamma di oggetti di design e da collezione, ma è specializzata nell'acquisizione, autenticazione e vendita di manufatti e opere d'arte. Sua cugina però non c'era, le ha detto la receptionist, perciò Zaleekhah le ha lasciato un messaggio e se n'è andata.

Sul tragitto di ritorno cammina in fretta, con la mente piena di pensieri che non riesce a ignorare né a tacitare. Davanti all'ingresso del museo c'è un gruppo di scolari che si spintonano a vicenda, in un baccano gioioso. Nello scansarsi per lasciar passare una mamma con passeggino, alza appena la testa per dare un'occhiata ai negozi dall'altra parte della strada, e solo allora le torna in mente quel che le hanno detto i vicini a proposito del proprietario della casa galleggiante. Lo studio di tatuaggi dev'essere da queste parti.

Zaleekhah rallenta, si guarda meglio intorno e si meraviglia di trovarlo subito. Eccolo lì, lo studio, tra una brasserie e un negozio di souvenir. Sulla vetrina brilla un'insegna azzurra al neon.

Essendo un po' miope, Zaleekhah si avvicina per leggere la scritta più piccola sotto, anche quella in neon azzurro.

I nostri tatuaggi durano più di certi matrimoni

A quel punto, non può fare a meno di dare un'occhiata dentro.

≈

Mai stata prima in uno studio di tatuaggi in vita sua, si aspetta un ambiente squallido, invaso da musica chiassosa, mobili dozzinali, lampadine precarie e il prevedibile plotone di gente dall'aria losca. Al contrario intravede uno spazio arioso con un elegante divano verde smeraldo, poltrone bianche e un bel pavimento di ceramica nei toni del marrone. Lampadari di bambù, alte piante da interni e una profusione di fiori in vasi di terracotta danno al luogo un'aria casalinga; la parete di fronte è coperta da scaffali che traboccano di libri e riviste. Sembra tutto molto accogliente, pulito e garbatamente allettante.

Si scherma gli occhi con le mani e sbircia dalla vetrina, ed è allora che si accorge, con qualche imbarazzo, che dentro c'è qualcuno che osserva ogni sua mossa con un sorriso divertito. È un uomo alto, dal fisico tonico, con i capelli scuri e ondulati e gli occhi grandi. Quando gli sguardi si incrociano Zaleekhah arretra, sentendosi come un'intrusa.

Non può che essere lui la persona a cui paga l'affitto, il suo padrone di casa. Lui la sta ancora guardando, e sorride. Sentendosi ormai in dovere di presentarsi, Zaleekhah apre la porta, facendo suonare un campanellino.

«Salve, posso entrare?»

«Ma certo!» risponde disinvolto il tipo. Ha le braccia tutte istoriate di tatuaggi. «Ti sei decisa più in fretta di quanto pensassi.»

«Chiedo scusa?»

«A farti un tatuaggio. Non sei qui per questo?»

«Uh, no, no... Passavo di qui e basta.» Zaleekhah si ravvia i capelli all'indietro. «A dire il vero, speravo di poter parlare con te.»

«Con me?»

«Sì, sono la tua inquilina. Ho preso in affitto la casa galleggiante a Chelsea.»

Lui, dopo un attimo di confusione, si illumina in volto. «Ah! Mi piacerebbe... Ma tu cerchi Nen.»

«Ah, scusami, pensavo fossi...»

«Tranquilla. C'è anche lei, è di sotto.»

Lei. Zaleekhah non si aspettava che la proprietaria della barca fosse una donna. Si rimprovera in silenzio per aver dato per scontato che fosse un uomo.

«La barca è stupenda, vero?» prosegue il tipo. «Ci abbiamo fatto qualche festicciola tra noi dello studio.»

Zaleekhah annuisce, anche se il pensiero di loro che bevono, fumano e fanno tatuaggi nel posto che adesso è casa sua un po' la destabilizza. Meno male che lo zio non verrà mai a saperlo. «La vista è incredibile» dice.

«Ed è pure meglio quando piove, cioè praticamente sempre. Accomodati pure, vado a vedere se Nen può liberarsi.»

Rimasta sola, Zaleekhah si guarda intorno, incuriosita dalle stampe alle pareti. Ci sono molti disegni di motivi dettagliati e immagini mitiche, alcuni in cornice e altri appuntati a lavagne di sughero. Su un tavolino basso c'è un quadernone aperto, pieno zeppo di messaggi di ringraziamento da parte di clienti soddisfatti, con vicino un album con foto di persone che mostrano i propri tatuaggi: gente di tutte le età, origini e retroterra. Molte hanno i corpi inchiostrati con strani simboli identici. Zaleekhah inclina un po' il capo, cercando di trovarci un senso.

«Salve!»

Si volta e vede una donna con indosso un ampio abito azzurro e anfibi neri ai piedi. Ha i capelli lunghi fino alle spalle, color miele, mossi e vagamente scompigliati, come fosse stata una raffica di vento a portarla qui. Il fisico è lo stesso dell'uomo, alto e snello, anche se lei sembra un pochino più grande, forse non lontana dalla quarantina.

«Ciao, io sono Nen. Ho sentito che baderai alla casa galleggiante, grazie!»

La stretta di mano è salda e stabile.

Zaleekhah, che come inquilina non si aspettava alcun ringraziamento, dice: «Scusa se mi sono presentata così, senza avvisare. Non pensavo di entrare, ma poi il tuo collega mi ha visto che guardavo dentro...».

«Mio fratello» rettifica Nen con un sorriso. «Il più giovane. Ne ho altri quattro.»

«Cioè, hai cinque fratelli?»

«Già, tutti più piccoli di me. Siamo un bel clan.»

Sempre incuriosita dalle famiglie numerose, Zaleekhah non si trattiene dal chiedere: «E com'è, crescere così?».

«Dipende dallo stadio della crescita. Quand'ero piccola era abbastanza tremendo, i maschi facevano casino, litigavano sempre. E da adolescenti è stato anche peggio. Calzini sporchi ovunque... Ma poi, non saprei dirti esattamente quando, è diventato un dono del cielo, una cosa fantastica. E tu?»

«Eh, sono figlia unica.»

«E com'è, crescere così?»

«Un po' di solitudine si sente» dice Zaleekhah. «Ma ho una cugina, Helen, che è stata come una sorella, se vale.»

«Cugini, amici, libri, canzoni, poesie, alberi... vale tutto quello che dà significato alla vita.»

Fuori, un gruppo di turisti sfila davanti alla vetrina andando verso il British Museum, e il loro chiacchiericcio filtra nello studio.

«Allora, sulla barca è tutto a posto?» chiede Nen.

«Sì, sì, tutto bene» dice Zaleekhah. Ma subito, sentendo il bisogno di giustificare una visita scaturita solamente da un'oziosa curiosità, aggiunge: «Però il lavandino perde».

«Quale?»

«Il lavello della cucina.»

«Uh, davvero? Mi dispiace, non lo sapevo» dice Nen. «Comunque non è una scusa, dovrei avere tutto sotto controllo.»

Zaleekhah esita. «Tranquilla, non è una cosa grossa.»

«Non importa, va sistemata.» Nen si ravvia una ciocca di capelli dietro le orecchie. Ha un sorriso spigliato, che dà un'aria calorosa a tutta la faccia e le accende gli occhi verde felce, incorniciati da lunghe ciglia spesse ricoperte di mascara color indaco. Ricambia lo sguardo curioso di Zaleekhah con uno di questi larghi sorrisi e chiede: «Ti va un caffè?».

«Guarda, non voglio disturbare...»

«Ma dai, nessun disturbo. Il nostro caffè gode di meritata fama, anche se non dovrei dirlo io.» Si avvicina a una macchina posata su un mobiletto art déco e afferra il bricco come per fornire le prove. «L'ho appena fatto.»

«Allora grazie... nero, per favore. Senza zucchero.» Si rende conto che non si è ancora presentata. «A proposito, mi chiamo Zaleekhah.»

«Molto piacere, Zaleekhah» dice Nen, pronunciando il suo nome in tre sillabe scandite.

«Un po' lungo da dire, temo. Non preoccuparti se lo sbagli, succede a tutti.»

«È bellissimo» ribatte Nen porgendole una tazza fumante. «Il mio è un'abbreviazione di Brennen.»

«Irlandese?»

«Eh già. Vuol dire "gocciolina d'acqua".»

Zaleekhah fa di sì con la testa, prendendo la tazza. Poi, come di riflesso, dice: «Io di lavoro studio l'acqua».

«Ma pensa! Sono colpita. Sulla mia barca ci abita una scienziata. Che meraviglia!»

Sul viso di Zaleekhah fiorisce un lieve sorriso, più d'imbarazzo che di piacere. Mai si aspetterebbe di sentire quel che Nen dice subito dopo.

«E poi porti il nome di quella donna pazzesca, la leggendaria Zuleika… grandissima figata.»

Non sapendo come reagire, Zaleekhah prende una rapida sorsata di caffè. Denso e forte ma non amaro, con una punta di qualcosa che non riesce a individuare.

«Lavanda» dice Nen, che la osservava. «Nel nostro caffè mettiamo fiori secchi di lavanda. Riequilibra la caffeina, ti sveglia ma non ti agita.»

«È buonissimo.» Zaleekhah si guarda intorno. «E questi simboli alle pareti, cosa sono?»

«Cuneiforme… un sistema di scrittura mesopotamico, vecchio di millenni. Io faccio tatuaggi in cuneiforme… niente di speciale!»

«È molto… interessante.» Zaleekhah è a corto di argomenti. «Mmh, e i tuoi clienti cosa ti chiedono di tatuargli?»

«Un po' di tutto. Il loro nome, il nome dell'amato o amata, parole che per loro sono importanti… o versi di poesie e canzoni. In cuneiforme si può scrivere qualunque cosa. Aspetta, ti faccio vedere.»

Nen posa la tazza su uno scaffale, poi prende un paio di bacchette per mangiare e una sostanza che sembra creta da modellare. «Questa è la pasta che uso per esercitarmi. La faccio io con acqua, farina e un pizzico di sale. Ora guarda…» Preme l'estremità di una bacchetta sulla superficie morbida, la ruota di qua e di là. I movimenti sono destri, la concentrazione assoluta. Quando termina, sulla superficie chiara si distingue nettamente un gruppo di segni a forma di cuneo.

«Cosa c'è scritto?» chiede Zaleekhah allungando il collo.

«È il tuo nome.»

Lei guarda meglio, soffermandosi sulle impronte che sembrano punte di freccia a indicare la strada. «Che lingua strana» dice.

«Il cuneiforme, però, non è una lingua» dice Nen, sommessa. «E non è neanche propriamente un alfabeto, dato che non è fatto di lettere. È più una raccolta di sillabe... una scrittura logosillabica usata da molte civiltà antiche: sumeri, accadi, babilonesi, assiri, elamiti, ittiti...»

Viene interrotta dal campanellino che segnala l'apertura della porta. Nello studio entrano un uomo e una donna, vestiti di nero da capo a piedi, mano nella mano, sorridenti.

«Ciao, Nen!»

«Già di ritorno, voi due?» fa lei, restituendo il sorriso. «Pensavo avessimo stabilito che non vi sareste fatti vedere per almeno tre mesi.»

«Non essere crudele» dice la donna. «Non potevamo aspettare così tanto.»

«Infatti! Ci chiedevamo se si può scrivere "Eat the rich" in cuneiforme...»*

«Aspetta, "Eat the rich" lo vuole lui» dice la donna. «Io invece vorrei "Eve was framed".»†

Nen ride, scuotendo il capo. «Voi due siete matti.»

Zaleekhah prende la borsa e si alza. «Allora io vado. Grazie per il caffè.» Lascia la pasta bianca sul tavolino.

«Tienila, se vuoi: c'è il tuo nome» dice Nen. Poi si gira, rivolge un cenno alla coppia. «Cominciate a scendere e mi aspettate? Arrivo tra un secondo.»

«Evviva!» esclama la donna.

«Per il lavello...» continua Nen, ora all'indirizzo di Zaleekhah. Con il cambio di luce il verde dei suoi occhi si fa più intenso. «Puoi farlo riparare e mandarmi la fattura, altrimenti posso senz'altro passare con un idraulico questo fine settimana e darci un'occhiata.»

«Non voglio che ti disturbi.»

* Letteralmente «Mangiate i ricchi», slogan anticapitalista diffuso nel mondo anglofono. (*N.d.T.*)

† Letteralmente «Eva è stata incastrata», slogan femminista diffuso nel mondo anglofono. (*N.d.T.*)

«Nessun disturbo. Il sabato mattina vado a grufolare sul fiume con gli amici, quindi mi saresti di strada comunque.»

«Ah, grufoli sul fiume?»

«Sì, con la bassa marea» conferma Nen. «Come in epoca vittoriana, fortunatamente in acque meno luride.»

«Trovato qualcosa di interessante?»

«Uh, tantissima roba! E cambia ogni volta, da un giorno all'altro non sai mai cosa può saltare fuori dal fiume. A casa ho un mucchio di gusci di tartaruga... sai che i vittoriani adoravano la zuppa di tartaruga, no? E poi schegge di ceramica, pipe, plinti neolitici, monete celtiche... Sono talmente tante, le civiltà che hanno lasciato tracce di sé a Londra! Una volta mi sono imbattuta in una bomba a mano della Seconda guerra mondiale, e non è stato un bel momento. Abbiamo dovuto chiamare la polizia e restare a guardare gli artificieri che la facevano saltare.» Nen si interrompe, riflettendo. «Però mi piace tantissimo frugare nel fango del fiume in cerca di cose che sono state scartate o perse.»

Si avvicinano alla porta e si fermano. Zaleekhah sembra nervosa. «Allora ci vediamo sabato, direi.»

«Ottimo.» Nen fa una mezza giravolta e la guarda in faccia, diretta. «È strano, quando ti ho vista ho pensato che non sembravi il tipo di persona che avrebbe voluto fare quella vita. Sai: "armeggiare intorno a una barca".»

Zaleekhah trasalisce, riconoscendo la citazione da un libro per bambini che sua madre le leggeva, *Il vento tra i salici*. Si indurisce in volto e dice: «Infatti, non ho mai abitato sull'acqua prima d'ora».

«È una cosa speciale» dice Nen. «Dopo che ti sei svegliata in una casa galleggiante un mattino di pioggia, o hai guardato il tramonto sul fiume, vedrai che non vorrai più tornare sulla terraferma.»

«Tu credi?»

«Eccome! Quindi, benvenuta nella tribù acquatica.»

≈

Quella sera, molte ore dopo che è uscita dallo studio di tatuaggi, con il sapore della lavanda ancora in bocca e un rettangolino di pasta con inciso il suo nome in cuneiforme nel palmo della mano, Zaleekhah siede alla finestra della casa galleggiante. Fuori, il cielo scivola nell'oscurità. In grembo ha il piccolo *lamassu* di porcellana. Gli ha rincollato l'ala rotta meglio che poteva, ma la punta manca e – per quanto si tratti di un piccolo frammento – l'assenza si nota. Preme leggermente sui bordi riparati, come se cercasse di capire se la giuntura reggerà. Sa che sarebbe meglio non farlo, che rischia di romperla di nuovo, ma le dita continuano a tornare sulla crepa, sulla frattura, quasi che debba sondare quanto è profondo il male.

III

FIUMI INQUIETI

—O—

ARTHUR

In riva al Tamigi, 1871-1872

I mesi successivi alla conferenza presso la Società di archeologia biblica corrono indistinti. Arthur riceve inviti a parlare ad associazioni educative, e i circoli per gentiluomini richiedono la sua presenza. Lo accolgono con molta cortesia, questi signori dalle cravatte di seta e dai modi affabili, e lo accompagnano nei loro fumoir. Assaggia prelibatezze di cui non aveva mai sentito parlare, in banchetti da dodici portate serviti su porcellane finissime: oca arrosto, insalata d'aragosta, pasticcio di coniglio, zuppa di tartaruga. Consumare quest'ultima diventa un problema, dopo aver appreso che si prepara decapitando la tartaruga e gettando il resto dell'animale in acqua bollente con tutto il guscio.

Nelle dimore dei ricchi rimane a bocca aperta davanti alle specchiere dorate, ai candelabri preziosi, alle posate d'argento massiccio, e sorseggia champagne servito in flûte di opalina… Ammira i quadri alle pareti e intanto si domanda come gli antichi maestri avrebbero rappresentato gli ambienti in cui fortunosamente si trova ora. Nel frattempo, ansiosa di conversare con lui, la gente gli sciama dappresso. Signore ben pettinate e fasciate in rasi e sete sorridono quando lui balbetta e arrossisce per i loro complimenti: la timidezza e l'impaccio lo rendono ancor più accattivante.

Una settimana dopo l'altra Arthur leva il calice in brindisi e condivide dessert con banchieri, avvocati, politici e filantropi, ma nell'intimo è sempre più frustrato. Perché malgrado tutti affermino che la conferenza è stata un successo e si congratulino con lui per aver decifrato la scrittura cuneiforme, lui non pensa ad altro che al frammento mancante della tavoletta del Diluvio, perduta chissà dove a Ninive.

Nel corso di una di quelle serate, in una casa nei Boltons, gli presentano una ragazza assai graziosa. Mabel viene da una solida famiglia benestante e, benché sia abbastanza istruita, non ha letto molto. Però sembra molto attratta da lui, e incuriosita dal suo lavoro. Ha un sorriso spontaneo, e la pelle d'alabastro perfetto, lievemente accaldata, le fa scintillare gli occhi. Quando parla l'eloquio è rapido eppure esitante, e le mani sfiorano oziosamente la gola come per controllare un'ultima volta le parole prima di lasciarle andare. Arthur ha capito che i colleghi e gli amici stanno orchestrando un'unione, e non discute né oppone resistenza nel rendersi conto che continua a incrociarla in occasioni diverse, apparentemente per caso, certo che lei si stancherà presto delle sue stranezze e della reticenza con cui le si accosta, anche se la giovane non ne dà segno.

Più tempo trascorre nelle varie cerchie della classe media, più afferra un tratto di quanti la compongono di cui sin qui non si era avveduto: la loro fissazione per la felicità coniugale e la vita domestica. Né i poveracci dei bassifondi che lottano ogni giorno per tenere insieme corpo e anima né, sospetta, gli aristocratici, pur interessati come sono alla conservazione di patrimoni ed eredità, condividono quest'idea del matrimonio come ideale romantico, se non addirittura sacro. Arthur si sente ripetere continuamente che la casa coniugale è la fortezza dell'inglese contro il mondo intero; lui però è preoccupato da questioni più urgenti. Non passa giornata, non passa ora che non sia dominata dalla Mesopotamia e dalle sue tavolette.

Gli mancano le parole per dire che gran parte dei matrimoni gli sembrano infelici o, se non infelici, perlomeno noiosi, tetri e ripetitivi. A ogni modo, l'attrattiva di molte donne rimane per lui un mistero. Non ha mai cercato di catturarne l'attenzione, di rendersi speciale ai loro occhi. La verità è che già da tempo ha accettato l'idea che lui è fatto così; potrebbe tranquillamente trascorrere tutta la vita senza sfiorare un altro essere umano.

≈

Un pomeriggio ventoso d'autunno, mentre l'orologio della chiesa batte le due, Arthur viene convocato dal direttore del «Daily Telegraph». Si reca alla riunione convinto di perdere un'altra ora in chiacchiere inutili, deciso a filarsela il prima possibile. E invece, con sua enorme sorpresa, l'interlocutore lo informa che il giornale desidera finanziare uno scavo archeologico. Sono pronti a offrirgli mille ghinee. Per dare un'equa possibilità anche ad altri, pubblicheranno un annuncio per la ricerca di volontari, dopodiché selezioneranno il candidato più meritevole. Una pura formalità, sostiene il direttore, perché non ritiene ce ne siano di più adatti di Arthur al compito.

Lui attende per tutta la settimana la comparsa dell'annuncio e, appena lo vede, si affretta a inviare una lettera. Qualche giorno dopo, il quotidiano annuncia che il prescelto per l'impresa è «il genio dei bassifondi di Chelsea».

Per la prima volta nella vita Arthur ha la sensazione che le Parche, il terzetto di divinità capricciose che intessono i destini dei mortali, gli sorridano. Prende un'aspettativa di sei mesi dal British Museum e dà avvio ai preparativi. Solo allora, quando inizia a calcolare il prezzo di ciascun articolo necessario al viaggio, si rende conto che la sovvenzione offerta dal giornale, che lì per lì sembrava molto generosa, in realtà è abbastanza limitata. Dovrà stare molto attento con le spese personali, comprese quelle per il vitto. Ma non importa: concentrato sull'obiettivo, è pronto a partire per la terra di Gilgamesh. Re Artù di Cloache e Catapecchie raggiungerà finalmente le sponde del fiume Tigri.

≈

Il padre di Mabel è colpito dall'intelligenza e dalle potenzialità del giovanotto che la figlia sta frequentando. È convinto che Arthur tornerà da Ninive con un patrimonio considerevole, o coperto di gloria, o magari, auspicabilmente, entrambe le cose. Combina un incontro privato con lui e lo sprona a chiedere la mano della figlia prima di partire per quei luoghi esotici. Un giovanotto in viaggio, dice, guadagna in equilibrio sapendo che a casa c'è qualcuno che lo aspetta, una specie di ancora, altrimenti rischia di andare alla deriva. E anche alle donne serve questa stabilità, una rotta verso il futuro già ben delineata. Così incalzati, i due fanno una gita in barca a Cherwell, con il fratello minore di Mabel a reggere il moccolo. Arthur osserva il modo in cui il sole le screzia l'abito sotto l'ombrellino ornato di gale, tracciando motivi come d'acqua, vorticosi, trasognati. All'inizio se ne stanno lì in un silenzio cordiale, interrotto solo da garbate osservazioni sul tempo e sul panorama; ma ben presto Mabel comincia a tempestare Arthur di domande. Pare che condivida la sua passione per i viaggi, un'analoga sete di avventura, di ignoto, prigioniera com'è di un mondo dove tutto è troppo familiare. Mentre scendono dalla barca lui le prende la mano guantata per pura cortesia ma lei, sorprendentemente, indugia per un poco con le dita tra le sue. Lentamente e senza preavviso gli si avvicina, al punto che Arthur le vede le pagliuzze d'oro negli occhi celesti, e gli dà un lievissimo bacio sulle labbra.

Arthur rimane stordito. Si sente in obbligo di dire una cosa carina, ma non ha idea di quale potrebbe essere. Allora balbetta: «Ti ringrazio per la tua simpatia, ma io non sono molto simpatico».

Lei ride e, benché il suo riso sia come un tintinnio di campanelle di vetro, Arthur perde il coraggio o la volontà di aggiungere alcunché. In seguito, ripensando a quel momento, si convince che sia una buona cosa forgiare un legame con un'altra persona, se non addirittura farsi una famiglia, proprio come i salici che sulla sponda del fiume immergono le fronde nella corrente e si sentono meno soli. E sebbene non riesca proprio a immaginarsi nel ruolo del marito devoto, e tema che non risponderà alle aspettative di Mabel, agogna una vita domestica stabile, un senso di appartenenza. Il fidanzamento ideale non dovrebbe durare più di un anno, gli dicono, e nel giro di dodici mesi sarà tornato da Ninive.

≈

Verso la fine del mese, a preparativi completati e bagagli chiusi, c'è un'ultima cosa da fare prima di lasciare Londra: Arthur deve andare a trovare la madre. Da quando è entrata nel sanatorio le sue richieste di visita sono sempre state respinte, ma adesso che è famoso, tutt'a un tratto, il divieto cade.

Un giovedì pomeriggio prende una carrozza che lo porta al manicomio di contea del Middlesex, a Hanwell, nella periferia di Londra: un imponente fabbricato in mattoni rossi, dotato di due ali e finestre a ghigliottina, collocato al centro di un giardino brullo dietro muri altissimi. Arthur si presenta al custode, che annota su un registro l'ingresso e l'uscita di tutti i visitatori; espletata la formalità, scende dalla carrozza e prosegue a piedi. Negli ultimi decenni il bisogno di ospedali psichiatrici non ha fatto che crescere, accelerato anche dalla diffusione della sifilide. Se ne sono costruiti oltre sessanta; questo, si dice, è il migliore del Paese.

All'interno viene accolto dal medico responsabile del reparto e da un'infermiera di mezz'età dalle labbra talmente sottili e screpolate che il suo sorriso assomiglia a una ferita. Non che sorrida poi tanto spesso. Il dottore invece, un uomo robusto con la faccia tempestata di nei, sembra un tipo gioviale, forse anche troppo, dato il luogo. Ha sentito che alla conferenza di Arthur c'era anche il primo ministro e voleva proprio conoscerlo di persona. Una volta tanto, però, lui non ha la minima voglia di parlare di tavolette mesopotamiche; vuole solo notizie di sua madre.

«Be', direi che la signora è un tipico caso di melanconia» dice il dottore.

«E come la definireste, esattamente?»

Il medico spiega che un recente articolo sull'infermità mentale, pubblicato dal suo esimio collega dottor Blandford, individuava quattro tipi di melanconia: tetra, irrequieta, maligna e boriosa. Ciascuna ha una sua causa originaria, e dunque richiede una specifica terapia.

«Qual è quella che affligge mia madre?» chiede Arthur.

«La melanconia irrequieta» risponde deciso l'altro.

«Ed è molto grave?»

«Una combinazione piuttosto aleatoria, temo. L'irrequietezza affatica la mente, e le impedisce di calmarsi. Nel frattempo la melanconia, un'irragionevole tristezza, paralizza il corpo. È come essere tirati in due direzioni diverse contemporaneamente.»

Arthur si chiede se la tristezza possa mai essere irragionevole. E se avesse invece le sue ragioni, se pure agli altri non risultassero evidenti? Domanda, incerto: «Ha mostrato qualche segno di miglioramento da quando è stata ricoverata?».

«Ci vorrà tempo» si limita a dire il dottore.

Lo accompagnano nelle viscere del fabbricato. Percorre lunghi corridoi in penombra, sente mormorii da dietro i muri. Coglie scorci di altri pazienti, alcuni a trascinarsi qua e là, altri confinati a letto o trattenuti da cinghie, molti con la testa rasata.

«Pidocchi» dice l'infermiera. «Un fastidio terribile. Non c'è altro modo di affrontarlo.»

«Ma perché alcuni sono incatenati?» chiede Arthur.

«È necessario, altrimenti si farebbero del male.»

La stessa infermiera lo avverte che sua madre ha già imboccato diverse volte questo sentiero disperato: si è tagliata le dita con dei vetri rotti e si è strappata i capelli a ciocche. Non dovrà sorprendersi di vederle cinghie alle caviglie.

Attanagliato dall'ansia, Arthur segue la donna dentro una stanza con sbarre di ferro alle finestre e si ferma, con il fiato mozzo. Dentro ci sono otto pazienti, e tra loro quasi non riconosce la mamma. Non è tanto il corpo a essere cambiato, quanto gli occhi. C'è un vuoto nello sguardo, le iridi quasi completamente inghiottite dal nero delle pupille; uno squarcio nell'espressione, che gli ricorda le crepe che tagliano a fondo il fango del fiume. Ha davanti un vassoio pieno di foglie staccate da un ippocastano; le prende una a una, le spiana, le posa da una parte. Sembra intenta a questo compito, però alza gli occhi quando lui si avvicina.

«Mamma… Sono io, Arthur. Sono venuto a trovarti.»

Lei si illumina un poco.

«Ti trovo bene» continua lui, aggrottando la fronte in cerca di parole. «Il dottore dice che ti stai rimettendo. Ho cercato di venire tante altre volte, ma mi dicevano sempre di aspettare che stessi meglio… e infatti devi essere migliorata, perché ora sono qui.»

Vorrebbe, con un desiderio cocente, che lei gli rispondesse qualcosa. Ma lei tace. C'è una fiacca nel suo atteggiamento, un'inerzia così palpabile che Arthur si domanda che diritto abbia il medico di definirla «irrequieta». Al contrario sembra apatica, sedata.

Voleva dirle di Mabel e del loro recente fidanzamento, se così lo si può chiamare. Invece si ritrova a raccontarle la storia di Gilgamesh e della sua inappagabile ricerca, del senso di inquietudine che lo sospinge ai confini del mondo. Man mano che parla, qualche altra paziente si avvicina per ascoltare, e per un attimo è come se fossero tutti seduti intorno a un fuoco che crepita e sfavilla all'aria aperta, con il vento percorso di fumo e parole, tenuti insieme dal filo comune della narrazione. È una sensazione antica, in qualche modo.

«Presto mi metterò in viaggio per cercare i versi che mancano al poema» dice Arthur. «Per un po' non potrò tornare a trovarti. Vado a oriente, nei territori ottomani. Si dice che nell'harem del sultano ci siano quattrocento e quaranta donne.»

Qualcuna ridacchia. Non sua madre.

«Augurami buona fortuna, d'accordo? Quando torno a Londra, forse il British Museum mi darà una promozione. A quel punto avrò un buono stipendio e ti tirerò fuori da qui. Avrai lenzuola pulite e pane fresco tutti i giorni. E una sguattera! Ti accenderà il fuoco tutte le mattine e non avrai più freddo alle mani.»

Al di là della finestra sbarrata un ramo d'albero fruscia, come se volesse entrare; forse è lo stesso ippocastano da cui provengono le foglie, che le rivuole indietro. Comincia a piovere, un'acquerugiola fine e tetra.

«Voglio che tu sia fiera di me» dice Arthur. E benché si renda conto che la mamma si va assopendo, dai movimenti e gesti più stanchi, non riesce a smettere di chiacchierare animatamente, come se le parole avessero un qualche potere, un effetto rinvigorente sull'anima.

«Mi ricordo il primo momento in cui ti ho vista, mamma. Mi ricordo il rumore del fiume, il vento gelido, la neve che cadeva dal cielo… Eri bellissima… Sei ancora bellissima.»

Si cava di tasca un piccolo oggetto di legno. È un minuscolo *lamassu* che ha intagliato lui: una creaturina vivace e adorabile, benché la fattura non eguagli quella degli artisti mesopotamici. Ma è uno spirito protettore, e lui lo lascerà accanto alla mamma, perché la difenda mentre lui sarà via.

Fra tre giorni partirà per Ninive.

NARIN

In riva al Tigri, 2014

«Ancora tre giorni e partiamo» dice la nonna.

L'anziana si è data a frenetici preparativi di vettovaglie per il viaggio. Stamattina ha farcito le foglie di vite con riso, spezie e uva sultanina, e adesso sta facendo il *börek*, una pasta sfoglia croccante con ripieno di spinaci e feta.

«Non sto nella pelle!» esclama Narin.

«Io pure, cuore mio. Che Khidr si prenda cura di noi lungo la via.»

Khidr è uno spirito protettore. È anche il patrono dei viaggiatori, dei discenti e degli innamorati… che molto spesso sono la stessa cosa, dice la nonna.

Vi sono entità invisibili ovunque che forniscono aiuto e orientamento senza che gli uomini se ne accorgano, e men che meno lo apprezzino. Sore-Soran controlla i venti e manda le brezze fresche quando il caldo si fa insopportabile. Mama-Rasan pensa ai raccolti e fa del suo meglio per coltivarli. Xatuna-Farxa è la patrona delle donne incinte e dei bambini piccoli. Pira-Fat, per parte sua, sorveglia i neonati, specialmente nei primi quaranta giorni di vita. Mama-Sivan e Garvane-Zarzan proteggono i pastori e le loro greggi. E Mama-Rasan interviene anche quando scarseggia l'acqua. È per questo che in tempi di siccità, quando la terra è riarsa come brace, la nonna prende una coppa rituale e chiede a Narin di scriverci dentro queste parole: «Non dimenticarti di noi, Mama-Rasan». Poi leva la coppa al cielo e dice: «Riempila, Iddio, riempila con la tua misericordia».

C'è anche Pira-Ster, uno spirito benevolo che appare sotto forma di donna dai capelli grigi. Durate il giorno dorme, ma appena cala la sera comincia a girare per casa e a spostare i mobili. È premurosa, seppure un po' matta e imprevedibile. Xudane-Male invece, il «padrone di casa», abita nel camino e tiene la famiglia al sicuro, mentre Khalil-Ibrahim, l'«amico di Dio», si prende cura di dispense e credenze. Poi c'è Jin-Tayyar, il «*jinni* volante». Malizioso e non sempre beneducato, gli piace fare scherzi alle persone. Ma per quanto si diverta a superare in astuzia chi si crede scaltro, ha riguardo per i deboli e i vulnerabili. Narin sa che sono tutti qui, da qualche parte. Esseri invisibili che condividono lo spazio con i viventi, alcuni fuori o sopra la casa, altri ben più vicini.

«A volte la gentilezza si trova dove meno te la aspetti» dice la nonna facendo piovere della farina in una ciotola. «Ti ho mai raccontato la storia di Ibrahim?»

«Non mi pare.»

«Bene, Ibrahim era il prediletto di Dio. Per questo Nemrud lo odiava. Così disse ai suoi scherani: "Accendete un fuoco, e gettatevi dentro Ibrahim. Riducetelo in tizzoni, bruciatelo finché diventa cenere".»

«Che crudeltà!»

«Sì, Nemrud era crudele. Ma è importante anche chiedersi come si comportarono tutti gli altri quando si verificò il disastro. Molti rimasero a guardare. Alcuni corsero addirittura a raccattare legna da aggiungere al falò: la lucertola, per esempio. Solo qualche anima buona cercò di salvare Ibrahim, come la rana. Si riempì la bocca d'acqua e la sputò sulle fiamme, e continuò a farlo finché non fu esausta. La lucertola si mise a ridere e disse: "Tu sei piccolina, il rogo è enorme, cosa credi di ottenere con quegli spruzzetti d'acqua?". Ma la rana rispose: "Se non facessi niente, sarei uguale a te". Quella sì che era una rana saggia. Dobbiamo sempre ascoltare la nostra coscienza e aiutare quanti sono nel bisogno. Non si getta benzina su un uomo che brucia, si va a prendere l'acqua.»

Narin riflette. «Quand'è successo?»

«Nei tempi antichi» risponde la nonna, e rompe due uova al centro del mucchietto di farina.

«Dici sempre così!»

«Perché è lì che abitano le storie, nei tempi antichi.»

La nonna dice che il tempo è un albero che sta di sentinella, segnato all'interno da anelli invisibili, con i rami che si innalzano caotici nel cielo infinito, mai perfetto, mai lineare. Nel giro di una frase il narratore può balzare avanti e indietro di secoli, far passare un millennio in un batter d'occhio; ma poi ci vogliono ore per descrivere un unico evento, in cui ogni minuto è una distesa, un'eternità.

«Ricordatelo, cuore mio. Il tempo delle storie è diverso dal tempo degli orologi.»

Il tempo degli orologi, per quanto preciso affermi di essere, è distorto e ingannevole. Trascorre nell'illusione che tutto proceda con regolarità in avanti, e che quindi il futuro sarà sempre migliore del passato. Il tempo delle storie capisce la fragilità della pace, la volubilità delle circostanze, i pericoli che stanno in agguato nella notte, ma sa anche riconoscere le piccole gentilezze. È per questo che le minoranze non vivono nel tempo dell'orologio.

Vivono nel tempo delle storie.

≈

Quando il *börek* ha finito di cuocersi, e tutta la casa è percorsa da un profumino delizioso, la nonna ne taglia una bella porzione per Narin. Le mette vicino al piatto un bicchiere di freddo e spumoso yogurt da bere e sorride affettuosa alla piccola, guardandola gettarsi sul cibo.

«Quando qualcuno ti dà il cibo che ha preparato, ti dà il cuore.»

La nonna racconta che quando era piccola conosceva una bambina musulmana con cui le piaceva tanto giocare. Le famiglie erano amiche e si frequentavano. Un giorno, tornando dai negozi, la mamma della bambina era passata da casa loro. Era un pomeriggio caldissimo, e loro l'avevano accolta all'ombra del giardino, offrendole del cocomero appena tagliato. La signora l'aveva declinato con un sorriso amabile, dicendo che il sapore non le piaceva; e neanche aveva accettato un bicchier d'acqua, anche se si vedeva benissimo che stava sudando. Allora le avevano portato una caraffa di ottima limonata; stavolta la donna ne aveva preso un bicchiere, con qualche riluttanza, ma alla prima occasione l'aveva rovesciata dietro una pianta. Loro erano rimasti sconvolti nel rendersene conto, dopo che la signora se n'era andata; e solo allora avevano capito una cosa che sin lì non avevano mai notato. Benché le due famiglie fossero vicine di casa, e avessero condiviso molte risate e pettegolezzi, i genitori della bambina si astenevano dal consumare il loro cibo perché consideravano gli yažidi dei miscredenti.

«Pensavano che il nostro pane, e perfino la nostra acqua, fossero *haram*» dice la nonna. «Com'è possibile? Eravamo bambine. Eravamo amiche.»

«Mi dispiace tanto, nonna.»

«Non te lo dico per rattristarti, ma per rafforzarti il carattere. I nostri antenati erano resilienti, e hanno tramandato questa resilienza alle generazioni successive. Ma pure se uno ha il nonno altissimo, poi deve crescere da solo.»

«Ho capito, nonna.»

«Ricorda, il mondo sarà anche pieno di dolore e di pena, ma è bellissimo. Come potrebbe non esserlo, giacché è dipinto nei colori iridescenti delle piume di Melek Ta'us? Se siamo capaci di guardare, possiamo vedere la bellezza anche con gli occhi chiusi.»

Narin beve lo yogurt, facendosi due bei baffi bianchi di schiuma. Poi rimette giù il bicchiere e domanda: «Quanto tempo ci fermiamo in Iraq?».

«Due mesi e mezzo, cuore mio.»

«E se Hasankeyf viene inondata mentre noi non ci siamo?»

«Non preoccuparti. Le ruspe ci metteranno un bel po' a costruire la diga.» La nonna si asciuga la fronte con il dorso della mano. «Questo viaggio ci tirerà su di morale. Beati coloro che riescono a vedere Laliş con i loro occhi. Conosci la leggenda che racconta com'è nata la nostra santa valle? È tutta nel *Qewlê Hezar û Yek Nav*, l'"Inno dei mille e uno nomi".»

«Raccontamela.»

«L'inno dice che la terra è posata sulla testa di un toro e che il toro si regge sulle pinne di un pesce.»

«Ma dai! Non è possibile!»

«Non puoi sapere cos'è possibile se prima non provi a immaginarlo» dice la nonna. «Ora, quando Dio creò gli angeli, loro fluttuarono a lungo al di sopra dei mari. E quando arrivarono a Laliş esclamarono all'unisono: "Questo è il posto giusto!". Allora Dio gettò del lievito nell'acqua per farla addensare. La terra si fece solida e Laliş divenne un luogo di pace e sicurezza. È per questo che quando senti il nome della nostra valle devi dire: "O casa, casa mia, tu sei la mia casa!".»

Quando Narin ripete queste parole, lo sguardo amorevolmente rivolto a sua nonna, per un attimo sembra che si stia rivolgendo proprio all'anziana: «O casa, casa mia, tu sei la mia casa!».

La casa è dove stanno coloro che amiamo, ma vale anche l'opposto: coloro che amiamo sono il nostro santuario, il nostro rifugio, il nostro Paese e persino, se si arriva a tanto, il nostro esilio. Ovunque vadano, li seguiremo.

≈

La sera prima della partenza prevista per l'Iraq, sotto un candido lume di luna che filtra dalla finestra aperta, si rannicchiano fianco a fianco sul materasso a terra.

«Dormi, nonna?»

«Non ancora, cuore mio.»

Narin si drizza a sedere. «C'è una cosa che non capisco. Se Leila era nata a Ninive, perché è venuta qui a Hasankeyf?»

«Nei tempi antichi tutt'e due le località si trovavano nell'impero ottomano, ma soprattutto erano collegate dall'acqua. Il Tigri inizia il suo viaggio in Turchia e poi scorre fino in Iraq. Passa accanto a monti e in vallate. La vita e il sostentamento della gente dipendono da lui. La nostra Leila veniva da un villaggio più a valle.»

«Ma perché se n'è andata?»

Anche la nonna si raddrizza. I capelli lunghi, sciolti e tinti con l'henné, le si riversano sulle spalle. «Non ebbe scelta. A volte perfino gli alberi devono sradicarsi… si sa di intere foreste che sono migrate.»

«Che vuol dire?»

«Vuol dire che per quanto ci siamo stabiliti in queste terre, talvolta i venti soffiano così forte che riescono a cacciarci via.»

«Nonna, sembra un indovinello.»

«Di indovinelli si ammanta donna Verità.»

«Ma perché la verità ha bisogno di ammantarsi?»

«Perché se andasse in giro nuda, la gente la lapiderebbe per la strada.»

L'anziana donna attende che la bambina rifletta su queste parole. Poi aggiunge: «Quando se ne andò da casa sua, Leila partì verso nord, risalendo il corso del Tigri. A cavallo, da sola. Un'impresa ardua per una donna, a quei tempi… e ancora adesso. Ma lei ci riuscì. Si stabilì a Kefa, ed è lì che si sposò ed ebbe dodici figli. Quando nacque mia madre, si capì molto presto che aveva ereditato alcune delle capacità di Leila. Poi sono nata io, e ci si rese conto che ne possedevo anche di più. Poi è nata mia figlia, tua madre, possa il suo ritorno essere agevole. E aveva i talenti di Leila in misura ancora maggiore, ma la tua cara mamma è morta troppo giovane». La nonna si interrompe. «Capisci cosa ti sto dicendo?»

«No.»

«Stai più attenta, allora… Alcune donne della nostra famiglia hanno un dono. La natura del dono può variare, ma si è fatto più forte in ogni generazione da quando Leila lasciò Ninive. Questo vuol dire che tu, cuore mio, potresti essere dotata delle abilità di Leila più di tua madre, di me e di mia madre messe insieme…»

«Io!» esclama Narin.

«Tu, *dilê min*.»

La piccola si acciglia, in preda a un'ondata di rabbia che le sale in petto. «Come fai a dire così? Il dottore dice che diventerò sorda.»

«Sto parlando di una cosa che non ha niente a che vedere con la tua malattia. La ricerca dell'acqua è una *consapevolezza*. Il dono non è costante, altrimenti non potremmo sopportarne la forza. Dà momenti di illuminazione, e poi si affievolisce. Leila li chiamava "sogni". Non devi averne paura. Potranno farsi più frequenti man mano che cresci. Sii grata, bimba mia, abbi fede. Rendi sempre onore alla tua ascendenza. Noi abbiamo un talento di famiglia. A noi, figlie di Leila, potrebbe esser stato donato ciò che aveva lei, ad alcune di meno, ad altre un po' di più. Dipende tutto da come preservi ciò che ti è stato dato. È un talento che ci viene affidato. Non è proprietà di nessuno. Lo custodiamo per poi passarlo alla generazione che segue.»

Attraverso la finestra aperta si insinua dalle sponde una brezza languida, satura del profumo di giunchi e acque torbate. Il fiume, adesso, sembra incombere allo stesso modo in cui il domani pare dietro l'angolo.

«Tu hai detto che Leila previde che stava per succedere qualcosa di terribile, e che per quello smise di fare divinazioni. Che cos'era? Non me l'hai ancora raccontato.»

«Era un *firman*.»

«Che cos'è?»

«*Firman* vuol dire "autorizzazione", "permesso". È un decreto.»

«E perché è una brutta cosa?»

«Perché potrebbe anche essere l'autorizzazione a un massacro» dice la nonna.

Narin sente il cuore che accelera.

«È successo tanto tempo fa. A Mosul c'era un pascià, un uomo avido ed egoista a cui importava solo di ricchezza e potere. Aveva un occhio marrone e l'altro di un grigio spento, come la cenere che resta nel camino. Si accordò con un cadì spietato per uccidere tutti gli yazidi maschi e far schiave le donne. Chiedi alla gente di queste parti, se lo ricordano cosa accadde ai nostri antenati? Tutti hanno dimenticato, tutti tranne noi… e il Tigri.»

«È per questo che Leila dovette scappare?»

«Sì, cuore mio.» La nonna scosta una ciocca di capelli dal viso di Narin. «Adesso però cerchiamo di dormire. Domani dobbiamo viaggiare. Quando arriviamo a Ninive ti faccio vedere dov'è successo. Allora capirai che certe volte persino i fiumi devono migrare dal loro letto.»

—O—

ARTHUR

In viaggio verso il Tigri, 1872

Re Artù di Cloache e Catapecchie attraversa il canale della Manica per la prima volta in un giorno ventoso di marzo. Sarebbe stato più facile attendere un tempo meno inclemente, ma lui si sente vincolato a un impegno preso. Inoltre teme che l'attenzione del pubblico per la Mesopotamia – come forse per qualunque argomento – sia volubile. Deve partire prima che la gente perda interesse per l'epopea di Gilgamesh.

La sua nave salpa dalle coste britanniche al calar del sole, e quando ha guadagnato il mare aperto ormai è tutto buio. Arthur sente il ribollio del mare, ne avverte la potenza, ma non vede più in là delle creste bianche che lambiscono la chiglia. Una luna gibbosa, a cui manca un giorno per diventare piena, riluce tra banchi di nubi. Cercando di scacciare i timori, rivolge l'attenzione ai compagni di viaggio. Ci sono dei pellegrini diretti in Terra Santa: un arcigno teologo che non parla con nessuno e un commerciante che, al contrario, non sta zitto un attimo. Arthur si domanda come mai abbiano avvertito l'impulso di abbandonare i loro letti caldi per imbarcarsi in un viaggio tanto pericoloso nel mezzo della notte; ma, se è per quello, lui stesso non saprebbe dire perché si trovi qui. Perché è così ossessionato dall'idea di disseppellire antiche tavolette che giacciono in frantumi sottoterra da migliaia di anni? La domanda, una volta posta, dà la stura a una serie di altri quesiti, come il balzo di una carpa si lascia dietro una scia di ghirlande d'acqua. A volte non sa dire se è stato ipnotizzato verso la ricerca del fiume Tigri o se sta semplicemente scappando dal Tamigi.

È assediato dai ricordi della visita al manicomio: la fiacchezza dei movimenti di sua madre, il suo lento, indolente slittamento verso la morte lo tormentano da allora. Lasciando Londra in cerca di avventure in un Paese lontano, non sta forse abbandonando anche lei? Rammenta a se stesso che non potrà aiutarla finché non avrà fatto progressi nella carriera e iniziato a guadagnare meglio, ma questo tipo di ragionamento, per sensato e rassicurante che sia, non giova ad attenuare il rimorso.

A metà del viaggio vengono colti da una brutta grandinata: le onde si alzano vertiginosamente, il vento è implacabile, la nave beccheggia e si solleva sul mare gonfio. Gli viene in mente che potrebbe anche morire qui, che potrebbe finire in fondo al mare mentre sogna di salvare tavolette dalle viscere della terra.

«Prima traversata?»

È il commerciante, che lo guarda incuriosito.

«Potendo, sarebbe anche l'ultima» risponde Arthur.

L'altro sorride e si cava dalla giacca una fiaschetta d'argento. «Prendete un sorso, aiuta.»

Arthur non è mai stato un grande bevitore, ma accetta l'offerta con gratitudine. Il liquore gli brucia la gola, però gli riscalda la pancia.

«Poi migliora, vedrete.»

Il commerciante dichiara che ha attraversato la Manica molte volte e intende continuare a farlo finché campa. Una volta assaporato il gusto di viaggiare, dice, la vita non è più la stessa.

≈

Arthur arriva a Parigi nel momento in cui le foglie spuntano dalle gemme e parchi e giardini sono pieni di giunchiglie in fiore. Trovarsi in un luogo di cui ha tanto sentito parlare lo rende euforico: ha la sensazione di conoscere già la città attraverso i racconti, i suoi molti poveri e diseredati attraverso la sua stessa esperienza, e le strade e i vicoli con la fantasia. Soprattutto desidera vedere il fiume leggendario, la Senna, e il suo fratello minore, la Bièvre; quest'ultimo, benché meno imponente, ha ispirato numerosissimi poeti e prosatori. Arthur ha letto Rabelais, e da allora si interroga sul corso d'acqua dalle sponde ricche di quaglie da cacciare, e rane e gamberi d'acqua dolce da pescare. Ha letto Hugo, e ricorda le descrizioni dell'acqua nei *Miserabili*. Dalla sorgente a Guyancourt, dov'è un torrente impetuoso e disseminato di massi, la Bièvre scorre per la città da secoli e fornisce ai parigini non solo la preziosissima acqua, ma anche molto ghiaccio.

Percorre a larghe falcate elastiche il tragitto verso la pensione dove passerà la notte, imbevendosi di tutto ciò che lo circonda. A Londra non si concede mai di rilassarsi, non si prende mai un momento di pausa per godersi la canzone di un musicista di strada o per annusare i fiori che scavalcano i muri più alti, ma può farlo adesso che è un forestiero in una città forestiera. Gironzola per i *beaux quartiers*, zone che abbondano di boutique eleganti, raffinate brasserie e caffè pieni di dorature, con tavolini di marmo all'aperto dove i clienti siedono a sorseggiare assenzio, vino e limonata, e ridono come se non avessero una preoccupazione al mondo.

Gli torna in mente un saggio – parola per parola – in cui l'editore e giornalista francese Julien Lemer scriveva che dalle vetrine dei negozi tra Rue Louis-le-Grand e Rue de Richelieu si riversa così tanta luce che si può tranquillamente leggere il giornale passeggiando. Osserva le strade acciottolate, allargate di recente, fiancheggiate da begli alberi e illuminate da lampioni a gas, esempio perfetto delle grandi ambizioni di Haussmann; e bighellonando così per i viali è colto da un senso di leggerezza, come se procedesse scalzo sul muschio. I parigini, distinti e sicuri di sé, gli sciamano accanto da entrambi i lati, si direbbe senza la minima fretta. Lui non ha mai provato quest'agio nello stare al mondo; è un lusso che la povertà e le ristrettezze in cui è cresciuto non gli hanno concesso. Non ha idea di che effetto faccia non dover lavorare ogni minuto di ogni giorno, o andare a passeggio senza altro intento che quello di vedere ed essere visti.

Nel giro di poco, però, il paesaggio urbano comincia a cambiare. I colori sbiadiscono, le ombre si fanno più profonde. Arthur vaga per vicoli talmente sordidi e angusti che se non è una carrozza rovesciata a ostruirgli il passaggio, allora è il puzzo insopportabile a respingerlo. Vede pozzi neri ovunque; negli arrondissement del centro molte stradine, benché evidentemente sovraffollate, sono prive di fognature. Acque stagnanti e reflue si raccolgono in pozzanghere torbide da far inorridire. I detriti di concerie e opifici finiscono dentro la Bièvre, lungo il corso laborioso e serpeggiante del fiume prima della confluenza con la Senna.

Come a Londra, il contrasto tra i quartieri dei ricchi e quelli dei poveri è così stridente che è difficile credere che si tratti della stessa capitale. Ma c'è anche qualcos'altro a separare queste comunità, qualcosa di meno visibile e tangibile: il rapporto con il tempo. I ricchi non devono correre dietro all'orologio; si limitano a scivolare da un giorno all'altro, cullandosi le ore tra le mani, indossandole come guanti di pregio. Per i poveri, invece, il tempo è fatto di stracci, pezze lacere che non bastano mai, per quanto uno le tiri e le stenda, a coprire la pelle d'oca e a proteggere dal freddo.

Prima di lasciare Parigi, Arthur va al Louvre a vedere i manufatti mesopotamici. Ha letto parecchio sul celebre edificio, costruito in origine come fortezza e modificato e ristrutturato molte volte, come un poema in fase di stesura. Vederlo da vicino, però, lo impressiona più di quanto avesse creduto. Se il Louvre è un poema, è dedicato a bellezza, passione e sensualità disinibita ma anche al potere, al materialismo e al possesso. All'interno, in mostra dentro teche di vetro lustre e nuovissime, ritrova cimeli ormai familiari: tavolette in cuneiforme, mattoni invetriati, frammenti di lapislazzuli… Ci sono anche degli enormi tori alati dalla testa umana provenienti dal palazzo di Assurbanipal, solitari e sradicati, proprio come quelli del British Museum.

≈

Due giorni dopo, nel primo pomeriggio, Arthur è a bordo di un'altra nave, un piroscafo a tre alberi con le vele issate, pronto a salpare per il suo viaggio attraverso il Mediterraneo. Il vascello, che non deve affidarsi ai soli venti, taglia le onde lasciandosi dietro una pallida scia d'acqua che subito viene inghiottita dagli abissi. Seguono antiche rotte marinare, impresse sulle carte marittime come spirali sulle punte delle dita. Il porto di Marsiglia, lo stretto che separa la Corsica dalla Sardegna, la Sicilia, Palermo, un'alba spettacolare sull'Etna, la baia di Navarino…

Con le iridi cangianti a seconda della luce che riverbera sul mare, Arthur passa molte ore sul ponte, a osservare pieno di meraviglia luoghi che non avrebbe mai sognato. E tutto ciò che vede manda a memoria, nonostante il mal di mare. Pallido in volto, con lo stomaco sottosopra e le mani che stringono il parapetto fredde e appiccicose, malgrado tutto è stregato dal potere dell'acqua.

Una bizzarra caratteristica dei viaggi per mare è che obbligano anche le anime più introverse a discorrere con gli estranei. Tra le varie persone che incontra ce n'è una che lo colpisce molto: un cacciatore di piante che viene da un'isola nei Caraibi, nipote di cimarroni che sono fuggiti dalla schiavitù. Il giovane botanico è diretto in Bhutan per cercare nuove specie di flora e riportarne indietro i semi.

Chiacchierandoci, Arthur scopre che l'uomo non ha mai visto la neve.

«Ah, è magica» dice Arthur. «La forma d'acqua più sconcertante.»

«Ma ha un sapore?»

Arthur, senza perdere un colpo, risponde: «Sa di latte materno».

≈

Superato il mal di mare, Arthur comincia a leggere i libri che si è portato dietro. Vuole imparare il più possibile sul Levante – storia, cibo, folclore, usi e costumi – pur non avendo la minima idea della possibile utilità di tutto questo a Ninive. Nell'intimo è preoccupato. Mai a proprio agio tra la gente, non vede come potrà mai comunicare con persone di un'altra cultura. Sospetta che le sue credenziali di studioso, sebbene gli abbiano procurato qualche riconoscimento in Inghilterra, non gli saranno di grande aiuto con le autorità ottomane, e sotto sotto teme di essere l'uomo sbagliato per il compito che si è prefisso. Non si sarebbe mai dovuto muovere da casa, mai avrebbe dovuto avventurarsi al di là del Tamigi. Eppure non conosce nessuno che sia ossessionato quanto lui dai versi mancanti dell'epopea di Gilgamesh, e forse questo, di per sé, fa di lui l'uomo giusto.

Il dubbio corrode il viaggiatore, e Arthur è pieno di dubbi. Ma via via che le ore per mare diventano giorni e lui è ancora in vita, sia la paura che l'incertezza, benché non del tutto vinte, cedono il passo a una sensazione diversa, quasi un brivido. Non sarà un eroe, ma lo esalta il pensiero di essere partito per un'odissea tutta sua. Anela, con una forza a cui non sa resistere, a seguire il canto delle sirene che lo chiama da quando era ragazzo.

Le tre sillabe magiche: *Ni-ni-ve.*

≈

«Domani, tutti sul ponte alla prima luce!» dice il capitano. «L'ingresso a Costantinopoli dal mare è una vista incomparabile. Se non volete perdervela, alzatevi presto!»

Queste parole suscitano un'aspettativa palpabile tra i passeggeri. I bambini corrono qua e là, gli uomini chiacchierano animatamente, e le poche donne a bordo si ritirano nelle cabine per prepararsi; persino i marinai più esperti sembrano rinvigoriti. Arthur si sporge dal parapetto a scrutare l'orizzonte, cercando di capire il motivo di tanta eccitazione, ma vede solo un muro di nebbia.

Il giorno dopo, prima dell'alba, si sveglia al rumore di passi frettolosi. Insonnolito, si spruzza un po' d'acqua in faccia, si veste e raggiunge gli altri. Alcuni passeggeri si sono dotati di cannocchiali, sebbene il cielo sia ancora nero come la pece. Man mano che la nave procede, la frescura della notte svanisce e di lì a poco una scheggia sottilissima di rosso intenso taglia il cielo, e la luce prende a sgocciolare nell'oscurità. Nessuno dice una parola, un silenzio completo avvolge tutto. In questo stato d'animo si avvicinano alla bocca del Bosforo, che divide due continenti: da un lato giace la costa europea, dall'altro quella asiatica, anche se non è facile dire con precisione dove termini l'una e cominci l'altra.

Il capitano annuncia: «Ci siamo quasi!».

La vista si adatta alla penombra che va svanendo e Arthur punta gli occhi in lontananza, ma non distingue che qualche profilo diafano. Poi, come se dall'alto avessero sollevato un sipario, la nebbia si dirada nel preciso istante in cui l'alba erompe sopra di loro in tutto il suo splendore, e i raggi del sole – viola, arancio, fucsia vivissimo – svelano le mura merlate, le cupole d'argento e gli altissimi minareti di una città immensa. Arthur riconosce la cupola di Santa Sofia dai disegni che ha studiato alla casa editrice. Trattiene il fiato, mentre chilometri su chilometri dell'insediamento gli si dipanano innanzi come un foulard di seta. I palazzi, i gazebo, i padiglioni, i *konak* e gli alberi – terebinti, abeti rossi, cipressi – prendono vita tutti insieme. Davanti a loro scorre il Corno d'Oro come un nastro scintillante, più fiume che mare. La nave manovra tra il promontorio del Serraglio da una parte e Kadıköy e Scutari dall'altra, finché si cominciano a vedere Galata e Pera, scintillanti di luce. Arthur, fermo a prua, si volta per abbracciare la vista e poi rimane paralizzato, impietrito.

«Non c'è male, eh?» dice il capitano, d'un tratto al suo fianco.

«Strabiliante.»

«Già, vero, ma state attento!» Il capitano ridacchia. «È una città assai peculiare, l'ho imparato a mie spese.»

«Perché dite così?»

L'uomo si avvicina, con un refolo di cipolla nell'alito. «Be', perché ha una bocca famelica, Costantinopoli... Badate bene che non vi inghiotta, come ha già fatto con molti altri.»

«Io sono di passaggio» dice Arthur. «Mi fermo solo per qualche giorno, e poi riparto per Ninive. Costantinopoli non mi interessa.»

«Come no» dice il capitano con un'occhiata sbieca.

Arthur avverte il suo scetticismo come una pugnalata nelle costole.

≈

È ormai pomeriggio inoltrato quando Arthur sbarca, cauto sulla passerella; dice addio al capitano e viene ricongiunto al proprio bagaglio. Pensava che l'ambasciata britannica avrebbe mandato qualcuno, ma ad attenderlo non c'è un'anima.

Passa ansiosamente in rassegna il porto, che brulica di funzionari, mercanti, marinai e scaricatori che si danno da fare ovunque. Lungo la banchina sono ormeggiate imbarcazioni di tutti i tipi – clipper, golette, piroscafi e fregate –, una foresta d'alberi maestri a perdita d'occhio. Ci sono carretti a cavalli che consegnano mercanzie e gru che sollevano grandi casse di carico, facendole oscillare avanti e indietro sulle teste dei passanti. I venditori ambulanti girano intorno ai nuovi arrivati, ciarlando ininterrottamente. Sopra il frastuono Arthur coglie lo sciabordio delle onde contro le chiglie, l'acqua che si gonfia, le strida dei gabbiani che frugano tra i rifiuti, il fremito del vento tra i sartiami. Tutt'a un tratto si sente a disagio. Ha paura.

«Ben arrivato, *farangi*. Serve aiuto?»

Arthur si gira e si trova davanti un ometto sparuto con la pelle segnata e gli occhi stanchi. I calli alle mani, il viso abbronzato e la schiena gobba indicano senza alcun dubbio che si tratta di un facchino.

«Quanto costa?» chiede, la voce strozzata dalla fatica.

L'uomo borbotta qualcosa in turco. Arthur accetta, confidando che la cifra sia equa e che non lo stiano prendendo in giro.

«Conoscete la strada per l'ambasciata britannica?»

Il facchino annuisce rapido.

«Benissimo, andiamo» fa Arthur, dandosi un tono disinvolto. «C'è qualcun altro ad aiutarvi?»

L'uomo, però, dopo essersi messo un baule sulla schiena e gli altri due sotto ciascun braccio, è già partito.

«Aspettate» grida Arthur.

Una profonda voce maschile taglia l'aria, seguita da altre, e il suono riverbera da ogni direzione. Arthur si ferma, confuso: impiega qualche istante per rendersi conto che le note lamentose sono le chiamate alla preghiera pomeridiana che si riversano da tutti i minareti vicini.

Un'onda si infrange contro il molo, facendogli arrivare spruzzi finissimi in faccia, e lui viene colto di sorpresa dal ricordo di un giorno gelido, così lontano che potrebbe essere stato un sogno: il sapore della neve sulla lingua, la sensazione dei capelli della mamma, dorati contro il cielo grigio. La visione, perché è quello che sembra, svanisce con la medesima rapidità con cui era apparsa. Arthur si asciuga la faccia e poi si affretta a seguire il facchino. Lui non può saperlo, ma il benvenuto salmastro che l'ha accolto a Costantinopoli in questo pomeriggio del 1872 e il fiocco di neve che si sciolse nella sua bocca di neonato a Londra nel 1840 sono la stessa cosa.

—H

ZALEEKHAH

In riva al Tamigi, 2018

Si drizza a sedere sul letto, destatasi da un sonno irrequieto. Il cuore le batte forte, come se intuisse un pericolo strisciante che lei deve ancora comprendere. Non ha bisogno di guardare la sveglia per sapere che segna le 3:34 del mattino. Si sveglia molto spesso, precisa al minuto, in questo interstizio fra la mezzanotte e l'alba. Il *brahmamuhurta*, l'ora del Creatore, quando l'energia della luce è al massimo, secondo diverse religioni. Il momento più opportuno per immergersi nella propria anima e affrontare le paure più profonde, dicono. Per lei non si tratta di quello: preghiera, meditazione. È l'ora della malinconia: purissima, grezza, senza requie.

Sapendo che riaddormentarsi non sarà facile, accende il portatile lì accanto. Alla luce elettronica il suo volto assume una sfumatura azzurrastra. Sullo schermo esplode una raffica di pop-up da vari media.

Zaleekhah lo nota subito: tra le cronache della Casa Bianca che annuncia la cattura di diversi capi dell'Isis, di un disastro ferroviario in Germania e degli ultimi preparativi per il matrimonio reale, appiccicato in fondo alla pagina web c'è un trafiletto con una notizia. A seguito di un raro temporale e di varie alluvioni lampo in Egitto, la città di Assuan è stata invasa da migliaia di scorpioni gialli, che hanno punto oltre cinquecento persone e hanno causato alcuni decessi. Sospinti fuori dalle loro tane, gli aracnidi si sono rapidamente infilati nei cortili e nelle case, gettando nel panico chiunque trovassero sulla propria strada.

«È piovuto forte solo per un'ora» dice un testimone oculare. «Poi è arrivata l'inondazione. È successo tutto così in fretta che nessuno ha avuto tempo di scappare, e gli animali sono diventati matti...»

Zaleekhah trattiene il fiato, incagliata nelle parole «inondazione» e «così in fretta».

Spegne il computer con un leggero tremito alla mano. Poi la infila in borsa e tira fuori un flacone: i suoi sonniferi. Stanotte le serviranno. Si scuote tutte le compresse su un palmo, ne prende una e la butta giù senz'acqua. Poi ne prende un'altra.

Disattiva la sveglia sul cellulare. Ci sono diversi messaggi WhatsApp di colleghi che le augurano buon compleanno. Emoji di palloncini, festoni e torte. C'è anche un messaggio di suo marito:

> Ciao Z., ti penso. Mi spiace di non passare il tuo compleanno con te. Mi manchi più del lecito e respingo la tentazione di chiamare. Si è rotto troppo fra noi, comincio ad accettarlo solo adesso, e non vedo come possiamo ripararlo... Un modo facile per dirtelo non c'è, quindi: ho fatto istanza di separazione. Penso sia meglio che tu lo venga a sapere da me anziché dagli avvocati. Mi spiace che sia andata così. Spero che passi un bel compleanno. Dico sul serio.

Stranamente, il suo primo pensiero è come dirlo allo zio. Rilegge il tutto come sperando che ne emerga un'indicazione in codice. Nello spazio di un messaggino Brian si è scusato due volte. Le piaceva, questo suo aspetto, all'inizio del loro rapporto: un uomo che non aveva difficoltà ad ammettere i propri sbagli. Si ricorda di loro due, con un certo numero di cocktail in corpo, il sapore della pelle di lui dolce e salato insieme come il gusto dell'estate, che pomiciavano sotto la scala antincendio di un ristorante cinese a Soho, finché in preda all'eccitazione avevano rovesciato un bidone della spazzatura e quindi erano scappati, lasciandosi dietro una scia di scuse. Il ricordo la fa avvampare. Si asciuga gli occhi, incapace di pensare a una risposta.

Proprio allora arriva un messaggio dello zio Malek. Lei si chiede perché sia sveglio a quest'ora e se ci sia qualcosa che lo preoccupa, ma il tono è allegro.

> Mica pensavi che ci fossimo scordati del tuo compleanno? Cena qui stasera. Viene anche Helen. Torta come si deve e niente pesce, la zia lo ha promesso. Ma potrebbe comunque essere un disastro! Scherzo. Piatti e compagnia deliziosi. Porta pure un'altra persona se credi.

≈

Quando riapre gli occhi, ha il collo rigido per aver dormito nella posizione sbagliata. Guarda l'ora sul telefono e si accorge che è tardissimo. Mentre scende dal letto, con un senso di pesantezza nelle membra, il campanello trapassa il silenzio della casa galleggiante; in quello spazio così poco ammobiliato, il suono riecheggia con tanta intensità da farla sussultare.

Zaleekhah toglie il chiavistello alla porta, apre, la luce del sole si riversa tutta dentro e lei si trova davanti Nen, in salopette verde acceso e stivaloni gialli di gomma, zainetto sulla schiena e berrettino arancione all'uncinetto in testa. Dietro di lei c'è un uomo alto e calvo con una cassetta di attrezzi.

«Santo cielo, ti abbiamo svegliata!»

«Non ti preoccupare.» Zaleekhah si richiude il colletto, a disagio perché è in pigiama. «Avrei dovuto essere già in piedi.»

«Oddio, che figura.» Nen sorride rammaricata. «Torniamo un'altra volta.»

«No, per favore, non andare via. Allora, sei stata a grufolare?»

«Sì, stamattina la bassa marea era di buon'ora» risponde Nen tutta allegra. «Siamo passati per il lavello, ma possiamo tornare più tardi.»

«Davvero, non c'è bisogno. Adesso va benissimo.»

«Sei sicura?»

«Giuro. Dai, accomodatevi.»

Si scosta e spalanca la porta per lasciarli passare.

Appena entra, sul viso di Nen si allarga un altro sorriso. «Accidenti, da vuoto quest'ambiente sembra molto più grande! Quando ci abitavo io era zeppo di roba e disordinatissimo, il tuo stile mi piace di più.»

«Non ho ancora avuto modo di comprare mobili.»

Nen annuisce, poi tira fuori dallo zainetto una scatola di latta. «Prendi, ti ho fatto dei biscotti.»

«Per me?» Sorpresa, Zaleekhah apre la scatola. Dentro c'è una pila di biscotti allo zenzero a forma di tavolette mesopotamiche in miniatura, ognuna marcata con dei segni cuneiformi diversi. «Uh, che meraviglia. Come li hai fatti?»

«Niente di che» dice Nen. «L'impasto si comporta come l'argilla, l'altro giorno l'hai visto, no? Sempre con la bacchetta come stilo, ho inciso su ogni biscotto una parola diversa e poi li ho messi in forno. Quaranta minuti, centottanta gradi e voilà. Li faccio per tutti i miei amici.»

«E quindi, questo cosa dice?» domanda Zaleekhah indicando un biscotto con tre segni verticali sulla superficie.

«Quello è "acqua"» dice Nen. «Assaggia!»

«Acqua…»

«Sì, tutta l'informata è dedicata a te.»

Zaleekhah si infila il biscotto in bocca, e sulla lingua le si scioglie una miscela di sapori: zenzero, cannella, cardamomo, miele e una punta di limone. «È buonissimo.»

Nen allunga il collo. «E su quest'altro c'è scritto "fiume". Devi provarlo, mi sa.»

Zaleekhah non obietta. In tutta questa settimana ha mangiato talmente poco che il suo stomaco accoglie di buon grado la leccornia inaspettata.

Nen si volta verso l'idraulico. «Per il mio amico Rick invece questo qui, il "diluvio". In onore della tua abilità professionale!»

L'uomo ride, prende il biscotto e si avvia in cucina con la cassetta degli attrezzi.

«Se ti va di sederti» dice Zaleekhah «ho una poltrona e uno sgabello. C'è l'imbarazzo della scelta.»

«Lo sgabello va benissimo.»

Sedute una di fronte all'altra, guardano fuori dalla finestra. In lontananza passa una chiatta, la superficie dell'acqua è argento brunito. In cucina l'idraulico, con le cuffiette nelle orecchie, canticchia su un pezzo che sente solo lui.

«Non posso farti né un caffè né un tè, mi spiace. Non ho il bollitore.»

«Non ti preoccupare, sono già in overdose da caffeina.» Nen la guarda con simpatia. «A quanto pare viaggi leggera.»

L'osservazione è accompagnata da un sorriso, ma Zaleekhah avverte comunque un filo d'imbarazzo. «Non mi sono ancora organizzata.»

«Io mi sento così tutti i giorni.»

Zaleekhah sfiora con un dito il bordo della poltrona, sorpresa da queste parole. Nen parla e agisce con energia e concretezza tali che lei non vede come possa mai sentirsi incerta o inadeguata.

«C'è una cosa che volevo chiederti: m'incuriosisce il nome del tuo studio, La dea dimenticata. Che significa?»

«Si chiamava Nisaba.» Nen si china in avanti come se dovesse confidarle un segreto. «Era la dea della scrittura e dei raccolti. Dicevano che era "la Signora colorata come le stelle del cielo". Era la scintilla d'ispirazione dietro ogni storia e poema, patrona di cantastorie, bardi e rimatori.»

«Mai sentita nominare.»

«Perché è stata quasi del tutto dimenticata.»

«Come mai?»

«Spiegamelo tu.» Nen si riappoggia all'indietro, e indurisce lo sguardo. «Come mai le donne restano fuori dalla storia? Perché dobbiamo ricomporne le vicende a partire da frammenti, come schegge di ceramiche spezzate?»

Non è tanto la domanda a cogliere Zaleekhah di sorpresa, quanto il fervore nella voce. Ci vuole un'intensità diversa, quasi una passione, che lei sospetta di non avere, per criticare così apertamente il mondo e le sue innumerevoli disuguaglianze. Lentamente risponde: «A quanto pare ne sai parecchio, di civiltà antiche».

«So qualcosa di alcune, ma la storia antica mi interessa tutta, sempre... da quando ero piccola. All'università ho studiato Assiriologia. Ho dato tutti gli esami ma non mi sono laureata. Attraversavo un brutto periodo, ai tempi, e non sono riuscita a finire. Ho fatto fiasco.»

«Mi dispiace...»

«Figurati» dice Nen. «Si è sistemato tutto... alla fine.»

«E lo studio di tatuaggi?»

«Ah, mi ha salvato la vita. Sono molto delicata con l'ago, me lo dicono tutti. Avevo lavorato in altri studi e così, quando ho lasciato l'università, mi sono resa conto che ero capace di fare solo due cose nella vita, e che quelle due cose non avevano niente in comune. Sapevo fare i tatuaggi e sapevo scrivere in cuneiforme. Allora mi è venuto in mente che nell'epopea di Gilgamesh c'è tutto un ventaglio di personaggi da cui si possono trarre belle immagini. Mi è sembrata una buona idea, e oltretutto ero capace di inchiostrare in cuneiforme. E se poi nessuno li voleva, pazienza, non avevo niente da perdere. Succede così, quando fai fiasco: o ti viene una paura tremenda che capiti ancora, oppure quella paura impari a superarla.»

Zaleekhah tace, assorta nei pensieri.

«E invece, con mia grande gioia, ai primi clienti l'idea è piaciuta. Hanno parlato di me con altri. L'attività ha iniziato a ingranare, e continua ad andare bene. Ho fatto tante versioni di Gilgamesh, del suo amico-barra-fidanzato Enkidu, dell'orco Humbaba del bosco di cedri, di Shamhat la cortigiana… formano tutti composizioni molto belle.»

«E le parole? Qual è la scritta più memorabile che hai tatuato?»

Nen si ferma un momento a riflettere. «M'è capitato uno… un atleta motivato, con un grande futuro. A un certo punto ha un incidente d'auto, tremendo, e diventa paraplegico. È distrutto. Fine della carriera e fine della vita, pensa. Mentalmente era sprofondato. Secondo me l'ha salvato l'amore della moglie… e una brava psicoterapeuta. Quando è venuto da me era pronto a ricominciare, e mi ha chiesto di suggerirgli un verso che gli ricordasse sempre che cos'aveva passato. Qualcosa di potente, significativo. Il tatuaggio lo voleva sull'avambraccio destro, internamente, così poteva vederlo ogni giorno. Abbiamo setacciato il poema insieme. Gli ho letto alcuni passaggi, e alla fine ha scelto.»

«E cos'ha scelto?»

«Una frase basata sul primo verso del poema, sembrava fatta per lui: "Uno vide il profondo".»

«Cioè, come il nome di questa barca?»

«Sì, l'ho comprata con i soldi che ho guadagnato quell'anno – più i risparmi di una vita – perciò mi sembrava adatto. È dedicato a tutte le donne che ne hanno passata qualcuna… *Colei che vide il Profondo*.»

Dalla cucina risuona la voce di Rick, l'idraulico. «Ehi, Nen, io qui ho fatto. Venite a dare un'occhiata?»

«Fantastico.» Nen balza in piedi. Poi si volta verso Zaleekhah e dice: «La gente pensa che i tatuaggi siano atti di sfida o roba del genere, ma in realtà sono una forma di narrazione. La maggior parte dei clienti viene per questo: non cercano immagini o parole a casaccio da inchiostrarsi addosso. Vengono perché hanno una storia da raccontare».

≈

Pochi secondi dopo i tre sono uno a fianco all'altro a guardare l'acqua che sgorga dal rubinetto senza alcuna perdita.

«Bene così?» chiede Rick.

«Sì, bene» dice Nen. «Grazie, caro. Mandami la fattura.»

«Sarà fatto, capo. Allora vado, alla prossima.»

Prende la cassetta, si rimette gli auricolari e se ne va felpato.

«Ottimo, direi che adesso vado anch'io» dice Nen sfiorandosi la fronte con due dita come per levarsi il cappello. Nel muoversi nota la statuetta sullo scaffale. «Ma guarda, un *lamassu*!»

«Sì, è un regalo di mio zio. Colleziona opere d'arte e manufatti da tutto il mondo. A dire il vero, la famiglia ha una galleria vicino al tuo studio.»

Nen si avvicina alla creatura. «Questo è un pezzo di Lladró. Un'edizione limitata, direi. Vale un bel po' di soldi.»

Zaleekhah arrossisce un pochino. La dispendiosità dei regali dello zio l'ha sempre messa a disagio. «È un po' vecchio stampo, lo zio Malek. Qualche volta esagera.»

Quando lo incrocia di nuovo, vede nello sguardo di Nen molta premura, e il verde degli occhi più intenso, come un'ombra in fondo a un torrente. «Be', a quanto pare ha un certo peso nella tua vita. È stato lui a incoraggiarti a studiare l'acqua?»

«Lo zio Malek? No! Per lui la scienza non conta niente. L'ho deciso io, e contro i suoi desideri. Poi, più avanti, è stato uno scienziato ad aprirmi gli occhi sui misteri dell'acqua. Se non fosse stato per lui, forse non mi sarebbe mai venuto in mente.» Zaleekhah si interrompe e inspira lentamente. «Ho perso i miei genitori a sette anni. Sono morti in un'alluvione lampo. Stavano campeggiando sulla sponda di un fiume.»

«Mi dispiace molto, è una cosa terribile.» Il tono di Nen è delicato. «Questo scienziato, di certo era una persona notevole se ti ha permesso di ricostruire un rapporto positivo con l'acqua.»

A Zaleekhah si stringe il cuore. «Sì, ma poi ha fatto un grosso errore verso la fine della sua vita. Ha sviluppato un'ossessione per un'ipotesi che non è riuscito a dimostrare…»

«Cioè ha fatto fiasco… come qualunque altro essere umano.»

«Possiamo anche dire così. Io però sono stata cresciuta con criteri diversi. Lo zio dice sempre che la gente come noi non può permettersi di fare fiasco. Noi immigrati, voglio dire.»

Nen infila le mani nelle tasche. «Non conosco tuo zio, ma mi permetto di dissentire. Direi che gli immigrati più di chiunque altro possono capire cosa significa affrontare una perdita e non uscirne sconfitti.»

Escono sul ponte insieme. Il Tamigi fa su e giù sullo sfondo, così lentamente da sembrare solido, una lastra di vetro azzurro.

Zaleekhah domanda: «Quella coppia che ho visto in studio da te… gli hai davvero tatuato "Eat the rich" in cuneiforme?».

«Altroché! Ed è venuto piuttosto bene.»

Zaleekhah scuote il capo, incredula. «E tu quanti tatuaggi hai, se non è una domanda indiscreta?»

Nen sorride. «Zero.»

«Eh? Davvero?»

«Davvero. Gli aghi mi terrorizzano. Svenimento garantito, credo, se ne vedessi uno che mi buca la pelle.»

Si guardano per un istante, e poi scoppiano a ridere.

«Una tatuatrice che ha paura degli aghi!» dice Zaleekhah.

È il suo primo momento di gioia da molto tempo e Nen, come se lo intuisse, ammorbidisce lo sguardo, e con ferma delicatezza ribatte: «Non meno assurdo di un'idrologa che ha paura dell'acqua. Succede».

Dall'alzaia si sente il richiamo di un martin pescatore. Da quando abita qui, Zaleekhah nota di più gli uccelli. A voce bassa risponde: «Mi sa che hai ragione».

«Una volta o l'altra dovresti venire a grufolare con noi.» Nen tira fuori le mani dalle tasche. «È un bel modo di cominciare la giornata, pacifico, tranquillizzante... specie per quelli tra noi a cui è stato "imposto uno spirito inquieto".»

Zaleekhah fa una faccia perplessa.

«Ancora l'epopea di Gilgamesh» spiega Nen. «Così la madre dell'eroe si lamenta presso gli dèi: "Perché imponesti a mio figlio Gilgamesh uno spirito inquieto? Lo hai istigato ed egli percorrerà il lungo cammino... Ingaggerà una battaglia incerta".» Nen si sistema lo zainetto e si avvia alla passerella. «Ciao, Zaleekhah. Mi ha fatto molto piacere vederti.»

Lei alza una mano e la voce. «Grazie a te per la riparazione... e per i biscotti!»

«Figurati.» Nen imbocca la passerella e si volta per ricambiare il saluto con la mano. «Stammi bene.»

Con la coda dell'occhio Zaleekhah intuisce un movimento dietro la finestra della barca accanto alla sua: i due vicini stanno guardando da dietro le tendine. Imbarazzata perché è ancora in pigiama, viene colta dall'impulso fortissimo di rientrare e chiudere la porta, ma qualcosa la obbliga a resistervi, e così fa tutto il contrario. Sale anche lei sulla passerella e grida forte: «Ehi, Nen!».

«Sì?» L'altra si ferma di colpo.

«Ehm… stasera c'è una cena a casa di mio zio, per il mio compleanno…» Un altro scatto delle tendine. «Rischia di essere un po' noiosa – loro sono un po' formali e anche il cibo potrebbe non essere di tuo gusto – però stavo pensando… a quanto pare tu e lo zio avete qualche interesse in comune, cioè siete tutti e due appassionati dell'epopea di Gilgamesh e di storia antica, e quindi, cioè, ti andrebbe di venire con me e conoscere i Malek?»

—O—

ARTHUR

In viaggio verso il Tigri, 1872

L'ambasciata britannica a Costantinopoli si trova nel quartiere cosmopolita di Pera. Progettata per somigliare a una versione ridotta di Buckingham Palace, è adorna di colonne greche e di finestroni che danno sul Corno d'Oro. Gli enormi lampadari nella sala da ballo, originariamente destinati all'ambasciata britannica di Mosca, sono stati installati qui allo scoppio della guerra di Crimea.

Hanno sistemato Arthur in una cameretta ricavata sotto lo sporto del tetto. Stanco com'è, le palpebre iniziano a calargli mentre ancora sta mangiando il piatto che ha davanti: uno stufato di coniglio e orzo. Quando finalmente si mette a letto, si tira le coperte fin sotto il mento e rimane ad ascoltare i rumori che filtrano dalla finestra... Costantinopoli, che si sommuove e sussurra nel buio, come una creatura notturna che vaga in cerca di preda.

Il mattino dopo lo convocano nello studio dell'ambasciatore. Arthur sale uno scalone di marmo e si ritrova in un'ampia stanza dal soffitto alto, riccamente arredata con statue in bronzo, mobili d'antiquariato, dipinti a olio, piatti di ceramica e vasi di tutte le taglie. Oggetti decorativi provenienti dall'India e dall'Africa orientale sono giustapposti ad altri che vengono da tutto l'impero ottomano, sistemati su varie étagère. Al centro di questa grandiosa collezione sta ritto il diplomatico, spalle larghe e mascella squadrata.

«Arthur Smyth! Benvenuto a Costantinopoli… o, come amano dire i turchi, "la città dalle mille cupole".»

Rampollo di antica famiglia aristocratica, studi a Eton e Cambridge, l'ambasciatore ha goduto di una corsia preferenziale per l'ingresso al ministero degli Esteri, e questo si vede bene nell'atteggiamento sicuro di sé e nel garbo collaudato dei modi. Gli tende la mano e dice: «Ho molto sentito parlare di voi. Si dice che il primo ministro sia rimasto assai colpito dal vostro discorso».

«Quando potrò partire per Ninive?»

Il diplomatico ride, davanti alla palese inettitudine del suo ospite nell'arte di scambiare convenevoli.

«Perdonatemi» aggiunge Arthur, rendendosi conto dell'errore, e prova a rientrare nei ranghi delle convenzioni. «Il palazzo è davvero imponente.»

«Siamo oltremodo riconoscenti di avere un modesto tetto sotto il quale poter alloggiare artisti in visita, o studiosi eminenti come voi.»

Arthur strascica i piedi, a disagio. Non sa se dovrebbe far notare che non si tratta esattamente di un «modesto tetto» o se dovrebbe fingere che lo sia.

Senza staccargli gli occhi di dosso, l'ambasciatore osserva: «Queste vecchie tavolette vi hanno stregato, si direbbe. Quanta dedizione! L'ammiro, devo dirvelo. C'è chi non capirebbe mai la vostra passione, ma io non sono tra costoro».

Arthur deglutisce a vuoto. Come spesso accade, l'eloquio delle persone altolocate lo lascia perplesso; si esprimono sempre per circonlocuzioni, e lui non riesce mai a capire se lo stanno davvero elogiando o se lo prendono sottilmente in giro.

«Quando potrò partire per Ninive? Vorrei avviarmi al più presto.»

«Be', qui non si tratta di cosa vorreste voi, mio caro amico. Ma di quel che vuole il sultano.»

«Pensavo che gli accordi fossero stati presi prima del mio arrivo.»

«Non potete eseguire scavi su suolo ottomano senza un *firman*.»

«Chiedo scusa?»

«Un *firman*, un'autorizzazione ufficiale, un benestare. Un decreto reale emesso dal sultano o dalle autorità competenti. Senza quello non potete mettervi a scavare a Ninive, e se lo fate rischiate di trovarvi in un guaio... neppure io potrei venirvi in soccorso.»

Arthur si irrigidisce. «Ma non sarà certo necessario che attenda qui, spero. La lettera di autorizzazione arriverà mentre sono in viaggio, e così risparmierò tempo.»

«Tempo...» ripete l'ambasciatore, come se la parola gli risultasse nuova. «Significa cose diverse in diverse parti del mondo. I turchi ne hanno una versione tutta loro, che può scorrere con lentezza lancinante.»

Arthur scuote il capo. «A me hanno detto che al sultano non importa nulla delle antiche tavolette d'argilla...»

«Ah, no, infatti, e poi tutt'a un tratto gliene importa. I capricci e i ghiribizzi della Sublime Porta...»

Arthur sente un nodo allo stomaco. Ormai disperato, si concentra sui disegni del tappeto turco, trovando conforto nella loro regolarità. Calcola rapidamente che sulla superficie ci sono duecento e quarantaquattro motivi a forma di rombo, considerando anche le metà e i quarti lungo i bordi. Ogni volta che lo guarda, ne troverà sempre lo stesso numero. Questo è un fatto che può controllare.

«Mio caro amico» prosegue l'ambasciatore, «mi rendo conto che questa notizia vi turba. Ma ho qualcosa che forse gioverà.»

Si avvicina a un armadietto e riempie un bicchierino di un liquido incolore. Lo offre ad Arthur, e poi ne prende uno per sé.

«Mai provato prima questa bevanda? Si chiama vodka...

inventata in un monastero da un monaco russo, che Dio ne abbia in grazia l'anima gioviale. Lui l'aveva chiamata "vino di pane", perché si dà il caso che sia distillata dal frumento. Però vi avverto: è piuttosto forte.»

Arthur ne prende un bel sorso. Subito comincia a tossire, tutto rosso in faccia.

Il diplomatico sorride. «Vi consiglio di prendere le cose con calma, a Costantinopoli. Come si suol dire in questa parte del mondo, se si corre troppo si rischia di non vedere il luogo sicuro dove ci si sarebbe potuti nascondere.»

≈

Costantinopoli... che luogo sfuggente, complicato da afferrare. Una città che è un'anguilla: proprio quando pensi di averla acchiappata, ti scivola via dalle mani.

Passa una settimana, ne passa un'altra. Nessuna notizia del *firman*. Arthur dorme male e la mattina si sveglia stanco, come se l'avessero inseguito dei mostri in sogno. Tenta diverse volte di rivolgersi alle autorità ottomane, ma lo rimbalzano da un funzionario all'altro e non conclude niente. Il fatto di non parlare la lingua non giova. Da bambino aveva mostrato una notevole capacità di imparare lo yiddish e l'irlandese solo origliando le conversazioni dei madrelingua, e se riuscisse a calmarsi i nervi è probabile che apprenderebbe il turco alla stessa velocità, ma non riesce a scrollarsi di dosso la sensazione che anche in quel caso non si farebbe capire.

«Un pesce fuor d'acqua» gli dice un impiegato anziano. «Non sapete come si ungono gli ingranaggi, non capite il *baksheesh*. Siete troppo sensibile, impaziente.»

Se è in difficoltà nel trattare con i funzionari ottomani, con il personale dell'ambasciata britannica non va molto meglio. Oltre all'ambasciatore con la moglie e i loro tre figli, comodamente sistemati, nel palazzo ci sono parecchi impiegati, attaché e segretari. Va e viene anche una serie di mercanti, benché la Compagnia del Levante abbia già da tempo rinunciato alla propria influenza sui commerci in tutta la regione. Arthur viene a sapere che in passato la residenza è stata un rifugio sicuro dalle ondate di peste bubbonica che hanno devastato Costantinopoli; tuttavia, malgrado gli splendidi giardini e gli spazi elegantemente arredati, tra quelle mura si sente a disagio. I funzionari sono cortesi e affabili, gli ospiti pieni di sussiego e baldanza, gente abituata a vedersi ogni capriccio esaudito e ogni desiderio anticipato. Lui non è in grado di imitare il loro modo di discorrere e non è interessato agli argomenti di cui parlano, perciò la sera, dopo cena, anziché unirsi a loro per un bicchiere davanti al camino, chiede il permesso di ritirarsi in camera sua. Sa che dovrebbe sforzarsi di più, e intuisce che spettegolano alle sue spalle, che criticano le sue maniere brusche e i suoi modi goffi, ma non ha né la voglia né la capacità di adattarsi all'ambiente.

Ogni tanto viene invitato a cena in casa di una famiglia del posto. I kebab carichi di spezie gli mettono lo stomaco sottosopra. Il riso con il montone gli sembra troppo grasso, però gli piace l'*hoshaf* che servono a fine pasto: frutta cotta in una ciotola di acqua zuccherata. Come la regina Vittoria, i turchi hanno un debole per i dolci e consumano un'abbagliante varietà di dessert, alcuni dai nomi sconcertanti: fondo della marmitta, labbra della bella, pancia di moglie, chicca della sgualdrina, dita del visir... Ma il preferito di Arthur è l'*ashure*, il dolce dell'arca di Noè, una ricetta che prevede quaranta ingredienti e si dice sia stata inventata sull'arca per festeggiare il superamento del Diluvio. È ancora vivo, da queste parti, e ancora informa la vita di tutti i giorni, il ricordo dell'acqua.

Ad Arthur piacciono i caffè e andarci spesso diventa un'abitudine. Sono incantevoli, sempre ricoperti d'edera all'esterno e con pannellature di legno e panche imbottite all'interno; e al contrario delle strade, molto puliti. Seduto sotto un pergolato, sorseggia un caffè immerso in una collezione di poesie. A volte tratteggia i dintorni: bambini che giocano agli astragali, uomini in fez o inturbantati, venditori di frutta con vassoi di fichi… La prima volta che prova la pipa ad acqua, il narghilè, inspira troppo rapidamente e poi tossisce e sputacchia così forte che il giovanissimo cameriere scoppia a ridere. Dopo si fa più attento: osserva gli altri clienti, che stanno completamente immobili, come se anziché fumare stessero riflettendo sulle vie della provvidenza. Il tempo rallenta; il ribollire dell'acqua nella ciotola di vetro è consolante.

A pochi metri dal suo caffè preferito di Ortaköy c'è una baracca sbilenca frequentata da una banda di pescatori. Arthur li guarda ammirato mentre riparano le reti o grigliano il pescato del giorno. Un pomeriggio gli fanno segno di avvicinarsi. A differenza di quanti frequentano l'ambasciata, i pescatori non si perdono in chiacchiere e si accontentano del silenzio. Siedono in cerchio intorno al fuoco, con i gatti del quartiere che gli formano un altro cerchio alle spalle. Gli offrono del tonno appena pescato cotto sulla brace, con pane schiacciato e rape in conserva. Non ha mai assaggiato niente di così buono in vita sua.

Ogni volta che può va a passeggio lungo il Bosforo, a scrutarne la lingua azzurra, luccicante e impenetrabile. I passeri sfiorano l'acqua, i gabbiani si gettano in picchiata per becchettare avanzi. Si meraviglia nell'apprendere che i turchi nutrono un forte rispetto per le cicogne, convinti che compiano ogni anno il pellegrinaggio alla Mecca per poi tornare più sagge e più sante. In città ci sono meno cammelli di quanti si aspettasse, ma un giorno ne vede due che si scontrano in un vicolo. I conduttori trovano immediatamente una soluzione: il cammello con il carico più leggero si siede e l'altro lo scavalca. Accordi taciti e regole non scritte governano la vita quotidiana, e vanno ugualmente obbedite da uomini e bestie.

Ma a sorprenderlo più di tutto sono i cani. Vagabondano qua e là, si scaldano al sole, sono i padroni delle strade. Cent'anni fa, l'allora sultano ordinò che fossero tutti chiusi dentro sacchi ed esiliati su un'isola nel mar di Marmara, dove molti morirono di fame; gli abitati di Costantinopoli, oltremodo scontenti per la crudeltà del sultano, riuscirono a riportare indietro i superstiti, che da allora proliferano più che mai, e nessuno li può toccare.

Passare da un quartiere a quello a fianco è come lasciare una nazione ed entrare in un'altra. Arthur non può fare a meno di sospettare che Costantinopoli non sia una città ma molte, nascoste dentro una sola; non una singola entità, ma migliaia di schegge. Si parla una moltitudine di lingue, a seconda della via in cui ci si trova: turco, greco, armeno, curdo, arabo, persiano, ladino, francese, inglese, italiano, russo, spagnolo, bosniaco, bulgaro, serbocroato, macedone, albanese... Nelle sue peregrinazioni quotidiane, Arthur vede diplomatici europei nel loro tipico abbigliamento, ebrei con i riccioli rituali, albanesi con pistole nere e gonnellini bianchi, tartari in pelli di pecora, facchini armeni piegati sotto il peso delle gerle che portano sulla schiena, georgiani che sfoggiano cintole di metallo in vita... Si imbatte in frati domenicani, chierici gesuiti, preti, rabbini e imam. Vede i dervisci sufi con i copricapi conici. Impara a individuare i membri delle varie comunità: pomacchi, croati, maroniti, rom, beduini, drusi, siriani, circassi, egiziani, cosacchi... Non c'è cadenza che non ribolla nell'enorme calderone che è Costantinopoli. Taluni indossano orologi con due quadranti, che mostrano ore diverse. L'intera città funziona su diversi fusi orari contemporaneamente.

Un grosso contrasto fra le vie di Londra e quelle di Costantinopoli è la scarsità di donne in quest'ultima. Una volta scorge brevemente una concubina che esce dall'harem del sultano per una breve sortita, a bordo di un palanchino sorretto da portatori in livrea. Un eunuco – molto probabilmente uno schiavo rapito in Africa e atrocemente castrato da ragazzino – cavalca alla testa del convoglio, sgridando chiunque si azzardi a sbirciare all'interno della portantina. Un altro giorno, scarpinando lungo il Corno d'Oro, nota tre donne musulmane in caicco, adagiate su morbidi cuscini; le loro risa riecheggiano sulla superficie dell'acqua. Rimane a guardarle finché l'imbarcazione non sparisce alla vista.

A Scutari passeggia per sentieri di ghiaia fiancheggiati da salici e betulle fino a trovarsi davanti a una caserma: un enorme fabbricato rettangolare con un cortile da parata al centro. È qui che migliaia di feriti della guerra di Crimea – soldati britannici, francesi e turchi – sono stati curati non molto tempo fa. Arthur ha sentito talmente tante storie sulla Signora con la lanterna e le sue colleghe infermiere in giro per i reparti, e sui pazienti affetti da cancrena e geloni piangenti nel buio, che quasi si aspetta di trovarceli ancora. Ma della loro presenza non c'è traccia; è rimasta solo la rabbia del *lodos*, il vento da meridione. Capisce allora che Costantinopoli, più di qualunque luogo abbia visto o sentito descrivere, è una città di oblio.

≈

Alla terza settimana di soggiorno, Arthur viene accompagnato al Gran Bazar da un dragomanno che lavora come interprete per l'ambasciata. Si fanno strada per vicoli sormontati da archi, con i piccioni che schizzano avanti e indietro dalle cupole più in alto. Appaiati al traffico incessante di persone intente alle compere, oltrepassano colonne intagliate e restituiscono i saluti dei mercanti che siedono a gambe incrociate sui tappetini e sorseggiano un caffè nero come i loro occhi.

Arthur scopre che ciascuna sezione del bazar è specializzata in uno specifico tipo di merce. Su una certa via si vendono solo stoffe: broccato, cambrì, mussolina, seta, cachemire, velluto, damasco... Su un'altra, vetri decorativi: a coste, dorati, a bolle, intagliati... La successiva è riservata ai fumatori: fastelli di *chibouk*, pipe d'avorio, narghilè di cristallo... In un'altra fila dedicata ai profumi, essenze da innumerevoli flaconi, ciprie, pomate e unguenti si mischiano nell'aria. Arthur si meraviglia davanti agli incensieri tempestati di pietre dure, alle scatole di henné, alle sacchette di muschio, al *kohl* a base di antimonio per abbellire occhi e sopracciglia. Questa parte del bazar è così gremita che la folla lo risucchia nella corrente umana come una marea che trascina un'imbarcazione sott'acqua.

Gira un angolo e si ritrova in un passaggio che scintilla di gemme: opali, agate, acquemarine, smeraldi, zaffiri, perle, granati... Sistemate su alcuni banchetti ci sono pile di *tespih*, le perline che compongono i rosari laici che i turchi amano sgranare. Si ferma a guardarne una blu, tagliata a cabochon.

«Ottima scelta» dice il negoziante in un inglese assai fluido malgrado il forte accento. «Quello è un pezzo speciale.»

«Lapislazzuli.» Arthur sorride al risentire in mente le parole del signor Bradbury: «*Lapis*, dal latino, significa "pietra", mentre *lazuli* è una parola araba e persiana che vuol dire "cielo, volta, azzurro scuro"»...

La gemma celestiale degli antichi mesopotamici. La «pietra degli antenati». Nelle sue letture dell'epopea di Gilgamesh, Arthur ha trovato menzioni di una tavoletta azzurra, ma ha sempre dato per scontato che si trattasse di una licenza poetica. Eppure adesso, con la pietra nel palmo come un uccellino spaventato, gli sembra del tutto plausibile che in un qualche punto lungo le sponde del Tigri, sepolta sotto le macerie, possa giacere un'iscrizione incisa su lapislazzuli.

«Faccio grande sconto. Solo per voi.»

Arthur non fa a tempo a formulare una risposta che sente un frastuono. Urla, strilli, fischi, e poi un grido disperato.

«In nome di Dio, che succede?» domanda.

Il dragomanno allunga il collo per vedere meglio. «A quanto pare, si stanno divertendo un po' con un adoratore del diavolo.»

Arthur si precipita da quella parte, ancora con la pietra in mano… e il bottegaio e il dragomanno alle calcagna.

Lì vicino si è radunata una marmaglia di giovani, le voci che si alzano a ondate. Gesso alla mano, uno di questi sta tracciando un cerchio intorno a un vecchio contadino. Al centro della figura geometrica l'uomo è fermo immobile, ingobbito, il viso segnato dall'offesa.

«È una bizzarria tutta orientale» spiega il dragomanno che ha raggiunto Arthur. «Certa gente crede che se si fa un cerchio intorno a un adoratore del diavolo, poi lui non può più uscirne finché un altro passante non lo cancella. Non so se sia vero, ma c'è sempre qualcuno che ha voglia di provarci.»

Arthur si fa strada tra la folla. Quando arriva in prima fila, tira fuori un fazzoletto a disegni cachemire che ha comprato su Regent Street, un orpello da niente, e pian piano si mette a cancellare il cerchio di gesso. Gli astanti osservano divertiti, però tacciono. La vista di uno yazida che viene molestato non è niente di che, ma un *farangi* a quattro zampe che corre in suo aiuto è uno spettacolo mirabile, al Gran Bazar.

Pian piano, con estrema riluttanza, i giovani scalmanati si disperdono. In tutto questo tempo il vecchio non ha staccato gli occhi di dosso ad Arthur, ma adesso borbotta qualcosa sottovoce.

«Cosa sta dicendo?» vuol sapere Arthur.

«Vi ringrazia.» Il dragomanno fa spallucce. «Vaneggiamenti di un vecchio bacucco. Siete una brava persona, dice, ma dovete fare attenzione perché vi è stato imposto uno spirito inquieto.»

Arthur spalanca gli occhi, perché subito gli sono tornate in mente le parole della madre di Gilgamesh: «Perché imponesti a mio figlio Gilgamesh uno spirito inquieto? Lo hai istigato ed egli percorrerà il lungo cammino». E mentre sta lì a domandarsi se l'uomo possa aver sentito parlare dell'epopea, ecco che segue un altro torrente di parole.

«Adesso cosa dice?»

«Che dentro di voi scorre un fiume... qualunque cosa ciò significhi.»

Arthur osserva il vecchio: la pelle rugosa come il cuoio, il naso imponente dal dorso largo, la fronte ampia, la chioma folta e ricciuta che si fonde con la barba posata sul petto. Somiglia talmente alle immagini degli antichi abitanti della Mesopotamia che potrebbe essere appena saltato fuori da un bassorilievo dei tempi di Assurbanipal.

«La comprate quella pietra o no?» dice il negoziante.

Uscendo dal Gran Bazar vecchio di quattro secoli con una scheggia di lapislazzuli in mano, Re Artù di Cloache e Catapecchie sta ancora pensando alle parole del vecchio yazida. Che cos'avrà voluto dire? Nell'epopea di Gilgamesh il tormentato eroe della saga si allontana moltissimo da casa, raggiungendo le bocche dei fiumi alla fine del mondo... e tutto per un'avventura che si rivelerà fallimentare. Forse anche Arthur soffre della stessa malattia; forse per questo non riesce a placarsi. Sa soltanto che, se dentro di lui scorre un fiume, a quanto pare è sempre e inevitabilmente destinato a sfociare nella malinconia.

H—

NARIN

In riva al Tigri, 2014

«A te è mai successo, nonna?»

«A me no, ma al mio fratello minore sì. Un giorno tornò a casa da scuola in lacrime. Gli altri ragazzi lo avevano buttato per terra e gli avevano disegnato un cerchio intorno.»

«Ma perché?»

«Perché la gente si è inventata ogni tipo di leggenda e bugia sulla nostra cultura.»

Narin lancia un'occhiata al padre. Vorrebbe chiedergli se anche a lui è capitato qualcosa di simile, ma *baba* tiene gli occhi sulla strada e le mani sul volante. Stanno andando in Iraq, finalmente in viaggio verso la santa valle di Laliş. Narin è seduta davanti, cosa che la fa sentire molto adulta, mentre la nonna è dietro, circondata da valigie piene di regali per i parenti.

«Se qualcuno disegnasse un cerchio intorno a me, io salterei subito fuori!» dice Narin.

«Ma certo, cuore mio» dice la nonna. «Però non è il disegno fatto col gesso a offendere. È l'intenzione che c'è dietro.»

≈

Quando arrivano a Cizre, vicino al confine turco-siriano e a breve distanza dall'Iraq, la nonna racconta a Narin del celebre scienziato che è nato qui.

«Si chiamava Al-Jazari. Un bambino precoce, nato e cresciuto in Mesopotamia… come te, cuore mio.»

La nonna dice che Al-Jazari adorava l'acqua. Dalla più tenera età era affascinato dagli ampi meandri dei fiumi di limo, dal moto delle maree. Costruì splendide fontane, meccanismi per l'irrigazione e orologi ad acqua. E un giorno creò qualcosa che nessuno aveva mai visto prima: il congegno a pavone.

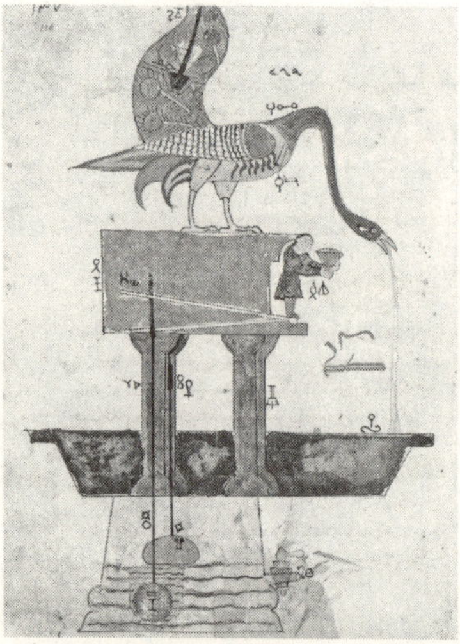

Se si azionava una leva nascosta nella coda, dal becco del pavone usciva l'acqua per lavarsi le mani; pochi secondi dopo si apriva una porticina sulla sinistra da cui usciva una bambola che portava il sapone e, terminate le abluzioni, da un'altra porta sulla destra spuntava un'altra bambola con un asciugamano pulito.

«Incredibile!» commenta Narin.

Adesso il papà si unisce alla conversazione. «Pensa, novecento anni fa Al-Jazari inventava macchinari eccezionali, molto in anticipo sui tempi! Dicono che parecchi dei suoi disegni adesso sono in America, in una qualche biblioteca o museo.»

«Ah, quindi loro possono vederli e noi no» dice la nonna.

«Be', almeno li terranno al sicuro laggiù, *mama*. Altrimenti, Dio sa che qui rischiavano di andare perduti o distrutti.»

La nonna sospira. «Al sicuro per chi, però, Khaled? Gli occidentali ci portano via il passato, i ricordi. E poi dicono: "Non vi preoccupate, potete venire a vederli quando vi pare". Ma come facciamo ad andare fin là?»

«In quei musei ci vanno milioni di visitatori, da tutto il mondo. Le porte sono sempre aperte.»

«Sì, ma ci sono molti più milioni di persone che non possono viaggiare, sì o no? Noi siamo qui, ma la nostra storia è altrove. È come se ci avessero tagliati a pezzi, e poi ci dicono: "Quando volete, potete venire a trovare le vostre membra".»

Khaled si volta verso Narin e le strizza l'occhio. «Tua nonna è molto suscettibile, su questo argomento.»

Temendo che le due persone a cui vuole più bene siano in disaccordo, lei interviene: «Quel congegno fatto come un pavone... ma quindi anche Al-Jazari era uno yazida?».

«Dipende da chi ti risponde...» fa la nonna. «Se lo chiedi a un arabo, ti dirà che Al-Jazari era arabo. Gli iraniani dicono che era persiano. I curdi, che era curdo. A noi non lo chiede mai nessuno.»

Il papà preme sull'acceleratore, e le irregolarità della strada si sentono di più. «Arabo, iraniano, curdo o yazida... di certo sappiamo che amava la musica. Costruì anche un complesso di musicanti meccanici: minuscoli automi dentro una barca, che suonavano per gli ospiti navigando sull'acqua.»

«Non è possibile!»

«Altroché. Era dotato di un intelletto finissimo» dice il papà. «E come tutti gli uomini geniali nati da queste parti, è stato dimenticato.»

«Tu però non l'hai dimenticato!» dice Narin, ansiosa di rallegrarlo. «Tu te lo ricordi, Al-Jazari! E anche la nonna!»

«Hai ragione, tesoro» dice il papà annuendo. «Noi siamo la tribù della memoria.»

Narin preme la fronte contro il finestrino, e il riflesso del suo viso si mischia con i campi che vanno ingiallendo. Quando si stanca di guardare il paesaggio si volta e lancia un'occhiata alla custodia che hanno con sé.

«Perché ci siamo portati dietro il *qanun*?»

«Perché in Iraq c'è un mastro liutaio» le risponde suo padre. «Voglio che gli dia una guardata. Ha bisogno di riparazioni, ma non mi fido del primo che passa. Il mio strumento è antico, ed è un regalo, perciò devo occuparmene con molta cura.»

«Un regalo di chi?»

C'è un breve silenzio, poi la nonna risponde: «L'inglese lo portò con sé da Istanbul e lo diede a mia nonna».

«Perché?»

«Be'... fu un modo per ringraziarla. Non solo lei, tutto il villaggio. Era riconoscente perché gli avevano permesso di restare.»

«Fammi indovinare» dice Narin con un'alzata di spalle. «Anche questo è successo nei tempi antichi!»

≈

Dopo che hanno passato la frontiera con l'Iraq, si avviano diretti lungo il Tigri, che gli fa da guida.

La nonna dice che una volta questa regione era piena di orici, grosse antilopi dalle corna diritte e molto lunghe, una miscela di bellezza e capacità di resistenza. Con mantelli talmente lucidi che riflettevano i raggi del sole come specchi, riuscivano a conservare l'acqua anche alle temperature più roventi; capaci di fiutare odori a distanza di chilometri, erano in grado di intuire la promessa della pioggia nel vento.

Quando la nonna era bambina, nella zona c'erano circa cinquecento orici; all'epoca in cui si sposò ne era rimasta una manciata. Erano arrivati i cacciatori con le jeep da safari e le armi automatiche. I dirigenti delle compagnie petrolifere davano feste per gli ospiti e li accompagnavano in auto nel deserto per dare la caccia a questi animali celestiali.

Un tempo c'erano anche i leoni, lungo il corso del Tigri. Grandi felini, così maestosi e temibili da ispirare gli artisti, che li scolpirono nella pietra con un'incredibile cura dei dettagli. Vivevano insieme a gazzelle, volpi, linci, sciacalli, leopardi e iene striate che nella notte lanciavano grida da far accapponare la pelle. C'erano pure i coccodrilli, anche se in numero minore rispetto ad altri tratti del fiume. E una volta uno squalo arrivò sin qui a nuoto dal Gange in India per vedere le luci di Baghdad, e decise di restarci per sempre. Ma adesso sono spariti tutti, gli animali e gli artisti, tutti ridotti in polvere. Restano solo le pietre, e le storie, sepolte in profondità.

≈

Un'altra sosta, e nel giro di tre ore raggiungono la periferia di Mosul. Di lì andranno al villaggio dov'è nata Leila. Zêrav, «acque d'oro», è situato fra il Tigri e il suo affluente, il Khosr.

«Pensa, Narin» dice il papà. «Tutto ciò che vedi era un tempo un immenso impero. Al suo apice, l'Assiria comprendeva l'Iraq, la Siria, Israele, la Palestina, la Giordania, il Libano, l'Egitto, l'Iran e alcune parti della Turchia. Era potente, non solo perché era ricco ma perché incuteva paura. Quando conquistavano nuovi territori, gli assiri costringevano tutta la popolazione a migrare. Un atto di crudeltà, perché la gente perdeva il contatto con il proprio luogo natale.»

Il papà dice che, migliaia di anni dopo, gli insediamenti yazidi furono spazzati via dalla carta geografica allo stesso modo quando Saddam ordinò che fossero distrutti per fare posto alla diga di Mosul. Tutt'a un tratto, i paesani rimasero senza casa. Divennero profughi in patria. Saddam fece costruire anche cisterne e canali per deviare i corsi degli acquitrini, un tempo talmente verdi e fertili che molti li credevano il modello del giardino dell'Eden. Ma il tiranno voleva dare una lezione agli arabi delle paludi, e così facendo, mandare un messaggio a tutti i dissidenti.

«Gli arabi delle paludi, sai, coltivavano il riso, la canna e i cetrioli profumati. Ah, quell'aroma! Ma quando il dittatore decimò i terreni l'acqua divenne imbevibile, piena di sale. I bufali rimasero avvelenati, le piante morirono. Ventimila chilometri quadrati di terreni ubertosi, pensa, sbriciolati in un deserto. Molti morirono di fame.»

Il papà dice che, nel caos seguito all'invasione americana, tutte le sostanze chimiche e i resti di combustibili e armi hanno contaminato il Tigri. E la diga di Mosul, a cui inizialmente Saddam, nella sua superbia, aveva dato il proprio nome, è stata dichiarata la più pericolosa del mondo, costruita com'è su fondazioni instabili di roccia solubile che si dissolvono giorno dopo giorno. In un futuro non lontano potrebbe crollare, e se succede inonderà Mosul e i suoi dintorni nel giro di ore, sommergendo case e campi coltivati insieme a millenni di storia. Aggiunge che un'antica città in particolare corre il pericolo di venire spazzata via: Ninive.

—O—

ARTHUR

In viaggio verso il Tigri, 1872

Sono passate settimane, e Arthur sta ancora aspettando il *firman* che gli permetterà di andare a Ninive. Ogni suo movimento e gesto è soffuso di tensione nervosa. Ogni giorno chiede agli impiegati se ci sono notizie per lui. Ogni giorno loro lo esortano ad avere pazienza.

Sono gli stessi impiegati che una sera lo mandano a chiamare prima di cena. Nella stanza c'è anche il dragomanno che l'aveva accompagnato al Gran Bazar.

«Stavamo parlando di voi, Smyth. E tutti concordiamo che avete bisogno di distrazioni» esordisce quest'ultimo. «Siete a Costantinopoli da settimane, ma non avete visto quasi niente.»

«Ho visto parecchio, invece» risponde lui. «Faccio delle passeggiate.»

«Passeggiando si arriva solo fino a un certo punto. Costantinopoli ha molte facce, ma di giorno ne mostra solo una; dovete incontrarla anche sotto la luna. Diteci, avete programmi per questa sera?»

«Pensavo di leggere un po' in camera mia.»

«Lasciate perdere i libri, venite con noi.»

I tre insistono talmente tanto che Arthur cede e li segue all'esterno, deciso a sottrarsi a quest'impegno inatteso non appena potrà. Ma un attimo dopo viene sospinto dentro una carrozza dai morbidi sedili imbottiti. Dopo un breve percorso, scendono tutti e si incamminano per una via poco illuminata, fino a raggiungere una casa con un cancello alto e una maniglia d'ottone alla porta. Il dragomanno bussa due volte, attende qualche secondo e bussa una terza volta.

La porta viene aperta da un ragazzino, che senza una parola li accompagna in una stanza decorata con pesanti tendaggi, cuscini di seta e soffici tappeti. Al centro sono disposti ampi vassoi carichi di bevande e leccornie assortite.

Arthur si guarda ansiosamente intorno. «Che sorta di casa è questa?»

«La migliore che c'è» dice il dragomanno. «Non vorrete lasciare Costantinopoli senza aver fatto un'autentica esperienza orientale.»

Arthur avvampa di colpo. Senza evocarlo, gli torna in mente il ricordo del giorno che andò alla tipografia con il padre, e dopo tutti questi anni gli occhi della prostituta di St Giles lo trafiggono ancora. Fa per andarsene, ma proprio allora si apre la porta ed entra una donna.

≈

A Costantinopoli il meretricio è un acrobata, un abile equilibrista. Cammina su una fune tesa sopra e sotto le mura cittadine, in pericolo a ogni passo. Le *kerhane*, le case di malaffare, svolgono la propria attività in diversi luoghi, sopravvivendo nel varco tra ciò che si considera peccato e ciò che invece si ritiene ammissibile. Certe volte il poliziotto di turno, insoddisfatto delle bustarelle o spinto da un accesso di bigottismo ipocrita, decide di chiudere un bordello e far arrestare tutte le donne che ci lavorano; altre volte una folla inferocita, guidata da uno zelante imam o da un predicatore con il sacro fuoco, marcia fin davanti a un indirizzo famigerato e cerca di dare fuoco a tutto l'edificio con gli occupanti ancora dentro. In queste occasioni tutto il quartiere si sveglia alle grida e ai pianti di donne terrorizzate e clienti vergognosi che scappano dalle finestre sul retro nella penombra della notte. Le prostitute bandite dalla città vengono poi graziate a intervalli di qualche mese, dopodiché alcune rimangono in esilio mentre altre ritornano, solo per essere cacciate un'altra volta.

Anche gli hammam, i bagni pubblici, possono fare da sfondo a incontri illeciti; e allo stesso modo, in periferia, i caravanserragli forniscono un servizio discreto. Per quanti non possono pagare una stanza, le piccole imbarcazioni che scivolano sul Corno d'Oro fanno da letto... ma la soluzione non è priva di rischi. Se il natante dovesse rovesciarsi in un momento di passione, gli amanti a bordo si ritroverebbero in acqua e poi dovrebbero riguadagnare la riva a nuoto nel massimo silenzio perché, se scoperti, sarebbero puniti. A quanti infine non possono permettersi neanche un piacere galleggiante non resta che recarsi nei cimiteri, dove le passeggiatrici più povere esercitano la professione al prezzo di un dolcetto.

Nel frattempo, nei mercati di schiavi in tutto l'impero centinaia di donne, molte delle quali prese come trofei di guerra, vengono messe all'asta al miglior offerente. Denudate ed esposte senza scrupoli, le prigioniere subiscono ispezioni a denti, seni e genitali e sono considerate pura merce, che sarà venduta e rivenduta molte volte. Se in futuro dovessero dare un figlio al padrone, potrebbero riguadagnarsi il diritto alla libertà... ma solo se lui acconsente a rilasciarle, cosa che accade assai raramente. Benché negli ultimi tempi, dopo l'introduzione di diverse riforme, alcuni di questi mercati siano stati chiusi per decreto imperiale, la tratta seguita a prosperare nell'ombra. Talvolta una donna può essere venduta per una sola notte e ricomprata il mattino dopo, solo per essere poi offerta a qualcun altro; la pratica non è considerata immorale né peccaminosa, e quanti lucrano su queste transazioni non devono temere né sanzioni legali, né l'ira delle folle devote.

Arthur, che di tutto questo non sa assolutamente nulla, fissa la donna appena entrata nella stanza. Con la fronte imperlata di sudore, prorompe impacciato: «Chiedo scusa, c'è stato un equivoco… non ho richiesto nulla del genere».

«Ma certo che no» dice il dragomanno. «È un nostro omaggio per voi.»

Arthur scuote il capo. «Non voglio nessun omaggio. Vi prego di scusarvi da parte mia con la signora…»

Con sua grande sorpresa, però, a quanto pare la donna parla inglese. «Ma no, mio pascià. Perché andare via subito?»

Solo allora Arthur si rende conto che questa donna – tozza, dal collo pieno e dell'età di sua madre – dev'essere la tenutaria che gestisce il luogo.

La madama sorride, guardandolo negli occhi. «Vi piace la musica?»

Come imbeccate, tre giovani donne entrano sinuose nella stanza, portando con sé degli strumenti musicali. Prendono posto su alcuni cuscini e cominciano a suonare una melodia dolce e lenta.

Suo malgrado, Arthur non riesce a staccare gli occhi dalla terza, che è fasciata in un abito verde giada, ha lustri capelli color rame che le ricadono sulle spalle e tiene poggiata in grembo una cassa armonica di legno, piatta, con delle corde orizzontali.

«Mi pare vi piaccia quel che vedete, o sbaglio?» chiede il dragomanno, le labbra atteggiate in un sorriso beffardo.

«Uno splendore» dice Arthur.

«Lieto che la pensiate così.»

«E antichissimo, tra l'altro.»

«Chiedo scusa?»

«Ho visto dei disegni» continua Arthur.

«Dei disegni!»

Arthur conferma con un cenno del capo. «Avevo letto che ne erano stati ritrovati in vari scavi in Mesopotamia, ma non avevo idea che facessero un suono così celestiale.»

«Cioè, state parlando del maledetto strumento?»

«Sì, del *qanun*» risponde Arthur stizzito.

«Il *qanun*!»

«Il nome significa "regola", "principio vitale". Dal greco *kanōn*. E anche in latino si dice *canon*. Molto affascinante.»

Il dragomanno scuote la testa. «Che spreco di tempo, portarvi qui. Uno può solo concludere che la vostra indole sia rivolta altrove. Avreste dovuto dirci che siete di gusti… *anticonvenzionali*.»

«Ma certo che gli piacciono le donne» dice la madama sospingendo Arthur per un gomito. Riempie un bicchiere con un liquido incolore che poi si fa grigiastro, una volta mischiato con l'acqua, e glielo porge. «Ecco, prendete.»

Scosso dall'ostilità nella voce del dragomanno, Arthur obbedisce. La bevanda gli brucia in gola come fuoco. L'odore di anice è prepotente. Ne prende un'altra sorsata, si siede e chiude gli occhi, ascoltando la musica.

Gli cala una strana calma addosso. I motivi di rampicanti sui tappeti, il braccialetto intarsiato d'oro e d'argento al polso della madama, i ricami sulle tende damascate… ogni particolare della stanza assume la lucente intensità di un manoscritto miniato. Forme e ripetizioni si fondono in un unico vortice armonioso. Il battito rallenta, e lui si sente pacificato.

Gli altri, divertiti da quanto si stia godendo la musica, escono in punta di piedi, lasciandolo solo con la donna dai capelli rossi. Lei continua a suonare, le dita che pizzicano le corde dello strumento come mosse da una forza autonoma, finché di colpo non smette.

Arthur apre gli occhi, e si accorge che lei lo guarda con aria interrogativa. «Prego, continuate» dice lui a gesti. «Se non vi dispiace, cioè.»

Lei non obietta. Pian piano i brani assumono una tonalità più mesta. Lui si chiede se le prime melodie fossero studiate per i clienti, mentre queste ultime sono solo per lui. Mentre lei suona, lui osserva il *qanun*, ammirato dall'avorio d'elefante, dal plettro in tartaruga e dalle corde tese longitudinalmente. Ecco dunque «il pianoforte d'Oriente», la cassa armonica capace di emettere le note più sublimi e ammalianti. Ecco cosa consolava gli antichi mesopotamici quando si sentivano soli o avevano il cuore infranto, e gli sollevava il morale nel momento del bisogno. E queste sono le melodie che per chissà quanti pomeriggi deliziarono il re Assurbanipal mentre, reclinato su morbidi cuscini nella sua biblioteca, leggeva poesie.

≈

Il *rakı* lo insonnolisce, la musica anche di più. Si assopisce sul divanetto basso, e tutta la tensione che aveva addosso si scioglie. Potrebbe trascorrere lì tutta la notte, preda di un sonno tranquillo, se non fosse per un urlo che d'improvviso taglia l'aria. Sembra provenire dalla strada, benché sia tanto vicino da allarmare. Le voci si moltiplicano, rimbalzando contro la cupola nera della notte; Arthur si rende conto con orrore che davanti alla casa si è radunata una folla.

«Che succede?»

Ma la donna è già schizzata fuori, senza portarsi dietro lo strumento. Quando la segue sul pianerottolo, Arthur trova gente che sale e scende le scale a precipizio: prostitute e clienti in preda al panico.

«Ah, eccovi!» gli urla il dragomanno sopra il frastuono. «Rapido, dobbiamo uscire! È scoppiato un incendio.»

Arthur impallidisce. «Nella casa?»

«In tutto il quartiere. Dobbiamo andare via subito.»

«Ma gli impiegati? Non dobbiamo cercare anche loro?»

«Conoscono la strada. Sbrigatevi.»

«Aspettate un momento!» Arthur rientra di corsa nella stanza, afferra il *qanun* e poi esce di furia. «Questo non possiamo abbandonarlo!»

Tornati all'aperto, subito li investe un'ondata di calore e fumo acre che fa bruciare le narici. Il cielo è una fornace. Polvere e detriti gli volano sulla testa. Uno spesso strato di cenere copre già tutto. In lontananza sentono rumore di vetri rotti, di gente che piange. Gli abitanti del quartiere vanno e vengono rapidi trasportando pezzi di mobilio, cercando di salvare il salvabile dalla furia delle fiamme.

Un manipolo di uomini seminudi, con le facce dipinte e i capelli ricoperti di fuliggine, si precipita verso una casa in fiamme. Portano in spalla rotoli di funi e pompe d'acqua.

«Quelli sono i *tulumbacı*, i pompieri» dice il dragomanno. «Alcuni sono matti come dei cavalli, però coraggiosissimi.»

Dopo quella che sembra un'attesa interminabile i pompieri tornano fuori, carichi di bauli e scatole, l'ultimo con un canarino in gabbia. Ma subito tornano dentro, con il sudore che gli cola sulla schiena, mentre le travi di legno si spezzano e gli crollano tutto intorno, e le colonne bruciano con la stessa facilità di disegni su un album.

Quella notte se ne vanno in fumo due terzi di Pera. Case di musulmani, ebrei e cristiani sono ridotte a rovine di braci; novemila e cinquecentocinquanta edifici vengono distrutti, e oltre duemila persone perdono la vita. Solo quando cala il vento e il fuoco ha cessato di bruciare, gli abitanti, smarriti, cominciano a rendersi conto dell'entità del disastro capitato al loro quartiere, fino al giorno prima tra i più tranquilli e floridi di tutta Costantinopoli.

≈

Arthur rientra al palazzo dell'ambasciata ore più tardi, esausto per la lunga camminata.

Trova l'impiegato più anziano lì che lo aspetta.

«La stavamo cercando, caro amico. L'ambasciatore vuole vederla con urgenza. Temevamo che fosse perito nell'incendio.»

«Sto bene. Che farà questa povera gente, però? Hanno perso tutto.»

«Ricostruiranno. Terremoti e incendi… Costantinopoli ne ha già passate tante. Le case di legno bruciano; le case di legno si rifanno.» L'impiegato abbassa la voce. «Voi non sarete qui a vederlo, però. La vostra attesa è terminata. L'ambasciatore in persona ve lo confermerà, ma io sarò stato il primo a dirvelo. Il vostro *firman* è arrivato, e presto sarete in viaggio lungo il corso del Tigri.»

Con il batticuore, Arthur gli mostra il *qanun*. «Devo prima restituire il *qanun*.»

«Tenetelo, Smyth.» L'uomo si stringe nelle spalle. «Il posto dove lo avete preso con ogni probabilità è bruciato. Portatelo con voi. Magari imparerete a suonarlo. La strada da Costantinopoli a Ninive è lunga.»

≈

Dopo essersi dato una lavata alla faccia, una pettinata ai capelli e aver profumato colletto e polsini della camicia, Arthur sale lo scalone di marmo per congedarsi dall'ambasciatore.

«Smyth, eccovi qui, ottimo. Accomodatevi.»

Qualcosa nel tono dell'uomo lo mette in allarme, ma non ci si sofferma più di tanto. «Ho sentito la bella notizia.»

«Chiedo scusa?»

«Il mio *firman.* Mi sembra di capire che sia arrivato.»

«Ah, quello… Sì, giusto, mi era passato di mente.»

Arthur avverte una stretta al cuore. «Non è per questo che volevate vedermi?»

«No, ho paura di no… Abbiamo ricevuto una lettera per voi. È di vostro fratello.» L'uomo distoglie lo sguardo. «Vostra madre… è passata tra i più. Vi faccio le mie condoglianze.»

Arthur chiude gli occhi un istante. Gli pulsa una vena sulla fronte e sente un martellio in testa, che ancora non riconosce come dolore. «Come… com'è successo?»

«Temo che conoscere le circostanze non vi renderà la notizia più sopportabile.»

«Devo saperlo. Vi prego, ditemi.»

«Ultimamente stava migliorando, e i medici le avevano concesso di fare delle passeggiate nel parco del sanatorio. Lei è riuscita a impadronirsi di un coltello...»

Arthur si alza in piedi. «Con il vostro permesso, preferirei restare solo.»

«Ma certo, capisco. Di nuovo, sentite condoglianze.»

Si avvicina barcollando alla porta, le gambe pesanti, come se camminasse nel fango.

«Ah, Smyth... A proposito del vostro viaggio, faremo del nostro meglio per facilitarvelo, ora che abbiamo il *firman* e che avete ottenuto dal sultano il permesso di scavare in cerca del vostro poema... A meno che non abbiate cambiato idea e preferiate tornare in Inghilterra, nel qual caso potremo ugualmente aiutarvi.»

Arthur scuote il capo. Non tornerà a Londra adesso. Finirà quello che ha cominciato. Andrà a Ninive.

≈

Fuori, nella corte, i pini gli torreggiano sopra, argentei e affilati come aghi, quasi che una sarta gigantesca avesse usato il versante della collina a mo' di puntaspilli. Il profumo dei caprifogli mescolato all'aria salmastra gli dà la nausea. Vaga con gli occhi verso il cielo, striato di nubi. C'è un gabbiano librato nel vento, ma il suo grido strozzato, un acuto strido lamentoso, quando arriva, somiglia troppo a un lamento funebre.

La casa è dove si sente la nostra assenza, dove l'eco della nostra voce viene mantenuto in vita, non importa da quanto tempo siamo via o di quanto abbiamo deviato; è il luogo che ancora batte al ritmo del nostro cuore. A Londra non lo aspetta nessuno, tranne forse Mabel. Ma visto il loro breve e superficiale corteggiamento, Arthur non pensa che senta la sua mancanza. Quanto ai suoi colleghi al museo, si limiteranno a ridistribuirsi i suoi compiti. Senza più nessuno a rammaricarsi per la sua perdita, né a serbare il ricordo di lui bambino, non ha più una casa.

—H

ZALEEKHAH

In riva al Tamigi, 2018

Dopo che Nen se n'è andata, Zaleekhah si rimette a sedere alla finestra della casa galleggiante, a seguire con lo sguardo un gabbiano con qualcosa di misterioso nel becco. Quando non riesce più a vederlo ritira fuori la scatola che le ha portato Nen: farà colazione con i biscotti in cuneiforme.

Il cielo è opaco e coperto, con un accenno di tuono nell'aria, un sapore elettrico sulla punta della lingua. Da piccola si chiedeva sempre dove andavano a nascondersi i pesci quando veniva il temporale: continuavano a nuotare mentre l'acqua infuriava e ribolliva, sperando che non gli facesse niente, oppure scappavano al minimo segnale di perturbazione? E in tal caso, dove? Oggi sa che a questa sua semplice domanda non è facile rispondere. La scienza ancora non può dire con certezza dove vadano i pesci quando viene il temporale, benché abbia capito fino a che punto le creature riparie, fluviali e marine siano sensibili a temperatura, pressione e luce, e sia in grado di tracciare la loro ricerca di acque più calme.

Inoltre sa che, se il fiume è inquinato al punto tale che i livelli di ossigeno sono bassi, i pesci non respirano come si deve e il loro comportamento si fa ondivago: dapprincipio nuotano più veloci, alla ricerca frenetica di sacche d'aria. Poi rallentano, finendo gradualmente in preda a un torpore letale. Nel giro di pochi minuti si possono verificare grandi morie. Le madri si sforzano di portare ossigeno alle uova, benché la fatica le sfinisca; ciò nonostante continuano a ventilare la progenie per mantenerla in vita, finché le loro stesse riserve si esauriscono. Giù sui fondali torbidi, il bagliore di ciascun uovo svanirà, una minuscola lampadina che si spegne, come cala l'oscurità quando un fiume muore.

≈

Zaleekhah si fa una doccia, dopodiché passa in rassegna i pochi capi d'abbigliamento che si è portata nella casa galleggiante: non ce n'è uno adatto alla serata. Sa che la zia e lo zio si metteranno in ghingheri, e Helen vestirà senz'altro all'ultima moda. Come sempre, accanto a loro lei si sentirà scialba. Poi però le viene in mente che ci sarà anche Nen, e Nen si mette quello che vuole. La sua presenza è bizzarramente confortante.

Prende una maglia a caso, se la infila e la trova insopportabile… il tessuto è ruvido, il colore pacchiano. Se la toglie. La cosa si ripeterà molte volte, lo sa; si proverà tutti gli indumenti che possiede e poi li butterà per terra, sempre più convinta che a lei non doni mai niente.

Le torna in mente un'altra festa di compleanno, tanto tempo prima. Sarà stato due anni dopo che i suoi erano morti e lei era andata a vivere con lo zio e la sua famiglia. La casa nei Boltons era decorata con lucine, festoni, lanterne di carta… e palloncini, anche. Lei non ne aveva mai visti di così graziosi, decorati con fiocchetti rosa e riempiti con coriandoli scintillanti: se anche ne facevi scoppiare uno per sbaglio, ti ricopriva di una pioggia d'oro.

Al centro del tavolo troneggiava una torta a tre strati, a tema creature marine, così graziosa che pareva brutto sciuparne la perfezione verdazzurra. I bambini sciamavano ovunque, ingozzandosi di frappè al gusto di gomma americana. Erano tutti ospiti di Helen: nella scuola privata di

Kensington Zaleekhah non si era ancora fatta nessun nuovo amico, e quelli vecchi erano a Manchester e non sarebbero potuti venire neanche se fossero stati invitati. E quindi alla sua festa di compleanno c'erano quasi solo estranei, in una casa che non era la sua, in un'atmosfera di posata mestizia travestita da allegria.

«Non le spegni le candeline?» Gliel'aveva chiesto Helen, gli occhi accesi di euforia. «Esprimi un desiderio!»

«Non voglio.»

«Ma così poi cantiamo *Tanti auguri a te*.»

«Non c'è bisogno.»

«Qual è il problema?»

«Non lo so… non mi piacciono le decorazioni sulla torta.»

«Papà!» si era messa a strillare Helen a pieni polmoni.

Quando era apparso, videocamera alla mano, lo zio Malek era assolutamente sereno. Informato che a Zaleekhah era diventata antipatica la sirena, l'aveva presa per la coda di zucchero e l'aveva posata su un piattino. «Così va meglio?»

«No.» Zaleekhah aveva indicato i cavallucci marini.

Lo zio aveva tolto di mezzo anche quelli, e ciascuno aveva lasciato una breccia sulla glassa di burro e zucchero.

«Ma scusa» aveva protestato Helen, «così la rovini, la torta. Era tanto carina.»

Lo zio l'aveva ignorata, lo sguardo fisso su Zaleekhah. «Adesso va bene?»

«No…»

La festeggiata di nove anni non voleva i pesci di marzapane, né il polpo di meringa, né le conchiglie dorate, né i coralli a filigrana, né il forziere del tesoro di cioccolato. Perciò lo zio li aveva espunti uno a uno, impilandoli tutti quanti in un disastro marino.

«Meglio, tesoro?»

«Puoi togliere anche la glassa azzurra?»

Avevano infilato le candeline nello scempio di pandispagna che la torta era ormai diventata e radunato i bambini per la canzoncina, ma Helen si era unita al coretto con un'espressione demoralizzata; faceva del suo meglio per trattenere le lacrime, ma la voce era più un lamento.

Anni dopo Zaleekhah aveva trovato il filmino girato quel giorno dallo zio. Lei non aveva l'aria scontenta, e neppure Helen pareva a disagio. Nessuno avrebbe potuto immaginare quel che era successo, e l'unica traccia che qualcosa era andato storto era la sirena spezzata sullo sfondo, con la coroncina pestata e la bocca aperta come quella di un pesce in cerca d'aria. Allora, come oggi, Zaleekhah era stata riconoscente allo zio per non essersi arrabbiato con lei, proprio come gli era stata grata per il modo in cui si era occupato di tutto dopo l'incidente che aveva ucciso i suoi: le pompe funebri, la vendita della casa… Lo zio aveva messo da parte il poco denaro rimasto dopo l'estinzione del mutuo e ci aveva aggiunto una sostanziosa somma di tasca sua per gli studi di Zaleekhah.

Lo zio Malek… sempre rassicurante, spiritoso, solidale, severo per molti versi ma mai con lei. La più grande paura di Zaleekhah era che la considerasse un peso, una scroccona. Una parassita. Per onorare il suo debito aveva studiato sodo. Mentre Helen era sempre stata, ed era rimasta, una studentessa nella media, Zaleekhah eccelleva in ogni materia, passava qualunque esame a gonfie vele e vinceva premi dentro e fuori da scuola. Sapeva di essere lei, e non Helen, quella che secondo lo zio avrebbe potuto seguire le sue orme. Eppure, per quanti anni passassero, ogni mattina quando apriva gli occhi nei Boltons Zaleekhah si ricordava che la camera, il letto, i vestiti, le scarpe, i giocattoli e persino i libri che aveva letto e riletto… niente di tutto questo era suo. Le mancava la casetta a schiera dove abitava con i genitori, il suono delle loro risate attraverso la parete di truciolato la sera quando era a letto. Non appena ne avesse trovato la forza, e prima che l'ospitalità dei Malek si esaurisse, se ne sarebbe dovuta andare. Più che una casa, la loro era una rada dove aveva trovato riparo da una tempesta.

Zaleekhah ricorda i genitori, i loro sorrisi cordiali, l'eloquio aggraziato, il piacere che provavano nel vedere insieme vecchi film, il modo in cui si tenevano per mano passeggiando per i Piccadilly Gardens. Le torna in mente un pomeriggio tranquillo, in un'epoca così lontana che la sua rievocazione lambisce appena l'orlo della memoria, come le increspature di una moneta gettata in un pozzo dei desideri. Un paesaggio battuto dal vento. Un sentiero polveroso sfrangiato da ciuffi d'erica e ginestre spinose. Un silenzio turbato solo dal ronzio delle libellule e dal peso degli scarponi da montagna. Molto più in là, rocce di colori affascinanti, screziate di strati, dalle forme così insolite che era come se le avesse scolpite una mano invisibile.

Suo padre sale rapido su per la collina, canticchiando. Ogni tanto si ferma per osservare una pianta o un insetto. Porta lo zaino più pesante, e i rivoletti di sudore gli colano sulla nuca. A intervalli regolari si volta per controllare moglie e figlia. Quando sorride, gli occhi si raggrinziscono contro il sole, la pelle si tende. I peli delle braccia, che normalmente sono castani, scintillano dorati. La mamma segue pochi passi dietro di lui, con una bandana ocra legata intorno alla testa. Si muovono in sincronia, con le ombre che si fondono dentro altre ombre. L'azzurro dell'acqua brilla in lontananza, le rive oscurate di mosche che sembrano schizzi d'inchiostro lasciati da una stilografica. Quando sono vicini alla meta il papà inciampa in una radice e quasi cade. La borraccia gli scivola di mano, e il metallo ruzzola lungo il pendio, sferragliando per tutto il percorso.

≈

Sta calando la sera, e Zaleekhah non è ancora vestita. Siede nella poltrona vicino alla finestra e sfiora il vetro freddo con la punta delle dita. Ha addosso solo mutandine e reggiseno e spera che la gente nelle barche di passaggio non la veda. Le sembrano abbastanza lontane, e comunque non le importa poi molto. Non ha la minima voglia di partecipare alla serata. Che succederebbe se non si presentasse alla sua cena di compleanno? Che succederebbe se smettesse di farsi la doccia, le sopracciglia, la ceretta, se smettesse di lavarsi, di fare attività fisica, di bere, di mangiare? Se smettesse per sempre di parlare? Stranamente, è l'idea di smettere di lavorare a farle accapponare la pelle.

Il pensiero della morte ritorna, come un sogno vivido che ha scoperto un varco tra il regno del sonno e il mondo della veglia. Si sente le membra pesanti, il petto oppresso. Lentamente si alza, si rimette alla caccia di qualcosa di decente da indossare. Ci andrà, alla cena di stasera. Tutto sommato, è il suo compleanno.

—O—

ARTHUR

In riva al Tigri, 1872

Mosul dista oltre millequattrocento chilometri da Costantinopoli, quattro volte la lunghezza del Tamigi. Il percorso è gravoso e Arthur non è il meglio attrezzato dei viaggiatori. Più tempo trascorre in Mesopotamia, più profondamente si meraviglia davanti alle sue complessità. Le sue tante fedi, credenze e fazioni lo sconcertano. Persone della stessa zona, e addirittura della stessa cittadina, possono essere incredibilmente diverse tra loro.

Ma ci sono cose che, grazie alle sue letture sulle antiche civiltà, gli risultano stranamente familiari. Riconosce certe continuità: i canali d'irrigazione, il paesaggio immutabile, i giunchi palustri sulle sponde del fiume… Specialmente al Sud, sia le case sia le barche sono fatte di canne, e certe volte gli stessi materiali vengono riutilizzati ancora e ancora: case che diventano barche, barche che ridiventano case. Se chiude gli occhi, non ha difficoltà a immaginarsi ai tempi di re Assurbanipal. Per certi versi è come se il tempo non fosse trascorso, e migliaia di anni non fossero stati che una folata di vento. Il passato, per quanto remoto o sconosciuto, non è davvero passato. È vivo. È una tavoletta d'argilla, sbeccata e consunta, ma indurita dal calore dei secoli.

Attraversa boschi e pianure alluvionali, e dopo un po' niente più sembra forestiero a chi si è svegliato, giorno dopo giorno, in stanze ignote e luoghi poco familiari. Più vicino al Tigri, trascorre una notte in un ostello che si chiama La locanda di Giacobbe, dove gli servono una cena a base di patate carbonizzate e un qualche volatile talmente stracotto che quando tenta di dargli un morso scrocchia. Un mercante levantino con cui ha fatto amicizia durante il viaggio allunga il collo e gli fa l'occhiolino dall'altro lato del tavolo.

«Congratulazioni, amico mio, avete trovato il vostro primo cimelio! Quel povero pennuto risale di certo all'epoca degli antichi mesopotamici. Donatelo a un museo.»

≈

L'Oriente. Il termine lo confonde: dove inizia esattamente, e dove finisce? Arthur ha letto di Napoleone – il primo, per la precisione, il Piccolo Caporale, l'incubo d'Europa, l'uomo del destino, il generale corso – il cui ultimo desiderio era di venire sepolto sulle rive della Senna, sebbene gli inglesi lo fecero interrare sull'isola vulcanica di Sant'Elena finché il corpo non venne esumato e riportato in Francia. A incuriosire Arthur è l'intensità con cui Napoleone esplorò il Medio Oriente: prendendo a modello Alessandro Magno – il guerriero che scendeva in battaglia con artisti e filosofi al fianco – Napoleone radunò pittori, scultori, linguisti, scrittori, incisori, storici dell'arte, geografi, zoologi, geologi, ingegneri, botanici, cartografi, matematici, musicisti... per il lancio della spedizione in Egitto. Centocinquanta uomini di lettere si unirono alla sua campagna militare. «Le forze dell'Illuminismo contro l'Oriente oscurantista.» La superiorità dell'Occidente andava stabilita non solo con la guerra, ma anche tramite la scienza, l'arte e la letteratura. L'esercito francese consisteva di migliaia di soldati, cavalli e artiglieria pesante, dotati degli ultimi ritrovati tecnologici e strumenti di navigazione, e portava con sé una macchina da stampa a caratteri arabi per comunicare con gli abitanti della zona; a bordo dell'enorme nave ammiraglia del generale c'era anche una biblioteca spettacolare, specializzata in volumi mediorientali antichi e moderni, e che per questo fu opportunamente battezzata come il vascello su cui viaggiava: l'*Orient*. «Dobbiamo andare a Oriente. È là che tutti i grandi del mondo si sono guadagnati la fama.»

Proprio come alla fiamma serve l'oscurità per esistere ed espandersi, all'ideale della supremazia europea serviva un Oriente imbevuto di povertà e disperazione; Napoleone aveva fatto della liberazione dei popoli mediorientali dal loro destino, perché fossero restituiti alla grandezza dei propri antenati, la sua missione. In questo modo tutti ne avrebbero beneficiato: invasore e invasi. Imbaldanzito da questo convincimento, diede ordine di ammassare antichità. Trasportarle al Louvre, tuttavia, non sarebbe stato facile, perché i francesi non erano soli nella loro ambizione; anche gli inglesi erano in preda all'egittomania.

Il primo giorno di agosto del 1798 l'*Orient*, che stazzava tremila tonnellate e aveva a bordo centodiciotto cannoni, insieme a schiere di soldati, marinai e studiosi, raggiunse il delta del Nilo. Sulla nave c'erano anche delle donne: mogli, cameriere, lavandaie e clandestine. Nella baia di Abukir le marine inglese e francese si diedero battaglia: l'acqua era coperta di imbarcazioni di ogni dimensione a perdita d'occhio, le alberature alte e fiere. Il fiume mulinava, disavvezzo a tutto quel sangue. Quelli che videro con i loro occhi l'esplosione dell'*Orient* dicono che la vampata fuse il cielo e il mare in un'unica pennellata d'arancio. I detriti – legno, metallo, tela, pietroni da zavorra e carne umana – furono scagliati in tutte le direzioni. E l'inchiostro di migliaia di libri e manoscritti si sciolse nel Nilo. È ancora là, il relitto dell'ammiraglia: mortai di bronzo, strumenti scientifici, monete d'oro e, in qualche punto tra il limo e la fanghiglia, coperte di muschi e rimescolate dalle correnti a formare nuove parole, le consonanti arabe di una macchina da stampa.

Arthur sa che il Tigri è un fiume del tutto diverso, che tiene per sé i propri segreti. Il Nilo esonda spesso ma in maniera prevedibile, e perciò causa meno danni. Al contrario il Tigri, che si rifiuta di seguire uno schema ed è mutevole per il suo intero corso, quando cresce prende sempre tutti di sorpresa e provoca catastrofi. Se la chiave dei segreti egizi sta nei grandiosi monumenti, i segreti dell'antica Mesopotamia sono intessuti nei suoi silenzi, nelle lacune delle storie. Questa in cui si trova ora è la terra delle tavolette in frantumi e dei poemi in frammenti.

≈

Il Tigri è un vecchio fiume e, come ogni cosa che abbia vissuto tanto a lungo, è memoria liquida. «Veloce» in antico persiano, «come freccia» per la sua inesauribile agilità. Gli antichi lo chiamavano «la tigre»: Idigna in sumerico, Hiddeqel in ebraico, Dijlah in arabo e Ava Mezin nelle lingue curde, «la grande acqua». Tra i quattro corsi d'acqua che si crede siano scaturiti dal giardino dell'Eden, scintilla di una luce ultraterrena, terrificante e bellissimo e misterioso, nutritore di vita sopra e sotto il terreno. Sorge negli altipiani dell'Anatolia, alimentato da fertili affluenti, piogge e nevi disciolte, si agita come fosse impaziente di essere altrove e, talvolta, si gonfia con conseguenze disastrose. Spavalda e turbolenta, se fatta adirare la tigre diventa un nemico mortale.

Arthur, in viaggio lungo il fiume, ha paura. La nave che ondeggia, lo scafo di legno che cigola sotto la pressione, e la rapidità del flusso, schiumante di rabbia, lo destabilizzano. Lungo il tragitto scorge villaggi miserrimi. La povertà ha una topografia tutta sua: si alza dalle costole della terra, allunga le membra nude contro il cielo, ha lineamenti scarni e riarsi, dolenti al tatto. La povertà è una nazione senza confini, e lì lui non è uno straniero, bensì un nativo.

A valle, da entrambi i lati, nota degli antri rintanati in alto tra le rocce. La guida gli dice che per secoli le comunità perseguitate hanno trovato rifugio in quelle grotte. L'imbarcazione è afflitta da sciami di moscerini, e la corrente li sospinge in avanti. Arthur non è mai stato così intimorito, emozionato e ansioso tutto insieme. Le punture di zanzara sulle gambe prudono e sanguinano. Si sente la pelle della faccia che si tende nel vento e nel sole e gli rifà i connotati. Ascolta le onde che si abbattono sulla prua per poi allontanarsene e ammira la resilienza del rozzo natante nell'affrontare la forza dell'acqua.

Se chiude gli occhi riesce a immaginare un panorama del tutto diverso, vecchio di migliaia di anni, e a vedere i dintorni come attraverso un vetro intagliato: rigogliosi giardini paradisiaci, palme e viti, piante commestibili e ornamentali; pini, ulivi, ginepri, cipressi, melograni e fichi ovunque. Pappagalli che planano tra i rami, mentre sotto vagano leoni ammansiti. Frutti di ogni tipo da frutteti lussureggianti, che si estendono in lontananza, campi di cereali ai quattro lati. Il tutto reso possibile da migliaia di schiavi, tatuati con il marchio identificativo dei rispettivi padroni, che hanno faticato di pala e piccone a scavare canali con cui portare l'acqua in questo paesaggio brullo, deviando il corso del fiume dalle montagne fino a Ninive. Erano qui, i sovrani e i costruttori di canali. È successo tutto qui: il sogno ambizioso di re Sennacherib, portato avanti ed espanso da suo nipote, re Assurbanipal.

≈

Due giorno dopo il suo arrivo a Mosul, Arthur riceve l'invito a un banchetto da parte del pascià. Il dignitario ha un faccione dal mento sporgente e, incavati nelle orbite, un occhio castano e l'altro grigio chiaro. È visibilmente indispettito dal fatto che l'inglese non sia andato a fargli visita appena arrivato, e la sua offerta di riceverlo comunque è un obliquo rimprovero per le sue cattive maniere. Arthur però non afferra il messaggio in codice.

Dopo cena i signori fumano il narghilè mentre Arthur si agita sul cuscino, non avendo ancora appreso l'arte di sedere a gambe incrociate per lunghi periodi. È allora che appare un danzatore, in gonnellino increspato e campanellini d'ottone intorno alla vita. Arthur guarda il giovanotto che ondeggia e piroetta e viene colto dalla tristezza. Gli torna in mente la ballerina di un portagioie che aveva visto su Regent Street, una di quelle figurine che balzano fuori quando si apre il coperchio e subito fanno un'allegra giravolta; ha sempre sospettato che alla chiusura del coperchio, la stessa figurina risprofondasse nel contenitore, a testa bassa e spalle chine.

Il pascià, che lo tiene d'occhio, osserva: «A quanto pare non vi divertite granché, signor Smyth».

Gli applausi cessano, e sulla stanza cala un silenzio teso.

Il mercante levantino tossisce. «Padron mio, perdonatelo. A Costantinopoli è scampato a un incendio, ed è ancora piuttosto scosso.»

Il pascià annuisce, anche se l'espressione rimane fredda. Arthur però non lo degna di uno sguardo, pur sapendolo potente e bellicoso. Tiene gli occhi fissi sul giovane danzatore, che ricambia, e in quell'istante Arthur capisce senza il minimo dubbio di non essere l'unico che vorrebbe trovarsi altrove.

Usciti dalla residenza, il mercante si mette al passo con Arthur.

«Il pascià è un uomo pericoloso, e voi lo avete offeso. Così non va bene. Già partiva prevenuto nei vostri confronti.»

«E perché mai?»

«Pensa che siate qui in cerca d'oro. Sospetta che il vostro vero obiettivo sia quello, e che l'archeologia sia solo un pretesto.»

«Io sto solo cercando i versi mancanti di un poema. Che cosa c'è di così difficile da capire?»

Il mercante fa un respiro profondo. «Amico mio, forse siete voi quello che non capisce. Se vi recate in terra d'altri a prendere le loro cose, poi non potete arrabbiarvi con loro se dubitano delle vostre motivazioni.»

Queste parole, totalmente inaspettate, colpiscono nel segno. È davvero calato in terra d'altri per portar via ciò che di diritto appartiene a loro? Arthur è fermamente convinto di essere qui per contribuire a portare alla luce e conservare antichi cimeli che saranno certamente più al sicuro in mani europee che in quelle degli indigeni. Nel corso del suo viaggio non ha visto nulla che possa rivaleggiare con la maestosità del British Museum, con le sue sale ampie e fresche, con i suoi tesori forestieri esposti sotto gli occhi attenti di custodi onesti e soggetti all'esame esperto di bravi curatori. Qui non si tratta di titoli di proprietà, per quanto lo riguarda, ma di chi si trovi nella migliore condizione per apprezzare e proteggere un retaggio storico. Per il resto, non ha mai pensato alle tavolette di Ninive come appartenenti a nessuno se non ai fantasmi del passato.

Qualunque dubbio lo colga ora non dura a lungo. È talmente entusiasta che nel suo animo non c'è posto per nient'altro. Finalmente si trova nella terra della tavoletta del Diluvio, nella patria di Gilgamesh. E questo è il momento che attende da quando ha visto per la prima volta i giganteschi tori dal volto umano e dalle ali d'uccello che varcavano la soglia del British Museum.

≈

Da Mosul si recano alle rovine di Ninive a cavallo, nel buio. Il tragitto è breve, ma comincia a fare freddo, e il vento non dà tregua. Arthur consulta la carta geografica. A quanto pare nei pressi c'è un villaggio chiamato Zêrav.

«Potremmo fare tappa lì» propone.

La guida ribatte: «C'è un altro villaggio più a sud».

«Che c'è che non va nel primo? È molto più vicino.»

«È il posto sbagliato. Meglio se non andiamo lì.»

Arthur si irrigidisce. «A meno che non mi diate una spiegazione, insisto. Sono troppo stanco per allungare ancora il viaggio.»

«Come preferite» dice la guida girandosi dall'altra parte. «Ma non dite che non vi avevo avvisato. A Zêrav ci abitano gli adoratori del diavolo.»

NARIN

In riva al Tigri, 2014

Da quando sono arrivate a Zêrav e sono andate a stare dai parenti, la nonna e Narin si allontanano regolarmente dal villaggio per vagare sulle sponde del Tigri.

Oggi, per riprendere fiato, si siedono su un masso nel punto in cui la riva forma un arco aprendosi a ventaglio. In lontananza si vede un gruppuscolo di bassi fabbricati. I paesani gli hanno raccontato che fino a poco tempo prima erano tutti ristorantini molto frequentati, tra luci al neon che gettavano arcobaleni increspati sulla distesa d'acqua e aromi succulenti che volavano nel vento. Sui menu si trovava una scelta di carni e il pescato del giorno: pesci gatto, anguille spinose, barbi, insieme a specie d'acqua salata come i pesci caimano, gli sparidi e le acciughe. Ma il piatto più ambito era la *masgouf*, la carpa alla griglia.

Narin, come la nonna, non mangia pesce, esattamente come non mangia maiale né galletto né gazzella, ma neppure il gombo, il cavolfiore, la zucca, le verze e la lattuga, tutti cibi sconsigliati dalla fede. Né è mai stata in un ristorante. Però trovarli in stato di abbandono la rattrista. Le sarebbe piaciuto vedere com'erano da affollati e in piena attività.

«Uh, abbiamo visite» dice la nonna.

Narin segue lo sguardo dell'anziana e vede uno scorpione che guizza sul terreno asciutto, dopo essere sbucato da sotto un sasso.

«Buongiorno, caro» dice la nonna. «Vai, e buona fortuna. Tieni il tuo veleno per te.»

Narin ridacchia. «Perché fai sempre così? Parli con gli alberi, con le rocce, con l'acqua che scorre.»

La nonna dice che ogni cosa in questo mondo parla continuamente. Proprio come non esiste la morte assoluta, neppure esiste il silenzio assoluto, perché anche il silenzio discorre nella sua lingua e nei suoi dialetti. Il latte fa le fusa mentre si trasforma in burro; le montagne tuonano mentre si sbriciolano; mamma capra riconosce il belato del suo agnello ben dopo lo svezzamento, i lupi ululano per ritrovare la strada di casa; i grilli friniscono sfregando le ali; e l'anima umana sospira nel lasciare la sua forma corporea e migrare verso la successiva. Narin non deve essere triste pensando che un giorno non distinguerà più questi rumori, perché una volta imparato a seguire i ritmi e le cadenze della vita, sarà sempre in grado di muoversi in sintonia con loro. Anche i sordi sono ancora in grado di sentire musiche incantevoli.

«Sì, ma tu parli anche con le bestie pericolose...»

«*Ssh*.» L'anziana donna si immobilizza di colpo, la ruga tra gli occhi si fa più profonda. «C'è qualcosa, laggiù, nel fiume.»

«Cosa?»

«Tu resta qui, cuore mio. Io vado a vedere.»

A Narin non piace quando la nonna la lascia sola, perciò la segue in silenzio. Nell'avvicinarsi al Tigri, che sta radunando gli ultimi rimasugli di luce, le viene la pelle d'oca. C'è un corpo che galleggia sull'acqua.

«Quell'uomo è... morto?»

La nonna ci mette un istante a rispondere. «Poverino. Era il fratello, il figlio di qualcuno. Vedo se riesco a tirarlo a riva.»

La bambina impallidisce. «Ma rischi di cadere in acqua!»

«Non preoccuparti, sto attenta.»

La nonna si toglie le scarpe e si infila l'orlo dell'abito nella cintura. Poi prende il bastone e si immerge cautamente nel Tigri, un passo alla volta. L'acqua le lambisce le ginocchia a ondine, le pietre sotto i piedi sono lisciate da secoli di passaggio.

«Chiedo permesso, Ava Mezin, con tutto il rispetto. Lasciami entrare.»

Così dicendo, l'anziana donna prosegue, fermandosi quando l'acqua le arriva al petto. L'odore salmastro e vegetale la aggredisce. Tendendo il bastone più che può, cerca di tirare il cadavere verso il bassofondo, ma subito si capisce che l'impresa è impossibile, la corrente è troppo forte.

Ansimando, la nonna abbandona il tentativo. Rimane a guardare il corpo che si allontana e mormora una preghiera. «La morte è il comando di Dio, *mirin a'mr ē Xwadēya*. Il figlio d'Adamo non è che un ospite sulla terra, se anche possedesse ogni ricchezza e vivesse cent'anni.»

L'uomo è nudo se non per un paio di calzoni laceri. Ha delle lesioni violacee sul petto, che la nonna sa essere segni di tortura e di cui preferisce non dire nulla a Narin. Con la coloritura del dolore in faccia, si volta e si riavvia a fatica verso la riva.

«Dici che è annegato?» chiede Narin correndole incontro.

«Forse.» La nonna si umetta le labbra con la lingua. «È meglio che non lo diciamo a nessuno. Altrimenti si preoccupano, e comunque non ci si può fare niente.»

«Va bene, nonna.»

Né quella sera né la successiva fanno parola dell'episodio con i loro parenti iracheni. Se glielo avessero raccontato, avrebbero sentito le voci di strani accadimenti. Nelle ultime settimane, in tutti i dintorni di Ninive la gente ha cominciato a sparire; un pastore lì, un calderaio là. Alcuni rispuntano a giorni di distanza, e non dicono a nessuno che cos'hanno passato, altri non tornano più.

È per questo che i ristoranti hanno chiuso, uno dopo l'altro. L'antico fiume, un tempo argenteo e traslucido sotto il sole, adesso è pesantemente inquinato, non solo da scarichi industriali, detriti militari e residui petroliferi, ma anche di vittime gonfie e massacrate. Ultimamente si sono ripescati talmente tanti cadaveri che un religioso musulmano ha decretato una *fatwa* contro il consumo di pesce: le celebri carpe irachene si sono cibate di carne umana. Piazzate sulla corrente per catturare i rifiuti, le barriere non intrappolano solo quelli; i corpi che rimangono impigliati nelle reti vengono seppelliti di fretta e senza autopsie di sorta. Con le sepolture di anime ignote che si fanno sempre più numerose lungo le sue sponde, il Tigri è diventato un cimitero fluido.

La nonna discorre con gli alberi, le rocce, l'acqua corrente. Ma questo nemico – chiunque egli sia – tace.

—o—

ARTHUR

In riva al Tigri, 1872

Nel villaggio di Zêrav i primi ad accoglierlo sono i bambini. Ridacchiando, con gli occhi sgranati, sgattaiolano fuori di casa curiosi di conoscere il visitatore inatteso. Dietro di loro avanza un gruppo di uomini anziani, con lunghe trecce piatte che spuntano da sotto i berretti. Quello al centro, vestito di bianco da capo a piedi, sembrerebbe il decano. Ha un bastone scolpito in alabastro, ornato da un emblema d'argento in cima: un albero tra due pavoni.

«Ditegli chi siamo e chiedetegli se possiamo pernottare qui» dice Arthur alla guida. «Sarebbero così gentili da darci alloggio?»

«Siete i benvenuti» risponde il decano dopo che le parole di Arthur sono state tradotte. «Noi crediamo che ciascun ospite sia inviato da Dio.»

Accompagnati a casa dell'anziano capo, prima di tutto gli vengono offerti fichi e latte di capra, e poi una sontuosa cena a base di riso con succo di melagrana, pollo arrosto, torta di datteri e le *qubbah Mosul*, golose palline impastate di bulgur, agnello tritato, uva sultanina, mandorle e pinoli.

«Qualcuno vi avrà magari sconsigliato di fermarvi qui da noi. Avete fatto bene a non dargli retta.»

Arthur avvampa, cercando di non lanciare un'occhiata alla sua guida, che gli siede al fianco con le braccia conserte. L'uomo non ha toccato cibo e non guarda nessuno negli occhi. Intuendo che evita di mangiare a bella posta, per la prima volta nella vita Arthur si getta sul cibo con grande appetito.

«Mi dispiace molto che si dicano brutte cose sul vostro conto» dice tra un boccone e l'altro. «Dev'essere molto sgradevole.»

Il decano sorride, con un ventaglio di rughette agli angoli degli occhi. «Siamo figli di Dio, come tutti. Ma la gente è ingiusta, e questo ci ha insegnato a essere forti, a perseverare. Altrimenti non saremmo mai sopravvissuti.»

Dopo cena viene servito il caffè in bicchierini.

«Dovete fare attenzione» dice il decano. «Il pascià di Mosul pensa che siate qui in cerca d'oro, ed è un uomo potente.»

Sul viso di Arthur passa un'ombra di meraviglia, quando si rende conto che in tutta la regione si è parlato di lui.

Scuote il capo, pensoso. «L'oro non mi interessa. Sto cercando un antico poema sul Grande Diluvio.»

Il decano alza gli occhi. «Bene, allora siete nel posto giusto, perché è qui che è successo: l'arca, l'inondazione e tutto quanto. Noi crediamo che da allora siano passati settemila anni, perché ogni millennio uno dei sette angeli scende in terra in soccorso del genere umano… anche se non pare che l'umanità abbia imparato molto.»

Poco a poco i presenti tornano alle rispettive case, e nella stanza rimane solo un pugno di uomini. Mentre il fuoco crepita in un braciere, il decano domanda: «Avete una moglie, al vostro Paese? Figli?».

«No» risponde Arthur, conciso.

«Nessuno che vi attende?»

Arthur esita. «Una fidanzata.»

«L'amate?»

Non è la ritrosia a impedirgli di parlare, ma un'inspiegabile tristezza. Perché gli mancano le parole, anche con un interprete accanto, per spiegare che fin da quando era ragazzino si sente attratto da un fiume fantasma, da un flusso così potente che non gli permette di riposare né di mettere radici. La corrente che lo trascina è più forte degli affari di cuore, o così crede.

Ancora incerto su come rispondere, si volta perché ha intuito un movimento con la coda dell'occhio. Nella stanza è entrato qualcun altro.

«Questa è una mia figlia adottiva» dice il decano. «Le donne non si uniscono alle conversazioni serali, ma Leila è diversa. È una *faqra*.»

«Una *faqra*...?»

«Sì, un'indovina.»

Una *faqra*, gli spiegano, sa vedere ciò che gli altri oltrepassano senza notarlo. Conosce il paesaggio come la cannaiola conosce ogni anfratto della palude. Può predire il temporale dal volo degli aironi, dalla sagoma del formicaio o dalle mattane dei ragni. Le *faqrya* apprendono cose che non avrebbero mai voluto sapere e, una volta che le hanno imparate, non possono disimpararle. Per questo si dice che muoiano giovani, perché il cuore non riesce a reggere quel fardello troppo a lungo. La prima sera che trascorre al villaggio, Arthur scopre che per essere yazidi bisogna nascere dentro la comunità di fede. Dato che nessuno può entrarvi per conversione né uscirne per matrimonio, e poiché la comunità ha subito molte aggressioni e conversioni forzate, rimane numericamente limitata in confronto a quelle vicine. La figlia adottiva del decano proviene da un lungo lignaggio di veggenti. Narrano il passato e prevedono il futuro, svelano misteri che agli altri rimangono celati. È un dono, ma è anche un'afflizione che dev'essere sopportata con dignità. Le *faqrya* vivono in una zona temporale tutta loro, in una storia ciclica che risale all'alba dei tempi. Comprendono echi che risuonano nei secoli, cavalcano onde di sofferenza, radunano i resti di racconti. Sono le custodi della conoscenza e le depositarie della memoria. In una cultura in cui ben poco, se non nulla, viene messo per iscritto, sono loro le bibliotecarie.

≈

Il letto che gli mettono a disposizione è morbido e pulito, e le lenzuola profumano di rosmarino; dopo il materasso ruvido della Locanda di Giacobbe, il corpo di Arthur gioisce e lui si addormenta all'istante. A tarda notte, però, si risveglia a causa di un rumore, un fruscio. Con il cuore che gli martella in petto, apre la finestra e guarda fuori.

Lì, sotto una luna talmente accesa da poter leggere, ritta tra ciuffi d'erica, c'è un'ombra. La riconosce immediatamente: è la figlia del decano. Leila indossa una veste bianca lunga fino alle caviglie. I capelli, lunghi e scuri, le ricadono sciolti sulle spalle. I piedi nudi calpestano delicatamente il terreno, come se camminasse su un tappeto morbidissimo. Arthur si accorge che è sonnambula: la vista è talmente singolare che lui non può fare a meno di guardare, incantato; poi pensa che si sta immischiando, perciò si ritira. Quando torna a dormire fa un sogno stranissimo: vede la mamma, giovane e bella com'era, che grufola sul Tamigi nella medesima veste bianca, con l'orlo che si trascina nel fango.

La mattina presto si risveglia al suono di allegre risate: c'è una ventina di bambini radunati sotto la sua finestra, che sgomitano per vederlo da più vicino. Quando si accorgono che si è mosso scappano via, ridendo.

«Da quanto tempo mi spiavate?» chiede lui con un sorriso.

Cerca ovunque la sua guida, ma ben preso appare chiaro che l'uomo se n'è andato senza avvisare, con il favore delle tenebre, perché non poteva accettare l'ospitalità yazida. Mortificato da quel comportamento, quando si siede per fare colazione con tutti gli altri Arthur mangia per due. Non che gli riesca così difficile, perché il cibo è delizioso: formaggio alle erbe sbriciolato, miele nero dei favi di Sinjar, pane appena sfornato e burro impareggiabile. Arthur si abboffa di gusto, sebbene con una tale fretta di mettersi al lavoro che i paesani lo guardano perplessi. Ma quando cerca di spiegare il perché di tutta quella foga, non ci riesce.

In suo soccorso viene il figlio mezzano del padrone di casa. Il giovanotto si chiama Dishan, è stato a Costantinopoli, ha studiato a Baghdad e parla inglese e francese, oltre al curdo, all'arabo e al turco, e accetta subito di fargli da nuovo interprete.

«Ti prego, digli che devo cominciare lo scavo. Sono molto riconoscente per la gentilezza che mi è stata dimostrata.»

«Andate a cercare il vostro poema» dice il decano dopo la traduzione. «Ma non c'è bisogno che dormiate sotto una tenda. Il villaggio è vicino al sito degli scavi, e per voi sarebbe tutto più facile se vi fermaste qui. Potete essere nostro ospite per tutto il tempo necessario.»

«Questo è... è assai generoso da parte vostra» dice Arthur. «Ma non vorrei esservi di peso.»

«Nessun peso» risponde il decano. «Noi crediamo che una cipolla divisa con un ospite sia più buona di un arrosto d'agnello.»

≈

Ni-ni-ve. La gioia di trovarsi finalmente qui! Arthur si sente come un innamorato ricongiunto a un'amata perduta da tempo.

Lavorare a uno scavo archeologico è un'attività che rende umili. Si fatica tra caldo e polvere, sul fondo di una buca, scostando con cazzuola e pennello, un centimetro alla volta, il deposito di millenni. Il confine che separa il momento presente dal lontano passato si dissolve, e ci si ritrova a cadere dentro un mondo scomparso che, sebbene morto e sepolto, riprende bizzarramente vita. Le percezioni cambiano. Si è costretti a prendere atto della vulnerabilità di tutto ciò che appare robusto e maestoso – palazzi, templi, acquedotti –

ma al tempo stesso della capacità di resistenza di quel che sembrava piccolo e insignificante: un anello d'avorio, una moneta di bronzo, una forcella di pollo… Per un archeologo non c'è niente di banale. La scoperta più prosaica è comunque straordinaria.

Lo chiamano Kouyunjik, il tumulo che ricopre le rovine del Palazzo Settentrionale. Posto sull'altra sponda del Tigri e alto dodici metri, un rialzo sotto cui sono sepolti misteri. È qui che, un pomeriggio d'inizio estate di migliaia di anni fa, una gocciolina di pioggia cadde dal cielo e finì in testa a re Assurbanipal, ed è qui che Arthur Smyth si trova ora a scavare per strati di terra, e strati di tempo.

IV

RICORDI D'ACQUA

—H

ZALEEKHAH

In riva al Tamigi, 2018

Non appena entra in casa dello zio in compagnia di Nen, viene trafitta dal dubbio che forse, tutto sommato, quella di farli conoscere non sia stata poi una grande idea… dubbio che diventa un allarme con tutti i crismi dopo che si sono messi a tavola.

«Allora, quanto guadagna una tatuatrice?» chiede lo zio Malek quando ancora si stanno sistemando il tovagliolo in grembo.

«Caro!» La zia Malek spalanca gli occhi.

«Che c'è? Uno non può fare conversazione in casa sua?»

Nen ha l'aria divertita. «Guadagno abbastanza da mantenermi.»

«E da permetterti una casa galleggiante al molo di Chelsea, che immagino non costi poco.»

«Caro!»

Lo zio si accomoda contro lo schienale, ma ci mette meno di un secondo a uscirsene con un'altra domanda: «E com'è che non ci vive lei, se le piace così tanto abitare sul fiume? Cos'ha che non va? Imbarca acqua?».

Nen non sembra né turbata né sorpresa da questo interrogatorio così invadente. «Posso assicurarle che la *Colei che vide il Profondo* non ha niente che non va, signor Malek. È solo che un po' di tempo fa sono andata a convivere con la mia compagna. O meglio, ex compagna, perché sfortunatamente le cose non sono andate bene e ci siamo lasciate.

Sarei tornata ad abitare nella casa galleggiante, ma era già affittata.»

Adesso è lo zio a spalancare gli occhi, però non dice niente… finché non prende una sorsata di vino. «Quindi è gay?»

«Caro!»

«Non c'è problema» dice Nen, tranquilla.

Lo zio annuisce. «Ovvio che non c'è problema! Perché dovrebbe esserci? Nessunissimo problema. Di questi tempi tutti sono qualcosa…»

«Gli amici di Zaleekhah sono sempre i benvenuti in questa casa» lo interrompe la zia.

Nen getta il capo all'indietro e sorride a Zaleekhah. «Noi però non siamo proprio amiche.» Quasi non ha finito la frase che si rende conto, dalla faccia dello zio Malek, di cosa potrebbe aver lasciato intendere. Perciò si affretta ad aggiungere: «Volevo dire che ci siamo appena conosciute. Stiamo facendo amicizia, ecco».

«E allora brindiamo all'amicizia, d'accordo?» trilla di nuovo la zia Malek. «Nen, lei non sta bevendo, però. Faccio stappare un'altra bottiglia? Forse questo vino non è di suo gradimento.»

«No, sono sicura che è eccellente» risponde lei. «È solo che non bevo più. Questo mese sono otto anni che ho chiuso con l'alcol.»

Il silenzio che segue è breve ma denso. Per un attimo la fissano tutti: la zia con palese curiosità, lo zio con disapprovazione, e Zaleekhah con qualcosa di simile all'ammirazione. Non ha mai conosciuto nessuno che stia tanto bene con se stesso, cicatrici e lividi compresi.

Nen restituisce gli sguardi, uno per uno. «Se però vi va ancora di brindare all'amicizia, sono felice di unirmi a voi con l'acqua.»

E così tutti levano i calici.

≈

Nell'ingresso riecheggia un tonfo di passi affrettati. Pochi secondi ed ecco arrivare Helen, con un po' di fiatone. In giacca firmata e abito plissé di media lunghezza, di un azzurro carta da zucchero che le fa risaltare gli occhi, è il ritratto dello stile.

«Lo so, lo so, sono in ritardo!» Si precipita subito da Zaleekhah, e in volto le si apre un sorriso. «Allora, come sta la festeggiata? È una vita che non ci vediamo! Mi dispiace che non c'ero quando sei passata in galleria l'altro giorno. Fatti guardare.»

Avvolta prima in un abbraccio profumato e poi riallontanata per l'ispezione, Zaleekhah si ravvia goffamente un ricciolo dietro l'orecchio, e in quell'istante non può fare a meno di vedersi con gli occhi della cugina: gli abiti informi, l'assenza di trucco, ma soprattutto l'insicurezza che le sta sempre appiccicata quando si trova in questa casa. Il disagio non è uno stato d'animo, ma una soglia che lei varca anche parecchie volte in un giorno. Accenna con il mento e dice: «Sono venuta con un'amica… ti presento Nen».

«Piacere, Nen» dice Helen.

Zaleekhah le guarda stringersi la mano, e solo allora si accorge che sotto lo scintillante ombretto argentato gli occhi di Helen sono stanchi, preoccupati.

«Come sta la mia adorata Lily?» domanda.

Improvvisamente pallida, Helen scosta una sedia dalla tavola. «Stiamo ancora facendo degli esami.» Le si incrina un po' la voce. «È stata una settimana duretta, mi sa che ho bisogno di bere qualcosa.»

Zaleekhah si sporge in avanti per accarezzarle una mano, ma ha tardato un secondo di troppo. Senza rendersene conto, Helen ha già preso quella del padre. «Grazie per essere venuto con me all'ospedale, papà.»

Zaleekhah riconosce l'espressione sul viso della cugina: un profondo senso di riconoscenza. È la stessa sensazione che lo zio evoca sempre in lei.

«Guardate questa tavolata: sono un uomo molto fortunato» osserva lui. «Di fronte a me c'è mia moglie, di fianco le mie due figlie, e insieme a noi una graditissima ospite a sorpresa. Ditemi voi se non vi sembra il caso di festeggiare! Lasciamo perdere questa bottiglia e apriamo un californiano come si deve. Qualcuno ha qualcosa in contrario a uno Screaming Eagle?»

≈

Quella sera lo zio beve più del solito. Non fa caso agli interventi della moglie e continua a riempirsi il bicchiere, senza aspettare che lo faccia la cameriera; e per qualche motivo, alla fine della terza bottiglia, ogni parola che dice è rivolta a Nen. In una resa senza tentennamenti allo Screaming Eagle, si lancia in interminabili monologhi la cui prima vittima è la coesione, e la seconda la coerenza.

Un momento prima dichiara: «Sono fiero di venire dal Medio Oriente, Nen. La nostra regione è sempre stata misconosciuta. Chiedi a qualunque occidentale: "Sei capace di trovare la Siria, la Giordania, l'Iran, l'Iraq, il Libano e la Turchia sulla carta geografica?". Zero assoluto. Per loro veniamo tutti da un luogo indistinto in capo al mondo. Neanche sanno che la Mesopotamia è stata la culla della civilizzazione. Abbiamo inventato le città, la matematica, la scrittura, l'astronomia, persino la ruota, cacchio! E gli orologi solari: come farebbero a misurare il tempo, senza di noi? Non hanno idea di quanto ci devono».

Nen annuisce. «Sono d'accordo, ci sono molti stereotipi negativi...»

Lo zio la interrompe, impaziente: «Quelli come noi, Nen, non sono mai gli eroi. Nelle storie occidentali siamo sempre i cattivi! O al massimo le spalle. I Sancho Panza di don Chisciotte, i Venerdì di Robinson Crusoe, gli Huckleberry Finn di Tom Sawyer».

«I dottor Watson di Sherlock Holmes...» contribuisce Nen, generosa.

«Appunto! Finché stiamo al posto nostro, sullo sfondo, tutto bene. Qualcuno di noi riesce anche a tollerarlo. Ma io sono stufo.»

«Lo capisco» dice Nen. «Ha tutto il diritto di...»

«Non fraintendermi, però, io non sono mediorientale» fa lo zio un momento dopo. «Sono del Levante! Un fiero discendente della cultura ellenistica. Il Mediterraneo e il Vicino Oriente erano una cosa sola. Nessuno ne parla più, ma è un fatto oggettivo. Smirne, Alessandria, Beirut... erano città fortemente cosmopolite. Non stavamo in scatole separate, i greci qui, i siriani là. Ci mescolavamo continuamente. Come sarebbero sopravvissuti, i classici occidentali, se non fossero stati tradotti in arabo?»

«Vero, il nostro debito verso...» azzarda Nen.

Ma lo zio è già passato oltre. «Eppure, nulla mi rende più orgoglioso che essere un cittadino britannico. Sai qualcosa del mio primo discorso alla Camera dei Lord? Appassionatissimo, una vera concione. Ho detto che mescolarci in una cosa sola è ciò che ci rende la grande nazione che siamo. In Gran Bretagna le differenze ci danno forza, e la tolleranza ci conferisce unità.»

E così si trascina la serata.

Quando viene servita la torta di compleanno al mango e passiflora, lo zio è arrivato alla fine della sua tournée geografica e ora, facendo girare il vino nel bicchiere, raddrizza le spalle e dice: «Zaleekhah ci è immensamente cara, Nen. Nessuna differenza con nostra figlia. Ne ha passate tante, e a un'età giovanissima. Nessun bambino dovrebbe mai sopportare lutti e dolori simili. Eppure lei è sempre stata una gioia. Una studentessa esemplare. Diligente. Risoluta. Prima della classe ogni anno. Mai un atto di ribellione... Anche quando ha scelto gli studi scientifici contro i miei desideri, ho rispettato la sua decisione. Una parte di me capiva. Va bene così, mi sono detto. Non tutti devono studiare economia e finanza, anche se lei il cervello ce l'aveva, era chiaro. Solo che è un'idealista».

Nen commenta: «Capisco».

«Davvero? Perché invece io no!» sbotta lo zio. «Non capisco perché una persona così solida e stabile per tutta la vita ha potuto mettere fine al suo matrimonio senza nessun motivo, lasciare il suo bell'appartamento e trasferirsi in una barca traballante sul Tamigi, che potrebbe essere piena di buchi e falle, sant'Iddio, e poi presentarsi con una nuova *amica* che a un certo punto salta fuori che è una tatuatrice alcolizzata e lesbica...»

«Caro!»

«Zio!»

«Papà!»

Lo zio Malek alza le mani. «Siamo tutti adulti e vaccinati, o no? Sto solo elencando dei dati di fatto. Ho offeso qualcuno? Ti senti offesa, Nen?»

«È tutto a posto» dice lei, con una scintilla divertita negli occhi.

Lo zio prende un'altra sorsata di vino, la testa che va per conto suo. Poi, con un sospiro, si rivolge di nuovo a Nen. «Zaleekhah diceva che apprezzi l'epopea di Gilgamesh.»

«Infatti.»

«E che tatui i caratteri cuneiformi.»

«Vero.»

«Oh, santo cielo!» Un altro sospiro. «Splendido poema, però.»

Nen annuisce. «Infatti, ed è amato in tutto il mondo. Dovrebbe vedere i turisti che vengono nel mio studio: dal Giappone, dalla Norvegia, dal Canada... L'antico poema ci unisce al di là delle frontiere, ma al tempo stesso, per qualche bizzarro motivo, non si riesce mai a mettersi d'accordo su come interpretarlo. Per questo lo portano in palmo di mano dittatori e dissidenti, potenti e deboli. Lo si può leggere in molti modi.»

«E tu come lo leggi?» chiede lo zio Malek.

Nen ci mette un istante a rispondere. «Per me, l'epopea riguarda principalmente la fragilità e la resilienza della condizione umana, ma anche la possibilità di cambiare. Di imparare a prendersi cura degli altri e non solo di sé. All'inizio, diciamocelo, Gilgamesh è una persona orribile, ed è solo tramite l'amore, l'amicizia e il lutto che si fa più umile e comprensivo. Quindi è una storia in cui non c'è un eroe nel senso tradizionale del termine, e tutto è frammentato oppure fluido… come la vita.»

Lo zio corruccia le labbra. «Mi permetto di dissentire, cara. Credo che il poema parli della paura della morte. Tutti dovremo "liberarci dal tumulto, dal viluppo di questa vita mortale", per così dire. Tutti vedremo l'erba dalla parte delle radici. Non si sfugge. Qual è l'insegnamento morale? Semplice. L'epopea ci dice che, non potendo raggiungere l'immortalità, ma neanche prolungare la giovinezza, dobbiamo mangiare, bere e stare allegri, e mettere sempre la famiglia e gli amici al primo posto. La nostra gente. È questo il messaggio universale. La famiglia viene prima di tutto.»

Nen prende un sorso d'acqua, riappoggia il bicchiere. «Perché?»

«In che senso, perché?»

«Perché la famiglia dovrebbe venire prima di tutto?»

Lo zio Malek si acciglia. «Domanda interessante. Posso solo dedurne che tu non abbia ancora messo su famiglia per conto tuo. Quando arriverà quel momento, la penserai diversamente.»

Nen tiene il punto. Il tono è sempre calmo, ma con un bordo affilato. «Non tutti devono sposarsi e avere figli.»

«Be', allora mi dispiace, ma non conoscerai mai il genere di attaccamento di cui sto parlando.»

«Caro!»

Lo zio Malek si volta verso la moglie. «Non fai altro che rimproverarmi. È tutta la sera che mi attacchi, ma io almeno sono onesto. Dico quello che penso… a differenza di te! Lasci il lavoro sporco a me, e tu resti con le mani pulite. Fai sempre la figura della santa, e fai fare a me quella del peccatore.»

Lo sfogo, inatteso e temerario, piomba tra i presenti come un sasso, generando cerchi di disagio. Per un attimo nessuno dice una parola. Poi la zia Malek si forbisce le labbra con il tovagliolo e alza la testa.

«Credo sia ora di prendere il caffè. È chiaro che alcuni di noi hanno bevuto più che a sufficienza.»

≈

Dopo il caffè – e un bricco di camomilla – serviti in porcellane finissime, Zaleekhah rivolge uno sguardo rammaricato a Nen, timorosa che la sua ospite stia passando una serata tremenda.

«Qual è il tuo brano preferito dell'epopea di Gilgamesh, se ne hai uno?»

Nen sorride, sia perché apprezza la domanda, sia perché sa che Zaleekhah sta tentando di sciogliere la tensione.

«In effetti ce l'ho. Ci sono questi versi che Enkidu dice a Gilgamesh appena prima che si mettano in viaggio. Penso sia una delle cose più belle che si possano dire a un amico, un coniuge o un innamorato.» Nen si interrompe un momento, con gli occhi che brillano al lume di candela, e poi declama: «Verso il luogo che ti sei prefisso inizia il viaggio, il tuo cuore non abbia timore, tieni gli occhi su di me!».

«Che meraviglia» dice Zaleekhah.

E con sorpresa di tutti lo zio concorda. «Una meraviglia, davvero!»

In modo ignoto queste ventidue parole provenienti da un mondo antico alterano l'atmosfera, e il resto della serata procede senza incidenti.

Prima di salutarla, i due Malek consegnano a Zaleekhah il suo regalo di compleanno. È un'altra grossa busta della preziosa carta da lettere dello zio; per un attimo lei teme si tratti dei soldi che ha già rifiutato, e il pensiero la mette a disagio. Invece ci trova dentro un buono regalo di un'agenzia di viaggi, insieme a un allegro biglietto di auguri scritto nell'elegante corsivo della zia Malek, con tutte le lettere appena inclinate verso destra.

Le hanno regalato una settimana di vacanza in una destinazione a sua scelta, in un periodo a sua scelta, con voli in business e soggiorno a cinque stelle. Dato che al momento è presa sia dal lavoro sia da questioni personali, le dicono, potrà usare il buono quando crede.

«Uh, è un'idea fantastica... ma è troppo... Grazie» dice Zaleekhah abbassando gli occhi, per timore che notino il suo imbarazzo.

≈

Zaleekhah e Nen si avviano alla porta insieme. Kareem attende nell'ingresso con le loro giacche e borse.

«Ti ha di nuovo chiamato un taxi.»

«Grazie, Kareem.»

Escono, accolte dall'aroma inebriante di terra e gelsomini del giardino.

Zaleekhah butta fuori un lungo respiro. «Sono riuscita a convincere lo zio Malek a non farmi accompagnare più da nessuna parte sulla sua auto privata, con autista in divisa, ma non a impedirgli di prenotarmi i taxi. Ti posso lasciare da qualche parte?»

Nen sorride. «Con la metro faccio prima, ma grazie del pensiero.»

Superano la fontana andalusa e il suo placido zampillo.

«Certe volte lo zio è un po' pesante. È molto abitudinario, e forse adesso c'entra anche l'età. Più invecchia, più si irrigidisce.»

Nen ascolta senza commentare.

«Gli devo tantissimo, però. Mi hanno tirato su loro dopo che i miei sono morti. Se non fosse stato per loro – e soprattutto per lui – avrei fatto una vita molto più dura» continua Zaleekhah. «A ogni modo, non so perché ti sto dicendo tutte queste cose. Mi dispiace molto per come si è comportato stasera.»

«Non lo fare» dice Nen sottovoce. «Non ti scusare per gli altri.»

Attendono l'apertura del cancello automatico, e dopo averlo oltrepassato si fermano fianco a fianco sul marciapiede. Un taxi nero imbocca la via alberata e procede adagio verso di loro.

«È stata una serata magnifica. Grazie per avermi invitata.» Nen tira fuori una scatolina dalla borsa. «Finora non sono riuscita a trovare il momento. Buon compleanno!»

«Uh, ma non dovevi» dice Zaleekhah. «Grazie.»

Nen si infila le mani in tasca. «Se hai ancora dieci secondi, volevo raccontarti una cosa che mi è tornata in mente stasera.»

«Ma certo.»

«Quando mi sono trasferita a Londra, i miei fratelli mi hanno regalato una pesciolina, una tetra. L'avevo chiamata Ki-ang, che in sumerico significa "amare". Il sostantivo "amore" non lo conoscevo, quindi mi sono dovuta accontentare del verbo. A ogni modo, Ki-ang era molto carina, ma secondo me si sentiva sola, perciò ho comprato un altro pesce per tenerle compagnia... Per un po' è andato tutto bene, e il secondo pesce cresceva, solo che una mattina, quando ho guardato nella boccia, c'era rimasto solo lui. L'amore era scomparso.»

Il taxi accosta lì davanti, il conducente si sporge fuori dal finestrino e rivolge loro un cenno.

«L'altro era un pesce angelo?» chiede Zaleekhah.

«Già, infatti. Tu sai come vanno queste cose. Io invece non lo sapevo. A quanto pare, le due specie non possono stare insieme troppo a lungo perché c'è una forte possibilità che l'angelo si mangi il tetra.»

Si avvicinano all'auto e Nen apre lo sportello per Zaleekhah.

«Mi ha fatto riflettere, stasera... Non avevo dato un nome al secondo pesce, ma se potessi darglielo ora lo chiamerei Gratitudine.»

Zaleekhah sale sul taxi e si rivolge a Nen dal finestrino abbassato. «Stai dicendo che la gratitudine si mangia l'amore.»

«Sì, se cresce troppo.» Lo sguardo di Nen è fermo. «Perdonami, non voglio immischiarmi nella tua vita privata. Dico solo che il pescione della gratitudine va tenuto d'occhio, l'ho imparato a mie spese.»

≈

Mentre il taxi sfreccia verso la casa galleggiante, Zaleekhah apre la scatolina. Dentro c'è una collana; il ciondolo è fatto con una scheggia frastagliata e graffiata di lapislazzuli, bellissima nella sua imperfezione. C'è anche un biglietto:

> *Ho trovato questa celestiale briciola di azzurro sepolta nel fango del fiume. Chissà quanti anni ha e da dove viene: una misteriosa viaggiatrice acquatica nel tempo. Mi è venuta l'idea di farne una collana per te.*
> *Spero ti porti gioia, lucidità e amore.*
>
> *Nen*

—O—

ARTHUR

In riva al Tigri, 1872

In cima a un tumulo a Ninive, Arthur si scherma gli occhi dal sole e prende un sorso d'acqua dalla borraccia fissata a una cinghia intorno al torace. L'acqua è calda e leggermente amara, ma non gli importa. La terra, chiara e riarsa, è butterata di fosse e trincee scavate da squadre di archeologi che l'hanno preceduto. Da un lato sono stati ammassati quintali e quintali di macerie, a formare una seconda collinetta artificiale. Di tanto in tanto gli abitanti della zona hanno demolito porzioni delle antiche mura, sfruttando la fossa come cava di pietra da usare per le loro abitazioni; il risultato è una gran confusione generale, e cercare un frammento di poema in questo guazzabuglio è pura follia.

Sotto la sua supervisione lavorano trenta uomini, tra quelli che scavano e quelli che portano via i detriti. Cominciano la mattina presto, al sorgere del sole, ed è il momento della giornata che Arthur preferisce. Il battito di pale e picconi fende l'aria, un suono uniforme che gli ricorda lo sferragliare di un treno in corsa. Tolta una breve pausa caffè, ci danno dentro, con il sudore che cola lungo le schiene abbronzate e le braccia vigorose. All'ora di pranzo Arthur si ritira sotto una tenda di fortuna – che non lo protegge granché né dalle zanzare né dal caldo implacabile – e studia le tavolette. Al calar del sole il lavoro riprende. Il ritmo è forsennato, e lui teme che il denaro che gli hanno fornito per pagare gli operai finirà presto. La sera, stanco e assetato, torna al villaggio yazida.

Una volta, per pura curiosità, sbircia dentro un cunicolo abbandonato da una volpe del deserto, e ci trova i resti di un antico cantiere navale: sotto quest'arido paesaggio sbiancato ci sono gli scheletri di barche affondate e robusti pescatori. Porti da tempo dimenticati sono ora ricoperti da piste carovaniere, calpestate da zoccoli ed erose da tempeste di sabbia; navi che trasportavano carichi di granaglie, fichi e pietre preziose resteranno ormeggiate e immobili fino alla fine dei tempi. Basta prendere una manciata di sabbia e farsela scorrere tra le dita per udire il sospiro dei velami e il canto dei marinai. Sotto il deserto brullo ruglia, ancora vivo, lo spirito dell'acqua.

Alla scoperta del palazzo di Assurbanipal, con le sue centinaia di stanze dalle pareti adorne di scene di caccia al leone e gare di cocchi, sono stati i bassorilievi e le statue a catturare l'attenzione di tutti; al contrario delle tavolette, ben poco considerate. Sebbene un pugno di studiosi argomentasse con trasporto che un giorno quelle piccole piastre d'argilla sbeccata sarebbero diventate anche più preziose delle sculture, nessuno aveva creduto loro. Se le immagini erano efficaci nell'avvicinare il passato, un sistema di scrittura estinto sembrava non possedere alcun valore, e dunque i segreti della biblioteca sono rimasti tali. Sono questi segreti che Arthur adesso è deciso a svelare.

Eppure comincia anche a intuire che riportare alla luce un poema dimenticato non significa di per sé salvarlo dall'oblio, e rimane sconvolto e rattristato nell'apprendere che molti oggetti preziosi sono già andati persi o distrutti per errore. Certe volte gli scavi delle prime squadre britanniche sono stati condotti in modo caotico. Ci sono importanti manufatti che hanno subito danni evitabili, e altri che sono scomparsi. Alcuni a Bombay, sulla via del ritorno in Inghilterra. Le tavolette non sono state trattate con la cura che meritavano; le hanno gettate in ceste e poi trasportate lungo il fiume a bordo di zattere, dove hanno subito danni irreparabili.

Per decenni due potenze europee hanno compiuto scavi nella stessa zona, fianco a fianco ma in concorrenza spietata: i francesi a sud, gli inglesi a nord. Quando cambiava il vento, una squadra sentiva il rumore dell'altra. Se i lavori si fermavano da una parte, era quasi sempre una brutta notizia per l'altra, perché se qualcuno posava gli attrezzi voleva dire che aveva fatto una scoperta importante.

I gruppi ogni tanto si incontravano: un civile cenno del capo, un sorriso tirato, un'animosità malcelata. Perché stavano gareggiando per essere i primi a portare le antichità mesopotamiche in Europa. I parigini e i londinesi le aspettavano, e l'interesse non era confinato ai giornali e all'opinione pubblica; la regina Vittoria se ne era infatuata al punto da commissionare una parure di gioielli d'ispirazione assira. Il suo pezzo preferito era una broche azzurra che battezzò Spilla di Ninive. Quanto le piaceva il colore, il modo in cui rifletteva la luce! Poi, nel corso di una visita in Francia, la regalò all'imperatrice Eugenia Bonaparte… per farle obliquamente sapere che adesso inglesi e francesi erano rivali.

E dunque, in un giorno come questo, la squadra francese si dava da fare per inviare il bottino da Ninive a Parigi. I manufatti erano stati caricati su chiatte di legno, tenute a galla da pelli di pecora gonfiate, e trasportati da Mosul a Bassora, per poi essere trasferiti su imbarcazioni più grandi. Il prezioso carico era composto fra l'altro da quattro statue colossali: due geni e due *lamassu*. Questi ultimi viaggiavano separati, assicurati a zattere; in totale, il convoglio fluviale constava di quasi duecentocinquanta casse contenenti trenta tonnellate di spoglie mesopotamiche. Tra Baghdad e Al-Qurnah, però, lo attaccarono i predoni. Una barca si rovesciò. I pirati abbordarono le altre, uccisero gli equipaggi e gettarono i corpi in acqua. Il Tigri si alzò ruggendo e prese a correre più forte. Nel frattempo, impadronitisi del timone, i banditi tentarono di invertire la rotta della nave ma ne persero il controllo. E così le casse, piene di antichità impagabili, finirono sul fondo del fiume, e sono ancora là. Il Tigri se le è prese e non le ha mai restituite.

Adesso, vagando per queste sponde, Arthur si chiede dove saranno, benché sappia che non serve a molto: se le sono portate via le correnti, non è possibile ritrovarle, e men che meno recuperarle. Nelle profondità del Tigri giacciono giganti di pietra – uomo, toro e uccello – adagiati su un letto di limo, con gli occhi spalancati nelle acque che li sommergono.

≈

Molti visitatori occidentali sono giunti a Ninive con un complesso di superiorità, ma ad Arthur il luogo fa esattamente l'effetto opposto: si sente piccolo, confuso. Ogni mattina, mentre percorre a piedi il tragitto fra il villaggio yazida e il rialzo che un tempo era Ninive, il suo pensiero è sempre rivolto alle rovine che ha sotto i piedi. Ai resti. Quando smettiamo di esistere – re, schiavi o scribi – che cosa resta di noi?

Gli imperi hanno un loro modo specifico di indursi a credere che, essendo superiori ad altri, dureranno in eterno. Una certezza condivisa che domani il sole sorgerà ancora, che la terra resterà fertile e le acque non si prosciugheranno mai; una confortante illusione che, seppure tutti dobbiamo morire, i palazzi che innalziamo, i poemi che componiamo e le civiltà che creiamo ci sopravvivranno.

Arthur sa che avevano paura della morte, anche i sovrani più potenti. Era l'unica cosa che non potevano controllare. Sa anche che non lontano da qui, in un giorno come questo, migliaia di anni fa, persone di tutte le età scesero in strada per assistere al funerale di un re mesopotamico. In testa al corteo c'erano la moglie favorita del re, la moglie più giovane del re, il figlio prediletto del re, il barbiere del re, il cantastorie del re... E ad accompagnare costoro, un ampio seguito di soldati, servitori, musici con arpe e lire, e cortigiani in fulgide vesti adorne di corniole e lapislazzuli. Marciavano in silenzio, ciascuno recando una piccola coppa.

Una volta arrivati al luogo designato per la sepoltura reale, uno dopo l'altro, bevvero il veleno contenuto nella coppa: erano tutti destinati a finire nella stessa tomba, in modo che anche nell'aldilà il re potesse contare sul suo barbiere e i suoi servitori, sui musici a intonargli canti e sul cantastorie a narrargli storie. Quel pomeriggio si diedero tutti la morte come convenuto, soltanto perché un uomo abituato al potere non dovesse affrontare la propria mortalità da solo.

Arthur comincia a sospettare che «civiltà» sia il nome che diamo al poco che abbiamo recuperato da un lutto che nessuno ha voglia di ricordare. I trionfi si erigono sui malfermi ponteggi di indicibili brutalità, le leggende eroiche si intessono con il filo dell'aggressione e della strage. Il gioiello nella corona di Ninive era il suo sistema di irrigazione... ma quante vite furono sacrificate per costruirlo? C'è sempre un altro aspetto, un aspetto dimenticato. L'acqua era il bene più prezioso e la caratteristica tipica della città, eppure fu anche ciò che alla fine la erose. Le grandi quantità di sale depositate da correnti e maree rovinarono il terreno. I fiumi erigono, i fiumi erodono. A volte la nostra maggior forza diventa la nostra peggiore debolezza.

Tutte le sere Arthur torna al villaggio yazida carico di domande. Gli piace stare lì. I bambini con i loro occhi fiduciosi, il decano con la sua placida saggezza, Dishan e la sua mente sveglia, ma soprattutto la *faqra*, con la profonda e misteriosa serenità che le scorre intorno come un fiume segreto... C'è chi dice che gli yazidi sono musulmani eretici o cristiani rinnegati. Altri affermano che sono ebrei apostati, o un'antica setta zoroastriana perduta fra le pieghe della storia. Alcuni insistono che il loro sistema castale non può che derivare dall'induismo; esiste la convinzione diffusa che gli yazidi siano la versione succedanea di una qualche fede originaria, una sua branca randagia. Arthur dissente. Sempre di più gli sembra che la loro stirpe, radicata com'è nella stessa terra degli alberi autoctoni, si possa far risalire all'epoca degli antichi mesopotamici.

Vorrebbe difenderli da ogni calunnia e ludibrio. La denigrazione degli yazidi non è limitata alle locali tribù musulmane: Arthur scopre che un missionario anglicano, arrivato qui qualche anno prima, ha sentenziato che tra loro «prevale in segreto un'assoluta lascivia». Senza dubbio quel tale non sapeva di cosa stava parlando, ma il danno inflitto non si cancella.

Ogni volta che ha un po' di tempo libero chiacchiera con il decano, oppure impara da Dishan come si drappeggiano sul muro le matasse di filo appena tinto, o dà una mano a un'anziana a mettere mucchi di morbida lana di pecora ad asciugare al sole, o intaglia uccellini di legno per i bambini; se ci fosse suo padre, sarebbe contento di vederlo esercitare finalmente l'arte che aveva messo da parte. Le sue effettive capacità per gli abitanti del villaggio non significano molto; lo trovano gentile ma strano, sempre chino su dei graffietti incomprensibili. Tuttavia, per quanto Arthur trovi soddisfazione in queste attività, niente è paragonabile al tempo passato in compagnia della *faqra*. Leila ha un grande talento per gli strumenti a fiato e a percussione, così Arthur le mostra il *qanun* che si è portato da Costantinopoli e glielo offre in regalo. All'inizio lei oppone un rifiuto, troppo orgogliosa per accettare regali da un forestiero, e cede solo quando vede che i bambini sono ansiosi di sentirla suonare; dopodiché, nei molti giorni che trascorre al lavoro nella propria stanza, Arthur la ascolta sfiorare dolcemente le corde, ipnotizzato dalla sua capacità di aprirsi alla musica. Come i girasoli che crescono lungo la riva e inclinano il capolino verso i primi raggi del sole, quando Leila è nei pressi Arthur non può fare a meno di rivolgersi verso di lei. Ne ammira la tranquilla risolutezza, sorride quando la vede sorridere. C'è delicatezza nella sua forza, grazia nei suoi movimenti; la guarda mentre nutre amorevolmente con le foglie di gelso i bachi da seta che un giorno diventeranno farfalle.

La sera i paesani si radunano spesso per ascoltare la *faqra*. Lei racconta storie di tempi andati, racconti antichi come il fiume. Nello svolazzio delle falene intorno alle lanterne, la donna che sente le voci di altri regni parla a voce bassa ma ben distinta. Benché si sforzi al massimo di seguire ogni parola grazie all'interprete, Arthur è certo di perdersi dei pezzi importanti; quello che riesce a cogliere, però, alimenta il suo desiderio di saperne di più. Gran parte delle storie della *faqra* riguardano l'acqua, sotto una forma o l'altra. Curioso di entrare nel suo mondo liquido, Arthur comincia a studiare il curdo; la facilità con cui imparava le lingue da bambino si è rinvigorita. Perché vuole catturare tutto quello che dice Leila: avendo dedicato la vita inizialmente alla pubblicazione di libri e poi alla traduzione dal cuneiforme, la constatazione che gli yazidi non hanno un libro sacro lo affascina, e non cessa di stupirsi del fatto che una cultura possa fondarsi solo sulla lingua parlata. A quanto pare, storie, poesie e ballate sono la malta che li tiene insieme e li tiene in vita.

Tante notti, mentre è al lavoro su una tavoletta al lume di una lampada a olio, una parte di lui attende con ansia di sentire i passi di Leila. Lei prende spesso a vagare nel sonno, pur non uscendo mai dai confini del villaggio. In questi momenti Arthur avverte sempre un travolgente senso di beatitudine, come se la presenza di Leila fosse una specie di benedizione. Persino quando la sua mente è occupata a decifrare il cuneiforme, i sensi sono vigili, tesi al minimo segnale: lo scricchiolio di un fuscello sotto i piedi di lei che si mescola al fruscio delle correnti del Tigri in lontananza… I due rumori si fondono con perfezione tale da fargli quasi credere che lei cammini sulle acque, che anzi sia fatta d'acqua di fiume.

NARIN

In riva al Tigri, 2014

Per prima uccidono l'acqua. In questa terra dove i fiumi sono sacri e ogni goccia di pioggia è un dono del cielo, si insinuano nel villaggio nel cuore della notte e avvelenano tutti i pozzi, le condotte e le fontane. Il mattino dopo, al risveglio, gli abitanti di Zêrav si trovano davanti a una scena sconvolgente: lastre di cemento, rottami metallici e sacchi di pesticidi gettati dentro ogni sorgente.

Diversi uomini si offrono di raggiungere a piedi il villaggio yazida più vicino per chiedere aiuto, ma scoprono che anche là hanno subito la medesima devastazione e hanno un disperato bisogno d'aiuto. L'unica acqua potabile dista molti chilometri. Il gruppo, adesso più nutrito, decide di andare a controllare la situazione dei vicini musulmani, e si sorprende nel vedere che le loro fontane sono intatte; l'acqua è stata inquinata solo negli insediamenti yazidi. Qualche famiglia si impietosisce, ma altre sbattono loro la porta in faccia: non intendono aiutare i miscredenti. Alla fine rientrano con qualche tanica piena. Spossati dal caldo, sul tragitto di ritorno gli uomini bevono un po' d'acqua ma perlopiù la risparmiano, sapendo che i propri cari contano su di loro.

Il resto della giornata trascorre in una dolorosa lentezza, con il sole che è un globo furente. Nel tardo pomeriggio qualche filaccia di nubi stria il cielo, ma la pioggia non si fa vedere. Gli abitanti del villaggio provano a ripulire le fontane come possono. I bambini spostano i sassi, gli uomini portano via le lastre di cemento e le donne usano i fazzoletti per setacciare i detriti. In passato potevano ricorrere al fiume, ma adesso anche il Tigri è inquinato. Su tutti cala un mesto fervore. C'è un che di sacrilego nell'assistere alla corruzione dell'acqua pulita.

Due giorni dopo il nemico torna, stavolta per uccidere gli alberi. Sempre di notte, con il favore delle tenebre, appicca il fuoco agli uliveti, trasformando campi interi in deserti di monconi carbonizzati. Spezzano i rami, rovinano i frutti; sradicano e danno alle fiamme gli arbusti più giovani.

Un unico albero che brucia stagliato contro il cielo è uno spettacolo penoso. Ma distese intere che se ne vanno in fumo, una volta viste, rimangono impresse per sempre nella memoria. All'alba Narin è seduta davanti alla finestra a guardare un uccellino, una rondine che sta facendo il nido in una fenditura nel muro. La creaturina trasporta ostinatamente rametti e fuscelli di paglia, per crearsi uno spazio suo. Questo intristisce Narin più che mai: la constatazione che mentre loro devono affrontare tanta malevolenza e ostilità, la vita continua. E con il pensiero non fa che riandare alla stessa, terribile domanda, come quando non si può fare a meno di tastare con la lingua un dente che duole: un nemico che avvelena l'acqua e incendia gli alberi, che cosa farà agli esseri umani?

È un bene che il papà non sia qui. A Baghdad sarà più protetto. Ma Narin sa anche che, se dovesse succedere qualcosa a lei e alla nonna, non se lo perdonerebbe mai. La bambina rabbrividisce, benché la giornata sia così calda che si sente l'odore delle albicocche schiacciate che marciscono in giardino, l'opprimente aroma della rovina.

≈

Il papà telefona il pomeriggio successivo. Dice che mentre tornava in auto verso nord dopo aver suonato a una festa di nozze, l'hanno fermato a un posto di blocco e l'hanno detenuto per un po' senza accuse precise. Sembra stanco e sfiduciato… ma cambia subito atteggiamento quando Narin gli racconta che cos'è successo al villaggio.

«Hanno avvelenato l'acqua?»

«Sì, e hanno anche bruciato gli alberi. Tu lo sai chi è che fa così?»

«No, sarà un pugno di fanatici.»

«La nonna è molto preoccupata. Prega continuamente. Quando torni?»

«Sono per strada.» Khaled si interrompe. «Non avevo idea, mi dispiace tantissimo. Sarò lì tra pochissimo, vedrai.» Un'altra pausa, stavolta più lunga. «Forse dovremmo tornare a Hasankeyf.»

«E il mio battesimo? La settimana prossima dovevamo andare nella valle di Laliş. Ho preparato il vestito.»

«Lo so, tesoro, ma… questo posto non mi sembra sicuro.» Si schiarisce la voce, rendendosi conto che è meglio non allarmare la bambina più del necessario. «Non credo che questi fanatici siano in grado di fare cose peggiori. Non hanno tutto questo potere. Stanno solo cercando di intimidirci, come fanno i prepotenti. Però non dimenticare che ci sono forze armate curde a guardia di ogni villaggio yazida. I peshmerga vi proteggeranno. Quindi non preoccuparti, non ti succederà niente.»

«Non sono preoccupata» dichiara Narin, con una baldanza non del tutto autentica.

«Brava bambina» dice il papà.

Lei si preme la cornetta del telefono contro l'orecchio destro, quello buono. «Continuo a sentire come un tintinnio, e ha ricominciato a farmi male.»

«Davvero? Appena arrivo ti ci do un bacino che ti fa passare tutto.»

«La nonna dice che porta male baciare le persone sugli occhi e sulle orecchie, perché vuol dire addio.»

«La nonna è una donna molto saggia, ma non ha sempre ragione.»

Narin trattiene il fiato, avvertendo un sottofondo nel tono del padre. Ce l'ha con la nonna perché ha tanto insistito per venire in Iraq quest'estate?

«Ti dispiace che siamo venuti qui, papà?»

«No, no» si affretta a rispondere Khaled. «Ma credo sia meglio abbreviare il soggiorno e tornare a casa. Comunque ne parliamo quando arrivo. Ci vediamo domani.»

≈

Suo padre non riesce a tornare il giorno seguente, e neppure quello dopo ancora. Le strade sono bloccate e lui è costretto a una lunga deviazione per raggiungere Zêrav. Dovrà trascorrere un paio di notti in un altro villaggio yazida. E sarà bene che stia attento perché girano voci di rapimenti, anche se è difficile valutare l'effettiva consistenza della minaccia; il pericolo riguarda yazidi, cristiani, ebrei, mandei e musulmani apertamente ostili al fondamentalismo.

Nel frattempo, seduta accanto alla radio, la nonna ascolta i notiziari con aria preoccupata. Da quando hanno contaminato i pozzi non riesce a dormire come si deve. Di notte gira per il villaggio alle ore più strane, e di giorno tra gli alberi riarsi, con il viso rivolto verso il sole e l'orecchio teso al fischio del vento tra le canne. Narin si domanda che cosa senta, e perché non glielo dica.

≈

Il mattino dopo la nonna è sul tetto, come al solito, a recitare le prime preghiere della giornata. Il fiato le si mozza in petto quando avverte che qualcosa non va… E poi capisce: le forze curde che dovrebbero proteggere il villaggio non si vedono da nessuna parte. Non ci sono più! I peshmerga

– «coloro che affrontano la morte» – se ne sono andati, portandosi dietro le armi.

Giunge la notizia che solo a Ninive diciottomila soldati curdi si sono già ritirati durante la notte, lasciando gli yazidi completamente indifesi. La paura, come uno smeriglio contro un pezzo di legno, preme sul cuore di tutti, freddo e pesante. In tono teso dibattono su cosa fare, ma è impossibile capirlo in assenza di informazioni affidabili. Che cos'è meglio, restare o andarsene? E se questa fosse l'ultima possibilità di scappare? Ma d'altro canto, e se fosse una trappola per costringerli ad abbandonare il villaggio e prendersi le loro case e i loro terreni? Ci sono litigi in famiglia, dissidi tra amici. Alla fine, decidono di esporre bandiere bianche alle finestre e aspettare.

≈

Sulla strada per il villaggio in cui Khaled vuole passare la notte si profilano tre camion, che alzano nubi di polvere. I veicoli, attrezzati con mitragliatori e carichi di uomini in tenuta da combattimento nera, imboccano la via principale tra sgasate e stridore di freni. I miliziani hanno la faccia coperta da passamontagna improvvisati e sono tutti armati di fucili semiautomatici.

«Fuori dalle case, subito!»

L'ordine viene da un uomo tarchiato con una barbetta corta e i capelli color paglia. Non parla né curdo né arabo. Ha accanto uno che traduce quello che dice.

Khaled, dalla finestra, riconosce quello che sta aiutando i fanatici. Si chiama Hajji Amer. Lo ha accolto a moltissimi matrimoni e altri festeggiamenti, ha spezzato il pane e condiviso storie con lui, da anni lo considera un amico fidato… quest'uomo che adesso sta gridando da un megafono: «Portate fuori i soldi e i telefoni cellulari». La voce è colma di qualcosa che somiglia all'euforia; a quanto pare si sta godendo questo suo nuovo potere. «Anelli, braccialetti, orologi, collane, orecchini… qualunque cosa di valore! Consegnate tutto!»

Dietro le porte chiuse, gli abitanti sono impietriti, troppo spaventati per muoversi.

«Se fate come vi diciamo non vi succederà niente. Lasciate qui la roba e ve ne tornate a casa. Ma se ci nascondete qualcosa la troveremo, e vi puniremo tutti!»

Una dopo l'altra le porte si aprono, e ne spuntano facce intimorite. Gli uomini hanno con sé telefoni, denaro, persino i braccialetti d'oro donati alle mogli come regali di nozze.

«Pure le carte d'identità, le carte di credito, le chiavi delle auto… tutto quanto! Non abbiate paura. La vostra sicurezza è garantita dallo Stato Islamico.»

Khaled si trascina fuori di casa con il cellulare, il portafoglio e il passaporto. Si è nascosto il telefono turco in un calzino e avanza piano, come se guadasse un corso d'acqua, senza mai staccare lo sguardo dal suo vecchio amico. Hajji Amer non lo ha ancora visto; gli dà le spalle, mentre scatta di qua e di là e trasmette con il massimo zelo gli ordini dei miliziani.

«Ho detto fuori tutti! Anche le donne e i bambini. Nessuno può rimanere dentro. Uscite, tutti quanti!»

Le varie famiglie lasciano gli oggetti di valore su una coperta stesa per terra e fanno un passo indietro. Ben presto si forma un gran mucchio, una pila disordinata di documenti e tesori. Bordi trasparenti e superfici di metallo riflettono i raggi del sole.

«È tutto qui? Bugiardi! Che altro avete?»

«Abbiamo portato tutto» dice il *mukhtar*, il capovillaggio. «Possiamo tornare in casa? I bambini hanno paura.»

«Ve ne andate quando lo decidiamo noi!» dice Hajji Amer. «Prima controlliamo se dite la verità.»

Saccheggiano tutte le case, rompono le stoviglie, rovesciano sgabelli e culle facendo il massimo del rumore. Per contrasto sulla piazza, a parte il pianto di un neonato e il bisbiglio della madre, regna il silenzio. Con la paura che stravolge i lineamenti, gli abitanti del villaggio aspettano.

«Tutti gli uomini e i ragazzi sopra i dodici anni alla mia destra! Le donne, le ragazze e i bambini più piccoli restano dove sono!»

Hajji Amer, sempre con il megafono in mano, guizza con gli occhi da una parte e dall'altra. Lo sguardo, che passa in rassegna i paesani, gli cade su Khaled, e per un istante pare che trasalisca, come chi passa dal pieno sole in una stanza buia. Ma subito si rifà impassibile, fingendo di non averlo riconosciuto.

«Il Califfato intende mostrarvi misericordia. Vi daremo la possibilità di convertirvi. Se accettate, non vi succederà nulla. Ma se vi rifiutate, sarete espulsi dal villaggio. Avete cinque minuti per decidere.»

«Non ci serve tempo per decidere.» Khaled fa un passo avanti, costringendo l'altro a guardarlo negli occhi. «Non abbandoneremo mai la nostra fede. Ma tu lo sai già benissimo, dato che sei il *kreef* di due ragazzi di questo villaggio. Hai partecipato ai nostri matrimoni e alle nostre circoncisioni... o te lo sei dimenticato?»

Khaled non saprà mai se qualcuna di queste parole è stata tradotta per il capo dei miliziani. Il gruppo armato sta già costringendo tutti gli yazidi maschi a marciare verso est in fila indiana. Pianti e urla prendono il posto del silenzio.

«Muoversi!»

«Dove ci portate?» domanda Khaled.

«A fare una passeggiata.»

Arrancano per campi ancora da mietere, con i miliziani alle spalle che spingono e incalzano chi rimane indietro. Khaled guarda le colture che vanno calpestando: melanzane, peperoni, orzo, frumento, pomodori... Le melanzane non gli sono mai piaciute, ma se sopravvive a questa giornata comincerà a mangiarle volentieri.

Arrivano davanti a una cisterna d'acqua, dove i miliziani ordinano lo stop. Larga venti metri e profonda tre, la vasca interrata si utilizzava forse un tempo per l'irrigazione, ma adesso è vuota.

«Più vicini!»

«Volete farci scendere laggiù?» chiede Khaled. Guarda nelle fauci di cemento spalancate e per la testa gli passa il pensiero terrificante che saranno tutti rinchiusi insieme in quello spazio oscuro, circoscritto e senz'aria, e tenuti prigionieri.

«Basta domande, e fate come vi diciamo.»

Tutti i catturati, giovani e vecchi, sono costretti a salire sul bordo di cemento. Un adolescente con appena una lanugine sul labbro trema così forte che quasi non sta in piedi. Khaled gli stringe il braccio per raddrizzarlo. Cerca di dirgli qualcosa per consolarlo, ma ha la bocca asciutta e riesce solo a borbottare: «Calma, figliolo. Questo è il nostro destino. Abbi fede in Dio».

Sentono un'imprecazione alle spalle, pronunciata con rabbia furibonda. Una parola che esplode in aria come un vetro in frantumi.

«Infedeli!»

Con il cuore che martella Khaled alza la testa, si volta e si vede davanti Hajji Amer che lo fissa dritto negli occhi. Per un istante gli sguardi si incrociano: in quello dell'uomo che una volta considerava un amico il musicista cerca una traccia di vergogna, o senso di colpa, o anche solo pietà, ma non la trova. C'è solo il vuoto, come quello della cisterna sotto di loro.

«Fuoco!»

Sparano tutti contemporaneamente. Urlando in arabo «Dio è grande», abbattono sessantaquattro uomini e ragazzi yazidi disarmati, che non hanno modo di difendersi. I corpi cadono nel vuoto uno dopo l'altro.

«Qualcuno è ancora vivo!» urla un uomo. «Mirate alla testa!»

Bastano due minuti e trenta secondi per mettere a morte sessantaquattro esseri umani. Il tempo che ci mette una goccia di pioggia ad arrivare a terra.

Dentro la cisterna fa freddissimo. L'aria è pervasa di un lezzo acre: di cordite, sangue, urina e qualcosa che ricorda le mele quando marciscono. Khaled tira un fiato lacero. Lo sa che è morto, per forza, ma si chiede com'è possibile che fiuti ancora gli odori. Si sente tutto indolenzito, salvo per un dolore intenso a una coscia, dove un proiettile gli ha penetrato la carne. Sotto e sopra di lui, caldi e scivolosi, ci sono solo cadaveri, che lo schiacciano da ogni lato. La paura è stranamente scomparsa, il terrore non ha ancora fatto presa: al momento, ha il cuore straziato dalla tristezza. Il serbatoio d'acqua è diventato una fossa comune.

Sente i miliziani che ridono. Le voci sono acute, colme di euforia, una vibrazione pulsante che sommerge ogni altro suono. Poi si ode il rombo dei camion che se ne vanno. Khaled rimane con l'orecchio teso, attento al minimo fruscio, cercando di capire se qualcun altro sia sopravvissuto. Ma non coglie un lamento né un gemito. Solo il ronzio di una mosca, e una sensazione di bagnato che gli scorre lungo la gamba; sta sanguinando. Serra gli occhi, e continuerebbe a tenerli chiusi se non fosse per il pensiero di Narin. Là fuori, chissà dove, ancora parte di questo mondo angoscioso, c'è sua figlia, e ha bisogno di lui.

Un centimetro alla volta, si districa da sotto il groviglio di tronchi e membra. Si accorge che sta ancora stringendo il braccio dell'adolescente, che ora giace immobile al suo fianco, con gli occhi spalancati. Gli sfugge un grido.

Quando Khaled riesce a strisciare fuori dalla cisterna è ormai sera. Dentro gli pulsa un dolore lancinante. Capisce ora di essere stato colpito da una seconda pallottola, infilata in un qualche punto dell'addome. Per un po' rimane prono a terra, boccheggiando, con la terra calda e solida sotto di lui. Strappa un lembo della camicia zuppa di sangue e se lo lega attorno alla coscia per rallentare l'emorragia.

È allora che sente un trillo, l'allegra melodia di un telefono cellulare. Si era completamente dimenticato di averlo ancora nel calzino. Con le dita che tremano, lo tira fuori. È sua suocera, Besma.

«Khaled!» L'anziana donna prende a singhiozzare non appena le risponde. «Oh, grazie al cielo, eccoti. Temevo ti fosse successo qualcosa di tremendo. Daesh sta arrivando, dicono tutti. Abbiamo messo le bandiere bianche alle finestre.»

«*Mama*, ascolta...» Cerca di alzare la voce, perché lei continua a parlargli sopra. «Dovete andare via. Dovete scappare. Subito!»

«Cosa? Che stai dicendo? Abbiamo messo le bandiere...»

«Lascia stare, non gliene importa niente. Sono assassini. Stanno facendo una strage di innocenti.»

Besma tace.

«Tu e Narin dovete scappare. Immediatamente. Dillo agli altri, avvisali, ma non fermarti a parlare con tutti. Prendi mia figlia... devi salvarla.»

«Figliolo, dove vuoi che andiamo?»

«Andate in montagna» dice lui, passandosi la lingua sulle labbra secche. «Vi raggiungo là. Andate al Sinjar!»

≈

Più avanti, sulla pista polverosa, c'è una fattoria desolata. Il contadino – un musulmano sunnita di mezza età – lo vede arrivare e lo porta in casa. Gli dà cibo e acqua. Cerca di pulirgli le ferite. Il secondo proiettile è penetrato troppo, Khaled lo sa.

L'anziana madre del fattore osserva tutto da un angolo, con le labbra che si muovono in silenziosa preghiera e un rosario tra le dita. Le lacrime le scorrono lungo le guance alla vista della sua sofferenza. Non si dicono niente. Khaled fatica a tenere la testa diritta e si accascia sul pavimento, perde e riprende conoscenza, non sa se gli daranno riparo o lo consegneranno al nemico.

A notte fonda, molto prima che sorga il sole, si risveglia e si scuote. Il fattore aspetta vicino alla finestra, tiene d'occhio la situazione. L'uomo lo avverte che Daesh ha minacciato la popolazione locale dicendo che chiunque venga scoperto a nascondere yazidi o sciiti sarà decapitato. Ha preparato un fagotto con un po' di pane, yogurt e una bottiglia d'acqua. Ha gli occhi pieni d'angoscia mentre dice a Khaled che non può fermarsi lì.

≈

«Narin… cuore mio.»

China sulla piccola che dorme, la nonna la scuote dolcemente. «Svegliati, anima mia.»

La bambina si drizza a sedere. «Che succede?»

«Dobbiamo andare via da qui. È pericoloso.»

«Ma abbiamo messo fuori la bandiera bianca, dicevi che non ci avrebbero fatto del male.»

«Tuo padre dice di non fidarsi dell'Isis, e io mi fido di lui.»

Senza una parola, Narin scende dal letto e segue l'anziana.

Fuori i parenti aspettano in macchina, con i neonati in braccio, i bambini più grandicelli seduti uno addosso all'altro, sporte di viveri ficcate tra le gambe degli adulti. Narin si rende conto che la nonna non ha dormito per niente, è andata di casa in casa nel tentativo di convincere altri a partire con loro. Solo qualche famiglia ha accettato. In silenzio, si avviano in auto con i fari spenti.

«Dove andiamo?» chiede Narin una volta che si sono lasciati il villaggio alle spalle.

«Sul monte Sinjar.»

E allora la bambina si rammenta. Il Sinjar… la sacra cima dove andò a posarsi l'arca, mentre le acque di piena entravano da uno squarcio nella chiglia. È lì che comparve il grosso serpente nero che turò la falla e salvò l'umanità.

«Come *baba* Noè?»

«Come *baba* Noè, amor mio.»

≈

Dopo circa due ore di viaggio, al sorgere del sole, la strada fa una curva, e lì sta in agguato un camion dell'Isis dotato di mitragliatrici pesanti. Le famiglie in fuga non sospettano nulla finché non è troppo tardi. È un'imboscata. Qui, in questo modo, vengono uccisi oltre cento yazidi. La manciata che riesce a sfuggire illesa si allontana barcollando, portando a braccia i parenti feriti. Alcune auto abbandonate si incendiano; altre, con il motore ancora acceso, scintillano al sole come bare di metallo.

Solo qualche conducente, accortosi della trappola all'ultimo secondo, schizza fuori dalla strada maestra e si avvia con l'auto che sobbalza tra i solchi sul terreno riarso; per un qualche insondabile colpo di fortuna, il loro è uno di quelli. Nessuno parla. Terrei in volto, procedono. Cinquanta metri più avanti la macchina si ferma, dal cofano esce fumo. Scendono tutti rapidamente e si avviano di corsa verso il Sinjar.

Sulle colline pedemontane si ritrovano insieme a migliaia di altri. Polvere, quanta polvere che c'è. Narin cammina aggrappata alla veste della nonna. Il terreno comincia a scaldarsi sotto le piante dei piedi, crepate come il guscio abbandonato di una tartaruga. Stanno scalando la montagna: donne, bambini, lattanti. Sopra di loro il sole, già alto nel cielo, arde senza pietà. La temperatura sale enormemente. Non ci sono alberi a fare ombra, né fonti a placare la sete, solo terra asciutta e desolata. Pensano tutti alla stessa cosa, benché nessuno lo dica a voce alta: per quanto tempo potranno sopravvivere senz'acqua?

In queste zone, l'essere umano necessita di circa quattro litri d'acqua al giorno. Sul monte Sinjar ci sono cinquantamila persone sotto assedio.

—O—

ARTHUR

In viaggio verso il Tigri, 1872

Il Çarşema Sor, il Mercoledì Rosso, la festa che accoglie la primavera e annuncia nuovi inizi. Il giorno in cui da una candida perla scaturì l'universo, e terra e acque furono separate. Un momento di rinascita e rigenerazione. Aprile è «la sposa dell'anno»: i paesani mettono a bollire le uova e le dipingono nei colori più accesi, pronte per il gioco festivo dell'*hekkane*; agli ingressi delle case si applica una mistura di argilla, fiori di campo e frantumi di gusci d'uova; si decorano le tombe, per festeggiare l'arrivo del nuovo anno con i vivi e con i morti.

Per tutta la settimana il villaggio di Zêrav è precipitato in un vortice di pulizie. Ovunque si voltasse, Arthur vedeva gente che lavava tappeti, strigliava stufe, spazzava pavimenti di terra battuta. Adesso il decano bussa a ogni porta per lasciare un filone di pane insieme a dei fermenti per il lievito. Nelle famiglie più ricche si macella una pecora e se ne divide la carne con quanti non possono permettersela. Si fonde il grasso delle bestie sacrificali per farne delle candele, le *çire*: i ceri più grandi saranno accesi per Dio, quelli medi per gli angeli e quelli piccoli per gli uomini. Tutte queste tradizioni sono antiche e immutabili come le montagne.

I bambini rimangono perplessi quando Arthur gli racconta che da dove viene lui l'anno nuovo arriva non quando gli alberi sono inghirlandati di gemme, gli agnelli saltellano qua e là e la terra si rianima, bensì nel bel mezzo del gelo invernale. Gli sorridono educati, spalancando le bocche sdentate: non vogliono offendere l'inglese dagli occhi azzurri e dalle strane usanze.

Al settimo tramonto è il momento di festeggiare. Tutti si radunano dentro e intorno alla casa del decano, recano cibo e fiori. Dalle finestre aperte fuoriescono aromi di rosmarino, caprifoglio, salvia e aglietto selvatico. La tavola è imbandita con sette tagli di carne, sette filoni di pane e sette mucchietti di uva sultanina. Arthur è invitato a partecipare, benché sia insolito che un estraneo alla comunità sia presente alla cerimonia. Ne rimane commosso. Capisce che stanno facendo un'eccezione per lui, che lo considerano un amico. Quella sera gli viene in mente che c'è un aspetto dell'amicizia che somiglia alla fede: entrambe si fondano sulla fragilità della fiducia.

Con un sorbetto in mano, Arthur si ritira in un angolo. La vita è bella, e lui spera che l'anno nuovo porti gioia a queste persone che sono state così buone con lui. Poco tempo dopo nella stanza entra Leila; indossa un lungo abito bianco rifinito con una passamaneria rossa e nera sul petto e porta con sé un *daf*, di cui ogni tanto sfiora il bordo. Stasera farà divinazioni; i bambini vengono portati fuori. Non è uno spettacolo adatto a loro.

Le dita della *faqra* si muovono verso il centro del *daf*, verso il cuore dello strumento. Mentre suona, la ragazza oscilla leggermente. Le candele ardono, le ombre danzano sulle pareti, e fuori si addensa l'oscurità. Arthur non osa proferire suono, e men che meno fare domande. Intuisce che ciò a cui sta per assistere è una liturgia arcana; non saprà mai se gli altri si sono dimenticati che c'è anche lui, o se gli permettono di entrare con loro in un momento sacro.

Leila comincia a cantare, una melodia tormentosa come un canto funebre. La voce sale e cala continuamente di volume. Un attimo prima è una giovane donna, e quello dopo appare senza età e senza volto, una creatura d'acqua e spuma. Quando parla, non è più in curdo, e ad Arthur viene la pelle d'oca: le parole che le si riversano fuori dalle labbra somigliano molto all'accadico, l'antica lingua semitica della Mesopotamia. Il riecheggiamento fra consonanti lo strega, e ancora una volta si sorprende a chiedersi se gli yazidi possano essere i discendenti di una civiltà fiorita in questa regione migliaia di anni prima. Ma non c'è tempo per le riflessioni accademiche, perché la musica accelera, le dita di Leila tamburellano ritmate sulla superficie del *daf*, e un attimo dopo lei cade in trance.

Comincia a girare su se stessa, veloce, sempre più veloce. Poi, tutt'a un tratto, si copre il viso con entrambe le mani e, tremando, caccia un urlo. Benché non duri a lungo, il dolore nella sua voce è così intenso che riecheggia per tutta la stanza, e lei ha la fronte solcata da rughe di preoccupazione. Il viso è cereo, come prosciugato dal sangue. Borbotta qualcosa di incomprensibile ma poi, tra le parole insolite, Arthur ne coglie una che riconosce immediatamente.

«*Firman!*»

Confuso, Arthur si sporge in avanti. L'uso di questo termine familiare lo ha scombussolato. Sussurra al figlio del decano: «Di che cosa parla?».

«Di un massacro.»

«Di un massacro?»

«Sta dicendo che accadrà al nostro popolo. Verranno dei nemici, alcuni forestieri ma anche gente dei dintorni. Uccideranno gli uomini e porteranno via le donne e le bambine. Dice che la loro crudeltà non avrà limiti.»

«Non capisco, però. *Firman* vuol dire...» Arthur si ferma, nel rendersi conto che quella stessa parola – «permesso», «decreto», «autorizzazione» – può anche rappresentare una licenza di aggredire e uccidere. Una licenza per lo sterminio di una comunità.

Leila lascia cadere il *daf* e finisce ginocchioni, tremando così forte che le battono i denti. Le guance sono inondate di lacrime. Inorridito, Arthur si fa avanti come per sorreggerla, ma il decano gli ostacola il passo con il bastone: c'è una barriera, un confine che non può superare, e lui arretra, in silenzio. Quale che sia l'orrore che ha previsto, va sentito.

Quando il *firman* si abbatterà su di loro, dice la *faqra*, la tomba di Nabi Yunus, il profeta Giona, verrà distrutta. I luoghi sacri saranno ridotti in macerie. Molti moriranno; ad altri toccheranno atrocità tali che desidereranno la stessa sorte.

«Vedo uomini, armati e addestrati, dai cuori come pietre. Vedo il villaggio bruciare, distrutta la mia casa. Grida di vecchi, mucchi di ossa tetre.»

Nella stanza tutti tacciono. Qualcuno piange senza fare rumore. Nessuno si azzarda a interrompere.

«Il giorno che verranno a ucciderci, fuggite verso il monte. Non vicino all'acqua, né al fiume né alla fonte.»

E adesso tace Leila, non avendo più nulla da riferire. Esausta e drenata di ogni emozione, si rialza in piedi e lentamente esce. Benché si trovi ancora in uno stato di semincoscienza, quando si riavrà ricorderà ogni parola; la memoria è un fardello, e nessuno lo capisce meglio di Arthur.

Non appena la porta si riapre i bambini trotterellano di nuovo nella stanza, felici di poter rientrare e impazienti di assaggiare le vivande e partecipare alla serata. Con i visetti accesi si aggrappano alle mani dei genitori e chiedono che cos'ha detto la *faqra*, e se erano cose belle e gioiose. Gli adulti faticano a ritrovare la voce.

≈

Quella notte Arthur non riesce ad addormentarsi, non fa che tornare con la mente sempre alla stessa domanda. In questa regione sono fiorite, hanno prosperato e sono appassite tantissime civiltà e fedi. Ma tutte devono aver serbato la convinzione che il futuro, il *loro* futuro, sarebbe stato migliore del passato, che all'indomani il sole avrebbe brillato sempre di più e le ombre si sarebbero attenuate. La tradizione della divinazione accompagna da sempre gli yazidi; come sopravvive un popolo con la dolorosa consapevolezza che non solo la sua storia è irta di oppressione, persecuzioni e massacri, ma che anche il suo futuro porterà altri eventi simili?

Il pomeriggio seguente va a sedersi in riva al Tigri. Il caldo è insopportabile, le zanzare anche peggio. Le rovine di Ninive gli straziano il cuore. Non era questo che si aspettava: quando è arrivato qui, pensava solo che fosse suo dovere riportare alla luce antichità e inviarle in Inghilterra. Non era preparato a questa tristezza che gli sbocconcella il cuore come fanno gli avvoltoi con le carcasse.

Le predizioni della *faqra* gli hanno trapassato l'anima. Se sono vere, giova realmente a una persona, o a una comunità, sapere quale tremendo destino l'attende? Da che è al mondo, Arthur ha fatto ogni possibile sforzo per ampliare le sue esperienze e accrescere le sue conoscenze; mai avrebbe pensato che un giorno potesse ritenere preferibile, invece, vivere nell'innocenza e morire nell'ignoranza.

Qualcosa sta cambiando, lo intuisce anche lui. È nel globo del sole, nel gonfio del fiume, nelle strida e nei trilli aspri degli storni che si ammassano in nubi ondeggianti… un addensarsi dell'aria che è una premonizione.

—H

ZALEEKHAH

In riva al Tamigi, 2018

Il venerdì pomeriggio esce prima dal lavoro per vedersi con Helen. Hanno appuntamento in un caffè nei giardini di Russell Square; è circondato da platani e da fiori di un giallo intenso e Zaleekhah lo trova tranquillizzante, anche se il rombo della città è impossibile da ignorare.

Sua cugina ha l'aria stanca, preoccupata. Le rughe sul viso sembrano allungarsi mentre le racconta che i medici sono finalmente arrivati a una diagnosi per sua figlia.

«Sono i reni. Potrebbe aver bisogno di un trapianto.»

Zaleekhah si sporge a prenderle la mano. «Oh, no, povera cara. Mi dispiace tantissimo.»

«Non sarà facile trovare un donatore.» L'espressione di Helen è disperata.

«Lo zio che dice?»

«È entrato in azione, ovviamente, sta telefonando a mezzo mondo. Lo sai com'è fatto. Solidarietà totale. Non so che cosa farei senza di lui.»

Continuano a parlare a lungo di dottori, ospedali, dialisi e possibili complicazioni, se anche si trovasse rapidamente un donatore compatibile. Il marito di Helen ha interrotto il viaggio di lavoro e prenderà il primo aereo per Londra. Poi parlano, anche se in breve e con qualche disagio, di altre cose, dell'andamento della galleria, del giardino zen che prende forma dietro la casa dei Malek, si scambiano briciole di pettegolezzi, ma qualunque argomento le riporta al punto di partenza: il trapianto di rene.

Helen prende un tovagliolino e si asciuga gli occhi. «Perdona l'egocentrismo. Non ti ho chiesto niente di te, e non è che i problemi ti manchino.»

«Non preoccuparti per me» dice Zaleekhah. «Sto bene.»

«Non ti vedo più sorridere, però» dice Helen guardandola negli occhi. «Fare un bel sorriso, intendo. Non sembri felice, e mi fa molto male. C'è stato un momento in cui eri felice, vero? Insomma, nonostante tutto. Quando eravamo più giovani ridevi, e quando succedeva il suono della tua risata si irradiava dappertutto. Certe volte vorrei poter tornare a quei tempi, a quella sensazione di leggerezza.»

Zaleekhah ha un ricordo un po' diverso di quegli anni, ma è inutile dissentire. Si guarda le mani, le unghie mangiate fino ai polpastrelli, la pelle tutta scorticata. Valuta la possibilità di dire a Helen che ormai da settimane fatica molto a dormire, anche con i sonniferi, e che si sveglia stanca ogni mattina, con addosso una costante sensazione di perdita. Ma decide di lasciar perdere. Non vuole aggiungere altre preoccupazioni a quelle della cugina.

«Mi ha fatto molto piacere conoscere la tua amica l'altra sera» dice Helen a un tratto. «Spero che papà non l'abbia sconvolta troppo.»

Questa è una cosa che hanno in comune: l'apprezzamento per Lord Malek in tutta la sua imperfetta ma umanissima complessità, ben lontana dal personaggio pubblico.

«Mi è molto simpatica, Nen» prosegue Helen. «Sembra solida, in pace con se stessa.»

«Già.» Zaleekhah inclina il capo, riflette. Poi annuisce, come se fosse arrivata a una qualche conclusione. «Anche a me è simpatica.»

Lascia il caffè con un turbine di pensieri in testa. Il vento a raffiche le scompiglia i capelli. Per troppo tempo ha tratto davvero pochi piaceri dalla vita, invasa com'era da una sensazione di nausea, di vuoto, anche mentre faceva ogni giorno il suo dovere e il suo lavoro. Ora, però, ripensando alla conversazione con sua cugina – al coraggio con cui Helen si impegna per aiutare la figlioletta a guarire – una parte di lei si vergogna della depressione ostinata, dell'abituale malinconia, dei pensieri suicidi. La gente è attaccata alla vita; bambini anche piccolissimi lottano per il privilegio che lei era disposta, e segretamente si preparava, a gettare via. Apprendere quel che Helen e i suoi familiari stanno passando la fa sentire confusa e disorientata, con le priorità ribaltate. Vorrebbe aiutarli, vorrebbe star loro vicina, e vorrebbe anche aiutare se stessa.

Il desiderio di ripensare la propria vita e la direzione verso cui procede investe la dottoressa Zaleekhah Clarke non gradualmente, ma come un'improvvisa e caotica ondata di piena; e nell'inciampare su una lastra di selciato smossa dall'acqua che ci si è raccolta sotto, riconosce, con una prontezza che la riempie di meraviglia, che deve cambiare.

≈

Mezz'ora dopo spinge la porta d'ingresso dello studio di tatuaggi, facendo suonare i campanellini.

«Spiacente, ma lei non c'è» dice il fratello di Nen.

«Ah, d'accordo, allora passo un'altra volta.»

Lui le rivolge un'occhiata curiosa, benché non malevola. «Prova al museo. Facile che la trovi nella sezione dedicata a Ninive, ci passa la vita.»

Fra lo studio e il British Museum ci sono cinquantacinque passi; nel giro di qualche minuto Zaleekhah entra nel maestoso edificio, e i raggi che passano dal lucernario le si impigliano tra i capelli. Trovare Nen è facilissimo. Si è messa comoda su una panca, con un taccuino, e sta schizzando un *lamassu*.

«Ciao.»

«Ciao!»

Oggi indossa un abito rosso a fiorellini, con le maniche a sbuffo; lo porta sbottonato dalla vita in giù, con sotto un paio di jeans strappati e Dr Martens nere ai piedi. Una combinazione che lascia Zaleekhah perplessa. Le sue colleghe in laboratorio tendono a preferire camicie formali e pantaloni ampi, esattamente come lei, mentre la zia e Helen prediligono gonne a sigaretta e tailleur di foggia sartoriale. Lei a un certo punto ha collocato questi due mondi – tinte unite contro colori accesi, abiti contro pantaloni – in due diversi cassetti della mente, e non ha mai conosciuto nessuno che metta insieme stili e colori come fa Nen, che si diverte a mescolare e contrastare infischiandosene di cosa possano pensare gli altri.

«Allora è vero che passi la vita qui, come dice tuo fratello.»

«Be', sì, appena ho un'occasione di sgusciare via.»

Zaleekhah si siede accanto a lei, e per un attimo rimane a guardare in silenzio l'antica scultura. «È un po' che non vedo un *lamassu* a grandezza naturale» dice poi. «Mi ero dimenticata di quanto sono imponenti.»

Nen annuisce. «Io li trovo molto terapeutici.»

«Ah, sì?»

«Dubito ci siano analisti che mandano i pazienti al British Museum, ma trovarsi accanto a un qualcosa di così incredibilmente vecchio rimette un po' le cose in prospettiva. Quale che sia il guaio del momento, nel flusso del tempo significa poco, e secondo me tutti dovrebbero bazzicare un *lamassu*, ogni tanto.»

Passa un gruppo di turisti che si stanno spostando da una galleria all'altra, stupore e spossatezza dipinti insieme in faccia.

Nen riprende: «Sapevi che inizialmente, all'epoca della loro scoperta, i tesori della Mesopotamia non incontrarono il favore degli eruditi? Erano considerati di qualità inferiore rispetto al retaggio egizio o ellenico, e se ne negava il valore estetico, cosa che mi pare totalmente assurda».

Sulla parete alle loro spalle sono esposti i bassorilievi di Ninive, e adesso Zaleekhah si gira a guardarli. «Pochissime donne, in queste immagini. Tutte battaglie e scene di caccia?»

«Soprattutto, ma non sempre. Dai un'occhiata lì.» Nen indica con il mento. «Quelli sono re Assurbanipal e la moglie che si godono un picnic nei giardini del palazzo. Atmosfera beata in tutta la scena. Con una sorpresina tra gli alberi, però; la coppia reale siede sotto la testa mozzata del nemico, tutto ciò che resta di re Te-Umman degli elamiti.»

Zaleekhah osserva il fregio. «Ma quindi era un uomo crudele, Assurbanipal?»

«Tra i più brutali sovrani assiri. Molti storici considerano la distruzione della civiltà di Elam un genocidio.»

«Devo dire che lo credevo meglio, uno passato alla storia per aver creato un'immensa biblioteca.»

«Non sei la sola, anzi. Ma è un utile promemoria, il fatto che si possa essere colti, raffinati, generosi e distinti, e commettere lo stesso atrocità clamorose.»

Dietro di loro si sente il mormorio sibilante di un gruppo di studenti in arrivo.

Nen chiude il taccuino. «Vieni, ti faccio vedere una cosa.»

Si avvicinano al *lamassu* che stava schizzando, e solo allora Zaleekhah si accorge che ha una bruciatura su uno zoccolo.

«È un po' che mi chiedo come sia successo» dice Nen. «Questa scultura gigantesca è forse sopravvissuta a un rogo nel palazzo reale? O è stata una freccia infuocata durante l'assedio di Ninive? Vai a sapere. Però ho la sensazione che sia accaduto qualcosa di terribile, e che questa creatura di pietra fosse presente.»

Il silenzio dura per diversi secondi mentre Zaleekhah indugia con lo sguardo sul viso di Nen. Poi le chiede: «La gente si meraviglia del tuo interesse per l'antica Mesopotamia?».

«In continuazione. Anche i miei fratelli la trovano una cosa da matti. Mi correggo: pensano che sono matta io.»

Zaleekhah sorride.

«Ma come le scopriamo, le nostre passioni?» prosegue Nen, come dibattendo tra sé. «Io sinceramente non lo so. Tante volte è pura coincidenza: un libro che troviamo in biblioteca, un insegnante che rimane impresso, un film che non riusciamo a dimenticare... Se mi guardo indietro mi rendo conto che sarei impazzita davvero se non avessi avuto un altro posto dove rintanarmi... e più era lontano dalla mia realtà, meglio era.»

«E quel posto era l'antica Mesopotamia?»

«Esatto» dice Nen. «Forse quello che è per te l'acqua, per me è la storia: un enigma troppo vasto per essere compreso, una cosa molto più importante della mia minuscola vita eppure, per qualche verso, anche molto personale. Ha senso, quello che dico?»

«Altroché.»

«Quindi sì, l'antica Mesopotamia è il mio rifugio. Da giovane ho avuto diversi problemi di salute mentale, che con il tempo sono peggiorati.»

«Ah. Pensavo fossi cresciuta in una famiglia amorevole...»

Nen la guarda negli occhi. «Si può crescere in una famiglia amorevole, e avere problemi comunque.»

Escono dalla galleria assira e passano davanti al giftshop, dagli scaffali carichi di libri e souvenir. La caffetteria nella Great Court è affollatissima; cercano un tavolino libero sotto l'alto soffitto di vetro, cosa non facile perché la corte è gremita di visitatori. Le voci vibrano nello spazio aperto simili al suono delle onde che si frangono sulla sabbia morbida. Riescono a trovare due seggioline vuote e si siedono fianco a fianco, dando le spalle agli espositori delle cartoline.

Lì per lì Nen assume un'espressione imperscrutabile, concentratissima. Poi dice, a bassa voce: «Ho la sensazione che tu pure abbia qualche problema, Zaleekhah. Scusa se mi intrometto. Però, senti... Secondo me sei una persona adorabile. È molto facile smarrirsi quando si sta male, come se si andasse alla deriva, soli, in una piena che non cala mai. Ma non sei sola. Siamo in tanti, su quest'arca di legno che naviga senza sapere se toccherà terra. Ma naviga comunque, nella speranza...».

In un qualunque altro giorno Zaleekhah cambierebbe subito argomento, a disagio davanti a emozioni che risalgono dagli abissi come ignote creature marine. Oggi però no. Non si volta dall'altra parte. E infatti risponde: «Mi sa che sono depressa da così tanto tempo che è diventato il mio stato normale».

«Parola che non apprezzo particolarmente... "normale"» dice Nen.

«Gli antichi mesopotamici... ce l'avevano una parola che significava "depressione"?»

«Ce l'avevano sì, ma vedevano la salute mentale in un modo diverso, come fosse dovuta a una forza esterna, un dio o un demone. Sulle tavolette d'argilla si trovano descrizioni affascinanti: di incantesimi, riti, fumigazioni e pozioni. C'è il concetto di *ašuštu*, che somiglia di più all'angoscia. Quello di *puluhtu*, usato per chi è sempre preoccupato, o intimorito, o soffre di fobie. Il *nissatu* è il dolore del lutto: quando Enkidu muore, Gilgamesh dice: "Il *nissatu* mi entra nel ventre". La *šinīt ṭēmis* è l'alterazione della mente, quindi potrebbe rappresentare i pensieri suicidi o gli attacchi di panico. E poi c'è la *hip libbi*, il malanno della melanconia: letteralmente significa "frantumazione del cuore".»

«La *hip libbi.*»

«Già» conferma Nen, voltandosi verso la galleria assira. «Per molto tempo, la mia *hip libbi* ha vissuto dentro una bottiglia di gin, come un genio in una lampada. Me la vedevo in ogni bevuta: a volte faceva il morto, completamente immobile, altre volte nuotava, ma stava sempre là, in fondo a tutti i bicchieri.»

Zaleekhah ascolta, e intanto la guarda con aria pensosa.

Nen continua. «A vent'anni mi facevo un punto d'onore di reggere l'alcol meglio di tanti altri. Andavamo al pub e tutte le ragazze dopo qualche shottino si fermavano, tranne me: ero in grado di bere più degli uomini e tutti pensavano che fosse una figata. Sulla trentina ero orgogliosa di essere una bevitrice "funzionale". Volendo, potevo stare giorni e settimane senza bere, nessun problema! Mi piaceva dimostrare che sapevo controllarmi, ma sapevo anche che alla fine c'era il premio. Il bere era il mio modo di motivarmi e di calmarmi. Poi le cose hanno cominciato a cambiare, ma io credevo ancora che andasse tutto bene. Non avevo mai avuto la sbronza cattiva, non diventavo polemica né aggressiva, era solo uno sballo delizioso, che di certo non faceva male a nessuno. La sensazione era sempre blanda, rilassata, solo che non ero più capace di divertirmi se non bevevo forte. Non avevo la minima pazienza con nessuno, a meno di non essere brilla, nel qual caso non me ne fregava più niente. Ci ho messo un sacco di tempo a riconoscere che qualcosa non andava. Ti sto dicendo tutte queste cose perché in quegli anni di alti e bassi il mio interesse per la Mesopotamia non è mai svanito; era un luogo talmente diverso dalla mia realtà che potevo andarci e ritararmi il cervello. Trovavo rifugio in quella storilandia fra due fiumi… solo che esisteva davvero ed era pazzesca. Ammaccata, spezzata, bellissima e triste, eppure incredibilmente resiliente e di grandissima ispirazione... ecco che cosa significa per me, l'antica Mesopotamia.»

Da ogni angolo filtrano rumori di turisti, studenti, genitori e figli. Un'anziana signora regge un vassoio con caffè e torta; sorride alle due donne, e loro ricambiano.

«Sai, Nen, se credessi alla reincarnazione direi che in una vita precedente sei senz'altro vissuta a Ninive.»

«Che coincidenza, sentirlo da te. Una mia cliente, carinissima ma un po' matta, è molto presa da queste cose e non fa che tentare di convincermi che ero uno scriba sul libro paga di Assurbanipal.»

«Ci sta. Per quanto, riesco anche a vederti come domatrice di leoni nel serraglio reale.»

Nen ride. «Magari sono morta così, nella pancia di un leone.»

«Ed ecco perché hai paura degli aghi: ti ricordano gli artigli.» Adesso ride anche Zaleekhah.

Non c'è altro luogo dove il tempo rallenti dolcemente come dentro a un museo, pensa Zaleekhah, grata per come ogni cosa intorno a loro sembri fluida, i confini tra una regione e un'altra, un secolo e il successivo, che si fanno porosi. «Oggi ho preso un caffè con mia cugina» dice. «Helen, l'hai conosciuta l'altra sera. Sua figlia è molto malata, ha bisogno di un trapianto di rene.»

«Oddio, che cosa tremenda. Mi dispiace moltissimo. Chissà che cosa sta passando.»

«Sì, è distrutta. Mentre la ascoltavo, la mia depressione mi sembrava un lusso. Mi è venuta voglia di cambiare. Ti torna?»

«Mi torna.»

Il silenzio che segue è sereno, tranquillizzante.

«Nen...»

«Sì?»

«Se un giorno venissi da te in studio, da cliente intendo, e ti chiedessi un tatuaggio, cosa diresti?»

Nen drizza la testa, gli occhi pieni di malizia. «Sarei contentissima... e in quel giorno ipotetico ti chiederei a che tatuaggio pensavi.»

«E io risponderei...» Zaleekhah si volta, e poi torna a guardarla. «Quel segno sul biscotto. Mi è piaciuto tantissimo. Semplice e potente.»

«Quale?» chiede Nen, ma subito tace. Non le servono altre domande per capire.

Quella sera Zaleekhah esce dalla Dea dimenticata con un leggero bruciore sopra il polso sinistro. Poteva farselo fare ovunque – sulla schiena, sulla parte alta del braccio, in un qualche punto meno visibile dove lo zio Malek non lo avrebbe notato – invece ha scelto quel tratto di pelle tenera all'incontro tra la mano e l'interno dell'avambraccio. Un po' male ha fatto, ma non tanto quanto avrebbe creduto. Adesso, avviandosi alla stazione della metro per tornare alla casa galleggiante, si guarda orgogliosa il tatuaggio.

Tre cunei in inchiostro azzurro, il colore del lapislazzuli. Il segno dell'acqua.

—O—

ARTHUR

In riva al Tigri, 1872

Una mattina presto Leila accompagna Arthur sul sito degli scavi. Va volentieri a procacciarsi erbe aromatiche e piante, e ogni tanto fanno la strada insieme. Nell'aria c'è un profumo di terra e di muschio. Il paesaggio è scolpito dall'infuriare incessante del vento, e ne indossa la forma.

Leila gli racconta che ciascuno yazida, ovunque si trovi nel mondo, dovrebbe avere un fratello o una sorella in spirito. Usa il termine *axiretê*, «prossimo mondo»: questo fratello o sorella – non di sangue ma di cuore – dev'essere un compagno fidato sia in questa vita che nell'altra.

«Allora anche tu hai una sorella celeste?»

«Ce l'ho.» Leila sorride tranquilla. «La mia sorella del prossimo mondo vive sulle sponde più settentrionali del Tigri, vicino a Kefa. Io abito a valle. La prima che muore, ci diciamo per scherzare, diventerà una goccia d'acqua, così potrà facilmente raggiungere l'altra.»

Arthur prova a replicare il suo sorriso, ma non ci riesce. Sentirla parlare di morte lo mette a disagio, dopo quell'atroce divinazione. Vorrebbe prenderle la mano, trovare un modo di farle capire che gli sta a cuore. I codici d'onore yazidi, però, sono molto severi, quindi lui scaccia anche solo il pensiero di sfiorarla.

«È un bene avere un legame in spirito» continua Leila. «Se mi succedesse qualcosa di brutto, andrei a chiedere aiuto alla mia compagna.»

Arthur ascolta con attenzione. Per certi versi capisce: solo chi si è sentito minacciato molto spesso potrebbe desiderare un legame del genere con qualcuno che non sia un famigliare stretto, uno spirito affine che possa dare una mano nel momento del bisogno.

Gli sguardi si incrociano quando lei chiede: «Tu ce l'hai un fratello celeste, un tuo *birayê axiretê*, nel tuo Paese?».

Arthur riflette sulla domanda.

«Avevo un fratello più piccolo… Purtroppo è morto dopo aver bevuto dell'acqua contaminata. Non sono mai riuscito a perdonarmi, perché ero stato io a portare a casa quell'acqua.»

E benché stiano parlando di cose completamente diverse, Leila rispetta il suo bisogno di confidare questo lutto. Ascolta senza pregiudizi, e in un modo o nell'altro a lui basta il fatto che lei ascolti quel che ha da dire, la compassione nei suoi occhi, la disponibilità a condividere la sua tristezza.

≈

La settimana successiva sullo scavo piomba un emissario, con un messaggio da parte del pascià di Mosul. Arthur si sfrega via il fango dalle mani e legge la lettera. È atteso con urgenza nella dimora del pascià, ed è chiaro che non può declinare. Non si tratta di un invito, bensì di una convocazione.

«Ma guardate, il nostro inglese si è preso una bella abbronzatura» dice il pascià tramite l'interprete al suo fianco.

«Per forza, lavoriamo tutti i giorni.»

«Così mi dicono.»

Entra un cameriere con un vassoio carico di paste dolci e caffè in tazzine minuscole, lo posa su un tavolo e si ritira.

«Servitevi» dice il pascià.

Arthur prende un sorso di caffè: troppo zuccherato e troppo forte.

Il pascià dà un morso a un *halva* e intanto osserva l'ospite. «Mi è giunta all'orecchio la notizia che passate troppo tempo tra i miscredenti.»

Arthur sa che deve andarci con i piedi di piombo, se non per il bene proprio, per quello della *faqra* e della sua gente. «Il villaggio è vicino al sito degli scavi, mi riesce comodo alloggiare lì.»

«Ma lo sapete che sono adoratori del diavolo.»

«Sono brave persone.» Arthur posa la tazzina con la mano che trema leggermente.

«Si dice che ora parliate curdo.»

«Sto imparando. Ci vuole tempo. Ma ho gli insegnanti migliori, i bambini del villaggio.»

«Siete un uomo ben strano.» Il pascià si infila in bocca un altro *halva*. «Quanto agli scavi... nel corso degli anni inglesi e francesi si sono portati via molte statue, grandi e piccole. È una specie di idolatria? Il vostro popolo le venera?»

Da una finestra entra una falena. Sbatte le ali, urta una lampada, arretra, ci riprova, il panico è incipiente.

«Quelle statue sono esposte all'interno di musei» dice Arthur. «Quanto a me, il pascià sa bene che sto cercando un poema.»

«Un poema... Avete fatto tutta questa strada solo per quello? Siete certo che non c'è altro? Voi ne ricaverete comunque qualcosa... potere, denaro, fama, l'ammirazione delle donne...»

Arthur arrossisce appena.

«Quindi non si tratta *solo* del poema» dice il pascià, sorridendo come se gli leggesse nel pensiero. Tende la mano al terzo *halva*. «Non mangiate nulla?»

«Il mio scarso appetito è cosa nota.»

«Però sento dire che avete apprezzato il cibo degli yazidi.»

Arthur abbassa lo sguardo, per timore che l'espressione tradisca i suoi sentimenti. Ma prima che riesca a farsi venire in mente una risposta si sentono dei passi nel corridoio; di lì a pochi secondi la porta si spalanca e un uomo alto, robusto, con l'aria corrucciata e una gran barba fa irruzione nella stanza, scansando i domestici.

«Ah, il venerabile cadì!» esclama il pascià, alzandosi in piedi. «Quale atto di generosità venire a farmi visita; se mi aveste avvisato della vostra venuta, avrei fatto i giusti preparativi.»

«Bando alle farse» sbotta il cadì. «È questo l'inglese di cui mi parlavate?»

Senza attendere le presentazioni, l'alto magistrato si accomoda a sedere. Ha una durezza nello sguardo che nella mente di Arthur evoca prigioni sotterranee: nascoste, chiuse, pericolose.

«Stavamo parlando degli adoratori del diavolo» dice il pascià. «Il nostro amico ci si è molto affezionato.»

Il cadì non dice nulla fintanto che gli versano il caffè; non degna di uno sguardo i dolci sul vassoio, ma a quanto pare tiene molto al caffè. Quando il cameriere esce nuovamente dalla stanza, rivolge ad Arthur un'occhiata di sbieco.

«Che c'è da affezionarcisi? Non sono gente del Libro. Musulmani, cristiani ed ebrei sono popoli del Libro. Ma gli yazidi no.»

Arthur guarda fuori, in giardino, anche se in quel momento non vede niente. Con gli occhi degli altri due sempre addosso, a valutare ogni suo gesto, l'impulso di scappare è talmente forte che deve afferrarsi al cuscino su cui siede per tenerlo a freno.

Il pascià schiocca le labbra su un altro boccone di dolci zuccherati. «Venerabile cadì, ho un interrogativo per cui mi gioverebbe il vostro parere. Ditemi, se prestassi giuramento a questi yazidi promettendo loro la pace, e in conseguenza di ciò, convinti che rimarrebbero incolumi, essi mi consegnassero le armi e si fidassero di me, fino a che punto sarei vincolato a mantenere la parola data?»

«Gli yazidi sono *kafir*. Quindi non dovrete preoccuparvi di mentire loro. Agli occhi di Dio è giusto ingannare gli infedeli; possiamo benissimo indurli a credere che non gli vogliamo male, e poi fare di loro quel che ci pare.»

Arthur sente il cuore che accelera. Il corpo reagisce a queste parole più rapidamente di quanto il cervello riesca a gestirle. Balza in piedi, con la testa che gli martella.

«Ve ne andate?» chiede il pascià.

«È necessario, sono atteso al sito.»

«Andate, allora, ma se fossi in voi starei lontano dagli infedeli. Di certo conoscerete il vecchio adagio: "Chi va con lo zoppo impara a zoppicare".»

≈

Quella sera, come ogni altra sera, Arthur torna al villaggio con qualche tavoletta appena dissotterrata. Durante la cena con il decano e i suoi famigliari valuta la possibilità di riferire quello che è successo a casa del pascià, ma preferisce evitare di impensierirli. Angosciato, per la prima volta da quando è arrivato mangia poco e giocherella con il cibo nel piatto. Quando alza la testa si accorge che Leila lo sta guardando e ha la sensazione che lei sappia già tutto del suo incontro con il pascià.

Più tardi, in camera, si mette a pulire i manufatti, spazzolando via strati e strati di depositi. Poi, alla luce della lampada a olio, comincia a leggere una tavoletta, e appena decifrata la prima riga gli viene il batticuore. Posa un dito sull'argilla e ripassa i segni per essere sicuro che non se lo sta immaginando. I caratteri a forma di cuneo gli turbinano davanti agli occhi, a formare le parole che fin dall'inizio brama di leggere: «diluvio», «arca», «acque da ogni lato»…

Ha trovato la porzione mancante della tavoletta del Diluvio!

Le poesie sono rondini in volo. Possiamo guardarle librarsi per il cielo infinito, possiamo addirittura sentire il vento che scivola loro sulle ali, ma non potremo mai afferrarle, e meno ancora chiuderle in gabbia. Le poesie non appartengono a nessuno. Arthur ha sempre temuto che un'epopea così significativa, tramandata oralmente per millenni prima di venir fissata per iscritto e dispersa per un paesaggio così vasto, non potesse che rimanere fuori portata. Già mentre si imbarcava per un viaggio che lo avrebbe portato migliaia di chilometri lontano da casa, mentre partiva alla ricerca dei versi mancanti, tentava di prepararsi all'inevitabile fallimento. Ma adesso questa rondine gli si è fortunosamente posata tra le mani. Può cullarla nei palmi, ascoltare il battito del suo cuore. Ha ricomposto l'undicesima tavoletta dell'epopea di Gilgamesh nella sua interezza.

Domattina alla prima luce manderà a dire ai proprietari del «Daily Telegraph» che la missione è riuscita. Saranno felicissimi della notizia e la pubblicheranno immediatamente. In Inghilterra si parlerà delle sue «scoperte assire». Forse questo ridesterà l'interesse del primo ministro, dei membri della buona società e magari anche della regina. C'è la possibilità che il British Museum gli offra finalmente un contratto rispettabile. Ma Arthur non ha tutta questa voglia di tornare a casa. I suoi pensieri non fanno che girare in tondo, incapaci di posarsi, come i gabbiani quando il mare è mosso.

Apre la finestra, si appoggia al davanzale e scruta nelle tenebre. Il profumo delle erbe selvatiche è inebriante, e nell'aria c'è anche una fragranza muschiata che non riconosce. Poi vede Leila, sonnambula, stagliata in silhouette contro un muro. Stasera la luna, una falce crescente, è liquida, e le piove sui capelli come gocce argentate. Lei si fa strada attraverso l'orto, entrando e uscendo dall'ombra.

«Ho trovato la sezione mancante del poema sul diluvio» mormora Arthur, pur sapendo che lei non può sentirlo. «Devo informare i finanziatori del mio viaggio, ma non ho intenzione di ripartire presto. Vorrei rimanere qui più a lungo, a studiare le tavolette, anche se non posso fingere che sia l'unico motivo. La tua divinazione del Mercoledì Rosso mi ha riempito di preoccupazione. Da allora non è passato giorno, non è passata ora senza che ci ripensassi… che pensassi a te.» Butta giù la saliva, ha il capogiro. «In sumerico antico "amare" si diceva *ki-ang*… stranamente, l'espressione significa "misurare la terra". Più che un sentimento o un'emozione, l'amore era un'ancora che radicava in un certo luogo. Per tutti questi anni, non ho mai provato l'impulso di "misurare la terra". Poco tempo fa mi sono imbattuto in una tavoletta medica della biblioteca di Assurbanipal. Dice che se il paziente si schiarisce continuamente la gola, e sembra che gli manchino le parole, o parla da solo anche quando è chiaro che nessuno può sentirlo, molto probabilmente è malato d'amore. È interessante che le stesse parole – *hip libbi* – si potessero usare sia per il malessere fisico che per quello emotivo, la "frantumazione del cuore", anche se non so proprio spiegarne il motivo.» Arthur si interrompe. «E mentre leggevo tutto ciò, di colpo ho capito: è questo che mi succede quando ci sei tu, Leila. Ho gli stessi sintomi quando mi sei vicina. Lì mi sono reso conto che… ti amo.»

Il silenzio si allarga. Lei inclina il capo nella sua direzione.

In quell'istante lui ha l'arcana sensazione che lei riesca a sentirlo, e allora si spaventa. Ma ora che ha iniziato, non riesce a smettere di parlare.

«Quando ero più giovane aiutavo a pubblicare libri. Perciò ho letto molte storie sull'amore, e ben presto ho concluso che non sono, e non sarò mai, il tipo di persona che fa esperienza della passione. Non è una lagnanza, solo una semplice constatazione. Cerco di affrontare la vita nella piena consapevolezza dei miei limiti… e con ciò intendo dire che non mi aspetto niente, e che neanche mi sognerò mai di assillarti o turbarti in alcun modo.»

Arthur inspira l'aria notturna. Intorno a lui tutto vibra: il fiume, la terra, la montagna. Non sa quando si è innamorato della Mesopotamia, ma ora è un fatto e non si può disfare.

Nella mente gli si dipana un antico poema. In lontananza brillano due gemme: è un orice che lo guarda nel buio. Che splendida creatura! E mentre osserva l'animale che si muove aggraziato, ha la sensazione di scorgere un lontano futuro, un istante nella vita di qualcun altro. Un tempo che lui non abiterà più, ma che sarà comunque legato a questo preciso istante, che già svanisce, che già è passato.

Riprende: «Tu e il tuo popolo mi avete trattato come un ospite inviato da Dio, e io non sono ignaro dei codici d'onore e modestia degli yazidi, che sono severi e assoluti, dunque non ho alcun dubbio che tu sia, e che sarai sempre, fuori della mia portata. Non nutro alcuna speranza, e tantomeno aspettativa, nel dirti queste cose. Nessuno dovrà mai sapere ciò che provo per te. Neppure tu… Anzi, soprattutto tu, Leila».

Il vento le scompiglia le ciocche sciolte. Lei avanza verso di lui, adagio e senza sforzo, come accade nei sogni. Lo scialle che porta intorno alle spalle scivola un poco. Arthur non sa più se sia sveglia o ancora sonnambula. Leila gli si ferma talmente vicino che lui sente il profumo dei suoi capelli, e pensa ai gelsomini, ai gerani, ai chiodi di garofano. Poi lei fa qualcosa che lui non avrebbe mai immaginato potesse fare: gli dà un bacio su una guancia… il contatto è talmente inconsapevole che non sembra di pelle contro pelle, bensì quello di due gocce d'acqua che trovano il modo di incontrarsi.

Poi lei scompare.

NARIN

In riva al Tigri, 2014

Gli antichi mesopotamici credevano che le montagne fossero vive: frontiere che congiungono il terrestre al celestiale, spazi intermedi, dita che dal suolo si protendono come se sperassero di toccare il cielo. Tra le parole più antiche rinvenute in scavi archeologici c'è *hursag*, «montagna».

Nel solco di questa tradizione, il Sinjar è più di un monte. Vetta più alta di una catena lunga cento chilometri, è da secoli un rifugio di perseguitati e oppressi. Innumerevoli popolazioni hanno trovato riparo nelle sue piccole grotte e nelle sue gole scoscese. Ai suoi piedi sorge il tempio di Sharfadin, vecchio di otto secoli, costruito in pietra giallo chiaro con due coni in cima al tetto. Per la fede yazida ogni centimetro di questo paesaggio è sacro.

Per la bassa distesa brulla e su per il terreno roccioso si sposta una marea infinita di esseri umani, corpi devastati che avanzano contro la gravità. Le madri tengono in braccio i neonati, le donne incinte cercano di proteggere la preziosa vita che portano dentro. I bambini, storditi e disorientati, scarpinano in silenzio, troppo spaventati per piangere. Una donna anziana supplica i famigliari di lasciarla morire dov'è. Ma tutti continuano a salire, a centinaia e migliaia, portandosi dietro le membra come canne vuote. Qui, oltre la linea degli alberi, non c'è una chiazza d'ombra e il sole picchia. Il caldo che sale dal terreno arrostito ondeggia e si contorce a formare una calligrafia spettrale.

Quando si fermano, incapaci di fare un altro passo, con le schiene inondate di sudore, la nonna tira fuori la loro unica bottiglia d'acqua. Usa il tappo di plastica come misurino; lo riempie con attenzione, attenta a non sprecare neanche una goccia, e lo passa a Narin.

«Un po' anch'io, per piacere» dice tristemente una vocina.

La nonna si gira e vede una bambina sui cinque anni, gli occhi incavati e infelici. Versa l'acqua nel tappo e glielo dà. Ed ecco che subito accanto alla femminuccia compare un maschietto, forse il fratello.

«Anch'io.»

La nonna esita. È l'unica bottiglia che hanno e lei pensava di tenerla da parte per Narin. Ma come può negare l'acqua a un bambino? Sorride al piccolo e fa del suo meglio per razionare il liquido vitale. Altri bambini si mettono in fila davanti a lei e attendono pazienti mentre i genitori li guardano, colmi di pena. La nonna somministra il suo magro contributo assegnando a ciascuno qualche parola buona e qualche goccia, appena sufficiente a bagnare le labbra e inumidire la gola.

Quella notte, sui pendii del monte Sinjar, nessuno riesce a dormire. Le famiglie si stringono insieme. La temperatura, che durante il giorno ha raggiunto i quarantotto gradi, è precipitata a dieci. La nonna avvolge Narin nel proprio scialle per farle passare i brividi. Nei suoi movimenti c'è una fluidità, una risolutezza feroce.

«Ce la faremo, cuore mio.»

A Narin trema il labbro inferiore. Cerca con tutte le sue forze di non piangere.

La nonna le dà un bacio sulla punta di ciascun dito, come faceva quando Narin era piccola.

«Adesso stammi bene a sentire. Qualunque cosa succeda, raccontala all'acqua. Porterà via tutto il male e tutta la paura. E se non riesci a trovare un corso d'acqua, ricordati che ce l'hai dentro. Che sei fatta d'acqua.»

Narin non riesce a smettere di tremare. La nonna se la stringe al petto, e la tiene ferma in un luogo diverso da quello in cui si trovano ora.

Sul far del mattino un gruppo di ragazzi si offre di raggiungere a piedi una vecchia fontana ai piedi della montagna. Prendono gli orci e le bottiglie vuote, tutti quelli che riescono a portare, e lentamente iniziano a scendere.

Un po' più giù, nel punto in cui la pista incrocia una piccola radura di arbusti e cespugli, i miliziani dell'Isis stanno in agguato. Dal loro nascondiglio guardano i ragazzi accelerare il passo appena vedono l'acqua. Li guardano bere con foga e riempire i recipienti fino all'orlo, le mani che tremano di fretta nervosa. E poi li guardano voltarsi verso il monte dove i loro cari li attendono. Solo allora aprono il fuoco. I proiettili bucano gli orci, l'acqua si mischia con il sangue. Di quelli che sono andati alla fonte, non ne torna nessuno.

≈

Su in montagna, più vicino al cielo sereno, passa un altro giorno. I lattanti continuano a piangere, benché le voci si facciano sempre più deboli. Sono i vecchi i primi a soccombere, e i piccini di pochi anni, che muoiono di sete e sfinimento uno dopo l'altro. Le famiglie fanno quello che possono per nascondere i corpi, ma i bambini vedono tutto, anche quando guardano in lontananza, con un'aria abulica, ritratta. Hanno le guance ceree e incavate, come scolpite in candele vecchie.

Il giorno dopo si sparge la voce che gli americani stanno paracadutando viveri. Qualche barattolo cade sul terreno morbido; altri cadono sui sassi, si squarciano, e il contenuto esce tutto fuori. I giovani corrono a raccattare i residui; le madri grattano il cibo da terra con le unghie e cercano di metterlo in bocca ai bebè. La gente dice che gli americani stanno lanciando anche pale e picconi… per scavare tombe.

Neanche una briciola di quest'abbondanza raggiunge il loro gruppo. Il quarto mattino, con la morte che accelera il passo, la nonna dà a Narin ciò che rimane dell'acqua che aveva così attentamente conservato. Le posa sulla lingua l'ultima goccia della bottiglia con il tappo azzurro come se fosse una pietra preziosa.

Lei non può saperlo, ma quest'ultima goccia dell'agosto 2014 sul monte Sinjar è la stessa che cadde a Ninive un pomeriggio temporalesco, migliaia di anni prima, e andò a posarsi sui capelli di re Assurbanipal.

≈

«Devo andare a cercare l'acqua.»

Narin, che era sdraiata, si drizza a sedere. «No, non te ne andare.»

«Cuore mio… i bambini muoiono, devo dare una mano.»

La nonna le scosta una ciocca di capelli dal viso. La piccola ha le labbra gonfie e screpolate, e un pallore così ultraterreno in volto che l'anziana donna teme abbia già superato il punto di non ritorno. «Tu stai qui con gli altri, me lo prometti? Chiedo a un'altra famiglia di darti un'occhiata.»

Narin abbassa gli occhi e, benché la giornata sia rovente, sente un brivido lungo la schiena. «Stai attenta» dice soltanto.

«Attenta, promesso. Torno presto. Ricordati, Narin, nel cielo più buio c'è sempre una stella che balugina alta, nella notte più nera una candela accesa. Non disperare mai, cerca sempre la fonte di vita più vicina.»

La nonna è una rabdomante, una scopritrice d'acqua.

La nonna tira fuori un rametto a forcella che ha raccattato lungo il cammino e lo pareggia con il coltello. Per la rabdomanzia preferirebbe di gran lunga usare un ramo di salice, ma dovrà accontentarsi di questo. Dovesse individuare una sorgente sotterranea, trivellare non sarà possibile, ma con i picconi e le pale possono scavare. Dev'esserci acqua nelle vicinanze, e lei è convinta di poterla trovare.

Avanza a passi pesanti, il sangue addensato dalla disidratazione. Ciò nonostante, la concentrazione è feroce, gli occhi puntati sul terreno, e così procede, senza sentire altro che il richiamo di una riserva d'acqua nascosta.

Il tempo cammina stancamente come lei. Il vento fischia le sue canzoni. Senza badare alle proteste dei piedi gonfi e delle membra dolenti, la nonna abbandona il sentiero e prosegue. Le spine le strappano il vestito; i cardi le pungono le caviglie. Non riesce a smettere di biasimarsi. È stata lei a portare Narin in Iraq. Non avrebbero mai dovuto lasciare Kefa, anche se Kefa stava lasciando loro. Gli occhi le si riempiono di lacrime e la vista si offusca. Il sudore le cola lungo la nuca. Ma deve andare avanti. Non può tornare dai suoi a mani vuote.

Di lì a poco i palmi delle mani diventano freddi, come se avesse toccato il ghiaccio. La fronte si corruga. Non è mai un'esperienza piacevole, la ricerca dell'acqua. L'anziana donna è esausta, ma l'attrazione che sente ora è più forte della sua debolezza. Il rametto si muove a scatti. Qui, sotto questa terra riarsa, c'è la sorgente. Un tremore le risale il petto e si sparge fino alle punte delle dita. È qui, ne è certa, la sente. Adesso deve tornare indietro e dire agli altri che ha trovato l'acqua.

Già si figura il momento in cui darà la bella notizia, quando le si mozza il fiato e le si chiudono le viscere. Perché ha udito un suono che non è di questo posto. Un risolino basso e beffardo. Besma si volta appena. Poco più in là di dove arriva la sua ombra, da dietro la canna di un fucile, c'è un miliziano che la fissa. Si è avvicinata troppo ai piedi del Sinjar.

«Che fai, vecchiaccia?»

Qualcun altro ridacchia. L'uomo non è solo. Stanno pattugliando la zona, in cinque, a caccia di yazidi che cercano l'acqua.

La nonna giunge le mani per farle smettere di tremare. Distoglie lo sguardo. Se anche parlasse arabo, non risponderebbe. Non gli darà la soddisfazione di vederle la paura in faccia.

«Non hai niente da dire?» insiste il miliziano.

«Ehi, guardate qui che ho trovato!» grida un altro, da dietro i radi cespugli vicini. All'inizio, quando si scambiano esclamazioni, con le voci smorzate dal vento, Besma non riesce a seguire il discorso. Ma poi, in mezzo al clamore, sente una voce amatissima. E rimane paralizzata.

«Nonna!»

A Narin non piace quando la nonna la lascia sola, perciò l'ha seguita.

V

DILUVIO

—O—

ARTHUR

In riva al Tigri, 1872

Succedono due cose, quasi contemporaneamente, dopo che Arthur telegrafa ai suoi finanziatori di aver trovato la porzione mancante della tavoletta del Diluvio. Lui dice ai paesani che ha deciso di allungare il soggiorno in modo da poter continuare a lavorare nei pressi del Tigri; ma, a sua insaputa, in Inghilterra i finanziatori hanno già annunciato il suo imminente ritorno sul Tamigi.

Gli arriva un telegramma. Gli comunica che la sua faccia è su tutti i giornali d'Inghilterra, la sua vittoria di dominio pubblico e il suo viaggio di ritorno prenotato. Rimasto improvvisamente senza reddito, Arthur si sente manipolato, usato. Sconvolto dalla piega degli eventi, tenta svariate volte di convincere i propri sovvenzionatori dell'opportunità di trascorrere altro tempo a Ninive, ma per quanti messaggi mandi, e nonostante i toni supplichevoli, non riesce a persuaderli.

Dopo un altro mese di limbo, non gli resta che dire addio ai paesani di Zêrav e iniziare i preparativi per il ritorno in Inghilterra. A ogni modo, non tutto è perduto, spera. Una volta rientrato a Londra, pensa, sarà in grado di trovare qualcun altro che finanzi una seconda spedizione, che organizzerebbe subito.

La sera prima della partenza si mette a guardare Leila dalla finestra per un'ultima volta. Dà per scontato che sia sonnambula ma, quando si gira verso di lui, lei ha gli occhi aperti e vigili. Ha con sé un bicchiere d'acqua, che rovescia sorridendo al suo indirizzo.

«Che cosa significa?» domanda lui.

«Da noi versare un po' d'acqua prima di un viaggio porta fortuna e protezione. Parti come acqua, torna come acqua, facilmente, liberamente.»

Lui tira fuori il coltellino tascabile e dalla finestra aperta si protende verso il melograno. Poi intaglia tre segni verticali sulla corteccia.

«Quello è il segno antico per dire "acqua"» spiega. «È il mio impegno: prometto di tornare.»

«Tornerai, lo so» dice lei. «Ma tornerai cambiato, e troverai tutto cambiato.»

Lui scuote la testa, malgrado intuisca che molto probabilmente ha ragione lei. Prova un desiderio di abbracciarla talmente forte che deve incrociare le braccia per frenarsi. Con la voce rotta, non riesce a far nulla se non ripetersi.

«Tornerò. Prometto che tornerò qui.»

≈

A Londra viene accolto con giubilo ed esaltazione. Il «Daily Telegraph» acclama il suo arrivo: *Tavoletta del Diluvio in Inghilterra. Arthur Smyth torna da eroe.*

È diventato l'eroe, all'improvviso, di una storia scritta da altri. I suoi ammiratori sono una legione. Lo descrivono come uno studioso illustre, un'autorità. Non è solo straordinariamente intelligente, si dice, ma anche coraggioso, a essere partito per un viaggio tanto pericoloso in cerca di maggiore conoscenza. La portata dell'attenzione che gli dedicano lo sconcerta. Quando gli estranei lo riconoscono per strada e lo bersagliano di domande, lui fornisce risposte balbettanti. Quando gentiluomini raffinati e signore eleganti reclamano la sua compagnia, lui non riesce a contraccambiare il loro vivo entusiasmo. Fatica persino a riadattarsi al clima: dimentica l'ombrello, trema di freddo sotto il cappotto, rimpiange il caldo secco a cui si era abituato.

Si è anche fatto dei nemici. Quando era povero, i suoi unici avversari erano la fame e il freddo; ma adesso, con il crescere della sua reputazione, sono molti quelli che si risentono per il suo successo. Viene attaccato dalla Società dei trattati religiosi, un'associazione e casa editrice evangelica che lo accusa di aver fabbricato tavolette false e pubblicato traduzioni fraudolente da una lingua inventata. Alcuni arrivano al punto di affermare che in realtà non è mai stato in Mesopotamia, ma al contrario è rimasto nascosto in una casa colonica fuori Londra.

Scosso dalle reazioni, di lode o ludibrio che siano, ci sono giornate in cui Arthur non ha voglia di uscire dal suo alloggio temporaneo a Bloomsbury; eppure non fa che ricevere inviti a tenere conferenze e partecipare a convegni e tavole rotonde.

Poi c'è Mabel. La fidanzata è felice che lui sia tornato e divenuto ancora più famoso, e gli dice che devono accelerare i preparativi per le nozze. Stende un lungo elenco di invitati, confacente all'attuale fama di Arthur, e lui non trova la forza di obiettare. Sebbene riesca a mantenere la compostezza esteriore e a riprendere il suo lavoro al British Museum, dov'è stato accolto con diffusa ammirazione e non poca invidia, nell'intimo è scombussolato. Ha l'impressione che le diverse componenti della sua vita e personalità si vadano sfilacciando; ha dedicato l'esistenza alle parole ma adesso, tutt'a un tratto, le parole non bastano più. Non sa come articolare il sentimento di estremo abbandono e sradicamento che gli è piombato addosso tra i connazionali; è strano, ma si sente uno straniero in patria.

≈

Un mese dopo riceve un invito a una festa, da parte di un conte noto per la sua passione per le arti, nonché per la sua scuderia di purosangue. Si richiede la presenza di Arthur e della sua fidanzata a un ricevimento presso quello che viene descritto come il «rustico di campagna» del nobiluomo.

Mabel è felicissima, benché il suo entusiasmo venga presto soppiantato dall'ansia su cosa mettersi. Grazie al recente aumento di stipendio, Arthur la porta in giro per negozi. Comprano tre abiti di seta, più guanti, cappellini e un boa di piume per accompagnarli. Lui, al vedere il prezzo dei tessuti, rimane scioccato; quanto a Mabel, ora si lamenta di non avere i gioielli adatti. Per sé, Arthur noleggia una redingote scura foderata di raso spesso e acquista un largo plastron. La redingote dovrà restituirla, ma non gliene importa. Non gli servirà una seconda volta.

Il «rustico di campagna» si rivela una dimora sontuosa. Dalle terrazze e dai balconi ben illuminati si riversa nel giardino curatissimo un gran clamore di risate e conversazioni. A quanto pare, stasera tutta la buona società londinese si trova qui. Il brecciolino della corte scricchiola man mano che arrivano le carrozze con dentro altri invitati. Le stanze sono colme di statuette di cherubini, mobiletti laccati e pesanti tende di broccato, le pareti sono ricoperte di seta. Malgrado la vastità della residenza e i soffitti alti quanto certi cieli invernali, Arthur si sente in trappola, come chiuso dentro una palla di vetro che in qualunque istante potrebbe essere afferrata e scossa per smuovere la neve.

La padrona di casa – una donna dall'eleganza immacolata e dal viso roseo, il cui petto ansima sotto i giri di perle e un pendente con zaffiro – è una filantropa e una collezionista di oggetti d'arte. Possiede una miscellanea di tesori che vanno da disegni e stampe di epoca rinascimentale a porcellane cinesi della dinastia Ming, ceramiche laccate giapponesi e antichità mesopotamiche, alle quali riserva uno specifico interesse. Si dice che abbia accumulato un gran numero di articoli tramite legami sia di famiglia che d'affari con diversi esploratori britannici che hanno visitato la regione.

«Signor Smyth, lietissima che abbiate potuto presenziare al nostro modesto ritrovo» gli dice accogliendolo. «Ci fareste l'onore di unirvi a me e ad alcuni altri ospiti per una visita guidata alla mia piccola Ninive?»

«La vostra piccola Ninive, milady?»

Lei lo prende a braccetto con un sorriso. «Lasciate che ve la mostri.»

E così, mentre Mabel viene accompagnata nel salone delle feste, dove sorseggerà champagne e sorriderà a corpulenti signori baffuti, Arthur segue la contessa verso un'anticamera della casa… e, appena dentro, gli si mozza il fiato in gola. È Ninive, per davvero! Una profusione di bassorilievi, fregi scolpiti, statue di bestie alate e decine di tavolette in cuneiforme. I manufatti mesopotamici sono riaffiorati in un'opulenta dimora appena fuori Londra.

«Che ne pensate, signor Smyth?» domanda la contessa. «Senza dubbio, la nostra umile raccolta impallidisce a confronto degli splendori che avrete visto con i vostri occhi.»

«Abbagliante, senz'altro» dice Arthur con un groppo in gola. «Ma come avete fatto a…»

«Alcuni oggetti sono regali di cari amici. Altri li ho comprati…» Viene distratta da un ospite che le si para davanti per esprimere la propria ammirazione.

Arthur coglie il proprio riflesso in una portafinestra. In viso ha solo tristezza. Non gli sembra giusto che i manufatti di Ninive vengano esposti per il gusto dei ricchi e potenti. La gente di Mesopotamia, i discendenti degli scribi che hanno inciso le tavolette e degli artigiani che hanno cesellato le statue, non avranno mai alcuna possibilità di vederli. Fino a questo momento non lo aveva turbato, il fatto che queste antichità venissero portate in Europa per essere ospitate in musei e grandi istituzioni culturali. Al contrario: era convinto di salvarle dall'oscurità. Ma vederle in una residenza privata, stasera, gli fa piangere il cuore.

Si avvicina lentamente al riflesso e si guarda in faccia. A restituirgli lo sguardo sono gli occhi della *faqra*. Leila gli manca. L'angoscia che lo assale è lancinante. Se solo riuscisse a trovare una porta di servizio, scapperebbe da questo posto e dalle sue mille luci.

«Venite, signor Smyth?» domanda la contessa, voltandosi a guardarlo.

«Certo, milady.»

Arthur si allontana dalla finestra ed esce insieme al gruppetto.

≈

A cena lui e la fidanzata vengono fatti accomodare dai lati opposti del tavolo, e lui si ritrova seduto accanto a un'anziana duchessa madre. La nobildonna è entusiasta di quel posto accanto al celebre assiriologo appena tornato dalle terre bibliche, e lo osserva curiosa da sotto le palpebre cascanti, notando che tocca a stento il consommé e prende solo qualche boccone della portata principale, oca farcita e anguilla stufata in porto e noce moscata.

«Siete molto silenzioso, signor Smyth. Raccontateci della vostra spedizione, com'è andata?»

«Ma certo, raccontate» aggiunge un uomo con i baffi impomatati. «Vi siete mai trovato in pericolo?»

Il brusio si attenua mentre diversi ospiti si sporgono in avanti per sentire la risposta. Arthur prende un sorso di vino. Pensa al terribile incendio che a Costantinopoli è divampato per interi quartieri, lasciando migliaia di persone senza un tetto dalla sera alla mattina. Pensa alla povertà e all'indigenza che ha visto sul tragitto per Mosul. E pensa al pascià e al cadì che, fra una tazza di caffè e un pasticcino, si accordavano per fare del male a un'intera comunità. Questi ricordi lo tormentano da quando è rientrato. «È stato un viaggio senza incidenti» dice.

«Siete troppo modesto» insiste la duchessa. «Avete incontrato briganti sul vostro cammino? Avete assistito a esecuzioni?»

«Qualche momento difficile c'è stato, ma vi assicuro che il mio percorso non è stato più infido di una gita in barca sul Tamigi.»

Qualcuno ride; altri sospirano, delusi. Arthur si accorge che la fidanzata lo guarda con aria vagamente preoccupata.

A questo punto interviene la padrona di casa, a voce piena dall'altro capo del tavolo. «E gli adoratori del diavolo? Non allignano forse da quelle parti?»

Arthur si irrigidisce.

L'uomo con i baffi impomatati rincara la dose. «Ho sentito che hanno l'abitudine di razziare le carovane di passaggio e che non si lavano mai! Un popolo assai depravato, e anche molto lascivo, così si dice. Ma qui siamo fra persone beneducate... è perciò che non potete dirci dei loro costumi sfrenati?»

Arthur avvampa. «Questa è non solo una menzogna, ma anche un'offesa terribile.»

L'uomo spalanca la bocca.

«Gli yazidi sono brave persone, signora, posso garantirlo.» Arthur si è rivolto alla padrona di casa. «Generosi, di buon cuore, gelosi delle proprie tradizioni e pulitissimi. Non si può neppure mettere piede nella sacra valle di Laliş senza prima farsi il bagno e togliersi le scarpe, posto che vi ammettessero degli estranei. La mia impressione è che gli yazidi siano stati perseguitati e fraintesi in modo grave, non solo da molti dei loro vicini musulmani ma anche dai cristiani, viaggiatori occidentali compresi. E questo è profondamente ingiusto.» Alza gli occhi, e nella foga anche la voce. «Sono gente fiera, rispettabile e di grande pudicizia. A dire la verità, da quando sono tornato a Londra anelo alla loro compagnia e desidero tornare nel loro Paese.»

Il silenzio che cala non dura a lungo. Il baffuto di prima scoppia in una sonora risata. «Qualcuno se ne sorprenderà, ma il fenomeno è piuttosto comune. Gli studiosi perdono la testa per le rispettive materie; gli scrittori cedono all'incantesimo dei loro personaggi di fantasia; gli esploratori si infatuano dei luoghi che visitano. Il nostro caro amico, qui, si è appena confermato come tipico caso di quest'affezione del tutto innaturale e irrazionale… e questo prova che è uno studioso eccellente!»

Tutti annuiscono e riprendono a conversare, terminato il diversivo. La contessa non pare offesa. Ma per il resto della serata nessuno rivolge più la parola ad Arthur. Mentre gli ospiti alla sua destra e sinistra sono impegnati in chiacchiere vivaci, lui siede senza emettere suono, la fronte corrugata per il disagio. Lo sguardo gli cade su Mabel: la sua fidanzata sfoggia un sorriso imperturbabile mentre ascolta il signore che le siede accanto. Al contrario di lui, è felice tra queste persone. Anzi, raggiante. Per una frazione di secondo si volta, e gli lancia un'occhiata gelida.

≈

Si va in Paesi lontani sperando di trovare qualcosa di completamente diverso da ciò che si è lasciato, senza mai sospettare che si tornerà cambiati. Arthur non saprebbe dire con precisione quand'è successo, a quale bivio, ma non è più lo stesso uomo. La Mesopotamia non cessa di chiamarlo. Fa sogni su sogni in cui cammina su un deserto liquido, o naviga per sabbie ondeggianti, e si sveglia sempre con un senso di vuoto. Teme di aver lasciato qualcosa laggiù, una parte di sé che era fragile ma autentica, perduta in quella regione dai costumi che non sempre comprende e dalle miriadi di fedi e fazioni che lo lasciano perplesso, dove persino l'acqua ha un suo sapore caratteristico; e che tuttavia, malgrado tanta estraneità, gli ha preso il cuore. Il Tigri è filtrato dentro la sua vita e si è solidificato, come cera gocciolante.

≈

Si sposano in estate. Mabel è una visione di bellezza nell'abito da sposa con il corpetto di raso attillato e le piume di struzzo, più un lungo strascico in cui deve fare attenzione a non inciampare. Porta con sé una dote sufficiente ad affittare uno spazioso appartamento al primo piano in una palazzina di Bayswater, con alte finestre a ghigliottina piene di spifferi e un vago odore di muffa che appena entrati invade i sensi; purtroppo, una casa indipendente con ampio soggiorno, seminterrato, mansarda e giardino pergolato è fuori della loro portata. Arthur sarà anche celebre in tutto il Paese e rispettato nelle cerchie degli studiosi, ma tutto questo non si traduce in un reddito cospicuo. Gran parte dei suoi colleghi al museo sono ricchi di famiglia e non devono fare affidamento solo sullo stipendio. Comunque sia, lui non è certo infastidito dalla situazione: in confronto alle squallide stanzette della sua infanzia, ora vive in una casa patrizia.

Inizia a lasciarsi crescere i capelli, e di nuovo anche la barba. Per anni ha girato sempre con il volto ben rasato, eccezion fatta per una breve resa alla voga dei favoriti introdotta dal defunto principe Alberto. Ma nel complesso andare dal barbiere non gli piace, benché sedere per qualche tempo con un asciugamano caldo in faccia e venir sbarbati con un rasoio a mano libera sopra a una bacinella d'acqua fumante non sia del tutto sgradevole. Fortunatamente la sua nuova preferenza è in linea con l'ultima moda; di questi tempi, molti signori sfoggiano visi pelosi. Quanto a pulizia e igiene personale, è rimasto il pignolo di sempre, e non lesina su pomate e olio di mandorle; il grasso d'orso dura di più, ma ha un odore poco allettante. A volte si sottolinea gli occhi con il kohl, come ha imparato a fare dai paesani del Tigri. Ma non osa portarlo fuori di casa.

Mabel osserva da vicino questi rituali quotidiani. «Non sarebbe meglio se ti sbarbassi come si deve? Non avresti un'aria più rispettabile?»

«Ma io mi vedo meglio così» risponde lui. «Anzi, sono tentato di lasciarmi scendere lunghe ciocche ricciute intorno alla faccia, come il re greco Pterelao. E spero che nessuno me le tagli nel sonno.»

Lei non gli restituisce il sorriso, e non ha colto il riferimento. Non è la prima volta che Arthur avverte come una spina il divario che li separa. Lei vuole che sia rispettato, dice a se stesso, perché lo ama. L'alternativa fa troppo male: che la sua mania della reputazione non abbia nulla a che vedere con l'amore e tutto, invece, con la loro posizione pubblica, e che veda le conquiste del marito soprattutto come gradini per una scalata sociale. Malgrado sia cresciuta tra gli agi, Mabel sa che il successo del marito è l'unica via per la stabilità e l'appagamento, se vuole farsi una famiglia, come in effetti vuole.

Adesso Arthur mangia da signore. Lui e Mabel fanno colazione con uova e bacon, eglefino affumicato, panini e marmellata di agrumi. Qualche volta per pranzo prendono uno spezzatino d'agnello in bianco o delle crocchette di pesce. Ma il cibo per lui rimane un assillo: è questa la cosa che non si è scrollato di dosso, il ricordo della fame. I crampi che gli tormentavano le viscere sono ancora lì, come sassi sullo stomaco. Deve controllare tutti i giorni che non siano a corto di provviste. Sarà anche riuscito a rialzare la testa e a cambiare le proprie prospettive, ma il terreno sotto i piedi non gli sembra mai saldo né sicuro.

Proprio come consegnava la paga da tipografo al padre e poi alla madre, adesso gira lo stipendio alla moglie. Mette da parte qualcosa per le sue saponette e acque di colonia, ma il resto lo lascia gestire a Mabel. Le ha chiesto di risparmiare un po', quando riesce, ma a Mabel piace essere alla moda; gli stili in voga cambiano continuamente, e i loro debiti con gli empori di Regent Street crescono di mese in mese.

Arthur non si lamenta mai di questi giri di spese che non possono permettersi. Giura che si impegnerà di più per finire il libro che sta scrivendo, e che porterà qualche nuova entrata. Ma ben presto Mabel avrà bisogno di altri abiti nuovi: è incinta. Benché i manuali sui rapporti sessuali sostengano che «senza l'eccitazione carnale, o l'esperienza della voluttà nell'atto venereo, il concepimento non può avere luogo», l'asserzione si rivela decisamente erronea. Arthur e Mabel dormono in camere separate, e il loro accordo è che lui la raggiunga due volte al mese per espletare i suoi doveri coniugali, in giornate scelte da lei.

«Dato che abbiamo un bambino in arrivo – se non due, dal tuo lato i gemelli sono ereditari – non sarebbe ora di chiedere una promozione?» gli domanda a un certo punto. «Non hai ancora finito di cavillare su quelle vecchie tavolette? Ma insomma, sempre lì a giocherellare tutto il giorno con dei pezzetti d'argilla impolverata.»

«Ma questo non è un lavoro temporaneo. Ci vorrà tempo» dice Arthur. «L'epopea di Gilgamesh è importantissima. Un poema più antico dei miti greci, renditi conto!»

Mabel è rigida come un palo.

«Prendi Achille e il suo compagno Patroclo. Quella storia, pur favolosa com'è, potrebbe tranquillamente essere ispirata a Gilgamesh ed Enkidu...»

Mabel lo interrompe sventolando una mano: «Se è così importante, perché non dici al museo di portare il tuo stipendio a una cifra decente? Come pensano che possiamo mettere su famiglia con degli emolumenti tanto scarsi?».

«In qualche modo ce la caveremo.»

«In qualche modo? Dimmi quale modo. Hai sempre la testa fra le nuvole.»

Arthur si ingobbisce. Non sa cosa rispondere. Il resto della giornata trascorre senza che quasi proferisca parola.

Comunque si alza presto ogni mattina per correre in ufficio. Lasciare Mabel da sola lo fa sentire in colpa, anche se c'è sempre Florence, la domestica, che viene tutti i giorni a fare le pulizie. Con il procedere della gravidanza, però, lui dovrà stare a casa di più. È deciso a essere un padre migliore di quello che ha avuto, e così per qualche tempo sembra che questo gli basti: il libro, la moglie, il bambino o i bambini in arrivo… e il lavoro indefesso su un poema antico come il tempo. Si dice che non gli serve molto altro. Eppure ha qualcosa che gli sta annidato in petto, che gli punge il cuore. Un uccellino intrappolato che sbatte le ali, che si scaglia contro le sbarre della gabbia, che gli ficca gli artigli nella carne; però ha paura di tirarlo fuori, casomai non riuscisse più a rinchiuderlo.

Il suo ultimo pensiero della sera e il primo del mattino, quando si ritira nel labirinto della memoria, è per la terra, il fiume e la donna che ha lasciato in Mesopotamia.

—H

ZALEEKHAH

In riva al Tamigi, 2018

Il venerdì pomeriggio è l'ultima a uscire dall'Istituto di ecologia e idrologia. Le piace lavorare fino a tardi; quando non c'è più nessuno il laboratorio si trasforma in un posto diverso, il silenzio nel fabbricato diventa quasi palpabile. La fa pensare a un masso di sentinella in riva a un fiume, appesantito da concrezioni di muschio e dal passare del tempo, un inamovibile osservatore di cose che svaniscono man mano che tutto intorno le piante e le forme di vita più piccole si decompongono e poi tornano in vita.

Alla luce di una lampada da tavolo regolabile Zaleekhah scruta nel microscopio. Sul vetrino ci sono migliaia di microrganismi unicellulari che si muovono senza sosta: vibrioni del colera, minuscoli colpevoli capaci di sradicare la vita umana. Benché sia facile convincersi che il colera, ampiamente sconfitto nelle società industriali, non rappresenti più una minaccia, questa malattia mortale non è mai scomparsa del tutto e fa ancora molte vittime tra le popolazioni dei Paesi in via di sviluppo, e con la distruzione dell'ambiente e la contaminazione delle riserve d'acqua, la comparsa di nuovi casi su scala mondiale è solo questione di tempo. Nel giro di pochi decenni, un bambino su quattro in tutto il mondo vivrà in luoghi dove l'acqua è talmente inquinata che berla lo ucciderà.

Si toglie i guanti monouso e gli occhiali protettivi, gesti che ha ripetuto così tante volte da essere divenuti automatici. Come sempre, le è rimasto un solco rosso intorno agli occhi. Riordina le carte sulla scrivania, poi si siede davanti al computer e inserisce gli ultimi dati dalle tabelle che un altro ricercatore le ha lasciato prima sul tavolo.

Negli ultimi sei anni, lei e i colleghi della sua équipe hanno studiato oltre trecento località in tutto il mondo per vedere come i cambiamenti climatici ne stanno influenzando le caratteristiche tipiche in termini di volumi di flusso, interrimento e biodiversità. Ogni giorno scaricano dati dalle stazioni di misurazione – dal Sudamerica all'Australia e agli Stati Uniti orientali – e prendono nota dei livelli acquei. I mutamenti nell'idroclima portano con sé un aumento del rischio di inondazioni; Zaleekhah sa che non c'è luogo al mondo che sia al riparo dal pericolo di alluvioni.

Oggi inserisce dati provenienti dal fiume Tigri. Ci teneva molto a lavorare con scienziati della Mezzaluna Fertile, una regione particolarmente vulnerabile che già in questo secolo scomparirà del tutto: l'arco che va dal Mediterraneo al Golfo Persico si va prosciugando molto rapidamente. Il più vasto ecosistema acquatico del Medio Oriente, condiviso tra Iraq, Iran, Siria e Turchia, sta morendo.

Ha sempre trovato incomprensibile il fatto che lo zio non abbia mai mostrato il minimo desiderio di tornare in quei luoghi, neppure per una vacanza. Ha reciso ogni legame con l'infanzia, come si scarta un giocattolo quando si diventa grandi. Ricorda una volta, quando studiava ancora, in cui avevano parlato delle varie specie di salmoni che, nati in acqua dolce e poi migrati al mare, tornano nel luogo natale per morire; lo zio aveva ascoltato, ma sul viso gli era come calato un sipario. E anche se quel giorno si erano limitati a parlare di pesci, Zaleekhah sa che tutti e due avevano pensato la stessa cosa: che lui non era così. Non sarebbe mai tornato alle acque in cui era nato: era partito a nuoto per arrivare più veloce e più lontano possibile dalla madrepatria.

≈

Un'ora dopo esce dall'istituto, e mentre chiude la porta le squilla il telefono. È Helen.

«Scusami se ti chiamo così tardi, tesoro.»

«Nessun problema. Va tutto bene?»

«Ho una notizia incredibile, non riuscivo ad aspettare. Abbiamo trovato un donatore!»

«Davvero?» Zaleekhah si illumina in volto. «È fantastico.»

«Sì, sì. Ha pensato a tutto papà.»

«Ottimo! Sono molto felice per te, e per tutta la famiglia.»

«Grazie! Cioè, io sto ancora elaborando la cosa.»

Zaleekhah ripesca le chiavi in fondo alla borsa pienissima, poi si passa il telefono nell'altra mano e chiude la porta. «Di certo sarai sollevata.»

«Altroché… incrociamo le dita. Non voglio dare niente per scontato, non più. Adesso ho il terrore che qualcosa possa andare storto all'ultimo minuto.»

«Tesoro, non vederla così. Andrà tutto bene. Ma in che ospedale la operano? Guy's? O al Chelsea?»

«Nessuno dei due. Andiamo a Istanbul, una clinica di eccellenza, dice papà. Conosce personalmente il primario. Andiamo tutti insieme.»

«A Istanbul? Quando?»

«Tre settimane, più o meno. Ci diranno loro quando presentarci di preciso.» Helen fa una pausa. «Non è che potresti prenderti delle ferie?»

«Senz'altro» dice Zaleekhah. «Faccio in modo di liberarmi. Voglio esserci anch'io.»

«Grazie, per me vuol dire tantissimo. E senti, Zali, un'altra cosa… papà a volte sembra prepotente, ma è sempre in buona fede. Non te la prendere se cerca di dissuaderti con la faccenda del divorzio. Si è preoccupato talmente di

Lily che non ha avuto il tempo di fare una chiacchierata come si deve con te, ma so che ci ha pensato, e sono certa che adesso darà il via alla campagna SaMaZa: Salviamo il Matrimonio di Zaleekhah. Ma tu lo sai che è il suo modo di dimostrarti che ti vuole bene, e che quando vuol bene a qualcuno smuove sempre cielo e terra.»

«Sì, lo so.»

«Detto sinceramente, lo so che tutte le figlie adorano il loro papà, ma in tutta questa traversia mi sono resa conto che è un uomo davvero speciale. Incredibilmente altruista, solidale. Per me come per te, non c'è nessunissima differenza. Se in famiglia qualcuno ha bisogno lui c'è, sempre.»

«Vero» concorda Zaleekhah. «Non me lo dimentico, quanto siamo fortunate. Devo solo fargli capire con delicatezza che non tornerò con Brian. Non succederà.»

Helen sospira. «Va bene, tesoro. La decisione spetta a te. Ti voglio bene. Appena so qualcosa di certo faccio i biglietti per Istanbul.»

«D'accordo. Ti voglio bene anch'io.»

≈

La sera dopo Zaleekhah invita Nen a cena. Dato che come cuoca è scarsa, e sulla barca non c'è molto quanto a utensili di cucina, ordina le pietanze in un ristorante libanese dei dintorni. Baba ganush, tabulé, felafel, sfoglie di pita fritte, riso e lenticchie. Ha preso dei piatti di carta e delle posate di legno, tutto materiale riciclato e biodegradabile, anziché stoviglie vere e proprie, sapendo che Nen non ci farà caso.

Poco dopo le sette, in leggero ritardo, l'amica si presenta in blazer bianco e nero stampato a mano e realizzato con stoffe di recupero e giacenze tessili, pantaloni ampi e un lungo pendente ad anello, d'argento, a un lobo. Ha uno zainetto buttato su una spalla e una cassetta di legno che trabocca di arance in mano.

«Cos'è questa?»

«La tua scorta mensile di vitamina C.»

Apre lo zainetto e tira fuori un pacco di caffè, un mazzetto di lavanda essiccata e una caffettiera. «A casa ne avevo una in più, perciò me la sono portata dietro, casomai volessi tenerla.»

«Uh, la prendo volentieri, grazie!»

Con un sorriso, Nen ribalta la cassetta vicino alla poltrona e le arance ruzzolano ovunque, come soli arroventati in miniatura, ravvivando tutto l'ambiente.

«Ora, una tovaglia ce l'hai?» chiede poi.

«Ho uno scialle.»

«Perfetto.»

Lo stendono sulla cassetta rovesciata, che diventa un tavolino. È incantevole, come una cosa uscita da un libro per bambini. È facile. Nen rende un sacco di cose facili.

Il cibo, con grande sollievo di Zaleekhah, è tutto delizioso, e pian piano lei riesce a rilassarsi. Forse la sua cena così semplice, alla fine, non sarà un fiasco. Dalla finestra della casa galleggiante entra un refolo di vento; il lieve aroma del fiume, pieno di promesse. Zaleekhah si ritrova a parlare degli ultimi dati provenienti dal Tigri, del calo allarmante del livello dell'acqua. Nen è un'ottima ascoltatrice, attenta e paziente, e Zaleekhah si rende conto che le fa piacere parlare con lei del suo lavoro.

«Non sono solo i cambiamenti climatici» dice. «La costruzione di dighe in Turchia, a monte, peggiora la situazione per gli iracheni, a valle. Riduce drasticamente il flusso. Ogni volta che una nazione erige grandi dighe, le conseguenze toccano ai Paesi vicini.»

«Che tristezza» dice Nen. «Due fiumi leggendari, il Tigri e l'Eufrate... nati dalle lacrime di una donna.»

«Come, come?» fa Zaleekhah. «Questa non l'ho mai sentita.»

«Ah, è una gran storia.»

«Racconta.»

Nen riempie un bicchiere d'acqua dal rubinetto della cucina, e già che c'è controlla che il lavello non perda. Poi torna a sedersi sul pavimento, che preferisce sia allo sgabello che alla poltrona. Dopodiché attacca:

«In quei giorni, in quei giorni remoti... nei tempi antichi... il cielo e la terra erano una cosa sola. Il mondo era una tabula rasa, in attesa che si formassero le prime parole. Tutto era in armonia; acque dolci e acque amare si mescolavano senza soluzione di continuità. Tiamat era la dea del mare, dell'acqua salata, e Apsu era il dio delle sorgenti, delle acque dolci. Erano diversi, ma si innamorarono».

«E poi cos'è successo?»

«Dalla loro unione nacquero altre divinità. Poi l'amato compagno di Tiamat fu ucciso, e lei pretese vendetta: era risoluta, formidabile. Allestì un esercito di creature mitiche e partì alla carica contro le forze di Marduk, il suo arcinemico. La guerra durava da tempo, e a un certo punto Marduk architettò un piano. Chiese al vento di entrare dentro la bocca di Tiamat, che così divenne grande come il mondo, e allora lui la uccise senza difficoltà con una freccia. La terra ebbe origine dal suo corpo che si decomponeva, e dai suoi occhi piangenti scaturirono i due leggendari fiumi della Mesopotamia: il Tigri e l'Eufrate.»

«Tremendo» commenta Zaleekhah.

Nen prende un'arancia e inizia a sbucciarla. «In confronto al mito mesopotamico della creazione, la faccenda di Adamo, Eva e il frutto proibito è una passeggiata di salute.»

«Insomma, tutti e due i fiumi sono sgorgati dalle lacrime di una donna.» Zaleekhah tace per un istante, e poi si sente dire: «Sono stanchissima di essere sempre triste».

Se queste parole la sorprendono, Nen non lo dà a vedere. Si limita ad annuire, con un'aria comprensiva.

«Invidio i felici» continua Zaleekhah. «Non nel senso che sono gelosa... più che altro mi incuriosiscono. Vorrei studiarli, metterli sotto il microscopio come campioni da analizzare. Come cavolo fanno? Perché io invece sono sempre fuori fase.»

Nen le porge metà dell'arancia, e dice che quando guardiamo gli altri, in quel momento ne vediamo soltanto un'immagine parziale, e spesso inconsciamente distorta. Ci sembrano realizzati e soddisfatti, e allora traiamo la conclusione che ci sia qualcosa che non va in noi, dato che non riusciamo a essere più simili a loro. Ma quell'immagine non è la realtà piena, e nessuno di noi è tanto semplice e statico. «Siamo tutti come tavolette d'argilla, dai bordi sbeccati, pieni di crepe e segreti nascosti.»

«Non proprio tutti, dai.»

«Tutti, giuro. Esiste la felicità assoluta? Esiste il successo ininterrotto? Il matrimonio perfetto? Una cura rapida e definitiva per l'ansia? Vogliamo credere di sì, proprio come Gilgamesh voleva credere di poter vivere in eterno. Ma prima o poi veniamo sconfitti, ridimensionati, e impariamo ad accettare il fatto che ci sarà sempre qualcosa che non va, qualcosa di rotto, e questo senso di incompletezza non cambierà se non diventiamo più clementi con noi stessi.»

«Mi sa che hai ragione. Anche se non riesco a immaginare mio zio che si sente così, per dire. Ha patito stenti e privazioni, ma non se ne lascia mai influenzare.»

Nen cambia posizione. «Non ne sarei così certa» dice, con il tono di chi ha già riflettuto sulla cosa. «Di tutti i tuoi famigliari, anche se sembra il più realizzato, credo sia quello che ha subito più danni.»

Zaleekhah prende un bicchier d'acqua e va a sedersi accanto a Nen, spalla contro spalla. Beve un sorso. C'è un attimo di silenzio mentre le posa la mano sulla mano. Poi dice: «Mi piace parlare con te».

«Anche a me.» Nen si volta per guardarla negli occhi. Il suo viso è lì, a pochi centimetri di distanza.

Zaleekhah non aveva mai baciato una donna prima d'ora e, quando lo fa, Nen sa di arancia.

≈

Così vicino, il corpo di Nen sembra più grande di quanto Zaleekhah immaginasse, e il suo profumo le dà alla testa. Lo scollo è cosparso di efelidi, la peluria sulle braccia è di una sfumatura ramata, e l'orecchio sinistro è leggermente più lungo del destro, o forse è solo un inganno della luce che svanisce; e tutti questi particolari, per minuti che siano, la fanno sorridere. Percorre con un dito incerto la curva delle labbra di Nen, rosso intenso, con un'esitazione che rivela tutta la sua incredulità per quello che sta facendo. Come se le leggesse nel pensiero, se ne intuisse l'incertezza, Nen rimane immobile, ma le tiene gli occhi limpidissimi negli occhi.

«Sei bellissima» le dice.

«Ma no. Non sono mai stata bella.»

«Dici sul serio?»

Zaleekhah si stringe nelle spalle.

«Guardami» intima Nen.

«Ti sto guardando.»

«No, davvero, guardami negli occhi. Non ti ci vedi dentro?»

Zaleekhah scruta più da vicino. «Sì, qualcuno c'è.»

«Usa i miei occhi come uno specchio per ammirare la tua bellezza.»

«È il verso di una poesia?» Zaleekhah sorride. «L'hai scritta tu?»

«Magari. No, le leggo soltanto. Avidamente.»

Zaleekhah inclina appena il capo, torna con il pensiero ad altre conversazioni. «La dea dimenticata... dicevi che era la patrona di poeti e cantastorie. Mi racconti qualcosa di più?»

«Ah, potrei parlare di lei per ore... fermami quando parto per la tangente.»

«Mi piace quando parti per la tangente.»

«Va bene, allora» dice Nen alzandosi con un unico movimento sinuoso. «Prima però faccio il caffè.»

≈

Si chiamava Nisaba, ma a seconda del luogo e dell'epoca era nota anche con altri nomi: Nidaba, Naga, Se-Naga… La dea del grano e dei raccolti, colei che comanda alla pioggia e guida ogni goccia che cade dal cielo. È sempre raffigurata con una spiga di frumento in una mano, simbolo di vita, rinascita e rinnovamento, mentre con l'altra regge uno stilo d'oro e una tavoletta di lapislazzuli. Le radici dell'agricoltura e quelle della letteratura sono mescolate tra loro, ed è proprio Nisaba a intrecciarle come una ciocca dei suoi capelli.

Nisaba nasce dall'unione fra il cielo e la terra, regni apparentemente così diversi e distanti che sembra impossibile capire che cosa abbiano in comune, e dunque il dono della dea – l'arte della scrittura – rappresenterà sempre il desiderio di cancellare i dualismi, annullare le gerarchie e trascendere i confini.

Con il fiorire delle città e il prosperare di commerci, in Mesopotamia cresce l'esigenza di registrarne i dati. Ogni transazione dev'essere annotata in maniera precisa: merci, prezzi, debiti… Però la memoria umana è fallace, e i promemoria mnemonici – le incisioni sulla corteccia degli alberi, i graffi a carboncino sui sassi, le strisce dipinte sulle ossa degli ovini – non bastano più. Serve un metodo nuovo, versatile al punto da poter collegare numeri e suoni non solo agli oggetti inanimati ma anche alle idee astratte e alle emozioni immateriali. È obbligatorio trovare un sistema di caratteri più avanzato, scrivere per ricordare. Ma come?

I fiumi aiutano, come sempre. Il Tigri e l'Eufrate portano con sé enormi quantità di limo. Questo sedimento a granelli finissimi, rigido e appiccicoso, da bagnato si rivela ideale per plasmare tavolette, e lasciato asciugare al sole o cotto diventa molto resistente. Su queste lastre compatte gli antichi mesopotamici incidono le loro minuzie quotidiane: il peso di un sacco d'orzo, il prezzo della birra, il numero di operai su un cantiere edile… Man mano che la scrittura cuneiforme, inventata dai sumeri, viene ereditata da babilonesi e assiri, gli scribi in tutta la regione si rendono conto che le parole, una volta impresse sulla pietra, vivono più a lungo di coloro che le hanno concepite. Le storie si avventurano oltre le mura delle città, attraversano deserti, scavalcano crepacci. Scrivere significa liberarsi dai vincoli di spazio e di tempo. Se la lingua parlata è un trucco degli dèi, la parola scritta è un trionfo degli uomini.

Così cresce la fama di Nisaba. Nei sigilli cilindrici appare con i lunghi e folti capelli ordinatamente raccolti in trecce, a manifestare una fecondità sorvegliata e coltivata, e ha gli occhi scuri come le penne degli storni. Indossa una veste a balze, e il diadema ingemmato che ha in testa risplende come acqua illuminata dalla luna. Dalle orecchie le pendono spighe di grano o grappoli di datteri, che tintinnano a ogni suo passo. I fedeli incidono il suo simbolo sui monumenti e appendono la sua effigie sulla soglia di casa. Il suo nome viene scolpito sulle mura dei templi e iscritto sugli amuleti. È la protettrice di archivisti e bibliotecari, colei che sussurra all'orecchio di bardi e cantastorie. A lei si rivolgono se sono a corto d'ispirazione, e lei gli viene in soccorso nei momenti di confusione. È la cronista del tempo, la collezionista di storie, la custode dei ricordi.

La dea della scrittura documenta il bene e il male: festeggiamenti e lamentazioni, vittorie e sconfitte, bellezze e atrocità, tutto ciò che rende uomini e donne ugualmente vulnerabili e resilienti. In alcune parti della Mesopotamia è venerata al punto che non solo le si affida il compito di tramandare racconti e leggende, ma anche di comporre dispute e riparare ai torti. Anche la giustizia, se si vuole che abbia un qualche significato, va registrata.

Quando i bardi di Mesopotamia declamano ballate di eroismo e mal d'amore, è Nisaba a baciarli sulle labbra. Quando gli scolari si svegliano alla prima luce per esercitarsi nelle lettere, è Nisaba a guidarne le dita vacillanti. La scrittura dei segni a forma di cuneo avanza di città in città e con il passare degli anni si fa più elaborata, proprio come la dea stessa. A lei non fanno riferimento, nei loro scritti, solo quanti hanno il compito di catalogare merci e registrare transazioni, bensì anche studiosi, sacerdoti, matematici e astronomi. Il tempio di Eresh, dedicato a Nisaba, è noto come E-Zagin, «la casa del lapislazzuli», perché questa è la sua pietra e questo il suo colore: si immagina la dea della conoscenza e della narrazione nella più profonda sfumatura di azzurro.

Trascorrono secoli; il tempo lascia le proprie tracce come la patina brunita sulla superficie di uno specchio. Il sole descrive innumerevoli archi d'oro nei cieli di Mesopotamia, e Nisaba si evolve fino a diventare la dea dell'istruzione, della letteratura e delle biblioteche. Le pareti delle scuole per scribi recano la scritta «Sia gloria alla mia signora». Ogni tavoletta d'argilla termina con le stesse quattro parole:

Sia lode a Nisaba.

Scrivere è un'arte come qualunque altra. Va imparata dai maestri, perseguita con dedizione e praticata ogni giorno, finché ti vengono le vesciche alle dita, ti si ingobbisce la schiena, ti cala la vista. Le scuole sorgono ovunque. Le regole sono severe, gli errori non sono tollerati. In queste case delle tavolette studiano da scribi sia uomini che donne, anche se il numero di queste ultime va riducendosi rapidamente. Le poche rimaste si ritirano perlopiù in clausura a

Sippar, dove sono libere di lavorare, a prezzo di isolarsi dal resto della società. Enheduanna, somma sacerdotessa di Ur, poetessa che soffia la vita dentro le parole ed è devota a Nisaba, intuisce che la situazione si sta deteriorando. Ormai conta nemici ovunque: in molti sostengono che alle donne andrebbe vietato governare, consigliare capi e sovrani, e anche scrivere.

E così inizia il lento declino della dea della scrittura. Ci sono ancora santuari a lei dedicati, e alcuni continuano a ricordarla e venerarla, ma tengono queste opinioni per sé. Nisaba è un nome da pronunciare con cautela.

All'epoca di Hammurabi di Babilonia nei cuori si insinua una paura nuova. I castighi peggiori diventano legge, il terrore viene scolpito sulla pietra. Il codice favorisce la forza, il codice favorisce i maschi… e dunque le donne, i bambini, gli schiavi, gli estranei e anche i maschi privi di poteri e ricchezze sono tutti considerati inferiori. Hammurabi riserva la sua ira, in particolare, a quanti trasgrediscono: una moglie che ferisca accidentalmente i testicoli del marito va punita più severamente di un ladro recidivo e anche di un assassino a sangue freddo. Le donne accusate di trascurare la casa vengono gettate nel fiume. Il Tigri, sempre paziente con le cose degli uomini, ne accoglie i corpi.

In quest'ordine costituito, la dea della scrittura viene privata di ogni prerogativa, che adesso viene assegnata a un dio maschio: Nabu. D'ora in poi sarà lui il patrono dell'istruzione e del racconto. Nabu incarnerà la conoscenza, la memoria e la saggezza. E in centinaia di scuole, ai giovani scribi viene imposto di terminare ogni compito con queste quattro parole:

Sia lode a Nabu.

Quanto a Nisaba, viene tramutata nella «devota moglie di Nabu»: fedele, altruista e coscienziosa. Poi diventa la sua diligente segretaria, servizievolmente sullo sfondo. Il solo vestigio del suo glorioso passato è il ciondolo di lapislazzuli a forma di stilo che le pende dal collo. Così espunta, non tutto d'un colpo ma per gradi, Nisaba arretra nell'ombra, da dove osserva Nabu incassare onori e lusinghe. Che ascesa rapidissima! Quando Marduk viene incoronato re degli dèi, Nabu viene dichiarato figlio del re degli dèi. Si erge fiero accanto al trono paterno, portando tra le mani la tavoletta azzurra che un tempo apparteneva a Nisaba. Giunti all'epoca del sesto sovrano della prima dinastia babilonese, la scrittura non è più ritenuta un'attività adatta alle donne.

La fama di Nabu seguiterà a crescere e si espanderà dalla Mesopotamia in tutto il bacino del Mediterraneo, dove il dio sarà abbracciato da molteplici civiltà: greci, romani e cristiani. La tradizione di Nisaba resterà invece radicata nel luogo dov'era nata, e laggiù perirà anche: le sue tavolette distrutte, il suo stilo seppellito sulle rive del Tigri. Completata la transizione, la dea della scrittura verrà cancellata, la signora della memoria dimenticata per l'eternità.

≈

Quando Nen termina di raccontare la sua storia la luce dentro la casa galleggiante si è smorzata e i pochi oggetti all'interno sono diventati l'ombra di se stessi. Zaleekhah non ha bevuto nulla di più forte del caffè di Nen, ma la testa le gira comunque.

«Si sta facendo tardi» dice Nen alzandosi in piedi. «Sarà il caso che vada.»

«Aspetta.» Zaleekhah non sa bene che cosa vuole dire, e anche fare, ma le sembra importante che Nen sia lì quando lo capirà. «Ti andrebbe di fermarti qui stanotte? Ho un pigiama in più da prestarti… se ti va.»

Nen torna a sedersi e tossicchia.

«Che c'è?»

«Niente, è che di solito dormo nuda, ma il tuo pigiama lo metto volentieri.»

Zaleekhah avvampa... meno male che è buio e Nen non se n'è accorta. O forse sì, perché ora le dice: «Possiamo addormentarci mano nella mano e nient'altro, come le lontre».

«Simpatiche, le lontre» dice Zaleekhah. «Si danno la zampa per non perdersi in acqua. È così che sopravvivono.»

La stessa cosa fanno loro quella sera. Si sdraiano sul letto singolo, con le dita intrecciate, ad ascoltare lo sciabordio dell'acqua contro la chiglia.

«Sento i fiumi perduti» dice Zaleekhah.

«Sento il tuo cuore» dice Nen.

Zaleekhah non si aspetta di addormentarsi facilmente, e invece sì, con un sorprendente senso di tranquillità, quasi di pace.

≈

Alle 3:34 di notte Zaleekhah si sveglia di soprassalto e si puntella su un gomito, con il petto oppresso. Rimane muta ad ascoltare il delicato respiro ritmico al suo fianco e inizia ad allontanarsi piano, prendendosi il tempo necessario a lasciare la mano di Nen; nella griglia di luna che passa dalle persiane il suo corpo è un morbido profilo ondeggiante. Zaleekhah scende dal letto più silenziosamente che può e imbocca la scaletta.

Di sopra si lascia cadere sulla poltrona e chiude gli occhi. Il tempo si ferma.

«Zaleekhah...?»

È Nen, con la testa scarmigliata e i piedi nudi.

«Va tutto bene? Perché sei seduta qui al buio?»

«Non è proprio buio.» Zaleekhah indica la luna.

«Quanto tempo è che stai qui da sola?» Nen si avvicina. «Hai pianto?»

Zaleekhah si asciuga gli occhi con il dorso della mano. «È tutto a posto. Non riuscivo a dormire e non volevo disturbarti.»

Nen avvicina lo sgabello e le si siede accanto. Poi dice, teneramente: «Quand'è che me lo racconti?».

«Che cosa?»

«Tu c'eri… credo.» Nen fa un bel respiro, lo butta fuori. «Eri con i tuoi, la sera che sono morti. Ci pensavo… *ti* pensavo. La tua reazione all'acqua, così viscerale, e la tua tristezza così visibile, a pelo d'acqua. Secondo me è andata così. A un certo punto i tuoi sono partiti per il Medio Oriente; ma non ti hanno lasciata a Londra: era una vacanza di famiglia. Tu avevi sette anni. Nel corso di quel viaggio è successo qualcosa di tremendo. Tu ti sei salvata, loro no.»

Dalle labbra di Zaleekhah esce un suono strano. Come un grido, ma così fioco che si sente appena.

«Mio padre adorava stare all'aria aperta.» Zaleekhah scuote il capo. «Non faceva che programmare gite, escursioni: il vallo di Adriano, l'isola di Skye, il Lake District, il parco di Yosemite… Ma mia madre voleva a tutti i costi che vedesse il Tigri. Era il suo sogno, mostrargli le terre da cui proveniva. Avevano risparmiato e saltato le vacanze estive per potersi prendere le ferie in autunno. L'idea era di spostarsi da Antalya ad Antiochia e di lì raggiungere Mosul. Mio padre era un uomo prudente, non avrebbe mai consentito che pernottassimo in un luogo pericoloso, e il campeggio che aveva scelto era sicuro. C'erano dei bungalow. Infatti lui voleva prenderne uno, sono stata io a insistere per dormire in tenda. Sarebbe stata una bella avventura. Perciò ci siamo accampati vicino a un torrente. Troppo vicino. Quella sera pioveva, anche se non molto. La piena è arrivata talmente in fretta…»

«Come hai fatto a scappare?»

Zaleekhah getta la testa all'indietro, il volto rigato di lacrime. «Mi sono svegliata a notte fonda perché dovevo andare in bagno. Ho chiamato la mamma, ma dormiva della grossa. Erano le 3:34. Non potevo proprio tenerla fino alla mattina ma avevo paura di andare ai bagni del campeggio; però potevo fare la pipì dietro i cespugli. Così sono uscita dalla tenda, e ci stavo tornando quando è arrivata la piena...»

Nen le prende la mano. «Mi dispiace tantissimo.»

«Ho visto il torrente portarsi via la tenda. Il corpo di mio padre è affiorato pochi chilometri a valle, ma mia madre l'hanno trovata solo il giorno dopo, intrappolata fra le canne.» Zaleekhah abbassa la testa. «È stata tutta colpa mia.»

«Ma no» mormora Nen. «Dimmi, se non sono arrivati soccorsi fino alla mattina... tu hai passato la notte là da sola?»

Zaleekhah non risponde. Nen non insiste. Rimangono là in silenzio per un po', ad assorbire il peso di quel che non è stato detto. Fuori dalla finestra, le correnti argentee del Tamigi fanno il loro corso.

≈

Della notte al campeggio in Turchia, Zaleekhah ricorda appena dei frammenti. La sua memoria ha abilmente cancellato il resto, lasciando solo qualche alone qua e là. Per contrasto, ricorda il giorno successivo nei minimi particolari: la colonna di auto della polizia, un grasso e rubicondo agente che fumava senza interruzione, la pila di mozziconi nel portacenere, la bandiera turca appesa sopra l'ingresso e la radio che riecheggiava metallica da un qualche punto dell'edificio, in una lingua che non era la sua.

Ma quel che ricorda con la massima vividezza è lo zio Malek: il modo in cui entrò nella stazione di polizia, alto e premuroso, appena arrivato in volo da Londra, una valigia in una mano e un regalo preso in aeroporto nell'altra, un bello scialle dagli orli ricamati. Non le fece nessuna domanda. Non insistette per farsi raccontare cos'era successo. Le drappeggiò la stoffa morbida intorno alle spalle, anche se la giornata era calda, e le disse che sarebbe sopravvissuta al dolore e sarebbe cresciuta e diventata una donna felice e di grande successo. E nonostante il tono assertivo, e la sconcertante enfasi riguardo al successo, lo scialle un po' l'aveva consolata; era una cosa sotto cui sparire, e lei non se l'era tolto di dosso finché non erano tornati in Inghilterra.

Dopo quel momento, per un bel pezzo Zaleekhah non aveva parlato. Quando voleva farsi capire gesticolava oppure scarabocchiava su un pezzo di carta. I Malek non l'avevano mai forzata, e giravano intorno al suo silenzio in punta di piedi come fosse un bebè addormentato, da non disturbare. Un anno dopo, una mattina a colazione, guardando Helen che faticava per aprire un vasetto di marmellata di fragole, Zaleekhah si era sporta in avanti e le aveva detto: «Fammi provare». Al sentire quella prima frase così banale, dopo tanto tempo, Helen era rimasta a bocca aperta, ma lo zio Malek aveva fatto finta di niente e le aveva passato il vasetto. Zaleekhah non ricorda se era riuscita a svitare il tappo, ma da quel giorno aveva ripreso a comunicare come la maggior parte della gente, a parole.

Un paio di volte la zia aveva proposto di mandare la bambina da uno psicologo, ma lo zio era stato categorico: le serviva una famiglia stabile, e degli obiettivi sufficientemente ambiziosi da tenerle la mente occupata. Tutti si erano presi cura di lei in modo eccellente, e quando pensavano che non fosse a portata d'orecchio parlavano di lei a bisbigli. Ma lei qualche volta li sentiva.

—O—

ARTHUR

In riva al Tamigi e al Tigri, 1876

Il secondo viaggio verso Ninive è molto diverso dal primo. Questa volta Arthur non ha finanziatori privati, nessuna testata a sostenerlo. Lasciare a casa la famiglia è difficile, adesso che i gemelli sono abbastanza cresciuti da sentire la sua mancanza. Si piazzano davanti alla porta, i visetti corrucciati per l'apprensione. Lui prende in braccio il maschietto da una parte, la femminuccia dall'altra, e promette di tornare con dei regali.

Suo figlio ha fatto un disegno di lui con corona in testa e spada alla mano. «Vai in Memmopotagna, papà?»

«Sì, in Mesopotamia» rettifica Arthur, anche se in un angolo del cervello si domanda che cosa possa mai significare quel nome per un bambino che non ha mai lasciato il suo angolino di Londra. «A che mi serve la spada, giovanotto?»

«A uccidere i barbari» trilla il piccolo.

Arthur rimane turbato. «Non sono barbari. Sono persone come me e te. E nel loro Paese è iniziata la civiltà.»

Il bambino mette il broncio.

«Un giorno ti porterò con me, e lo vedrai con i tuoi occhi.»

Sul viso del piccolo fiorisce un sorriso sdentato.

«Questo lo terrò come un tesoro, sempre con me.» Si infila il disegno nella giacca. Poi guarda la moglie. Mabel però si tiene in disparte, dritta come un fuso. Per tutta la settimana è stata molto sulle sue; lui deve capire che non gli perdona la decisione di rimettersi in viaggio così presto, con i bambini ancora piccoli.

«Tornerò il prima possibile» dice Arthur.

«Che sarebbe a dire quando?» fa lei. «Potevi chiedere al museo di mandare qualcun altro.»

«Ma io conosco la regione e so leggere le tavolette. Sono il candidato più adatto, ho lavorato sul poema per tanto tempo.»

«Per troppo tempo! Per l'amor di Dio! Che razza di uomo è quello che trascura la famiglia per un *poema*?» Drizza il mento. «O forse mi stai ingannando. Hai un'amante orientale, ed è per questo che non vedi l'ora di tornare laggiù.»

Lui diventa rosso come un peperone.

«Con me, piccini! È tardi, ora di andare a letto!» gorgheggia la tata riportandoli dentro.

Marito e moglie rimangono sulla soglia, gli occhi fissi sulle rispettive scarpe come se cercassero dei graffi.

«Mi dispiace scombussolarti» dice Arthur. «Non ho amanti, né laggiù né altrove. È mio dovere andare, ma c'è anche dell'altro… quando leggo le tavolette, pur sconnesse come sono, sono in pace con me stesso.»

Mabel scuote la testa.

«Da quando ho visto le sculture alate, da ragazzino, ho sentito che il mio destino era andare a Ninive. Ci sono uomini versati nella politica, negli affari, nella guerra… Mio padre era bravo con le mani, intagliava il legno magnificamente. Io non possiedo nessuno di questi talenti, ma quando sono solo con le tavolette antiche, ho la sensazione che siano state scritte per me. So che sembra assurdo, però è così.»

«Ti prego, basta. Ti stai rendendo ridicolo» dice Mabel, inespressiva. «Quanti sentimentalismi. Un vero signore non si esprimerebbe mai così, è fuori luogo… non c'è da meravigliarsi che ti giudichino effeminato, e sono certa che tu lo sappia, con i tuoi completi da damerino e le tue poesiole sdolcinate. Non m'interessa se hai un'amante. Forse una volta me ne sarebbe potuto importare qualcosa, ma adesso la cosa mi è del tutto indifferente. La semplice verità è che tu ami il tuo lavoro più di quanto tieni a noi.»

«Ma tu sapevi quanto contava per me il mio lavoro, quando mi hai sposato. E a quei tempi lo guardavi affettuosamente.»

«Sì, è vero.» Lei alza la voce. «Ero persino disposta a interessarmi dei tuoi pezzetti d'argilla. Tu sembravi diverso dagli altri giovanotti che conoscevo, la tua eccentricità mi faceva tenerezza. Ora però mi ha stufata. Di certo non mi aspettavo di dover trascorrere mesi da sola, a preoccuparmi costantemente per i soldi. Pensavo che le responsabilità di marito e padre avrebbero fatto di te un uomo.»

«Capisco» replica Arthur, dopodiché non c'è più nulla da dire.

≈

Arthur Smyth arriva a Costantinopoli all'inizio dell'estate del 1876. La città brulica di persone e cose, ricoperta di viola acceso, perché siamo nella stagione in cui gli alberi di Giuda sono ancora in fiore; stagliati contro l'azzurro del Bosforo, i rami sono un'esplosione di boccioli eterei. Tuttavia i colori, pur sublimi, non possono mascherare la tensione che percorre l'aria. Ci sono state rivolte nei Balcani, e il malcontento si diffonde rapidamente in tutto l'impero ottomano.

Mentre Arthur sbarca, giunge la notizia che il sultano è stato trovato morto in una pozza di sangue: si è tagliato le vene. Ma gira voce che Abdulaziz possa essere stato assassinato, e poi la morte fatta passare per un suicidio. La città ribolle di ipotesi complottistiche.

«Lietissimo di rivedervi» dice l'ambasciatore. «Ho ragione di credere che questa volta il vostro *firman* verrà emesso più rapidamente, ma se fossi in voi me la prenderei con comodo.»

«Me lo avete già detto, signore: "Come si suol dire in questa parte del mondo, se si corre troppo si rischia di non vedere il luogo sicuro dove ci si sarebbe potuti nascondere".»

L'altro rimane sbalordito. «Che memoria eccezionale. Ma quel che intendevo è che potreste incontrare degli ostacoli.»

«In che senso, signore?»

«La peste, tanto per cominciare... Secondo le ultime notizie, infuria nella zona a sud del Tigri. C'è anche il colera, e a nord diverse tribù sono sul piede di guerra. Sarà un viaggio pericoloso.»

«Io devo tornare a Ninive, signore.»

Non appena ricevuto il *firman*, Arthur riparte da Costantinopoli. A ogni tappa non manca di scrivere a casa; descrive le persone che ha incontrato, i cibi che ha assaggiato. Aggiunge dei disegni, sapendo quanto faranno contenti i bambini. Raffigura il paesaggio nei dettagli: pascoli verdi e campi di erba medica, pendii infiocchettati da boschetti di querce e betulle, cascatelle nascoste che colgono il viaggiatore di sorpresa, corsi d'acqua talmente fresca che non si vorrebbe mai smettere di berla. Termina sempre dicendo che gli mancano tantissimo, e manda baci ai suoi «due cherubini». In ogni occasione prega Mabel di scrivergli a sua volta, le indica i nomi delle cittadine da cui passerà in modo che lei sappia dove indirizzargli le lettere. La moglie però non gli risponde.

Le sue parole gli riecheggiano nelle orecchie: «Hai un'amante orientale...».

≈

Nell'avvicinarsi al villaggio yazida, il cuore inizia a battergli talmente forte da fargli temere che i compagni di viaggio riescano a sentirlo. Scruta le casette con il tetto piatto, le tombe coniche, gli alberi da frutta... è ancora tutto lì, proprio come lo ricorda. Rivedrà la *faqra*, la sentirà cantare. Imparerà altre parole curde dai bambini, e stavolta è deciso a insegnare loro un po' d'inglese. Sono passati quattro anni, due mesi e sedici giorni dall'ultima volta che ha parlato con Leila, e si domanda se sarà cambiata. A questo punto si sarà sposata. Non può trattenere una fitta di gelosia, pur sapendo benissimo che non si addice a un padre di famiglia.

La sua guida, un brav'uomo di nome Mahmoud, molto diverso dal precedente, procede a cavallo davanti a lui, e lo sbircia di continuo con la coda dell'occhio. Per quest'ultimo tratto di viaggio è rimasto in silenzio, e il suo nervosismo si fa più evidente man mano che si avvicinano al villaggio yazida.

«C'è qualcosa che non va?» chiede Arthur rallentando e poi fermandosi.

Anche Mahmoud tira le redini. «Non sapevo come dirvelo, ma questo posto non è più quello di una volta.»

«Che cosa intendi?»

«Sono successe delle cose, mentre eravate via. Mi dispiace.» Dall'espressione terribilmente afflitta del giovane arabo, Arthur capisce che non gli tirerà fuori una parola di più.

Scende da cavallo. Zêrav appare tra ondate di calore che salgono dalla terra riarsa. C'è un gruppo di uomini che fumano in un angolo, una donna che passa frettolosa con una giara d'acqua. Un sacco di gente in giro, e neppure una faccia conosciuta. Per un attimo gli viene il sospetto di trovarsi nel posto sbagliato, in un altro villaggio misteriosamente simile; solo quando vede il melograno con il segno dell'acqua intagliato nella corteccia smette di dubitare.

Diversi paesani gli vengono incontro. Quello al centro, a giudicare dagli abiti, sembra il capo.

«Abbiamo sentito che sareste arrivato» dice, poi aspetta che le sue parole vengano tradotte. «Abbiamo sentito che siete una persona istruita. Benvenuto.»

Incapace di rispondere con l'opportuna cortesia, Arthur ribatte: «Dov'è la gente che abitava qui?».

«Gli adoratori del diavolo? Se ne sono andati, ed era ora.»

Tremando, Arthur gira sui tacchi e si rivolge a Mahmoud. «Dove sono i miei amici? Dimmelo!»

Mahmoud abbassa gli occhi. «Il pascià di Mosul e il cadì... hanno messo insieme un esercito e li hanno attaccati. Sono sopravvissuti in pochi. Mi dispiace moltissimo.»

Con un boato nelle orecchie, un rumore sordo come di tamburi, Arthur barcolla via in silenzio, a passo incerto. Nessuno lo ferma. Nessuno gli grida di tornare indietro.

Ciò che accadde a Zêrav, il villaggio delle acque d'oro, non entrerà mai nei libri di storia. Solo i nipoti dei superstiti ricorderanno. Rimarrà inespresso nelle frasi che non completano, nei silenzi imbarazzati, negli incubi che riaffiorano. Il ricordo della strage verrà tramandato con cura da una generazione all'altra, come quando si passa a qualcuno un fiammifero acceso proteggendolo dal vento nel riparo della mano.

Un giorno i narratori girovaghi canteranno del *firman*. Snidando i fantasmi dai loro luoghi di sepoltura, le ballate racconteranno di come il pascià e il cadì, unite le forze con il *beg* di Rawanduz – noto come Mirê Kor, «il principe cieco» – passarono centinaia di yazidi a fil di spada nel giro di poche ore. Insieme raccolsero un esercito e ordinarono ai soldati di uccidere tutti gli uomini e i ragazzi, e di prendersi le donne e le ragazze come bottino di guerra.

Nei canti si narrerà che, meno numerosi e male armati com'erano, i paesani – uomini, donne e bambini – tentarono di sfuggire al proprio destino. Alcuni scapparono verso il monte Judi e l'area del Tûr Abdin, altri verso il Sinjar, ma un gruppo più nutrito si diresse al Tigri, dalle acque alte e ruglianti di disgelo, solo per scoprire con sgomento che il ponte di fortuna era scomparso. Allora si misero in cerca di barche, zattere, qualunque cosa potesse consentirgli la traversata, ma senza trovarne nel raggio di chilometri; era stato il cadì, a loro insaputa, a far distruggere il ponte e sparire i natanti. E così la gente di Zêrav si ritrovò in trappola, con il fiume che gli correva forte davanti agli occhi. Quelli che tentarono di attraversare a nuoto finirono annegati. In preda al terrore, i superstiti tornarono di corsa sul tumulo di Ninive, e al tramonto vennero circondati. Non si salvò nessuno.

È successo qui, in queste terre commoventi in cui migliaia di anni fa i sovrani assiri costruirono palazzi, canali, giardini e un'immensa biblioteca con spiriti protettori a ciascun ingresso, cosicché mai nulla di male potesse accadere a un tale paradiso. È successo qui, su questo sito archeologico dove adesso Arthur ha il permesso di scavare in cerca dei versi ancora mancanti dell'epopea di Gilgamesh.

Il tumulo si chiama Kouyunjik, «pecorella», e un giorno i bardi canteranno degli esseri umani che qui furono massacrati come agnelli sacrificali.

≈

Ogni giorno Arthur siede presso il tumulo, gli occhi cisposi e arrossati per la mancanza di sonno. Come una grotta che trattenga nei propri recessi gli ultimi vestigi del vento, non ancora pronta a staccarsi dall'incontro che la scavò, lui serba il ricordo degli amici e li piange: il decano, i bambini, Dishan, la *faqra*... Leila una volta gli ha raccontato che discendeva dal fiume ed era lì che sarebbe voluta tornare un giorno; gli aveva detto che sarebbe diventata una goccia di pioggia o un fiocco di neve, un vaporoso nulla nell'etere prima di posarsi nuovamente sulla terra. Adesso Arthur si guarda intorno e spera di cogliere una traccia, un segno qualsiasi della sua presenza, uno spirito acqueo trasportato dalle correnti.

Sotto un cielo tanto vasto da sembrare infinito, Arthur osserva il Tigri che corre tonante, senza posa, lasciandosi alle spalle storie come sedimenti gessosi, ignaro della sofferenza umana, e dentro gli sale un'ondata di rabbia. È stato il fiume a provocare la morte di tanti innocenti, formando una barriera invalicabile che ne ha impedito la fuga. Ma soprattutto è arrabbiato con se stesso. Se si fosse fermato al villaggio più a lungo, o fosse tornato prima, avrebbe potuto fare qualcosa per evitare il disastro? Nell'intimo sa che questi pensieri sono tanto insulsi quanto arroganti, giacché è pura vanità credere che la nostra mera presenza possa alterare il corso degli eventi. Il posto degli eroi è nei miti, dove il tempo si dipana trasognato e i mortali si mescolano con gli dèi. E lui eroe non è, dentro nessun racconto.

Il sole gli incide imperfezioni sulla pelle mentre rimugina sulla vita che lo ha deluso e sulle delusioni che lui ha dato agli altri. A lasciarlo perplesso è soprattutto il fatto che non ha sentito una parola sulla carneficina quando si trovava in Inghilterra. Si considera un lettore accanito, tutti dicono che è un uomo di cultura, uno studioso, un pensatore, un ricercatore. Un intellettuale. Eppure non ha trovato una sola riga, sui giornali o altrove, sulla strage degli yazidi proprio nel luogo in cui archeologi inglesi, francesi, tedeschi e finlandesi scavano da tempo i resti dell'antica Ninive. Fare l'archeologo, per lui, ha sempre significato dissotterrare manufatti del passato e riportare alla luce versi di un'epica. Ogni volta che si è imbattuto in resti umani li ha valutati spassionatamente, dando per scontato che fossero antichi. Adesso però deve affrontare l'idea che sta esumando frammenti non di persone morte tantissimo tempo prima, ma di gente che ha conosciuto e amato.

I giorni passano. Il senso del dovere non lo incalza più così tanto. È come se sul Tigri fosse calata una nebbia – densa e accecante come quelle che vedeva a Londra da ragazzo – che ha ricoperto tutto con il proprio alito. Fino a oggi ha percepito il mondo in termini di contrasti ben delineati: Occidente contro Oriente, nuovo contro vecchio, scienza contro superstizione, civilizzati contro oscurantisti... e per qualche verso, senza neanche dirselo, aveva anche contrapposto il Tamigi al Tigri; queste polarità gli hanno sempre fornito le certezze che gli servivano per andare avanti. Ma tutte le sue convinzioni di prima sono andate in frantumi, e adesso si ritrova solo con schegge di dubbio. Nelle sue fantasie il Tigri si getta nel Tamigi e il Tamigi fa l'amore con il Tigri, i confini si sfocano continuamente uno nell'altro. Per la prima volta nella vita Arthur non riesce ad applicarsi e trascura il lavoro; è a Ninive ormai da settimane e non ha ancora smosso una palata di terra, e neppure è riuscito a leggere una sola tavoletta nuova. È sommerso dalla tristezza, come una candela che annega nella sua stessa cera.

Teme di star perdendo il senno, perché intuisce una presenza al proprio fianco, la *faqra* che lo sorveglia. Gli parla in quell'arcana lingua che usava durante la divinazione e lui ascolta rapito, come se presto le parole dovessero svelare un significato. Se suo padre lo vedesse ora, riderebbe di lui; quindi è questo che è diventato all'età di trentasei anni: uno che parla con i fantasmi. È veramente il figlio di sua madre.

Fa un effetto curioso, perdere la fiducia in convinzioni che un tempo si nutrivano fermamente. Che strano, esserserle portate dietro come un mazzo di chiavi, solo per rendersi conto che non apriranno alcuna porta. Arthur non sa più che cosa pensa del dissotterrare antichità e farle spedire in Inghilterra. È incapace di rievocare il brivido della scoperta che un tempo lo motivava. Come potrà continuare a frugare alla ricerca di cimeli sepolti quando lotta per dissotterrare il proprio senso di sé? L'ardore con cui si è gettato nella scoperta della biblioteca di Assurbanipal gli ha forse impedito di dedicare ai vivi lo stesso rispetto e la stessa attenzione che riservava ai morti? Questo senso di inquietudine soffonde ogni suo istante.

Il caldo è insopportabile. Se non si sbrigano a preparare il terreno, con il procedere dell'estate scavare sarà impossibile, e lui è già in ritardo rispetto al programma. Ogni giorno Mahmoud gli chiede se possono cominciare ad assumere operai, e ogni giorno Arthur risponde scuotendo il capo. Si sente svuotato, identico fuori ma cavo dentro come un albero appassito, con gli strati che si spellano via via fino al durame secco.

Gli arriva una lettera dalla moglie. La missiva è breve e distaccata, ma i toni sono più concilianti, come se lei intuisse che qualcosa non va. Gli dice che i bambini sentono la sua mancanza. Gli dice che vorrebbero tanto prendere una coppia di canarini e gli chiede di suggerire dei nomi. A lui vengono subito in mente Lapis e Lazuli, ma non riesce a trovare la forza di prendere carta e penna.

Mabel gli chiede degli scavi, vuol sapere quando tornerà «carico di tesori». Arthur vorrebbe tanto rispondere alla stessa maniera disinvolta, ma le dita che stringono la penna sono rigide. Non ce la fa a riordinare i pensieri, e le sue frasi, quando finalmente riesce a scrivere, penzolano goffe, come ossa rotte in attesa di essere aggiustate.

H—

NARIN

In riva al Tigri, 2014

Sbattuta nel cassone di un camion con decine di altre donne e bambini, Narin viene trasportata in un convoglio a Mosul. È paralizzata, in preda all'angoscia, i lineamenti irrigiditi dalla paura. Non si è mai sentita così indifesa, la solitudine è una lama che le taglia il costato; il vento le tira i capelli e le punge la faccia. In lontananza sente il profumo delle erbe selvatiche. La nonna le ha insegnato a distinguerle con l'olfatto: ortica, tarassaco, artemisia… Varietà familiari, da cui capisce che non sono lontani dalle sponde del Tigri.

Narin sa che in ciascun essere umano scorrono due flussi potenti: il bene e il male. Il corso che scegliamo di seguire – con il cuore, lo spirito e la mente – alla fine determina chi siamo. Alcuni faranno tutto il possibile per non danneggiare gli altri, anche nelle situazioni più disperate, mentre altri possono infliggere sofferenze con la facilità con cui si scaccia una mosca.

Nelle storie che le raccontava la nonna c'erano personaggi assai riprovevoli: sovrani crudeli che sposano ogni sera una vergine per poi mandarla a morte il mattino dopo, avidi visir che saccheggiano i forzieri imperiali, predoni che assaltano i viandanti nel buio… ma anche i peggiori tra loro sanno, nell'intimo, che le loro azioni sono sbagliate, e non fingono altrimenti. Possono tentare di giustificarle, e addirittura assumere le sembianze della virtù per indurre subdolamente il prossimo a prenderli per buoni, ma neanche per un istante si credono virtuosi. Per contro, i fanatici che massacrano innocenti e indifesi, ne razziano i villaggi, ne riducono in schiavitù le donne e i bambini, si credono dei santi. Con ogni pena e patimento che scaricano addosso ad altri esseri umani, sono convinti di guadagnarsi il favore di Dio, di avvicinarsi a completare il ponte tra questo mondo e il loro esclusivo paradiso. Come si può pensare di compiacere il Creatore ferendo la sua Creazione? Nelle storie della nonna non c'era nessuno, da nessuna parte, per quanto depravato, che si ingannasse fino a questo punto.

Le parole dell'anziana donna galleggiano nell'aria, come le penne caudali di un ricordo che prende il volo: «Nel cielo più buio c'è sempre una stella che balugina alta, nella notte più nera una candela accesa. Non disperare mai, cerca sempre la fonte di vita più vicina». Narin alza la testa, con le guance rigate di lacrime. Dove può sperare di trovare la luce, quando è rinchiusa nelle tenebre?

Passano ore, e alla fine il convoglio si ferma davanti a un imponente edificio storico di Mosul dove fino a poco tempo prima si tenevano matrimoni e altre cerimonie. Narin scoprirà solo molto più avanti che è qui che suo padre avrebbe dovuto suonare di lì a una settimana.

Arrivano altri camion e pullman. Donne e bambini portati via a forza da insediamenti yazidi un po' dappertutto: Kocho, Tal Banat, Qiniyeh, Tal Qasab… Solo a quel punto diventa chiaro che qui non si tratta di azioni violente perpetrate a casaccio, bensì di una precisa campagna d'odio senza remissione, dello sterminio di una cultura. Nel giro di poche ore si sono annientate comunità, decimate popolazioni, e costrette alla fuga oltre cinquecentomila persone. La distruzione imperversa in tutto l'Iraq, persino negli ospedali, dove alcuni medici accompagnano l'Isis nei reparti che ospitano pazienti yazidi. I miliziani vengono da tutto il mondo, e alcuni non parlano nemmeno l'arabo, ma molti sono vecchi vicini di casa che ora collaborano con gli assassini.

≈

Dentro il fabbricato, Narin finisce buttata in una grande sala illuminata al neon. È già piena da scoppiare, ma a intervalli di pochi minuti le porte si riaprono e i miliziani rientrano, tronfi, o per portare altri prigionieri o per trascinare via una donna. Quelle che tentano di resistere vengono picchiate. Il panico si diffonde in ogni angolo. Una giovane madre con un neonato chiede pietà e loro la prendono a calci finché non sviene. Le urla di quelle che vengono portate via trapassano i muri, tormentando quelle che restano in attesa. Una ragazzina vomita in un angolo, a conati asciutti, e sputa bile. L'aria è pervasa da un fetore acre e nauseabondo.

Narin sta rannicchiata con la schiena al muro, un gomitolo di terrore. Stringe i pugni così forte che le unghie le si conficcano nei palmi e le lasciano dei segni come le impronte delle pernici sulle sponde del Tigri.

«Parlate tutte arabo?» chiede un miliziano, mani ai fianchi e gambe divaricate.

Le ragazze non si muovono, ma qualcuna accenna leggermente di sì. Lui afferra la più vicina. È stata scelta per tradurre.

«Lo sapete perché siete qui? Perché i vostri padri sono miscredenti» dice l'uomo. «E le vostre madri sono *kafir*. Tutti i vostri antenati sono peccatori e infedeli. Voi siete tutti adoratori del diavolo!»

Narin trasalisce. Le torna in mente la faccia del tipo sulla ruspa che ha interrotto il suo battesimo, l'inserviente all'ospedale... Tutti quelli che hanno ripetuto in mille occasioni le stesse brutte parole. Quante volte ha già sentito questa calunnia, alla sua tenera età, eppure le fa sempre male.

«Ma noi siamo misericordiosi» continua il miliziano. «Vi daremo una possibilità di pentirvi. Se vi convertite ora, potrete diventare legittime mogli dei nostri nobili combattenti, accompagnare un esercito glorioso alla guerra santa. Ve lo chiedo una volta sola: rinunciate ai vostri modi empi?»

Nessuna risponde.

«O venite con noi e vi guadagnate un posto in paradiso, o rimanete delle infedeli e vi meritate ogni sofferenza che vi capita. Avete sessanta secondi per decidere, e cominciano adesso.»

Il silenzio che piomba sulla sala è così denso che non si sente un fiato; il neonato che frigna in braccio alla madre, la ragazzina che singhiozza dentro un fazzoletto, persino i cardini cigolanti delle porte... per un istante, ogni suono è sospeso.

«Il tempo stringe» grida l'uomo, ebbro dell'autorità di cui si è trovato investito. «Vi restano ventidue secondi... qualcuna si converte? È la vostra ultima possibilità.»

Tutto d'un tratto Narin balza in piedi e urla a pieni polmoni, squarciando l'aria.

«Dov'è la nonna? Cosa le avete fatto?»

La domanda della bambina, così inattesa, sconcerta l'uomo, che – visibilmente confuso – smette di contare.

«Mia nonna si chiama Besma» continua a urlare Narin con una voce che non sembra più la sua. «Quegli uomini tremendi l'hanno portata via. Qualcuno ha visto mia nonna?»

«'Sta cretina, fatela tacere!» dice l'uomo che prima dava gli ordini. «Ma cos'è, ritardata?»

La prendono per i capelli e la trascinano sul pavimento come un sacco vuoto. Il dolore che si spande per tutto il cranio è così intenso che lei sviene. Il frastuono del mondo scompare.

Quando torna in sé la sala è più tranquilla. Le donne e i bambini sono stati portati via quasi tutti.

«La deficiente si è svegliata» dice un miliziano. La tasta con la punta dell'anfibio. «Alzati! Parla, come ti chiami?»

«Guarda che non capisce l'arabo» dice un camerata. «Solo il turco e il curdo.»

«Ho sentito la nonna che la chiamava Narin» dice un altro ancora.

«Narin» ripete il primo, e segna il nome su un elenco. «E quanti anni hai?»

Mentre chiedono a qualcuno di tradurre la domanda in kurmanji, il curdo settentrionale, Narin sente solo il cuore che le martella in petto. Non sa se dire la sua età vera, o fingersi più piccola, o più grande, e quale risposta, se esiste, può darle una chance di sopravvivenza. Sempre ammesso che una ci sia.

Alla fine dice semplicemente la verità. «Nove.»

«Vergine» dice il primo miliziano. «Sarebbe un bel regalo per il comandante. Lui parla turco, saprà come addomesticarla.»

«Sicuro?» chiede il compagno. «Mi pare un'attaccabrighe.»

«Mettila insieme alle altre» taglia corto il primo, indicando le tre ragazze che piangono in un angolino.

«Come ti pare» concede il secondo. «Tre belle *sabaya* per il comandante, e ci aggiungiamo anche questo piccolo omaggio.»

≈

Una casa di Mosul, una costruzione di cemento a due piani con una parabola satellitare sul tetto, un giardino malconcio sul retro, piante di pomodoro in latte d'olio d'oliva sistemate sui davanzali, l'odore del caldo che cuoce la terra. È qui che le tengono prigioniere: la casa qualunque di una famiglia qualunque, con bambini che corrono qua e là e galline che ruspano in giardino.

Un bambinetto guarda dal corridoio le schiave che vengono portate dentro, gli occhi scuri pieni di evidente curiosità. Ha un cerotto sulla fronte, in cima a un sopracciglio, segno di un piccolo infortunio recente. Narin lo guarda e si chiede se abbia una qualche idea di quel che accade sotto questo tetto.

«Muoviti» dice un miliziano, sospingendola con il calcio del fucile.

Le portano in una stanza al primo piano, con le sbarre alla finestra e il chiavistello alla porta.

≈

Passa un'ora, o forse di più; nessuno è in grado di misurare il tempo. Nell'angolo c'è un secchio, per quando devono fare i bisogni. Una vergogna costante, che non hanno fatto nulla per meritarsi, le segue ovunque vadano. Appena fuori la luce è di un ocra tenero, anche se più in là il cielo si va oscurando. Sentono la gente per strada che bada alle proprie faccende. Da qualche parte, nei pressi, il clangore di una pentola su un fornello segnala che qualcuno sta cucinando. Sotto la loro finestra passa una macchina con la radio a tutto volume. I suoni familiari della vita di città, solitamente così monotoni, non fanno che intensificare la loro sensazione di abbandono.

A un certo punto entra una donna alta, senza degnarle di uno sguardo. Posa a terra un vassoio: pane piatto con una scodella di yogurt e una brocca d'acqua. Niente cucchiai né bicchieri. Pur digiune dalla mattina, nessuna tocca il cibo. Ma l'acqua non si può rifiutare. Per quanto cerchino di bere a piccoli sorsi, la sete prende il sopravvento man mano che si passano la brocca senza dire una parola.

Poco tempo dopo arriva il bambino con il cerotto a portare via il vassoio. Porta con sé anche un fascio di indumenti dai colori sgargianti: capi intimi succinti, di pizzo. In tono inespressivo riferisce che suo padre vuole che se li mettano.

Mentre lo dice lo sguardo gli cade su un reggiseno a fiorellini, e dalla faccia si vede che non capisce né che cosa sia, né che cosa implichi la richiesta paterna.

Nessuna accetta di indossare la lingerie. Tutte vengono picchiate per aver disobbedito.

Quella sera si rannicchiano su un unico materasso. Di dormire non se ne parla. È difficile credere che solo pochi giorni prima si svegliavano accanto ai loro cari. Com'è possibile che vite coltivate con tanta cura e tenerezza, anno dopo anno, si possano fare a pezzi nel giro di ore?

≈

Il mattino dopo i miliziani portano un'altra prigioniera; una donna dagli occhi neri, grandi e bellissimi su una faccia candida, ovale. I lineamenti sono segnati dalla pena.

«Ma tu sei la nipote di Besma?» dice appena vede Narin.

Le si avvicina, con delicatezza, e le si siede accanto. «Io mi chiamo Salma, tesoro. Sono di Kocho. Ti ho sentita quando urlavi a quello schifoso. L'ho conosciuta, tua nonna.»

«Davvero?»

«Anni fa, quando ero incinta del mio primo figlio, eravamo andati a trovare dei parenti a Hasankeyf e io ho quasi perso il bambino… tua nonna mi ha salvato la vita.»

Al vedere l'espressione di Narin, la donna si interrompe.

«L'hanno portata via» dice Narin. «Non so che cosa le hanno fatto. Penso che l'abbiano uccisa.»

Salma si appoggia alla parete e cerca di calmare il respiro. Non dirà a Narin che cosa fa l'Isis alle donne yazide che ritiene troppo vecchie per fare da schiave sessuali. Per non sprecare pallottole, le seppelliscono vive.

«Mi dispiace tanto, piccina. Pregherò per lei. Non dimenticherò mai quello che ha fatto per me» dice Salma. «Ma tu come mai ti trovi qui? Pensavo che la tua famiglia fosse in Turchia.»

«La nonna voleva farmi vedere il villaggio dov'era nata la mia trisnonna Leila… E poi dovevano battezzarmi nella santa valle di Laliş. Siamo venuti con mio padre…» Parlando dei suoi cari, Narin si sente chiudere lo stomaco. Le lacrime che cercava di trattenere scendono a rivoli.

«Ma povero tesoro, lasciati abbracciare» dice Salma. «Posso?»

Narin si asciuga gli occhi con il dorso della mano, poi annuisce adagio.

Salma non le fa altre domande, ma la tiene stretta finché la piccola non si addormenta. Le sta vicino in ogni momento. È buona, protettiva e amorevole.

È lei che il comandante si fa mandare in camera per prima, la sera successiva.

≈

Al pianterreno ci sono tre camere e una cucina dove vivono il comandante e la sua famiglia. L'uomo è sposato, con due figli piccoli e un terzo ancora nella culla. Ogni giorno va e viene un flusso continuo di miliziani che prendono e riferiscono ordini. Al primo piano, accanto a dove vengono tenute le prigioniere, c'è un'ampia stanza con un balcone che dà su una strada trafficata, ed è qui che si tengono le riunioni.

Né i figli del comandante né le prigioniere sono ammesse in questa parte della casa; eccezion fatta per Narin, a cui ogni tanto chiedono di portare il tè e da mangiare.

Si scopre che la donna alta con gli occhi azzurri dalle palpebre pesanti è la moglie del comandante. Parla arabo con accento americano, senza quasi alzare gli occhi le rare volte che lo fa, e con un filo di voce, come se la usasse troppo poco… tranne quando urla, cosa che invece fa spesso, per ordinare alle prigioniere di cucinare, fare il bucato e pulire dove i bambini hanno sporcato. Più sodo lavorano, più sembra irritarsi; lo stufato è sciapo, il riso è bruciato, i panni appena lavati hanno ancora qualche macchia. Le accusa di rubare le provviste e mette il lucchetto al frigorifero… e poi, qualche giorno dopo, anche alla dispensa del pane, benché di certo gli abbia sentito l'odore della fame nell'alito.

Tutte le sere il comandante sceglie una *sabaya* e la obbliga a truccarsi e indossare certi capi intimi. Il mattino dopo quella stessa donna torna spezzata, con i lividi e senza una parola sulle labbra.

Il decimo giorno manda a chiamare Narin.

«È una bambina» dice Salma al miliziano che ha portato il messaggio.

«A me sembra grande abbastanza» fa quello, scrutando lentamente Narin.

«È una bambina santa. Digli di lasciarla in pace.»

«Non c'è niente di santo nei miscredenti» ribatte lui.

Ma Salma non cede. «Di' al tuo capo che viene da una lunga dinastia di guaritrici. Sua nonna aveva il dono, e anche la sua trisnonna, e chiunque tocca la discendente di una *faqra* sarà maledetto.»

«Cretinate» dice l'uomo. «Non farmi perdere tempo con le tue balle.»

«Tu non capisci» insiste Salma senza perdere un colpo. «Alla nonna di questa bambina bastava un'occhiata per capire la malattia di una persona. Trovava l'acqua nel suolo arido. È una famiglia di veggenti.»

Lui ride, però se ne va senza prendere Narin e per quel giorno non torna a cercarla.

«Vorrei che ci fosse toccata la stessa sorte di quelli di Halabja» dice Salma. «Il maledetto Saddam ha ucciso tanti innocenti, gli ha fatto respirare il veleno, povere anime. Una morte orribile, ma almeno non hanno perso la dignità. Se solo ci avessero gasato a Halabja, sarebbe stato meno doloroso.»

—O—

ARTHUR

In riva al Tigri, 1876

Dato che non è più in grado di lavorare, Re Artù di Cloache e Catapecchie invia un telegramma ai membri del consiglio di amministrazione del British Museum per informarli che vorrebbe interrompere la spedizione e tornare a Londra. Come motivi per la propria decisione adduce la peste e il colera che infuriano nell'area. La risposta è concisa.

Caro Smyth,

desolati di apprendere dalla vostra ultima missiva che peste e colera dilaghino a tal punto. Non v'è dubbio che le circostanze richiedano da parte vostra la massima cautela nel procedere con l'importante missione di cui siete incaricato.

Con distinti saluti,

S. McAllister Jones
segreteria del British Museum

Arthur, tremando, appallottola la lettera. È in una posizione difficilissima; nello stato d'animo in cui si trova non può svolgere il suo lavoro, ma i suoi superiori non gli consentiranno di lasciare Ninive se non farà una scoperta di un certo peso. Mentre si lambicca il cervello per trovare una soluzione, gli cade l'occhio sulle macerie lasciate dalla squadra di archeologi che l'ha preceduto. Ne hanno fatto un gran mucchio: mattonelle scheggiate, mattoni a pezzi e frammenti di vasi scartati senza esaminarli come si deve. Con pazienza inizia a setacciare il guazzabuglio di detriti, un compito che gli si addice; è abituato a trovare un valore in cose che gli altri hanno rapidamente messo da parte.

Ed è così che un pomeriggio, con il sudore che gli cola a rivoli lungo la schiena, si imbatte in qualcosa di inaspettato. All'inizio è il colore ad attrarre la sua attenzione: un lampo di cobalto, una smaltatura così intensa che deve chiudere e riaprire gli occhi per essere sicuro che non si tratti di un'allucinazione. Con cautela, estrae l'oggetto dal cumulo di frantumi: sotto la polvere e il terriccio c'è una tavoletta di un azzurro profondo, sconfinato. Nel corso degli anni Arthur ha esaminato migliaia di manufatti mesopotamici, dai piccoli sigilli cilindrici ai grandi bassorilievi, ma non ha mai visto una cosa del genere prima d'ora.

Quella sera, sotto la tenda, siede vicino alla lucerna a olio con una coperta sulle spalle e il vento che gli disegna simboli sulla nuca, chino sulla tavoletta azzurra. È una sezione dell'epopea di Gilgamesh, a lui sin qui ignota. L'eroe che ha perduto tutto – il suo amico-amante, la gioventù, la tracotanza – sta tornando a casa, da uomo spezzato. Ma non è solo il protagonista sconfitto a cogliere Arthur di sorpresa: in fondo alla tavoletta c'è un appunto leggibile solo in parte.

Questa è … apprendista scriba,
uno tra i molti … cantastorie …
… tessiamo poemi … racconti …
ricordate …

Arthur si sorprende anche nel vedere che la tavoletta è dedicata non a Nabu, come di norma, bensì a una dea sconosciuta di nome Nisaba.

≈

Alla morte di re Gilgamesh, il suo corpo sarà seppellito sotto il fiume. Non dentro, proprio sotto. Per far questo sarà necessario deviare il corso dell'Eufrate, costringerlo a fluire in una direzione innaturale; una volta terminate le esequie, il fiume sarà riportato nel suo letto originario. Dopo, gli operai che hanno scavato la tomba dell'eroe verranno tutti uccisi, in modo che non rimangano testimoni in grado di rivelare il luogo della sepoltura.

La Mesopotamia è fatta di storie d'acqua. In tutte le sue pianure alluvionali, i racconti più antichi sono dedicati a corsi d'acqua, tempeste e inondazioni. La parola sumera che significa «acqua» – *a*, proprio come il curdo *aw* – vuole dire anche «concepimento», «seme» e «inizio».

I fiumi sono ponti fluidi, canali di comunicazione tra mondi diversi. Collegano una sponda a un'altra, il passato al futuro, la sorgente alla foce, i terrestri alle creature celesti, il visibile all'invisibile e, in definitiva, i vivi ai morti. Conducono gli spiriti dei trapassati all'altro mondo, e ogni tanto li riportano indietro. Le correnti impetuose e le pozze di marea custodiscono i segreti di epoche passate. Le increspature sulla superficie dell'acqua sono le cicatrici del fiume; ci sono ferite, nelle sue oscure profondità, che neppure il tempo può guarire.

I canti di questa terra, benché sembrino parlare d'amore e di crepacuore, in realtà parlano del luogo stesso, della bellezza e della tristezza che incarna. Celebriamo i popoli dell'antica Mesopotamia perché hanno inventato la scrittura, la matematica, l'astronomia, l'irrigazione e la ruota, ma la loro più importante scoperta è rimasta sconosciuta: sono stati i primi a patire il dolore di perdere la madrepatria.

Gli abitanti di questa regione hanno sempre saputo di dover contare sull'acqua per la loro sopravvivenza. Riconoscenti per ogni goccia d'acqua dolce che allietava i loro giorni, rendevano grazie ai fiumi... e li temevano. Quando rompono gli argini ed escono dalle sponde, seminano traumi, una storia che si tramanda di generazione in generazione. Il folclore mesopotamico sa che l'acqua è la forza che determina la vita: gli alberi sono «acqua con le radici», i torrenti sono «acqua che fluisce», gli uccelli sono «acqua che vola», le montagne sono «acqua che si erge» e, quanto agli uomini, essi sono e saranno per sempre «acqua in guerra», mai in pace.

L'acqua possiede una memoria.

I fiumi sono particolarmente bravi a ricordare.

≈

«Signor Arthur... chiedo scusa?»

Lui alza la testa. In queste ultime settimane è invecchiato prematuramente; il viso è pallido e stanco, appesantito dalla mancanza di sonno; gli si sono formate delle grinze agli angoli degli occhi, a forza di socchiuderli al sole, e ha nuove rughe anche sulla fronte.

«Devo dirvi una cosa» continua Mahmoud. «Stamattina ho incrociato un calderaio che va su e giù per il Tigri, a riparare pentole e padelle. Mi ha raccontato certe strane cose che ha visto venendo qui...»

Arthur lo ascolta con un orecchio solo, ma un secondo dopo Mahmoud cattura tutta la sua attenzione. «Un po' di tempo fa, dice, ha visto una giovane donna yazida che cavalcava sola. Si è preoccupato per lei e voleva capire perché con lei non ci fosse nessuno.»

«E la donna... gli ha detto come si chiamava?»

«No. Lui ha provato a chiedere, ma lei non voleva parlare con un estraneo.»

«Ti ha detto com'era?»

«Dice che si era coperta il viso, ma che dai vestiti si capiva che era yazida. E, stranamente, si portava dietro un *qanun*.»

Arthur si alza barcollando. «È lei! Per forza! È Leila!»

«Non voglio darvi false speranze, ma mi sembrava giusto riferirvelo.»

Con la mente che corre all'impazzata, Arthur si mette le mani nei capelli. «Come ho fatto a non pensarci prima? Lei aveva previsto il massacro anni fa, quella notte aveva avvisato tutti. "Il giorno che verranno a ucciderci, fuggite verso il monte. Non vicino all'acqua, né al fiume né alla fonte." Capisci, amico mio? Lei non è andata verso l'acqua. Certo che no! Non è scappata al fiume come gli altri... e così è sopravvissuta.»

Con una risata da pazzo, Arthur afferra la mano di Mahmoud e gliela stringe, pieno di gioia. «Pensa, solo stamattina la credevo morta, e ora vengo a sapere che potrebbe essere viva.»

«Non siamo sicuri che sia lei. Non voglio che restiate deluso.»

Arthur non sta ascoltando. «La vita è colma dell'inatteso, amico mio. Come se camminassimo in un fiume di fango, e osassimo ogni tanto ficcarci le mani in cerca di un bottone di speranza, una moneta d'amicizia, un anello d'amore. Siamo tutti ramazzini, tutti quanti.»

Mahmoud non ha idea di che cosa Arthur vada farneticando, ma è contento che abbia ripreso a sorridere... finché non lo vede precipitarsi a ficcare i propri effetti personali in una sacca di tela.

«Un momento! Dove volete andare?»

«A Kefa. È lì che abita la sua "sorella del prossimo mondo". I famigliari di Leila sono morti, quindi lei è andata sicuramente da sua sorella dell'*axiretê*. Devo trovarla.»

«Vi prego, calmatevi. Il percorso è pericoloso, di questi tempi. Il colera...» Mahmoud si interrompe, rendendosi conto che non riuscirà ad aprire una breccia nel muro della decisione di Arthur, qualunque cosa dica. «Allora vengo con voi.»

«Oh, no, non posso chiedertelo.»

«Devo accompagnarvi» insiste la guida. «Senza offesa, signore, credo che da solo non sopravvivereste neanche un giorno.»

Ed è così che, a metà agosto del 1876, Re Artù di Cloache e Catapecchie si mette in viaggio per il tratto superiore del fiume Tigri. Nella sacca ha una borraccia d'acqua, un involto di datteri, un diario rilegato in pelle e una tavoletta di lapislazzuli intitolata a una dea ignota. Dice addio, per la seconda e ultima volta, alla sua amata Ninive, abbandonando una parte di sé sul tumulo che nasconde manufatti del palazzo di re Assurbanipal e resti umani di un genocidio dimenticato.

—H

ZALEEKHAH

In riva al Tamigi, 2018

La mattina presto, con il sole ancora basso, lo zio Malek si presenta senza preavviso alla casa galleggiante. Arriva fin sul ponte e si ferma un momento a guardare il fiume, prima di suonare il campanello. Non ha mai fatto niente di simile in vita sua: andare a trovare qualcuno senza prima telefonare non è nel suo stile.

«Zio!»

«Ciao, tesoro. Ti prendo di sorpresa? Passavo con la macchina, e mi sono detto che dovevo venire a vedere questa tua abitazione acquatica. Meno male che mi ricordavo il nome della barca: trovarla non è stato difficile.»

Con l'espressione stravolta dal panico, Zaleekhah lancia un'occhiata sulla strada al di là dell'alzaia, dov'è parcheggiata la Bentley bordeaux dello zio, con l'autista che lo aspetta all'interno. Poi si volta a guardare lui, all'affannosa ricerca di una scusa per mandarlo via; ma qualcosa nel suo viso le dà da pensare. Ha gli occhi arrossati, come se non avesse dormito per niente, e un'ombra di barba grigia. E lei, da che lo conosce, non l'ha mai visto se non rasato alla perfezione.

«Zio… va tutto bene?»

Lui sembra sul punto di dire qualcosa, ma poi riesce a limitarsi a un gesto frivolo, uno sventolio con la mano. Sbirciando alle spalle di Zaleekhah, osserva la casa galleggiante.

«Quindi sarebbe questo il tuo rifugio? Non mi fai accomodare?»

E come niente fosse, Zaleekhah lo lascia passare.

«Interessante» fa lui appena dentro. «Pensavi di non comprare nessun mobile per la tua zattera, tesoro? Cos'è, un tendenza attuale… casa vuota, mente vuota, nirvana sul fiume, una roba così?»

«Alla fine qualcosa prenderò, non saprei. Sto cercando di vivere alla giornata.»

Lui la guarda perplesso.

«Dai, siediti.» Zaleekhah gli indica la poltrona e si sistema davanti a lui sullo sgabello.

«La vista è spettacolare, però, va detto.» Lo zio si guarda intorno, e la stanchezza nei suoi occhi è più profonda di quanto siano rapidi i suoi giudizi.

«Va tutto bene?» ripete lei. «Mi sembri un pochino…»

«Distrutto? Può darsi. Questi ultimi giorni, con Lily malata, sono stati un po' stressanti, come sai bene.» Sventola di nuovo la mano. «Ma non è per questo che sono qui. Sono venuto per parlare del pasticcio che hai combinato, e che spero di sbrogliare in modo che tu possa salvare il tuo matrimonio.»

«Non succederà. Brian ha chiesto il divorzio.»

«Davvero? Non importa, se ti impegni sono certo che troverete il modo di superare questo momento. Gli uomini sono creature deboli… deve sentirti dire che hai bisogno di lui. Senti, lo so che l'argomento non è piacevole. Facciamo così: probabilmente non hai neanche niente da mangiare, in quel cucinino monastico. Lasciamo perdere questo eremitaggio acquatico e andiamo a fare colazione in un bel posticino. Solo io e te, una chiacchierata e una mangiata… come ai vecchi tempi.»

«Mi piacerebbe moltissimo, ma…»

Lo spazio tra loro viene invaso dal suono dello sciacquone al piano di sotto.

Lo zio sgrana gli occhi. «Ah, avevi ospiti?»

Sembra una domanda ma non lo è, e Zaleekhah non cerca di rispondere. Fa un respiro profondo, con le guance in fiamme come un'adolescente beccata da un genitore a baciarsi con un ragazzo per strada. Prova a dire qualcosa di disinvolto, ma non ci riesce.

«Allora è meglio che vada, desolato di averti disturbata, tesoro.»

Mentre lui si rialza appoggiandosi al bastone, entrambi sussultano al sentire una voce allegra che proviene da sotto.

«Signor Malek, è lei?»

Un secondo dopo compare Nen, con addosso il pigiama di Zaleekhah. Ha i piedi nudi e i capelli umidi di doccia.

«Salve!» dice, con un gran sorriso.

In quell'istante sul viso dello zio Malek passa un turbine di emozioni: choc, poi irritazione, poi qualcosa di più simile alla rabbia e, alla fine, un'aria sconfitta. Si lascia cadere nuovamente sulla poltrona e borbotta, più a se stesso che ad altri: «Avrei dovuto saperlo che eri tu».

«Ho interrotto qualcosa?» Nen abbassa la voce. «È meglio se vado?»

«No, ti prego, resta» dice allora Zaleekhah.

Nen si siede per terra a gambe incrociate, con lo sguardo che guizza dall'uno all'altra.

Per un imbarazzantissimo secondo nessuno parla, e nella barca si sente solo lo sciabordio delle onde contro la chiglia.

«C'è del caffè ancora caldo» azzarda Zaleekhah. «Nen lo aveva appena fatto. Te ne va una tazza, zio?»

Lui annuisce, troppo fiacco per declinare. Ma mentre gli porge la tazza fumante le sale la manica.

«Quindi hai anche un tatuaggio, adesso? Dimmi che non è permanente, tesoro.»

«Invece sì» fa lei. «Ti piace? Significa "acqua" in antico sumerico.»

Un sospiro. Lo zio prende un sorso di caffè, sospira di nuovo. «Almeno il caffè è buono.»

«Fiori di lavanda essiccati» dice Zaleekhah, e non può fare a meno di sorridere a Nen. «Riequilibrano la caffeina e gli danno un profumo stupendo.»

Lo zio riacquista le proprie certezze e guarda in faccia Nen; l'espressione è ambigua ma le parole sono dirette. «Sei stata tu.»

«A fare cosa?» domanda lei, placida.

«A ingarbugliare le idee alla nostra Zaleekhah. Per tutta la vita è stata esemplare. Mai una volta mi ha scombussolato. Ma poi sei arrivata tu e l'hai mandata in confusione e l'hai trasformata in una specie di hippy tatuata che vive senza mobili. È una fase, lo capisco: una si ritrova nel bel mezzo di un divorzio, suo marito non la vuole più, lei non si sente amata e si aggrappa alla prima che passa.»

«Zio...» Zaleekhah attacca a voce bassa, ma convinta. «Sono stata io a invitare Nen. Le ho chiesto io di fermarsi a dormire. Perché dai per scontato che sia il contrario? È perché pensi che io faccia sempre il mio dovere, oppure perché sotto sotto dai per scontato che sia timida, sottomessa e incapace di fare alcunché di... *anticonvenzionale*?»

Nen si schiarisce la gola. «Io posso sempre andare, se voi due dovete...»

«No, resta» dice lo zio Malek. Poi si spinge gli occhiali in cima al naso e si rivolge a Zaleekhah. «È solo che non ti riconosco più. Dov'è la bambina che mi aspettava in una stazione di polizia turca? La bambina che ho avvolto in uno scialle e ho riportato in Inghilterra? La ragazza che era sempre la prima della classe e non mi ha mai dato il minimo problema? Al funerale dei tuoi genitori pioveva fortissimo, c'erano talmente tanti ombrelli che a starci sotto pareva che tutto il cielo fosse diventato nero, e forse mia sorella non avrebbe voluto essere sepolta nella fradicia Inghilterra, non ne avevamo mai parlato... Quel pomeriggio ti tenevo per mano, e avevi le scarpe sporche di fango, e mi sono accorto che erano scompagnate... com'era possibile che non lo avessimo notato prima di uscire di casa, né io né tua zia? Erano così tristi, quelle due scarpe spaiate, come se ti tirassero in due direzioni diverse, e io mi sono ripromesso che mi sarei preso cura di te per sempre.»

«E l'hai fatto. Te ne sono molto grata.»

«Non voglio che tu sia grata. Voglio che sia felice» ribatte lo zio. «Allora, c'è niente in questa tua cucina per correggere un po' il caffè? Una bottiglia di whisky, magari? Ho passato una nottataccia, e ora mi tocca pure questa.»

«Perché hai passato una nottataccia? È l'operazione di Lily che ti preoccupa? Guarda che a me puoi dirlo.»

«No, no, da quel lato è tutto a posto, Lily si rimetterà. Ci rimetteremo tutti.» Gli compare una ruga tra gli occhi. «Farei qualunque cosa per loro. E anche per te, tesoro. Qualunque cosa.»

Zaleekhah prova a ricacciare indietro il disagio che la assale.

«Forse mi troverai vecchio stampo, un dinosauro congelato nel tempo. Lord Brontosauro...» Lo zio si interrompe, incapace di chiudere la battuta. La mano che regge la tazza trema un pochino. «Voglio solo proteggere i miei cari. Per tutta la vita ho lottato per la mia famiglia... Non come mia madre. Io non abbandonerei mai nessuno. Mai.»

Zaleekhah lo guarda attonita, senza riuscire a credere che stia piangendo. Non lo ha mai visto tanto scosso prima d'ora, e le ci vuole qualche secondo per reagire. «Zio...»

Lui però è già in piedi, a testa alta.

«Non dovevo venire senza preavviso, mi scuso. Grazie per il caffè, comunque. Lavanda essiccata, chi l'avrebbe mai detto.»

«Zio, ti prego, non te ne andare così...»

«Ho da fare, tesoro. Giornata piena.» Si ferma ma non si gira, come rivolgendo la conclusione del discorso al Tamigi. «Vieni a cena. Porta la tua *amica* Nen. Continueremo la nostra discussione su Gilgamesh con qualche bicchiere di vino e acqua. E per finire, se non ti dispiace, preferirei non dire neanche una parola di tutta questa faccenda a tua zia. Tu sei convinta che sia di mente aperta e totalmente *laissez-faire*, mentre io sarei il vecchio barbogio tradizionalista, ma credimi, l'apparenza inganna.»

—O—

ARTHUR

In riva al Tigri, 1876

Agosto è il momento peggiore per andare da Ninive a Kefa. Più che un mese è un'elegia per le vibranti canzoni della primavera, un lamento funebre che si insinua tra gli steli riarsi e le fragili canne piegate dal vento. Arthur mangia poco, il sole cocente non giova all'appetito; la sua dieta consiste di datteri, pane piatto e latte di cammella. Di giorno dormono e procedono di notte. Nell'oscurità il paesaggio cambia, come trasfigurato da un provetto illusionista. Sotto una luna che sembra così vicina che alzandosi sulle punte dei piedi la si potrebbe sfiorare con le dita, il mondo si veste di un silenzio raro; le stelle baluginano come piccolissimi ciottoli traslucidi sul letto di un fiume, ciascuno con un segreto da custodire.

La sua guida lo ha avvisato che è pericoloso cavalcare dopo il tramonto, ma Arthur adora la serenità, la luce delle stelle, la quiete così profonda da fargli sentire la terra che respira, viva. Perciò vanno avanti, due viaggiatori notturni che ripercorrono antiche piste carovaniere, conoscenti per caso in un viaggio su cui non concordano ma che non possono abbandonare.

Arthur sa che il terreno che attraversano non è sempre stato un deserto. In profondità, sotto le dune di sabbia giacciono i resti di quelle che furono un tempo città avanzatissime: agiati, opulenti centri urbani che fiorivano sui delta fluviali. Il suolo ricco e il clima benevolo della regione avrebbero potuto sostentare senza difficoltà molte generazioni a venire. Ma l'abuso delle risorse naturali, la sete di potere e di dominio e le contese incessanti portarono al declino delle città, e poi vennero la carestia, le inondazioni e la siccità. I sovrani più avidi catturarono i fiumi e per l'acqua si combatterono le guerre più sanguinose.

Quando ha cominciato a studiare le tavolette, Arthur pensava alla civiltà come a una costruzione salda, elegantemente espressa in marmo, legno, vetro e metallo. Un'impresa di progettisti, architetti, ingegneri e costruttori; il trionfo del genere umano sulla natura. Ma adesso, in mezzo a questo panorama desolato, gli sembra che quanto definiamo civiltà sia, in effetti, una bufera in attesa di scoppiare. Potente, proteiforme e palesemente distruttiva, prima o poi uscirà dalle barriere che la contengono e sommergerà ogni cosa sul proprio insaziabile cammino.

≈

Nei villaggi che attraversano vedono i malati che giacciono fiacchi, con la pelle di un'allarmante sfumatura d'azzurro. Il lezzo che filtra da dietro le porte chiuse è insopportabile. Arthur riconosce i segni del colera, il flagello che affiorò dalle pianure del Gange e, trasportato dall'acqua, si è diffuso ovunque. Si rivede davanti il viso infantile del fratellino, la ferita di un lutto che non guarisce mai.

«Dobbiamo trovare un dottore per questa gente!»

Mahmoud scuote mestamente il capo. «Nessun dottore verrebbe mai qui.»

Arthur guarda la giovane guida levare i palmi al cielo e pregare per le anime dei morti e dei morenti. Parole arabe, sillabe arrotondate e inanellate insieme come i grani di un rosario. Lo conforta vedere qualcuno che supplica Dio per conto di tutti i bisognosi, senza badare alla razza o al credo, dato che in questa zona musulmani, cristiani, yazidi, ebrei e mandei convivono fianco a fianco da secoli. Se il colera non fa caso a queste distinzioni, pensa, neppure i vivi dovrebbero badarci. Eppure, quando prova a unirsi alla preghiera, non ci riesce. Ha visto troppo odio e spargimento di sangue in nome della religione. Qualcosa in lui crede ancora in un essere supremo, un Creatore dell'universo e fonte di autorità morale. Ma il resto di lui sa di essersi congedato da tempo da Dio.

La fede è un uccello, si dice, e non può stare rinchiuso, per dorata che ne sia la gabbia. Lascialo libero, mandalo lontano, e forse tornerà e forse no. Può darsi che la fede sia un uccello, ma ormai Arthur vede la sua come un corvo impagliato che lo fissa con occhi vitrei. Non riprenderà mai più il volo, ed è difficile credere che si sia mai librato in cielo.

Sta in sella al suo cavallo come un uomo posseduto, impaziente di raggiungere Kefa e rivedere ancora una volta Leila. Si sente in colpa perché impone anche alla giovane guida questa corsa a rompicollo, perciò gli dice: «Sarebbe meglio che tu tornassi al tuo villaggio, amico mio».

Mahmoud si acciglia. «Non mi volete più?»

«Non posso più pagarti. Ho finito i soldi. E poi è pericoloso, e tu dovresti stare con la tua famiglia.»

«Anche voi avete una famiglia.»

«Sì, e prenderò tutte le precauzioni per fare in modo di esservi riunito.»

Mahmoud sospira. «Non vorrei mancarvi di rispetto, ma perché darsi tanta pena per una donna che non sarà mai vostra?»

È una domanda a cui Arthur non riesce a rispondere subito. Inghiotte con dolore un po' di saliva, gli angoli della bocca screpolati e irritati dal caldo. «Voglio solo accertarmi che sia felice e al sicuro dov'è.»

«Sapete, vi state comportando proprio come Majnun.»

«E chi sarebbe?»

«Sta in una poesia famosa, *Leyla e Majnun*. Qays è innamorato di Leyla e anche lei lo ama, ma non possono stare insieme e lei viene data in sposa a un altro. Qays perde il senno e diventa Majnun, "il posseduto"; si trasforma in poeta e prende a vagare nel deserto, come un pazzo, consumato dal pensiero di Leyla, anche se lei resterà sempre fuori della sua portata… vedete la somiglianza?»

Arthur fa un sorriso triste. «Io però non sono un poeta, amico mio. Soltanto un avido lettore.»

≈

Dopo molte preghiere, Arthur riesce a convincere Mahmoud a tornare dai suoi e sotto una falce di luna avanza al galoppo, deciso a proseguire per conto suo. La traversata del deserto siriano conta quasi seicento chilometri a dorso di cavallo. Il giorno dopo, senza un riparo né una chiazza d'ombra, il sole è feroce e il vento non vuole calmarsi, anzi fischia bestemmie. Arthur ascolta, cercando di interpretare i segnali.

Gli antichi mesopotamici vedevano presagi ovunque: nel luccichio delle braci sul focolare, nei voli degli storni nel cielo, nelle volute di fumo che si alzano dagli incensieri, nella disposizione degli astragali gettati a terra, nella forma delle nubi… Traevano auspici dai visceri delle bestie sacrificali, dai contorni della farina sparsa, dalle macchie d'olio sull'acqua… Nessuno era indifferente agli indovini: re e servi, tutti bramavano uno scorcio d'invisibile. In parte perché capivano quanto è fragile la vita e quanto vicino l'alito della morte; e in parte perché conservavano l'ingenua speranza che, malgrado le disuguaglianze e le ingiustizie di questo mondo, qualcuno o qualcosa che apparteneva a un altro regno potesse consigliarli e assisterli nel momento del bisogno.

Un rumore di zoccoli al galoppo spezza il filo dei suoi pensieri. C'è qualcuno che lo insegue. Il cuore gli balza in gola, le dita stringono l'elsa del pugnale alla cintura, che comunque non saprebbe come usare. Lo sconosciuto si avvicina sempre più, spronando il cavallo a tutta velocità.

«Chi va là?» grida Arthur. «Ti avverto, sono armato!» È da matti strillare in inglese, ma non può fare diversamente.

Qualche secondo dopo, sente una voce familiare.

«Sono io! Mahmoud!»

Il giovane arabo non l'ha abbandonato.

Commosso da tanto altruismo, Arthur si morde l'interno della guancia e dice: «Ti avevo detto di tornare indietro, amico mio».

«E io vi avevo detto che non siete fatto per il deserto. Qualcuno deve pur badare a voi.»

≈

Il malessere lo accosta furtivo come un pidocchio succhiasangue, senza farsi notare se non quando il danno è compiuto. Finora Arthur è riuscito a evitare pericoli e malattie, ma a quanto pare la sua dose di fortuna è terminata. Si sente le membra pesanti, la bocca piena di sale; ha la nausea, i crampi all'addome, la febbre. La dissenteria non è letale, purché venga trattata con la massima rapidità, e il paziente stia a riposo e idratato; lui però ha perso molto tempo prezioso, e non ci sono dottori nel raggio di chilometri.

«Dovete fermarvi» dice Mahmoud. «Non potete andare avanti così.»

«Adesso no. Siamo vicinissimi.»

Il sole picchia. Arthur tiene le redini, un po' cosciente e un po' no.

La pista gli si allunga e gli si allarga intorno a cicli da capogiro. Mahmoud non smette di chiacchierare al suo fianco, come se le sue parole avessero delle proprietà curative e il silenzio costituisse un pericolo di vita. Quando finisce gli argomenti in inglese, torna all'arabo. Arthur ascolta la cadenza della sua voce, e trova un senso di pace in questa lingua che non capisce.

≈

«Kefa!» Mahmoud indica l'antica cittadina che è comparsa all'orizzonte, con i suoi dirupi calcarei e le migliaia di grotte. «Ci siamo quasi.»

Coperto di sudore e polvere, Arthur non si regge, sta accasciato in avanti sul collo del cavallo. Se non fosse per la guida che gli sta vicinissima, sarebbe già caduto.

L'unica abitazione in vista è la capanna di un pastore. Mahmoud lo porta dentro e lo adagia su un pagliericcio aiutato dal pastore. Arthur si mette a tremare anche se ha la pelle che scotta.

«Vado a cercare aiuto.» Mahmoud corre fuori dalla porta. «Torno appena posso.»

Per qualche tempo il pastore sorveglia l'ospite inatteso, ma deve badare al gregge, perciò a un certo punto se ne va anche lui.

Solo nella stanza, in preda al delirio, Arthur vede la madre, giovane e flessuosa anche quando è infagottata in un pesante pastrano lurido dalle tasche rigonfie, e con i piedi incrostati di fango e liquami del Tamigi. Nevica, il mondo è gelato, bellissimo e crudele. Tra i fiocchi vorticanti gli appaiono i suoi figli, giocano nei pressi di uno stagno, fanno galleggiare delle barchette di legno. Lui sorride e li saluta con la mano, ma a quanto pare loro non lo vedono. Mentre si china per sciacquarsi il viso, coglie il proprio riflesso sullo specchio d'acqua. Dietro di lui ci sono due figure, gomito a gomito: sua moglie in nere gramaglie vedovili, e la *faqra*, vestita invece di bianco.

Di lì a qualche secondo inizia a vomitare.

È allora che un'ombra si insinua nella stanza. Un ladro. Sguscia dentro senza emettere suono, come un roditore.

Getta a stento un'occhiata al malato che geme sul pagliericcio; poi gli volta le spalle, si mette a frugare nella giacca di Arthur e gli svuota la sacca. Un taccuino, un fazzoletto, un disegno infantile, un involto di datteri… Irritato da quel magro bottino, si lascia sfuggire un'imprecazione. Poi afferra gli stivali di cuoio gettati in un angolo, e proprio quando sta per andarsene gli cade l'occhio sulla tavoletta azzurra. Si rigira il manufatto tra le mani: non sembra un oggetto prezioso, però gli piace il colore. Forse può farlo a pezzi e usarli per farci degli anelli, o magari può venderlo per una manciata di monete. E così si prende anche la lastra di lapislazzuli che un apprendista scriba dedicò a una dea dimenticata, ancora tiepida del tocco di Arthur.

H—

NARIN

In riva al Tigri, 2014

In un'anonima casa di calcestruzzo con una parabola sul tetto Narin sta davanti al lavello, con l'unto che le arriva fino ai gomiti, a sfregare forte una padella. Tutto intorno regna un silenzio teso, punteggiato da scoppi di urla rabbiose. Tra i miliziani lo stato d'animo peggiora, via via che dai fronti di combattimento arrivano brutte notizie; stanno perdendo uomini e munizioni, hanno dovuto cedere conquiste territoriali.

Il comandante è di pessimo umore, nonostante si sia da poco assicurato due nuove *sabaya*, alle quali fa quel che ha fatto alle altre. La ragazza yazida più giovane piange sempre, perfino nel sonno, mentre la più grande, perlopiù silenziosa, una mattina viene scoperta con un cappio fatto con le lenzuola intorno al collo, ma ancora un filo di fiato. Il comandante la fa spogliare dalla vita in su e la frusta davanti a tutti gli occupanti della casa; viene punita sia per aver tentato il suicidio, sia per aver rovinato la biancheria da letto.

«Oh, ma sei sorda?»

Il ragazzino – il figlio del comandante – è entrato in cucina. «Mio padre ti sta chiamando. Vogliono il tè! Vai a servirli.»

Narin porta attentamente un vassoio carico di bicchieri nella stanza al primo piano. Dà un colpetto alla porta, attende. Pensando che le abbiano risposto, spinge la porta con la spalla, aprendola solo di uno spiraglio. Dentro c'è una ventina di miliziani. L'uomo seduto vicino all'ingresso le dà le spalle. Ha qualcosa in mano. Narin guarda meglio l'oggetto, e si sorprende al vedere che ha dei segni sulla superficie simili a quelli sulla tavoletta di argilla che la nonna teneva nel baule del corredo.

Distratta, fa un passo avanti, e i bicchieri tintinnano. I presenti si voltano tutti verso di lei e tacciono istantaneamente. Con la gola chiusa per il panico, la bambina avanza in un silenzio terrificante.

Fatica a contenere il tremito delle mani ma riesce a versare il tè per tutti. Proprio quando si volta per andarsene, un miliziano borbotta qualcosa tra sé, la afferra da dietro e comincia a farla girare per aria. Tra urla e calci Narin prova a divincolarsi, ma il suo aguzzino è molto più forte di lei.

«Piantala, Abu Muawaya!» È il comandante, in tono contrariato. «Quella è la mia *sabaya*.»

Irritato per essere stato ripreso davanti a tutti, l'uomo lascia andare Narin come fosse una bambola di stracci. Troppo atterrita per piangere, lei esce barcollando dalla stanza.

≈

Tre giorni dopo, scendendo per andare a cucinare, Salma sente per caso la moglie del comandante che chiacchiera con un'altra donna.

«Quella ragazzina è il maligno incarnato, te lo dico io. Ha gettato il malocchio su Abu Muawaya. Altrimenti perché sarebbe morto di colpo? Era sano come un pesce.»

«Vero. Non era malato né niente, è una cosa assurda.»

«È stata lei, è figlia del diavolo! Quanto vorrei levarmela di torno. Continuo a supplicare mio marito di venderla.»

«Infatti, dovrebbe.»

«La vestiamo e la nutriamo, e quella non mostra la minima riconoscenza. Non ce la voglio, sotto il mio tetto. Questa è una casa devota, siamo gente osservante; mentre quella è una serva di Shaytan e porta male, si vede da lontano. Se mio marito non se ne sbarazza, ci penso io.»

Dopo che Salma le riferisce la conversazione, Narin cerca di stare alla larga dalla moglie del comandante; ma è praticamente impossibile, intrappolate come sono nella stessa casa. Ogni volta che entra in cucina per lavare i piatti, o passa dal cortile per stendere il bucato, si sente addosso gli occhi della donna. Persino i bambini smettono di parlare quando Narin si avvicina.

≈

«Ho deciso di venderti» dice il comandante. «Mia moglie è convinta che porti male. Io non sono uno che crede alle superstizioni, ma mi stai antipatica e non ti voglio intorno.» La guarda per un istante, in attesa di una reazione che però non viene. Perciò aggiunge: «Il tuo nuovo padrone viene a prenderti tra una settimana circa. Abita ad Antep, quindi ti riporterà in Turchia per servirlo».

«Salma può venire con me?» chiede Narin, con una voce che è poco più di un sussurro.

«Salma non si muove da qui.» Rimane a guardare il panico che le invade il viso. Vuole spezzarla, troncare gli ultimi fuscelli di resistenza. «Al tuo nuovo padrone, dicono, piacciono i frutti acerbi. Ho sentito che le vuole giovani, le sue *sabaya*. Non più di dodici anni. E delle superstizioni se ne infischia, quindi i tuoi trucchetti non serviranno a niente con lui.»

Narin è talmente impietrita che non si accorge neanche che lui se n'è andato.

Sola nella stanza, la bambina rabbrividisce nonostante la giornata caldissima. È così che morirà, l'ha capito. Non si aspetta di sopravvivere alla prossima casa, al prossimo uomo. La sua unica speranza è scappare, ma se anche ce la facesse a uscire e a mettersi a bussare a porte sconosciute implorando aiuto, quanta strada potrebbe mai fare, e di chi potrebbe mai fidarsi, in una città dove molti consegnerebbero senza problemi una bambina yazida in cambio di una taglia? Lo sa cosa succede, a quelle che tentano di scappare e non ci riescono: picchiate, frustate e stuprate in gruppo mentre i loro padroni assistono alla scena.

Stravolta dalla paura, le ginocchia le cedono. Mentre barcolla per rialzarsi, le dita sfiorano il coperchio di un baule appoggiato a una parete. Non ricorda di averlo mai visto aperto prima, ma ora lo è. Con la mano che fruga in cerca di un appiglio, tasta qualcosa che sta dentro il baule. È la tavoletta d'argilla che aveva già visto, con la superficie solcata di incisioni fittissime... la stessa vecchia scrittura che studiava con la nonna.

Estrae attentamente l'antico oggetto e poi, seduta sul tappeto, ne traccia le linee con la punta del dito, riconoscendo qualche parola: «diluvio», «acqua», «arca»... E suo malgrado le labbra si incurvano in un sorriso, nel ricordare le storie della nonna. Le riaffiorano alla mente scorci della sua vita di prima, ricordi trasportati sulle correnti del Tigri come ciottoli scagliati che rimbalzano sulla superficie.

«Razza di troietta! Che ti credi di fare?»

Narin arretra con un grido, in preda al panico. Non aveva sentito il comandante rientrare.

L'uomo le strappa la tavoletta di mano. «Come ti permetti di frugare tra le mie cose?»

«Mi dispiace tanto, non volevo...»

Lui le dà un pugno in faccia. Lei cade di schiena, senza fiato. Un rivolo di sangue le cola da un angolo della bocca sul tappeto, e c'è un qualcosa di piccolo che le rotola sulla lingua, come un seme dentro una zucca vuota. È un dente... quello che la nonna aveva accolto con risate e affetto, in un tempo più felice. Tossisce sangue, e per un attimo confuso pensa che l'uomo abbia terminato di sfogare la rabbia… ma la tregua è solo momentanea. Lui sta riponendo la tavoletta, dopo averla avvolta in un pezzo di tela; la tenerezza del gesto contrasta acutamente con la mossa successiva; l'uomo le si slancia contro e le dà un calcio nelle costole.

Narin si raggomitola, in preda a un dolore lancinante. Le passa per la mente, rapido come un volo di rondini, il pensiero che se muore adesso rivedrà la nonna. Sotto di lei si apre una pozza calda, e lei scivola nella sua quiete liquida.

Quando riacquista conoscenza, ogni centimetro del suo corpo pulsa di dolore. Ha il naso intasato di sangue e le labbra gonfie.

«Si sta riprendendo» dice una voce.

C'è qualcun altro nella stanza: un medico. L'uomo le solleva la testa e le versa un fluido insapore in gola.

«Capisce che cosa sto dicendo?» chiede il comandante.

«Dovrebbe. Le ho dato uno stimolante.»

Il comandante si siede sul divano accanto a Narin. «Dimmi, stavi leggendo la tavoletta? Com'è possibile? Parla!»

«La nonna…» La voce è talmente bassa e roca che i due devono chinarsi su di lei per sentirla. «Mi ha… insegnato mia nonna.»

«Una paesana ignorante?»

Narin non risponde. Non gli dirà niente di Leila e di come giunse a Hasankeyf. Non gli dirà niente dell'inglese. La storia della sua famiglia è la sola cosa che possiede e che non possono portarle via.

Il comandante sospira. «Ovvio che non puoi capire. Stiamo costruendo un mondo nuovo, gettando le fondamenta, tagliando i rami secchi. Le generazioni future ci ringrazieranno… noi, i creatori del Califfato.»

Si interrompe, come se si aspettasse dei complimenti.

«Senti» prosegue quindi, in tono non più trasognato. «Abbiamo preso delle cose al museo di Mosul e in altri posti. Ci sono compratori internazionali pronti a sborsare grosse somme per questa roba. Però mi dicono che con queste tavolette si fanno molti più soldi se ci sono scritte delle poesie. Una che le sa leggere può aiutarci a capire quanto valgono.»

Ecco, pensa Narin, perché non l'ha ammazzata.

≈

Non si limitano a uccidere, rapire e stuprare. Sono attivi anche in un filone secondario: la razzia e lo smercio di antichità. È vero che circolano i filmati di miliziani che abbattono statue, vandalizzano biblioteche e bruciano libri, ma dietro le quinte di questo spettacolo di distruzione indiscriminata si traggono enormi profitti dal contrabbando di manufatti artistici. Il mondo è pieno di collezionisti talmente ansiosi di possedere pezzi mesopotamici da essere disposti a sorvolare senza batter ciglio sulla loro provenienza insanguinata. Alcuni oggetti vanno all'asta sotto gli occhi di tutti; altri vengono silenziosamente instradati verso acquirenti privati a New York, Parigi, Tokyo, Berlino e Londra.

Nulla di nuovo, è un ciclo che si ripete. Dieci anni fa, nel caos seguito all'invasione americana, tutti i musei iracheni si sono svuotati. Nel giro di pochi giorni sparirono migliaia di manufatti, compresi quelli custoditi nei caveau della Banca centrale. Alcuni curatori provarono a resistere, sbarrarono le porte, rischiarono la vita. Gli impiegati del Museo nazionale, in un ultimo, estremo tentativo di salvaguardare il patrimonio esposto, appesero uno striscione con l'avviso che l'edificio era sotto la protezione delle forze armate occidentali: una disperata bugia, dato che i militari americani non avevano alcun ordine di difendere né musei né biblioteche. Interrogato in seguito sulla questione, un portavoce delle forze armate statunitensi si limitò a dire: «Cose che capitano».

Oggi, come allora, le telecamere di videosorveglianza riprendono i saccheggiatori che sembrano sapere esattamente dove andare, cosa rubare. Aprono a forza le teche di vetro e se ne scappano con sigilli cilindrici, statuette, piccoli bronzi e tavolette. Staccano i metalli e le pietre preziose dalla più bella lira di Ur: l'oro, la corniola, la madreperla, il lapislazzuli. I suoi poveri resti saranno rinvenuti un giorno buttati in un parcheggio, fatti a pezzi. La statua del re assiro Sargon II passa da Londra e da New York, prima di essere infine restituita all'Iraq. Una statuetta di Entemena, il re sumero di Lagash, salta fuori in un magazzino del Queens. Certi manufatti mesopotamici attendono il prossimo acquirente in eleganti empori, negozi alla moda e rispettate case d'asta, mentre altri riaffiorano sulle bancarelle; diversi tesori di Ninive passano di mano a Portobello Road. Ma i bersagli più facili sono le tavolette, e quelle della biblioteca di Assurbanipal sono molto ricercate, specialmente se riguardano l'epopea di Gilgamesh; leggeri e portatili, i versi del poema vengono trafugati e spediti nei quattro angoli della terra. Certo, i loro ricchi compratori li mettono al sicuro, ma creano un circolo vizioso: la domanda fa crescere i furti, i furti fanno crescere la domanda. Quanto più forti le somme in gioco, tanto più insaziabile l'appetito dei predoni.

≈

«Ti ho portato una cosa» dice il comandante.

Apre una borsa e tira fuori una tavoletta. Anziché d'argilla come le altre, questa è del più acceso lapislazzuli.

«È vero che gli adoratori del diavolo sono fissati con questo colore?»

«Non indossiamo abiti azzurri» dice Narin. Senza aggiungere che quello è il colore di Melek Ta'us, una sfumatura troppo sacra per gli uomini.

«Stupide usanze da miscredenti.» L'uomo guarda in faccia la bambina: la radice del naso gonfia e livida, i tagli alle labbra ancora aperti. «Me la devi leggere. Ci farà fare un sacco di soldi!»

Narin abbassa gli occhi. «A una condizione.»

«Che cos'hai detto?»

La bambina inghiotte a vuoto, con un sapore che le brucia la lingua, ma non fa marcia indietro. «Non devi più chiamare Salma in camera tua. E neanche le altre.»

Per un istante lui la fissa. «Razza di cretina. Mettiti al lavoro. E non dirmi cosa devo fare.»

Quella stessa sera manda a prendere Salma. Il mattino dopo, quando torna, è piena di bruciature di sigaretta sul petto. Tutti sanno che l'Isis ha proibito il fumo; hanno fatto chiudere tutti i tabaccai, vietato la vendita e l'uso delle sigarette. Chi viene scoperto a violare la regola è punito con la sferza o con la rottura di un dito. Ciascuna ustione sul corpo di Salma è un messaggio del comandante per Narin: lui può fare e farà come gli pare.

È allora che la bambina perde ogni speranza. Smette di mangiare. Smette di parlare. Sa che prima o poi lui la venderà e che il prossimo uomo sarà peggio. Ma non riesce più a provare nulla: né paura, né tristezza, né dolore. Inebetita, aspetta solo di morire.

—O—

ARTHUR

In riva al Tigri, 1876

Mentre giace moribondo nella capanna del pastore, per un istante Arthur apre gli occhi. Poi li spalanca, cercando di capire dove si trova. Nella stanza regna un'atmosfera di estrema povertà. In un angolo c'è un mucchio di stracci vicino a un secchio di legno, e accanto a lui una tazza di tè che si è raffreddato. Allunga una mano da sotto la pelle di pecora e sfiora con le dita la costola del diario, sorpreso di vederlo a terra, aperto a caso. Con il fiato corto, fruga in cerca di un mozzicone di matita, poi si avvicina il taccuino e riesce a scarabocchiare queste righe:

Tutti al mondo possiedono un'abilità o un'inclinazione che, se incoraggiata da circostanze favorevoli, guiderà il resto della loro vita.

La sua vita è stata guidata dall'amore per la poesia e dalla ricerca delle parole. Ha trascorso la giovinezza a sistemarle e a stamparle sui libri, e poi a decifrarle, tradurle e studiarle sulle tavolette. Si è dedicato a un'antica epopea, traendo gioia dal ricomporla verso per verso.

Fin da quando era un ragazzo, la gente gli ha detto che aveva un talento straordinario. Sua madre ci credeva con tutta se stessa, suo padre solo quando gli faceva comodo. I suoi colleghi concordavano, sua moglie forse no. Però Arthur è convinto che tutti abbiano un dono; con uno spiraglio di possibilità e un minimo di sostegno, tutti possono aumentare le proprie capacità. Alla fine, a distinguere un individuo da un altro non è il talento ma la passione. E cos'è la passione se non un'inquietudine del cuore, un desiderio intenso di superare i propri limiti, come un fiume che esce dagli argini?

Gilgamesh, il sovrano crudele e arrogante si imbarcò per viaggi, patì lutti e sconfitte e imparò l'umiltà. Assurbanipal, il re spietato ed erudito, si faceva un vanto della sua magnifica capitale, del suo palazzo e della sua biblioteca, che alla fine vennero tutti rasi al suolo. E lui, Re Artù di Cloache e Catapecchie, così battezzato da una combriccola di ramazzini di buon cuore, migliaia di chilometri lontano da casa, ha perso la fiducia nelle sue certezze.

Gli vengono le lacrime agli occhi. Avrebbe voluto essere un padre migliore per i suoi figli, passare più tempo con loro, vederli crescere. Sua moglie meritava un marito migliore. Ha un'immensa solitudine in cuore, là dove ci sarebbe dovuta essere intimità. Porta con sé desideri repressi, segreti nascosti. L'amore è un rompicapo in cuneiforme che lui non è riuscito a risolvere; a dire il vero, non è mai stato così felice come quando lavorava su una tavoletta antica. Con una chiarezza che fa quasi male, si rende conto che solo studiando il passato si è sentito a casa, solo facendo cernite di frammenti spezzati si è sentito integro.

Il tempo è un fiume che serpeggia, che si dirama in emissari e rivoli, e intanto deposita storie come sedimenti lungo le proprie sponde nella speranza che un giorno chissà chi, chissà dove, chissà quando, le troverà. La tavoletta azzurra è eccezionale ma, nel rimuginarci sopra, Arthur viene colpito dalla propria stessa fallibilità. A chi appartiene quest'oggetto? Ai bardi girovaghi che recitavano il poema, passando di città in città; al re che ordinò che lo si mettesse per iscritto; allo scriba che faticò per adempiere al compito; al bibliotecario che lo ripose con scrupolo; all'archeologo che lo disseppellì secoli e secoli dopo; al museo che lo custodirà… oppure appartiene solo ai popoli di queste terre? E, in tal caso, le minoranze come gli yazidi saranno mai contate fra loro? Una delle tavolette che ha trovato l'ha regalata a Leila, ma non sarebbe stato più giusto dargliele tutte?

Arthur spera che l'epopea di Gilgamesh venga letta, apprezzata e studiata da appassionati in tutti i continenti. A prima vista potrebbero non avere molto in comune, salvo un'attrazione inspiegabile per un racconto frammentario in una lingua estinta. Con ogni probabilità gli entusiasti di questa storia saranno sempre un curioso manipolo, soggetti all'incantesimo di un poema lungo tremila versi e con più di tremila anni. Incompleta e piena di crepe, con il suo fallace protagonista, le sue connaturate incertezze, i suoi sbalzi d'umore e il suo rifiuto di trasmettere un facile ottimismo, è una narrazione che rispecchia un mondo imperfetto.

Trasformiamo i nostri sogni in oggetti, piccoli o grandi. Le emozioni che proviamo, ma a cui non teniamo fede, cerchiamo di esprimerle attraverso le cose che creiamo, confidando che ci sopravvivano quando non ci saremo più, confidando che portino con sé qualcosa di noi attraverso gli strati del tempo, come acqua che filtra tra le rocce. È il nostro modo di dire alle prossime generazioni, quelle che non conosceremo: «Ricordatevi di noi». È il nostro modo di ammettere che eravamo deboli e difettosi, e che abbiamo fatto degli errori, alcuni inevitabili, altri stupidi, ma che nell'intimo anche noi apprezzavamo la poesia e la bellezza. Ciascun manufatto storico, dunque, è una preghiera silenziosa dagli antenati ai discendenti: «Non ci giudicate con troppa severità». Produciamo arte per lasciare un segno nel futuro, un gomito leggero nel fiume delle storie, che scorre troppo rapido e impetuoso perché noi possiamo capirlo.

Chiude gli occhi, scivolando nuovamente nel torpore. Al contrario di Gilgamesh, Arthur è in pace con la sua mortalità. La *faqra* gli ha insegnato che la morte non è una fine ma un nuovo inizio, un varco verso l'ignoto, e lui, pur timido e ritroso com'è stato per tutta la vita, non ha paura.

Ed è così che in questo giorno dell'agosto 1876, Re Artù di Cloache e Catapecchie – il ragazzo nato sulle sponde del Tamigi tra stenti e privazioni, cresciuto nei casamenti poveri di Chelsea, alunno di una scuola cenciosa, apprendista presso un eminente tipografo ed editore, decifratore di tavolette cuneiformi al British Museum, riluttante celebrità gettata al centro di un dibattito feroce su religione contro scienza, creazione contro evoluzione, studioso, esploratore, archeologo e sapiente; padre e marito e uomo con un amore segreto sepolto nel cuore – trae l'ultimo respiro sulle sponde del Tigri, tra le quattro mura di una capanna diroccata, non diversa da quella degli antichi mesopotamici, la cui poesia e narrativa ha definito la sua esistenza.

≈

Mahmoud torna con un dottore. È troppo tardi. Depongono il corpo su un carretto e lo portano a Kefa. Ai confini dell'antica cittadina li attende una donna, con indosso una lunga veste bianca. Leila ora ha un piccolo tatuaggio sulla fronte, il segno a tre cunei che un giorno Arthur incise sulla corteccia di un melograno. Non lo ha mai dimenticato. È l'unica persona che avesse mai iniziato a comprendere tutto il suo essere, il ragazzo e anche l'uomo, la sua umanità, il suo coraggio, la sua indole solitaria, il suo fervore e la sua fragilità… E lui ha mantenuto la parola. È tornato.

Arthur sarà seppellito nel Forte della Roccia, uno dei più antichi insediamenti abitati senza interruzione nella storia, in un cimitero nei pressi del villaggio yazida. Sulla sua lapide scriveranno:

RE ARTÙ DI CLOACHE E CATAPECCHIE
NATO IN RIVA AL TAMIGI NEL 1840
MORTO IN RIVA AL TIGRI NEL 1876

H

ZALEEKHAH

In riva al Tamigi, 2018

In un'elegante enclave di Chelsea, Zaleekhah digita un codice su un tastierino numerico a muro e attende l'apertura del cancello. Dal giardino all'interno viene un profumo dolce, di boccioli, foglie nuove e terra appena smossa, con un tocco di gelsomino dai graticci. Al sole del tramonto l'acqua della fontana andalusa scintilla in tante sfumature d'azzurro.

Alla porta viene Kareem, con un'aria sorpresa. «Che bello vederti! Lord Malek ti aspettava?»

La domanda la scuote leggermente. È la sgradita consapevolezza che questa non è, e non è mai stata, casa sua. Per un istante valuta la possibilità di dire al maggiordomo la verità: è talmente preoccupata per lo zio che si è sentita in dovere di venire a vedere come sta. Ma liquida il pensiero e si fa venire in mente un motivo meno allarmante. Tira fuori dalla borsa un libro: *Delle scoperte di Ninive*.

«Volevo restituirgli questo. Finalmente sono riuscita a leggerlo.»

Del tutto disinteressato, Kareem annuisce. «Ma certo.»

Zaleekhah attraversa l'ingresso piastrellato a scacchi bianchi e neri e sale lo scalone ricurvo, con lo specchio cinese a pittura inversa all'imbocco e i ritratti che la scrutano da entrambi i lati. Non indugia davanti alla sua camera di bambina; la porta è chiusa e lei la lascia com'è.

Lo studio dello zio, in fondo al corridoio, è vuoto. Zaleekhah entra senza fare rumore, passando in rassegna gli splendidi oggetti d'arte e da collezione esposti a muro e sugli scaffali. La luce nella stanza è pastosa, come quando si appoggia un tulle diafano su un paralume, per ammorbidire gli spigoli. Dalla finestra aperta si sentono i rumori degli operai che lavorano sodo al giardino zen, non ancora diventato un'oasi di calma. Si avvicina e sbircia fuori.

Lo zio e la zia Malek sono là, tra i rosai e le azalee, accovacciati sul terriccio in stivali di gomma Burberry e con Lily nel mezzo, gambe e braccia magre sbiancate dal freddo. Pare stiano tutti osservando una qualche creaturina su una foglia, forse una chiocciola o un bruco. La zia si volta, si umetta le dita e toglie un'ombra di fango dalla fronte della nipotina; poi se la avvicina e la stringe a sé. Nel gesto c'è una tale tenerezza, un così radicale abbandono dei formalismi, inaudito per il contegno della zia, che Zaleekhah si ritrae come se si fosse intromessa in un momento personale al quale non doveva assistere.

Si ricorda perché è venuta, si allontana dalla finestra e si dirige verso il tavolino basso per lasciarci *Delle scoperte di Ninive*. Poi però, d'istinto, lancia un'occhiata al comò, decide invece di rimettere il libro dove stava, e apre il primo cassetto. C'è l'elegante tagliacarte d'argento, e c'è ancora la busta con l'assegno dell'altro giorno. Accanto però c'è anche un'altra busta, pure quella di carta intestata con il monogramma dello zio, solo più grande e aperta. Per un attimo Zaleekhah si ferma a guardarne un angolino, dal quale spunta una fotografia.

La tira fuori.

La foto raffigura una bambina, la cui ombra esile e spettrale si staglia sulla parete bianca alle sue spalle. È stata scattata al chiuso, in un posto con tappeti e cuscini sul pavimento, e forse di notte, perché la luce è obliqua, per cui metà del viso è in ombra. L'abito che indossa è troppo grande per lei. La bambina ha la fronte ampia, le labbra arcuate e due bellissimi e tristissimi occhi verdi. Più che guardare nell'obiettivo pare che lo trapassi, con un dolore così inequivocabile negli occhi che la fa sembrare più grande dei suoi anni.

Zaleekhah osserva l'immagine, senza capire bene perché la disturbi. È del tutto inattesa, e diversa da qualunque altro ritratto abbia mai visto. La gira e ci trova un appunto scritto dietro in un bel corsivo ordinato, con le lettere appena inclinate da una parte.

Soggetto X, *femmina*
Età: 13
Gruppo sanguigno: AB+
Statura: 1,52 m
Peso: 42 kg
Compatibilità donazione: 96 per cento

Zaleekhah si copre la bocca con la mano, allarmata. Il cuore accelera i battiti. Tremando, rimette la foto nella busta, poi cambia idea e la prende con sé. Dà una gran botta al cassetto, che però è incastrato, o forse nel panico è stata lei a far impigliare qualcosa nelle guide, perché non riesce a richiuderlo bene. Lo lascia com'è ed esce di corsa dallo studio.

Di sotto Kareem, impegnato a dare istruzioni alla cameriera su come si spolvera il lampadario vittoriano, la vede precipitarsi alla porta.

«Te ne vai già? Ho appena riferito a tuo zio che eri qui, arriva subito.»

«No, devo… devo scappare.»

Kareem sgrana gli occhi. «Che cosa devo dirgli?»

«Che mi sono dimenticata di un appuntamento importante…» Si interrompe. «Anzi no, digli che ho capito che cosa sta facendo, ed è sbagliato.»

≈

Un'ora più tardi la Bentley bordeaux dello zio si ferma davanti allo studio di tatuaggi di Nen, bloccando il traffico che scorre lento davanti al British Museum. L'autista si precipita ad aprirgli lo sportello, sorvegliato a vista dai conducenti delle auto in fila dietro la loro. Lo zio Malek esce e legge l'insegna al neon in vetrina.

LA DEA DIMENTICATA

Entra, facendo suonare i campanellini che annunciano il suo arrivo. «Dov'è?»

Nen, intenta a pulire e disinfettare i suoi strumenti, alza gli occhi e continua a fare quel che sta facendo.

«Dov'è? Non è alla casa galleggiante.»

«Non vuole vederla, signor Malek.»

Lui fa un respiro profondo. Le borse sotto gli occhi sembrano più scure e più gonfie del solito. «Che cosa ti ha detto?»

«Niente. Non parla.»

«Come quando era piccola.» Lo zio Malek sprofonda nel divano. «Non è che hai qualcosa da bere, eh?»

«Caffè.»

«Già, il tuo celebre caffè!» Lo zio crolla le spalle e guarda i quadri alle pareti senza vederli. Quando riprende a parlare, è lento e roco. «C'è stato un grosso malinteso. Zaleekhah ha capito tutto al contrario. È balzata a conclusioni senza sapere come stanno le cose. Devo parlarle, e di corsa.»

Nen è fermissima, con un'aria imperscrutabile se non per un lampo rivelatore negli occhi. Lo zio se ne accorge, si volta e si trova davanti la nipote che lo fissa dalla cima delle scale.

«Tesoro...»

Si china in avanti come per alzarsi in piedi, ma poi si riappoggia allo schienale. «Ti prego di sospendere il giudizio finché non avrai sentito tutta la storia. Lasciami spiegare.»

«Ti ascolto.»

«D'accordo…» Lui lancia un'occhiata rapida a Nen. «Temo che sia una questione privata.»

«Voglio che senta anche lei.»

«Tranquilla, non preoccuparti.» Nen lascia perdere gli aghi e prende la giacca. «Vado al museo. Devo finire di disegnare il *lamassu*.» Sfiora la spalla di Zaleekhah e le sorride. «Chiamami se hai bisogno di qualcosa.»

La porta si chiude, con il tintinnio che riecheggia troppo a lungo nel silenzio teso. Lo zio passa in rassegna l'ambiente, come per accertarsi che non ci sia nessun altro.

«Lily è molto malata. Tu non hai idea di quanto sia grave. Potrebbero volerci mesi, se non anni, per trovare un donatore compatibile tramite il servizio sanitario nazionale. E anche andando privatamente, gli organi scarseggiano in tutto il Paese e le liste d'attesa sono lunghissime. Ho cercato in lungo e in largo, credimi. Mentre indagavo sulla possibilità di comprare la tavoletta azzurra, mi hanno messo in contatto con delle persone che avevano avuto notizia di ragazzine yazide in una situazione tremenda. Ed è saltato fuori che una di loro aveva una compatibilità altissima con la nostra Lily.»

Zaleekhah scuote la testa senza guardarlo negli occhi.

«Devi capire che di queste ragazze non importa a nessuno, sono state completamente dimenticate. È come se fossero morte. Qualche fortunata la salvano, ma le altre? Neanche le loro famiglie, poveracce, riescono a rintracciarle.»

«Quindi secondo te le stai facendo un favore!»

Lo zio alza le mani. «In un mondo ideale non succederebbe mai niente del genere, ma non viviamo in un mondo ideale. Cerchiamo di essere realisti: se non l'avessi trovata io, questa ragazzina sarebbe rimasta prigioniera per sempre, non c'è il minimo dubbio. È sola al mondo.»

«Questo non significa…»

«Ti prego, pensaci un attimo. Chi l'avrebbe salvata, me lo dici? Chi avrebbe speso un centesimo per lei? La ragazzina è sorda, mi dicono. Nessuno la vuole. La vedono come un peso. A quanto ho capito è già stata venduta da una casa di Mosul a una di Antep... L'hanno affamata, picchiata, torturata e molto probabilmente stuprata.»

Zaleekhah si preme con le dita gli angoli degli occhi, per un istante senza riuscire ad aprirli.

«Quelli che l'hanno ridotta in schiavitù sono convinti che discenda da una parentela maledetta. Pensano che porti male. Qualcuno in un modo o nell'altro la ucciderà. Io però posso aiutarla. Posso occuparmi di lei. Per tutta la vita. Nessuno ne abuserà più. Nessuno la maltratterà. Avrà le cure migliori. Andrà a scuola. Ci penserò io.»

«Tu sei proprio convinto che la stai salvando, vero?»

«Io ho stretto un accordo che va a vantaggio di tutti. Se un'intesa migliora le condizioni generali, può davvero essere sbagliata? E la ragazzina ne beneficerà sicuramente. Sarà libera. Vivrà una vita diversa, è giovane, può ricominciare. Si vive benissimo con un rene solo.»

«Ma questo non la fa diventare una cosa giusta!» Zaleekhah boccheggia. «Non capisci che eticamente è ingiustificabile? L'unico motivo per cui ti sei interessato a questa ragazzina si chiama...» Balbetta, in cerca delle parole giuste. «Traffico di organi, ecco come si chiama.»

«Ma tesoro, non t'importa di Lily?»

«Certo che m'importa!» Zaleekhah non riesce a impedire che la voce le si spezzi. «Helen lo sa?»

«No. Tua sorella non conosce i particolari. È solo felice e sollevata che si sia trovata la donatrice giusta per la sua bambina.»

«Ma zio, è tutta una follia! Non riesco a credere che ne parli in termini così logici e razionali. È illegale!»

«Può darsi. Ma non sei tu quella che corre il rischio, sono io.» Con gesti attenti e misurati, lo zio Malek riprende il bastone. «Devo andare. Tua zia mi aspetta per cena... Deve provare un'altra ricetta di pesce.»

A quel punto Zaleekhah è percorsa da una saetta gelida. «Tu detesti il pesce...» mormora lentamente. «Però fai sempre quello che dice lei, vero? Come ho fatto a non pensarci prima? L'avete fatto insieme. Tu hai usato i tuoi contatti in zona, ma è stata la zia Malek a venirsene fuori con questa... *soluzione.*»

Lo zio si passa il bastone da una mano all'altra, si alza e si avvia alla porta

«Era sua, la calligrafia dietro la foto» continua Zaleekhah. «Lei ha insistito con quest'idea e tu hai ceduto, come fai sempre. Ma ti disturbava, e ti disturba ancora, ti fa rimordere la coscienza. Ecco perché sei in questo stato, da giorni, ed ecco perché la sera del mio compleanno, dopo che avevi bevuto, le hai gridato che resta con le mani pulite e fa sempre la figura della santa, mentre tu sei il peccatore.»

Lo zio Malek si ferma, lo sguardo sulla strada.

«Sei molto sveglia, tesoro. Lo sei sempre stata. Ma conta veramente di chi è stata l'idea? Abbiamo organizzato tutto insieme: il medico, la clinica a Istanbul, i documenti. Lo faremo per nostra figlia e per nostra nipote.»

Zaleekhah cerca di trattenere le lacrime. «Ma certo, la tua famiglia prima di tutto.»

«È anche la *tua* famiglia, tesoro, o te lo sei dimenticato?»

Ed eccolo lì, contenuto in quelle poche parole, e nel contegno con cui lo zio Malek le ha pronunciate: l'aspettativa di riconoscenza per tutto ciò che ha fatto per lei, il gran totale del suo debito con lui.

Scoppia a piangere. «Ma adesso che so la verità, come fai a essere sicuro che mi adeguerò alla situazione?»

«Ti adeguerai, tesoro. Siamo tutto quello che hai. Siamo il tuo sangue.»

$—H_2O—$

NARIN, ZALEEKHAH, ARTHUR

In riva al Tigri, 2018

Oggi aprono le cateratte. L'acqua inizierà a passare dalla diga completata, con un flusso poderoso e incessante: ruggirà, si espanderà, pretenderà il suo spazio. All'inizio il livello del bacino crescerà impercettibilmente, ma si riempirà presto. L'acqua salirà di trentacinque centimetri ogni giorno, e nel giro di un paio di mesi raggiungerà i venti metri. Alla fine dell'anno Kefa sarà completamente allagata, l'antica cittadina fortificata sommersa per generazioni a venire.

Zaleekhah si guarda intorno e si sente travolgere da una tristezza inarrestabile, da un'acuta consapevolezza di cose che giungono alla fine. Il paesaggio – brullo, riarso, senza alberi – somiglia al ventre di un animaletto rovesciato sulla schiena che si agita per rimettersi diritto, ugualmente piccolo e indifeso.

«Va tutto bene?» le chiede Nen. «A che pensi?»

«Alle tartarughe dal guscio molle...» risponde Zaleekhah con un sorriso distratto. «Una volta deponevano le uova lungo l'Eufrate, ma quando le centrali idroelettriche hanno distrutto i banchi di canne sono state costrette a migrare qui sul Tigri. E adesso anche questo rifugio è rovinato... e loro dove andranno, mi chiedo?»

Nen ascolta, attenta come sempre. Lascia passare un attimo e poi chiede, sottovoce: «Hai sentito tuo zio?».

Zaleekhah scuote il capo. «Non mi risponde al telefono. Neanche mia zia. Mi sa che per un pezzo non mi perdoneranno. Forse non lo faranno mai. Però sono riuscita a parlare con Helen. È stata la conversazione più difficile di tutta la mia vita. Era scossa, distrutta. Era tutto già programmato, e adesso sono di nuovo in fondo alla lista d'attesa. Mi sento malissimo.»

Nen le scosta una ciocca di capelli dalla faccia. «Hai fatto la cosa giusta, quella difficile.»

«Helen lo capisce. Stiamo cercando insieme un altro donatore, ma stavolta per canali ufficiali. Farò tutto quello che posso per aiutarla, non abbandono né lei né Lily.»

Nen annuisce. «Pronta ad andare da Narin?»

«Pronta.»

Risalgono la collina ripida, sincronizzando naturalmente il passo. Oltre una staccionata tutta rotta si stende l'antico cimitero, dal confine che si mescola con l'orizzonte. La ragazzina è lì. Voleva stare un po' da sola presso le tombe degli antenati, e per discrezione Nen e Zaleekhah hanno vagato qua e là per l'ultima mezz'ora, esplorando i dintorni.

Hanno comprato Narin da un trafficante che faceva affari con un trafficante che faceva affari con l'Isis. Hanno speso tremiladuecento dollari, la quotazione di mercato per un essere umano in quello specifico giorno. Gran parte della somma proveniva dallo studio di tatuaggi. Si sono fatte assistere da gente della zona, persone disposte ad aiutarle. Non era un segreto che l'ennesima schiava yazida era segregata dentro una casa nell'industriosa periferia di una città turca in espansione, proprio come migliaia di altre sono ancora trattenute dentro case normalissime in Siria, Kuwait, Iraq, Arabia Saudita… prigioniere in quartieri normalissimi dove la vita va avanti come al solito.

Entrando nel vecchio cimitero, pieno di lapidi in rovina e intrichi di erbacce, le due donne tacciono. Poco più su, in fondo al sentiero polveroso, la sagoma gracile di Narin rifulge di sole cocente. La ragazzina non le ha sentite arrivare e non si accorgerà di loro finché non le si pareranno davanti. Per non spaventarla, Zaleekhah e Nen si fermano un istante. Nessuna delle due lo dirà ad alta voce, ma in quel momento entrambe si chiedono quanto ci vorrà perché si riprenda. L'alternativa è troppo straziante per prenderla in considerazione: che le ferite siano così profonde da non guarire mai, che il cuore non riesca mai a dimenticare. Per il momento, si accontentano di essere riuscite a riportarla sul luogo natale prima che sparisca per sempre.

Nel frattempo, pochi metri più in là, seduta sull'erba riarsa, Narin si è ritirata nel suo mondo di silenzio. Ha posato dei fiori sulla tomba della madre e della trisnonna Leila... La sua amatissima nonna Besma non è qui, sta in una fossa comune in Iraq. La ragazzina non sa se il padre sia vivo, ma si aggrappa saldamente alla speranza che un giorno si ritroveranno. Oggi pomeriggio avrà modo di comunicare con i parenti in Germania, felicissimi quando hanno scoperto che era ancora viva. Forse un giorno li raggiungerà a Hannover. Sa anche che Zaleekhah e Nen vorrebbero portarla con loro a Londra; quello che non sa è quanto sia difficile ottenere le carte e i permessi necessari all'espatrio. Al momento non c'è niente di definito; l'unica cosa chiara è che la sua vita di prima non esiste più.

Di lì a poco Narin alza la testa, come per cogliere un qualche aroma dalla sponda del fiume, e vede le due donne che la aspettano... come sagome sospese ai margini di un sogno. Il viso resta privo di espressione. Né sollievo né riconoscimento, solo il nulla.

Lentamente, le due si avvicinano, e lì succede qualcosa di inaspettato. Nel porgerle la mano per aiutarla ad alzarsi, a Zaleekhah si solleva appena la manica, e Narin nota il tatuaggio che ha sul braccio: è identico al *deq* sulla fronte della nonna. Trattiene le lacrime e rimane a fissarlo, mentre alla confusione e alla tristezza nei suoi occhi si aggiunge un'emozione nuova, un minuscolo seme di fiducia che un giorno, chissà, potrebbe crescere e diventare più forte.

Si riavviano tutte e tre insieme fra i sassi sparsi e i ciuffi di arbusti, dirette all'alberghetto dove passeranno la notte. Prima che escano dal cimitero Narin indica una lapide, sulla quale Nen e Zaleekhah notano con sorpresa un'iscrizione in inglese: RE ARTÙ DI CLOACHE E CATAPECCHIE. Mentre la leggono, bisbigliando perplesse, Narin, senza farsi vedere, gli indirizza un cenno quasi impercettibile, un ultimo saluto ad Arthur prima che arrivino le acque.

Adesso è solo una questione di tempo, e il tempo, come un'antica tavoletta, si spezza più rapidamente di quanto lo si possa ricomporre. Domani, quando gli ultimi poemi di Mesopotamia rimasti verranno sommersi e tutto ciò che era Hasankeyf sarà annegato, si parlerà della distruzione della cultura, dell'ambiente e dei ricordi di queste terre, ma nessuno, neanche il fiume, ricorderà che tutto è cominciato con una sola goccia di pioggia.

Una gocciolina del Tigri risale lentissima, evaporando sotto il sole, una diafana spirale di bruma. Un ciclo eterno inizia a ripetersi, da liquido a vapore a solido. Le lacrime delle città distrutte di Mesopotamia si mescolano con la caligine di torrenti ancora di là da venire. Passando sopra i continenti, la nube si congela in cristalli. Un fiocco di neve cade su Londra, zigzagando rapido verso un neonato che giace sul terreno gelido. E il piccolo alza gli occhi sul mistero che è l'acqua, tutta turbini e movimenti, ora argentea ora azzurra, dell'azzurro più bello e intenso. E se solo potessimo guardare il mondo con gli occhi di un bambino, levandoli con innocente meraviglia, potremmo vedere i fiumi nel cielo. Fiumi impetuosi che non smettono mai di scorrere.

Il viaggio di una goccia d'acqua	Tempo di permanenza
630 a.e.v., Ninive; precipita come goccia di pioggia e atterra fra i capelli di re Assurbanipal	30 minuti
Evapora nell'atmosfera	da 5 a 15 giorni
Torna come goccia di pioggia, penetra nel terreno e raggiunge una falda di profondità	1500 anni
Torna in superficie tramite una sorgente e raggiunge il mare aperto	970 anni
Risale nell'atmosfera	da 5 a 15 giorni
1840; si trasforma in un fiocco di neve e cade in bocca a un neonato sulle sponde del Tamigi a Londra	da due a sei mesi
Si scioglie nel fiume e viene portata fino al canale della Manica; sospinta dalle maree prevalenti, circola per i porti del Mediterraneo	32 anni
1872; schizza in faccia ad Arthur al suo arrivo a Costantinopoli da un'onda infranta contro la banchina	5 secondi
Evapora, si posa su una nuvola, riprecipita come pioggia sui monti del Tauro, dorme dentro una falda di superficie e raggiunge il tratto superiore del Tigri	142 anni
2014; riempie un'ampolla portata dalla valle di Laliş	3 giorni
Si dissolve nell'atmosfera	da 5 a 15 giorni
Raccolta sotto forma di pioggia, distillata e imbottigliata	1 mese
Si ritrova a essere l'ultima goccia in una bottiglia di plastica sul monte Sinjar	12 ore

Evapora e fa di nuovo il giro del mondo in direzione est	49 giorni
Cade come pioggia in un bacino di raccolta inglese e lì rimane	da 2 a 3 anni
2018; viene bevuta come acqua del rubinetto a Londra	1 giorno
2018; diventa una lacrima su una casa galleggiante di Londra, cade nel lavello	1 minuto
Si mescola con acque chiare e acque scure depurate e torna di nuovo al mare	(è ancora lì)

Questo romanzo è opera di un'apprendista scriba,
una tra i molti bardi, menestrelli e cantastorie
che percorrono la terra.
Intessiamo canti, poemi e racconti con ogni fiato:
ricordatevi di noi.

Ora e sempre,
sia lode a Nisaba.

Nota per il lettore

La mia nonna materna, la persona che mi ha cresciuta fino ai dieci anni, non aveva mai sentito parlare del filosofo e matematico greco Talete di Mileto, ma anche lei era convinta che l'acqua fosse il principio fondamentale della vita. Avrebbe voluto insegnarmi ad ascoltare la pioggia fina e il mormorio dei torrenti ma io, nella mia ignoranza, sono stata un'allieva assai scarsa. Alla fine, come per molte altre cose, è stata la letteratura a farmi scoprire un legame con la realtà e i misteri che fin dall'inizio mi stavano davanti agli occhi. L'acqua possiede una moltitudine di proprietà ancora ignote: resta un enigma.

I racconti e i silenzi della Mesopotamia – l'attuale Iraq, insieme a parti degli odierni Iran, Kuwait, Siria e Turchia – sono stati plasmati dai fiumi, passati e presenti, morti e morenti. Delle dieci nazioni più toccate da problemi idrici in tutto il mondo, sette si trovano nel Medio Oriente e in Africa settentrionale. Il Tigri e l'Eufrate, un tempo culla della civiltà, sono ai livelli storicamente più bassi. Man mano che i fiumi della Mesopotamia si prosciugano, giorno dopo giorno, da sotto le acque che si ritirano emergono insediamenti vecchi di migliaia di anni.

Re Artù di Cloache e Catapecchie è un personaggio immaginario che vive nella mia fantasia, ma è liberamente ispirato a un'effettiva figura storica: George Smith, il genio proletario che decifrò la scrittura cuneiforme, si recò nell'impero ottomano e morì sulla via del ritorno in un villaggio nei pressi del confine turco-siriano; pioniere autodidatta dell'assiriologia, non solo scoprì e tradusse l'epopea di Gilgamesh, ma dedicò la sua intera vita all'antico poema epico. I libri di e su questo notevolissimo personaggio sono stati al centro delle mie ricerche; per esempio i suoi *Assyrian Discoveries: An Account of Explorations and Discoveries on the Site of Nineveh, during 1873 and 1874* e *The Chaldean Account of Genesis*. Inoltre ci tengo a segnalare il capolavoro di David Damrosch *The Buried Book: The Loss and Rediscovery of the Great* Epic of Gilgamesh. Nel volume di Irving Finkel *The Ark before Noah: Decoding the Story of the Flood* si trovano intuizioni illuminanti e utilissime. Ho imparato molto da *Myths from Mesopotamia: Creation, The Flood, Gilgamesh, and Others* (traduzione e cura di Stephanie Dalley) e da *The Epic of Gilgamesh* (traduzione e cura di Andrew George); gli innamorati dell'epopea di Gilgamesh si trovano in tutto il mondo, e mi ci metto dentro anch'io. *Gilgamesh among Us: Modern Encounters with the Ancient Epic* di Theodore Ziolkowski costituisce una fonte affascinante sull'influsso e sul fascino che la più antica opera letteraria del mondo continua a esercitare.

La pionieristica opera di Austen Henry Layard *Delle scoperte di Ninive: con un resoconto del soggiorno tra i cristiani caldei del Kurdistan e gli jezidi, ovvero gli adoratori del diavolo; e un'indagine sui costumi e le arti degli antichi assiri* è stata determinante per le mie ricerche, e i lettori più attenti avranno notato che ho giocato un po' con l'ordine delle parole nel titolo originale. *Assyrian Palace Sculptures* di Paul Collins, *I am Ashurbanipal: king of the world, king of Assyria*, a cura di Gareth Brereton, e *Winged Bull: The Extraordinary Life of Henry Layard, the Adventurer Who Discovered the Lost City of Nineveh* di Jeff Pearce mi sono stati preziosi. La scena in cui Arthur sente il cadì, un magistrato religioso, autorizzare l'inganno e addirittura il massacro degli yazidi con la motivazione che non sono un «popolo del Libro» è basata sul resoconto in prima persona di Layard. È successa veramente.

Molte cose in questo libro sono ispirate a fatti reali e personaggi storici: per esempio l'ippopotamo Obaysch, donato all'Inghilterra da un pascià ottomano, oppure Tapputi, l'antica profumiera mesopotamica… Esistono anche i biscotti allo zenzero con i simboli cuneiformi e sono buonissimi, la ricetta si trova sul sito web del Penn Museum; per altri rituali e tradizioni culinarie, si può consultare *The Oldest Cuisine in the World: Cooking in Mesopotamia* di Jean Bottéro.

Charles Dickens iniziò realmente a uscire per i tipi della Bradbury & Evans dopo aver lasciato la Chapman & Hall nel 1844; qualche prima edizione di *Casa desolata* o della *Piccola Dorrit* si trova ancora, nei cataloghi delle librerie antiquarie, ma sono molto care. I rapporti s'interruppero poi nel 1859, quando l'azienda si rifiutò di pubblicare un annuncio sul «Punch» in cui Dickens spiegava i motivi della separazione dalla moglie. A scopi narrativi ho modificato particolari e date in nome della scorrevolezza del racconto: per esempio, il libro di Layard uscì in realtà presso John Murray, e le *Rubâiyât di Omar Khayyam*, astronomo e poeta persiano, vennero stampate dalla Quaritch. Ci fu un celebre egittologo di nome Samuel Birch che ricoprì le mansioni di curatore della sezione Antichità orientali al British Museum, ma ho cambiato le date del suo impiego. E ci fu effettivamente un suicidio che scosse il settore tipografico-editoriale inglese, ma fu quello del giovane Henry Bradbury, figlio di William Bradbury. Il dottor John Snow è verissimo, naturalmente, e la sua scoperta che il colera si propaga attraverso l'acqua potabile, e non tramite l'inalazione di odori spiacevoli, ha molto contribuito allo sviluppo della moderna epidemiologia. D'aiuto inestimabile mi sono stati anche: *The Ghost Map: The Story of London's Most Terrifying Epidemic – and How It Changed Science* di Stephen Johnson, *Cities and the*

Modern World; *Thames: Sacred River* (ed. it.: *La grande storia del Tamigi*, trad. di R. Serrai, Neri Pozza, Vicenza 2009) e *London Under* (ed. it.: *I sotterranei di Londra*, trad. di M. Ortelio, Neri Pozza, Vicenza 2014) di Peter Ackroyd; *The Great Stink of London: Sir Joseph Bazalgette and the Cleansing of the Victorian Metropolis* di Stephen Hallyday; *The Lost Rivers of London* di Nicholas Barton; *Sweet Thames* (ed. it.: *Nero Tamigi*, trad. di I. Landolfi, Bompiani, Milano 1997) di Matthew Kneale; *The Thames: England's River* di Jonathan Schneer; *London in the Nineteenth Century* di Jerry White; *A Visitor's Guide to Victorian England* di Michelle Higgs e *The Great Exhibition, 1851* di Jonathon Shears. Per la scena in cui Arthur vede Istanbul per la prima volta mi sono ispirata agli scritti del romanziere e poeta ottocentesco Edmondo de Amicis, che con grande vividezza catturò Costantinopoli vista dagli occhi di un forestiero. La lettera del segretario del British Museum è autentica, ho cambiato solo qualche parola. E mi sono anche servita di frammenti del diario di George Smith, che incredibilmente riuscì a tenere fino agli ultimissimi momenti.

Hasankeyf, sito storico-archeologico di primissimo piano compreso nella lista dei patrimoni mondiali dell'Unesco, oggi non esiste più. Era un luogo che mi lasciò una fortissima impressione quando lo visitai, molte lune fa, ben prima che venisse sommerso dalla controversa diga di Ilısu.

Malgrado i *lamassu* del British Museum vengano effettivamente da Nimrud e da Khorsabad, ho apportato dei piccoli cambiamenti qua e là, perché volevo situare Ninive al centro del mio arco narrativo. Anche la storia del re che fu sepolto con i suoi servitori e cantastorie è vera, ma ho spostato la data della scoperta archeologica. La biblioteca di Assurbanipal, sparsa in quattro diverse località, è non solo affascinante di per sé, ma anche molto rilevante oggi che le biblioteche sono sempre più minacciate.

Lo scienziato di nome Berenberg, benché personaggio d'invenzione, è liberamente ispirato all'immunologo francese Jacques Benveniste, che sviluppò la teoria della «memoria dell'acqua» al prezzo della sua carriera e della sua reputazione professionale. La sua opera mi interessa non sotto il profilo della scienza o dell'omeopatia, ma da semplice romanziera che è attratta dalle storie umane. Ho adorato e mi tengo care tutte le mie letture sull'acqua e, malgrado non possa rendere giustizia alla vastissima mole di letteratura in materia, vorrei comunque menzionare *Elixir: A Human History of Water* di Brian Fagan; *Blue Machine: How the Ocean Shapes Our World* (ed. it.: *La macchina blu: come gli oceani danno forma al nostro mondo*, trad. di A. Agliotti, Bollati Boringhieri, Torino 2024) di Helen Czerski; *When the Rivers Run Dry* (ed. it.: *Un pianeta senz'acqua: viaggio nella desertificazione contemporanea*, trad. di M. Gardella, Il saggiatore, Milano 2006) di Fred Pearce; *How to Read Water: Clues, Signs and Patterns from Puddles to the Sea* (ed. it.: *Ascoltare l'acqua: dagli oceani ai fiumi, dai laghi ai più piccoli corsi d'acqua, come interpretare i segnali della natura*, trad. di S. Barbera e S.L. Wood, Mondadori, Milano 2017) di Tristan Gooley; e infine *The Flow: Rivers, Water and Wildness* di Amy-Jane Beer, dove si trova la riga che ha ispirato il titolo originale di questo romanzo: *There are Rivers in the Sky*.

Il dibattito sui musei e su chi siano i proprietari dei retaggi culturali è complicato, e non c'è spazio più adatto della letteratura, e in particolare del romanzo come genere letterario, all'interno del quale esplorare liberamente i temi più complessi del nostro tempo in maniera sfumata, approfondita, precisa ed empatica. La narrativa ci permette di cogliere argomenti importanti e sensibili da varie angolazioni, una libertà che andiamo via via perdendo nell'epoca dei social media e degli algoritmi privi di sentimento. *The Museum Makers: A Journey Backwards – from Old Boxes of Dark Fa-*

mily Secrets to a Golden Era of Museums di Rachel Morris indaga l'istinto umano per il collezionismo. *From Nineveh to New York: The Strange Story of the Assyrian Reliefs in the Metropolitan Museum and the Hidden Masterpiece at Canford School* di John Malcolm Russell, quasi interamente basato su materiale d'archivio inedito, è una descrizione affascinante di Lady Charlotte Guest, «la donna più ricca d'Inghilterra», proprietaria di una collezione di manufatti mesopotamici talmente vasta che nella sua casa di campagna, Canford Manor, aveva un suo «portico di Ninive»; il momento in cui Arthur si imbatte in oggetti provenienti da Ninive in un'agiata casa inglese è ispirato a questo episodio storico.

Il processo di ricerca per questo romanzo è stato intenso, immenso e interdisciplinare. È stato bellissimo leggere un'ampia gamma di libri e articoli scientifici, dalla crisi ambientale globale e dall'idrologia conservativa ai rituali funebri e di libagione degli antichi accadici, fino alle piante etnomedicinali della Mesopotamia. *Rivers of the Sultan: The Tigris and Euphrates in the Ottoman Empire* di Faisal H. Husain, *Tigris and Euphrates Rivers: Their Environment from Headwaters to Mouth* a cura di Laith A. Jawad, e *Wounded Tigris: A Journey through the Cradle of Civilisation* di Leon McCarron mi sono stati di grande aiuto sotto il profilo storico e geografico. Eppure, la sfida più importante è sorta quando mi sono tuffata nella ricchezza e complessità della cultura yazida e delle sue tradizioni: un'identità collettiva che si è tramandata attraverso i secoli perlopiù mediante canti, storie, ninnenanne e poesie non si poteva afferrare concentrandosi solo sui testi scritti. Un'altra sfida è costituita dal fatto che le pratiche delle comunità yazide differiscono a seconda del luogo o del tempo. Alcuni principi, come il divieto di consumare pesce e la credenza nella reincarnazione, possono variare molto, per esempio, tra yazidi iracheni e yazidi armeni. Ho cercato di non perdere di vista questa affascinante molteplicità e di rendere onore al significato della tradizione orale. A questo fine ho esaminato canti popolari, miti, leggende, racconti folcloristici e anche superstizioni. *The Yezidi Religious Textual Tradition: From Oral to Written* di Khanna Omarkhali, *The Religion of the Peacock Angel: The Yezidis and Their Spirit World* di Garnik S. Asatrian e Victoria Arakelova, *God and Sheikh Adi are Perfect: Sacred Poems and Religious Narratives from the Yezidi Tradition* di Philip G. Kreyenbroek e Khalil Jindy Rashow, *The Yezidis* di Eszter Spät, *The Yezidi Oral Tradition in Iraqi Kurdistan* di Christine Allison, *The Role of Nature in Yezidism* di Rezan Shivan Aysif, *Yezidism in Europe: Different Generations Speak about Their Religion* di Philip G. Kreyenbroek, *Ezidiler: 73. Ferman* di Nurcan Baysal, e *The Yezidis: The History of a Community, Culture and Religion* di Birgül Açikyildiz sono stati fonti preziose e illuminanti. Sono profondamente grata a molte persone, provenienti sia da comunità locali sia dalla diaspora, che con garbo e generosità mi hanno aperto il cuore e i ricordi, anche quando quei ricordi erano pieni di dolore e sofferenza.

Nel romanzo si legge di un genocidio di fine Ottocento presso le sponde del Tigri, e il racconto è basato su fatti storici. Ho cambiato la data precisa e alcuni particolari pertinenti in nome della fluidità narrativa; a ogni modo, nel 1832 Muhammad Pasha di Rawanduz, noto con il soprannome di Mīr-i-Kura, insieme all'emiro curdo Bedir Khan Beg, fece massacrare migliaia di yazidi. Quelli che fuggirono verso il fiume rimasero intrappolati perché, a loro insaputa, tutte le barche erano state distrutte. Il genocidio del 2014 si è invece consumato davanti agli occhi del mondo. *Sinjar: 14 Days that Saved the Yazidis from Islamic State* di Susan Shand, *The Yezidi Sunset: The Genocide by Isis in Iraq* di Paul Martin Kingery, e *Shadow on the Mountain: A Yazidi Memoir of Terror, Resistance and Hope* di Shaker Jeffrey e

Katharine Holstein ne forniscono resoconti intensi e strazianti; *State Responsibility and the Genocide of the Yazidis*, a cura di Helena Kennedy, Aarif Abraham, Lord David Alton e Tatyana Eatwell è un documento imprescindibile, e vorrei ricordare e sottolineare le minuziose indagini dello Yazidi Justice Committee (o Yjc, www.yazidijustice.com). Il commento attribuito nel romanzo al personaggio fittizio di Salma, sul rimpianto per non essere stata gassata a Halabja anziché catturata e stuprata dall'Isis, è preso dalle parole di una superstite.

I memoriali e i racconti personali di donne yazide ridotte in schiavitù sono stati una lettura a volte terribile ma di enorme importanza. *The Last Girl* (ed. it.: *L'ultima ragazza: storia della mia prigionia e della mia battaglia contro l'Isis*, trad. di M. Faimali, Mondadori, Milano 2017) di Nadia Murad, *The Girl Who Beat Isis* (ed. it.: *La schiava bambina dell'Isis*, trad. di S. Marcolini, Piemme, Milano 2016) di Farida Khalaf, *The Beekeeper of Sinjar: Rescuing the Stolen Women of Iraq* (ed. it.: *Le regine rubate del Sinjar*, trad. di E. Chiti, Nutrimenti, Roma 2018) di Dunya Mikhail e *Our Bodies, Their Battlefields: War through the Lives of Women* (ed. it.: *I nostri corpi come campi di battaglia: storie di donne, guerra e violenza*, trad. di S. Albesano, Mondadori, Milano 2021) di Christina Lamb hanno avuto un grande impatto su di me. Devo molta riconoscenza allo psicologo e terapeuta del trauma Jan Kizilhan per il suo tempo e le sue considerazioni; il dottor Kizilhan e la sua équipe hanno svolto un'opera di notevole altruismo per contribuire alla guarigione individuale e collettiva, con l'aiuto fornito ai più vulnerabili e colpiti. Vorrei anche esprimere la mia gratitudine a Mona Kizilhan, Aarif Abraham, Leyla Ferman, Düzen Tekkal e al saggio padre di quest'ultima; tutte persone che con pazienza e disponibilità hanno risposto alle mie domande, per minime o sciocche che fossero. La dottoressa Leyla Ferman, cofondatrice dello Yjc e direttrice dell'associazione Women for Justice, mi ha riferito testimonianze di prima mano da Sinjar, ed è così che sono venuta a sapere del modo in cui le famiglie disperate intrappolate in montagna avevano cercato di razionare l'acqua a gocce per mantenere i propri figli in vita; i famigliari di Leyla hanno assunto questo cognome in onore di un nonno nato all'epoca di un *firman* genocidario, così da tenere vivo il ricordo della loro storia, e io stessa ho letto trascrizioni di ballate e canti yazidi che ancora oggi conservano la memoria di atrocità passate. Sono immensamente grata agli avvocati per i diritti umani, agli attivisti e ai superstiti che hanno parlato con me di persona o in videochiamata: ho imparato moltissimo dal vostro coraggio, dal vostro spirito di resilienza e dal vostro impegno indefesso per la giustizia e il riconoscimento.

Mentre scrivevo questo libro, un influente politico nigeriano e sua moglie sono stati ritenuti colpevoli e condannati alla reclusione da una giuria di corte d'assise londinese ai sensi del Modern Slavery Act del 2015, norma volta a combattere le neoschiavitù: si tratta della prima sentenza di condanna per traffico di organi nel Regno Unito. I due avevano preso accordi con un medico per portare con l'inganno un venditore ambulante dalla Nigeria in Inghilterra e fargli espiantare un rene da dare alla loro figlia, che necessitava di un trapianto. Ho continuato a leggere e approfondire questo incredibile caso, meravigliandomi tra l'altro di scoprire che la Turchia, la mia patria, compariva negli atti di questo processo come snodo chiave per reti criminali dedite al traffico di organi; mentre seguivo questa vicenda etica e legale studiavo al contempo le testimonianze dei superstiti yazidi, e nella mia mente le due questioni si sono saldate. A oggi risultano ancora disperse circa tremila donne e bambine yazide, molte delle quali sono tenute prigioniere in abitazioni private nei paesi e nelle città di tutto il Medio Oriente. Un episodio, in particolare, mi ha scossa nel profondo: nel 2021 una bambina yazida di sette anni è stata ritrovata in condizioni terrificanti in un normale quartiere di Ankara, non lontano dalla casa della nonna materna con cui sono cresciuta, dopo che la polizia aveva sventato un'asta telematica per venderla al miglior offerente. Il genocidio degli yazidi, in tutto il suo orrore e la sua ferocia, non è ancora finito.

Chiudo gli occhi e penso a Talete di Mileto seduto sulle rive del serpeggiante fiume Meandro (il Büyük Menderes nell'odierna Turchia), che attraverso il greco e il latino ci ha dato la parola omonima. Me lo raffiguro lì, a guardare l'acqua con un senso di meraviglia e rispetto, a osservarne il moto e il rinnovamento incessanti. Poi immagino una gocciolina che salta fin sulla mano del filosofo… proprio quella che avrebbe potuto essere dentro il mio caffè di stamattina, o forse nel vostro, a connetterci tutti al di là dei confini del tempo, della geografia e dell'identità.

Ringraziamenti

Ci sono diverse anime meravigliose che mi hanno incoraggiata a sognare questo romanzo fino a dargli vita; persone con cui lavorare è una fortuna immensa. Per cominciare, fermissima riconoscenza alla mia editor nel Regno Unito Isabel Wall e al mio editor negli Stati Uniti John Freeman. Isabel, sinceramente non saprei da dove partire; il tuo editing attento, coscienzioso e perspicace, la tua generosità e il modo in cui ti batti sempre per i tuoi autori significano molto per me. E, John, per me è come se ci conoscessimo da sempre, e ti ringrazio moltissimo per la tua intelligenza e dedizione, oltre che per il tuo grande intuito editoriale e letterario. Un grazie speciale a Jonny Geller perché è uno splendido e premuroso agente letterario, che nutre e rinvigorisce le mie idee, anche quando sono acerbe, con acume, chiarezza e preziosa amicizia. Sono riconoscente alle fantastiche Sophie Baker e Katie Harrison, che alla Curtis Brown curano i miei diritti stranieri con diligenza e affetto. Edward Kirk, detto Edd, si è occupato con scrupolo e passione di ogni particolare grafico di questo libro. Da una sponda e dall'altra dell'Atlantico sono in debito con Toye Oladinni, Samantha Fanaken, Anna Ridley, Jasmin Lindenmeir, Michael Bedo, Rosamund Hutchison e Chloe Davies (che adesso è in maternità) della Viking; con Atlanta Hatch, Ciara Finan e Viola Hayden; e con la favolosa squadra della Knopf: Isabel Ribeiro, Laura Keefe, Erinn Hartman, Tricia Cave e Matthew Sciarappa.

Un grazie di cuore anche alla saggia e meravigliosa Reagan Arthur, non solo per il sostegno ma anche per le squisite conversazioni davanti a un ramen.

Vorrei esprimere profonda riconoscenza alla sola e unica Lisa Babalis. Cara Lisa, sono ammirata dal tuo spirito disinteressato e dalla tua incrollabile gentilezza anche quando ti bombardavo di mail; sei la sorella greca del mio cuore turco e ti ringrazio con tutta l'anima. Il mio caro amico Stephen Barber ha un'incredibile mente da uomo del Rinascimento, e ha risposto con garbo alle mie molte domande, dagli enigmi linguistici agli aforismi vittoriani. Un caloroso ringraziamento alla mia sveglissima amica Catherine per i suoi suggerimenti impagabili. Chi trova un grande correttore di bozze trova un tesoro, ed è qui che entra in scena la fantastica Donna Poppy: l'unico problema, Donna, è che ormai ho sviluppato una dipendenza dai nostri lunghi e stimolanti dialoghi sui labirinti della lingua. E grazie anche alla bravissima Ellie Smith, che ha letto tutto con occhio di falco.

A tutti voi qui sopra vorrei dire: per tutta la vita la letteratura mi ha offerto un rifugio, una storilandia in cui respirare liberamente e sentirmi viva, e la vostra esistenza mi aiuta, come autrice immigrata che scrive in una lingua diversa dalla sua lingua madre, a trovare una nuova casa, un rinnovato senso di appartenenza.

Un altro grazie molto speciale al valente studioso nonché attento e sensibile essere umano che è David Damrosch: sono molto riconoscente all'epopea di Gilgamesh per averci fatti incontrare, professore, grazie. Il dottor Sebastien Rey, curatore della sezione Antica Mesopotamia al British Museum, ha risposto con enorme pazienza alle mie convulse domande in materia di archeologia, storia, geografia, Ninive e molto altro: sono sbalordita dalla sua disponibilità e dalla dedizione al suo campo di studi. Una sonora e affettuosa menzione a Francesca Stavrakopoulou per la sua fulgida opera di studiosa sulle donne che sono state escluse dalla storia, tra cui la dea Nisaba, oltre che per la sorellanza nella scrittura. Voglio ringraziare il dottor Moudhy Al-Rashid per aver risposto con grande calore alle mie febbrili richieste. Mary Beard, una mente per cui nutro un profondo rispetto, è stata così gentile da leggere questo romanzo nella sua prima stesura e fornire un prezioso parere. Il responsabile della Bodleian Library di Oxford, Richard Ovenden, è una delle persone più gentili che abbia mai conosciuto. Quando questo libro era solo la scintilla di un'idea nella mia testa ne ho parlato con lui, e le sue parole d'incoraggiamento hanno contato molto per me. Ho imparato moltissimo da tutti gli accademici ed esperti che ho nominato sin qui, ma qualunque errore sia rimasto nel romanzo è responsabilità solo mia.

Devo anche segnalare un debito verso due donne eccezionali: Leyla Ferman e Mona Kizilhan. Entrambe sono tra quei rari individui che nella vita coniugano la bontà d'animo e la delicatezza con una forza di carattere e una resilienza che lasciano stupefatti. Come dite voi: «Quanti erano visti come i più deboli si sono poi rivelati i più forti». Potervi conoscere è stato un dono, grazie.

A mia madre e ai miei famigliari, la mia profonda riconoscenza per essere quello che siete, per il vostro affetto, sostegno ed esempio, e anche perché sopportate l'heavy metal che ascolto a tutto volume. Grazie con tutta me stessa ad Aurora, Zelda, Emir Z. e al mio amatissimo Eyüp.

Si dice che da romanzieri non ci si debba innamorare dei propri soggetti ma, per quanto ammiri la razionalità e sia grata al mondo delle idee, non credo che si possa scrivere un romanzo solo partendo dall'intelletto. Bisogna metterci anche il cuore, e una volta che c'è dentro anche il cuore, chissà dove ci porterà.

Questo romanzo è dove il mio cuore mi ha portata.

Questo romanzo è la mia canzone d'amore per i fiumi… quelli ancora vivi e quelli che da tempo non ci sono più.

Fonti delle citazioni

p. 8 William Butler Yeats, «Il fanciullo rapito», in *Poesie*, a cura di Roberto Sanesi, Oscar Mondadori, Milano 1974, pp. 87-89.

p. 9 *Gilgamesh – Il poema epico babilonese e altri testi in accadico e sumerico*, a cura di Andrew George, traduzione di Svevo d'Onofrio, Adelphi, Milano 2021, pp. 257 e 268.

p. 21 *Gilgamesh*, cit., p. 71.

p. 108 Alfred Tennyson, *In Memoriam e altre poesie*, a cura di Saverio Tomaiuolo, Mondadori, Milano 2022 (consultato in formato elettronico).

p. 109 *Rubâiyât di Omar Khayyâm secondo la lezione di Edoardo Fitzgerald*, traduzione di Mario Chini, Carabba, Lanciano s.d. [ma 1916?], p. 48.

p. 178 John Keats, *Endimione*, traduzione di Viola Papetti, Rizzoli, Milano 1988, p. 67.

p. 202 Charlotte Brontë, *Jane Eyre*, traduzione di Monica Pareschi, Neri Pozza, Vicenza 2014 (consultato in formato elettronico).

p. 244 *Gilgamesh*, cit., p. 71.

p. 256 *Gilgamesh*, cit., p. 160.

p. 273 Kenneth Grahame, *Il vento nei salici*, traduzione di Mauro Rossi, Einaudi, Torino 2006, p. 13.

p. 312 *Gilgamesh*, cit., p. 95.

p. 373 William Shakespeare, *Amleto*, traduzione di Gabriele Baldini, Biblioteca Universale Rizzoli, Milano 1979, p. 143.

p. 374 *Gilgamesh*, cit., p. 99.

Indice

Elif Shafak è una pluripremiata scrittrice turco-britannica, tra le voci più importanti della narrativa contemporanea. Ha pubblicato 20 libri, di cui 13 romanzi, e i suoi libri sono stati tradotti in 57 lingue. Il suo romanzo *L'isola degli alberi scomparsi* (Rizzoli, 2021) è stato finalista ai Costa Awards, ai British Book Awards, al RSL Ondaatje Prize e al Women's Prize for Fiction. Nel catalogo BUR e Rizzoli sono disponibili, tra gli altri, *La bastarda di Istanbul* (2007), *Il palazzo delle pulci* (2008), *Le quaranta porte* (2009), inserito dalla BBC tra i cento romanzi che hanno plasmato il nostro mondo, *Latte nero* (2010), *La casa dei quattro venti* (2012), *La città ai confini del cielo* (2014), *Tre figlie di Eva* (2016), *I miei ultimi 10 minuti e 38 secondi in questo strano mondo* (2019, finalista al Booker Prize e vincitore del Premio Lattes Grinzane 2020) e *Non abbiate paura* (2020). Dopo il dottorato in ricerca in Scienze politiche, Shafak ha insegnato in diverse università in Turchia, negli Stati Uniti e nel Regno Unito, tra cui il St Anne's College dell'Università di Oxford, dove è Honorary fellow; è membro e vicepresidente della Royal Society of Literature ed è stata scelta tra le cento donne più ispirate e influenti dalla BBC. Sostenitrice dei diritti delle donne, dei diritti LGBTQ+ e della libertà di espressione, è stata insignita della medaglia di Chevalier de l'Ordre des Arts et des Lettres e nel 2017 è stata scelta da «Politico» come una delle dodici persone «che vi daranno quella spinta al cuore di cui avete bisogno». Vive a Londra e il suo sito web è www.elifshafak.com.

Finito di stampare nel mese di agosto 2024 su carta HOLMEN
con fibra vergine proveniente da foreste sostenibili holmen.com/paper
presso Grafica Veneta – via Malcanton, 2 – Trebaseleghe (PD)

Printed in Italy